Le noir dessein

PHILIP JOSÉ FARMER	ŒUVRES
LES AMANTS ÉTRANGERS	J'ai lu 537***
L'UNIVERS À L'ENVERS	J'ai lu 581*
OSE	J'ai lu 621**
LE FAISEUR D'UNIVERS	
LES PORTES DE LA CRÉATION	
COSMOS PRIVÉ	
DES RAPPORTS ÉTRANGES	J'ai lu 712***
LA NUIT DE LA LUMIÈRE	J'ai lu 885**
TARZAN VOUS SALUE BIEN	
LE SEIGNEUR DES ARBRES	
LES MURS DE LA TERRE	
STATION DU CAUCHEMAR	
LE RÉVEIL DU DIEU DE PIERRE	
LA PORTE DU TEMPS	
LA JUNGLE NUE	
UNE BOURRÉE PASTORALE	
CHACUN SON TOUR	
LE DERNIER CADEAU DU TEMPS	
LES DIEUX DU FLEUVE	
GARE À LA BÊTE	
HADON, FILS DE L'ANTIQUE OPAR	
UN MARTIEN NOMMÉ JÉSUS	
LE TIGRE AFRICAIN	
SILVER GRANDCŒUR	
LE TEMPS DU RETOUR	
LE SOLEIL OBSCUR	J'ai lu 1257****
LE FLEUVE DE L'ÉTERNITÉ :	
1. LE MONDE DU FLEUVE	J'ai lu 1575***
2. LE BATEAU FABULEUX	J'ai lu 1589****
3. LE NOIR DESSEIN	J'ai lu 2074******
4. LE LABYRINTHE MAGIQUE	J'ai lu 2088******

PHILIP JOSÉ FARMER

Le Fleuve de l'éternité

Le noir dessein

TRADUIT DE L'AMÉRICAIN
PAR GUY ABADIA

éditions J'AI LU

*A Sam Long et à mon filleul David,
fils du docteur Docter.*

Bien que certains habitants du Monde du Fleuve portent des noms romanesques, tous les personnages sont ou ont été réels. Si votre nom n'est pas cité, cela ne veut pas dire que vous n'y êtes pas.

Ce roman a paru sous le titre original :

THE DARK DESIGN

© Philip José Farmer, 1977

Pour la traduction française :
© Éditions Robert Laffont, S.A., 1980

Inlassablement le Tisserand lisse la trame et la chaîne
Dont l'homme est le pauvre modèle.
Il déroule le noir dessein, si obscur qu'on finit par douter
Qu'il suive vraiment un plan.
La Kasida du Haji Abdu Al-Yazdi

« La sentence d'abord, le jugement après. »
Alice au Pays des Merveilles

AVANT-PROPOS

Ce volume est le deuxième de la série du Monde du Fleuve. A l'origine, il devait être le dernier. Cependant, le manuscrit comportant plus de 400 000 mots, nous avons, l'éditeur et moi, jugé préférable, pour des raisons de commodité, de le publier en deux parties.

Le troisième volume, intitulé *Le labyrinthe magique,* marquera par conséquent la véritable fin de la présente séquence. Il apportera la clé de tous les mystères élaborés dans les deux premiers volumes et réunira toutes les conclusions en un seul nœud, gordien ou autre.

Après le volume III, les autres récits ayant pour cadre le Monde du Fleuve ne sauraient plus être considérés comme faisant partie de la veine principale de la série. Ils constitueront des « chroniques parallèles » qui ne traiteront plus directement des mystères et des quêtes évoqués dans la trilogie. Si j'ai pris la décision de les écrire, c'est que je crois – et je ne suis pas le seul – que le Monde du Fleuve représente un ensemble beaucoup trop vaste pour être comprimé en trois volumes. N'oublions pas que nous avons affaire à une planète géante parcourue par un unique fleuve, ou mer étroite, de seize millions de kilomètres. Plus de trente-six milliards d'êtres humains peuplent ses rives, originaires de toutes les époques de la Terre, depuis l'âge de la pierre jusqu'au début de l'ère électronique.

La place manquait, dans les trois premiers volets, pour approfondir de multiples sujets qui auraient pu intéresser le lecteur. Pour prendre un exemple, les ressuscités ne sont pas répartis le long du Fleuve dans l'ordre chronologique de leur apparition sur la Terre, mais d'une manière apparemment arbitraire où toutes les époques, les races et les cultures sont mêlées. Ainsi, dans une région donnée d'une dizaine de kilomètres de long, on pourrait trouver simultanément 60 p. 100 de Chinois du IIIe siècle après J.-C., 39 p. 100 de Russes du XVIIe siècle et 1 p. 100 d'hommes et de femmes originaires de toutes les époques et de toutes les nations.

Comment ces gens peuvent-ils s'unir pour former un Etat viable et échapper à l'anarchie ? Comment peuvent-ils organiser leur défense face à d'autres groupes hostiles ? Quels problèmes ont-ils à résoudre ?

Dans le présent volume, Jack London, Tom Mix, Nur-ed-din el-Musafir et Peter Jairus Frigate remontent le Fleuve à bord de leur voilier, le *Razzle Dazzle II*. Les deux derniers personnages font l'objet de longs développements, mais il n'y a pas assez de place pour traiter les autres avec l'ampleur qui convient. Les « chroniques parallèles » m'en fourniront peut-être l'occasion.

Elles me permettront aussi de raconter comment l'équipage du *Razzle Dazzle* rencontre un certain nombre de représentants mineurs et majeurs des différents champs d'activités humaines. Parmi ceux-ci figureront probablement Léonard de Vinci, Rousseau, Karl Marx, Ramsès II, Nietzsche, Bakounine, Alcibiade, Mary Baker Eddy, Ben Jonson, Li Po, Nichiren Daishonin, Asoka, une femme des cavernes de l'ère glaciaire, Jeanne d'Arc, Gilgamesh, Edwin Booth, Faust, etc.

Certains ont cru s'apercevoir que le personnage de Peter Jairus Frigate ressemblait de manière remarquable à l'auteur. Il n'est pas inexact que certaines de mes caractéristiques physiques et psychiques aient pu servir de tremplin pour projeter quelques fragments de la réalité dans le domaine de la littérature narrative (cette para-réalité). Mais il y a entre Frigate et moi à peu près le même genre de relation qu'entre David Copperfield et Charles Dickens.

Je tiens à m'excuser auprès du lecteur pour les fins à rebondissements des deux premiers volumes. La structure de la série est telle que j'aurais eu du mal à m'inspirer, par exemple, du cycle d'Asimov, *Fondation,* où les fins des deux premiers volumes *semblaient* apporter la solution définitive à tous les mystères, alors qu'au début du volume suivant il était révélé qu'il s'agissait seulement de conclusions erronées ou délibérément trompeuses.

J'espère en tout cas mener cette série à sa fin, jusqu'au volume IV (ou même V), avant qu'arrive pour moi le moment de poser ma plume en attendant l'heure de monter à bord du Bateau fabuleux.

Philip José F<small>ARMER</small>

1

Les rêves hantaient le Monde du Fleuve.

Le sommeil, Pandore de la nuit, était encore plus généreux que sur la Terre. Là-bas, c'était : Une chose pour toi, une autre pour ton voisin. Et le lendemain, tout recommençait. Autrement.

Tandis qu'ici, dans la vallée sans fin, le long des berges interminables du Fleuve, il renversait sa hotte au trésor, arrosant tout le monde de ses présents : plaisir et terreur, souvenir et expectation, révélation et mystère.

Des milliards d'êtres s'agitaient, grognaient, gémissaient, riaient, criaient, émergeaient à la réalité puis replongeaient dans leur rêve.

De puissants engins ébranlaient les murs, d'immondes créatures sortaient de leurs trous. Souvent, alors que le moment était venu pour elles de se retirer, elles demeuraient, au contraire, tels des fantômes refusant de disparaître au chant du coq.

Pour une raison inconnue, les rêves revenaient plus fréquemment ici que sur la planète mère. Les acteurs du Théâtre nocturne de l'Absurde insistaient pour prolonger leurs engagements et pour donner des représentations à des moments choisis par eux et non par leurs spectateurs. La salle ne pouvait ni siffler, ni applaudir, ni lancer des tomates, ni s'en aller au milieu, ni faire des commentaires d'un fauteuil à l'autre, ni somnoler.

Parmi l'assistance captive se trouvait Richard Francis Burton.

2

La brume, grise et tournoyante, constituait la scène et la toile de fond. Burton était debout dans la fosse d'orchestre, comme un Elisabéthain trop pauvre pour se payer une place assise. Au-dessus de lui se trouvaient treize personnages, assis dans des fauteuils qui flottaient dans la brume. L'un des treize faisait face aux autres, disposés selon un demi-cercle. C'était lui le protagoniste. C'était lui, Burton.

Il y avait encore une quatorzième personne, mais elle se tenait dans les coulisses et seul le Burton qui était dans la fosse pouvait l'apercevoir. C'était une forme noire et menaçante qui, de temps à autre, émettait un rire caverneux.

Une scène presque identique s'était déjà déroulée, une fois dans la réalité et plusieurs fois en rêve. Mais qui pouvait faire à coup sûr la distinction entre le rêve et la réalité ?

Cet homme, Burton, était mort sept cent soixante-dix-sept fois en essayant vainement d'échapper à ceux qui le traquaient. Et les douze êtres qui lui faisaient face s'appelaient les Ethiques.

Il y avait parmi eux six hommes et six femmes. Tous sauf deux avaient la peau brune ou très pigmentée et les cheveux noirs ou foncés. Deux hommes et une femme avaient les yeux légèrement bridés, ce qui aurait pu les faire passer dans l'esprit de Burton pour des Eurasiens, si toutefois ils avaient eu une origine terrienne.

Deux d'entre eux seulement avaient été désignés par leur nom au cours du bref interrogatoire : Loga et Thanabur. Ce qui n'évoquait aucune des langues que connaissait Burton, et elles étaient au nombre d'une centaine au moins. Mais les langues évoluent. Il était possible que les Ethiques fussent originaires du cinquante-deuxième siècle après J.-C. C'était en tout cas ce qu'avait déclaré un de leurs agents à Burton. Mais l'agent, Spruce, avait peur d'être torturé. Rien n'indiquait qu'il n'avait pas menti.

Loga était l'un de ceux dont la peau paraissait relativement claire. Comme il était assis et que les éléments de comparaison manquaient, il était difficile de dire s'il était grand ou petit. Mais sa carrure était massive et athlétique, et son torse garni de poils roux. Ses cheveux étaient aussi roux que le poil d'un renard. Son visage avait des traits anguleux et marqués : un menton proéminent, fendu d'une profonde fossette, des mâchoires puissantes, un nez long et crochu, des sourcils épais d'un roux très clair, des lèvres charnues et des yeux d'un beau vert profond.

Un autre personnage à la peau plus claire que les autres s'appelait Thanabur. Visiblement, c'était leur chef. Il ressemblait à Loga, presque comme un frère; mais ses cheveux étaient d'un brun foncé et l'un de ses yeux était d'un vert tendre inhabituel.

Ce qui avait frappé Burton, la première fois qu'il l'avait vu, c'était son autre œil. Il avait l'éclat d'une pierre précieuse, un énorme diamant bleu à facettes, qui semblait conférer à son possesseur de mystérieux pouvoirs.

Burton se sentait mal à l'aise chaque fois que cet œil artificiel se tournait vers lui. A quoi servait-il ? Que voyait-il de plus qu'un œil normal ?

Trois seulement parmi les douze avaient pris jusqu'ici la parole : Loga, Thanabur et une blonde maigre mais à la poitrine opulente et aux grands yeux bleus. D'après la manière dont elle et Loga se parlaient, Burton avait cru comprendre qu'ils étaient mari et femme.

En les observant depuis la fosse d'orchestre, Burton remarqua de nouveau qu'il y avait, au-dessus de la tête de chacun des treize personnages, l'autre Burton y compris, un petit globe aux multiples couleurs changeantes qui tournait lentement sur lui-même en projetant, à intervalles irréguliers, des bras hexagonaux de couleur verte, bleue, noire et blanche. Lorsque l'un des bras se rétractait dans la sphère, il était aussitôt remplacé par un autre.

Burton essaya d'établir une relation entre les sphères tournantes aux bras changeants et la personnalité des quatre – y compris lui-même – qui avaient attiré son attention. Mais ni dans leur aspect physique, ni dans leur manière de parler, ni dans leurs attitudes, il ne put établir la moindre corrélation avec les boules.

Lorsque cette scène, la vraie, s'était déroulée pour la première fois, il n'avait pas non plus remarqué sa propre aura.

Les dialogues n'étaient pas tout à fait les mêmes que dans la scène originale. C'était comme si le Faiseur de Rêves l'avait récrite.

Loga, celui qui avait les cheveux roux, déclara :

– Nous avions mis sur vos traces un certain nombre d'agents. Un nombre dérisoire, en fait, par rapport aux trente-six milliards six millions neuf mille six cent trente-sept candidats répartis le long du Fleuve.

– Candidats à quoi ? demanda le Burton qui se trouvait sur la scène.

Dans la représentation originale, il n'avait pas prononcé cette réplique.

– Il nous appartient de connaître la réponse et à vous de la découvrir, fit Loga.

Il exhiba de longues dents d'une blancheur qui semblait inhumaine et poursuivit :

– Il ne nous était pas venu à l'idée que vous nous échappiez chaque fois en vous suicidant. Les années ont passé et nous avons perdu votre trace. Nous avions d'autres préoccupations. Nous avons rappelé ceux de nos agents qui s'occupaient spécialement de votre cas, à l'exception de ceux qui étaient postés aux deux extrémités du Fleuve. Nous nous demandions comment vous étiez au courant de l'existence de la Tour Noire. Nous ne l'avons su que plus tard.

Mais ce n'est pas X qui vous l'a appris, pensa Burton, l'observateur.

Il essaya de se rapprocher des acteurs qui étaient sur la scène, afin de mieux les détailler. Lequel d'entre eux était l'Ethique qui l'avait réveillé durant la phase prérésurrectionnelle ? Lequel lui avait rendu visite, par une nuit d'orage lacérée d'éclairs ? Qui lui avait dit qu'il avait besoin de son aide ? Quelle était l'identité du renégat que Burton ne pouvait désigner que sous le nom de X ?

Il luttait contre les brumes glacées, aussi éthérées mais aussi puissantes que les chaînes magiques qui devaient retenir prisonnier le monstrueux loup Fenrir jusqu'à Ragnarok, le Jour du Jugement des Dieux.

– De toute manière, reprit Loga, nous aurions fini par vous capturer. Voyez-vous, chaque compartiment de la bulle de restauration – cet endroit où vous vous êtes inexplicablement réveillé pendant la phase résurrectionnelle – est équipé d'un compteur automatique. Tout candidat qui meurt un nombre de fois anormalement élevé par rapport à la moyenne est certain d'attirer, tôt ou tard, notre attention. Un peu trop tard, d'ailleurs, à notre gré, car nous sommes surchargés en ce moment. Nous ne savions pas, au début, que c'était vous qui aviez atteint ce nombre impressionnant de sept cent soixante-dix-sept résurrections. Votre place dans la bulle était libre quand nous avons effectué notre enquête statistique. Ce sont les deux techniciens qui vous avaient remarqué la première fois que vous vous êtes réveillé dans la chambre préressurrectionnelle qui vous ont identifé les premiers grâce à votre... photo. Nous avons alors réglé votre résurrecteur de manière à être avertis de votre mort suivante. A ce moment-là, il ne nous restait plus qu'à vous ressusciter ici.

Mais Burton ne s'était plus suicidé. Ils l'avaient retrouvé avant et s'étaient arrangés pour le capturer vivant, bien qu'il eût pris la fuite. Mais pouvait-il en être vraiment certain ? Qui lui disait qu'il n'avait pas été tué par la foudre, alors qu'il courait comme un fou dans la nuit, et qu'il ne s'était pas retrouvé dans la bulle où ils l'attendaient, au milieu de cette vaste chambre préressurrectionnelle qu'il supposait cachée dans les entrailles de la planète, ou peut-être dans la tour polaire ?

– Nous vous avons soigneusement examiné, reprit Loga. Rien n'a été laissé au hasard. Nous avons analysé un par un tous les éléments de votre... psychomorphe. A moins que vous ne préfériez « aura ».

Il désigna la sphère lumineuse qui tournait au-dessus de la tête de Burton, celui qui se trouvait assis en face de lui dans un fauteuil.

Puis l'Ethique fit une chose étrange.

Il se tourna, scrutant la brume, vers l'autre Burton, l'observateur, qu'il désigna du doigt en s'adressant à lui :

– Nous n'avons découvert absolument aucun indice.

La silhouette sombre dans les coulisses éclata de rire.

Le Burton de la fosse d'orchestre s'écria :

– Vous croyez être douze alors que vous êtes treize ! C'est un nombre qui porte malheur !

– C'est la qualité et non la quantité qui importe, fit la voix dans les coulisses.

– Lorsque nous vous renverrons dans la vallée, vous

oublierez tout ce qui s'est passé quand vous êtes descendu ici, fit Loga.

Le Burton assis dans le fauteuil prononça des mots qui ne figuraient pas dans la scène originale.

– Comment m'obligerez-vous à oublier ?
– Nous avons fait défiler vos souvenirs comme s'ils étaient enregistrés sur bande magnétique, dit Thanabur.

On aurait pu croire, à l'entendre parler, qu'il était en train de faire un cours devant des élèves. Ou bien était-ce lui, le mystérieux X, et cherchait-il à prévenir Burton ?

– Naturellement, il nous a fallu un certain temps pour faire défiler tous vos souvenirs correspondant aux sept années que vous avez passées ici. En particulier, cela a requis d'énormes quantités d'énergie et de matériel. Mais l'ordinateur programmé par Loga a repéré automatiquement l'endroit où ce renégat de malheur vous a rendu visite, de sorte que nous savons aussi bien que vous tout ce qui s'est passé à ce moment-là. Nous avons pu voir ce que vous avez vu, entendre ce que vous avez entendu, toucher et sentir ce que vous aviez devant vous. Nous avons même ressenti vos émotions. Malheureusement pour nous, le traître avait un déguisement efficace et il faisait nuit. Sa voix était filtrée par un distorseur destiné à empêcher l'ordinateur d'identifier son empreinte vocale. Vous-même, vous n'avez vu qu'une vague silhouette dans l'ombre. Vous pensez qu'il s'agissait d'un homme, à cause de sa voix, mais c'était peut-être une femme parlant avec un appareil. Même son odeur corporelle était truquée. L'ordinateur n'a rien pu en tirer. Elle était rendue méconnaissable par un produit chimique. Nous ne savons donc pas lequel d'entre nous est le renégat, ni pour quelle raison il croit nécessaire d'œuvrer contre nous. En fait, il nous paraît pratiquement inconcevable que quelqu'un qui connaît la vérité puisse songer à nous trahir. La seule explication possible serait que cette personne a perdu la raison. Et c'est encore moins concevable.

Le Burton qui était debout dans la fosse d'orchestre savait, d'une manière ou d'une autre, que Thanabur n'avait pas prononcé ces paroles durant la première représentation, la vraie. Il savait aussi qu'il était en train de rêver et que c'était lui qui, parfois, mettait les mots dans la bouche de Thanabur. Ce qu'il disait représentait en partie les pensées de Burton, ses conjectures, ses fantasmes et ses déductions *a posteriori.*

Le Burton assis en scène exprima alors quelques-unes de celles-ci.

— Puisque vous êtes capable de lire les souvenirs des gens comme s'ils étaient enregistrés, pourquoi n'essayez-vous pas sur vous-mêmes ? Vous y avez certainement pensé ? Cela vous permettrait de découvrir le traître qui se cache parmi vous !

Loga répondit d'une voix gênée :

— Nous avons fait ce que vous suggérez, naturellement. Mais...

Il haussa les épaules en écartant les bras.

— Cela signifie, déclara Thanabur, que celui que vous appelez X vous a menti sur toute la ligne. Ce n'est nullement l'un d'entre nous, mais un agent, un sous-ordre. Nous les avons tous rappelés pour les soumettre à une vérification mémorielle. Cela prendra du temps, mais nous n'en manquons pas. Nous finirons par démasquer le renégat.

— Et si *aucun* de vos agents n'est coupable ? demanda le Burton assis en scène.

— Ne soyez pas ridicule, dit Loga. De toute manière, le souvenir que vous avez de votre réveil dans la bulle prérésurrectionnelle sera entièrement effacé, de même que tout ce qui concerne votre entrevue avec le renégat et tous les événements postérieurs à sa visite. Nous sommes vraiment navrés d'être obligés de recourir à cet acte de violence, mais c'est absolument nécessaire et nous espérons que le moment viendra où nous pourrons nous faire pardonner.

Le Burton assis en scène objecta :

— Même si vous faites cela, vous ne pourrez pas effacer tous mes souvenirs de la chambre prérésurrectionnelle, puisque j'y ai pensé de nombreuses fois avant la visite de X. J'en ai même parlé à plusieurs personnes.

— Oui, mais est-ce qu'elles vous ont vraiment cru ? demanda Thanabur. Et à supposer qu'elles vous croient, que peuvent-elles bien faire ? N'ayez pas peur, nous n'avons pas l'intention de vous priver de tous vos souvenirs depuis votre résurrection dans la vallée. Cela vous perturberait trop. Vous seriez coupé de tous vos amis. Et surtout... (Thanabur hésita)... cela risquerait de freiner votre progression.

— Quelle progression ?

— Vous avez tout le temps de découvrir par vous-même ce que cela signifie. Le fou qui prétend vous aider s'est en réalité servi de vous pour ses propres desseins. Il aurait dû vous prévenir qu'en lui obéissant, vous compromettiez vos chances d'accéder à la vie éternelle. Ce traître — ou cette traîtresse, peut-être — est une créature diabolique et malfaisante, vous pouvez me croire.

— Allons, allons ! fit Loga. Nous sommes tous indignés par l'attitude de ce mystérieux X, bien sûr, mais il ne faut pas oublier qu'il s'agit d'un... malade.

— Malade, malsain ou malfaisant, tout cela se rejoint, en un sens, fit remarquer le personnage à l'œil artificiel.

Le Burton assis en scène pencha la tête en arrière et éclata d'un grand rire sonore :

— Vous ne savez donc pas tout, espèces de salauds !

Il se mit debout, prenant appui sur la brume grise comme si elle était solide, et s'écria :

— Vous voulez m'empêcher d'atteindre les sources du Fleuve. Pourquoi ? Répondez-moi !

— Adieu, répondit seulement Loga. Pardonnez-nous cette intervention.

L'une des femmes pointa sur Burton un petit cylindre bleuté qu'elle tenait dans le creux de sa main, et il s'affaissa. Deux hommes vêtus d'un simple kilt blanc émergèrent de la brume, ramassèrent son corps inanimé et disparurent de nouveau dans la brume.

Le Burton demeuré dans la fosse d'orchestre fit une nouvelle tentative pour grimper sur la scène. Comme il n'y parvenait pas, il secoua le poing en direction des douze et les apostropha :

— Vous ne m'aurez jamais, espèces de monstres que vous êtes !

La silhouette sombre, dans les coulisses, applaudit, mais ses mains ne faisaient aucun bruit.

Burton s'attendait à se retrouver dans la région du Fleuve où les Ethiques l'avaient enlevé. Au lieu de quoi il se réveilla à Thélème, le petit Etat qu'il avait contribué à fonder.

Le plus étonnant, cependant, était que sa mémoire

demeurait intacte. Il se souvenait absolument de tout, même de la scène avec les douze Ethiques.

D'une manière ou d'une autre, X s'était arrangé pour berner les autres.

Plus tard, Burton devait se demander s'ils ne lui avaient pas menti. Peut-être n'avaient-ils jamais eu l'intention de truquer sa mémoire. Cela n'avait aucun sens; mais que savait-il de leurs véritables intentions?

Il fut un temps où Burton était capable de mener de front deux parties d'échecs tout en ayant les yeux bandés. Mais cela, somme toute, ne demandait que de l'adresse, une connaissance parfaite des règles et une grande familiarité avec les pièces et l'échiquier. Dans la partie qu'il jouait maintenant, il ignorait à peu près tout des règles et des possibilités de chaque pièce.

Le noir dessein ne semblait suivre aucun plan.

3

Grognant, Burton s'éveilla à moitié.

Durant quelques instants, il chercha vainement à savoir où il se trouvait. Les ténèbres l'environnaient, aussi noires que l'obscurité qu'il ressentait en lui.

Des bruits familiers le rassurèrent cependant. Le navire heurtait sourdement le quai et l'eau clapotait contre la coque. Alice respirait doucement à côté de lui. Il effleura du doigt son dos lisse et chaud. Là-haut, sur le pont, des pas légers se faisaient entendre. C'était Peter Frigate qui accomplissait son quart. Peut-être se préparait-il à réveiller son capitaine pour qu'il le remplace. Burton n'avait aucune idée de l'heure qu'il était.

Il y avait d'autres bruits qu'il reconnaissait. Derrière la cloison de bois bouillonnaient les ronflements mêlés de Kazz et de sa compagne, Besst. Et du compartiment suivant s'élevait la voix de Monat, qui parlait dans son sommeil. Bien que Burton ne pût discerner aucun mot, il savait que l'Extra-terrestre s'exprimait dans sa langue natale.

Sans doute rêvait-il de la lointaine Athaklu, cette planète au « climat rude et âpre » qui gravitait autour de l'étoile géante orange, Arcturus.

Burton demeura quelque temps allongé sur sa couche aussi raide qu'un cadavre. Il pensait : *Je suis un vieillard de cent un ans dans le corps d'un jeune homme de vingt-cinq ans.*

Les Ethiques avaient assoupli les artères durcies des candidats. Mais ils n'avaient rien pu faire pour guérir l'athérosclérose de l'âme. Ce soin était apparemment laissé au candidat.

Ses rêves remontaient le temps au lieu de le descendre. La scène avec les Ethiques était récente. Il rêvait maintenant qu'il refaisait l'étrange songe qui l'avait hanté juste avant son réveil au son de la Dernière Trompe. Mais cette fois-ci, il pouvait s'observer dans son rêve. Il était à la fois spectateur et participant.

Dieu se penchait sur lui et le regardait étendu dans l'herbe, aussi faible que le bébé qui vient de naître. Cette fois-ci, Il n'avait pas Sa barbe longue, noire et fourchue. Il n'était pas non plus habillé comme un sujet endimanché de Sa Majesté la reine Victoria dans la cinquante-troisième année de son règne. Pour seul vêtement, Il portait une pièce de tissu bleu qui Lui ceignait la taille. Il n'était pas très grand, comme dans le rêve originel, mais trapu et musclé. Et Son torse était recouvert d'une toison rousse et bouclée.

La première fois, lorsqu'il avait regardé Dieu dans les yeux, Burton n'avait vu que son propre visage. Dieu avait les mêmes cheveux drus et bruns que lui, le même type arabe avec Ses yeux noirs perçants qui ressemblaient à des pointes d'épieu dépassant de l'ouverture d'une caverne, Ses pommettes hautes, Ses lèvres épaisses et Son menton proéminent creusé d'une fossette profonde. Mais Sa joue n'avait plus la balafre creusée par le javelot somalien qui avait transpercé la mâchoire de Burton, fait sauter plusieurs dents, éraflé son palais et troué l'autre joue.

Ce visage semblait familier, mais il aurait été incapable de lui donner un nom. Ce n'était certainement pas celui de Sir Richard Francis Burton.

Dieu avait toujours Sa canne au bout ferré dont il lui pilonnait les côtes.

— Tu es en retard. Le paiement de ta dette est échu depuis longtemps, tu devrais le savoir.

— Quelle dette ? demanda l'homme étendu dans l'herbe.

L'observateur Burton se rendit soudain compte que la brume avait avancé et qu'elle enveloppait les deux personnages de ses vrilles cotonneuses qui se dilataient et se rétractaient comme au rythme respiratoire de quelque monstrueuse bête tapie derrière eux.

— Tu me dois le prix de la chair, répondit Dieu en le piquant de nouveau du bout de Sa canne.

Et curieusement, l'autre Burton ressentit la douleur.

— Tu me dois le prix de la chair et celui de l'esprit, qui sont en fin de compte une seule et même chose.

Le Burton étendu dans l'herbe lutta pour se mettre debout. Il haleta :

— Personne ne m'a jamais impunément caressé les côtes avec un bâton.

Quelqu'un ricana et l'observateur Burton eut soudain conscience de la présence d'une haute silhouette imprécise au milieu de la brume.

— Payez, monsieur, ou vous serez forclos, déclara Dieu imperturbablement.

— Maudit usurier ! s'écria l'homme étendu dans l'herbe. J'ai déjà eu affaire à tes pareils lorsque j'étais à Damas.

— Nous ne sommes pas à Damas, mais sur le *chemin*. Du moins, en principe.

La silhouette imprécise ricana une nouvelle fois. Puis la brume recouvrit tout. Burton s'éveilla, couvert de transpiration, conscient de ses derniers gémissements.

Alice se tourna et demanda d'une voix ensommeillée :

— Tu as fait un cauchemar, Dick ?

— Ça va. Ne t'inquiète pas. Tu peux te rendormir.

— Tu en fais beaucoup, ces temps-ci.

— Pas plus que sur la Terre.

— Tu ne veux pas en parler ?

— Justement, quand je dors, je ne fais que ça.

— Mais tu ne parles qu'à toi-même.

— Et qui me connaît mieux ? fit-il en ricanant doucement.

— Qui peut mieux te tromper, aussi ? murmura-t-elle aigrement.

Il ne répondit pas. Au bout de quelques secondes, il

entendit de nouveau sa respiration paisible. Elle s'était rendormie. Mais elle n'oublierait pas ce qui venait d'être dit. Il espérait seulement que le jour qui allait se lever n'amènerait pas une nouvelle dispute.

Il aimait bien, en fait, que l'orage éclate de temps en temps. Cela faisait du bien. Mais ces derniers temps, leurs querelles l'avaient laissé insatisfait, prêt à recommencer aussitôt.

Il n'était pas facile, à bord d'un navire, de se défouler dans l'intimité. Alice avait beaucoup changé depuis qu'ils vivaient ensemble, mais elle n'avait pas entièrement perdu ses manières de grande dame victorienne. S'il y avait une chose dont elle avait horreur, c'était bien, comme elle disait, de laver son linge sale en public. Et lui, sachant cela, en profitait odieusement. Il se dressait sur ses ergots, hurlait, tempêtait, prenait du plaisir à la voir se faire toute petite. Mais invariablement, après, il avait honte d'avoir abusé de la situation en abaissant Alice devant tout le monde.

Ce qui le rendait encore plus furieux et odieux.

Les pas de Frigate résonnaient sur le pont. Burton avait envie de se lever pour le remplacer avant l'heure. Il se sentait incapable de retrouver le sommeil. Durant presque toute sa vie adulte, sur la Terre, il avait souffert d'insomnie, et les choses n'avaient guère changé ici. Frigate lui serait certainement reconnaissant. Il avait du mal à garder les yeux ouverts quand il était de quart.

Oubliant son idée, Burton ferma les yeux. L'obscurité fut remplacée par la grisaille. Il se voyait à présent dans cette chambre colossale dépourvue de murs, de plafond et de sol. Il flottait nu au milieu d'un abîme en position horizontale. Comme si son corps était embroché sur un fil invisible, indolore, il tournait lentement sur lui-même. A la faveur de cette rotation, il vit de tous côtés des rangées de corps nus dépourvus, comme le sien, de toute pilosité, faciale ou pubienne. Certains corps étaient inachevés. Non loin de lui, un dormeur avait l'avant-bras rouge vif, dépourvu d'épiderme à partir du coude. Quelques secondes plus tard, il en vit un autre auquel il manquait tous les muscles et la peau du visage.

A quelque distance de la rangée où il se trouvait, il

distingua même un squelette entouré d'un fouillis d'organes.

Partout, les corps semblaient reliés entre eux, au niveau de la tête et des pieds, par des tiges rouges qui avaient l'aspect du métal. Elles étaient issues d'un plancher invisible et se perdaient dans un plafond invisible. Elles formaient des lignes parallèles, à perte de vue dans toutes les directions, garnies de dormeurs alignés jusqu'à l'infini.

Il ressentit, en revoyant cette scène, la même détresse épouvantée que lorsqu'il avait ouvert les yeux pour la première fois après sa mort.

Le capitaine Sir Richard Francis Burton, consul de Sa Très Gracieuse Majesté dans le port austro-hongrois de Trieste, avait rendu le dernier soupir le dimanche 19 octobre 1890.

Il s'était retrouvé vivant dans un endroit qui ne ressemblait à aucun enfer ni paradis dont il eût jamais entendu parler.

Parmi les millions de corps qu'il apercevait autour de lui, il était le seul en vie. Ou éveillé.

Le Burton nouvellement ressuscité devait être en train de se demander ce qui lui valait cet insigne honneur.

L'observateur Burton connaissait la réponse.

C'était l'Ethique auquel il avait donné le surnom de X, qualité inconnue, qui avait choisi de le réveiller entre tous les autres. C'était le renégat.

L'homme en suspens dans le vide s'était maintenant agrippé à l'une des tiges. Cela avait dû rompre un circuit quelconque, car tous les corps alignés entre les tiges, y compris celui de Burton, s'étaient mis à tomber.

L'observateur Burton fut presque aussi effaré que lorsque la chose s'était produite pour la première fois. C'était le rêve primitif, le rêve de chute universel de l'humanité. Sans aucun doute, son origine remontait au premier homme, à cette créature à moitié simienne, à moitié intelligente, pour qui la chute était une terrible réalité et non un simple cauchemar. Le demi-singe bondissait de branche en branche, tellement orgueilleux qu'il était sûr de pouvoir franchir des distances de plus en plus grandes. Mais il finissait par tomber, car l'orgueil faussait son jugement.

De même, l'orgueil de Lucifer avait causé sa chute.

L'autre Burton avait à présent agrippé une tige et demeurait au même endroit tandis que les autres corps, toujours animés du même lent mouvement de rotation, tombaient autour de lui telle une cataracte de chair en mouvement.

Il leva brusquement la tête et vit une machine volante, un objet vert en forme de pirogue, qui plongeait rapidement dans sa direction entre deux colonnes de corps. La machine n'avait ni ailes ni hélices. La force qui la propulsait devait être inconnue de la science de son époque.

Sur sa proue était un dessin : une spirale blanche dont la pointe, orientée vers la droite, était prolongée par une gerbe de traits blancs.

Dans la scène réelle, deux hommes s'étaient penchés pour regarder par-dessus le bord de la pirogue volante. Et subitement, la cascade de corps avait ralenti son mouvement tandis que Burton se sentait invinciblement tiré vers le haut par les jambes. Il fut obligé de lâcher la tige. Toujours en pivotant, flottant comme dans un cocon, il dériva vers la pirogue au-dessus de laquelle il s'immobilisa. L'un des deux hommes pointa sur lui un objet métallique de la taille d'un crayon.

Hurlant de rage, de haine et de frustration, Burton s'écria :

— Je vais tuer ! Tuer ! Tuer !

Mais cette menace était vide, aussi vide que les ténèbres qui neutralisaient sa fureur.

A présent, un seul visage était penché par-dessus le bord de la machine volante. Bien qu'il ne pût le voir, Burton savait qu'il lui était familier. Quels que fussent ses traits, ils appartenaient à X.

L'Ethique ricana.

4

Burton se redressa brusquement et empoigna X à la gorge.

— Dick, pour l'amour de Dieu ! C'est moi, Pete !

Burton desserra ses doigts noués autour du cou de Peter Frigate, dont la silhouette se découpait dans l'encadrement du panneau de descente, à la faveur d'une lumière stellaire aussi intense que celle de la pleine lune sur la Terre.

— C'est l'heure de la relève, Dick.

— Vous ne pourriez pas faire moins de bruit ? grogna Alice.

Burton se laissa glisser hors du lit et prit à tâtons ses vêtements accrochés à la patère. Il était couvert de transpiration et il frissonnait. La cabine exiguë, chauffée toute une nuit par le double rayonnement de ses occupants, commençait à se refroidir. La brume glacée la pénétrait.

— Brrr ! murmura Alice dans un froissement indiquant qu'elle remontait jusqu'à ses épaules les carrés d'étoffe qui lui servaient de couvertures.

Burton eut le temps d'apercevoir un éclair de nudité blanche. Il jeta instinctivement un coup d'œil à Frigate, mais l'Américain avait le dos tourné et remontait déjà l'échelle. Il avait des défauts, mais pas celui d'être un voyeur. D'ailleurs, Burton n'aurait pas pu lui en vouloir s'il avait profité du geste d'Alice pour se rincer l'œil. Il était plus qu'à moitié amoureux d'elle. Il ne l'avait jamais dit expressément, mais la chose était évidente pour tous ceux qui étaient concernés, y compris Loghu, sa compagne.

Si quelqu'un était à blâmer, c'était certainement Alice. Elle avait depuis longtemps mis au rancart sa modestie victorienne. Sans le reconnaître consciemment, elle avait peut-être voulu, après tout, provoquer Frigate.

Burton décida toutefois de ne pas évoquer ce sujet. Bien que l'attitude de Frigate et d'Alice lui déplût fortement, il risquait de passer pour un imbécile en mettant la question sur le tapis. Alice, comme la plupart des riverains du Fleuve, se baignait toujours toute nue, apparemment indifférente aux regards d'autrui. Frigate l'avait vue dévêtue des centaines de fois.

Le costume de nuit était constitué par un certain nombre de carrés de tissu épais attachés les uns aux autres par des agrafes magnétiques invisibles sous l'étoffe. Burton défit le sien et le reconstitua en costume de jour à capuche qui lui arrivait à mi-hauteur des jambes. Puis il se ceignit la taille d'un grand ceinturon en peau de poisson-licorne d'où pendaient des fourreaux contenant un couteau de silex, une hache de pierre et un sabre de bois à la lame incrustée de fines écailles de silex et à la pointe prolongée par la corne acérée d'un poisson-licorne. Il prit au râtelier un lourd épieu de combat en bois de frêne renforcé d'une pointe de corne, et grimpa à l'échelle.

Une fois sur le pont, il s'aperçut que sa tête seule émergeait de la brume. Frigate avait à peu près la même taille que lui. Sa tête semblait posée, comme sur un plateau, au milieu des fumerolles cotonneuses. Le ciel était lumineux, bien qu'il n'y eût pas la moindre lune. Mais d'innombrables étoiles et nébuleuses flamboyaient de toute leur splendeur. Frigate était d'avis que cette planète se situait au cœur de la galaxie dont la Terre faisait partie. En fait, rien n'indiquait qu'elle n'appartenait pas à une autre galaxie.

Burton et ses amis avaient construit un vaisseau à bord duquel ils avaient quitté Thélème. Le *Hadji II*, sensiblement amélioré par rapport à son prédécesseur, était un cotre à voile aurique, à un seul mât. Outre Alice et Burton, Loghu et Frigate, Besst et Kazz, il avait à son bord Monat Grrautut, l'Extra-terrestre, ainsi qu'une femme nommée Owenone. Celle-ci était originaire de l'ancienne Egéide préhellénique et ne voyait aucun inconvénient à partager la couche de l'Arcturien. Avec cet équipage un peu particulier (Burton avait le don, pas toujours très heureux à vrai dire, d'attirer autour de lui les groupes les plus hétérogènes), il avait remonté le Fleuve durant vingt-cinq ans. L'un de ceux avec qui il avait partagé de nombreuses aventures, Lev Ruach, avait décidé de rester à Thélème.

Le *Hadji II* n'était pas arrivé aussi loin que l'avait espéré Burton. Les membres de son équipage vivaient depuis trop longtemps les uns sur les autres. Il était devenu nécessaire de ménager de longues escales à terre pour laisser refroidir les esprits échauffés par la promiscuité.

Dès qu'ils avaient atteint ces parages, Burton avait décidé que le moment était venu de faire une nouvelle pause. Ils se trouvaient dans l'un des rares secteurs où le Fleuve s'élargissait en donnant naissance à un lac de trente-deux kilomètres de long sur une dizaine de large. A sa sortie ouest, il formait un détroit de trois cents mètres d'une rive à l'autre. Le passage s'annonçait difficile en raison de l'impétuosité du courant. Par chance, le *Hadji II*, remontant le Fleuve, bénéficiait d'un vent arrière dominant. S'ils avaient eu vent debout, ils n'auraient pas disposé de beaucoup de place pour tirer des bords.

Après avoir examiné le détroit, Burton jugea qu'ils pourraient s'en tirer, même si c'était de justesse. Cependant ils avaient tous besoin d'un long repos avant. Au lieu d'accoster à l'une des rives, il avait ancré le bateau devant les quelques îlots qui se dressaient au milieu du lac. La plupart étaient des pitons rocheux entourés à leur base d'une étroite bande de terre. Certains avaient même des pierres à graal, autour desquelles on apercevait quelques huttes.

L'île-piton la plus proche de la sortie du lac possédait quelques docks flottants. La manœuvre eût été plus simple s'ils avaient été situés en aval de l'île, mais ce n'était malheureusement pas le cas. Burton distribua ses ordres. Le bateau fut solidement amarré aux bollards et protégé par des défenses, en l'occurrence de grosses outres en peau de poisson-crocodile, bourrées d'herbe. Les habitants de l'îlot s'étaient approchés avec méfiance. Burton les assura aussitôt du caractère pacifique de ses intentions et leur demanda poliment si son équipage pouvait utiliser la pierre à graal.

Ils n'étaient qu'une vingtaine en tout, petits de taille et basanés. Ils parlaient un langage inconnu de Burton. Cependant, ils étaient capables de s'exprimer dans une forme dégénérée d'espéranto, ce qui réduisait la barrière linguistique.

La pierre à graal était une structure massive en forme de champignon, en granit gris moucheté de rose. Le dessus du chapeau arrivait à hauteur de la poitrine de Burton. Il était percé d'environ sept cents cavités circulaires, disposées en cercles concentriques.

Un peu avant le coucher du soleil, tous ceux qui étaient là glissèrent à l'intérieur des cavités un long cylindre de métal gris dont ils ne se séparaient jamais. Les habitants de la vallée du Fleuve appelaient cela un graal, un puits d'abondance, une boîte à malice ou tout simplement un cylindre. Les missionnaires de la Seconde Chance disaient en espéranto *pandoro*; mais le terme le plus populaire demeurait graal.

Sauf à la base du cylindre, le métal qui constituait la paroi des graals était aussi mince que du papier; pourtant, il était absolument incassable, indéformable, indestructible.

Tout le monde recula d'une dizaine de mètres. Bientôt, d'immenses flammes bleues jaillirent du champignon, jusqu'à une hauteur de six mètres environ. En même temps, toutes les pierres de la vallée crachèrent le feu en faisant entendre un grand bruit qui se répercuta comme un roulement de tonnerre.

Une minute plus tard, plusieurs petits hommes à la peau foncée grimpèrent au sommet de la roche et firent passer les cylindres aux autres. Le groupe de Burton avait pris place sous un auvent de bambou, autour d'un feu de bambou et de bois d'épaves. Quand ils soulevèrent le couvercle des graals, ils trouvèrent à l'intérieur des clayettes garnies de bols et de récipients divers contenant de l'alcool, de la nourriture, des cristaux de café ou de thé instantané, des cigares et des cigarettes.

Le cylindre de Burton offrait un choix de spécialités slovènes et italiennes. Sa première résurrection avait pris place dans une région où la majorité des gens étaient d'anciens Triestins, et en règle générale les *pandoros* distribuaient une nourriture plus ou moins adaptée aux époques et aux ethnies. Cependant, tous les dix jours environ, le menu était entièrement différent et l'on pouvait alors trouver dans son graal des plats chinois, russes, persans, anglais, français ou appartenant à n'importe quel autre groupe humain. Parfois, la nourriture était particulièrement répugnante, comme cette viande de kangourou brûlée à la surface et crue à l'intérieur, ou ces larves que Burton aurait ingurgitées sans le savoir si quelqu'un ne lui avait pas expliqué en quoi consistait ce plat traditionnel des aborigènes australiens.

Ce soir, il y avait de la bière. Comme il détestait cette boisson, il l'échangea avec Frigate contre un gobelet de vin.

Les insulaires avaient dans leurs graals des plats qui rappelaient la cuisine mexicaine. Mais les *tortillas* et les *tacos* étaient farcis de venaison au lieu de bœuf.

Burton profita du repas pour les questionner sur leurs origines. D'après la description qu'ils firent de leur pays, il crut comprendre que c'étaient des Indiens de l'époque précolombienne qui avaient vécu dans une vallée désertique du sud-ouest de l'Amérique du Nord. Ils provenaient en fait de deux tribus différentes qui parlaient des dialectes apparentés sur le plan linguistique, mais inintelligibles d'un groupe à l'autre. Malgré cela, les deux tribus avaient toujours vécu pacifiquement l'une à côté de l'autre dans le Monde du Fleuve, et leurs cultures avaient fini par se mêler étroitement, au point qu'il n'y avait plus que des différences minimes entre les deux groupes.

Burton conclut qu'il s'agissait des peuplades que les Indiens Pima de son époque appelaient les Hohokam, les Ancêtres. Leur civilisation s'était développée dans la région que les pionniers blancs devaient appeler plus tard la Vallée du Soleil. Là, au cœur du nouveau Territoire de l'Arizona, avait été fondé le village de Phoenix qui, d'après ce que Burton avait entendu dire, s'était transformé à la fin du xxe siècle en une cité de plus d'un million d'habitants.

Ce peuple s'appelait les Ganopos. A l'époque terrestre, ils avaient creusé, à l'aide d'outils en pierre et en bois, de longues tranchées d'irrigation grâce auxquelles leur désert avait été transformé en jardin. Mais ils avaient subitement disparu, en posant une énigme aux futurs archéologues américains. Diverses théories avaient été avancées. La plus communément admise était qu'ils avaient été exterminés par des envahisseurs venus du Nord, mais il n'existait aucune preuve.

L'espoir qu'avait eu Burton de découvrir la clé du mystère s'éteignit rapidement. Ces gens avaient vécu et étaient morts avant la disparition de leur groupe ethnique.

Tout le monde veilla très tard cette nuit-là. On fuma les cigares et les cigarettes des graals, et l'on but de l'alcool fabriqué avec les lichens qui recouvraient la base du piton rocheux. On se raconta des histoires, dans le genre obscène et absurde, et l'on se roula de rire par terre. Burton, en racontant ses histoires orientales, dut s'astreindre à les transposer lorsque les références étaient trop compliquées pour être accessibles à son auditoire. Mais personne n'eut de mal à comprendre le conte d'Aladin et de sa lampe merveilleuse, ni celui d'Abu Hasan qui laissa échapper un vent.

Ce dernier récit avait beaucoup de succès chez les

Bédouins du temps de Burton. Maintes fois, assis devant un feu de crotte de dromadaire séchée, il avait fait rire ses auditeurs aux larmes, bien qu'ils l'eussent déjà entendu mille fois.

Abu Hasan le Bédouin avait abandonné sa vie nomade pour s'établir marchand dans la ville de Kaukaban, au Yémen. Il devint très riche et, après la mort de sa femme, fut poussé par ses amis à prendre une nouvelle épouse. Malgré quelques réticences, il finit par leur céder et jeta son dévolu sur une splendide jeune fille.

Les cérémonies du mariage furent somptueuses. On festoya abondamment de riz de toutes les couleurs, de sorbets aux mille parfums, de cabris farcis aux noix et d'un jeune dromadaire rôti à la broche.

Lorsque le moment, enfin, arriva pour le nouveau marié d'aller rejoindre sa jeune épouse dans la chambre où elle l'attendait, magnifiquement parée, il se leva lentement, avec dignité, du divan où il était assis mais hélas, trois fois hélas ! Il était si plein de tous les mets qu'il avait absorbés au cours du festin que lorsqu'il mit un pied devant l'autre pour se diriger vers la chambre nuptiale, savez-vous ce qu'il advint ? Il lâcha un pet, un énorme et monstrueux pet.

En entendant cela, les invités se tournèrent les uns vers les autres et reprirent leurs discussions en faisant le plus de bruit possible pour affecter de n'avoir pas remarqué cette très grave inconvenance. Mais Abu Hasan était trop humilié. Prétextant un besoin urgent, il descendit jusqu'aux écuries, sella promptement un cheval et s'enfuit en abandonnant tout, fortune, demeure, amis et jeune mariée.

Il prit un bateau pour les Indes, où il devint capitaine des gardes d'un puissant roi. Dix ans plus tard, souffrant d'une nostalgie telle qu'il était sur le point d'en dépérir, il se déguisa en fakir afin de retourner dans son pays. Au bout d'un long et périlleux voyage, il arriva enfin en vue de sa ville et contempla, du haut de la colline où il se trouvait, les larmes aux yeux, les murs et les minarets familiers. Cependant, il n'osait pas s'approcher de la ville tant qu'il n'était pas sûr que son infortune fût oubliée. Il rôda donc aux alentours des murs durant sept jours et sept nuits, essayant de surprendre les conversations des gens.

Au bout de ce temps-là, n'ayant rien entendu de particulier, il était prêt à renoncer à son déguisement pour entrer dans la ville lorsqu'il entendit par hasard une petite fille qui disait :

— Peux-tu me dire, ô ma mère, quel jour je suis née, car une de mes amies, qui voudrait me prédire l'avenir, a besoin de ce renseignement ?

Et la mère de la petite fille répondit :

— Tu es née, ô ma fille, le jour où Abu Hasan a pété.

Le pseudo-fakir n'avait pas plus tôt entendu ces mots qu'il se leva précipitamment du rebord de la fontaine où il était assis et prit la fuite de toute la vitesse de ses jambes tremblantes en se disant : Ton malencontreux pet est devenu, en vérité, une date historique qui n'est pas près d'être oubliée.

Il ne cessa plus, de ce jour, de voyager de par le monde, et retourna finalement aux Indes où il mourut en exil. Que Dieu ait pitié de son âme.

Cette histoire eut un grand succès; mais avant de la raconter, Burton avait dû expliquer à son auditoire que chez les Bédouins de cette époque-là, faire un vent en public était considéré comme un grave péché, mortel en vérité, car le coupable était capable, si quelqu'un faisait mine d'avoir entendu quelque chose, de sortir son sabre et de lui trancher immédiatement la tête.

Burton, assis en tailleur devant le feu, remarqua que même Alice paraissait apprécier ce genre d'humour. C'était une grande dame victorienne, issue d'une famille anglicane profondément dévote. Son père, évêque et frère d'un baron, était le descendant de Jean de Gand, fils d'Edouard III. Sa mère était la petite-fille d'un comte. Mais la vie au bord du Fleuve et la fréquentation prolongée de Burton avaient eu raison de ses dernières inhibitions.

Il leur raconta ensuite l'histoire de Sindbad le Marin, en l'adaptant un peu pour tenir compte de leur expérience. Les Ganopos n'avaient jamais vu d'océan; aussi l'océan se transforma en fleuve et l'oiseau roc qui emporta Sindbad devint un aigle royal.

Les Ganopos, à leur tour, racontèrent des histoires issues de leurs mythes de la création, ainsi que les aventures paillardes d'un héros folklorique, l'astucieux Coyote aux Pieds Agiles.

Burton les questionna sur la manière dont ils avaient

adapté leur ancienne religion aux réalités du monde présent.

— Ô Burton, lui dit le chef, ce monde ne correspond pas tout à fait à la vision que nous avions de l'après-vie. Le maïs n'y pousse pas plus haut, en un jour, que la tête d'un homme, et ni le lièvre ni le chevreuil ne sont là pour nous régaler des plaisirs de la chasse. Nous n'avons retrouvé ni nos femmes ni nos enfants, ni nos parents ni nos grands-parents. Quant aux puissants esprits, ceux du Fleuve et de la montagne, ceux des arbres et des rochers, ils ne marchent pas parmi nous pour nous parler.

» Nous n'avons certes pas à nous plaindre. Nous sommes, en fait, plus heureux ici que dans le monde que nous avons quitté. La nourriture est meilleure et plus abondante. Nous ne sommes pas obligés de travailler pour nous la procurer même si nous avons dû parfois, dans les premiers temps, nous battre pour la conserver. Nous avons de l'eau en abondance, nous pouvons pêcher autant que le cœur nous en dit et nous ignorons les maux et les fièvres qui nous rendaient infirmes ou nous décimaient dans notre ancienne vie. Nous ne connaissons pas non plus les tourments et les infortunes de l'âge.

5

Là-dessus, le chef fronça les sourcils; et lorsqu'il poursuivit, une ombre descendit sur l'assistance et les sourires s'éteignirent.

— Dites-moi, étrangers, quelles nouvelles avez-vous sur le retour de la mort ? Je parle de la mort éternelle, bien sûr. Nous vivons sur une petite île et nous recevons peu de visiteurs. Mais d'après nos rares contacts avec des étrangers ou les habitants des rives voisines, la situation serait troublante. On dit que depuis quelque temps, ceux qui meurent ne ressuscitent plus, comme avant, leur graal attaché au poignet et leurs blessures guéries, dans une région éloignée du Fleuve. Que faut-il penser de telles rumeurs ? Sont-elles véridiques ? ou seulement inventées pour le plaisir de tracasser les gens ?

– Je l'ignore, répondit Burton. Mais nous avons parcouru des milliers de kilomètres. Nous avons laissé derrière nous d'innombrables pierres à graal. Et il est vrai que depuis un an nous avons constaté, nous aussi, ce phénomène dont tout le monde parle.

Il s'arrêta quelques instants de parler pour réfléchir. Depuis le lendemain de la grande résurrection, les résurrections secondaires ou translations, comme on les appelait souvent, avaient fait partie du nouveau destin des hommes au bord du grand Fleuve. Les gens mouraient, soit par accident, soit par homicide ou suicide, mais ils savaient que le lendemain, à l'aube, ils se retrouveraient vivants au pied d'une pierre à graal. Toutefois, la résurrection s'opérait toujours assez loin du secteur de leur mort, parfois dans une zone climatique entièrement différente.

Beaucoup attribuaient ce phénomène à une intervention surnaturelle. D'autres, encore plus nombreux, parmi lesquels Burton, pensaient qu'il devait exister une explication rationnelle et scientifique à tout ce qui s'était passé au bord du Fleuve et qu'il n'était pas nécessaire de faire appel au surnaturel. « Fantômes, s'abstenir », comme disait cet autre immortel, Sherlock Holmes.

Burton savait en tout cas de par sa propre expérience, apparemment unique dans le Monde du Fleuve, que la duplication d'un mort était une chose possible. Il avait vu le processus en œuvre dans la vaste chambre où il s'était provisoirement éveillé. Tout se passait comme si les corps étaient créés à partir d'une sorte de matrice ou d'enregistrement. Leurs blessures étaient guéries, leurs chairs régénérées, leurs membres restaurés. Les ravages de la vieillesse étaient effacés, la jeunesse restituée.

Quelque part dans les profondeurs de cette planète, il devait y avoir un énorme convertisseur énergie-matière thermionique, sans doute alimenté par la chaleur du noyau planétaire de fer-nickel. La machinerie fonctionnait par l'intermédiaire du réseau de pierres à graal dont les racines s'enfonçaient profondément dans le sol, formant un circuit si complexe qu'on en avait le vertige rien que d'y penser. L'enregistrement des cellules d'un mort était-il assuré par les roches en forme de champignon ? Ou bien y avait-il, comme l'avait suggéré Frigate, des satellites d'observation qui orbitaient en permanence autour de la planète pour épier ses habitants un peu à la manière de Dieu tenant le compte de ses créatures, jusqu'à la chute du moindre moineau ?

Personne ne savait la vérité. Ou bien si quelqu'un la savait, il prenait bien soin de garder le secret pour lui.

L'hypothèse des convertisseurs énergie-matière fonctionnant grâce au réseau des pierres à graal avait l'avantage d'expliquer aussi la manière dont les repas gratuits fournis trois fois par jour aux riverains du Fleuve apparaissaient à l'intérieur des graals. Ceux-ci devaient contenir, dissimulés dans leur base, un convertisseur miniature et un sélecteur de menu électronique. L'énergie, transmise par le réseau des pierres à graal, était transformée en matière complexe sous la forme de viandes diverses, légumes, fruits, pain, etc. Il y avait même des produits de luxe : tabac, marihuana, alcools variés, ciseaux, briquets, rouge à lèvres, gomme à rêver.

Les carrés d'étoffe étaient fournis par le même moyen, mais pas à l'intérieur des graals. Ils formaient une petite pile bien nette à côté du corps ressuscité, jamais bien loin d'une pierre à graal.

Il devait y avoir un quelconque mécanisme dissimulé sous terre, à proximité de ces pierres, et capable de matérialiser à distance les configurations complexes de molécules que représentaient les corps humains, les graals et les carrés de tissu. Sa précision était nécessairement très grande, car les matérialisations se faisaient juste à un centimètre au-dessus du sol.

Littéralement, les personnes et les objets semblaient surgir de l'air.

Burton s'était souvent demandé ce qui se produirait si le ressuscité se matérialisait à un endroit déjà occupé par un autre objet. Frigate était d'avis que la rencontre produirait une énorme explosion. Mais la chose n'était jamais arrivée, tout au moins à sa connaissance. Burton en concluait que le dispositif était muni d'une sécurité lui permettant d'éviter la rencontre des molécules.

Frigate, cependant, lui avait fait remarquer que de toute manière l'objet matérialisé prenait la place d'un volume d'air équivalent. Comment l'explosion fatale était-elle évitée ?

Nul ne le savait. Le mécanisme devait d'abord faire le vide à l'emplacement correspondant à la matérialisation. Mais il fallait que ce soit un vide absolument parfait, tel que même la science avancée de la fin du XXe siècle était incapable d'en produire.

On n'entendait même pas une légère détonation au moment où la masse d'air était soudain déplacée.

La manière dont les corps étaient enregistrés pour être reproduits n'avait pas non plus été expliquée à leur entière satisfaction. Plusieurs années auparavant, cependant, un agent des Ethiques nommé Spruce, qu'ils avaient réussi à capturer, leur avait déclaré que les Ethiques utilisaient un chronoscope, un instrument capable de « revoir » le passé et d'enregistrer les cellules des êtres vivants. C'est ainsi, disait-il, qu'avaient été ressuscités tous les humains ayant jamais vécu entre deux millions d'années avant J.-C. et l'an 2008 de l'ère chrétienne.

Burton ne croyait guère à cette explication. Il lui paraissait impossible d'imaginer que quelque chose pût régresser dans le temps, ne fût-ce que visuellement. Frigate n'y croyait pas non plus. D'après lui, le terme de « chronoscope » utilisé par Spruce devait être interprété au sens figuré. Rien ne disait non plus que Spruce n'avait pas menti.

Ce qui était à peu près certain, c'était que les résurrections et le mécanisme des graals devaient avoir une explication purement scientifique.

— Que se passe-t-il, Burton ? demanda poliment le chef. Un esprit s'est-il emparé de vous ?

— Non, fit Burton en souriant. Je réfléchissais seulement. Nous avons parlé nous aussi à beaucoup de gens qui nous ont dit qu'aucune translation nouvelle n'avait été signalée dans leur région depuis un an. Cela n'est peut-être valable, naturellement, que pour les secteurs que nous avons traversés. Il est possible que les morts soient transférés autre part. Après tout, le Fleuve est très...

Il s'interrompit un instant. Comment faire entendre le concept d'un Fleuve qui faisait peut-être dix millions de kilomètres de long ou davantage à des gens qui savaient à peine compter jusqu'à vingt ?

— Il est si long, reprit-il, que celui qui voudrait le parcourir d'un bout à l'autre mettrait pour le faire autant d'années que vous, votre père et votre grand-père en avez vécues sur la Terre. De sorte que même si les morts sont aussi nombreux que les brins d'herbe entre deux pierres à graal, leur nombre n'est rien comparé à celui des vivants qui sont au bord du Fleuve. Quant à nous, nous avons parcouru un très long chemin, mais ce n'est rien en comparaison de celui qu'il nous reste à faire. Par conséquent, il existe de nombreux endroits que nous ne connaissons pas où les morts sont peut-être encore ressuscités.

» En outre, il est certain que les gens meurent beaucoup moins en ce moment que dans les vingt-cinq premières années de notre nouvelle vie au bord du Fleuve. Les innombrables Etats qui se sont créés ont consolidé leur existence. L'esclavage a presque disparu. L'ordre règne à l'intérieur des Etats comme à l'extérieur. Les méchants qui rêvaient de s'emparer du pouvoir et convoitaient la nourriture ou les biens des autres ont tous été tués. Il est vrai qu'ils furent ressuscités ailleurs, mais ils s'y retrouvèrent isolés, sans la foule de leurs partisans. La vie au bord du Fleuve est devenue plus calme. Certes, il y a toujours des accidents, surtout de pêche, et des meurtres, surtout passionnels. Mais il y a beaucoup moins de gens qui meurent chaque jour. Et l'absence de résurrections que nous avons constatée est peut-être due à une série de coïncidences.

— Vous croyez sincèrement à ce que vous dites? demanda le chef. Ou cherchez-vous seulement à nous rassurer?

— Je ne le sais pas moi-même, fit Burton en souriant.

— Peut-être, poursuivit le chef, les chamans de la Seconde Chance disent-ils la vérité. D'après eux, ce monde-ci n'est qu'une halte, une étape avant d'accéder à un monde meilleur. Ils affirment que lorsqu'un individu est devenu meilleur, vraiment meilleur que sur la Terre, il s'en va vers un autre monde uniquement peuplé de très grands esprits. Mais les chamans de la Seconde Chance disent toujours qu'il n'y a véritablement qu'un seul grand esprit. Nous ne pouvons accepter cela, car nous savons qu'il existe une grande quantité d'esprits, petits et grands.

— Ils disent beaucoup de choses, déclara Burton. Mais pourquoi en sauraient-ils plus que les autres?

— Ils prétendent que l'un des esprits qui ont bâti ce monde est apparu au fondateur de leur Eglise. Et c'est l'esprit qui a raconté tout cela.

— L'homme qui prétend avoir vu cet esprit est peut-être un fou ou tout simplement un menteur, dit Burton. Pour ma part, je demanderais d'abord à parler en personne à l'esprit. Et il faudrait qu'il me prouve qu'il en est bien un.

— Ces questions ne me préoccupent guère, déclara le chef d'un ton sentencieux. Il vaut mieux laisser les esprits tranquilles, profiter de la vie comme elle se présente et savoir se faire apprécier du reste de la tribu.

— C'est peut-être ce qu'il y a de plus sage, approuva Burton.

Mais il n'y croyait pas. S'il y avait cru, pourquoi aurait-il cherché avec une telle obstination à remonter jusqu'aux sources du Fleuve, jusqu'à la mer Polaire encerclée de montagnes dont on disait qu'elle abritait en son centre la formidable Tour Noire qui servait de repaire aux créateurs et dirigeants occultes de cette planète ?

— Je ne voudrais pas vous offenser, Burton, reprit le chef, mais je me flatte de m'y connaître en hommes. Vous souriez aimablement et vous racontez beaucoup d'histoires très drôles, mais dans votre for intérieur vous êtes troublé et insatisfait. Pourquoi ne cessez-vous pas de voyager à bord de ce frêle navire pour vous établir définitivement quelque part ? Vous avez une bonne épouse. Vous avez, en vérité, tout ce qu'un homme peut désirer. Vous ne pourriez trouver meilleur endroit qu'ici. Nous vivons en paix. Les voleurs sont inconnus, car nous ne voyons pratiquement pas de gens de l'extérieur. Il y a peu de bagarres, et celles-ci ne servent qu'à déterminer qui de deux hommes est le meilleur. Les seules querelles que nous ne pouvons éviter sont celles qui résultent de la mésentente entre un homme et sa femme. Je crois qu'une personne sensée ne peut qu'avoir envie de s'établir ici.

— Vous ne m'offensez pas le moins du monde, répliqua Burton. Mais pour comprendre ma position, il faudrait que vous connaissiez l'histoire de ma vie, aussi bien ici que sur la Terre. Et même alors, je ne sais pas si vous pourriez comprendre. Parfois, je ne comprends pas moi-même.

Burton retomba dans sa rêverie intérieure. Il songeait à un autre chef de tribu primitive qui lui avait dit à peu près la même chose. Cela se passait en 1863 alors qu'il rendait visite, en tant que consul de Sa Très Gracieuse Majesté dans l'île de Fernando Poo et le Golfe de Biafra, à Gélélé, roi du Dahomey. La mission de Burton était de convaincre le roi de mettre un terme au trafic des esclaves et aux sanglants sacrifices humains qui avaient lieu chaque année. Il échoua totalement, mais cette mission lui avait fourni l'occasion de prendre suffisamment de notes pour publier deux volumes.

Le roi éthylique, sanguinaire et dépravé l'avait pris de haut avec lui, tandis que lorsqu'il avait rendu visite au Bénin le roi de ce pays avait crucifié un homme en son honneur. Ils avaient pu tout de même s'entendre relativement bien, compte tenu des circonstances. En fait, au cours d'une précédente visite, Burton avait été nommé capitaine honoraire de la Garde Amazonienne du roi.

Gélélé disait que Burton était un homme bien, mais trop irascible.

Ces primitifs s'y connaissaient en tempéraments. Pour eux, c'était parfois une question de survie.

Monat l'Arcturien, voyant que la défection de Burton menaçait de jeter un froid dans la conversation, se mit à raconter des histoires sur sa planète natale. Il avait un peu fait peur aux habitants de l'île, au début, par son aspect visiblement non humain. Mais il n'eut aucun mal à les intéresser. Il savait exactement ce qu'il fallait faire et dire pour mettre un être humain à l'aise. Et comment en eût-il été autrement ? Il avait eu le temps de se perfectionner, depuis qu'il s'était retrouvé seul au milieu de l'humanité ressuscitée au bord du Fleuve.

Au bout de quelques instants, Burton se leva pour prendre congé en disant que son équipage avait besoin de repos. Il remercia les Ganopos de leur hospitalité mais déclara qu'il avait changé d'avis et repartirait plus tôt que prévu. Son intention première avait été de s'attarder plusieurs jours dans l'île, pour prendre du repos et étudier les mœurs des insulaires.

— Vous pouvez rester autant de temps que vous le désirez, dit le chef. Un jour ou un an, à votre gré.

— Nous vous remercions beaucoup, répondit Burton, qui cita alors un passage des *Mille et Une Nuits* : « Allah m'a affligé de l'amour des voyages. »

Il se cita aussi lui-même : « Les voyageurs, comme les poètes, forment une race irascible. »

Cela, au moins, le fit rire, et il regagna le bateau en se sentant un peu moins maussade. Avant de souhaiter bonne nuit à son équipage, il répartit les tours de garde. Frigate protesta, car l'endroit était abrité et les rares habitants de l'île paraissaient incapables de faire du mal à une mouche. Mais Burton s'entêta, ce qui ne lui causa aucune surprise. Il savait que, pour l'explorateur, la convoitise était le principal moteur des actions humaines.

6

Burton était en train de repenser à cela et à d'autres faits saillants de la journée écoulée, sans oublier les rêves qu'il avait faits la nuit précédente. Il achevait de fumer son cigare sur le pont aux côtés de Frigate. La clarté des étoiles et des nébuleuses pâlissait déjà à vue d'œil. L'aube allait poindre d'ici une demi-heure au plus. A sa lumière, la plupart des corps célestes deviendraient de pâles fantômes qui finiraient par disparaître lorsque le soleil surgirait au-dessus de la crête des montagnes du Nord.

La brume laineuse couvrait le Fleuve et les plaines qui le bordaient sur chaque rive. Elle s'échouait au pied des collines boisées, sur les versants desquelles on apercevait de rares lumières. Au-delà, les montagnes se dressaient, d'abord à quarante-cinq degrés sur les trois cents premiers mètres d'altitude, puis verticalement, lisses comme un miroir, jusqu'à trois mille mètres.

Durant les premiers temps de la résurrection, Burton et beaucoup d'autres avaient eu tendance à surestimer largement la hauteur de la double barrière montagneuse. Cela s'expliquait par le fait qu'ils ne disposaient d'aucun instrument de visée pour faire leurs observations. Plus tard, lorsqu'ils avaient remédié à cela, ils avaient constaté que leurs estimations sommaires étaient généralement à diviser par deux. Sans doute la couleur bleutée de la roche créait-elle une illusion d'optique, sans compter l'étroitesse de la vallée qui accentuait, pour les riverains, l'impression qu'ils avaient d'être des pygmées emprisonnés entre deux falaises de granit longeant le Fleuve à perte de vue.

C'était un monde où régnait l'illusion, physique, métaphysique et psychologique.

En cela, il différait peu de la Terre qu'ils avaient connue.

Frigate avait allumé une nouvelle cigarette. Durant un an, il avait cessé de fumer; mais récemment, comme il se plaisait à le dire, « l'état de grâce l'avait quitté ». Il était de haute taille, presque aussi grand que Burton. Ses yeux avaient une couleur brun-vert et ses cheveux bruns prenaient parfois des reflets rougeâtres au soleil. Ses traits étaient irréguliers : arcade sourcilière proéminente, nez droit de taille moyenne mais narines épaisses, lèvres charnues, celle du haut débordant sur l'autre, menton effacé garni d'un pli profond.

Sur la Terre, Frigate avait fait partie de cette espèce rare mais coriace dont l'occupation favorite consistait à collectionner tout ce qui avait pu être écrit par, à propos et au sujet de Burton. Il avait lui-même rédigé une biographie de l'explorateur, mais il l'avait publiée plus tard sous la forme d'un roman intitulé *A Rough Knight for the Queen* (1).

Alors qu'il le connaissait depuis peu, Burton avait été surpris de l'entendre se définir comme un « auteur de science-fiction ».

— Par la Géhenne, qu'est-ce que c'est que ça encore ?

— Ne me demandez surtout pas une définition de la science-fiction, avait déclaré Frigate. Personne n'a jamais été capable d'en donner une qui pût satisfaire tout le monde. Disons que c'est... c'était... un genre littéraire dont la plupart des récits se situaient dans un avenir hypothétique. On l'appelait science-fiction parce que la science était censée y jouer un grand rôle. La science future, naturellement. Elle ne se bornait pas à la physique et à la chimie, mais comprenait aussi des extrapolations concernant les sciences psychologique et sociologique de l'époque de l'auteur. En fait, tous les romans situés dans

---

(1) Le titre contient un jeu de mots sur *knight* et *night*, qui se prononcent de la même manière. Il se lit donc : « *Une nuit agitée* »... ou bien : « *Un chevalier agité* »... *pour la Reine*. (N.d.T.)

l'avenir appartenaient à la science-fiction. Mais une histoire écrite en 1960, par exemple, et située en 1984, demeurait une histoire de science-fiction, même en 1984.

» En outre, certains récits de science-fiction avaient pour cadre le présent, ou même le passé. On supposait alors que les faits décrits étaient plausibles car ils étaient fondés sur la science de l'époque et l'auteur ne faisait qu'explorer, avec plus ou moins de rigueur, les différentes extrapolations auxquelles cette science pouvait donner lieu. Mais malheureusement, cette définition englobait aussi des récits où la science ne jouait aucun rôle, ou bien était fort mal comprise par l'auteur.

» Toutefois (il y a beaucoup de toutefois dans la science-fiction), il existait de nombreux ouvrages qui traitaient de choses impossibles, entièrement dépourvues de toute base scientifique. Par exemple les voyages temporels, les univers parallèles, les moyens de propulsion ultraluminiques. Les étoiles vivantes, Dieu rendant visite à la Terre en chair et en os, des insectes gros comme des gratte-ciel, des cataclysmes à l'échelle de la planète, le monde réduit en esclavage au moyen de la télépathie, et ainsi de suite. La liste est sans fin.

— Quelle est l'origine du mot science-fiction ?

— En réalité, la chose existait bien avant qu'un certain Hugo Gernsback songeât à lui donner ce nom de baptême. Vous avez lu, je suppose, les romans de Jules Verne et le *Frankenstein* de Mary Shelley. C'était de la science-fiction, aussi.

— Pour moi, c'étaient seulement des œuvres d'imagination, avait fait remarquer Burton.

— Oui, mais toute la littérature est œuvre d'imagination. La différence entre l'imagination traditionnelle, relevant de la littérature générale, et la science-fiction, c'est que la première décrit des personnes ou des événements qui auraient très bien pu exister et qui se situent toujours, au demeurant, dans le passé ou le présent, alors que la seconde traite de personnages ou de choses impossibles, ou tout au moins très improbables. Certains ont proposé aussi le nom de « littérature spéculative », mais sans grand succès.

Burton ne devait jamais comprendre tout à fait ce que c'était que cette science-fiction. Mais cela ne l'empêchait pas pour autant de dormir. Frigate, dont les explications manquaient de clarté, fournissait par contre de nombreux exemples.

— En fait, disait-il, la science-fiction fait partie de cette catégorie de choses très nombreuses qui n'existent pas, mais qui ont tout de même un nom. Parlons plutôt d'autre chose, veux-tu ?

Burton, cependant, refusait de changer de sujet.

— Dans ce cas, tu exerçais une profession qui n'existait pas ?

— Non; la profession consistant à écrire de la science-fiction existait. C'était la science-fiction proprement dite qui n'existait pas. Tout ça commence à ressembler à un dialogue d'*Alice au Pays des Merveilles.*

— Et l'argent que tu gagnais en écrivant, il n'existait pas non plus ?

— Pratiquement pas. Enfin... j'exagère peut-être un peu. Je ne crevais pas de faim, mais je ne roulais pas non plus dans une Cadillac en or.

— Qu'est-ce que c'est qu'une Cadillac ?

En repensant maintenant à tout cela, Burton trouvait assez extraordinaire que la femme qui partageait sa couche fût justement celle qui avait inspiré ses deux chefs-d'œuvre à Lewis Carroll.

C'est alors que Frigate demanda :

— Qu'est-ce que c'est que ça ?

Burton suivit la direction de son regard, à l'est. Le lac se resserrait en un goulet où, contrairement aux secteurs situés en aval et en amont, les rives étaient inexistantes, la montagne formant une double paroi abrupte.

On voyait indistinctement quelque chose – en réalité deux objets séparés – qui s'avançaient vers le milieu du lac, comme s'ils flottaient au-dessus de la brume.

Pour mieux voir, Burton grimpa à une échelle de corde. Les deux objets ne flottaient pas dans l'air, mais leur partie inférieure était noyée dans la brume. Le plus proche semblait être une structure en bois avec au sommet une silhouette humaine. Le second, beaucoup plus en arrière, était une grosse boule noire.

— Pete ! cria-t-il. Je pense que c'est un radeau. Il a l'air énorme ! Il se dirige droit sur nous, porté par le courant. Il y a une tour, avec un guetteur. Mais il ne bouge pas. On dirait...

La chose était même certaine. Le guetteur ne s'était pas aperçu du danger. Il avait dû s'endormir.

Burton coinça un montant de l'échelle dans le creux de son bras, mit ses mains en porte-voix et se mit à beugler pour le prévenir. Ce fut peine perdue. Le guetteur ne bougeait toujours pas. Burton s'adressa alors à Frigate :

– Réveille tout le monde en vitesse ! Parez à manœuvrer ! Il faut s'écarter de leur chemin au plus vite !

Il redescendit prestement de l'échelle et enjamba l'espace qui séparait le bateau du quai. On n'y voyait absolument rien dans cette brume épaisse, mais en se guidant sur la coque il trouva rapidement les bollards d'amarrage. Il avait déjà libéré deux filins lorsque l'équipage commença à monter sur le pont. Il cria à Monat et à Kazz de descendre sur l'autre quai pour défaire les amarres de leur côté.

Dans sa précipitation, il se cogna le genou sur un des bollards et sautilla quelques secondes à cloche-pied avant de terminer ce qu'il avait commencé.

Il remonta à bord par la passerelle que quelqu'un avait fait descendre. Il n'y voyait toujours rien, à part les têtes des femmes et le visage de l'Américain qui émergeait de la brume.

– Que se passe-t-il ? demanda Alice.

– As-tu sorti les perches ? cria Burton en s'adressant à Frigate.

– Ouaip.

Burton remonta à l'échelle de corde. Les deux objets visibles poursuivaient leur course qui devait immanquablement s'achever au beau milieu des docks. Le guetteur n'avait toujours pas donné signe de vie.

Il y avait maintenant, par contre, du mouvement sur la rive. Les Ganopos étaient venus voir quelle était la raison de tout ce remue-ménage.

Seules la tête et les épaules de Monat étaient visibles dans la grisaille. Il ressemblait à un monstre émergeant du brouillard d'un roman d'épouvante. Sa structure crânienne était à peu près la même que celle d'un être humain, mais les traits de son visage différaient sensiblement. Ses épais sourcils noirs se prolongeaient jusqu'à ses pommettes saillantes, recouvertes d'un duvet brun. Ses narines étaient complétées vers le bas par une fine membrane qui flottait au gré de ses mouvements de tête. Le bout de son nez s'ornait d'une truffe de cartilage oblongue, fendue en son milieu. Les lèvres minces, noires, pendaient comme des babines de cuir et les oreilles sans lobes avaient des circonvolutions de conque marine.

On entendait la voix sourde de Kazz, invisible dans la brume à côté de Monat. C'était l'un des deux plus petits membres de l'équipage, car il mesurait tout juste un mètre cinquante. Lorsque sa silhouette trapue devint visible au bord du quai, Burton ordonna :

– Faites-leur passer les perches, qu'ils puissent nous dégager !

– Mais où sont-elles, ces foutues perches ? demanda Besst.

– Je les ai sorties de leur râtelier, dit Frigate. Elles sont sur le pont, juste en dessous.

– Suis-moi ! cria Burton.

Puis il poussa un juron car il venait de se prendre les pieds dans quelque chose et de s'étaler sur le pont. Il se releva aussitôt, mais pour se cogner à quelqu'un. A en juger d'après la consistance de la masse molle, c'était Besst.

Dans une indescriptible confusion, on apporta les perches et on les confia à des hommes postés de chaque côté du pont. Au commandement de Burton, ils prirent appui contre le dock, car il n'y avait pas de place sur les côtés pour glisser les perches jusqu'au fond du lac. Comme le courant était très fort, il leur fallut un bon moment pour dégager le bateau du dock. Dès qu'ils le purent, ils plongèrent les perches verticalement dans l'eau, mais elles dérapaient sur le fond rocheux et glissant.

Burton donna l'ordre de faire obliquer le nez du bateau. Lorsqu'il se présenta perpendiculairement au dock, les hommes de bâbord vinrent avec leurs perches prêter main-forte à ceux de tribord pour empêcher le bateau d'être drossé contre l'île. A cet endroit, le plateau sous-marin prenait abruptement fin et formait un à-pic contre lequel les perches devaient exercer leur poussée horizontalement.

Comme il entendait une voix inconnue, Burton se retourna. La silhouette sombre en haut du mât s'agitait maintenant et hurlait dans la brume. D'autres voix, plus faibles, lui répondaient d'en bas.

La grosse boule noire était devenue encore plus impressionnante. Sous la clarté des étoiles, elle ressemblait à la tête d'un géant. Il estima la distance qui la séparait de la tour à une centaine de mètres. Cela signifiait que le radeau était gigantesque. Il n'y avait aucun moyen d'évaluer sa largeur, et Burton ne tenait pas à découvrir la réponse avant d'avoir mis le *Hadji II* en lieu sûr de l'autre côté de l'île.

Juste avant de retourner à la manœuvre, il vit apparaître un deuxième homme au sommet de la tour. Le nouveau venu semblait gesticuler, et sa voix aiguë dominait celle de l'autre.

– Il vient droit sur nous! hurla Frigate.

Burton ne songeait guère à lui reprocher son affolement. Il se sentait lui-même au bord de la panique en voyant cette masse énorme se rapprocher du *Hadji II*.

– Poussez, bande de fainéants! hurla-t-il. Nous allons nous faire écrabouiller!

Le boute-hors, l'espar qui prolongeait l'avant du bateau, avait déjà dépassé la pointe de l'île. Encore une dizaine de manœuvres avec la perche, et le *Hadji II* pourrait se laisser emporter par le courant, loin du danger.

Les voix provenant du radeau étaient de plus en plus fortes. Burton regarda la tour, qui n'était plus qu'à cent cinquante mètres. Elle se présentait maintenant un peu de côté. Il laissa échapper un juron. Cela signifiait que les occupants du radeau manœuvraient pour éviter de percuter le piton rocheux en plein milieu. Malheureusement, la manœuvre se faisait du côté où était le *Hadji II*.

– Poussez plus fort! hurla Burton.

Il se demandait où était située la tour. Se trouvait-elle à l'avant du radeau, ou plutôt sur l'arrière? Si tel était le cas, le choc risquait de se produire à n'importe quel moment.

De toute manière, le radeau ne pouvait éviter de percuter l'île. Mais tout ce qui intéressait Burton, c'était de mettre son bateau à l'abri.

L'un des deux hommes de la tour de guet lançait des ordres dans la brume dans une langue inconnue.

La proue du *Hadji II* avait dépassé la pointe de l'île mais les courants, plus forts à cet endroit, rabattaient le bateau contre la côte et les perches glissaient sur le rocher mouillé.

– Plus vite, enfoirés ! tonna Burton.

Il y eut un bruit de tonnerre. Le pont se souleva et s'inclina vers le piton rocheux. Burton fut catapulté en direction d'une blancheur dure qui le rendit mou et noir à l'intérieur. Indistinctement, il eut conscience d'être retombé sur le pont où il gisait sur le dos, essayant de se relever dans la grisaille aveugle. Des cris montaient autour de lui. Avec les craquements de la coque éventrée et l'impact monstrueux du radeau contre la falaise, ce furent les derniers bruits qu'il entendit avant de perdre connaissance.

7

Le brouillard rendait Jill Gulbirra aveugle.

En restant tout près de la rive droite du Fleuve, elle parvenait à apercevoir la silhouette indistincte des pierres à graal qui se dressaient, lugubres, comme des champignons géants au milieu d'une désolation sans fin.

La prochaine devait normalement marquer le terme de son odyssée. Elle les avait comptées, une par une, en passant devant elles, toute la nuit.

Spectre dans sa pirogue, elle pagayait sans se lasser. La brise était tombée, mais elle la ravivait, créant un pseudo-souffle de vent par son propre mouvement à contre-courant. L'air moite et chaud lui effleurait le visage comme un voile d'ectoplasme.

Elle apercevait la lueur d'un foyer au pied de la pierre qui marquait normalement sa destination finale. Etincelle d'abord, le feu avait grandi, de plus en plus pâle et irréel. Des voix s'élevaient à proximité, qui paraissaient désincarnées.

Elle-même devait ressembler, songea-t-elle, au fantôme d'une nonne, avec les pièces de tissu blanc, reliées par des fermetures magnétiques, qui lui emmaillotaient le corps. La capuche, formée d'un carré distinct, aurait donné à son visage l'apparence, pour qui aurait pu l'observer d'assez près dans la brume, d'une tache de grisaille à peine un peu plus grise que les vapeurs environnantes.

Ses maigres possessions, gisant au fond de la pirogue, évoquaient deux bêtes, l'une grise et l'autre blanche, tapies au cœur d'un cocon moite. A ses pieds, le cylindre de métal gris, l'indispensable *pandoro*. Un peu plus loin, vers l'avant de la pirogue, un balluchon contenant des objets divers : une flûte en bambou; un bracelet en bois de chêne serti de jadéite, cadeau de son compagnon trépassé, mais qui pouvait savoir s'il était vraiment mort dans tous les sens du terme ? Il y avait aussi une bourse en peau de dragon du Fleuve, emplie de souvenirs. Attaché au balluchon, mais invisible dans l'opacité de la brume, il y avait un étui de cuir contenant un arc en bois d'if et un carquois rempli de flèches.

Sous le banc où elle était assise pour pagayer étaient rangés un épieu de bambou à la pointe de licorne, deux boomerangs de guerre en épais bois de chêne et un sachet contenant deux frondes en cuir et quarante galets d'identique grosseur.

En même temps que les flammes devenaient plus nettes, les voix lui parvenaient de plus en plus fort. Qui étaient ces gens ? Des sentinelles ? Des fêtards attardés ? Des esclavagistes à l'affût de voyageurs isolés comme elle ? Des poules mouillées mettant l'aube à profit pour essayer de capturer un renard ?

Elle eut un rictus sinistre. S'ils aimaient la violence, elle était capable de leur en donner.

A les entendre, c'étaient plutôt des ivrognes. Si ce qu'on lui avait dit un peu plus en amont correspondait à la vérité, elle n'avait aucune mauvaise surprise à craindre. Les habitants de Parolando et des territoires voisins étaient pacifiques et n'avaient jamais pratiqué l'esclavage des graals. Elle aurait pu arriver hardiment en plein jour dans sa pirogue, d'après ses informateurs. Elle aurait été accueillie à bras ouverts, libre de rester ou de passer son chemin.

Mais si ses renseignements étaient vrais, c'était ici que les Parolandoj construisaient un dirigeable géant. Et c'était ici qu'elle voulait rester.

La prudence, toutefois, était sa seconde nature. Qui

aurait pu l'en blâmer, après tout ce qu'elle avait enduré ? Elle avait donc préféré venir en reconnaissance à la faveur de la brume et de l'obscurité. La voie était plus longue et plus pénible; elle était beaucoup moins efficace. Mais il y a des moments où il faut savoir choisir entre la survie et l'efficacité. Et à long terme, n'est-ce pas la survie qui prime, quelles que soient les lenteurs des voies nécessaires pour la garantir ?

La mort n'était plus un événement temporaire dans la vallée du Fleuve. La résurrection automatique semblait avoir cessé, et par la même occasion les anciennes terreurs étaient revenues.

La lueur des flammes était maintenant assez proche pour lui permettre de distinguer les contours de la roche en forme de champignon. Le foyer était juste au-dessous. Autour des flammes, quatre silhouettes sombres allaient et venaient. Déjà, l'odeur du pin et du bambou brûlés parvenait aux narines de Jill. Sans compter, semblait-il, quelques relents de cigare âcre. Pourquoi diable ces affreux cigares faisaient-ils partie de la Mystérieuse Manne ?

Les quatre personnages s'exprimaient en un anglais assez traînant. Ou bien ils étaient ivres, ou bien l'anglais n'était pas leur langue habituelle. Mais non. Celui qui parlait maintenant d'une voix sonore dans le brouillard avait un accent américain prononcé.

— Non ! beuglait-il. Par les putains d'anneaux sacrés de Saturne, non, non et non. Ce n'est pas pour flatter mon ego puant que je veux construire le plus grand, le plus fabuleux des vaisseaux du ciel, un colosse, un léviathan ! L'objet volant le plus énorme que la Terre ou le Monde du Fleuve aient jamais contemplé ! Un spectacle qui fera jaillir les yeux de leurs orbites, qui rendra tous les hommes fiers d'être humains ! Une pure merveille ! Le géant des airs ! Quelque chose d'unique, d'époustouflant ! Différent de tout ce qui a pu exister avant ! Hein ? Ne m'interromps pas, Dave ! Tu ne vois pas que je plane ? Je plane très haut, et j'ai l'intention de planer jusqu'à ce que je réalise mon rêve, et encore un peu plus !

— Mais, Milt...

— Quoi, mais ? Il n'y a pas de mais ! Il faut qu'il soit énorme, il faut qu'il soit le plus grand, pour toutes sortes de raisons, logiques et scientifiques. Il faut qu'il grimpe plus haut et qu'il aille plus loin que tous les autres dirigeables qui ont jamais existé. Notre autonomie devra être supérieure à quinze mille kilomètres, selon l'endroit où se trouvera le bateau. Et Dieu seul sait quels seront les vents que nous rencontrerons ! Nous n'aurons qu'une seule chance, vous m'entendez, Zeke, Dave, Cyrano ? Une seule chance, pas plus !

Jill avait du mal à calmer les battements de son cœur. Celui qui s'appelait Dave avait parlé tout à l'heure avec un accent allemand. Elle avait dû tomber du premier coup sur les hommes qu'elle cherchait. Quelle veine inespérée ! Ou plutôt non, ce n'était pas de la chance, mais de la persévérance. Elle connaissait exactement la distance en kilomètres. Elle avait compté patiemment les pierres à graal, régulièrement espacées le long des rives du Fleuve, jusqu'à ce qu'elle juge être arrivée à destination. On lui avait expliqué avec précision l'emplacement du quartier général où elle trouverait Milton Firebrass. Et elle savait que David Schwartz, l'ingénieur autrichien, était l'un des lieutenants de Firebrass.

– Cela demandera trop de temps et trop de matériaux, intervint bruyamment quelqu'un d'autre, qui avait l'accent du Maine.

Il y avait aussi dans sa voix – à moins que ce ne fût dans l'imagination hyperactive de Jill – quelque chose qui évoquait le murmure du vent dans la mâture, le grincement des cordes, les craquements de la coque d'un navire en marche, le tonnerre de la houle, le battement des voiles.

Elle se morigéna : Cesse donc ! Si Firebrass ne l'avait pas appelé Zeke tout à l'heure, elle n'aurait pas eu cette vision d'un navire de haute mer en train de fendre les flots. Il devait s'agir d'Ezekiel Hardy, capitaine d'un baleinier de New Bedford, tué par un cachalot au large du Japon en... 1833 ? Il avait, d'une manière ou d'une autre, convaincu Firebrass qu'il ferait un excellent timonier, ou navigateur, à bord du dirigeable. Après un recyclage approprié, naturellement. Firebrass devait être à court de main-d'œuvre, pour enrôler le capitaine d'un baleinier du début du XIXe siècle. Cet homme n'avait probablement jamais vu de montgolfière, ni même sans doute de bateau à vapeur.

Les rumeurs parvenues jusqu'à Jill disaient que Firebrass avait eu beaucoup de mal à recruter des candidats qualifiés pour son futur équipage. Des *candidats*, naturellement. Jamais de *candidates*. Il avait donc accepté toutes sortes de gens pour la seule raison qu'ils lui semblaient aptes à subir une formation spécialisée. Il y avait parmi eux des pilotes d'avions, des pionniers de l'époque des montgolfières, des marins. Entre-temps, le bruit s'était répandu, sur soixante, peut-être cent mille kilomètres en amont et en aval du Fleuve, que Firebrass était à la recherche d'aéronautes expérimentés. Il n'avait pas dit expérimentées, bien entendu.

Quelle expérience des dirigeables pouvait posséder Firebrass lui-même ? Il avait voyagé jusqu'à Mars et Ganymède, orbité autour de Jupiter et de Saturne, mais en quoi était-il plus compétent qu'un autre pour construire et faire voler une enveloppe remplie de gaz ? David Schwartz, lui, avait conçu et fabriqué le premier dirigeable à structure véritablement rigide, tout en aluminium. C'était en 1893, soixante ans avant la naissance de Jill. Il avait ensuite commencé à en construire un autre, plus perfectionné, à Berlin en 1895 (?) mais le projet avait été abandonné quand Schwartz était mort en janvier 1897 (?).

Elle n'était plus très sûre de ses dates. Trente et un ans au bord du Fleuve avaient de quoi estomper les souvenirs terrestres les mieux ancrés.

Elle était curieuse, cependant, de savoir si Schwartz était au courant de la manière dont les choses avaient évolué après sa mort. Probablement pas, à moins d'être tombé sur un fana de l'aéronautique, un dingue du zeppelin. La veuve de Schwartz avait continué son œuvre. Pourtant, aucun des ouvrages qu'avait lus Jill sur la question ne mentionnait son prénom ou son nom de jeune fille. Elle n'était que « *Frau* » Schwartz. Elle avait pourtant réussi, bien qu'elle ne fût *qu'une* femme, à achever la construction du deuxième appareil. Et c'était un pauvre crétin mâle qui avait fait voler le vaisseau d'aluminium (il ressemblait plutôt à une bouteille thermos) et qui, pris de panique, l'avait écrasé au sol.

Il n'était plus resté du rêve de Schwartz et de la dévotion de sa femme qu'une masse froissée de métal argenté. Voilà ce que c'était que de rêver au vent alors qu'il y avait aux commandes un gros phallus, une cervelle d'oiseau et un courage de papillon. Naturellement, si le crétin mâle avait été une femme, son nom aurait été retenu par l'histoire. Vous voyez ce qui se produit quand elles quittent leurs casseroles ? Si Dieu les avait créées pour...

Jill Gulbirra tremblait. Elle sentait comme une boule de feu au creux de sa poitrine. Calme-toi, idiote, se dit-elle, ou tu vas faire tout rater.

Elle sortit de sa contemplation. Pendant qu'elle rêvait au rêve de Frau Schwartz, elle avait laissé dériver la pirogue et les voix s'étaient faites de plus en plus lointaines sans qu'elle s'en aperçoive. Tu devrais faire un peu attention, se dit-elle, si tu veux convaincre les intéressés que tu as la tête sur les épaules pour faire partie de l'équipage – ou pour le commander ?

Elle ramena la pirogue en direction du feu, à contre-courant.

— Nous avons tout le temps qu'il faut ! était en train de hurler Firebrass. Il n'y a pour nous ni contrat, ni budget, ni délais à respecter ! Pour arriver au bout de son voyage, Sam mettra quarante ans ou plus. Il ne nous faudra que deux ou trois ans pour achever le monstre. En attendant, nous pourrons entraîner l'équipage sur le petit dirigeable de reconnaissance. Et quand nous serons prêts, à nous les grands espaces, le ciel bleu et la mer Polaire, où réside non pas le père Noël mais cent fois mieux, quelqu'un dont les cadeaux font ressembler le pauvre vieux bonhomme en rouge au roi des grippe-sous ! A nous la Tour des Brumes, à nous le Grand Graal !

Le quatrième homme prit la parole à son tour. Il avait une voix plaisante de baryton, mais il était évident que l'anglais n'était pas sa langue maternelle. Quel était cet accent ? Il paraissait français à certains moments, mais... Ah, oui, bien sûr ! Ce ne pouvait être que Savinien de Cyrano de Bergerac, si elle faisait confiance aux informations qu'elle tenait de centième main. L'idée qu'elle allait parler, dans quelques instants, à ce personnage légendaire lui paraissait totalement irréelle. Mais rien n'était encore dit. Il y avait tellement de charlatans au bord du Fleuve.

Le silence régna durant quelques instants, un silence comme seuls les riverains du Fleuve pouvaient en connaître, lorsque personne ne disait mot. Il n'était troublé par aucun chant d'oiseau, aucun cri d'animal (pas le moindre aboiement, en particulier), aucun rugissement de monstre mécanique, aucune pétarade, aucun concert d'avertisseurs ni sirène ni bruit de freins ni radio à tue-tête ni chaîne stéréo beuglant une musique insensée. On n'entendait que le clapotis de l'eau sur la rive ou, occasionnellement, le bruit d'un poisson qui fendait la surface et retombait aussitôt. Il y avait aussi le craquement des bûches dans le feu.

— Hah! s'écria Firebrass. Il est vraiment fameux! Meilleur que tout ce que j'ai pu boire sur la Terre! Et gratuit, pensez donc! Mais quand vont-ils venir, ces pilotes de malheur? J'ai besoin d'hommes expérimentés, de véritables spécialistes!

Schwartz fit claquer sa langue – Jill le vit incliner la bouteille au-dessus de ses lèvres – puis il murmura :

— Tu vois bien que ça ne te laisse pas si indifférent!

L'avant de la pirogue racla le sol. Elle descendit sans la renverser. Elle avait de l'eau jusqu'à la taille, mais les fermetures magnétiques rendaient son vêtement étanche et elle ne sentait pas le froid. Elle grimpa sur la rive et hissa la pirogue après elle, jusqu'à ce qu'elle fût entièrement au sec. Il y avait une dénivellation de trente centimètres environ par rapport à la surface de l'eau. Elle hésita un instant, préparant son entrée. Elle décida de se présenter sans arme.

— Oh! Je finirai bien par les trouver, était en train de dire Firebrass.

Elle s'approcha d'eux, en faisant glisser ses pieds sur l'herbe rase.

— Je suis la personne que vous cherchez, dit-elle à voix haute.

Les quatre hommes firent volte-face, en s'empêtrant presque les uns dans les autres. Ils étaient bouche bée et leurs yeux brillaient d'un éclat sombre dans la pâleur de leur visage. Comme elle, ils portaient des vêtements faits de carrés d'étoffe, mais les leurs étaient de couleurs vives. Si elle avait voulu les attaquer, elle aurait pu leur planter à chacun une flèche dans le cœur avant qu'ils aient pu se saisir de leurs armes – si toutefois ils en avaient. C'est alors qu'elle vit les armes, posées au bord du chapeau de la pierre en forme de champignon.

Des armes d'acier ! Des pistolets ! C'était donc vrai !

Elle aperçut soudain l'éclair d'une rapière, à la longue lame souple d'acier bleuté, à la main du plus grand des quatre hommes. De sa main gauche, il avait rejeté son capuchon en arrière pour découvrir un visage farouche agrémenté d'un long nez. Ce devait être le célèbre Cyrano de Bergerac. Il disait quelque chose dans son français du XVIIe siècle, dont elle ne saisissait que quelques mots.

Firebrass avait également rejeté sa capuche en arrière.

– J'ai failli chier dans mon froc ! dit-il. Pourquoi ne pas avoir prévenu de votre arrivée ?

Elle baissa à son tour sa capuche. Firebrass s'approcha d'elle et la scruta, ébahi.

– C'est une femme ! s'écria-t-il.
– Ça ne m'empêche pas d'être votre homme, fit Jill.
– Pardon ?
– Vous ne comprenez donc pas l'anglais ? demanda-t-elle, en colère.

Mais c'était surtout contre elle-même qu'elle était furieuse. Elle était si angoissée, malgré ses efforts pour paraître calme, qu'elle avait utilisé involontairement son dialecte toowoomba en s'adressant à Firebrass. Elle répéta, dans cette langue américaine du Middle West qu'elle avait eu tant de mal à apprendre :

– Ça ne m'empêche pas d'être votre homme. Je me présente, au fait. Jill Gulbirra.

Firebrass se présenta alors, en même temps que les trois autres.

– Je crois que j'ai besoin de boire un coup, dit-il.
– Ça ne me ferait pas de mal non plus, déclara Jill. C'est une erreur de croire que l'alcool réchauffe, mais il en donne l'impression et c'est l'essentiel.

Firebrass se baissa pour ramasser une bouteille – le premier objet de verre que voyait Jill dans cette vie-ci. Il la lui tendit et elle but le whisky au goulot sans se préoccuper de l'essuyer d'abord. Après tout, il n'y avait pas de microbes dans le Monde du Fleuve et elle n'avait pas de préjugé qui l'empêchât de boire à la bouteille quand un demi-Noir avait bu avant elle. Sa grand-mère n'était-elle pas une aborigène ? Il est vrai que les abos n'étaient pas des Noirs. C'étaient des Caucasiens primitifs à la peau noire.

Mais qu'avait-elle à penser à ces choses-là ?

Cyrano, le menton en avant, les épaules rentrées, s'approcha d'elle. Il l'examina de près en secouant la tête :

– *Mordioux!* Elle a les cheveux plus courts que les miens, et elle n'est pas maquillée ! Tu es sûr que c'est une femme ?

Jill fit rouler le whisky dans sa bouche avant de l'avaler. Il était délicieux et il la réchauffa de la tête aux pieds.

– On va bien voir, dit le Français.

Il mit la main sur son sein droit et le pinça gentiment.

Le poing de Jill se détendit comme un ressort et se planta dans le ventre musclé de Cyrano. Il se plia en deux. Elle releva le genou et lui accrocha le menton. Il s'affaissa lourdement.

– Qu'est-ce que... commença Firebrass en la regardant, hébété.

– Qu'est-ce que vous auriez fait s'il vous avait tâté l'entrejambe pour voir si vous êtes un homme ?

– Ça m'aurait excité, c'est tout, dit Firebrass en rugissant de rire et en se mettant à danser tandis que les deux autres hommes le regardaient faire comme s'ils étaient persuadés qu'il était fou.

Cyrano se releva, d'abord à quatre pattes puis sur deux jambes cotonneuses. Il avait le visage congestionné et une sorte de grondement sortait de ses lèvres serrées. Jill avait envie de battre en retraite, surtout lorsqu'il eut ramassé la rapière, mais elle ne bougea pas et demanda d'une voix ferme :

– Vous avez l'habitude de prendre ce genre de liberté avec toutes les femmes que vous rencontrez pour la première fois ?

Il fut parcouru par un haut-le-corps. La rougeur de son visage disparut et son rictus devint un sourire. Il s'inclina :

– Non, madame, et je vous prie de me pardonner mon inqualifiable conduite. Je n'ai pas l'habitude de boire, car je n'aime pas m'embrumer l'esprit, ni devenir grossier. Mais ce soir, nous voulions célébrer l'anniversaire du départ du bateau à aubes.

– Ça va, dit Jill. Mais que ça ne se reproduise pas.

Tout en souriant, elle se reprochait d'avoir si mal réagi devant un homme pour qui elle éprouvait une admiration sincère. Ce n'était pas sa faute, bien sûr, mais il n'allait pas lui pardonner facilement de l'avoir mis hors de combat si vite devant plusieurs témoins. Aucun amour-propre de mâle ne pouvait survivre à pareille épreuve.

8

La brume était en train de se dissiper. Ils n'avaient plus besoin de la lueur des flammes pour distinguer les visages, mais les vrilles cotonneuses demeuraient denses au-dessous de la ceinture. Le ciel pâlissait. Toutefois, le soleil ne ferait son apparition au-dessus des cimes orientales que dans plusieurs heures. Les grandes nébuleuses blanches qui couvraient le sixième de la voûte céleste étaient devenues invisibles en même temps que les étoiles mineures. Mais des milliers d'astres géants continuaient à jeter leurs feux de diamant, de turquoise, de jaspe et d'émeraude en attendant de s'estomper progressivement, relégués pour toute la durée du jour à l'état de pâles fantômes attendant leur heure.

A l'ouest, une douzaine d'édifices se dressaient, dominant la brume de leurs murailles de tôle et d'aluminium. Les yeux de Jill s'écarquillèrent, bien qu'elle en eût déjà entendu parler par le téléphone arabe et le tambour-télégraphe. C'étaient les fameuses usines, équivalant à des immeubles de quatre ou de cinq étages. Mais le plus impressionnant était un immense hangar, tout en aluminium.

— Je n'en ai jamais vu d'aussi grand, murmura Jill.

— Ce n'est rien à côté du reste, dit Firebrass. (Il marqua une pause puis reprit songeusement :) Ainsi, vous êtes venue pour vous faire engager ?

— Je vous l'ai déjà dit.

C'était le patron qu'elle avait en face d'elle. Il dépendait de lui que sa candidature fût acceptée ou rejetée. Pourtant, elle n'avait pas pu s'empêcher, comme toujours, de manifester son irritation devant la stupidité d'autrui. La répétition était une perte de temps, et par conséquent une chose stupide. Mais l'homme qui était devant elle possédait un doctorat en astrophysique et une licence en électronique. Le gouvernement des Etats-Unis n'avait pas pu sélectionner des mecs aussi débiles, même si ce n'était pas forcément une élite, pour les envoyer dans l'espace. Il fallait croire que c'était l'alcool qui lui obscurcissait l'esprit. Comme chez n'importe quel homme. Ou n'importe quelle femme, s'empressa-t-elle d'ajouter en son for intérieur. Soyons juste, quand même.

Le visage de Firebrass était tout près du sien. Elle recevait d'âcres bouffées de son haleine empuantie par l'alcool. C'était un homme de petite taille : il lui arrivait aux épaules. Sa carrure massive et ses bras musclés contrastaient curieusement avec la maigreur de ses jambes. Il avait de grands yeux bruns pailletés de vert, aux globes injectés de sang. Sa tête était grosse, son front large et bombé. Ses cheveux d'airain étaient tellement frisés qu'ils ressemblaient à de la laine. Sa peau était cuivrée. C'était en principe un mulâtre, mais les gènes caucasiens et onondagas paraissaient dominer chez lui. Il aurait pu passer pour un Provençal ou un Catalan. Ou un Méditerranéen en général.

Il la détailla de la tête aux pieds. Etait-ce pour la défier de lui faire subir le même sort qu'à Cyrano tout à l'heure ?

— Que cherchez-vous à deviner ? lui demanda Jill. Mes qualifications pour l'emploi, ou bien ce que j'ai à cacher sous ces linges disgracieux ?

Firebrass éclata de rire. Quand il se fut calmé, il répondit :

— Les deux.

Schwartz avait l'air embarrassé. D'apparence très frêle, il avait les yeux bleus et les cheveux bruns. Jill le regarda furieusement. Il détourna les yeux. Ezekiel Hardy et Cyrano étaient presque aussi grands qu'elle. Le premier avait un visage étroit aux pommettes hautes, des cheveux noirs et des yeux d'un bleu pâle qui brillaient d'un éclat froid lorsqu'il la regardait.

— Je vais le répéter, puisqu'il faut vous mettre les points sur les i, dit-elle. Je vaux n'importe quel homme, et je suis prête à le prouver. C'est la providence qui me met sur votre chemin. J'ai mes diplômes d'ingénieur en aérotechnique. Je suis capable de superviser la construction d'un aérostat depuis A jusqu'à Z. Je totalise huit mille trois cent quarante-deux heures de vol à bord de quatre types différents de dirigeables. Je suis qualifiée pour n'importe quel poste, y compris celui de capitaine.

— Quelles preuves pouvez-vous fournir ? demanda Hardy. Et si vous nous mentiez ?

— Et vous ? Est-ce que vous pourriez me montrer vos papiers ? rétorqua Jill. De toute manière, je ne vois pas en quoi un capitaine de baleinier serait plus qualifié que n'importe qui d'autre pour faire partie de l'équipage d'un dirigeable.

— Voyons, voyons, dit Firebrass. Inutile de s'emberlificoter les tripes. Je suis disposé à vous croire, Gulbirra. Je ne pense pas que vous soyez l'un des nombreux imposteurs qui se sont jusqu'ici présentés à nous. Mais mettez-vous bien ça dans la tête : même si vous êtes un million de fois plus qualifiée que moi — pour le moment tout au moins — pour commander ce dirigeable, c'est moi le capitaine, le Numéro Un, le Big Boss ! Et je compte bien assumer ce rôle du début jusqu'à la fin, au sol ou dans le ciel. Je n'ai pas renoncé au poste d'ingénieur en chef que m'offrait Sam Clemens à bord de son bateau pour occuper une place de second ordre dans ce nouveau projet. Je suis le *capitaine* Firebrass, ne l'oubliez jamais. Et maintenant, si vous êtes prête à lever le bras droit et à dire juré, craché, vous me voyez sauter de joie à l'idée de vous accueillir à bord. Vous pourriez même avoir le grade de première maîtresse — toute implication de nature sexuelle mise à part — mais je ne veux rien vous promettre pour le moment. Nous n'en sommes pas encore à établir le rôle.

Il marqua un instant d'arrêt, inclina la tête sur le côté et plissa les commissures des yeux.

— A tout seigneur tout honneur. Il vous faudra prêter serment sur l'honneur, et sur Dieu, si vous en avez un, d'obéir en tout point aux lois en vigueur à Parolando. Et il n'y a pas de mais, ni ah ! ni peut-être qui tienne.

Gulbirra hésita. Elle se passa la langue sur ses lèvres sèches. Elle désirait ardemment faire partie de cet équipage. Elle voyait déjà le grand dirigeable dans le ciel bleu de Parolando, projetant son ombre immense sur Firebrass et sur elle, étincelant de mille feux là où le soleil imaginaire frappait son enveloppe de métal.

— Je ne sacrifierai aucun de mes principes ! s'écria-t-elle

avec une véhémence qui fit sursauter les autres. Est-ce que les hommes et les femmes de Parolando jouissent d'une entière égalité ? Existe-t-il la moindre discrimination raciale, sexuelle, politique ou autre ? particulièrement sexuelle ?

– Non, répondit Firebrass. Théoriquement et légalement, il n'y a pas de discrimination. Mais en fait, c'est-à-dire sur le plan privé, il y en a, bien sûr, comme il y en a toujours eu et comme il y en aura toujours et partout. C'est une discrimination fondée sur les compétences individuelles. Nous avons des critères très élevés. Si vous êtes de ceux qui croient qu'un individu – homme ou femme – doit automatiquement accéder à un certain type d'emploi du fait de son appartenance à une catégorie brimée de la population, alors passez votre chemin. Ne venez pas nous emmerder.

Gulbirra garda le silence pendant un long moment. Les autres la regardaient, conscients du combat qui se livrait en elle.

– Vous n'êtes pas la seule à souffrir, lui dit Firebrass en grimaçant un sourire. Je tiens beaucoup, autant que vous, j'imagine, à ce que vous fassiez partie de l'équipage. Mais j'ai mes principes, comme vous avez les vôtres.

Il agita le pouce en direction de Schwartz et de Hardy.

– Regardez-les. Originaires tous les deux du XIXe siècle. L'un est autrichien, l'autre est né en Nouvelle-Angleterre. Non seulement ils m'ont accepté pour capitaine, mais ce sont d'excellents amis. Ils sont peut-être encore persuadés, au fond d'eux-mêmes, que je ne suis qu'un nègre vaniteux, mais si quelqu'un m'appelait ainsi devant eux ils seraient prêts à lui rentrer dedans. Pas vrai, les copains ?

Ils acquiescèrent silencieusement.

– Trente et un ans sur le Monde du Fleuve, ça vous transforme une personne. Si elle est capable de se laisser transformer. Alors, qu'en dites-vous ? Vous voudriez entendre la constitution de Parolando ?

– Naturellement. Je ne peux pas prendre de décision sans savoir à quoi je m'engage.

– Elle a été formulée par le célèbre Sam Clemens, qui a quitté le pays il y a presque un an maintenant à bord de son navire, le *Mark Twain*.

– Le *Mark Twain*? Un rien égocentrique, vous ne trouvez pas?

– Le nom a été choisi par voie de scrutin populaire. Sam a été le seul à protester, quoique mollement. Mais vous m'avez interrompu. Il existe une loi non écrite selon laquelle personne n'a le droit d'interrompre le capitaine. Bon, voilà. *Nous, peuple de Parolando, déclarons par le présent acte...*

Il n'y eut pas la moindre hésitation ni, pour autant qu'elle pût en juger, la moindre omission dans la longue litanie qui suivit. L'inexistence presque totale de documents écrits avait forcé les citoyens lettrés à se reposer entièrement sur leur mémoire. Ce talent, jadis réservé aux illettrés – et aux acteurs – était devenu propriété universelle.

A mesure que les mots montaient vers le ciel, celui-ci devenait plus bleu. La brume s'était tassée à hauteur de genoux. De loin, on eût dit que la vallée était recouverte de neige. Les contreforts des montagnes devenaient distincts. Les herbes hautes, les buissons, les arbres à fer, les chênes, les ifs et les bambous avaient cessé d'évoquer une gravure japonaise aux paysages vaporeux, aux lointains irréels. Les grosses fleurs issues des lianes enchevêtrées dans les branches des arbres à fer commençaient à prendre de la couleur. Bientôt, le soleil ferait ressortir leurs tons vifs et diaprés, comme une pluie d'étoiles bigarrées.

Les parois montagneuses de l'ouest avaient l'aspect sombre et bleuté de la roche polie parsemée de longues plaques de mousse verdâtre. De place en place, d'étroites cascades collaient à la falaise comme de pâles rubans d'argent.

Ce spectacle était familier à Jill Gulbirra; mais chaque aube qu'elle voyait se lever réveillait en elle un même sentiment d'effroi et d'admiration étonnée. Qui donc avait créé cette vallée de plusieurs millions de kilomètres de long? Et pour quelles mystérieuses raisons? Pourquoi, comment, en compagnie d'une quarantaine de milliards de personnes, avait-elle été ressuscitée sur cette planète? Tous ceux qui avaient vécu sur la Terre entre deux millions d'années avant J.-C. et l'an 2008 semblaient avoir été rappelés d'entre les morts. Les seules exceptions notables étaient les enfants, ceux qui étaient morts avant d'avoir cinq ans, et les handicapés mentaux. Peut-être, également, les fous irrécupérables, bien que cette dernière notion eût toujours été difficile à définir.

Qui avait créé le Monde du Fleuve ? Dans quel dessein ?

Il y avait des rumeurs, des histoires étranges, inquiétantes et troublantes, que l'on colportait d'un bout à l'autre de la vallée à propos de mystérieux êtres qui s'étaient manifestés à certains Lazares privilégiés. On appelait ces êtres, entre autres dénominations, les Ethiques.

– Vous m'écoutez ? demanda Firebrass.

Elle s'aperçut qu'ils étaient tous en train de la dévisager.

– Je peux vous répéter mot pour mot tout ce que vous venez de dire, fit-elle.

Ce n'était pas tout à fait vrai. Mais elle avait capté d'une oreille – comme une antenne sélective – tout ce qu'elle considérait comme important.

Les gens commençaient maintenant à sortir de leurs cabanes. Ils bâillaient, s'étiraient, allumaient leur première cigarette du matin, se dirigeaient vers les latrines publiques aux parois de bambou ou allaient vers le Fleuve, leur graal à la main. Les moins pudiques étaient vêtus seulement d'un carré de tissu. La plupart étaient couverts des pieds à la tête. Bédouins de la vallée du Fleuve. Fantômes dans un mirage.

– O.K., dit Firebrass. Vous êtes disposée à prêter serment ? Vous n'avez pas fait trop de restrictions mentales ?

– Je n'en fais jamais, répondit Jill. Etes-vous capable d'en dire autant ? En ce qui concerne vos vues sur moi, par exemple ?

– Elles n'auraient aucune valeur, de toute manière, fit-il en riant de nouveau. Ce n'est qu'un serment préliminaire. Il y aura une période probatoire de trois mois, puis tout le monde votera pour savoir si vous faites l'affaire. Mais j'ai le droit de veto. Ensuite, si vous êtes élue, vous pourrez prêter définitivement serment. Ça vous va ?

– Ça me va.

Elle n'aimait pas tellement tout cela, mais elle n'avait guère le choix. Ce n'était pas maintenant qu'elle allait reculer. En outre, même si elle ne le disait pas, eux aussi seraient à l'essai, en ce qui la concernait, durant la même période.

L'atmosphère s'était considérablement réchauffée. A

l'est, le ciel s'était encore éclairci, faisant disparaître tous les astres à l'exception de quelques géants. Des appels de clairon se firent entendre. Le plus rapproché venait du sommet d'une tour en bambou de six étages qui se dressait au milieu de la plaine. Le sonneur de clairon était un Noir grand et maigre qui portait un pagne rouge autour de la taille.

– C'est du vrai cuivre, expliqua Firebrass. On trouve du minerai un peu plus haut dans la vallée. Il y a aussi du zinc. Nous aurions pu nous en emparer facilement, mais Sam réprouvait l'usage de la force lorsque ce n'était pas absolument indispensable. Il préférait conclure des accords de commerce. Au sud, par contre, là où s'étendait l'ancien territoire de Soul City, nous avons dû nous servir nous-mêmes. Il y avait là d'importants dépôts de cryolithe et de bauxite. Nous fournissions des armes en échange du minerai. Mais les citoyens de Soul City ont voulu être trop gourmands. Ils ont rompu leurs engagements en nous forçant à intervenir. Aujourd'hui (il embrassa du bras l'horizon) Parolando s'étend sur soixante-quatre kilomètres de long, des deux côtés du Fleuve.

Les hommes ôtèrent tous leurs vêtements, à l'exception du carré d'étoffe qui leur ceignait la taille. Jill garda sur elle un kilt à carreaux verts et blancs et une étroite bande de tissu fin, presque transparent, qui lui couvrait la poitrine. Ils avaient cessé de ressembler à des Arabes du désert. Maintenant, c'étaient des Polynésiens.

Les habitants des plaines et des contreforts boisés des collines se rassemblaient au bord du Fleuve pour leur toilette matinale. La plupart se déshabillaient entièrement et plongeaient joyeusement, poussant des cris au contact de l'eau glacée et aspergeant ceux qui hésitaient sur la rive.

Jill ne savait quelle contenance adopter. Elle avait transpiré tout un jour et toute une nuit à pagayer dans sa pirogue. Elle avait besoin d'un bon bain. Tôt ou tard, de toute manière, il faudrait qu'elle ôte ses vêtements. Elle laissa tomber le kilt et le soutien-gorge à l'endroit où elle se trouvait, courut jusqu'à la rive et plongea d'un seul coup. Elle revint à la nage, emprunta un morceau de savon à une femme et se savonna le haut du corps. Elle sortit de l'eau en frissonnant et se frotta énergiquement avec une serviette.

Les quatre hommes qui étaient restés sur la rive la regardaient sans rien dire. Elle avait un corps maigre, élancé, des jambes démesurément longues, des seins plats et de lourdes hanches. Sa peau était extrêmement bronzée. Elle avait des cheveux courts, drus, d'un brun tirant sur le roux, et de grands yeux de la même couleur. Son visage, elle le savait, était plutôt ingrat. Il eût été passable sans ses grandes dents saillantes et son nez un peu trop long et recourbé. Les dents étaient un héritage de sa grand-mère abo. Elle ne pouvait rien y faire. Elle ne voulait rien y faire non plus.

Le regard de Hardy était rivé sur sa toison pubienne qui était exceptionnellement longue et fournie, couleur de gingembre. Il faudrait bien qu'il s'habitue, lui aussi. Et qu'il se fasse une raison s'il n'avait aucune chance de la voir de plus près.

Firebrass fit le tour de la pierre à graal et revint avec une lance. Juste au-dessous de la tête d'acier, attachée à la hampe, il y avait une vertèbre de poisson-licorne. Firebrass la planta dans l'herbe, juste devant la pirogue.

— Cette vertèbre est mon emblème, celui du capitaine, dit-il. La présence de ma lance devant ta pirogue indique que personne n'a le droit d'y toucher sans autorisation. Il y a des tas de petits détails comme celui-là que tu apprendras plus tard. En attendant, Schwartz va te montrer ta cabane et te faire faire le tour de nos installations. Nous nous retrouverons à midi sous ce grand arbre à fer que tu vois là-bas.

Il lui montra un arbre situé à une centaine de mètres en direction de l'ouest. Haut de trois cents mètres environ, il avait une écorce grise, épaisse et noueuse et des rameaux qui faisaient jusqu'à quatre-vingt-dix mètres d'envergure. Ses énormes feuilles, en forme d'oreilles d'éléphant, étaient zébrées de rayures rouges et vertes. Ses racines devaient s'enfoncer à plus de cent mètres dans le sol. Son bois incombustible avait la dureté de l'acier.

— Nous l'appelons l'Ancêtre. Rendez-vous sous ses branches.

Les clairons sonnèrent à nouveau. La foule s'organisa en formations militaires sous la direction des officiers. Firebrass se hissa au sommet d'une pierre à graal pour assister au déroulement des opérations. Les caporaux faisaient l'appel, colonne par colonne, puis rendaient compte aux sergents qui rendaient compte aux lieutenants et ainsi de suite jusqu'à Hardy, puis Firebrass. Quelques instants plus tard, l'ordre de rompre les rangs fut donné, mais la foule demeura dans les parages de la pierre à graal. Firebrass descendit de son perchoir et les caporaux prirent sa place. Ils disposèrent les graals dans les cavités.

Gulbirra s'aperçut que Schwartz était à côté d'elle. Il se racla la gorge.

— Je vais m'occuper de ton graal, si tu veux.

Il était resté au fond de la pirogue. Elle alla le chercher et le lui tendit sans un mot. Le cylindre de métal gris avait une section de quarante-cinq centimètres pour une hauteur de soixante-seize centimètres, mais il ne pesait que cinq cents grammes environ. Son couvercle, une fois refermé, ne pouvait être ouvert que par son propriétaire attitré. Il était muni d'une poignée souple. Attachée à cette poignée était la marque personnelle de Jill, sous la forme d'un petit dirigeable de terre cuite qui portait ses initiales des deux côtés. C'était une représentation de l'appareil dont elle avait été nommée capitaine, mais à bord duquel elle n'était jamais montée.

Schwartz ordonna à l'un de ses hommes de mettre le graal en place. L'autre obéit vivement, en regardant à plusieurs reprises le sommet des montagnes de l'est. Mais il lui restait deux bonnes minutes pour s'éloigner. Au bout de ce laps de temps, lorsque le soleil apparut au-dessus des crêtes, la roche en forme de champignon se mit à cracher brusquement des flammes bleues de neuf mètres de haut. Le bruit du tonnerre de l'énergie libérée, mêlé à celui de toutes les pierres à graal de la vallée, se répercuta en un grondement sans fin. Malgré toutes ces années, Jill n'avait jamais pu se faire ni au spectacle ni au bruit. Elle sursauta légèrement. L'écho, renvoyé d'une rive à l'autre par les montagnes, roula une nouvelle fois dans le lointain puis s'éteignit sourdement.

Tout le monde déjeuna.

9

Ils se trouvaient au pied d'une colline. Les hautes herbes, semblables à de l'alfa, venaient d'être coupées.

– Nous avons des machines pour faire cela, expliqua David Schwartz, mais elles ne sont pas assez nombreuses. La plus grande partie de la récolte se fait encore à la faux. L'herbe sert à tresser des cordes et des paniers.

– Nous l'utilisons chez nous de la même façon, dit Jill, mais nous la coupons avec des faucilles de pierre. Nous n'avons ni faux ni machines, bien sûr.

Il faisait frais à l'ombre du grand arbre dont les frondaisons immenses abritaient tout un groupe de cabanes en bambou. Plusieurs avaient une toiture couverte des feuilles vertes, veinées de rouge, de l'arbre à fer. Une échelle de corde pendait à un rameau du colosse situé à une trentaine de mètres du sol. A la même hauteur, soutenue par une fourche de l'arbre, il y avait une plate-forme avec une cabane au milieu. En regardant bien, Jill distingua d'autres échelles et d'autres cabanes réparties un peu partout dans les basses branches.

– Après ta période probatoire, on t'en donnera peut-être une, déclara Schwartz. En attendant, tu habiteras ici.

Elle entra à l'endroit désigné. Au moins, elle pouvait passer le seuil sans avoir à se baisser. Les gens étaient si petits, dans certaines régions, que les maisons qu'ils se construisaient posaient toujours des problèmes à ceux qui étaient grands comme elle.

Elle déposa son graal et ses paquets à l'entrée. Schwartz expliqua :

– Elle appartenait à un couple qui s'est fait tuer par un dragon du Fleuve. Ils étaient en train de pêcher à bord d'une barque lorsque le monstre a jailli à la surface, comme propulsé par un canon. Il a arraché d'un seul coup de mâchoires tout l'avant de la barque. Malheureusement, c'était la partie où se trouvait le couple. Ils ont été engloutis avec tout le reste. Ils n'ont pas eu de chance, car cela s'est produit juste après la fin des résurrections. Je ne crois pas qu'ils aient été ressuscités autre part. Toi non plus, tu n'as pas entendu parler de l'existence de nouveaux Lazares ?

— Non, fit-elle. C'est-à-dire à part quelques rumeurs incontrôlables.

— Pourquoi les choses ont-elles changé ainsi ? Après tout ce temps ?

— Je n'en sais rien, fit-elle, un peu agacée. (Elle n'aimait pas parler de ça. Pourquoi leur avait-on si soudainement retiré leur immortalité ?) Je n'en sais fichtrement rien, répéta-t-elle à haute voix.

Elle examina la cabane. Le sol était couvert de hautes herbes qui lui arrivaient jusqu'à mi-cuisse et qui s'accrochaient désagréablement à ses mollets. Elle allait être obligée de tout raser et de recouvrir le sol de terre battue. Mais même ainsi, l'herbe finirait par repousser un jour. Ses racines étaient indestructibles, si profondes et si enchevêtrées que même les parties qui n'étaient jamais exposées à la lumière pouvaient subsister grâce aux autres.

Il y avait une faucille d'acier accrochée à une patère. L'acier était si répandu ici que cet outil, partout ailleurs sans prix, n'avait jamais été volé.

Elle se déplaçait à petits pas, lentement, pour ne pas se faire lacérer les jambes. Au milieu des herbes, elle découvrit deux poteries en terre cuite : des pots de chambre. Il y avait dans un coin une table en bambou que l'herbe envahissante n'avait pas encore réussi à renverser. Sur la table, un cruchon, pour l'eau potable. Accroché à une autre patère, un collier de vertèbres de poisson. Le mobilier de la cabane, à demi dissimulé par les herbes, était complété par deux lits en bambou avec leurs oreillers et leurs matelas, faits de carrés d'étoffe reliés par des fermetures magnétiques et bourrés de feuilles sèches. En se baissant, Jill découvrit aussi un instrument de musique constitué par une carapace de tortue du Fleuve sur laquelle étaient tendus des boyaux de poissons.

— Ce n'est pas terrible, fit-elle. Mais je dois dire que je ne m'attendais guère à mieux.

— Il y a de la place, en tout cas. Pour toi et ton compagnon, quand tu en auras trouvé un.

Elle arracha la faucille à la patère et lacéra rageusement les brins d'herbe, qui tombèrent comme des têtes.

Schwartz la regardait faire comme s'il se demandait si son tour n'allait pas venir.

— Qu'est-ce qui te fait croire que je vais en chercher un ?

— Euh... Eh bien... C'est ce que tout le monde fait.

— Non, pas tout le monde, dit-elle en remettant la faucille à sa place. Et maintenant, quel est le programme ?

Elle s'attendait qu'il lui propose, dès qu'ils seraient seuls dans la cabane, de faire l'amour avec lui. C'était l'attitude de nombreux hommes. Il était évident qu'il en avait envie, mais il n'en avait pas le courage. Elle ressentit un soulagement mêlé de mépris. Puis elle se dit que c'était une étrange réaction de sa part, plutôt paradoxale. Pourquoi mépriser quelqu'un qui se comportait exactement comme elle le voulait ?

Il y avait peut-être une part de déception dans tout ça. Quand un homme se montrait trop agressif, malgré ses avertissements, elle lui frappait la nuque d'un revers de main, elle lui broyait les testicules et elle le bourrait de coups de pied au ventre pendant qu'il se tordait à terre. Quelles que fussent sa taille et sa force, il se laissait toujours prendre par surprise. Il ne pouvait rien faire, du moins tant que durait la douleur aux testicules. Par la suite... la plupart des hommes la laissaient tranquille. Certains avaient essayé de la tuer, mais elle savait se protéger. Ils étaient toujours étonnés — souvent trop tard — par son adresse à manier le couteau, ou n'importe quelle arme, du reste.

David Schwartz ignorait à quel genre de massacre il venait d'échapper, et à quelle brèche dans son amour-propre.

— Tu peux laisser tes affaires ici, elles ne craignent absolument rien. Il n'y a jamais eu de vol à Parolando.

— J'emporte mon graal, tout de même. Je ne serais pas tranquille si je ne l'avais pas sous les yeux.

Il haussa les épaules et sortit un cigare de la bourse en cuir qu'il portait en bandoulière. Le cigare faisait partie de la manne distribuée au début de la matinée par le graal.

— Pas ici, dit-elle d'une voix tranquille. Je ne veux pas cette sorte de puanteur dans ma maison.

Il parut surpris, mais se contenta de hausser de nouveau les épaules. Dès qu'ils furent dehors, cependant, il l'alluma et fit exprès de se placer du côté du vent pour souffler la fumée dans sa direction.

Jill garda pour elle la remarque qu'elle avait envie de lui faire. Elle ne pouvait pas se permettre de trop l'offenser. Pourquoi s'en faire un ennemi à tout prix ? Il occupait une position élevée dans la hiérarchie de Parolando et c'était un ami personnel de Firebrass. Il valait mieux le ménager tant qu'elle était dans sa période probatoire. Mais elle n'avait pas pour autant l'intention de faire une entorse à ses principes, ni de courber l'échine.

Sait-on jamais ? se dit-elle. Sur la Terre, quand elle briguait le commandement du dirigeable, elle avait dû s'écraser plus d'une fois devant d'autres. Et avec le sourire. Mais rentrée à la maison, elle passait sa rage sur toute la vaisselle qui lui tombait entre les mains et recouvrait les murs de mots obscènes. Puéril, peut-être, mais efficace. Ici, la situation était, à peu de chose près, la même. Qui l'eût cru, jusqu'à ces toutes dernières années, quand les rumeurs avaient commencé à lui parvenir ? Le plus grave était qu'elle n'avait pas d'autre recours. Le dirigeable qu'ils allaient construire ici était unique au monde. Et il n'y aurait qu'un seul voyage. A prendre ou à laisser.

Schwartz s'arrêta au sommet de la colline pour lui montrer un chemin bordé de grands pins. Tout au bout, à mi-hauteur de la colline voisine, on voyait un grand bâtiment bas.

— Ce sont les latrines communes pour tout le quartier, dit-il. Chaque matin, en te levant, tu dois y vider tes pots de chambre. L'urine dans un trou, les matières fécales dans l'autre.

Il reprit, après s'être interrompu pour sourire :

— En principe, ceux qui sont en période probatoire, comme toi, sont chargés de la corvée d'excréments, une fois tous les deux jours. Ils doivent les porter dans la montagne, à l'usine de salpêtre. On y élève une certaine variété de vers de terre dont les déjections, riches en cristaux de nitrate de potassium...

— Je sais, dit-elle entre ses dents serrées. Je ne suis pas une ignorante. Mais on ne peut utiliser ce procédé que là où il y a du soufre en quantité suffisante.

Schwartz se balançait sur ses talons en sortant le ventre

et en tirant sur son cigare d'un air satisfait. S'il avait porté des bretelles, il les aurait fait claquer.

— La plupart des nouveaux, reprit-il, font au moins un mois de corvée à l'usine. Ce n'est pas très agréable, mais c'est bon pour la discipline. Cela aide aussi à décourager ceux qui ne sont pas suffisamment motivés.

— *Non carborundum illegitimatus,* dit-elle.

— Hein ? demanda-t-il en tordant la bouche.

— Un dicton yankee. Du latin de cuisine. Traduction : *Ne pas se laisser écraser les pieds par les bâtards.* La merde ne me fait pas peur — si j'estime que ça vaut le coup. Je saurai bien quand ce sera mon tour.

— Tu es quelqu'un de coriace.

— Exact. Il le faut bien, pour survivre au milieu des hommes. J'espérais, au début, que les choses tourneraient différemment ici. Mais ça n'a pas été le cas. C'est pareil. Mais ça changera.

— Nous avons tous changé, dit Schwartz d'une voix lente, presque triste. Mais pas toujours en mieux. Si quelqu'un m'avait dit, en 1893, que j'aurai un jour devant moi une femme, appartenant à la bonne société, j'entends, pas une ouvrière ou une putain de bas étage, en train de débiter des insanités ordurières de suffragette subversive...

— Au lieu de te passer de la pommade ?

— Laisse-moi terminer, veux-tu ? Si quelqu'un m'avait dit cela, et s'il m'avait dit en plus que ça ne me ferait ni chaud ni froid... je l'aurais certainement traité de menteur. Mais c'est en vivant qu'on apprend la vie. Ou plutôt, dans notre cas précis, c'est en mourant...

Il s'interrompit et la regarda posément. Elle plissa le coin de sa bouche et ses pupilles se rétrécirent.

— Je pourrais te dire d'aller te faire foutre, murmura-t-elle, mais je préfère qu'on reste bons copains. Ma patience a des limites, cependant.

— Tu n'as pas saisi tout ce que j'ai dit. Ça m'est complètement égal, tu ne vois pas ? Je ne suis plus le même qu'en 1893. Et j'espère que tu n'es plus la même que... En quelle année es-tu morte ?

— En 1983.

Ils redescendirent en silence le versant de la colline. Jill portait son graal au bout de sa lance, sur son épaule. Schwartz s'arrêta à un moment pour lui montrer un cours d'eau qui descendait des montagnes. Il avait pour source une cascade que l'on apercevait au loin, à flanc de falaise.

Ils arrivèrent au bord d'un petit lac, entre deux collines, au milieu duquel se trouvait une barque de pêche. Son occupant, auquel Jill trouva un air japonais, tenait à la main une canne en bambou. Le flotteur dérivait au fil de l'eau, en direction d'une masse de buissons qui dépassaient de la rive, surplombant le lac.

— C'est ton futur voisin, lui dit Schwartz. Son véritable nom est Ohara, mais il préfère qu'on l'appelle Piscator. Il est fou d'Izaak Walton, qu'il est capable de citer par cœur. Il dit que dans ce monde-ci, un seul nom suffit à un honnête homme. Il s'est choisi celui de Piscator, qui signifie « pêcheur » en latin. C'est un fana de la pêche, comme tu vois. C'est pour cela que nous lui avons confié la direction de l'Office d'Exploitation du Dragon du Fleuve à Parolando. Mais aujourd'hui, c'est son jour de repos.

— Intéressant, fit-elle, en ayant l'impression qu'il voulait en venir à quelque chose de pas très agréable pour elle.

Cette impression fut du reste immédiatement confirmée par le sourire narquois, légèrement sadique, avec lequel il ajouta :

— Sur la Terre, Ohara était officier des forces navales japonaises. Durant la Première Guerre mondiale, il fut d'abord attaché comme observateur auprès de la Flotte britannique, où il reçut une formation à bord d'un dirigeable. Plus tard, toujours en tant qu'observateur stagiaire, il participa à des raids de bombardements de dirigeables de la marine italienne contre des bases autrichiennes. Il totalise suffisamment d'heures de vol pour figurer en bonne place sur la liste des candidats. C'est lui, probablement, qui sera le second du capitaine Firebrass.

— Sa principale qualité, j'imagine, c'est d'être un homme, fit-elle en souriant malgré la tempête d'indignation que ces paroles venaient de déclencher en elle. A côté de cela, mon expérience, bien que largement supérieure à la sienne, risque de ne pas faire le poids.

Schwartz fit un pas en arrière et la regarda dans les yeux.

— Firebrass établira la liste de ses officiers uniquement en fonction de leurs mérites respectifs.

Elle ne répondit pas.

Schwartz agita la main en direction de l'occupant de la barque. Celui-ci se leva à demi de sa banquette et inclina la tête avec un sourire. Puis il se rassit, non sans avoir lancé à Jill un regard qui lui donna l'impression d'avoir été balayée par le faisceau scrutateur d'un radar métaphysique capable de déterminer à coup sûr non seulement sa place dans le monde, mais aussi les moindres détails de sa constitution psychique.

C'était son imagination, bien sûr. Mais elle fut entièrement d'accord avec Schwartz lorsqu'il déclara :

– C'est quelqu'un d'assez extraordinaire, ce Piscator. Tu verras.

Quand elle s'éloigna, elle eut longtemps l'impression que le regard noir du Japonais lui brûlait la nuque.

10

A l'extérieur, les ténèbres. Dedans, une nuit blême, grouillante de brefs serpents opalins. Un peu plus tard, en un lieu situé hors du temps, un faisceau de lumière laiteuse troue l'obscurité, comme s'il était surgi de l'objectif d'un projecteur cinématographique. Cette lumière est un chuchotement dans l'air; mais dans sa tête, elle l'entend comme un hurlement. Le film passe sur l'écran d'un oscilloscope électronique. Il consiste en une série de lettres, de mots brisés, de signes et de symboles qui font partie d'un code indéchiffré. Peut-être indéchiffrable.

Pis encore, il donne l'impression de se dérouler à l'envers, de se rebobiner... dans la réalité ? C'est un documentaire menteur tourné (de quel côté ?) pour la télévision, fait pour embobiner le spectateur crédule du petit écran. Pourtant, la technique du retour en arrière est irréprochable. Les images se succèdent pour évoquer, renvoyer, répercuter, lancer message sur message avec une rapidité proprement électronique. Comme si l'on feuilletait à toute vitesse un magnifique livre d'images en tournant les pages à partir de la fin. Mais le texte ? Où est le texte ?

Et à quoi pensait-elle quand elle pensait à des images ? Il n'y avait pas d'images. Pas de scénario non plus. Ou plutôt si : il y avait un scénario, mais il fallait le reconstituer à partir de plusieurs morceaux. Plusieurs morceaux... elle avait presque mis le doigt dessus, mais cela lui échappait encore.

En gémissant, elle se réveilla. Elle ouvrit les yeux et écouta un long moment la pluie qui crépitait sur la toiture de sa cabane.

Elle se souvenait maintenant de la première partie du rêve. C'était un rêve dans un rêve, ou ce qu'elle prenait pour un rêve mais sans en être sûre. Il pleuvait. Elle s'était réveillée à moitié, du moins à ce qu'il lui semblait. La cabane était à vingt mille kilomètres de celle-ci, mais presque identique, et le monde extérieur, tel que le lui montraient les éclairs qui zébraient le ciel à intervalles irréguliers, ne devait pas être tellement différent. Elle s'était retournée dans son lit, mais sa main n'avait pas rencontré la présence attendue.

Elle s'était redressée pour regarder autour d'elle. Un nouvel éclair, assez violent et assez rapproché pour la faire sursauter, lui avait montré que Jack n'était pas à l'intérieur de la cabane.

Elle s'était levée pour allumer une lampe à huile de poisson. Non seulement il n'était pas là, mais ses vêtements, ses armes et son graal avaient disparu.

Elle était sortie en courant dans la tourmente pour essayer de le retrouver.

Elle ne l'avait jamais plus revu. Personne n'avait jamais su où il était allé, ni pourquoi.

Le seul qui aurait pu le lui dire, peut-être, avait disparu durant la même nuit. Lui aussi, il avait quitté sa compagne sans lui donner un mot d'explication. Jill pensait qu'ils avaient dû partir ensemble. Pourtant, sauf erreur de sa part, les deux hommes se connaissaient à peine.

Pourquoi Jack l'avait-il quittée sans rien dire, si cruellement ?

Que lui avait-elle fait ?

Avait-il décidé tout à coup qu'il ne lui était plus possible de vivre en compagnie d'une femme qui refusait de jouer un rôle de second plan dans leur relation ? Etait-ce la bougeotte qui le reprenait ? Peut-être les deux, après tout.

Quelle que fût la vérité, Jill avait décidé de ne plus jamais vivre avec un homme, quoi qu'il arrive. Jack était le meilleur, et le meilleur se devait d'être aussi le dernier. Mais il aurait pu être encore mieux, peut-être.

Ses désillusions venaient à peine de s'estomper lorsqu'elle fit la connaissance de Fatima, la petite Turque aux yeux de biche, qui avait fait partie des quelques centaines de concubines que comptait le harem du sultan Mehmet IV (qui régna sur l'Empire ottoman de 1648 à 1687) sans avoir une seule fois couché avec lui. Elle n'avait pas trop souffert, cependant, de privation sexuelle. Il y avait avec elle dans le sérail suffisamment de prisonnières qui préféraient – faute de mieux ou bien par inclination naturelle – faire l'amour avec des personnes de leur sexe. Elle était devenue l'une des favorites de Kosem, la grand-mère de Mehmet, avec qui toutefois ses relations n'avaient pas eu de caractère ouvertement homosexuel.

Cependant, Turhan, la mère de Mehmet, cherchait à supplanter Kosem dans l'influence que celle-ci exerçait sur le gouvernement. Elle finit par lui dépêcher un groupe d'assassins qui l'étranglèrent avec les cordons de ses propres tentures de lit. Malheureusement pour Fatima, elle était auprès de Kosem lorsque la chose arriva, et dut partager le même sort.

Jill se mit en ménage avec la mignonne petite Turque lorsque celle-ci rompit avec sa partenaire du moment, une ex-ballerine française morte en 1873. Jill n'éprouvait pas exactement de l'amour pour elle, mais elle était sexuellement excitante et au bout de quelque temps elle se prit réellement d'affection pour elle. Fatima était cependant d'une ignorance crasse et, de surcroît, indélébile. Son comportement était la plupart du temps infantile et égocentrique, et rien n'indiquait que cela changerait un jour. Au bout d'une année, Jill était déjà fatiguée d'elle. Ce qui ne l'empêcha pas d'éprouver un cuisant chagrin lorsque Fatima fut violée puis battue à mort par trois Sicules ivres (du Xe siècle avant J.-C. ?), chagrin intensifié par sa certitude (ou quasi-certitude, puisqu'il n'y avait pas véritablement de preuve) que Fatima ne renaîtrait plus jamais. Les résurrections semblaient avoir cessé. Aucun mort ne se lèverait plus, le lendemain à l'aube, loin, très loin, de la scène de son trépas.

Avant de s'abandonner à son chagrin, cependant, Jill avait pris le temps de décocher une flèche au cœur de chacun des assassins de Fatima. Eux non plus ne se relèveraient plus jamais nulle part.

Quelques années après cela, les rumeurs concernant le grand dirigeable étaient parvenues jusqu'à elle. Elle ignorait si elles étaient fondées ou pas, mais si elle voulait le savoir, il n'y avait qu'un seul moyen.

Elle avait mis le temps, mais elle était enfin parvenue à destination.

11

Extraits de *La Suite des Temps,* gazette d'information publique à cinq pages. Propriétaire et éditeur : l'Etat de Parolando. Rédacteur en chef : S.C. Bagg. En haut du titre et à gauche figure l'avertissement traditionnel suivant :

CAVEAT LECTOR

De par la Loi, le lecteur doit jeter ce journal dans une urne de recyclage public au plus tard vingt-quatre heures après l'avoir reçu. En cas d'urgence, on peut l'utiliser comme papier-toilette. Nous recommandons pour cet usage particulier la page du *Courrier des lecteurs*. Première infraction : une réprimande publique. Deuxième infraction : confiscation et privation de gnôle, tabac et gomme à mâcher durant une semaine. La troisième infraction sera punie d'exil total et permanent.

On relève notamment sous la rubrique des *Nouveaux venus à Parolando* :

JILL GULBIRRA

Nous saluons, malgré les réticences de quelques-uns, l'arrivée de la toute dernière de nos candidates à la citoyenneté. Dimanche dernier, la cigogne est sortie de la brume avant l'aube pour accoster quatre de nos figures publiques les plus en vue. Malgré les vapeurs de l'acool qui s'ajoutaient à des pensées probablement lubriques pour créer un état de confusion mentale bien accordé aux effets de la brume, notre joyeux quatuor finit par comprendre que l'apparition venait de parcourir approximativement trente-deux mille cent quatre-vingts kilomètres (soit exactement vingt mille *miles*, pour ceux qui en seraient restés aux mesures de papa) toute seule dans sa pirogue (sans jamais se mouiller ni se faire violer) rien que pour venir voir où en étaient les travaux de notre fameux Léviathan. Sans exiger à proprement parler d'en être nommée capitaine lorsque le moment viendrait de répartir les rôles, elle a laissé entendre qu'il serait de l'intérêt de tout le monde qu'elle obtînt ce poste sans discussion.

Après quelques grognements avinés du divin produit de la Calédonie, le quartette se remit en partie des effets de cet assaut. (Un témoin la décrit de la manière suivante : « Amazone en diable, elle arbore un culot d'airain et des tripes à mailles d'acier qui surprennent chez une femme digne de ce nom. »)

Nos quatre héros lui demandèrent alors ses références. Elle en fournit une liste impressionnante, à condition d'être authentique. L'un de nos éminents citoyens, interrogé à ce sujet par notre reporter intrépide Roger « Nellie » Bligh, affirme qu'elle est bien tout ce qu'elle déclare être. Sans l'avoir jamais rencontrée en chair et en os au cours de son existence terrestre, il dit avoir vu son nom mentionné dans plusieurs articles de presse et se souvient d'un de ses passages à la télévision (une invention du milieu du XXe siècle que le rédacteur, n'ayant pas vécu jusque-là, n'a pas eu le plaisir de connaître, bien qu'il n'ait rien perdu, à en croire l'avis de tous).

Il semble que, à moins d'être véritablement le sosie

de l'authentique Jill Gulbirra, celle-ci ne fasse pas partie de la cohorte d'imposteurs qui empoisonnent la vie de la Vallée depuis trop d'années.

L'Office du Recensement post-résurrectionnel (que certains appellent l'Office des Morts) a bien voulu nous communiquer les renseignements suivants : Gulbirra, Jill (prénom unique). Sexe : féminin. Nom de jeune fille : Johnetta Georgette Redd. Née le 12 février 1953 à Toowoomba, Queensland, Australie. Nom du père : John George Redd. Nom de la mère : Marie Bronze Redd. Ascendance : irlando-écossaise, française (juive), aborigène d'Australie. Célibataire sur la Terre. Etudes secondaires à Canberra et Melbourne. Diplômée du Massachusetts Institute of Technology en 1973, titulaire d'une maîtrise en aéronautique. Brevet de pilotage, aviation commerciale, quadrimoteur. Licence d'aéronaute amateur. Ingénieur-navigateur à bord d'un dirigeable de transport ouest-allemand utilisé par le gouvernement du Nigeria en 1977-1978. Pilote de dirigeable à la compagnie Goodyear, Etats-Unis, 1979. Pilote de dirigeable au service de l'émir du Koweit en 1980-1981. Pilote instructeur de dirigeable à la British Airways Systems en 1982. Devient en 1983 la seule femme dans tout le monde occidental qualifiée pour être capitaine de dirigeable. Heures de vol totalisées à bord d'aéronefs : 8 342.

Trouve la mort le 1er avril 1983 dans un accident d'automobile près de Howden, en Angleterre, juste avant de prendre le commandement du nouveau dirigeable à structure rigide, le *Willows-Goodens*.

Profession : voir ci-dessus.

Talents personnels : flûte, escrime, tir à l'arc, kendo, bâton, arts martiaux, insultes et invectives en tout genre.

Elle se défend pas mal avec ses paluches, aussi, puisqu'elle a cogné un de nos distingués citoyens, Cyrano « Schnozzola » de Bergerac, dans le buffet, avant de lui caresser du genou la pointe du menton, ce qui eut pour effet de le laisser sans réplique et *hors de combat*. Cet intermède, il faut le dire, faisait suite à une main égarée (sans permission) sur un néné de la dame. Normalement, le fougueux Français aurait provoqué sans attendre quiconque l'eût traité d'aussi cavalière façon en un duel à mort (au-delà des frontières de Parolando, bien entendu, car il est interdit de se battre en duel dans notre beau pays). Mais il est si vieux jeu sur ces questions de principe qu'il se serait senti « tout con », comme il le dit, à l'idée de se battre contre une femme. De plus, il avoue qu'il a peut-être eu tort de faire des avances à une personne qu'il ne connaissait pas, sans y être préalablement invité, soit « verbalement », soit « visuellement ».

Une heure après le repas du soir, hier, votre intrépide serviteur s'est présenté devant la cabane de Gulbirra et a frappé à sa porte. Faisant suite à quelques grognements indistincts, une voix a ronchonné :

— Qu'est-ce qu'il y a encore ?

Apparemment, elle se fichait éperdument de connaître l'identité de son visiteur.

— Miss Gulbirra, je suis Roger Bligh, reporter à *La Suite des Temps*. J'aimerais vous interviewer.

— Si ça ne vous fait rien d'attendre, je suis sur le pot.

Ne reculant devant aucun sacrifice, votre intrépide journaliste alluma un cigare pour tuer le temps. Il avait aussi l'intention, à vrai dire, de l'utiliser par la suite pour dissiper les miasmes de la cabane. Au bout d'un certain temps, durant lequel il entendit un bruit d'eau versée dans une cuvette, la même voix cria :

— Entrez. Mais laissez la porte ouverte.

— Avec plaisir, fit votre hardi serviteur.

Il trouva son sujet assis sur une chaise devant la table, en train de fumer un joint. Entre le cigare, la marie-jeanne, les émanations résiduelles de la récente occupation à laquelle s'était livré le sujet et la fumée âcre de plusieurs chandelles à la graisse de poisson, on ne peut pas dire que la visibilité ni l'olfactivité aient été à leur condition idéale.

— Miss Gulbirra ?

— Non. Miz.

— Et que signifie ce titre ?

— Vous me demandez ça juste pour connaître mon point de vue, ou bien voulez-vous dire que vous ne le savez vraiment pas ? Les gens de mon époque ne manquent pas dans le coin. Vous avez certainement déjà entendu le terme.

Votre serviteur confessa humblement son ignorance.

Au lieu de l'éclairer, l'interviewée demanda :

– Quelle est la position des femmes de Parolando ?

– Ça dépend. Dans la journée ou dans la nuit ?

– Ah ! Ne faites pas le mariole avec moi ! s'exclama Miz Gulbirra. Je vais le répéter plus simplement, afin que vous puissiez saisir exactement ce que je veux dire. Légalement, c'est-à-dire en théorie, les femmes jouissent ici des mêmes droits. Mais en pratique, dans la réalité, quelle est l'attitude des mâles ?

– Ils jouissent aussi, répliqua l'intrépide gazetier.

– Je vous donne une dernière chance. Après ça, le hasard et la pesanteur auront à décider lequel atterrira en premier au milieu de la rue, votre postérieur botté ou votre cigare puant.

– Mes excuses, fit l'innocent journaleux. Mais après tout, est-ce moi qui suis ici pour vous interviewer, ou bien le contraire ? Pourquoi n'allez-vous pas demander vous-même à nos citoyennes ce qu'elles pensent de l'attitude des mâles à leur endroit ? Et ceci dit, êtes-vous venue ici pour lancer une campagne féministe ou bien pour nous aider à construire tous ensemble, comme un seul homme si je puis dire, le grand dirigeable en question ?

– Vous ne vous foutez pas de moi ?

– Je n'oserais jamais, se hâta de répliquer l'incorruptible. Nous sommes très modernes, même si notre population ne comprend qu'une minorité de citoyens issus de la fin du XXe siècle. La nation entière a décidé de se consacrer à la construction de l'aéronef. A cet effet, nous devons maintenir une discipline de fer durant les heures de travail. Mais en dehors, les citoyens sont libres de faire absolument ce qu'ils veulent, à condition bien sûr de ne nuire à personne. Par conséquent, revenons à nos moutons. Qu'est-ce qu'une Miz, toute plaisanterie mise à part ?

– Vous n'êtes pas en train de me faire marcher ?

– Je vous le jurerais sur une pile de bibles, si ces choses existaient encore.

– En gros, c'est un titre qu'ont adopté les membres

du Mouvement de libération des femmes dans les années 60. *Miss* et *Mrs.* dénotaient un point de vue mâle trop strictement sexuel. Une « demoiselle » qui se faisait appeler *Miss* avait automatiquement droit, pour peu qu'elle eût dépassé l'âge du mariage, au mépris conscient ou inconscient du reste de la communauté. Son statut impliquait qu'il lui manquait quelque chose en tant que « femme », et aussi qu'elle mourait d'envie de se voir appelée « madame », c'est-à-dire d'être reléguée au rang de citoyenne de seconde catégorie, simple prolongement de son mari, dépourvue d'identité propre. Du reste, pourquoi faut-il qu'une femme non mariée porte le nom de son père ? Pourquoi pas celui de sa mère ?

— Dans le cas que vous citez, répliqua l'obséquieux plumitif, le nom de sa mère serait tout de même celui de son père.

— Justement. C'est pourquoi, au lieu de m'appeler Johnetta Georgette Redd – vous remarquerez en passant que mes prétendus prénoms ne sont que la forme féminine de deux noms masculins –, j'ai préféré prendre celui de Jill Gulbirra. Mon père, naturellement, m'a fait un scandale. Même ma mère a protesté. Mais c'était une vraie « tante Dora » (1) : complètement lavée du cerveau.

— Très intéressant, fit votre impressionné serviteur. Mais quelle est l'origine de ce nom, Gulbirra ? Peut-être slave ? Et pourquoi l'avez-vous choisi ?

— Pas slave, crétin, mais aborigène d'Australie. Un *gulbirra*, c'est un kangourou qui capture les chiens sauvages pour s'en nourrir.

— Un kangourou carnivore ? Je croyais qu'ils étaient tous végétariens.

— Oui, peut-être que cet animal n'a jamais existé, en réalité. Il est plus ou moins mythique. C'étaient les abos qui prétendaient en avoir vu dans les plaines centrales. Mais qu'est-ce que ça peut faire ? C'est le symbole qui compte.

---

(1) D'après l'actrice Doris Day. Personne du sexe féminin qui s'oppose au mouvement de libération des femmes, ou militante dont les « positions » sont jugées trop « molles ». (N.d.T.)

— Vous vous identifiez à ce kangourou carnivore ? Je n'ose imaginer ce que le chien symbolise.

A ce stade, Miz Gulbirra eut un sourire si inquiétant que votre envoyé très spécial crut nécessaire de se redonner du courage en puisant au flacon qui ne le quitte jamais, dans sa sacoche en bandoulière.

— N'allez pas croire, reprit la Miz, que j'ai choisi ce nom par sympathie, ou par identité de vues avec la culture noire. J'ai un quart de sang abo, c'est vrai, mais ça ne veut rien dire. Leur culture était phallocrate d'un bout à l'autre. Pour eux, les femmes étaient des objets, de vulgaires esclaves qui faisaient les plus durs travaux à leur place et ne recevaient en prime que des coups de leur père ou de leur mari. Beaucoup de mâles de race blanche ont versé des larmes de crocodile à propos de la destruction de la société abo, mais mon opinion personnelle est que ça n'a pas été une bien grande perte. Naturellement, je déplore les souffrances que cette destruction a causées.

— Déplorer ne fait pas de mal, contrairement à déflorer.

— La virginité, parlons-en, fit Miz Gulbirra avec amertume. Encore un mythe phallocrate, inventé uniquement pour flatter l'amour-propre des mâles et renforcer l'idée qu'ils se font de leurs droits de propriété ! Heureusement, ce genre d'attitude a considérablement évolué durant mon existence terrestre. Mais ici, il y a encore beaucoup trop de chauvinistes fossiles qui...

— Tout cela est passionnant, osa interrompre votre innocent correspondant, mais je vous suggère de réserver vos opinions à la page du *Courrier des lecteurs*. Notre rédac' chef, Mr. Bagg, se fera un plaisir de publier vos propos, si excessifs qu'ils soient. Mais pour le moment, nos lecteurs aimeraient surtout savoir quels sont vos projets sur un plan strictement professionnel. De quelle manière pensez-vous apporter votre contribution au programme Léviathan, puisque tel est son nom officiel ? Quelle place espérez-vous occuper dans la hiérarchie ?

A ce moment de l'entretien, les vapeurs âcres et épaisses de la marijuana avaient pris le pas sur toutes les autres. Une lueur farouche et égarée brillait dans ses prunelles dilatées par la drogue. Votre soussigné jugea le moment venu de regonfler son intrépidité sérieusement déclinante par un nouvel appel du coude à la dive bouteille.

— En toute logique et en fonction des droits conférés par l'expérience, la connaissance et les compétences individuelles, répondit-elle d'une voix lente mais forte, on devrait me confier la responsabilité du programme. Et c'est moi qui devrais commander cet aéronef ! J'ai examiné les titres de chaque personne concernée et je suis de très loin, sans la moindre contestation possible, la plus qualifiée. Pourquoi ne me confie-t-on pas la réalisation de l'appareil ? Pourquoi ne suis-je même pas considérée comme candidate à la fonction de capitaine ?

— Ne me le dites pas ! fit votre incorrigible reporter, peut-être excessivement encouragé par la lave liquide qui lui parcourait les veines, émoussant sa circonspection coutumière. Ne me le dites surtout pas, je vais essayer de le deviner. Se pourrait-il — c'est juste une idée qui m'effleure à l'instant, remarquez, et que je lance comme ça au hasard dans la conversation —, se pourrait-il que vous fussiez écartée des hautes responsabilités parce que vous n'êtes qu'une femme ?

L'interviewée fixa longuement votre correspondant dans les yeux, aspira une nouvelle bouffée de son joint, la fit pénétrer au plus profond de ses poumons, provoquant un léger soulèvement de sa poitrine légère, et finalement, le visage bleui par le manque d'oxygène, souffla des fumerolles par les narines. Votre ineffable scribe se prit à penser à certaines gravures, représentant des dragons, qu'il avait eu l'occasion d'admirer au cours de sa terrestre existence. Courageux mais pas trop téméraire, il préféra s'abstenir de souligner la ressemblance à haute voix.

— Je crois que vous avez saisi, fit-elle. Peut-être que vous n'êtes pas si bouché, après tout.

Puis, pressant entre ses doigts le bord de la table comme si elle voulait extraire la pulpe du bois, elle se pencha soudain en avant :

— Mais qu'est-ce que ça veut dire au juste, ce « vous n'êtes *qu'une* femme » ?

— Oh ! Ce n'était qu'une manière de formuler votre

propre pensée, s'empressa d'expliquer l'impavide. L'expression était ironique. Ou peut-être...

— Si j'étais un homme – ce que, Dieu merci, je ne suis pas –, j'aurais été nommée au moins second sur-le-champ. Et vous ne seriez pas là en train de ricaner.

— Oh, mais vous faites erreur! riposta l'indomptable. Je ne ricane pas. Cependant, permettez-moi de vous faire remarquer une chose. Vous vous trompez si vous croyez que c'est à cause de votre sexe que vous allez être évincée du commandement. Vous auriez les plus grosses roupettes sur quarante mille kilomètres à la ronde que ça n'y changerait absolument rien. Bien avant que le grand bateau à aubes eût été construit – je parle du deuxième, pas de celui que le roi Jean a volé –, il était convenu que ce serait Firebrass qui commanderait le dirigeable. Cela figure même dans la constitution de Parolando, que vous devez connaître puisqu'il vous l'a récitée lui-même par cœur. Vous saviez à quoi vous vous engagiez en prêtant serment. Alors, pourquoi rouspéter maintenant?

— Je vois que vous ne comprenez rien, finalement, pauvre clown! Vous ne voyez donc pas que cette loi, cette stupide et arrogante loi, n'aurait jamais dû exister?

Votre folliculaire absorba une nouvelle gorgée dispensatrice de courage – et d'hébétude en même temps – avant de répondre:

— Ce qui compte, c'est qu'elle *existe*. Et si un homme se présentait avec deux fois plus de qualifications que vous, il faudrait aussi qu'il se fasse une raison: il ne pourrait pas prétendre accéder à un plus haut poste que celui de second du capitaine Firebrass, aussi bien sur le chantier qu'à bord. C'est comme ça.

— Deux fois plus de qualifications que moi, ça ne peut pas exister! A moins qu'un officier du *Graf Zeppelin* ne se pointe. Ecoutez, j'en ai marre de tout ça.

— Ça commence à être enfumé, ici, fit remarquer votre commentateur en essuyant la sueur qui coulait de son front. Cependant, j'aimerais avoir un peu plus de détails sur votre vie passée, vos antécédents, des trucs d'intérêt humain, quoi. Et également vos impressions sur ce qui vous est arrivé juste après la résurrection. Enfin...

— Vous espérez peut-être que je vais flipper rien qu'avec ce joint, sans doute grâce à votre irrésistible charme masculin ? Vous allez sans doute tenter de me séduire par votre virilité ?

— Dieu me préserve d'une telle pensée ! s'écria votre malheureux scripteur. Ma présence ici est d'ordre strictement professionnel. En outre...

— En outre, dit-elle, et c'était elle qui ricanait maintenant, vous avez la frousse devant moi, ce n'est pas ça ? Vous êtes tous les mêmes. Il faut que vous soyez les plus forts, il faut que vous dominiez. Si par hasard vous tombez sur une femme qui est plus intelligente que vous, qui est capable de vous jeter au tapis en trente secondes, qui vous est supérieure dans tous les domaines, alors vous vous dégonflez comme un ballon de baudruche. Un ballon avec une queue.

— Voyons, Miz Gulbirra, je ne crois pas que... fit votre échotier, qui sentait le rouge lui monter au visage.

— Du balai, pauvre mec ! fit l'impétrante.

Votre correspondant jugea plus sage d'obéir à l'injonction. L'entretien, bien qu'incomplet à notre point de vue, était terminé.

12

Le lendemain soir, Jill alla prendre le journal au guichet de distribution devant la maison de la presse. Plusieurs personnes qui avaient visiblement déjà lu les nouvelles la regardaient en ricanant ou en riant sous cape. Elle ouvrit la gazette à la page des *Nouveaux venus*. Elle se doutait de ce qu'elle allait y trouver, avant de lire, et déjà cela la rendait furieuse.

Les pages crissaient entre ses mains tremblantes. L'interview était lamentable. Elle aurait dû savoir, pourtant, qu'un homme comme Bagg, venu de la fin du XIXe siècle, n'était pas capable d'écrire autre chose que ces insanités.

Que faisait-il, sur la Terre ? Il devait diriger un infâme torchon dans une ville paumée du Territoire de l'Arizona. Oui, c'était ça : Tombstone. Firebrass lui en avait vaguement parlé.

Ce qui la mettait véritablement dans tous ses états, c'était la photo qui accompagnait l'article. Elle ne s'était même pas rendu compte que quelqu'un, dans la foule, avait pris cet instantané le premier jour de son arrivée. Elle était figée dans une posture ridicule, obscène, presque. Nue, penchée en avant, les seins pendants comme des mamelles de vache, la serviette entre les jambes, animée d'un mouvement de va-et-vient par les deux mains, une devant et une derrière. Elle regardait en l'air, la bouche ouverte, le nez proéminent et les dents en avant.

Le photographe avait dû prendre plusieurs clichés, mais Bagg avait sélectionné le pire, dans le seul but de l'exposer à la risée publique.

Elle était si furieuse qu'elle faillit oublier de ramasser son graal. En le balançant d'une main – elle imaginait comment il allait lui servir à faire éclater le crâne de Bagg – et en brandissant de l'autre main le journal roulé – destiné à faire son chemin jusqu'à ce qu'il lui ressorte par la bouche –, elle se dirigea à grands pas vers la maison de la presse. Mais arrivée devant la porte, elle s'immobilisa.

– Allons ! se dit-elle. Tu réagis exactement comme il le souhaite, comme ils le souhaitent tous. Ne t'emballe pas comme ça. Bien sûr, ce serait une satisfaction de lui faire dévaler l'escalier de son bureau à coups de pied aux fesses. Mais tu risquerais de tout compromettre. Tu en as vu d'autres. Tu t'en es toujours sortie avec honneur et gloire.

Elle rentra chez elle sans se presser, la courroie du graal à l'épaule. Tout en marchant, elle lut le reste de l'article à la lumière déclinante du soir. Elle s'aperçut qu'elle n'était pas la seule à être injuriée, calomniée, vilipendée par Bagg. Firebrass lui-même, quoique traité avec ménagement dans l'article qui la concernait, était sévèrement critiqué ailleurs, et pas seulement par Bagg. La chronique intitulée *Vox pop* citait abondamment des lettres de citoyens indignés par tel ou tel aspect de sa politique. Toutes les lettres étaient signées.

Au moment où elle quittait la plaine pour emprunter le chemin sinueux qui conduisait dans les collines, elle entendit quelqu'un qui l'appelait doucement. Elle se retourna et vit que c'était Piscator. Il s'avança en souriant et murmura avec l'accent d'Oxford :

— Bonsoir, citoyenne. Puis-je faire un bout de chemin en votre compagnie ? Ce sera peut-être plus agréable que d'être seul chacun de son côté. Qu'en pensez-vous ? Vous n'êtes pas d'accord ?

Elle fut obligée de sourire. Il parlait gravement, dans un style qui évoquait presque le XVIIe siècle. Cette impression était renforcée par le chapeau qu'il portait, un long cylindre qui se rétrécissait vers le haut, à grand bord circulaire, et qui rappelait à Jill les coiffures des premiers Pèlerins de la Nouvelle-Angleterre. Il était en cuir rouge sombre, fourni par le poisson communément appelé « sans-écailles ». Son bord était orné de plusieurs « mouches » en aluminium, servant pour la pêche. Sur ses épaules, Piscator avait une grande cape noire nouée par un cordon à hauteur du cou. Il portait aussi un kilt vert et des sandales en cuir de poisson vermeil.

Il avait à l'épaule une longue gaule en bambou. D'une main, il tenait son graal. Sous le bras du même côté, il serrait un journal roulé tandis qu'à l'autre épaule il portait un panier d'osier.

Il était assez grand, pour un Japonais : le bord de son chapeau arrivait à hauteur du nez de Jill Gulbirra. Et ses traits étaient harmonieux, peu asiatiques.

— Je suppose que vous avez lu l'article ? dit-elle.

— En grande partie, oui, et j'en suis navré. Mais n'en soyez pas trop affectée. Comme dit Salomon en parlant des railleurs (*Proverbes*, XXIV, 9), « ils sont un fléau pour l'homme ».

— Je préfère dire : « pour l'humanité », fit Jill.

Piscator était perplexe.

— Mais qu'est-ce que... Ah ! Je vois; c'est « homme » qui vous fait tiquer. Mais dans cette acception, « homme » signifie : hommes, femmes et enfants aussi bien.

— Je le sais, fit-elle en prenant un ton las, comme si elle répétait cette explication pour la millième fois – ce qui n'était pas loin d'être le cas. Je le sais, mais cela n'empêche pas que l'usage d'un terme essentiellement masculin conditionne celui qui l'entend à négliger l'autre sexe. Il est préférable de dire « humanité », ou « personnes », ou à la rigueur « genre humain ».

Piscator prit une longue inspiration entre ses dents serrées. Elle s'attendait à l'entendre dire quelque chose comme : « Puisque c'est vous qui le dites. » Mais il s'abstint de s'appesantir sur le sujet. Il enchaîna plutôt :

— J'ai trois tanches dans ce panier, si toutefois il m'est permis de les nommer ainsi. Elles sont remarquablement voisines, aussi bien par l'aspect que par le goût, de leurs cousines terrestres. Elles n'ont pas autant de saveur que l'ombre, si vous me permettez cette appellation, que l'on pêche dans les torrents de montagne. Mais ce sont des poissons rusés et vifs, qui procurent bien des satisfactions à l'amateur de pêche sportive.

Elle se dit qu'il avait dû apprendre l'anglais dans *The Compleat Angler* d'Izaak Walton (1652).

— Que diriez-vous de partager ces poissons avec moi au repas de ce soir ? Ils seront cuits à point à 16 h précises, heure de la clepsydre. Il y aura aussi de la fleur de crâne en abondance.

C'était le nom local que l'on donnait à l'alcool distillé à partir du lichen récolté au pied des falaises. En l'additionnant d'eau à raison de trois parts pour une et en y faisant macérer les grosses fleurs des lianes de l'arbre à fer jusqu'à ce que le liquide eût pris une coloration violacée et un parfum de rose, on obtenait une boisson digne des meilleurs produits du graal.

Jill hésita durant plusieurs secondes. La solitude ne lui pesait jamais – ou presque. Contrairement à la majorité de ses contemporains, elle n'avait pas tendance à succomber au désespoir ou à la panique lorsqu'elle se voyait isolée, livrée à ses seules ressources. Mais trop, c'est trop. Son voyage sur le Fleuve avait duré quatre cent vingt jours. Pendant tout ce temps, elle était restée seule à bord de sa pirogue toute la journée et n'avait eu de compagnie que le soir, quand elle accostait pour se restaurer et dormir à terre. Elle avait dû croiser sur les rives environ un demi-milliard d'êtres humains. Parmi ceux-ci, pas un seul visage qu'elle eût déjà rencontré, ni sur la Terre ni dans le Monde du Fleuve.

Il est vrai qu'elle ne s'était presque jamais rapprochée suffisamment de la rive, durant le jour, pour pouvoir reconnaître un visage. Quant à ses rencontres du soir, elles étaient des plus limitées. Ce qui la torturait le plus – ou qui l'eût torturée, si elle s'était laissée aller à ce genre d'attitude émotionnelle –, c'était l'idée qu'elle pouvait passer sans le savoir à proximité d'un visage aimé, ou tout au moins ami. Il y avait quelques personnes qu'elle avait connues sur la Terre et qu'elle aurait bien aimé retrouver.

Il y avait surtout Marie. Qu'avait-elle dû ressentir quand elle avait appris que sa jalousie insensée était responsable de la mort de son amante, Jill Gulbirra ? Avait-elle été écrasée de douleur, de remords ? S'était-elle tuée à son tour ? Après tout, Marie était suicidaire. Ou plutôt, pour être honnête, elle était encline à absorber suffisamment de barbituriques pour mettre sa vie en danger, mais pas assez pour ne pas être sauvée si on la conduisait à temps à l'hôpital. Marie avait déjà trois fois échappé ainsi à la mort, à la connaissance de Jill. Echappé entre guillemets.

Le plus probable, cependant, était qu'elle avait connu trois jours de souffrances et de mortification amère, puis qu'elle avait avalé une vingtaine de comprimés de phénobarbital avant d'alerter sa meilleure amie – une autre amante, sans aucun doute, se dit Jill, dont la poitrine se soulevait d'indignation. La salope ! On l'avait ensuite conduite à l'hôpital, et la ronde des antidotes, désintoxication, lavage d'estomac, attente anxieuse dans les couloirs, avait recommencé. Puis c'étaient les longues heures au chevet de Marie qui délirait, l'esprit engourdi par les drogues, mais pas assez pour ne pas consciemment jouer sur la corde sensible de son amante. Ce n'était pas seulement de la compassion qu'elle cherchait à susciter, la petite garce sadique. Elle profitait de la situation pour lancer quelques allusions blessantes, quelques reproches qu'elle prétendrait par la suite avoir faits sans même s'en rendre compte.

A sa sortie de l'hôpital, la tendre amie la raccompagnait chez elle et s'occupait de sa santé avec une sollicitude extrême, en la consolant du mieux qu'elle pouvait...

Arrivée à ce stade de son affabulation, il était rare que Jill pût en supporter davantage. Elle se forçait alors à rire, amèrement, à l'idée qu'il y avait déjà trente et un ans qu'elle avait quitté l'appartement comme une folle pour s'élancer au volant de la Mercedes, faisant crisser les pneus dans une odeur de caoutchouc brûlé, grillant coup sur coup trois feux rouges pour... il n'y avait plus ensuite qu'un grand trou blanc, aveuglant, où persistaient comme un écho la masse hurlante du camion qui se jetait sur elle et son propre cri de détresse glacée.

Elle s'était réveillée comme tous les autres, nue, avec un corps de vingt-cinq ans – libéré, qui plus est, de certaines tares et imperfections – dans la vallée au bord du Fleuve. Un cauchemar au paradis. Paradis qui était rapidement devenu proche d'un enfer, par la faute de quelques hommes.

Trente et un ans s'étaient écoulés. Le temps avait effacé bien des souvenirs, aboli bien des douleurs. Mais pas celle-là. Le chagrin et la rage qui l'étreignaient chaque fois qu'elle pensait à Marie ne s'étaient pas atténués avec les années.

Jill s'aperçut soudain que Piscator était en train de la regarder curieusement. Le Japonais semblait attendre la réponse à quelque chose qu'il venait de dire.

— Je suis navrée, fit-elle. Il arrive que le passé accapare mes pensées.

— Vous m'en voyez navré également. Parfois... par exemple quand on mâche de la gomme à rêver en voulant échapper à des souvenirs pénibles ou à des états psychiques indésirables... parfois, on se laisse trop vite « accaparer » par... le néant.

— Vous vous trompez, dit-elle en s'efforçant de refouler sa colère. C'est seulement parce que j'ai pris l'habitude de rester toute seule. Cela m'arrivait souvent, de rêver éveillée, lorsque je remontais le Fleuve en pirogue. Parfois, je m'apercevais que j'avais parcouru dix kilomètres sans savoir ce que je faisais – tout au moins consciemment. Mais maintenant, ce n'est plus la même chose. Je vais avoir un travail qui demande une attention constante et vous verrez que je suis capable de faire preuve d'autant de vigilance que n'importe qui.

Elle avait ajouté cela car elle craignait que Piscator ne rapporte ses propos à Firebass. Un officier qui avait souvent des absences ne pouvait être accepté à bord d'un dirigeable.

— Je n'en doute absolument pas, dit Piscator. (Il marqua un instant de pause, puis ajouta en souriant :) A propos... je ne voudrais pas que vous me considériez comme un rival. Je ne suis nullement ambitieux. Je me contenterai du poste ou du grade que Firebrass voudra bien me donner, car je sais que de toute façon mes compétences et mon expérience seront utilisées au mieux. Firebrass sait ce qu'il fait. En ce qui me concerne, je suis seulement curieux d'arriver au but de notre voyage, la Tour des Brumes, le Grand Graal ou quel que soit le nom qu'on lui donne. Je voudrais moi aussi connaître le secret de cette planète. Mais l'idée de faire partie du voyage, à n'importe quel titre, me suffit amplement. J'admets volontiers que mes qualifications ne valent pas les vôtres; aussi, il est normal que vous ayez un grade supérieur au mien.

Jill Gulbirra demeura quelques instants silencieuse. Cet homme avait appartenu à une nation qui, pratiquement, réduisait ses femmes en esclavage. C'était vrai, du moins, à l'époque où il avait vécu (1886-1965). Il y avait bien eu, après la Première Guerre mondiale, un certain mouvement de libération, mais les choses n'étaient pas allées bien loin. En théorie, Piscator devait avoir la même attitude réactionnaire que la plupart de ses contemporains à l'égard des femmes.

Pourtant, les gens avaient changé dans le Monde du Fleuve. *Certains*, tout au moins.

— Vous êtes sûr que ça ne vous ferait rien? demanda-t-elle. Avouez que, dans le fond, ça vous embêterait.

— Je mens rarement, fit Piscator, et si je mens c'est toujours pour épargner la sensibilité d'autrui ou pour éviter de perdre mon temps avec des imbéciles. Je crois savoir ce que vous pensez. Peut-être aimerez-vous savoir qu'un de mes maîtres à penser, en Afghanistan, était une femme. J'ai été son disciple pendant dix ans, jusqu'à ce qu'elle décide que je n'étais plus tout à fait aussi stupide que le jour où je m'étais présenté devant elle pour la première fois et que je pouvais aller chez un autre cheik.

— Que faisiez-vous là-bas?

— C'est une question dont je serai heureux de discuter avec vous une autre fois, lorsque nous en aurons le temps. Pour le moment, soyez assurée que je n'ai aucun préjugé ni contre les femmes, ni contre les non-Japonais. Il fut un temps où j'en avais, mais il y a longtemps que mes pensées ne sont plus habitées par ces stupidités. Par exemple, à une époque, durant quelques années après la fin de la Première Guerre mondiale, j'étais un moine zen. Mais d'abord, savez-vous ce que c'est que le zen ?

— On a écrit pas mal de livres là-dessus dans les années 60. J'en ai lu quelques-uns.

— Oui; et avez-vous eu l'impression d'être plus avancée après leur lecture qu'avant ? demanda Piscator en souriant.

— Un peu.

— Vous êtes honnête. Comme je vous le disais, je me suis retiré du monde après la fin de la guerre, dans un monastère de Ryu-Kyu. Au cours de la troisième année, un homme blanc, un Hongrois, a demandé à être admis comme simple novice. C'est en voyant la manière dont il était traité que j'ai soudain compris ce que je savais déjà depuis un certain temps mais sans vouloir me l'avouer consciemment : c'est que plusieurs années de discipline zen n'avaient débarrassé personne, ni maître ni disciple, excepté moi-même, de ses préjugés raciaux. Je devrais dire plutôt préjugés nationaux, car ils manifestaient le même genre d'hostilité envers les Chinois et les Indochinois, appartenant comme eux à la race jaune. Quoi qu'il en soit, étant honnête avec moi-même pour la première fois, j'ai bien dû reconnaître que la pratique du zen n'avait rien apporté de profondément valable, ni aux autres ni à moi-même. Vous savez, je suppose, que le zen ne se donne pas d'objectifs. Avoir des objectifs, c'est s'empêcher d'atteindre ses objectifs. Cela vous paraît contradictoire ? C'est qu'en réalité ça l'est. Et c'est même insensé, tout comme cette histoire de « faire le vide » en soi. Sans doute l'état de vide n'est-il pas une absurdité; mais ce sont les méthodes utilisées pour y parvenir qui étaient, tout au moins en ce qui me concerne, totalement absurdes. Aussi, un jour, j'ai quitté le monastère et je me suis embarqué pour la Chine. Là, j'ai commencé un long voyage, appelé par je ne sais quelle voix inaudible vers l'Asie centrale. Ensuite... mais c'est toute une histoire. Je vous la raconterai une autre fois, si vous le désirez. Nous sommes presque arrivés chez nous. A tout à l'heure, donc. Je mettrai deux torches dehors, que vous pourrez apercevoir de votre fenêtre, pour vous annoncer le moment où notre petite réunion commencera.

— Je n'ai pas dit que j'allais venir.

— Mais vous aviez tout de même déjà accepté. Ce n'est pas vrai ?

— C'est vrai, mais comment l'avez-vous deviné ?

— Oh ! Ce n'est pas de la télépathie, rassurez-vous, fit Piscator en souriant. Mais quelque chose dans votre attitude, un certain relâchement de vos muscles, la dilatation de vos pupilles, le son de votre voix, des différences perceptibles seulement pour quelqu'un de très exercé, tout cela m'a appris que vous souhaitiez vous joindre à nous ce soir.

Jill ne répondit pas. Elle ne savait pas elle-même que l'invitation lui faisait tellement plaisir. Elle n'en était pas encore tout à fait sûre, d'ailleurs. Piscator était-il en train de lui faire de l'esbroufe ?

13

Il y avait un grand arbre à fer qui poussait au sommet d'une colline, à deux cents mètres environ de la cabane de Jill. La demeure de Piscator était là, nichée entre deux énormes racines. La partie arrière reposait sur la terre, adossée au tronc, tandis que tout l'avant était soutenu par des pilotis de bambou pour compenser la pente abrupte. Pour entrer dans la maison, il fallait d'abord passer dessous puis prendre un escalier de bambou qui débouchait à peu près à mi-distance de la façade et du tronc.

La construction était l'une des plus grandes que l'on pouvait trouver dans ce secteur. Il y avait trois pièces au rez-de-chaussée et deux à l'étage. A l'origine, elle avait, disait-on, été conçue pour abriter une communauté. Mais comme tous les groupes non religieux composés d'Occidentaux, celui-ci s'était dispersé au bout de quelque temps. Piscator avait pris possession des lieux. Jill était curieuse de savoir pourquoi on lui avait donné une maison aussi grande. Etait-ce un symbole de prestige ? Mais il ne semblait pas attacher d'importance à ce genre d'honneur.

Le long de la rampe, il y avait des lanternes à acétylène dont les parois translucides, faites de membranes de poissons, jetaient sur l'escalier des lueurs de toutes les couleurs. Piscator attendait en haut des marches. Il sourit et inclina la tête en voyant Jill. Il portait une sorte de kimono multicolore fait de plusieurs carrés d'étoffe assemblés. Il tenait à la main un bouquet de grosses fleurs de lianes semblables à celles que l'on apercevait dans les hautes branches de l'arbre à fer.

– Bienvenue dans ma demeure, Jill Gulbirra.

Elle le remercia, en s'imprégnant du parfum pénétrant des fleurs, qui lui rappelait un mélange de chèvrefeuille et de vieux cuir très fin. L'association était insolite mais agréable.

L'escalier débouchait dans la plus grande pièce de la maison. Le plafond faisait à peu près trois fois la hauteur de Jill. Une multitude de lanternes japonaises y étaient accrochées à différents niveaux. Le plancher de bambou était parsemé de nattes en fibre de bambou. Le mobilier, très sobre, était également en bambou, à l'exception des bras de certains fauteuils et de quelques pieds de tables qui étaient en chêne ou en bois d'if. Il y avait des coussins partout. La plupart des piliers de bois étaient sculptés en forme de têtes d'animaux, de démons, de poissons du Fleuve ou de figures humaines. Ce n'était pas un style qui semblait japonais. Sans doute un ancien occupant avait-il passé ses loisirs à faire ces sculptures.

De grandes amphores au centre étroit et au col évasé occupaient différents endroits de la pièce. Des répliques beaucoup plus petites étaient juchées sur des trépieds de bambou. Elles étaient faites au tour, durcies au four et vernissées ou peintes à la main. Certaines de ces poteries étaient ornées de motifs géométriques; d'autres représentaient des scènes marines inspirées de la Terre. Les navires avaient également des voiles latines et les marins étaient arabes. On voyait des dauphins bleus bondissant dans les vagues turquoise. Un monstre ouvrait sa gueule pour engloutir un bateau. Cependant, comme on trouvait aussi dans le Fleuve des poissons géants qu'on appelait des dauphins, et comme le redoutable dragon du Fleuve ressemblait un peu au monstre des amphores, il n'était pas impossible que l'artiste ait voulu représenter la vie dans la vallée du Fleuve.

Les autres pièces étaient séparées de la grande salle par

des rideaux de perles surtout constitués de vertèbres de poissons de plusieurs couleurs. Lorsque quelqu'un passait, ils émettaient une cascade de bruits cristallins.

Aux murs étaient accrochées des tentures en fibres tissées. Aux fenêtres, les membranes transparentes du dragon du Fleuve, tendues sur des cadres en bambou, tenaient lieu de vitres.

Dans l'ensemble, et à part certaines réalisations techniques – par exemple les lanternes à acétylène – qu'on ne trouvait qu'à Parolando, cette demeure était assez représentative de ce qu'on avait pris l'habitude d'appeler le style « fluvio-post-tombal ».

La lumière des lanternes avait du mal à percer la fumée du tabac et de la marihuana qui flottait dans la salle. Un orchestre installé dans un coin sur une petite estrade jouait de la musique en sourdine. Les musiciens étaient là pour faire plaisir aux autres et à eux-mêmes, et aussi peut-être pour l'alcool. Comme instruments, il y avait un saxophone, une trompette, un ocarina en terre cuite, une flûte en bambou, un xylophone, un violon en bois d'if et boyaux de poisson avec un archet dont les crins étaient remplacés par la couronne ciliée qui orne la bouche du dauphin bleu. Il y avait aussi une cithare faite d'une carapace de tortue sur laquelle étaient tendus des boyaux de poisson, et plusieurs sortes de tambours et de tambourins.

Jill ne reconnaissait pas la mélodie, mais la musique évoquait d'anciens airs péruviens ou d'Amérique du Sud qu'elle avait entendus autrefois sur la Terre.

– Si nous étions en tête à tête, ma chère, lui dit Piscator, j'aurais pu vous offrir du thé. Mais c'est malheureusement impossible. Mon graal ne me fournit qu'un minuscule sachet par semaine.

Il avait changé, mais pas assez pour ne pas regretter la cérémonie du thé, si prisée par les Japonais. Jill regrettait elle aussi la rareté de cette denrée. Comme la plupart des gens de son ex-nation, elle avait l'impression qu'il lui manquait quelque chose de vital si elle ne prenait pas son thé régulièrement dans la journée.

Piscator plongea une petite coupe dans un grand récipient de verre plein de fleur de crâne, et la lui tendit. Elle y trempa les lèvres pendant qu'il lui disait sa joie de la voir.

Il avait l'air sincère. Elle le trouvait de plus en plus sympathique, mais n'avait garde d'oublier que la culture dont il était issu conditionnait les mâles à traiter les femmes comme des esclaves ou des objets de plaisir. Cependant, se disait-elle – en se mettant en garde, peut-être pour la millième fois –, elle ne devait pas tomber elle-même dans le travers qu'elle reprochait aux autres. Avant de juger, il fallait prendre connaissance des faits.

Son hôte lui fit faire le tour de la salle en la présentant rapidement à plusieurs personnes. Firebrass lui fit, de loin, un signe de main. Cyrano lui adressa un sourire réservé accompagné d'une légère inclinaison de tête. Ils s'étaient croisés à plusieurs reprises depuis le début de la matinée dans les rues de Parolando, mais chacun avait préféré garder ses distances tout en demeurant courtois. Elle ne voulait pas que leurs relations prennent ce tour-là. Après tout, il lui avait présenté ses excuses. Et elle était curieuse de mieux connaître ce pittoresque personnage du XVIIe siècle.

Elle salua Ezekiel Hardy et David Schwartz, qu'elle avait eu l'occasion de voir à plusieurs reprises sur le chantier et dans les bureaux de l'administration. Les deux hommes la traitaient amicalement. Ils avaient fini par comprendre qu'elle était remarquablement compétente dans son domaine. Et dans beaucoup d'autres aussi, en fait. Elle avait su refréner admirablement son impatience et sa colère devant leur ignorance et leurs airs supérieurs. Cela avait porté ses fruits, mais elle ne savait pas combien de temps elle allait pouvoir se contenir ainsi.

Ne garde pas, se disait-elle. Vide-toi. Combien de fois n'avait-elle pas suivi ces préceptes, ou essayé de les suivre. Souvent, cela avait marché, apparemment. Mais certainement pas toujours. Et il y avait maintenant ce Japonais, Ohara, qui se faisait ridiculement appeler Piscator – il fallait être dingue – et qui venait lui expliquer que le zen était une ineptie. Ou peut-être pas exactement une ineptie, mais quelque chose que l'on avait tendance à surestimer largement. Cela ne lui avait pas plu, qu'on lui dise une chose pareille. Le coup l'atteignait sous la ceinture de son amour-propre. Elle se sentait blessée. Ce qui était ridicule. Elle avait tort de le prendre au sérieux. Elle aurait dû l'envoyer promener. Au moins mentalement. Mais il semblait si sûr de lui.

14

L'une des femmes à qui Piscator la présenta s'appelait Jeanne Jugan. Il lui expliqua brièvement qu'elle avait été servante durant de nombreuses années dans son pays natal, la France, avant de devenir l'une des fondatrices de l'ordre des Petites Sœurs des pauvres en Bretagne, en 1839.

– Je suis son disciple, dit Jugan en désignant Piscator du menton.

– Ah ! fit Jill en haussant un sourcil.

Elle aurait bien voulu poursuivre la conversation, mais déjà le Japonais l'entraînait un peu plus loin en exerçant une légère pression sur son coude.

– Vous pourrez bavarder plus tard avec elle.

Jill était curieuse de savoir à quelle confession, secte ou discipline mentale Piscator appartenait maintenant. Il ne faisait pas partie, en tout cas, de l'Eglise de la Seconde Chance, dont les adeptes et les dignitaires portaient presque toujours l'emblème, accroché au cou par un collier de cuir : un os spiralé provenant de l'épine dorsale d'un poisson du Fleuve, ou bien sa réplique en bois.

Justement, la personne suivante à qui la présenta Piscator portait cet emblème, en triple exemplaire, ce qui indiquait qu'il s'agissait d'un évêque. Il s'appelait Samuelo et il était petit de taille, très brun et de profil osseux. Il était né vers le milieu du IIe siècle pour devenir rabbin dans une communauté juive à Néhardéa, en Babylonie. D'après Piscator, il avait joui d'une certaine célébrité en son temps pour sa connaissance de la loi traditionnelle et pour ses recherches dans le domaine de la science. En particulier, il avait eu le mérite d'établir un calendrier de l'année hébraïque. Mais son principal titre de gloire résidait dans les efforts qu'il avait accomplis pour concilier les impératifs de la loi juive avec les lois des différents pays de la Diaspora.

– Son grand principe était : *La loi de l'Etat ne doit pas être transgressée*, fit Piscator.

Samuelo, à son tour, présenta sa femme, Rañelo. Elle était encore plus petite que lui, mais pas aussi brune. Elle avait des hanches larges et des jambes lourdes, mais son visage était étonnamment sensuel. En réponse à une question de Jill, elle déclara qu'elle était née dans le ghetto de Cracovie au xive siècle. Plus tard, Piscator devait raconter à Jill que Rañelo avait été enlevée par un seigneur polonais qui l'avait gardée un an prisonnière dans son château. Lassé d'elle, il avait fini par la jeter dehors, non sans lui avoir donné une solide bourse d'or. Mais quand elle était retournée chez son mari, celui-ci l'avait tuée en lui reprochant de n'avoir pas eu la bonne grâce de se donner la mort elle-même pour effacer son déshonneur.

Samuelo envoya à plusieurs reprises Rañelo lui chercher en courant une coupe de jus de fleur non alcoolisé. Il lui intima aussi d'un geste, à un moment, de lui allumer son cigare. Chaque fois, elle obéissait promptement, puis reprenait sa position, à un pas derrière lui.

Jill aurait eu envie de lui botter les fesses pour son acceptation passive de ces humiliations archaïques. Quant au suffisant Samuelo, elle l'imaginait bien en prière, en train de remercier Dieu de n'être pas né femme.

Un peu plus tard, Piscator commenta :

– Tu n'étais pas contente, en voyant l'évêque et sa femme.

Elle s'abstint de lui demander comment il l'avait deviné. Elle fit simplement remarquer :

– Il a dû avoir un choc, quand il s'est réveillé ici et qu'il s'est aperçu qu'il ne faisait pas partie des élus de Dieu, mais qu'il était traité exactement au même titre que n'importe qui, adorateur d'idoles, cannibale, mangeur de porc, chien d'infidèle non circoncis, tous enfants de Dieu réunis dans le même bain.

– Je crois que nous avons tous eu un choc, ce jour-là, dit Piscator. Tout le monde était terrorisé. Pas toi ?

Elle le dévisagea durant quelques instants, puis éclata de rire avant de répondre :

– Evidemment ! Mais moi, j'étais athée, et je le suis restée. J'étais persuadée, avant de mourir, que je n'étais qu'une masse de chair et d'os qui se transformerait en poussière. Lorsque je me suis retrouvée au bord de ce Fleuve, j'ai eu horriblement peur. Mais en même temps, peut-être pas au début, tout de même, mais par la suite, j'étais plutôt soulagée et contente. Je me disais, c'est donc ça, la vie éternelle. Et pourtant, que de choses étranges nous avons vues ici. On ne peut comparer cet endroit ni à un enfer, ni à un paradis.

– Je sais, dit Piscator en souriant. Et je serais curieux de savoir comment a réagi Samuelo en voyant que tous les *goyim* non circoncis de la Terre étaient ressuscités sans leur prépuce. Ce devait être aussi déroutant pour lui que l'absence totale de barbe ou de pilosité quelconque. D'un côté, Dieu avait gratifié tous les *gentils* d'un bienfait nécessaire; mais de l'autre, il empêchait de pousser la barbe qu'il avait demandée. Il était difficile de dire si ce Dieu était juif ou non. Ce sont de telles choses, conclut le Japonais, qui auraient dû changer, ou qui devraient être en train de changer nos façons de penser.

Il se rapprocha d'elle et murmura, en la fixant de ses yeux bruns sertis dans des interstices de chair :

– Les Témoins de la Seconde Chance ont d'excellentes idées sur la raison pour laquelle nous avons été rappelés d'entre les morts et sur l'identité de ceux qui ont accompli la chose. Ils se trompent à peine quant à la voie, ou aux voies, que nous devons suivre pour atteindre le but. Un but éminemment souhaitable pour l'humanité, et dont l'accès nous a été ouvert par nos bienfaiteurs inconnus. Mais la vérité ne s'accommode pas d'approximations. L'Eglise de la Seconde Chance s'est écartée de la voie principale, je devrais dire la seule. Ce qui ne veut pas dire qu'il n'y ait pas plus d'une voie.

– Mais de quoi parles-tu ? s'étonna-t-elle. Tu dis des choses aussi bizarres que les Témoins que tu critiques.

– Nous en reparlerons, si tu es désireuse d'ouvrir les yeux, dit-il.

S'excusant, il la quitta pour se diriger vers la grande table, où il se mit à discuter avec un homme qui venait d'arriver.

Jill se rapprocha insensiblement de Jeanne Jugan, à qui elle avait l'intention de demander ce qu'elle voulait dire exactement quand elle s'intitulait « disciple » de Piscator. Mais Cyrano de Bergerac s'interposa sur son chemin avec un grand sourire.

— Ah, Ms. Gulbirra (1) ! Je voudrais vous demander de nouveau humblement pardon à propos de ce malheureux incident de l'autre soir. C'est l'alcool qui m'a poussé à me conduire de manière si impardonnable, c'est-à-dire pardonnable, j'espère, mais particulièrement barbare ! Il m'arrive rarement de boire plus d'un verre ou deux, car je déteste avoir les sens engourdis. L'alcool rend porc et je n'apprécie guère cet animal sur pied, bien que je lui rende amplement honneur lorsqu'il est frit en tranches ou grillé sur la broche. Mais ce soir-là, nous étions allés à la pêche...

— Je n'ai vu aucun équipement de pêche, fit-elle.

— Nous avions tout rangé de l'autre côté de la pierre à graal. Et la brume était dense, souvenez-vous, mademoiselle...

— Ms.

— Nous avions longuement discuté des choses de la Terre, des endroits et des gens que nous avions connus, de ceux qui avaient fini tristement, de nos enfants qui étaient morts, de nos parents qui nous avaient méconnus, de nos ennemis, des raisons pour lesquelles nous nous trouvions ici, et ainsi de suite. Tout cela m'avait déprimé, vous comprenez ? Je repensais à toutes les occasions perdues, en particulier à ce que ma cousine Madeleine et moi nous aurions pu faire à une certaine époque si j'avais été un peu plus mûr et un peu moins naïf. Et c'est ainsi que...

— Que vous vous êtes soûlé, fit-elle d'une voix grave.

— Que je vous ai gravement offensée, Ms. Gulbirra, bien que, sur mon honneur, je vous jure que j'étais sûr que vous n'étiez pas une femme. Mais il y avait la brume, ces vêtements épais et mon esprit appesanti...

— N'y pensons plus, dit-elle. Mais... c'est moi qui croyais que vous ne me pardonneriez jamais de vous avoir fait perdre contenance devant vos amis. Une femme...

— Gardons-nous des généralisations ! s'écria-t-il.

— Vous avez bien raison. C'est un travers que je déteste, et dans lequel je tombe pourtant constamment. Il faut dire que... la plupart des gens sont tellement prévisibles, ne trouvez-vous pas ?

Ils bavardèrent ainsi durant un long moment. Elle sirotait la fleur de crâne et sentait la chaleur se diffuser

---

(1) Ms. : Prononcer *Miz*. Voir p. 72. (N.d.T.)

lentement dans tout son ventre. Les vapeurs de la marihuana devenaient de plus en plus épaisses et elle contribuait à leur densité en tirant sur le joint qui commençait à lui brûler les doigts. Les voix devenaient plus sonores et les éclats de rire plus fréquents. Quelques couples s'étaient mis à danser au rythme langoureux de la musique, enlacés par le cou.

Piscator et Jugan semblaient être les seuls à ne pas boire. Le Japonais était en train de fumer une cigarette qui devait être la première, jugea-t-elle, depuis qu'elle était arrivée.

Les effets conjugués de l'alcool et de la drogue entouraient Jill Gulbirra d'un plaisant halo. Elle avait l'impression que de sa chair devait rayonner une lumière rosée. Les nuages de fumée assumaient des semblants de formes individuelles. Du coin de l'œil, parfois, elle voyait flotter une silhouette évanescente, un dragon, un poisson-volute, un dirigeable, même. Mais lorsqu'elle se tournait vers l'apparition, il n'y avait plus que des masses informes.

Lorsqu'elle vit passer une baignoire blanche, cependant, elle comprit qu'elle avait son compte. Finies l'herbe et la gnôle pour le reste de la soirée. La présence de la baignoire s'expliquait par le fait que Cyrano venait de lui parler du banditisme et de sa répression dans la France de son époque. Les faussaires, par exemple, étaient attachés à une grande roue et le bourreau leur brisait les bras et les jambes avec une barre de fer. Parfois, il frappait jusqu'à ce qu'ils soient réduits à l'état de bouillie sanglante. Les condamnés exécutés étaient enchaînés sur la place publique et leur cadavre pourrissait jusqu'à ce qu'il tombe à travers les chaînes. D'autres condamnés à mort étaient éventrés et leurs entrailles exposées à l'air dans de grosses baignoires pour servir de leçon à la population.

— Et les égouts étaient à ciel ouvert, Ms. Gulbirra, avait ajouté Cyrano. Vous comprenez pourquoi ceux qui avaient de l'argent s'inondaient de parfum.

— Je croyais que c'était parce qu'ils se lavaient rarement.

— C'est vrai, dit le Français. C'est vrai que nous ne prenions pas souvent de bain. La chose était jugée malsaine et indigne d'un bon chrétien. Mais on s'habitue à l'odeur du corps humain. Pour ma part, étant pour ainsi dire au cœur du problème, comme un poisson dans l'eau, j'en avais rarement conscience. Ici, hélas, c'est différent !

Nous portons très peu de vêtements et l'eau est partout abondante. A force de côtoyer des gens qui ne supportent pas l'odeur de leurs semblables quand ils ne se sont pas lavés depuis un certain temps, on finit par acquérir de nouvelles habitudes. Je dois avouer qu'au début, je ne voyais pas de raison de changer les miennes. Mais au bout de quelques années, j'ai fait la rencontre d'une femme dont je suis tombé aussi éperdument amoureux que j'avais pu l'être de ma cousine. Elle s'appelait Olivia Langdon.

– Vous ne voulez pas parler de la femme de Sam Clemens ?

– Mais si. En fait, cela n'avait aucune signification pour moi à l'époque, et cela n'en a toujours pas. Je savais que son ex-mari était un grand écrivain du Nouveau Monde. On m'avait raconté beaucoup de choses sur l'histoire de la Terre après ma mort. Mais je n'y pensais pas tellement. Et un jour, au hasard d'un voyage sur le Fleuve – mais ce n'était pas tout à fait un hasard, en fait – nous nous sommes trouvés dans la situation classique redoutée par beaucoup de monde. Nous avons rencontré le mari. Je dois dire que ma flamme, déjà, avait commencé à pâlir, même si j'avais pour elle beaucoup d'affection. Chacun de nous exaspérait l'autre par de petits détails de son comportement. Quoi de plus naturel ? Ici, au bord du Fleuve, un homme et une femme peuvent vivre ensemble alors qu'ils proviennent non seulement d'un pays, mais aussi d'une époque tout à fait différents. Comment demander à quelqu'un qui est né au XVIIe siècle de s'accommoder des mœurs du XIXe ? Il peut y avoir des exceptions, mais si en plus des différences de toutes sortes qui existent entre les individus, on ajoute la différence d'époques et de civilisations, souvent, le cas est sans espoir.

» Livy et moi, nous étions à des milliers de kilomètres en amont du Fleuve lorsque la rumeur concernant la construction du grand bateau à aubes est parvenue jusqu'à nous. Je savais qu'une météorite était tombée dans cette région, mais j'ignorais que c'était Sam Clemens qui en avait pris possession. Je désirais ardemment faire partie de l'équipage du grand navire. Et surtout, je voulais tenir encore une fois une rapière d'acier entre mes mains. Aussi, un beau jour, nous sommes arrivés ici, Livy et moi.

» Le pauvre Sam a eu un choc en retrouvant sa femme –

pour la reperdre aussitôt. J'étais sincèrement désolé pour lui. Elle n'a pas voulu me quitter pour aller vivre avec lui, comme il le désirait. La chose est d'autant plus étrange que notre liaison s'étiolait et que sur la Terre ils semblaient s'aimer passionnément. Mais ici, elle ne ressentait plus rien pour lui.

» Je crois, en fait, qu'il y avait eu quelques conflits, plus ou moins avoués, entre eux, surtout vers la fin, à l'époque où elle était clouée au lit par la maladie qui devait finalement l'emporter. Elle ne voulait même plus le voir. Il n'avait pas le droit d'entrer dans sa chambre. Je lui ai demandé pourquoi. Elle m'a répondu qu'elle ne savait pas, que c'était peut-être parce que leur fils unique était mort par la faute de Sam. Elle l'accusait de l'avoir tué par imprudence, bien qu'elle n'eût jamais utilisé ni même pensé de pareils termes sur la Terre.

» Je lui ai objecté que tout cela s'était passé il y a bien longtemps, sur une autre planète. Pourquoi nourrissait-elle encore en son sein une telle rancune ? Quelle importance pouvaient avoir toutes ces choses ? Le petit... j'oublie comment il s'appelait...

– Langdon, fit Jill.

– Le petit Langdon était ressuscité... « Je sais, disait-elle, mais je ne le verrai plus jamais. » Il avait deux ans à sa mort, et aucun enfant de moins de cinq ans n'avait été ressuscité au bord du Fleuve. Sur une autre planète, peut-être. De toute manière, même s'il avait été ressuscité ici, elle n'aurait eu pratiquement aucune chance de tomber sur lui par hasard. Et à supposer qu'elle l'ait retrouvé... un enfant de deux ans... il serait devenu adulte, il ne l'aurait pas reconnue, il n'aurait vu en elle qu'une étrangère du même âge que lui. La notion de mère ou de père ne signifie plus rien dans le Monde du Fleuve. Sans compter qu'on ne peut pas savoir comment il aurait tourné. Et s'il avait été ressuscité parmi des cannibales ou des Indiens Shoshones ? S'il ignorait même l'anglais et les bonnes manières à table ?

– On dirait plutôt des paroles de Mark Twain que de sa femme, fit remarquer Jill en riant.

– Elle ne les a pas vraiment prononcées, fit Cyrano en riant à son tour. C'est moi qui arrange un peu. Et puis, naturellement, la mort de leur bébé de deux ans n'était pas son unique grief. Mais je comprends Clemens. Comme tous les écrivains, il était très distrait quand il réfléchissait à une de ses histoires. Je suis comme cela, moi aussi. Il ne s'était pas aperçu que les couvertures qui protégeaient le bébé avaient glissé et que Langdon était exposé à l'air glacé. Le cheval conduisait automatiquement le traîneau et Clemens était plongé dans un autre univers, celui de ses romans.

» Cependant, Olivia avait la certitude qu'il n'était pas aussi distrait qu'il le croyait. C'était impossible, affirmait-elle. Au moins une partie de lui-même avait dû se rendre compte de la situation dans laquelle était le bébé. Mais il ne voulait pas de garçon. Contrairement à la plupart des hommes, il aurait préféré une fille. Par ailleurs, l'enfant était malingre depuis sa naissance. C'était une source d'ennuis. Pour Sam, tout au moins.

— C'est déjà un élément en sa faveur, dit Jill. Qu'il ait préféré les filles. Bien que, pour être honnête, ce soit une attitude tout aussi morbide que de préférer les garçons. Mais tout de même, il n'avait pas cette attitude de phallocrate qui caractérise...

— Tu dois comprendre, poursuivit Cyrano, qu'Olivia n'était pas vraiment consciente de toutes ces idées durant son existence terrestre. En fait, j'imagine qu'elle avait eu, à un moment, de telles pensées, mais qu'elle avait eu honte de les avoir conçues et qu'elle s'était empressée de les enfouir au plus profond, au plus noir de son âme. Mais dans cette vallée, elles ont resurgi dès qu'elle s'est mise à mâcher la fameuse gomme à rêver, et elle s'est aperçue qu'elles correspondaient à ses véritables sentiments. Ce qui explique pourquoi, tout en continuant, d'une certaine manière, à aimer Clemens, elle ne pouvait véritablement plus le voir.

— A-t-elle cessé de mâcher la gomme ?

— Oui. Cela lui faisait chaque fois un trop rude choc. A part quelques rares visions fantastiques ou extatiques, ses expériences dégénéraient toujours en quelque chose d'horrible.

— Elle aurait dû persévérer, dit Jill. Mais sous le contrôle d'une personne compétente. Cependant...

— Oui ?

Elle pinça les lèvres avant de murmurer :

— Je ne sais pas... ce n'est pas à moi de jeter la pierre à

qui que ce soit. J'ai eu, à un moment, un gourou, une très belle femme, la plus extraordinaire que j'aie jamais connue, mais elle n'a jamais pu m'empêcher de me précipiter tête baissée dans les plus affreuses... enfin, ce n'est pas le moment d'entrer dans ce genre de détails... c'était trop... comment dire... atroce ? Non, insoutenable. J'ai fini par craquer. En tout cas, ce n'est pas à moi de critiquer les autres. Je m'efforce de ne jamais le faire. Il m'est arrivé d'envisager d'en reprendre, mais je ne fais pas confiance aux méthodes utilisées par les Témoins de la Seconde Chance, bien que tout le monde dise qu'elles sont éprouvées et sans aucun danger. Pour ma part, je me sens incapable de me fier entièrement à des gens qui ont leurs propres croyances religieuses.

— J'étais un libre penseur, un *libertin*, comme on disait à l'époque, fit Cyrano. Mais à présent... je ne sais plus du tout. Peut-être qu'il y a un Dieu, après tout. Car sinon, comment expliquer l'existence de ce monde-ci ?

— Les théories ne manquent pas, fit remarquer Jill. Tu dois les connaître à peu près toutes.

— Un grand nombre, en tout cas. Mais j'espérais que tu m'en apprendrais une nouvelle.

15

A ce moment-là, plusieurs personnes vinrent se mêler à la conversation. Jill finit par s'arracher au petit groupe et erra à la recherche d'un autre point d'ancrage temporaire, une autre colonie où s'agglutiner. Dans le Monde du Fleuve comme sur la Terre, le rituel des soirées mondaines ou des cocktails obéissait à des règles précises. On allait de groupe en groupe, prononçant quelques mots par-ci par-là, essayant de se faire entendre au-dessus du brouhaha des conversations et de la musique, jusqu'à ce qu'on ait effectué un circuit complet. Si on était intéressé ou intrigué par quelqu'un de particulier, on pouvait toujours s'arranger pour lui donner rendez-vous plus tard dans un endroit plus tranquille où il était possible d'avoir une conversation normale sans être dérangé à tout instant.

Jadis, lorsque son esprit était encore jeune, il lui était fréquemment arrivé de rencontrer, en de semblables occasions, des personnes, hommes ou femmes, qui l'avaient fascinée. Mais elle était toujours bourrée de gnôle ou d'herbe, ou encore des deux, ce qui la rendait particulièrement réceptive. Il était si facile de tomber amoureux d'un psychisme ou d'un corps, parfois des deux en même temps. Mais avec la lucidité, le discernement revenait et c'était la déception. Pas toujours, mais presque.

Tout le monde, dans la vallée du Fleuve, avait un corps de vingt-cinq ans. Du point de vue chronologique, Jill avait soixante et un ans. Certaines personnes de l'assemblée avaient vécu en tout, en additionnant leurs années sur la Terre et dans le Monde du Fleuve, cent trente ans ou plus. Personne n'avait vécu moins de trente-six ans.

S'il était vrai que l'âge fût synonyme de sagesse, l'indice de sagesse aurait dû être particulièrement élevé dans le Monde du Fleuve. Mais elle n'avait pas constaté qu'il en fût ainsi sur la Terre, dans la plupart des cas. L'expérience était quelque chose d'automatique, bien que certains, qui avaient vécu jusqu'à un âge avancé, en fussent apparemment totalement dépourvus. Mais l'expérience ne conférait pas la sagesse, cette faculté de comprendre les mécanismes de base qui gouvernent le genre humain. La plupart des vieilles personnes qu'elle avait connues étaient tout aussi soumises à des réflexes conditionnés que lorsqu'elles avaient dix-neuf ans.

On pouvait par conséquent s'attendre que, ici aussi, l'expérience profite peu aux gens. Toutefois, les coups de bélier successifs de la mort et de la résurrection avaient contribué à arracher les scellés qui rendaient beaucoup d'esprits hermétiques.

Pour commencer, absolument personne ne s'était attendu à une après-vie de ce genre, si toutefois on pouvait utiliser le terme d'après-vie. Aucune religion terrestre n'avait jamais décrit un tel endroit et de telles circonstances. A vrai dire, toutes les religions qui promettaient un enfer ou un paradis avaient pour caractéristique commune d'être remarquablement pauvres en détails descriptifs. Et pour cause, du reste, car peu de mortels avaient véritablement prétendu pouvoir fournir de telles descriptions *de visu*.

Tout le monde ou presque s'accordait pour dire qu'il n'y avait rien de surnaturel dans l'existence du Monde du Fleuve et dans la résurrection de l'humanité tout entière. Tout – ou presque – pouvait s'expliquer par des causes physiques et non métaphysiques. Mais cela n'avait pas empêché certains d'échafauder de nouvelles théories religieuses, ou encore de rafistoler les anciennes.

Les religions telles que le bouddhisme, l'hindouisme, le confucianisme ou le taoïsme, qui ne possédaient pas de perspectives eschatologiques concernant la résurrection ou l'immortalité de l'homme au sens occidental des termes, étaient totalement discréditées. Celles qui en possédaient, comme le judaïsme, l'islamisme ou le christianisme, étaient discréditées de la même manière. Mais ici comme sur la Terre, la mort d'une grande religion coïncidait généralement avec la naissance d'une nouvelle. Il y avait aussi, naturellement, des minorités qui s'obstinaient à refuser, contre toute évidence, d'admettre que leur foi était périmée.

Jill, qui était revenue près du groupe où était Samuelo, ex-rabbin, présentement évêque de l'Eglise de la Seconde Chance, eût été curieuse de savoir quelles avaient été ses réactions la première année de la Résurrection. Nul Messie n'était venu sauver le Peuple Elu, nulle Jérusalem n'avait accueilli le rassemblement dudit Peuple. Il n'y avait plus de Jérusalem. Il n'y avait plus de Terre.

Apparemment, l'effondrement des bases sur lesquelles était ancrée sa foi n'avait pas entraîné l'effondrement de sa personnalité. Il avait, d'une manière ou d'une autre, admis son ancienne erreur et il était prêt à prendre un nouveau pari. Ce rabbin superorthodoxe d'une ancienne époque avait l'esprit éminemment flexible.

A ce moment-là, Jeanne Jugan, qui tenait le rôle de maîtresse de maison, présenta à Rañelo et à Samuelo un plat contenant des pousses de bambou et des filets de poisson. Samuelo montra les filets en demandant :

— Qu'est-ce que c'est que ça ?
— Du poisson-crapaud, répondit Jeanne.

Samuelo pinça les lèvres et secoua négativement la tête. Jeanne parut perplexe; car l'évêque, visiblement, avait faim, et ses doigts avaient été sur le point de saisir un morceau de bambou. Ce mets n'était pas, à la connaissance de Jill, interdit par la loi mosaïque. Mais il lui était présenté dans le même plat que le poisson sans écailles, qui était tabou, et il se trouvait donc contaminé.

Jill eut un sourire. Il était plus facile de changer de religion que d'habitudes alimentaires. Un juif ou un musulman dévot pouvait bien renier sa foi, cela ne l'empêchait pas d'avoir une réaction de dégoût devant un plat de porc. Jill avait aussi connu un hindou devenu athée dans le Monde du Fleuve. Mais jamais il n'avait voulu essayer de manger de la viande. Quant à elle, malgré ses origines en partie abos, elle n'avait pas pu se résoudre, même après plusieurs tentatives, à manger des larves. L'hérédité n'avait rien à voir, naturellement, avec le régime alimentaire. C'étaient les circonstances et l'éducation qui déterminaient les habitudes diététiques. Mais pas dans tous les cas. Certaines personnes savaient s'adapter plus facilement que d'autres. Et les goûts individuels jouaient un grand rôle. Jill, par exemple, n'avait plus jamais mangé de mouton à partir du jour où elle avait quitté la maison de ses parents. Elle détestait cette viande. Et elle préférait le hamburger au rosbif.

En fait, se dit-elle en émergeant de cette rêverie comme un plongeur émerge en s'ébrouant à la surface de l'eau, en fait... dis-moi ce que tu manges et je te dirai qui tu es. Mais l'inverse est également vrai. Ce que nous sommes est fonction à la fois de notre environnement et de notre constitution génétique. Dans ma famille, tout le monde à part moi adorait le mouton. Mais une de mes sœurs préférait comme moi le hamburger au rosbif.

Tous mes frères et sœurs, à ma connaissance, sont hétérosexuels. Je suis la seule qui pratique la bisexualité. Et ce n'est pas ce que je désire. Je veux être une porte qui s'ouvre dans un sens ou dans l'autre, pas une porte battante ni une girouette que le vent de mes humeurs intérieures pousse à l'est ou à l'ouest, selon les jours.

En réalité, ce qu'elle voulait – il n'y avait pas de mal à l'avouer – c'était avoir le droit d'aimer les femmes (mais ne l'avait-elle pas ?), le droit d'être une *woman-lover*. Mais pourquoi ne disait-elle pas plutôt « lesbienne » ? La langue anglaise était la plus grande au monde, mais elle avait ses imperfections. Celle de l'ambiguïté, souvent. *Woman-lover* pouvait désigner aussi bien un homme qui aimait les femmes, une femme qui aimait les femmes ou tout simplement une amante. En tout cas, elle avait fini par le dire. Lesbienne. Et elle n'en ressentait aucune honte. Mais Jack ? Elle l'avait sincèrement aimé. Et si...

Comme le plongeur, elle n'avait émergé de sa rêverie que pour retourner aussitôt au fond.

Dans l'autre coin de la salle, Firebrass, tout en discutant avec un groupe, ne la quittait pas des yeux. Avait-il remarqué sa tendance à se replier sur elle-même telle une statue, les épaules rentrées, la tête inclinée légèrement sur la gauche, les yeux à demi révulsés ? Et si c'était le cas, en avait-il conclu qu'elle était trop distraite, et par conséquent indigne de sa confiance ?

A cette idée, elle ressentit un début de panique. Et s'il l'écartait de son équipage simplement parce qu'elle s'absorbait, de temps à autre, dans ses pensées ? Elle ne le faisait jamais lorsqu'elle était à son poste. Absolument jamais ! Mais comment en persuader Firebrass ?

Elle résolut de se montrer alerte, de ne jamais se laisser prendre en défaut, d'être perpétuellement sur le qui-vive, disponible, efficace. Une vraie girl-scout.

Elle retourna vers le petit groupe qui s'était formé autour de l'évêque Samuelo. Le petit homme au teint très brun était en train de raconter une histoire sur *La Viro*. Jill avait souvent entendu parler de ce personnage, pour avoir assisté à plusieurs réunions des Témoins de la Seconde Chance et discuté avec un certain nombre de missionnaires. En espéranto, qui était la langue officielle de l'Eglise, *La Viro* voulait dire : « L'Homme ». On l'appelait aussi *La Fondinto*, le Fondateur. Apparemment, personne ne connaissait le nom qu'il portait sur la Terre, ou peut-être était-ce un détail jugé secondaire par les Témoins de la Seconde Chance.

L'histoire de Samuelo concernait le mystérieux étranger qui était apparu un soir devant *La Viro* dans la montagne. Il lui avait révélé qu'il faisait partie du peuple responsable de l'aménagement de cette planète et de la résurrection de tous les êtres humains dans la vallée du Fleuve.

Le mystérieux étranger avait donné pour mission à *La Viro* de fonder l'Eglise de la Seconde Chance et d'en répandre le dogme. Lorsque la chose serait accomplie, il y aurait d'autres « révélations ». Mais à la connaissance de Jill, il n'y en avait pas encore eu.

L'Eglise, cependant, s'était implantée partout dans la vallée. Ses missionnaires avaient inlassablement parcouru les rives du Fleuve, à pied ou en bateau. Certains, disait-on, avaient même utilisé des montgolfières. Mais le moyen de transport le plus rapide était sans conteste la mort et la résurrection.

Ceux qui avaient tué les missionnaires pour s'en débarrasser avaient en fait rendu un immense service à l'Eglise. Ils avaient contribué à répandre partout et en un temps record la doctrine de la Seconde Chance.

Le martyre était un excellent moyen de transport à l'époque, songea Jill. Mais maintenant que la mort semble définitive et irrévocable, il faut un sacré courage pour se faire tuer au bénéfice d'une religion. Du reste, elle avait entendu dire qu'il y avait depuis quelque temps une vague de désaffection pour l'Eglise. Etait-ce lié à la fin des résurrections, ou à l'essoufflement du mouvement ?

L'un des hommes du groupe n'avait pas été présenté à Jill, mais Piscator le lui avait montré de l'autre bout de la salle en disant :

— C'est John de Greystock. Il a vécu sous le règne d'Edouard Ier. Au XIIIe siècle, je pense. J'ai oublié une grande partie de l'histoire d'Angleterre, bien que je l'aie étudiée en détail lorsque j'étais élève officier à l'Ecole navale.

— Il a régné de 1270 au début des années 1300, si je me souviens bien, avait répondu Jill. Je sais qu'il est mort à l'âge de soixante-huit ans. Cela m'est resté dans la tête, car pour l'époque c'était un âge avancé, surtout en Angleterre, avec leurs châteaux à courants d'air et leur climat glacé.

— Greystock accompagna le roi dans ses expéditions en Gascogne et en Ecosse. A la suite de hauts faits d'armes, semble-t-il, il fut nommé baron. C'est à peu près tout ce que je sais de lui, à part le fait qu'il a aussi été gouverneur de *La Civito de La Animoj* — Soul City en anglais. Il s'agissait d'un petit Etat situé à une quarantaine de kilomètres d'ici en aval. Greystock était arrivé dans la région un peu avant moi, quelque temps avant que le roi Jean ne s'empare du bateau de Clemens. Il s'est engagé dans l'armée de Parolando, où il a pris rapidement du galon, notamment en se distinguant lors de l'invasion de Soul City.

— Pourquoi Parolando a-t-il envahi Soul City ?

— Ils avaient attaqué les premiers, par surprise. Ils voulaient s'emparer du minerai de fer de la météorite, et du *Bateau Libre* par la même occasion. Ils ont bien failli réussir, mais Clemens, accompagné de quelques partisans, a fait sauter le grand barrage qui alimentait le pays en électricité. Des millions de litres d'eau se sont déversés sur le champ de bataille. Les envahisseurs ont été anéantis de cette manière, en même temps que plusieurs milliers de Parolandoj. Les usines, les aciéries, les chantiers, tout a été balayé, emporté jusqu'au Fleuve. Mais le *Bateau Libre* s'est échoué un peu plus loin, presque intact.

» Clemens a tout recommencé, en repartant pratiquement de zéro. Alors que nous étions encore très vulnérables, Soul City s'est allié à d'autres Etats pour nous attaquer de nouveau. Nous les avons repoussés, mais au prix de lourdes pertes. Parolando avait besoin pour ses chantiers de bauxite en quantité, de cryolithe, de cinabre et de platine. Soul City en était le seul détenteur dans la vallée. La bauxite et la cryolithe devaient servir à fabriquer encore plus d'aluminium. Le cinabre est un minerai de mercure, et le platine sert à fabriquer les contacts électriques de différents appareillages. De plus, c'est un catalyseur irremplaçable dans un bon nombre de réactions chimiques.

— Je sais tout cela, fit Jill avec une certaine irritation.

— Pardonne-moi, dit Piscator avec un sourire. Quoi qu'il en soit, après l'attaque infructueuse de Soul City, Greystock fut nommé colonel. Et après l'invasion réussie de Soul City par les forces de Parolando, il en fut nommé gouverneur. Clemens voulait un homme à poigne. Il ne pouvait pas mieux choisir que cet ancien seigneur féodal.

» Il y a seulement quelques semaines, cependant, Soul City a demandé à faire partie de la Fédération des Etats de Parolando en tant que membre à part entière, ce qui lui donne autant de pouvoirs que le gouvernement que dirige Firebrass. Mais naturellement, ajouta Piscator en souriant ironiquement, les ressources minières de Soul City sont maintenant pratiquement épuisées. Le programme Léviathan peut se passer de Soul City. Et surtout, en vertu d'un processus que Greystock appelle " attrition " – par euphémisme, sans aucun doute –, la population qu'il gouverne a considérablement changé de physionomie. Elle était composée naguère d'une majorité de Noirs américains du milieu du XXe siècle qui coexistait avec une minorité d'Arabes médiévaux – des Wahhabites fanatiques – et de Dravidiens de l'Inde antique. Mais sous l'action conjuguée des guerres et de la poigne de fer du gouverneur Greystock, cette population est devenue blanche à cinquante pour cent.

– Ce doit être un véritable sauvage, dit-elle. Sauf le respect que je porte aux sauvages.

– Il a eu plusieurs rébellions à mater. Personne n'était obligé de rester à Soul City, tu comprends. Clemens ne tolérait aucune forme d'esclavage. N'importe qui avait le droit de partir en paix, en emportant toutes ses possessions. Cependant, plusieurs citoyens, qui avaient préféré rester en faisant serment d'allégeance à Parolando, sont devenus plus tard des saboteurs.

– Ils ont pris le maquis ?

– Ce serait difficile. Le terrain se prête mal à la guérilla. Je crois plutôt qu'ils le faisaient pour se distraire.

– Pour se distraire ?

– Oui, pour se donner une occupation. C'était mieux qu'émigrer vers une autre partie du Fleuve. Sans compter que beaucoup désiraient se venger. Pour être juste envers Greystock, il faut dire qu'il se contentait la plupart du temps d'expulser les saboteurs qu'il capturait, sans les torturer. Il les jetait simplement dans le Fleuve, et ils ressuscitaient ailleurs. Mais tout cela, c'est déjà de l'histoire ancienne. Je n'étais pas encore à Parolando. En tout cas, si Greystock est ici, c'est qu'il veut faire partie de l'équipage du dirigeable.

– Mais il n'a aucune qualification !

– C'est exact – dans un certain sens. Il n'est pas issu d'une civilisation technologiquement très avancée, mais il est intelligent et curieux. Il est capable d'apprendre vite et bien. De plus, malgré ses titres de baron anglais et de gouverneur de Soul City, il se contentera de figurer humblement parmi les hommes d'équipage. Ce qui le fascine, c'est l'idée de voler. Pour lui, c'est comme de la magie. Firebrass lui a promis de le prendre, à condition, n'est-ce pas, qu'il y ait pénurie d'hommes plus qualifiés que lui. Si par hasard l'équipage au complet du *Graf Zeppelin* ou du *Shenandoah* devait se présenter...

Là, Piscator avait souri courtoisement puis, s'excusant, était allé rejoindre un autre groupe.

Greystock, ou le baron Greystoke, mesurait près d'un mètre quatre-vingts, ce qui était très grand pour l'époque médiévale. Il avait les cheveux longs, noirs et raides, de grands yeux gris, d'épais sourcils et un nez légèrement aquilin. Les traits de son visage, quoique burinés, formaient un tout harmonieux et sympathique. Il avait les épaules larges et les hanches étroites. Ses jambes, fortement musclées, étaient particulièrement longues.

En cet instant, il était en train de discuter avec Samuelo en arborant une physionomie et un sourire sarcastiques. D'après Piscator, il détestait les hommes d'Eglise, bien qu'il eût été dévot durant toute son existence terrestre. Apparemment, il ne leur avait jamais pardonné d'avoir prétendu connaître la vérité sur l'après-vie.

En espéranto, Greystock demanda :

— Mais vous avez sûrement une petite idée sur l'identité et les activités de *La Viro* à l'époque terrestre ? A quelle race appartenait-il ? A quelle nationalité ? Quand a-t-il vécu ? Quand est-il mort ? Durant la Préhistoire ? L'Antiquité ? Le Moyen Age ? Ou bien ce qu'on a appelé plus tard les Temps Modernes ? Quelles opinions professait-il ? Etait-ce un religieux ? Un athée ? Un agnostique ? Quel était son métier ? Son niveau d'instruction ? Etait-il marié ? Avait-il des enfants ? Etait-ce un homosexuel ? Etait-il célèbre ou inconnu ? C'était le Christ, peut-être. Cela expliquerait qu'il préfère garder l'anonymat, ici, sachant très bien que personne n'ira croire une deuxième fois ses mensonges.

Samuelo fronçait les sourcils, mais répondit calmement :

— Je sais très peu de chose sur le Christ dont vous parlez. Seulement ce que m'ont raconté les gens, et c'est vraiment limité. En ce qui concerne *La Viro*, mes renseignements ont été obtenus par ouï-dire. C'est un homme très grand, à la peau blanche mais au teint très foncé. Certains disent qu'il serait d'origine perse. Mais quelle importance ? Ce qui compte, ce ne sont pas ses origines ni son aspect physique, mais son message.

— Dont les prédicateurs de votre Eglise m'ont rebattu les oreilles ! s'écria Greystock. Et auquel je ne crois pas plus qu'aux foutus mensonges que les foutus prêtres de mon époque nous présentaient comme pure parole d'évangile !

— C'est votre privilège, mais non pas votre droit, fit Samuelo.

Greystock prit un air perplexe. Jill n'avait pas compris non plus ce que l'ex-rabbin avait voulu dire. Greystock s'écria d'une voix sonore :

— C'est toujours le même charabia, avec vous, les prêtres !

Et il s'éloigna d'un air furieux. Piscator le suivit des yeux en souriant.

— C'est un homme dangereux, dit-il à Jill. Mais très intéressant. Tu devrais essayer d'obtenir de lui qu'il te fasse le récit de son voyage avec un Arcturien.

Jill haussa un sourcil.

— Oui, il a fait la connaissance d'un être qui se trouvait sur la Terre mais qui venait d'une planète appartenant au système d'Arcturus. Je pense qu'il est arrivé, en même temps que plusieurs autres, à bord d'un vaisseau spatial en l'an 2002. Mais il a été obligé de tuer presque tous les êtres humains. Il est mort en même temps qu'eux. C'est une histoire horrible, mais véridique. Firebrass peut aussi te donner des détails. Il était sur la Terre quand tout cela s'est passé.

16

Curieuse d'aller parler à Greystock, Jill commença à traverser la foule des invités dans sa direction, mais elle fut arrêtée au passage par Firebrass.

— Un message vient de me parvenir. Le contact a été établi par radio avec le *Mark Twain*. Ça te dirait d'assister à la conversation ? Tu auras peut-être la chance de bavarder avec le grand Sam Clemens en personne.

— Si ça me plairait ! s'écria-t-elle. Merci de l'invitation !

Elle suivit Firebrass jusqu'à la jeep qui attendait entre

les pilotis. Le véhicule était tout en acier et aluminium. Il était équipé de pneus en nylon et son moteur à six cylindres fonctionnait à l'alcool de bois.

Avec ses cinq occupants, Firebrass, Gulbirra, Bergerac, Schwartz et Hardy, la jeep démarra en trombe, suivant la ligne des vallons délimités par les collines. Les phares illuminaient l'herbe tondue à ras par les machines. On apercevait çà et là des cabanes, des plantations de bambous incroyablement prolifiques, dont certains dépassaient trente mètres de haut. Laissant derrière eux les collines, ils s'engagèrent dans la plaine qui descendait en pente douce jusqu'au Fleuve.

Elle vit les lumières de l'usine d'aluminium, de l'aciérie, de la distillerie, de l'atelier de soudage, de l'armurerie, de la poudrerie, de la cimenterie et du bâtiment du Gouvernement. Celui-ci abritait les bureaux administratifs et ceux du journal et de la radio. Plusieurs personnalités officielles y avaient leur résidence permanente.

Le hangar géant était un peu plus en aval, et par conséquent sous le vent des autres bâtiments. Deux voies ferrées s'en éloignaient en direction du nord puis se ramifiaient en toute une série d'autres voies qui desservaient les autres bâtiments. A l'ouest, dans les collines, on voyait briller des chapelets de lumières qui marquaient l'emplacement du nouveau barrage, construit en remplacement de celui que Clemens avait fait sauter.

La jeep longea le hangar. A ce moment-là, une locomotive à vapeur, dont la chaudière était alimentée par de l'alcool de bois, arriva en ahanant, remorquant trois wagons plats chargés de poutrelles en aluminium. Elle entra dans le hangar illuminé et s'arrêta sous une grue mobile dont le crochet descendit aussitôt au-dessus du dernier wagon. Des ouvriers accoururent pour fixer le chargement au crochet au moyen des câbles d'acier qui entouraient les poutrelles.

Plus au nord, il y avait l'« Hôtel de Ville », à l'entrée duquel la jeep s'arrêta. Tout le monde descendit et passa entre les deux imposantes colonnes doriques. Le bâtiment était d'un goût horrible, architecturalement parlant, pensa Jill. Il ne s'accordait pas du tout avec les autres constructions. Vue de loin, la région évoquait un paysage polynésien où une partie de la Ruhr et le Parthénon auraient été transplantés.

Les bureaux de Firebrass occupaient toute la partie gauche à l'entrée d'un immense couloir. Six hommes étaient de garde, armés chacun d'une carabine à un coup capable de tirer des balles en plastique de calibre 80. Ils avaient aussi des poignards et des coutelas. La « cabine » radio était une grande salle à côté de la salle de conférences et du saint des saints réservé à Firebrass. Ils entrèrent dans la première et y trouvèrent plusieurs hommes assemblés autour de l'opérateur. Ce dernier était en train d'effectuer des réglages sur le grand panneau qui lui faisait face. En entendant s'ouvrir la porte sous la poussée vigoureuse de Firebrass, il releva la tête.

— J'ai pu parler à Sam, dit-il, mais je l'ai perdu il y a trente secondes environ. Attends... je crois que je l'ai.

Une série de grésillements et de craquements sortirent du haut-parleur. Mais soudain, les parasites s'estompèrent et une voix se fit entendre. Après avoir fait un dernier réglage, l'opérateur céda sa chaise à Firebrass.

— Ici Firebrass. C'est toi, Sam ?
— Non. Une seconde.
— Ici Sam, fit une voix plaisante à l'accent traînant. C'est toi, Milt ?
— Sûr que c'est moi. Comment va, Sam ? Quelles nouvelles ?
— Aujourd'hui, Milt, le livre de bord électronique indique que nous avons parcouru jusqu'ici sept cent quatre-vingt-douze mille zéro quatorze milles. Tu peux convertir en kilomètres si ça te plaît. Pour ma part, je préfère l'ancien système, et nous avons bien l'intention de... mais tu sais déjà tout cela. Ce n'est pas trop mal, en trois ans de voyage, hein ? Mais c'est quand même une vitesse d'escargot. D'ailleurs, un escargot aurait le temps d'arriver au pôle Nord bien longtemps avant nous, même s'il ne partait que maintenant, à condition d'aller en ligne droite. Ou, disons, en ligne courbe directe. Il aurait également le temps de construire un hôtel à notre intention et de bâtir dessus une énorme fortune, rien qu'en louant nos chambres aux phoques, jusqu'à notre arrivée. Même si cet escargot ne progressait que d'un seul mille par vingt-quatre heures, alors que nous en abattons huit cents dans

le même temps. Quant à... *(crrrc rrwiou prtt)*... pas trop de mal.

Firebrass attendit que la réception redevienne à peu près normale avant de parler à son tour.

– Tout va bien, alors, Sam ?

– Comme sur des roulettes, Milt. Il ne s'est rien passé d'anormal jusqu'à présent. Ce qui signifie qu'il y a eu des pépins, des gros et des petits, des alertes de toutes sortes, mais pas encore de mutinerie à bord. De temps en temps, je suis obligé de débarquer un ou deux membres de l'équipage avec perte et fracas. Si ça continue, quand nous fêterons notre millionième mille, je serai la seule personne à bord à avoir assisté au départ de Parolando.

Il y eut encore de la friture, puis Jill entendit une voix si profonde et si caverneuse qu'elle en eut un frisson dans le dos.

– Hein ? fit Sam. Ah, oui ! C'est vrai ! J'ai failli t'oublier, bien que ce ne soit pas facile, avec quelqu'un qui me souffle dans le cou depuis tout à l'heure son haleine empuantie par la gnôle. Joe me dit qu'il sera là, lui aussi. Il voudrait te dire bonjour. Dis bonjour, Joe.

– Falut, Milt !

Roulement de tonnerre dans un baril.

– Fa va bien tout le monde ? V'efpère que vous ne vous v'ennuyez pas trop fans nous. Le pauvre Fam est tout trifte parfe que fa petite amie l'a laiffé tomber. Mais vils vont fe réconfilier, v'en fuis fûr. Fam a encore fait fe fale caufemar avec Eric La Haffe. Ve lui ai dit qu'il devrait feffer de boire comme une vaffe. F'est vrai, fa. Il n'a aucune ekfcuve puifque ve fuis pour lui un egvemple vivant de fobriété.

Jill regarda Hardy d'un air perplexe en disant :

– Mais qu'est-ce que...

– Oui, il a un léver défaut de prononfiafion, fit Hardy avec un sourire. J'aimerais que tu le voies. Joe Miller a la taille de deux Goliath, mais il a un cheveu sur la langue. Il appartient à une espèce subhumaine que Sam a baptisée *Titanthropus clemensi,* mais qui est en réalité, à mon avis, une simple variante de l'*Homo sapiens* atteinte de gigantisme. On estime qu'elle s'est éteinte entre cinquante et cent mille ans avant Jésus-Christ. Sam et Joe se connaissent depuis très longtemps. Ils sont aussi copains que Damon et Pythias, Roland et Olivier.

— Pourquoi pas plutôt Zig et Puce, ou bien Laurel et Hardy ? grommela quelqu'un.

— Hardy ? fit Hardy en relevant la tête.

— Mettez une sourdine ! s'écria Firebrass. O.K., Sam. Tout est sur orbite, ici. Nous venons de recevoir une nouvelle candidate de première classe, de la graine d'officier. C'est une Australienne. Elle s'appelle Jill Gulbirra. Elle a plus de huit mille heures de vol à son actif à bord d'un dirigeable et elle est ingénieur en aérotechnique.

La friture reprit de plus belle. On entendit juste la fin :

— ... une femme ?

— Oui, Sam. Je sais qu'il n'y avait pas de femmes qui pilotaient les bateaux à aubes sur le Mississippi ou qui construisaient des locomotives à ton époque. Mais à la mienne, de nombreuses femmes étaient pilotes d'aviation, ou jockeys, ou même astronautes.

Jill, revenue de sa stupeur, fit un pas en avant :

— Laisse-moi lui parler, à ce fils de...

— Il n'a pas élevé d'objection, dit Firebrass en tournant la tête vers Jill. Il a juste manifesté sa surprise. A quoi bon t'exciter ? Il n'y a pas de problème. Et même s'il n'était pas content, il ne pourrait rien faire. Ici, le *Numero Uno,* c'est moi.

» Sam, elle dit qu'elle est heureuse d'entendre ta voix.

— J'ai entendu la sienne, fit Sam en gloussant de rire. Ecoute-moi bien... (*crrrc tzzz rrwiou*)... quand ?

— Ta dernière phrase s'est perdue dans l'éther, dit Firebrass. Je ne crois pas que nous puissions garder le contact très longtemps. Alors, voici rapidement les nouvelles. L'équipage est encore loin d'être complété, mais nous avons un an pour finir le monstre. D'ici là, je pense avoir suffisamment de candidats. Sinon, les pilotes d'avion et les mécaniciens ne manquent pas dans le secteur. Avec une bonne formation... Ecoute...

Il s'interrompit, regarda à droite et à gauche pour une raison inconnue de Jill et reprit :

— Tu n'as pas entendu parler d'Ixe ? Il n'a pas...

De nouveau, une vague de parasites déferla sur sa phrase, la mit en pièces et ne voulut rien savoir pour lâcher les morceaux. Après avoir essayé durant plusieurs minutes de rétablir le contact, Firebrass finit par renoncer.

– Qu'est-ce que c'est que cette histoire d'Ixe ? demanda Jill en se tournant vers Hardy.

– Je ne sais pas très bien. Firebrass dit qu'il s'agit d'une plaisanterie entre Sam et lui.

Firebrass se leva de son siège en disant :

– Il se fait tard et la journée de demain promet d'être chargée. Veux-tu que Willy te raccompagne, Jill ?

– Je n'ai pas besoin de protection, fit-elle. Merci. Je préfère marcher un peu.

Un peu frileuse sous les carrés d'étoffe à fermetures magnétiques, elle entreprit de traverser la plaine. Avant d'avoir atteint la première colline, elle vit les nuages qui s'amoncelaient dans le ciel nocturne illuminé de clartés fantasmagoriques. La pluie allait tomber bientôt. Elle prit une tablette de gomme à rêver dans son sac, en coupa la moitié et la mit dans sa bouche. Cela faisait des années qu'elle n'y avait pas touché.

Tout en mâchant la pâte élastique dont le goût rappelait légèrement celui du café, elle se demanda pourquoi elle avait si impulsivement, presque sans réfléchir, décidé de recommencer. Quel motif secret pouvait-elle bien avoir ? Que signifiait cet acte inconscient ? Si elle n'avait pas pris l'habitude de se surveiller de près, elle aurait pu, à la limite, le faire sans même s'en apercevoir.

Un éclair zébra le ciel au nord. Soudain, la pluie tomba comme si l'on venait brusquement de vider une citerne. Elle remonta sa capuche et rentra les épaules. Ses pieds nus étaient mouillés mais le tissu protégeait efficacement tout le reste de son corps.

Elle ouvrit la porte de sa cabane et entra. Elle posa son sac sur la table et l'ouvrit pour en retirer le gros briquet de métal que fournissait chaque graal deux fois par an. Elle chercha à tâtons sur la table la lampe à alcool que lui avait offerte Firebrass. A l'occasion d'un nouvel éclair, elle la vit et avança la main.

Quelqu'un lui toucha l'épaule.

Elle poussa un cri et fit volte-face en laissant tomber le briquet. Son poing droit partit en avant, mais une main lui bloqua le poignet. Elle leva le genou vers l'entrejambe qu'elle était sûre de rencontrer, mais elle ne heurta qu'une hanche et son poignet gauche fut happé par une autre main. Elle se baissa brusquement pour feinter. Son agresseur gloussa en l'attirant contre lui. Elle l'apercevait vaguement à la lueur des éclairs de plus en plus fréquents. Elle voyait son nez tout près, mais plus bas qu'elle car il était de petite taille.

Elle baissa soudain le front et mordit le bout du nez puis détourna sauvagement la tête. L'agresseur, aussitôt, la lâcha en hurlant. Il recula en chancelant et en se tenant la figure à deux mains. Elle le suivit et cette fois-ci son pied ne rata pas sa cible. Bien qu'elle n'eût pas de chaussures, le coup fut si violent que l'homme s'écroula et se tordit au sol en lâchant son visage pour agripper ses parties génitales.

Jill fut sur lui d'un bond. Elle entendit le craquement de sa cage thoracique sous ses pieds joints. Puis elle se baissa et le saisit par les deux oreilles. Il essaya alors de la frapper, mais elle écarta brusquement ses deux mains crispées. Les oreilles se déchirèrent comme un tissu qui craque.

Ignorant ses côtes cassées et ses testicules écrasés, l'homme réussit à se relever. Elle le cueillit du tranchant de la main sur le côté de la nuque. Il retomba comme une masse. Sans même se tourner vers lui, elle alla allumer d'une main tremblante la lampe à alcool de poisson avec le briquet qu'elle avait ramassé. La mèche imbibée prit aussitôt et la flamme devint jaune tandis qu'elle la réglait en tournant le bouton situé sur le côté. Quand elle se retourna, elle poussa un nouveau hurlement.

Il s'était remis debout et avait décroché du mur une sagaie qu'il pointait sur elle.

La lampe vola des mains de Jill en un réflexe homicide et instantané. Elle atteignit l'homme au visage, se brisa et répandit son contenu.

Il y eut une explosion de flammes. Il courut en hurlant, aveuglé. Ses yeux brûlaient comme des brandons. Elle ne le reconnut que quand il fut sur elle et hurla à son tour.

— Jack ! fit-elle tandis qu'il l'entourait de ses bras enflammés et la renversait en arrière en l'étouffant sous son poids.

Incapable de respirer, elle se débattit néanmoins avec la violence du désespoir et réussit à rouler de côté. Son vêtement isolant l'avait empêchée d'être brûlée.

Avant qu'elle ait pu se relever, cependant, il saisit l'ourlet du tissu et tira dessus d'un coup sec. Les fermetures magnétiques cédèrent. Elle se retrouva nue, se releva d'un bond et courut jusqu'à l'endroit où il avait laissé tomber la sagaie. Elle se pencha pour la ramasser, mais déjà Jack était sur elle, par-derrière, et ses mains enflammées lui saisissaient les seins tandis qu'il la pénétrait de sa verge en feu. Leurs hurlements firent plusieurs fois le tour des murs de la cabane, en gagnant en intensité à chaque rebond. Elle se sentait grillée, calcinée à l'intérieur, les fesses et les seins rôtis, et même les oreilles, comme si l'écho charriait lui aussi des flammes. Elle ne put que rouler, rouler sur elle-même avec frénésie jusqu'à ce que le mur l'arrête.

Jack était à quatre pattes maintenant. Il n'avait plus de cheveux. Son cuir chevelu était noir, carbonisé, racorni. Sa peau craquelée, à travers laquelle on entrevoyait des os cendreux, laissait suinter une sanie rosâtre. Seuls rougeoyaient encore son visage, son torse et son bas-ventre – dont le pénis en érection semblait gonflé d'une haine insatiable. Ils éclairaient l'intérieur de la cabane, en même temps que les éclairs maintenant déchaînés au-dehors.

Elle courut vers le seuil, en ne songeant qu'à présenter son corps en feu à l'action bienfaisante de l'averse qu'elle entendait crépiter. Mais il réussit à lui attraper la cheville au passage et à la faire tomber, haletante d'effroi. De nouveau, il fut sur elle en laissant entendre d'affreux grognements inarticulés. Sa langue avait dû brûler aussi. Ils furent encore une fois environnés de flammes.

Elle se sentit glisser sur la pente d'un long cri de souffrance pure, vers l'abîme qui l'attendait et s'ouvrait pour la recevoir dans sa chute vertigineuse au cœur de ce monde et vers le centre de toute chose.

17

Le visage de Jack était penché sur elle, mais il était sans corps. Il flottait comme un ballon avec ses cheveux roux frisés, son front large, ses yeux bleus lumineux, son menton proéminent et ses lèvres charnues, figées dans un sourire...

— Jack ! murmura-t-elle, mais le visage disparut pour faire place à un autre, relié à un corps.

C'était un visage aux traits larges et harmonieux, aux pommettes saillantes, aux yeux bridés.

— Piscator !

— Je t'ai entendue crier, fit-il en s'accroupissant pour lui prendre le poignet. Tu peux te relever ?

— Je crois, dit-elle d'une voix tremblante.

Avec l'aide de Piscator, elle se mit debout sans trop de mal. Elle s'aperçut que le tonnerre et les éclairs avaient cessé. Il ne pleuvait plus mais on entendait l'eau qui ruisselait encore du toit. La porte ouverte ne laissait entrer que les ténèbres. Les nuages ne s'étaient pas encore dissipés. Ou plutôt, elle vit se dessiner brusquement au loin la silhouette d'une colline derrière laquelle une brèche dans la couverture céleste laissait entrevoir l'éclat d'une grande nébuleuse enchâssée de milliers d'astres géants.

Elle s'avisa aussi qu'elle était toute nue. Elle baissa les yeux et vit que sa poitrine était rougie, comme si des flammes lui avaient roussi les seins. Mais les marques s'estompaient graduellement sous ses yeux.

— J'ai eu l'impression que tu avais été légèrement brûlée, dit Piscator. Surtout tes seins et ton bas-ventre, qui étaient rouges et boursouflés. Mais je n'ai vu aucune trace de feu.

— Le feu venait de l'intérieur, Piscator. C'est la gomme à rêver.

— Ah ! Je vois, fit-il en arquant les sourcils.

Elle éclata de rire, nerveusement.

Il l'aida à s'allonger sur son lit. La sensation de brûlure dans son vagin commençait à disparaître aussi. Elle poussa un soupir. Piscator s'affairait dans la cabane. Il la recouvrit de carrés de tissu, lui apporta à boire en puisant l'eau de pluie dans un tonneau en bambou qui se trouvait sous la gouttière. Elle but en s'accoudant sur le côté.

— Merci, murmura-t-elle quand elle eut vidé la coupe. J'aurais dû me douter que j'aurais cette réaction. J'étais déprimée, et la drogue m'aggrave toujours quand je suis dans cet état-là. Mais jamais ça n'a été si horrible, si réel. Pas un seul instant, je n'ai soupçonné qu'il s'agissait d'une hallucination. Malgré toutes les invraisemblances.

— Les Témoins de la Seconde Chance utilisent la gomme à rêver à des fins thérapeutiques, fit Piscator, mais toujours sous surveillance médicale. Ils obtiennent, paraît-il, quelques résultats positifs. Nous ne nous en servons que de manière exceptionnelle, pour accélérer la phase d'initiation de certaines personnes.
— Nous ?
— *Ah Ahl al-Haqq,* les Adeptes du Vrai. Ceux que vous, les Occidentaux, appelez *soufis.*
— Je m'en doutais.
— Rien d'étonnant à cela puisque nous en avons déjà parlé.
— Hein ? Quand ça ? fit-elle, étonnée.
— Ce matin même.
— Ce doit être la gomme. Fini. Je ne prendrai jamais plus de ce truc horrible.
Elle s'assit brusquement au bord du lit et se pencha en avant, inquiète.
— Tu ne parleras pas de tout ça à Firebrass ?
Piscator ne souriait plus.
— Tu es en ce moment le siège de troubles psychiques assez graves. Ces stigmates, ces brûlures qui apparaissent à la suite de...
— Je ne toucherai plus à la gomme. Je te le promets. Ce ne sont pas des paroles en l'air, je t'assure. Je n'ai pas l'habitude de me droguer. J'ai la tête sur les épaules.
— Je n'en suis pas si sûr. Sois honnête avec moi, Jill. Ce n'est pas ta première crise, n'est-ce pas ? A quand remonte la dernière ? Combien de temps durent ces attaques ? Avec quelle fréquence se reproduisent-elles ? Est-ce que leur gravité augmente à chaque fois ?
— Il y a longtemps que je n'ai eu aucune attaque, comme tu dis.
— Très bien. Puisque tu préfères ne pas en parler, je te promets de ne rien dire à personne, mais à une condition. Que cela ne se reproduise pas. Tu ne tricheras pas, j'espère ? Tu me préviendras si tu as une autre crise. Tu ne voudrais pas mettre la vie de tout un équipage en danger pour des raisons purement égoïstes ?
— Je te le promets, dit-elle, mais les mots avaient du mal à sortir de sa gorge.
— Dans ce cas, la question est close pour le moment.

Elle se pencha de nouveau en avant, sans prêter attention au tissu qui glissait et lui découvrait un sein.

– Dis-moi, Piscator. Sois franc, toi aussi. Au cas où Firebrass te donnerait un grade inférieur au mien, ce qui est fort probable s'il tient compte uniquement de l'expérience de chacun, est-ce que ça t'ennuierait de te trouver sous mes ordres ?

– Pas le moins du monde, dit-il en souriant.

Elle s'adossa au mur et remonta le carré d'étoffe.

– Tu es issu d'une culture qui reléguait les femmes pratiquement au rang de bêtes de somme. Elles n'avaient même pas le droit de...

– Tu parles d'un passé depuis longtemps enterré. Je ne suis pas, et je n'ai jamais été un sexiste, nippon ou pas nippon. Tu devrais te garder des généralisations abusives. Après tout, c'est ce que tu détestes le plus, ce que tu as combattu toute ta vie, n'est-ce pas ?

– Tu as raison, dit-elle. Mais c'est un réflexe. Je ne peux pas m'en empêcher.

– Je crois te l'avoir déjà dit, mais la répétition a ses vertus pédagogiques. Tu devrais apprendre à penser selon des schémas différents.

– Oui, et comment faire ?

Il parut hésiter, puis répondit :

– Quand le moment sera venu, tu le reconnaîtras toute seule. Et tu sauras vers qui te tourner.

Jill n'ignorait pas qu'il s'attendait qu'elle le prie de l'accepter pour disciple. Mais elle ne voulait pas de ça. Elle ne croyait pas à la religion organisée. Même si le soufisme n'était pas une religion, ses adeptes étaient religieux. Un soufi athée, cela n'existait pas.

Jill était profondément athée. Malgré le fait de la résurrection, elle ne croyait pas à l'existence d'un Créateur, ou tout au moins elle ne croyait pas qu'il existât un Créateur susceptible de s'intéresser à elle ou à aucune autre créature. Les gens qui croyaient en un Dieu (pourquoi encore ce mot au masculin ?), ceux qui croyaient à l'existence d'une Divinité qui considérait les êtres humains comme ses enfants, étaient tout simplement des dupes. En tant qu'individus, ils étaient peut-être très intelligents, mais leurs facultés mentales, du fait de cette croyance, se trouvaient amoindries. Les rouages de leur cerveau, pour la partie qui correspondait à la religion, tournaient à vide. Ou alors, le circuit concernant la religion était isolé du circuit principal de l'intelligence.

L'analogie était mauvaise. Les gens se servaient aussi de leur intellect pour justifier le phénomène subjectif, à base purement affective, qu'on appelait religion. D'une manière brillante, assez fréquemment. Quoique en pure perte, pour ce qui la concernait.

— Je vois que tu vas t'endormir, dit Piscator. Parfait. Si tu as besoin de moi, n'hésite pas à m'appeler...

— Tu n'es pas médecin, fit-elle. Pourquoi te...

— Tu as des ressources. Et bien que parfois tu te conduises stupidement, tu es loin d'être sotte en réalité. Mais il t'est arrivé de te duper toi-même, et tu continues à le faire en ce moment. Bonne nuit.

— Bonne nuit.

Il s'inclina raidement et partit en refermant la porte derrière lui. Elle ouvrit la bouche pour le rappeler, mais aucun son ne sortit de ses lèvres. Elle voulait lui demander ce qu'il faisait près de chez elle quand il l'avait entendue crier. Mais il était trop tard. De toute façon, ça n'avait guère d'importance. Quoique... elle aurait bien voulu savoir ce qu'il faisait. Avait-il eu l'intention de la séduire ? La violer, c'était hors de question, naturellement. Elle avait une tête de plus que lui et, même s'il était expert en arts martiaux, elle l'était aussi. Sans compter qu'il ne pouvait se permettre de se faire accuser publiquement de viol. Sa carrière d'officier à bord du dirigeable en eût été compromise.

Mais non, il ne voulait sans doute ni la séduire ni la violer. Il ne donnait pas l'impression d'être ce genre d'homme. D'un autre côté, il ne fallait pas se leurrer, ils étaient tous comme ça, malgré leurs dehors quelquefois paisibles. Mais chez Piscator, il y avait quelque chose... elle détestait ce terme vague et peu scientifique, « vibrations »... mais on ne pouvait pas dire qu'il émettait de « mauvaises vibrations ».

Elle songea à ce moment-là qu'il ne lui avait même pas demandé de lui décrire son hallucination. Il n'avait en tout cas manifesté aucune curiosité. Peut-être pensait-il que c'était à elle de décider si elle voulait parler ou non. Piscator était un homme très sensible, très compréhensif.

Que signifiait cette horrible agression de Jack ? Qu'elle avait peur de lui ? Des hommes en général ? Du sexe masculin ? Ou bien du sexe, tout simplement, quand il était sous sa forme mâle ?

Elle n'y croyait guère. Cependant, l'hallucination, ou l'illusion, ou la visitation, avait éclairé certaines pulsions de haine et de destruction qu'elle portait en elle. Pas seulement envers les hommes en général et envers Jack en particulier. Elle l'avait immolé par le feu, mais elle s'était aussi – en un sens – brûlée et violée elle-même. Ce qui n'avait aucun sens. Elle ne souhaitait certes pas, dans son subconscient, se faire violer. Seule une malade mentale pouvait désirer une telle chose.

Est-ce qu'elle se détestait ? La réponse était oui, par moments. Mais ni plus ni moins que n'importe qui.

Il lui fallut un certain temps pour se laisser sombrer dans un sommeil agité. A un moment, elle rêva de Cyrano de Bergerac. Ils se battaient à l'épée. Elle était éblouie par la pointe de la rapière qui n'arrêtait pas de faire des moulinets, jusqu'au moment où Cyrano fit sauter l'arme qu'elle tenait à la main et enfonça la sienne au plus profond de son nombril. Elle regarda, surprise, la lame qu'il était en train de retirer, mais il n'y avait pas une goutte de sang. Le nombril s'enfla comme une tumeur, d'où un minuscule poignard fut expulsé.

18

Le choc de l'eau glacée fit reprendre entièrement connaissance à Burton. Durant une minute, profondément immergé dans l'obscurité totale, il aurait été incapable de dire de quel côté était la surface. Mais après avoir fait quelques brasses, il sentit s'accentuer la pression qui s'exerçait sur ses tympans. Nageant dans le sens opposé – du moins il l'espérait –, il sentit la pression diminuer légèrement et, au moment même où il craignait de ne plus pouvoir tenir par manque d'oxygène, il heurta la surface de l'eau.

Ou, plus exactement, sa nuque heurta quelque chose de dur qui flottait à la surface et qui faillit de nouveau lui faire perdre connaissance. Ses mains battirent l'air désespérément et se raccrochèrent à un objet massif. Il n'y voyait toujours rien, mais ses doigts devinèrent qu'il s'agissait d'un tronc d'arbre.

Il prit soudain conscience du vacarme qui l'entourait. De tous côtés montaient des cris, des appels au secours. Dès qu'il se sentit tout à fait lucide, il lâcha le tronc lisse et nagea vigoureusement vers un endroit où une femme était en train de hurler. En se rapprochant d'elle, il reconnut la voix de Loghu. Dès qu'il put distinguer faiblement son visage, il lui cria :

— Tiens bon, Loghu ! C'est moi, Dick !

Elle s'agrippa à ses épaules et ils coulèrent aussitôt. Il lutta pour la repousser puis la saisit par les cheveux et la remonta.

Elle lui dit quelque chose qu'il ne comprit pas en tokharien, sa langue natale. Il répondit dans le même idiome :

— N'aie pas peur. Ça va aller.

— J'ai où m'attraper, fit-elle en haletant. Je ne coulerai plus.

Il la lâcha puis la contourna. C'était un autre tronc. Il devait provenir du radeau. Mais où se trouvait-il ? Et où était leur bateau ?

Ils avaient dû tomber à l'eau dans une brèche à l'avant du radeau, là où le choc avait désassemblé les troncs. Mais le courant avait dû par la suite pousser contre la roche la partie intacte qui avait tout broyé sur son passage. Cela signifiait-il que Loghu et lui avaient par miracle été entraînés à l'abri du cap et qu'ils dérivaient maintenant en pleine eau ?

En tout cas, ils n'étaient pas seuls, car ils entendaient des cris autour d'eux et leur tronc d'arbre heurtait sans cesse toutes sortes de débris flottants.

— Je crois que j'ai la jambe cassée, gémit Loghu. Ça me fait très mal, Dick !

La brume était si épaisse qu'ils ne voyaient même pas les extrémités du tronc. Ils étaient obligés d'enfoncer leurs ongles dans le bois fibreux pour ne pas lâcher prise. Mais ils n'allaient pas pouvoir tenir longtemps.

Soudain, la voix de Monat déchira la grisaille.

— Dick ! Loghu ! Vous êtes là ?

Burton cria une réponse et une seconde plus tard quelque chose cogna le tronc juste à l'endroit où il avait les doigts. Il poussa un hurlement de douleur et lâcha prise. Il coula de nouveau, lutta pour remonter et vit à ce moment-là l'extrémité d'une perche jaillir de la brume comme un serpent en embuscade. Sa joue droite fut éraflée. Pour un peu, la perche lui crevait l'œil.

Il l'agrippa au vol et cria à Monat de le tirer.

— Loghu est là aussi, dit-il. Mais fais attention avec cette perche !

Kazz était penché au bord du radeau et le hissa d'un seul mouvement. Monat fouillait de nouveau l'obscurité avec sa perche. Quelques instants plus tard, il ramena Loghu, à demi inconsciente.

— Donne-lui des vêtements chauds, dit Burton en s'adressant à Kazz. Frictionne-la bien.

— D'accord, Burton-*nak*, fit le Neandertalien.

Il se tourna et fut bientôt englouti par la brume.

Burton s'assit sur les rondins mouillés du radeau.

— Où sont les autres ? demanda-t-il. Alice est indemne ?

— Tout le monde est là à part Owenone, répondit Monat. Je crois qu'Alice a quelques côtes brisées. Frigate a mal au genou. Quant au bateau, il est détruit.

Avant d'avoir absorbé le choc, Burton vit s'avancer une série de lumières entourées d'un halo. Il distingua bientôt les porteurs de torches. Il y en avait une douzaine. C'étaient des Caucasiens à la peau brune, de courte stature, au nez crochu, vêtus des pieds à la tête de morceaux d'étoffes bigarrées. Ils n'étaient armés que de poignards de silex qu'ils portaient à la taille dans une gaine.

L'un d'eux prononça quelques mots dans une langue sémitique, jugea Burton. Mais ce devait être une forme très ancienne, car il ne comprenait que quelques mots. Il répondit en espéranto et son interlocuteur poursuivit le dialogue dans cet idiome.

Il s'avéra que le guetteur au sommet de la tour s'était endormi après avoir trop bu. Lorsque le radeau s'était écrasé sur la côte, il était tombé en même temps que le deuxième homme que Burton avait vu apparaître à ses côtés. Ce dernier n'avait pas eu de chance. Il s'était rompu le cou en tombant. Le premier avait atterri indemne sur le pont du radeau, mais n'avait survécu que quelques secondes. Ses compagnons furieux l'avaient mis à mort et précipité dans le Fleuve.

Le grand bruit que Burton avait entendu juste avant la collision proprement dite venait de l'étrave surélevée qui avait balayé les docks et raclé le fond rocheux du Fleuve. Tout l'avant du radeau s'était soulevé et les liens en cuir de poisson qui assemblaient les rondins avaient éclaté. Cela avait eu pour effet d'amortir le choc et d'empêcher la dislocation du radeau entier.

Toute une partie du côté gauche s'était défaite, mais les troncs avaient été maintenus en place par le corps du radeau. C'était un véritable faisceau de béliers qui avait heurté le *Hadji* par le travers. Le navire s'était coupé en deux et tout l'arrière avait été broyé ou emporté tandis que l'avant sombrait lentement.

Le choc avait projeté Burton contre la falaise d'où il avait rebondi pour se retrouver sur le pont incliné en train de sombrer.

L'équipage avait eu de la chance. Personne n'avait été tué ni grièvement blessé. Cependant, Owenone avait disparu.

Il fallait avant tout s'occuper des blessés. Il se dirigea vers l'endroit où tout le monde s'était rassemblé à la lumière de trois torches. Alice tendit les bras vers lui et poussa un cri lorsqu'il la serra dans ses bras.

— Doucement ! dit-elle. J'ai très mal au côté !

Un des membres de l'équipage du grand radeau s'approcha de Burton pour lui dire qu'il était chargé de s'occuper des blessés. Il fit signe à quatre de ses compagnons qui soulevèrent les deux femmes pour les transporter. Frigate suivit à cloche-pied en gémissant, soutenu par Kazz. Entre-temps, le jour avait commencé à se lever et ils y voyaient un peu plus clair. Ils parcoururent une cinquantaine de mètres sur le pont du radeau et s'arrêtèrent devant une grande cabine en bambou à la toiture recouverte du feuillage de l'arbre à fer. Le tout était solidement arrimé à l'aide de câbles en cuir tressé noués à des piquets de bois fixés aux rondins du pont.

A l'intérieur de la cabine, une grande dalle de pierre

était percée en son centre d'un trou d'où l'on voyait sortir quelques petites flammes. Les blessés furent allongés sur des lits de bambou à proximité du foyer.

La brume s'était levée. Il faisait jour. Au bout d'un moment, tout le monde sursauta en entendant un bruit qui ressemblait à la détonation simultanée d'un millier d'obus de mortiers. Ils avaient beau y être habitués depuis trente et un ans, cela leur faisait toujours plus ou moins un choc.

Les pierres à graal venaient de se vider de leur énergie.

– Trop tard pour le petit déjeuner, fit Burton.

Il releva subitement la tête.

– Les graals ! Personne n'a pensé aux graals ?

– Non, fit Monat. Ils ont sombré avec le bateau... (Ses traits se tordirent en un masque de douleur et il sanglota :) Owenone s'est noyée !

Tout le monde se regarda. A la lueur des flammes du foyer, les visages paraissaient encore plus pâles. Les blessés gémissaient. Burton laissa échapper un juron. Il était lui aussi chagriné par la perte d'Owenone, mais il songeait surtout que son équipage et lui, désormais, étaient réduits à l'état de mendiants entièrement dépendants, pour leur subsistance, de la charité des autres. Mieux valait être mort que privé de graal. Il n'y avait pas si longtemps, dans un tel cas, presque tout le monde aurait préféré recourir au suicide. Le lendemain, on se réveillait dans une autre région, loin de ceux qu'on aimait, mais on disposait au moins d'un nouveau cylindre dispensateur de richesses et de mets raffinés.

– On se contentera de poisson et de farine de glands, dit Frigate.

– Pour le restant de nos jours ? fit Burton, sarcastique. Très peu pour moi, merci. Surtout si ça doit durer toute l'éternité.

– Je disais ça pour faire contre mauvaise fortune bon cœur. Mais j'avoue que la situation n'est pas très brillante.

– Au lieu de vous lamenter, vous feriez mieux de parer au plus pressé, leur dit Alice. J'aimerais bien qu'on s'occupe de mes côtes brisées et la pauvre Loghu a besoin d'une éclisse.

L'homme qui les avait conduits dans la cabine s'occupa des blessés et de Frigate. Il distribua des morceaux de gomme à rêver pour calmer leurs douleurs puis sortit sans mot dire. Burton, Kazz et Monat le suivirent sur le pont. Il n'y avait plus une seule trace de brume. Le soleil avait fait son apparition au-dessus des montagnes.

Le spectacle qu'ils avaient sous les yeux était impressionnant. Toute la proue surélevée du radeau avait été disloquée. Les docks et toute la flottille des Ganopos avaient été emportés, écrasés, disséminés le long de la rive au milieu des rondins pêle-mêle. Le radeau échoué débordait sur la rive d'une quinzaine de mètres. Plusieurs centaines d'occupants du radeau étaient massés là et contemplaient les dégâts tout en discutant avec animation, mais sans rien faire de constructif.

Un peu plus loin, le courant avait acculé une masse de rondins et de débris flottants à la paroi abrupte du piton rocheux. Il n'y avait cependant pas la moindre trace du *Hadji II* ni d'Owenone. Ainsi, le dernier espoir qu'avait eu Burton de récupérer au moins une partie des graals venait de s'évanouir.

Il considéra le radeau. Même amputé de toute sa partie avant, il était gigantesque. Il mesurait au moins deux cents mètres de long sur quatre-vingts de large. Il était relevé à l'arrière de la même manière qu'à l'avant.

Au centre se dressait la structure noire au sommet en forme de sphère qu'il avait vue émerger de la brume. C'était une idole de dix mètres de haut. Laide et massive, elle dominait le radeau. Elle représentait une sorte de démon assis les jambes croisées. Son dos était hérissé de crêtes épineuses. Ses yeux avaient un éclat bleu malveillant et sa bouche hideuse et démesurée était garnie de plusieurs rangées de dents blanches de la taille de celles d'un requin. Burton se dit qu'elles devaient provenir du poisson appelé le dragon du Fleuve.

Au milieu du ventre rebondi de l'idole, il y avait une ouverture circulaire qui laissait voir un foyer de pierre sur lequel brûlait un feu de bois. La fumée montait dans le reste du corps et ressortait en spiralant par les oreilles du démon, pointues comme celles d'une chauve-souris.

Un peu plus en avant, la tour de guet était couchée en travers du pont, ses étais ayant cédé sous la force de la collision. Il y avait encore un cadavre à côté.

Plusieurs constructions, grandes et petites, étaient disséminées sur toute la longueur du radeau. Certaines s'étaient entièrement écroulées; d'autres ne tenaient encore debout que par miracle. La plus importante se trouvait juste derrière l'idole. Burton supposa qu'il s'agissait de la maison du chef, ou encore d'un temple. Peut-être même des deux à la fois.

Il compta une dizaine de grands mâts aux voiles gréées en carré, plus une vingtaine de petits à gréement aurique. Toutes les voiles étaient ferlées.

De chaque côté du radeau, il y avait une série de bossoirs soutenant des embarcations de diverses tailles.

A un moment, des trompes de bois sonnèrent et des tambours retentirent. En voyant la foule se diriger vers le grand bâtiment, Burton décida de se joindre à elle. Le rassemblement se fit entre l'idole et l'édifice. Burton demeura un peu à l'écart, au pied de la statue, afin de pouvoir l'examiner discrètement tout en surveillant ce qui se passait. En la grattant légèrement avec son couteau de silex, il constata qu'elle était en adobe recouvert de peinture noire. Il se demandait où ils avaient trouvé tous ces colorants pour le corps, les yeux et les gencives rouges de l'idole. Il n'était pas facile de s'en procurer dans le Monde du Fleuve, au grand regret des artistes peintres.

Le chef, ou le grand prêtre, était plus grand que tous les autres, bien que Burton le dépassât encore d'une demi-tête. Il portait une cape et un kilt à rayures bleues, rouges et noires. Sa tête était coiffée d'une couronne en bois à six pointes. A la main droite, il tenait une haute houlette en bois de chêne. Juché sur une estrade à l'entrée du grand bâtiment, il harangua la foule en ponctuant régulièrement son discours de grands mouvements de sa houlette. Ses yeux noirs étaient flamboyants. Burton ne comprit pas un mot. Au bout d'une demi-heure environ, il redescendit de l'estrade et la foule se dispersa.

Des équipes de travail furent constituées. Certaines descendirent à terre pour rassembler les troncs éparpillés et dégager l'avant du radeau. D'autres prirent position à l'arrière du radeau, là où la partie surélevée commençait. Chaque homme décrocha un grand aviron qu'il fixa à une dame de nage. Ensemble, les équipes, au rythme d'un tambour comme des galériens, commencèrent à ramer.

Apparemment, ils essayaient de faire pivoter l'arrière du radeau de manière à donner prise au courant. Mais cela, c'était la théorie. En pratique, ce fut un échec. Ils ne pouvaient obtenir aucun résultat tant qu'ils n'auraient pas dégagé l'avant en le soulevant à l'aide de leviers.

Burton aurait voulu faire part de ses impressions au chef, mais celui-ci était retourné se placer devant l'idole pour se prosterner à plusieurs reprises tout en récitant des litanies. Or, si Burton avait appris une chose dans sa vie d'explorateur, c'était qu'il n'y avait rien de plus dangereux que d'interrompre l'accomplissement d'un rite.

Il se contenta donc de fureter un peu partout sur le pont, en s'arrêtant devant les canots et les petits voiliers suspendus aux bossoirs ou posés sur des berceaux de bois. Il s'intéressa ensuite à quelques-uns des grands bâtiments. La plupart avaient leur porte simplement barrée de l'extérieur. En s'assurant que personne ne le voyait, il en visita plusieurs.

Les deux premiers servaient d'entrepôts à vivres et contenaient principalement de la farine de glands et du poisson séché. Un autre était bourré d'armes. Un quatrième servait de hangar à bateaux. Il abritait deux pirogues à moitié achevées et la carcasse en bois de pin d'une embarcation plus grande. Il ne restait plus qu'à la tendre de peaux de poissons. Dans le cinquième bâtiment, il y avait toute une série d'objets de valeur : des coffres entiers d'anneaux de bois pouvant servir au troc, des os spiralés et des cornes de poissons-licornes, de grands tas de peaux de poissons et de peaux humaines. Il découvrit aussi des flûtes en bambou, des tambours, des cithares dont les cordes étaient des boyaux de poissons, des crânes servant de coupes rituelles, des cordages en fibre végétale et peau de poisson, des réserves considérables de boyaux de dragon du Fleuve et de membranes d'estomac, qui servaient entre autres à confectionner des voiles. Il vit des lampes à huile de poisson, des tubes de rouge à lèvres, du fond de teint, de la marihuana, des cigares, des cigarettes, des briquets, une cinquantaine de masques rituels ainsi qu'un grand nombre d'objets de toutes sortes. Il s'agissait sans doute de prises de guerre, ou d'un trésor amassé en vue de servir de monnaie d'échange.

Il sourit en pénétrant dans le sixième bâtiment. C'était là qu'ils entreposaient leurs graals. Chaque cylindre gris attendait son propriétaire, soigneusement rangé contre le mur dans son alvéole. Burton en compta environ trois cent cinquante. Or, il y avait trois cent dix personnes au maximum à bord du radeau. Ce qui signifiait qu'une quarantaine de graals étaient sans propriétaire.

Il lui fallut quelques minutes pour vérifier qu'il y avait exactement trente-deux graals qui ne portaient aucune marque distinctive. Tous les autres avaient, fixée à la poignée du couvercle, une cordelette au bout de laquelle pendait une petite tablette en terre cuite sur laquelle étaient gravés des caractères cunéiformes. Ce devaient être les noms des propriétaires. Burton avait déjà vu des caractères semblables sur des reproductions de documents assyriens ou babyloniens.

Il essaya, pour la forme, de soulever les couvercles de quelques cylindres étiquetés, mais il savait d'avance que ce serait impossible. Personne n'avait jamais pu forcer un graal qui ne lui appartenait pas. Il y avait plusieurs théories sur la nature du mécanisme qui provoquait l'ouverture. La plus répandue suggérait l'existence d'un détecteur réglé sur le potentiel électrique de l'épiderme de chaque individu.

Mais pour les trente-deux graals non marqués, le problème était différent. Il s'agissait de pièces rarissimes, familièrement appelées « jokers » par certains.

Lorsque trente-six milliards d'êtres humains s'étaient soudain trouvés ressuscités, dans un corps jeune et vigoureux, sur les rives du Fleuve, il y avait un graal à côté de chacun et ce graal ne pouvait être ouvert que par lui. Mais sur chaque pierre à graal, dans la cavité centrale, il y avait un autre cylindre qui n'appartenait à personne et dont n'importe qui pouvait se servir. Dans l'esprit des résurrecteurs, il devait être là pour servir d'exemple.

Lorsque les pierres en forme de champignon avaient craché leurs flammes dans un bruit de tonnerre, les gens curieux s'étaient prudemment rapprochés pour voir ce qui se passait. Les plus hardis avaient escaladé la pierre et retiré le cylindre pour l'examiner. Là, surprise et émerveillement ! Les cylindres contenaient, rangés sur des clayettes, des mets délicats, des boissons et des produits de toutes sortes.

A l'heure de l'explosion suivante, les riverains avaient compris. Chaque graal était dans une cavité et aucun ne manqua de rapporter sa manne. On célébra le miracle toute la nuit. Les besoins des ressuscités étaient plus qu'amplement pourvus par leurs mystérieux bienfaiteurs. Plus tard, bien sûr, la nature humaine étant ce qu'elle est, il y eut des esprits chagrins pour se plaindre du manque de variété.

Les jokers étaient devenus extrêmement précieux. Les gens s'entre-tuaient pour en posséder un. Celui qui disposait, chaque jour, d'une double ration d'aliments et de produits de luxe, était le plus envié des hommes. A tort, bien sûr, car cela finissait la plupart du temps par causer sa perte. Lorsqu'on l'assassinait, il se réveillait autre part avec un seul graal et le cylindre excédentaire restait aux mains du meurtrier.

Burton, pour sa part, n'en avait jamais possédé. C'était bien la première fois qu'il en voyait une si grande quantité.

Le problème des graals perdus était résolu... à condition de convaincre le chef de se séparer de ses jokers excédentaires. Après tout, ce n'était que justice. Lui et son équipage étaient responsables de la perte du *Hadji II* et de tout ce qu'il y avait à bord.

Jusqu'à présent, il n'y avait rien à dire. Burton et les siens avaient été correctement traités. D'autres, à la place du chef, les auraient fait jeter par-dessus bord après avoir organisé le viol collectif des femmes et peut-être la sodomisation des hommes.

Il devait cependant y avoir une limite à l'hospitalité des gens du radeau. Les jokers n'étaient pas faciles à trouver. Ils avaient dû les voler, ou les conquérir de haute lutte. On ne pouvait s'attendre qu'ils s'en séparent aisément.

Burton ressortit songeur du bâtiment et remit soigneusement la barre en place derrière lui. S'il demandait au chef de lui faire cadeau de sept graals, le plus probable était qu'il se heurterait à un refus pur et simple. Le chef deviendrait alors méfiant et ferait garder le bâtiment en permanence. A la première occasion, il leur demanderait – poliment ou non – de quitter le radeau.

En repassant devant l'idole, il vit que le chef venait de terminer ses litanies et s'apprêtait à descendre à terre. Sans doute voulait-il superviser en personne les opérations de déséchouage.

Il décida de lui poser la question sans plus attendre. La fortune ne sourit pas à celui qui reste assis sur son cul.

19

Il s'appelait Mutu-Sha-Ili, ce qui signifiait dans son propre langage « L'Homme-de-Dieu ». Mais en espéranto, on disait Metuŝael. Ou Mathusalem.

Durant quelques secondes de folle spéculation, Burton se dit qu'il avait devant lui le modèle du fameux et vénérable patriarche de l'Ancien Testament. Mais c'était impossible. Metuŝael était babylonien. Il n'avait entendu parler des Hébreux que depuis sa résurrection dans le Monde du Fleuve. Sur la Terre, il avait exercé la profession d'inspecteur des greniers publics, mais ici il était le grand prêtre et le fondateur d'une nouvelle religion ainsi que le commandant du grand radeau.

– Une nuit, raconta-t-il, il y a de cela bien longtemps, l'orage crépitait au-dehors tandis que je dormais dans ma cabane. Dans mon rêve, un dieu m'est apparu. Il disait s'appeler Rushhub. Je n'avais jamais entendu parler de lui, mais il m'apprit qu'il avait été autrefois un dieu puissant vénéré par mes ancêtres. Leurs descendants, cependant, l'avaient délaissé et de mon vivant sur la Terre il ne restait plus qu'un modeste village qui lui portait un culte.

» Les dieux, comme chacun sait, ne peuvent pas mourir, bien qu'ils prennent parfois une apparence ou un nom différents. Ils peuvent aussi rester sans nom durant un certain temps, et celui-ci avait vécu ainsi pendant plusieurs générations uniquement dans les rêves de quelques fidèles. Mais le moment était venu pour lui, disait-il, de quitter le monde des songes. La mission qu'il me confiait consistait à aller proclamer partout l'existence de Rushhub. Pour cela, je devais construire un grand radeau, m'entourer de fidèles et descendre le Fleuve en répandant la bonne parole.

» Après un voyage de plusieurs années, peut-être de plusieurs générations telles que nous les comptions sur la Terre, nous devions arriver à la fin du Fleuve, là où son cours se déverse dans un abîme à la base de la montagne qui couronne le toit du monde.

» Là, nous devions continuer notre voyage sous la terre à l'aide de petites embarcations contenant suffisamment de provisions, car nous ne trouverions plus de graals sur notre chemin. Puis nous déboucherions un jour dans un océan bleu bordant une région où nous pourrions vivre éternellement dans le bonheur et la paix au milieu des dieux et des déesses eux-mêmes.

» Mais avant de mettre le radeau à flot, il nous fallait construire une grande statue de Rushhub, à qui nous rendrions hommage durant tout le voyage en tant que symbole de Rushhub, et non comme si c'était le dieu lui-même. Tu vois, ô Burton, que nous ne sommes pas des idolâtres, comme on l'a dit parfois.

Burton songea que l'homme était fou, mais préféra garder ses réflexions pour lui. Son équipage et lui étaient tombés entre les mains de fanatiques. Heureusement, le dieu avait prescrit à Metusâel et à ses fidèles de n'utiliser la violence qu'en cas de légitime défense. Toutefois, Burton avait suffisamment d'expérience dans ce domaine pour savoir que la notion de légitime défense peut s'appliquer à n'importe quelle situation, au gré des intérêts de chacun.

— Rushhub m'a dit, poursuivit le grand prêtre, que juste avant de pénétrer dans le monde souterrain, nous devions briser l'idole en petits morceaux que nous jetterions dans le Fleuve. Il n'a pas expliqué pourquoi. Il a simplement affirmé que nous comprendrions avant d'atteindre le gouffre.

— Tout cela, c'est très bien, fit Burton, mais vous êtes responsables de la perte de notre bateau. Et aussi de celle de nos graals.

— J'en suis vraiment désolé, ô Burton, mais que puis-je y faire ? Ce qui vous est arrivé, à tes compagnons et à toi, résulte de la volonté de Rushhub.

Burton aurait eu envie de le gifler. En faisant un effort pour se maîtriser, il reprit :

— Trois membres de mon équipage ont été gravement blessés et sont dans l'incapacité de se déplacer par leurs propres moyens. Veux-tu au moins nous donner une pirogue pour que je puisse les conduire à terre ?

Les yeux noirs de Metuŝael lancèrent des étincelles tandis qu'il répondait en désignant l'île :

— Voici la rive et il y a une pierre à graal à proximité. Je vais y faire transporter tes blessés. Nous vous donnerons du poisson séché et de la farine de glands. Et maintenant, si ça ne te dérange pas, ne m'importune plus avec tes requêtes. Je suis très occupé. Il faut remettre le radeau à flot. Rushhub m'a dit que le voyage ne devait être retardé sous aucun prétexte. Si nous traînons trop en route, les portes de la terre des dieux se refermeront pour nous définitivement. Nous serons condamnés à nous lamenter éternellement devant elles et à maudire en vain notre manque de foi et de détermination.

A ce moment-là, Burton décida que toute action qu'il entreprendrait contre eux serait pleinement justifiée. Ces gens avaient une dette envers lui. Il ne leur devait rien, par contre.

Metuŝael s'était éloigné sans ajouter un mot. Il s'immobilisa soudain en désignant Monat, qui venait de sortir de la cabine où se trouvaient les blessés.

— Qu'est-ce que c'est que celui-là ?

— Ça, dit Burton en le rejoignant, c'est un être qui vient d'une autre planète. Lui et quelques-uns de ses semblables ont franchi d'énormes distances pour arriver jusqu'à la Terre. Cela s'est passé plus de cent ans après ma mort, quatre mille ans après la tienne. Il était animé d'intentions pacifiques, mais les gens de la Terre découvrirent bientôt qu'il possédait une... drogue capable d'empêcher le vieillissement. Ils exigèrent qu'il leur livre son secret, mais il refusa. D'après lui, la Terre avait déjà beaucoup trop de problèmes de surpopulation. En outre, disait-il, l'immortalité ne doit être accordée qu'à ceux qui la méritent.

— Il avait tort, dit Metuŝael. Ici, tout le monde est immortel. Les dieux ont donné à tous une chance égale.

— Si l'on veut. Mais ta religion ne dit-elle pas que seuls quelques élus, ceux qui se trouvent sur ce radeau, par exemple, accéderont à la *véritable* immortalité ?

— Tu as raison, ô Burton. Je sais que cela te paraît sévère, mais c'est ainsi. Qui sommes-nous pour discuter des méthodes et des motivations des dieux ?

— Tout ce que je sais, c'est que nous ne connaissons les désirs des dieux que par la voix des hommes. Et je n'ai encore jamais rencontré aucun homme dont les désirs et les motivations m'ont paru indiscutables.

– L'ignorance est la mère du doute.

– Cela mis à part, fit Burton en souriant pour dissimuler sa fureur, les Arcturiens, c'est-à-dire Monat et son peuple, furent attaqués par les gens de la Terre. Ils furent tous tués, mais avant de mourir, Monat causa la mort de presque toute la population terrienne.

Il s'interrompit un instant. Comment expliquer à cet ignorant que les Arcturiens avaient laissé leur vaisseau en orbite autour de la Terre et que Monat avait transmis à ce vaisseau un signal hertzien déclenchant une onde qui n'affectait que le cerveau humain ?

En fait, c'est à peine s'il le comprenait lui-même, car à l'époque où il avait vécu ni les ondes radio ni les vaisseaux spatiaux n'avaient existé.

Metušael avait maintenant les yeux agrandis de perplexité. Sans cesser de regarder Monat, il demanda :

– C'est donc un très grand magicien, pour avoir tué tout ce monde avec ses seuls pouvoirs ?

L'espace d'un instant, Burton fut tenté de se servir de la magie supposée de Monat comme d'un levier. Peut-être réussirait-il à extorquer à cet homme un bateau et quelques jokers s'il le menaçait de représailles magiques. Mais, bien que fanatique et ignorant, Metušael était rusé. Il demanderait inévitablement pourquoi l'Extra-terrestre, si c'était un si grand sorcier, n'avait pas protégé le *Hadji II* et son équipage de la collision. Ou bien pourquoi Burton avait besoin d'un bateau alors que Monat pouvait certainement leur donner le pouvoir de voler dans les airs.

– Il a tué des millions de personnes par sa magie, reprit-il gravement. Mais il est mort lui aussi. Et quand il s'est réveillé comme tout le monde au bord de ce Fleuve, il n'avait plus ses instruments magiques, naturellement. Mais il dit qu'un jour il découvrira les matériaux dont il a besoin pour en fabriquer d'autres. Alors, il retrouvera ses pouvoirs et redeviendra aussi puissant et redoutable qu'autrefois. Ce jour-là, malheur à ceux qui l'auront raillé ou qui lui auront fait du tort.

Que le grand prêtre rumine un peu cela.

Metušael, cependant, répliqua en souriant :

– D'ici là...

D'ici là, comprit Burton, le radeau serait loin.

– Et puis, reprit Metušael, Rushhub protégera son peuple. Un dieu est plus puissant qu'un homme, même si c'est un démon venu des étoiles.

– Pourquoi Rushhub n'a-t-il pas évité l'accident ? renvoya Burton.

– Je l'ignore. Mais il m'apparaîtra certainement en rêve pour me l'expliquer. Rien n'arrive jamais au peuple de Rushhub sans qu'il y ait une raison.

Sur ces mots, Metušael s'éloigna dignement. Burton retourna à la cabine où se trouvait son équipage. Kazz en sortit juste au moment où il allait entrer. Il avait ôté tous ses vêtements à l'exception du kilt, exhibant un corps trapu, velu et puissamment musclé. Sa tête était inclinée en avant au bout d'un cou de taureau en forme d'arc de cercle. Son front était bas et fuyant, son crâne étroit et long et son visage aplati. Ses yeux brun foncé, pétillants de malice, étaient enfoncés dans d'énormes arcades supraorbitaires. Son nez était étalé avec des narines béantes. Son prognathisme faisait ressortir ses lèvres fines. Quant à ses mains, énormes, elles semblaient capables d'extraire le jus d'une pierre comme si c'était un citron.

Malgré son aspect terrifiant, il n'aurait pas eu droit à beaucoup plus qu'un regard distrait de la part des passants s'il s'était promené, normalement vêtu, dans l'East End londonien de l'époque de Burton.

Son vrai nom était *Kazzintuitruaabemss* et signifiait dans sa langue natale : L'Homme-qui-a-tué-longue-dent-blanche.

– Que se passe-t-il, Burton-*nak* ?
– Monat et toi, suivez-moi à l'intérieur.

Quand ils furent dans la cabine, Burton demanda aux blessés comment ils se sentaient. Alice et Frigate se déclarèrent capables de marcher, mais pas de courir. Quant à Loghu, elle n'avait pas besoin de parler. Elle ne souffrait pas trop grâce à la gomme qu'elle avait mâchée, mais elle ne serait pas sur pied avant quatre ou cinq jours au moins. C'était le délai nécessaire à un os pour se ressouder. Cette vitesse de guérison fantastique était due à des causes qu'ils ignoraient. Probablement quelque chose qu'il y avait dans leur nourriture.

Quelle que fût la cause, les fractures guérissaient, les

dents repoussaient, les yeux, les organes et la peau se régénéraient à une vitesse qui avait stupéfié les riverains du Fleuve au début, mais qui les laissait maintenant parfaitement indifférents.

Burton avait à peine fini d'expliquer la situation à ses compagnons lorsque douze hommes en armes se présentèrent devant la cabine. Leur capitaine déclara qu'il avait reçu l'ordre de les escorter jusqu'au rivage. Deux hommes déposèrent Loghu sur un brancard et l'emportèrent. Frigate, soutenu par Monat et Kazz, les suivit à cloche-pied. Ils se frayèrent un chemin, non sans difficulté, à travers le pont encombré de débris, jusqu'à l'île où ils furent accueillis par les Ganopos furieux mais impuissants.

Loghu fut conduite dans une hutte en bambou et l'escorte se retira. Préalablement, toutefois, son capitaine avait averti Burton que son équipage et lui étaient priés de se tenir à bonne distance du radeau.

– Et si nous n'obéissons pas? demanda Burton en haussant la voix.

– Dans ce cas, vous serez jetés au milieu du Fleuve, peut-être pieds et poings liés et lestés d'une lourde pierre. Le puissant Rushhub nous défend de répandre le sang sauf en cas de légitime défense, mais il ne dit pas de ne pas noyer nos ennemis.

Peu avant l'éruption de midi des pierres à graal, on apporta à Burton une provision de poisson séché et de farine de glands.

– Metûsâel dit que cela vous permettra de tenir jusqu'à ce que vous puissiez pêcher d'autres poissons et fabriquer votre propre farine.

– Je garde mes remerciements pour les lui apporter moi-même, déclara Burton à l'envoyé du grand prêtre. Mais je ne sais pas s'il en appréciera la forme.

Plus tard, Monat demanda :

– Est-ce que c'étaient des paroles en l'air, ou bien as-tu vraiment l'intention de te venger?

– La vengeance est un plat qui ne me tente pas, répondit Burton. Cependant, j'essaierai de faire en sorte que nous ne restions pas sans graals.

Deux jours passèrent. L'avant du grand radeau était toujours échoué. Les rondins qui l'encombraient avaient cependant été retirés et il avait reculé de plusieurs mètres en direction du Fleuve. Mais c'était une entreprise de longue haleine. Toute la population du radeau, à l'exception du chef, s'y était attelée, utilisant des troncs d'arbres effilés en guise de leviers. Du lever au coucher du soleil, on entendait le cri de centaines de bouches qui répétaient inlassablement les mots babyloniens équivalant à : « Oh-hisse ! Un deux trois, oh-hisse ! »

Chaque effort collectif faisait reculer le radeau d'un millimètre ou deux. Mais parfois, les cales glissées dessous dérapaient et le courant le repoussait vers la rive. Tout était alors à recommencer.

Comme le vent soufflait à contre-courant, Metuŝael avait fait déployer quelques voiles. Il espérait que cela allégerait le radeau. La théorie était valable, mais malheureusement ils étaient en grande partie sous le vent du piton rocheux.

Le matin du troisième jour, le radeau avait gagné cinq mètres pour en reperdre quatre. A ce rythme-là, il faudrait encore huit jours pour le remettre entièrement à flot.

Les Ganopos, entre-temps, ne restaient pas inactifs. N'ayant pas réussi à se faire prêter une embarcation par Metuŝael, ils avaient dépêché quatre de leurs meilleurs nageurs sur la rive droite où ils avaient des alliés. Ceux-ci, des Indiens Shawnees du XVIIe siècle, avaient immédiatement envoyé dans l'île une flottille de vingt pirogues de combat comprenant plusieurs chefs de tribus et l'élite de leurs guerriers. Le commandant en chef, un Shawnee de haute taille, prit connaissance de la situation et réunit avec le chef des Ganopos une conférence au sommet à laquelle Burton et Monat furent invités à participer.

Les débats furent animés. Les Ganopos exposèrent longuement leurs doléances. Plusieurs actions furent envisagées. Dans son intervention, Burton mentionna les richesses que contenait le radeau, mais il ne parla pas des graals surnuméraires. Il suggéra aux Ganopos, pour conclure, d'insister pour que les Babyloniens acceptent leur aide en échange d'une partie de ces richesses.

Le chef shawnee jugea l'idée très bonne et décida d'aller parler en personne à Metuŝael.

Il revint, dépité, une heure plus tard. Metuŝael l'avait écouté poliment, mais lui avait répondu que l'aide de

Rushhub suffisait amplement à son peuple pour renflouer le radeau.

— Ces Nez-en-bec-d'aigle n'ont pas beaucoup de bon sens, leur dit le Shawnee. Ne comprennent-ils donc pas que nous pourrions nous approprier tous leurs trésors sans rien avoir à leur donner en échange ? Ils ont causé la destruction des docks et des pirogues des Ganopos sans leur proposer par la suite la moindre compensation. Ils ont éventré le navire des étrangers, que ceux-ci ont mis plus d'un an à construire en sacrifiant d'énormes quantités de tabac et d'alcool pour se procurer le bois nécessaire. Ils ont causé la mort d'un membre de leur équipage. Enfin, par leur faute, les étrangers se retrouvent sans graal, ce qui est un sort aussi peu enviable que la mort elle-même. Et qu'offrent-ils en guise de dédommagement ? Rien du tout ! Ils se moquent des étrangers comme ils se moquent des Ganopos. Leur cœur est plein de fiel. Ils méritent d'être châtiés.

— Rien à voir avec les trésors qu'il compte bien se mettre dans la poche avec ses petits copains, murmura Burton en anglais à l'adresse de Monat.

— Que dit l'étranger ? demanda le chef.

— Je disais à mon ami, l'homme qui descend des étoiles, que le chef des Shawnees est doté d'une grande sagesse et d'une grande perspicacité. Et aussi que les Nez-en-bec-d'aigle n'auront que le juste châtiment prévu pour eux par le Grand Manitou.

— La parole des étrangers dit beaucoup de choses en peu de mots.

— La langue de mon peuple n'est pas fourchue.

Que Dieu me pardonne cette dernière phrase, se dit Burton.

Le Shawnee ne leur fit point part de ses intentions, mais il paraissait presque certain qu'il attaquerait le radeau en force. Peut-être cette nuit même.

Burton réunit les siens dans sa hutte.

— Ne faites pas cette tête-là, leur dit-il. Nous ne sommes pas encore condamnés à devenir des mendiants. Je crois connaître le moyen de nous procurer des graals. Mais nous devrons agir cette nuit. Qu'est-ce que vous en pensez, Loghu, Pete, Alice ? Vous vous sentez prêts à fournir un effort ? Un gros effort physique, peut-être ?

Tous les trois répondirent qu'ils pourraient marcher, mais que courir était pour le moment hors de question.

– Parfait. Voici ce que nous allons faire, si vous n'avez pas d'objection. Et si vous en avez, nous le ferons quand même.

20

Ils prirent leur repas du soir, composé de poisson séché et de pain de glands. Avant même de goûter à cette nourriture, ils en étaient déjà écœurés. Cependant, les Ganopos eurent l'heureuse idée de leur apporter quelques cigarettes et de l'alcool de lichen à profusion.

Avant de se retirer, du moins officiellement, pour la nuit, Burton alla faire un tour sur la plage. Les Babyloniens étaient rentrés dans leurs cabines, ou bien devisaient par petits groupes sur le pont du radeau. Ils devaient être épuisés par trois journées consécutives de travail pénible et en grande partie inutile. La plupart n'allaient pas tarder à s'endormir, à l'exception, bien sûr, des sentinelles postées sur la rive. Avec leurs torches de pin imbibées de graisse de poisson, elles feraient les cent pas devant le radeau jusqu'à ce que vienne l'heure de la relève.

Il y avait également des gardes devant les principaux bâtiments du radeau. Metuŝael se méfiait. Les petits hommes à la peau brune ne le quittaient pas des yeux tandis qu'il passait tranquillement devant eux. Il leur fit un sourire et un signe de main. Ils n'eurent aucune réaction.

Ayant pris connaissance de la situation, Burton retourna en direction de sa hutte. En chemin, il passa devant le chef des Ganopos, assis devant sa cabane en train de fumer l'une des petites pipes de bruyère que les graals distribuaient à peu près une fois l'an.

Burton s'accroupit à côté de lui.

– J'ai l'impression, ô chef, que cette nuit les gens du radeau vont avoir une petite surprise.

– Que veux-tu dire par là ? demanda le chef en ôtant la pipe de sa bouche.

— Il n'est pas impossible que les tribus de la rive nord organisent un raid. Personne ne t'en a donc parlé ?

— Absolument personne. Et le grand chef des Shaawanwaakis n'a pas l'habitude de me faire ses confidences. Cependant, je serais surpris qu'il ne réagisse pas devant les injustices et les insultes dont nous avons été victimes de la part des Nez-en-bec-d'aigle.

— Si l'attaque dont tu parles devait avoir lieu, quel en serait le moment le plus probable ?

— Autrefois, quand les Shaawanwaakis voulaient faire la guerre aux habitants de la rive sud, ils traversaient le Fleuve juste avant l'aube. A cette heure-là, la brume est encore épaisse et on ne les voyait pas approcher. Mais au moment où leurs pirogues accostaient, le soleil commençait à apparaître et chassait la brume de ses rayons. Alors, les Shaawanwaakis y voyaient suffisamment pour frapper.

— C'est bien ce que j'avais cru comprendre, fit Burton. Cependant, il y a un petit problème. Il n'est certes pas difficile de traverser un fleuve, ou même un petit lac, lorsqu'il y a beaucoup de brume, et d'aborder sur la rive opposée. Mais l'île où nous sommes est minuscule. Il est pratiquement impossible de la repérer sans visibilité. Malgré la hauteur du piton, on ne peut l'apercevoir lorsqu'on se trouve dans la brume au ras du Fleuve.

Le chef secoua la cendre de sa pipe en disant :

— Cela ne me concerne pas.

— J'ai remarqué qu'il y a une petite saillie sur la face nord du piton, poursuivit Burton sans sourciller. Cette partie de la falaise n'est pas visible du radeau. Si on allumait un feu, les Babyloniens seraient incapables de l'apercevoir. Par contre, du milieu du Fleuve, entre la rive nord et l'île, on pourrait le distinguer assez aisément malgré la brume. Est-ce une coïncidence si j'ai vu des Ganopos qui passaient leur après-midi à transporter des bambous et du bois de pin sur cette saillie ?

— Tu as la curiosité d'un chat sauvage et le regard perçant d'un faucon, dit le chef en souriant. Mais j'ai promis aux Shaawanwaakis de ne rien dire à personne.

— Je comprends très bien, dit Burton en se levant. Merci de ton hospitalité, ô chef, que nous soyons ou pas appelés à nous revoir.

— Dans ce monde-ci ou dans le prochain.

Burton eut du mal à trouver le sommeil. Après s'être tourné et retourné dans son lit durant des heures, il fut surpris d'être secoué par Monat. Il écarta en grommelant la main de l'Arcturien, qui n'avait que quatre doigts dont un pouce opposable, puis il se leva. Monat, dont la planète avait aussi une période de rotation de vingt-quatre heures, était doté d'un véritable chronomètre biologique. C'était toujours lui qui réveillait tout le monde lorsqu'il fallait être à l'heure.

Ils se préparèrent en faisant le moins de bruit possible. Ils burent leur café, à base de cristaux instantanés dont les Ganopos leur avaient offert une petite quantité. Ces cristaux, plongés dans l'eau froide, avaient la propriété de la faire bouillir en quelques secondes tout en fournissant une excellente boisson.

Après avoir de nouveau passé leur plan d'action en revue, ils sortirent faire leurs besoins. Leur cabane était située sur une petite éminence, juste assez haut pour émerger en partie de la brume qui flottait au ras du sol. Cela leur permettait de distinguer la faible lueur d'un brasier au flanc de la falaise. Les Shaawanwaakis, même dans la brume au ras du Fleuve, ne manqueraient pas de l'apercevoir sous la forme d'un pâle halo lumineux. Il ne leur en fallait pas plus.

Frigate et Burton étaient les seuls à être entièrement vêtus quand le *Hadji II* avait sombré. Les autres, cependant, avaient emprunté des vêtements chauds aux Ganopos. Bien emmitouflés pour se protéger du froid, ils s'avancèrent en colonne en se donnant la main. Burton était en tête de file. Guidé par un sens de l'orientation exceptionnel, il n'eut pas de mal à retrouver le Fleuve. Bientôt, ils aperçurent le halo des torches des sentinelles dans la brume cotonneuse.

Burton sortit son poignard à lame de silex. Kazz avait une massuc sculptée dans une bûche de pin avec un couteau qu'un Ganopo lui avait prêté. Le couteau de Frigate était un cadeau que quelqu'un avait fait à la Neandertalienne, Besst. Les autres étaient sans armes.

Avec précaution, Burton s'avança seul jusqu'à l'endroit où l'avant du radeau était échoué. Il y avait suffisamment de place entre les torches pour qu'il puisse monter à bord sans être vu. En rampant, il franchit le secteur dangereux puis attendit que les autres, un par un, le rejoignent.

— Nous avons fait le plus facile, leur dit-il. Maintenant, il s'agit d'avancer à l'aveuglette jusqu'à la prochaine torche. J'ai à peu près le plan du radeau dans la tête, mais avec cette brume... enfin, suivez-moi.

Malgré ses affirmations rassurantes, ils tournèrent en rond durant un bon moment. Mais soudain, l'énorme masse noire de l'idole, avec les flammes qui brillaient dans son ventre évidé, se dressa devant eux.

Burton s'immobilisa quelques instants pour s'orienter et évaluer la distance qui le séparait du bâtiment où étaient entreposés les graals.

— Il y a des lumières sur la droite, dit Kazz, dont la vue était plus perçante.

Burton s'avança dans la direction indiquée. Les autres le suivirent en file indienne. Lorsqu'ils aperçurent la silhouette du bâtiment, ils se couchèrent sur le pont du radeau et continuèrent d'avancer en rampant. Bientôt, ils entendirent des voix qui provenaient de l'intérieur du hangar. De temps à autre, l'un des gardes battait bruyamment la semelle pour se réchauffer.

Lorsqu'il put toucher l'un des murs du hangar, Burton entreprit d'en faire le tour. Il s'arrêta lorsqu'il fut du côté opposé à la porte. Là, il sortit de sous ses vêtements une cordelette de cuir empruntée au chef des Ganopos, qui ne lui avait pas demandé ce qu'il comptait en faire. Monat et Frigate avaient chacun une longueur de corde semblable. Burton les noua bout à bout. Il laissa Alice postée près du hangar avec une extrémité de la corde à la main, puis s'enfonça dans l'obscurité en emportant le rouleau que les autres l'aidaient à dérouler à mesure de leur progression. Cette fois-ci, Burton alla droit au but. Il trouva d'un seul coup la pirogue sur son berceau, à l'autre bout du radeau.

Sans faire de bruit, ils la soulevèrent doucement. Conçue pour contenir une dizaine de personnes, elle était assez lourde, bien que faite d'une carcasse en bois de pin tendue de peaux de poissons.

Lorsque la pirogue fut à l'eau avec ses pagaies, ils laissèrent Loghu avec pour mission de l'empêcher de dériver.

En se guidant à l'aide de la corde, ils retournèrent

rapidement vers le hangar. Mais à peu près à mi-chemin, Kazz gronda en disant :

— Il y a quelqu'un qui vient, Burton-*nak*.

Ils se mirent à plat ventre et aperçurent bientôt la lueur de quatre torches.

— C'est la relève de la garde, fit Burton.

Ils durent ramper jusqu'à l'angle du bâtiment pour s'abriter, car les quatre hommes venaient droit sur eux.

Burton leva la tête. Etait-ce un effet de son imagination, ou la brume commençait-elle à s'éclaircir là-haut ?

Ils attendirent. Certains d'entre eux transpiraient malgré la température glacée. Les gardes échangèrent quelques mots. L'un d'eux avait dû faire une plaisanterie, car ils éclatèrent bruyamment de rire. Puis les quatre hommes que l'on venait de relever s'éloignèrent en disant bonne nuit. Bientôt, les lueurs des torches se séparèrent. Deux se dirigèrent vers l'avant et les deux autres obliquèrent de nouveau dans la direction du commando, qui dut battre précipitamment en retraite.

Burton passa la tête à l'angle du hangar et murmura à Kazz :

— Ils vont chacun de son côté, maintenant. Tu crois que tu pourrais en avoir un ?

— Pas de problème, Burton-*nak*, fit Kazz, et il disparut aussitôt dans les ténèbres.

Les deux torches étaient devenues pratiquement invisibles lorsque Burton vit l'une d'elles s'éteindre brusquement. Quelques instants plus tard, le point lumineux resurgit dans la brume et devint de plus en plus gros.

Burton avait mis son groupe à l'abri de la façade arrière. Il ne voulait pas qu'on puisse voir la torche depuis l'entrée du hangar.

Kazz avait rejeté son capuchon en arrière. Ses dents jaunes, épaisses comme des dominos, brillaient à la lueur de la flamme dansante. Il tenait dans une main le lourd épieu de chêne, à la pointe acérée provenant du poisson-licorne, qu'il avait « emprunté » au garde. A sa ceinture, il avait passé un poignard au manche de bois massif et à la lame de silex. Il avait aussi une grosse hache de pierre qu'il donna à Frigate. Monat hérita de la massue.

— J'espère que tu ne l'as pas tué, murmura l'Arcturien.

— Ça dépend de l'épaisseur de son crâne, fit Kazz.

Monat fit la grimace. Il avait une aversion presque pathologique pour la violence, ce qui ne l'empêchait pas de faire un combattant redoutable quand il était obligé de se défendre.

– Tu pourras te servir de cette hache ? demanda Burton à Frigate. Tu ne seras pas handicapé par ta jambe ?

– Je pense que ça ira, déclara l'Américain.

Il tremblait maintenant de tous ses membres, mais Burton savait que tout rentrerait dans l'ordre dès que la bagarre commencerait. Comme l'Arcturien, il avait la violence physique en horreur.

Burton leur donna rapidement ses instructions, puis il entreprit de contourner le bâtiment d'un côté avec Alice et Kazz tandis que l'autre groupe faisait de même dans la direction opposée.

Arrivé à l'angle de la façade, il passa prudemment la tête. Les quatre gardes se tenaient face à face à l'entrée du bâtiment et semblaient discuter tranquillement. Quelques secondes plus tard, la lueur d'une torche apparut à l'angle opposé. Les gardes, tout d'abord, n'eurent pas de réaction. Ils ne l'avaient pas encore vue. Au moment où ils se tournèrent pour questionner le nouvel arrivant, Burton fonça à son tour.

Kazz, dont le visage était dissimulé par la capuche, avait pu arriver jusqu'aux quatre gardes avant qu'ils le somment de s'arrêter. Sans doute pensaient-ils qu'il s'agissait d'un des hommes dont ils venaient de prendre la relève, revenu sur ses pas pour une raison quelconque.

Lorsqu'ils s'aperçurent de leur méprise, il était déjà trop tard. Kazz avait saisi son épieu par le milieu de la hampe et avait assommé l'un d'eux d'un formidable coup sur la nuque.

Burton, qui tenait son poignard à la main gauche, assomma un deuxième garde du tranchant de la main droite. Il ne voulait pas tuer ces hommes et c'était lui qui avait ordonné à Kazz de ne pas se servir, si possible, de la pointe de l'épieu.

La hache de Frigate partit en tournoyant dans l'obscurité et atteignit le troisième garde en pleine poitrine, lui coupant la respiration. L'homme s'écroula aussitôt. Ou bien Frigate avait mal visé, ou bien il avait fait exprès de ne pas le tuer, auquel cas il était un remarquable lanceur.

L'homme avait reçu le dos de la hache et non son tranchant. Avant qu'il ait pu se relever, Burton assomma le garde pour de bon d'un violent coup de pied à la tempe.

Au même instant que les autres, Monat avait terrassé le quatrième garde d'un coup de massue sur la tête.

Ils demeurèrent quelques instants silencieux, l'oreille aux aguets, mais personne ne semblait avoir entendu le bruit du combat. Ils ramassèrent les torches qui étaient tombées sur le pont et Burton ouvrit la porte du hangar. Ils traînèrent les quatre gardes inanimés à l'intérieur. Monat se baissa pour les examiner.

— C'est parfait, dit-il. Aucun d'entre eux n'est mort.
— Ils risquent de reprendre bientôt conscience, fit Burton. Tu les surveilleras, Kazz.

Il approcha sa torche de l'endroit où se trouvaient les graals surnuméraires.

— Nous n'aurons plus besoin de mendier.

Il était indécis. Combien de graals allaient-ils prendre ? Seulement les sept dont ils avaient besoin, ou les trente-deux ? Ceux qui étaient en trop leur fourniraient de précieuses denrées à échanger contre le bois et les voiles dont ils allaient avoir besoin pour reconstruire un bateau.

L'honneur oui mais les honneurs non, telle était sa devise. Cependant, il n'était pas ici question de malhonnêteté, mais de compensation.

Il donna ses ordres et chacun prit cinq graals, deux à chaque main et un par la poignée, autour du cou. Puis ils quittèrent le hangar, non sans barricader de nouveau la porte, et suivirent la cordelette de cuir jusqu'à la pirogue. Les torches furent abandonnées sur le pont.

— Les Indiens auraient déjà dû attaquer, fit remarquer Loghu.
— Je n'ai pas l'impression qu'ils viendront, dit Monat. Le jour va se lever dans quelques instants.

Ils s'éloignèrent de l'île le plus rapidement possible en direction de la rive sud. Burton avait l'intention d'accoster, dès qu'il ferait jour, à proximité d'une pierre à graal; mais une chose le préoccupait. Si les autorités locales les trouvaient en possession de tous ces graals surnuméraires, elles feraient n'importe quoi pour s'en emparer. De toute manière, il valait mieux éviter d'éveiller inutilement les convoitises.

Il fallait à tout prix les cacher. Dès que la rive fut en vue, Burton donna l'ordre de remplir d'eau tous les graals en surnombre et de les immerger après avoir attaché à chaque anse une longueur de cordelette. Le tout fut solidement amarré à l'arrière de la pirogue.

Celle-ci avait du mal à avancer, mais il ne restait plus beaucoup de chemin à faire. Ils débarquèrent à proximité d'une pierre à graal, à un endroit où un ponton de bambou s'avançait dans le Fleuve.

Assis au pied de la pierre à graal, ils attendirent l'heure de la distribution. Plusieurs dizaines de riverains arrivèrent et placèrent leurs cylindres dans les cavités. Burton se présenta et leur demanda, au nom de son groupe, la permission de faire comme eux. Ils la lui accordèrent volontiers, car c'étaient des gens pacifiques et ils recherchaient plutôt la compagnie des étrangers, qui leur apportaient des nouvelles de l'extérieur et leur permettaient d'échanger des potins.

La brume s'était entièrement levée. Burton en profita pour grimper au sommet de la pierre à graal. Il n'eut aucun mal à repérer l'île, qui se trouvait à moins de trois milles nautiques de distance. L'horizon, du sommet de la pierre, était à quatre milles. Il distingua l'idole et les bâtiments les plus gros, mais fut étonné de ne pas voir la fumée d'un incendie. Peut-être les Shaawanwaakis avaient-ils évité de mettre le feu au radeau afin d'en récupérer les précieux rondins.

Au lieu de poursuivre immédiatement leur voyage, Burton décida qu'ils s'accorderaient vingt-quatre heures de repos. Cet après-midi-là, un groupe de Ganopos arriva au village à bord d'une grande pirogue. Le chef se trouvait parmi eux. Burton le questionna. Il répondit en éclatant de rire :

— Ces Shaawanwaakis ont des cervelles de tortue. Ils ont été incapables de trouver l'île. Pourtant, le feu était bien visible. Après avoir tourné en rond pendant des heures, ils se sont aperçus, lorsque la brume s'est levée, que le courant les avait fait dériver à cinq pierres du radeau. Quelle bande d'incapables !

— Les Babyloniens n'ont rien dit à propos de la disparition de la pirogue ? Sans parler des hommes que nous avons dû malmener un peu ?

Il jugeait plus prudent de ne pas faire mention des graals.

— S'ils n'ont rien dit ! s'exclama le chef en riant de nouveau. Ils étaient furieux comme des démons ! Ils ont fouillé l'île de fond en comble. Ils nous ont insultés, frappés, sans nous dire pourquoi ils vous en voulaient tellement. Nous nous sommes doutés que vous leur aviez joué un bon tour et cela nous a aidés à supporter leurs mauvais traitements. Quand ils ont découvert les restes du bûcher au flanc de la falaise, ils ont voulu savoir ce que cela signifiait. Je leur ai dit que c'était une cérémonie religieuse. Ils ne m'ont pas cru. J'ai l'impression qu'ils se doutent de la vérité. Tu n'as rien à craindre, ô Burton. Ils ne lanceront personne à ta recherche. Ils sont tous occupés, même le chef, à renflouer leur radeau. Ils voudraient quitter ces parages aujourd'hui même. Ils ont peur d'être encore attaqués dans la nuit.

Burton demanda aux Ganopos pourquoi les Shaawanwaakis n'attaquaient pas de jour. Ils étaient suffisamment nombreux pour écraser aisément les Babyloniens.

— C'est parce que toutes les nations de la région ont signé un pacte qui les engage à assurer la protection des étrangers. Jusqu'à présent, ce pacte a toujours été respecté, à la satisfaction de tout le monde. Si les Shaawanwaakis l'enfreignaient ouvertement, les autres nations seraient obligées de leur déclarer la guerre. Bien sûr, ils pourraient dire pour se défendre que leur seul objectif était de forcer les gens du radeau à nous dédommager, mais ces choses-là sont délicates... peut-être les Shaawanwaakis abandonneront-ils leur projet. D'un autre côté, il y a chez eux beaucoup de jeunes guerriers qui voudraient bien profiter de l'occasion pour s'amuser un peu. Je ne sais pas...

Burton ne connut jamais le dénouement de l'histoire. Il décida qu'il était plus prudent de repartir le jour même. Lorsque la pirogue fut suffisamment éloignée de la côte, on remonta les graals, on les vida de leur eau et on les rangea dans le fond de l'embarcation.

21

Après avoir descendu le Fleuve sur plus de deux cents kilomètres, Burton découvrit l'endroit qu'il cherchait pour entreprendre la construction d'un nouveau navire. Ce n'était pas le bois qui posait le plus gros problème. On trouvait un peu partout du chêne, du pin, du bois d'if et des bambous en quantité. Le plus difficile était de se procurer des outils. L'acier étant exclu dans cette région du Fleuve, il ne restait plus que les outils de pierre, et particulièrement de silex. Depuis le premier jour de la résurrection, cette pierre avait été recherchée et les rares endroits où on la trouvait en abondance avaient toujours fait l'objet d'âpres conflits.

Trente et un ans après la résurrection, de nombreux gisements étaient épuisés. Le silex avait beau être dur, il s'usait quand même et il devenait impossible de le remplacer. Entre autres conséquences, on ne construisait plus de gros bateaux au bord du Fleuve, du moins dans les contrées que Burton avait traversées. Mais il supposait que la situation était la même partout.

La région qu'il avait choisie pour établir son chantier était l'une des rares qui possédât encore un gisement relativement abondant. Ses habitants, dont la majorité était des Algonquins de l'époque précolombienne et la minorité des Pictes d'avant les Romains, connaissaient parfaitement la valeur de ces pierres. Leur chef, un Menominee du nom d'Oskas, parlementa longuement avec Burton. Finalement, il fixa le prix au-dessous duquel il ne pouvait, disait-il, absolument pas descendre : sept mille cigarettes de bon tabac, cinq cents de marihuana, deux mille cinq cents cigares, quarante paquets de tabac de pipe et huit mille gobelets d'alcool. Il laissa entendre également qu'il aimerait, en prime, coucher avec la blonde, Loghu, à peu près une fois tous les cinq jours durant la construction du navire. Il aurait même aimé, ajouta-t-il, coucher avec elle tous les soirs, mais il craignait que ses trois femmes n'apprécient pas cela.

Lorsque Burton eut récupéré du choc, il répondit que

c'était à elle de décider, mais qu'il ne pensait pas qu'elle et son compagnon seraient d'accord.

— De toute manière, ajouta-t-il, nous ne pourrions pas payer le reste. Il faudrait que nous nous privions d'alcool et de tabac pendant plus d'un an.

— C'est à prendre ou à laisser, fit Oskas en haussant les épaules.

Burton réunit son groupe pour lui faire part des conditions d'Oskas. Ce fut Kazz qui protesta le plus énergiquement :

— J'ai vécu quarante-cinq printemps sur la Terre sans savoir ce qu'était le whisky ou la nicotine, Burton-*nak*. Mais ici, je suis un drogué. Si je me trouve en manque de l'un ou de l'autre, je suis prêt à grimper aux rideaux, comme on dit. Tu sais bien que j'ai essayé de me désintoxiquer à plusieurs reprises, mais chaque fois j'ai failli mourir. J'étais comme un ours des cavernes qui s'est planté une épine dans la patte.

— Je ne suis pas près d'oublier ces moments, fit Besst.

— Si c'était notre seule alternative, dit Burton, nous serions obligés de le faire pour pouvoir construire ce bateau. Mais heureusement, nous avons les jokers.

Il retourna auprès d'Oskas. Après avoir fumé une pipe entière sans dire un mot, il aborda de nouveau le sujet.

— La femme aux cheveux jaunes et aux yeux bleus te fait dire que la seule partie d'elle que tu peux espérer avoir, c'est son pied, et qu'il te sera sans doute ensuite difficile de t'asseoir sur tes fesses pendant un certain temps.

Oskas éclata bruyamment de rire en se tapant sur les cuisses.

— Dommage, dit-il quand il eut séché ses larmes. J'aime bien qu'une squaw ait de l'esprit, mais pas trop quand même.

— Il y a quelque temps, dit Burton, que je possède un graal supplémentaire. Je n'aurais pas voulu m'en séparer, mais puisqu'il n'y a pas moyen de faire autrement, je suis prêt à le sacrifier en échange d'un emplacement pour mon chantier et de tous les matériaux nécessaires à la construction du bateau.

Oskas ne lui demanda pas comment il avait fait pour se procurer le joker. De toute évidence, il pensait qu'il l'avait volé.

— Si c'est ainsi, dit-il en souriant, marché conclu. Je vais donner immédiatement des ordres pour que tout soit prêt. Mais cette blonde... c'est sûr qu'elle ne cherche pas seulement à se faire prier ?

Dès qu'on lui apporta le graal, le chef l'enferma dans la salle du trésor, en compagnie des vingt et un jokers qu'il possédait déjà. Ils avaient été amassés, au cours des années, pour son bénéfice et celui de ses conseillers les plus proches.

Dans le Monde du Fleuve, comme ailleurs, les gens qui avaient un statut particulier veillaient à disposer de privilèges particuliers.

Ils devaient mettre une année entière pour construire le nouveau cotre. Il était à moitié fini lorsque Burton décida de ne pas le baptiser comme ses deux prédécesseurs, le *Hadji I* et le *Hadji II,* qui avaient connu une fin tragique. Bien qu'il ne voulût pas l'admettre, il était très superstitieux. Après avoir débattu la question avec son équipage, il opta pour le nom de *Snark*. Alice fut la première ravie de cet emprunt à Lewis Carroll, et Frigate le jugea tout à fait approprié.

En souriant, Alice se mit à réciter un passage tiré du discours de l'Homme à la Cloche dans *La Chasse au Snark* :

> *Il avait acheté une grande carte représentant la mer*
> *A l'exclusion de toute terre;*
> *Et les matelots furent ravis de voir*
> *Qu'ils la comprenaient tous.*
>
> *Pourquoi se compliquer la vie*
> *Avec les Equateurs de Mercator*
> *Les Pôles, Tropiques et Méridiens ?*
> *S'écriait l'Homme à la Cloche;*
> *Et l'équipage de répondre :*
> *Ce ne sont que des conventions!*
>
> *Les autres cartes sont de vrais casse-tête*
> *Avec leurs îles, leurs zones*
> *Leurs caps et leurs promontoires!*
> *Remercions le Capitaine*
> *De nous avoir acheté la meilleure :*
> *Une feuille de papier blanc!*

Burton se mit à rire de bon cœur, non sans se demander tout de même si elle n'avait pas voulu dénigrer au passage ses capacités de capitaine au long cours. Ces derniers temps, ils ne s'entendaient plus tellement bien.

– Espérons, murmura Alice, que notre voyage à bord de ce nouveau bateau ne ressemblera pas à une crise en huit soubresauts !

– En tout cas, répliqua Burton en lui souriant sardoniquement, l'Homme à la Cloche qui se trouvera à bord connaît suffisamment son travail pour ne pas confondre, de temps à autre, le gouvernail avec le beaupré. Et du reste, il n'y aura pas d'Article 42 pour préciser que « personne n'a le droit de parler à l'Homme de Barre ».

– N'oublie pas, fit Alice, que c'était l'Homme à la Cloche lui-même qui avait inventé ce règlement, ainsi que l'article suivant qui disait : « Et l'Homme de Barre n'a le droit de parler à personne. »

Ni l'un ni l'autre ne souriait à présent. Tout le monde sentait la tension qui s'était établie entre Alice et le capitaine et qui risquait d'éclater sous la forme d'un violent accès de fureur de la part de ce dernier.

Cherchant à éviter que les choses en arrivent là, Monat s'empressa de déclarer en riant :

– Je me souviens bien du poème. Le passage qui m'a le plus frappé, c'est le « sixième soubresaut », celui qui s'intitule, si ma mémoire est bonne, « Le rêve de l'avocat ». Voyons... c'est le cochon qui est jugé pour avoir quitté sa porcherie sans autorisation, et c'est le Snark, portant robe, perruque et rabat, qui assure sa défense.

Les chefs d'accusation n'ayant à aucun moment
Eté clairement exposés,
Il semble que le Snark
Ait parlé trois heures entières
Sans que le public soupçonnât
De quoi le cochon était accusé.

Monat s'interrompit en roulant de grands yeux et poursuivit :

— Ah, oui ! Voilà la strophe que je préfère à toutes les autres.

> *Mais la jubilation des jurés*
> *Fut subitement refroidie*
> *Quand un huissier leur annonça*
> *Avec des larmes dans la voix*
> *Que la sentence n'aurait pas le plus petit effet,*
> *Le cochon étant décédé depuis plusieurs années.*

Tout le monde éclata de rire et Monat ajouta :
— Je crois que ce passage exprime véritablement toute l'essence de la justice terrestre, dans la lettre sinon dans l'esprit.
— Je suis stupéfait, déclara Burton, de découvrir tout ce que tu as pu lire, et surtout retenir, durant ton court séjour sur la Terre.
— *La Chasse au Snark* est un poème. Je suis persuadé qu'il est plus facile de comprendre la nature des hommes à travers leur littérature, et particulièrement leur poésie, qu'à travers les faits et les statistiques. C'est pour cette raison que je me suis donné la peine d'apprendre par cœur quelques morceaux choisis. En ce qui concerne cette œuvre, c'est un de mes amis terriens qui m'en a fait cadeau. Il disait qu'il s'agissait à son avis de l'un des plus importants traités de métaphysique dont l'humanité pût s'enorgueillir. Il voulait savoir si les Arcturiens possédaient quelque chose d'équivalent dans leur littérature.
— Il ne se moquait pas de toi ? demanda Alice.
— Je ne pense pas.

Burton secoua la tête d'un air perplexe. C'était, pour son temps, un lecteur vorace, doté d'une mémoire prodigieuse. Il était mort à l'âge de soixante-neuf ans, alors que Monat n'avait séjourné sur la Terre que de 2002 à 2008. Pourtant, durant les années où ils avaient voyagé ensemble dans le Monde du Fleuve, l'Extra-terrestre n'avait cessé de l'étonner en faisant preuve de connaissances telles qu'aucun humain n'aurait été capable d'en accumuler en un siècle.

La conversation en resta là, car il était l'heure de reprendre le travail au chantier. Burton, cependant, n'avait pas oublié ce qu'il interprétait comme une série d'allusions blessantes de la part d'Alice, et il n'oublia pas de remettre le sujet sur le tapis au moment d'aller se coucher.

Elle tourna vers lui de grands yeux foncés déjà prêts à se retirer dans un autre monde. Elle se réfugiait toujours ailleurs quand elle se sentait attaquée, et cela avait le don d'exaspérer Burton encore davantage.

— Je t'assure, Dick, que je ne voulais pas te blesser. Tout au moins consciemment.

— Mais inconsciemment oui, c'est ce que tu veux dire ? Et tu crois que c'est une excuse ? Inutile de m'expliquer que tu n'as aucun contrôle sur cette partie de toi-même. Ce que tu penses inconsciemment importe *autant* que le reste, sinon plus. On peut tricher avec ses pensées conscientes. Mais on ne saurait échapper à ses convictions profondes.

Il marchait de long en large dans leur cabane comme un démon en cage. Les flammes du foyer de pierre donnaient à son regard une lueur démente.

— Isabel avait pour moi une véritable vénération. Pourtant, elle n'avait pas peur de se disputer violemment avec moi, à l'occasion. Si elle pensait que j'avais tort, elle me le disait carrément au lieu de... au lieu de tout garder, comme tu le fais odieusement. Tu ne veux jamais rien dire. Tu préfères laisser pourrir. Une bonne engueulade, ça n'a jamais fait de mal à personne. Ça soulage. C'est comme l'orage : quand il éclate, il fait peur, mais après, l'air est purifié.

» L'ennui, avec toi, c'est que tu es trop grande dame. C'est à cause de ton éducation. Tu n'as pas le droit d'élever la voix quand tu es en colère. Tu dois garder ton calme, ton sang-froid, ta dignité, en toute circonstance. Tu ne te rends pas compte qu'il y a en toi, dans l'arrière-boutique, une bête prisonnière qui secoue en hurlant les barreaux de sa cage comme auraient pu le faire tes ancêtres simiens et qui, soit dit en passant, te fait beaucoup de mal. Mais ça, tu ne l'admettras jamais.

A ce moment-là, elle perdit son air hautain et détaché et hurla à son tour :

— Tu es un monstre ! Et cesse de me comparer à ta femme ! Nous nous étions promis de ne jamais parler de nos conjoints respectifs, mais tu le fais chaque fois que tu veux me faire sortir de mes gonds ! Tu n'as pas le droit de me reprocher de manquer de tempérament. Tu es bien placé pour savoir que c'est un reproche injuste, et je ne parle pas seulement de ce que nous faisons au lit. Mais ne me demande pas d'entrer dans une rage folle à propos du moindre incident, de la moindre parole un peu déplacée. Je ne me mets en colère que lorsque la situation l'exige. Quand c'est justifié. Toi... tu es perpétuellement excité.

— Tu mens !

— Je ne mens jamais !

— Dans ce cas, dis-le-moi franchement. Qu'est-ce que tu me reproches, en tant que capitaine ?

Elle se mordit les lèvres, puis répondit sans le regarder :

— Ce n'est pas ta manière de diriger le bateau ou de traiter ton équipage. Là-dessus, tout le monde est d'accord. Tu t'en tires très bien. C'est plutôt la façon que tu as – ou que tu n'as pas – de mener ta propre barque.

Ouvrant de grands yeux, Burton s'assit en disant :

— Déballe ton sac. De quoi veux-tu parler exactement ?

Elle se pencha en avant, jusqu'à ce que leurs visages se touchent presque.

— Pour commencer, tu ne peux pas supporter de rester plus de huit jours dans un endroit quelconque. Le troisième jour, tu commences à être mal à l'aise. Le septième, tu es comme un tigre qui va et qui vient dans sa cage, comme un lion qui se jette contre les barreaux.

— Epargne-moi tes énumérations zoologiques, dit-il. Et d'ailleurs, tu sais très bien qu'il m'est arrivé de rester plus d'un an au même endroit.

— Oui, quand tu avais un bateau à construire, ou un projet à mener à bien, en général pour pouvoir voyager encore plus vite par la suite. Mais même alors, il fallait que tu abandonnes de temps en temps le chantier, en prétextant un voyage de reconnaissance, une rumeur à vérifier, une nouvelle peuplade ou un nouveau langage à étudier. N'importe quelle excuse est bonne pour t'absenter quelques jours. C'est une maladie chez toi, Dick. Je ne vois pas d'autre mot. Elle te ronge l'âme. Tu ne tiens nulle part en place. Ce n'est pas l'endroit où tu es que tu cherches à fuir. C'est toi-même. Tu ne te supportes pas toi-même !

Il se dressa comme un ressort et se remit à faire les cent pas.

— Je ne me supporte pas ! C'est tout ce que tu as trouvé ?

Le pauvre type... il ne s'aime pas lui-même... comment quelqu'un d'autre pourrait-il l'aimer ?

— Je n'ai pas dit ça !

— Tu ne dis que des insanités !

— Les insanités sont dans ta tête, pas dans mes paroles.

— Si tu ne me supportes pas, pourquoi restes-tu avec moi ?

De grosses larmes roulèrent le long de ses joues. Elle sanglota :

— Je t'aime, Dick !

— Mais pas suffisamment pour passer sur mes petites manies, c'est ça ?

— *Petites ?*

Elle leva les bras au ciel en un geste de résignation.

— J'ai la bougeotte, fit Burton. Bon, d'accord. Et puis après ? Supposons que je souffre de démangeaisons physiques au lieu de morales ? Supposons que j'aie le pied d'athlète ? Est-ce que tu me le reprocherais sans arrêt ?

Elle sourit avec indulgence :

— Non, Dick. Je te dirais de te soigner. Mais dans ton cas, ce n'est pas une simple démangeaison. C'est une obsession.

Elle se leva pour allumer une cigarette. En la lui secouant sous le nez, elle reprit :

— Regarde ça, par exemple. De mon temps, sur la Terre, jamais je n'aurais osé fumer. L'idée ne m'aurait même pas effleurée. C'était une chose impensable pour une dame comme moi, mariée à un membre de l'aristocratie terrienne et fille, par surcroît, d'un évêque anglican. Il n'était pas question non plus de boire immodérément, de jurer ni, bien sûr, de se baigner nue en public ! Pas quand on s'appelait Alice Pleasance Liddell Hargreaves et qu'on descendait du roi Edouard III. Pourtant, ici, je fais tout cela et bien davantage. Au lit, par exemple, je fais des choses auxquelles même les auteurs français de l'époque, dont mon mari était si friand, n'auraient pas songé à faire allusion. J'ai changé, c'est un fait. Alors, pourquoi pas toi ?

» Si tu veux que je te dise la vérité, Dick, j'en ai assez de voyager, d'aller sans cesse d'un endroit à un autre, enfermée entre les quatre murs d'une cabine de bateau, sans savoir de quoi demain sera fait. Ce n'est ni de la faiblesse ni de la lâcheté de ma part, tu le sais. Mais j'aimerais trouver un endroit tranquille où je me sente chez moi, où les gens parlent anglais, pour m'installer, pour laisser pousser des racines. Je suis *lasse* de voyager éternellement !

Burton fut ému par ses larmes. Il la prit dans ses bras et s'efforça de la consoler en lui disant :

— Je comprends très bien ce que tu ressens. Mais comment faire ? Je ne peux pas m'arrêter en chemin. C'était la même chose avec...

— Isabel ? Tu m'excuseras, mais je ne suis pas ta femme. Je suis Alice. Je t'aime, Dick, mais je ne suis pas ton ombre pour te suivre partout où tu vas comme un prolongement de toi-même qui disparaît discrètement dès que tu sors de la lumière.

Elle alla écraser sa cigarette à moitié fumée dans un cendrier en terre cuite et se tourna brusquement vers lui en pointant un doigt accusateur :

— Mais ce n'est pas tout, Dick ! Il y a quelque chose qui me fait beaucoup de peine dans ton attitude. Tu ne te confies jamais entièrement à moi. Tu as un secret, un très gros et très grave secret.

— Puisque tu es si bien renseignée, dis-moi de quoi il s'agit. Pour ma part, je l'ignore totalement.

— Tu mens ! Je t'ai entendu en parler pendant ton sommeil. C'est en rapport avec ces fameux « Ethiques ». Ne dis pas le contraire ! Pendant toutes ces années où tu as voyagé tout seul, il t'est arrivé quelque chose dont tu n'as jamais rien voulu dire à personne. Dans ton sommeil, tu parles de bulles, de suicides, tu dis que tu es mort sept cent soixante-dix-sept fois. Tu murmures des noms que tu ne prononces jamais que quand tu dors. Loga, Thanabur, ou bien Ixe, le mystérieux étranger. Qui sont donc ces gens ?

— Il n'y a que celui qui dort seul qui puisse garder un secret, fit Burton.

— Tu ne peux pas m'en parler ? Tu ne me fais pas confiance ? Après toutes ces années ?

— Je le voudrais bien, mais je ne peux pas. Ce serait trop dangereux pour toi. Il faut me croire, Alice. Je ne t'ai rien dit parce que je n'en ai pas le droit. C'est pour ton propre bien. Inutile d'insister sur ce point, je ne céderai pas. Si tu persistes à me questionner, tu ne réussiras qu'à me mettre en colère.

— Très bien, fit-elle en croisant les bras. Mais surtout, ne t'avise pas de me toucher, ce soir.

Il mit longtemps à trouver le sommeil. A un moment, au milieu de la nuit, il se réveilla en sursaut. Il savait qu'il avait encore parlé. Alice était assise et elle le regardait.

22

Le chef, à moitié ivre comme de coutume, vint trouver Burton à l'heure du déjeuner. Cela ne dérangeait guère l'explorateur, surtout dans la mesure où Oskas lui apportait une outre contenant au moins deux litres de bourbon.
— As-tu entendu les rumeurs qui courent sur ce grand bateau blanc qui serait en train de remonter le Fleuve vers nos contrées ? lui demanda l'Indien.
— Il faudrait être sourd pour ne pas les avoir entendues, répliqua Burton.

Il but, à même l'outre, une longue rasade de whisky. L'alcool avait un fumet capiteux et descendait comme du velours dans l'œsophage, sans avoir besoin d'être coupé d'eau. Il poussa un « ah ! » de satisfaction. Comme toujours, les graals ne fournissaient que du tout premier choix.
— J'ai du mal à croire ce que les gens disent, reprit-il. D'après les descriptions que l'on m'a faites, ce navire serait propulsé par des roues à aubes. Cela suppose qu'il aurait au moins des moteurs en métal. Je serais étonné que quelqu'un ait pu extraire suffisamment de minerai de fer sur cette planète pour fabriquer des moteurs de cette taille. Certains prétendent aussi que la coque elle-même est en métal. Où l'aurait-on pris ? Il n'y en a pas assez sur toute la planète, du moins si le navire est aussi grand qu'on le dit.
— Tu es trop sceptique, fit Oskas. C'est mauvais pour le foie. En tout cas, si ce navire existe, nous le verrons bien passer un jour. Pour ma part, j'aimerais bien en posséder un semblable.
— Tu n'es pas le seul, figure-toi. Mais ne te fais pas d'illusions. Si un tel navire existait, ses constructeurs

auraient prévu, pour le protéger, des armes puissantes qui ne ressemblent à rien de ce que tu connais. Des fusils et des revolvers, par exemple. Ce sont des tubes de métal capables de lancer des projectiles mortels à une très grande distance. Avec tes flèches, tu n'aurais aucune chance. Et il y a aussi les canons. Tu n'en as jamais vu, bien que tu connaisses la poudre pour faire des bombes. Avec un canon d'acier, on peut lancer une bombe plus loin que les montagnes que tu vois à l'horizon.

» Tu penses bien que, si le bateau existe, d'autres que toi ont rêvé de se l'approprier. Ils sont probablement tous morts avant d'avoir pu s'approcher de lui à portée de flèche. D'ailleurs, qu'en ferais-tu si tu t'en emparais ? Il faut un équipage hautement qualifié pour le faire marcher.

— Je saurais le trouver, fit Oskas. Toi, par exemple. Serais-tu capable de le diriger ?

— Hum... probablement.

— Voudrais-tu m'aider à le conquérir ? Tu serais grassement récompensé. Je te prendrais pour lieutenant.

— Je ne suis pas un guerrier, dit Burton, et le pouvoir ne m'intéresse pas. Cependant, histoire de bavarder, voici comment j'envisagerais la chose.

Oskas écouta, fasciné, le plan incroyablement compliqué suggéré par Burton. Il le quitta, titubant mais ravi, en disant qu'il faudrait qu'ils en reparlent à tête reposée et qu'il lui ferait envoyer une nouvelle outre de whisky.

Burton se gaussait intérieurement de la crédulité du chef. Mais il avait bien l'intention de continuer à le faire marcher, si cela pouvait le rendre heureux.

En réalité, Burton avait sa petite idée derrière la tête.

Même si une partie seulement de ce que l'on racontait était vraie, ce navire devait se déplacer beaucoup plus vite qu'un simple bateau à voiles. Il faudrait qu'il s'arrange pour être accepté à bord. Non par la force, mais par la ruse. L'ennui, c'est qu'il n'avait pas la moindre idée de la manière dont il allait s'y prendre.

Pour commencer, il y avait relativement peu de chances pour que le navire s'arrête dans la région. Et même s'il s'arrêtait, son équipage devait être au complet et il n'y avait pas de raison pour qu'il s'encombre de passagers supplémentaires.

Il passa le reste de la journée et même une partie de la

nuit à envisager plusieurs possibilités. Il se demanda, un instant, s'il n'avait pas intérêt à s'allier avec Oskas en vue de le trahir au dernier moment pour s'attirer les bonnes grâces du capitaine du grand navire.

Il rejeta cette solution presque immédiatement. Tout d'abord, même si Oskas était particulièrement cupide et sans scrupules, lui, Burton, se sentirait déshonoré d'avoir recours à ce genre de procédé. Ensuite, si Oskas s'en mêlait, le massacre de ses hommes était inévitable et il ne tenait pas à avoir tous ces morts sur la conscience.

Il devait bien exister un autre moyen.

Il en trouva finalement un, mais pour qu'il soit viable il fallait arrêter le navire, ou tout au moins attirer l'attention de ses occupants. S'il passait inaperçu pendant la nuit, tout tomberait à l'eau.

Burton s'endormit quand même le sourire aux lèvres.

Deux mois s'écoulèrent. Encore une semaine de travail et le *Snark* serait prêt à être lancé. Entre-temps, les nouvelles du grand bateau à aubes leur parvenaient en vrac, soit par le tam-tam, soit par le sémaphore ou les signaux de fumée. En mettant bout à bout les informations dont il disposait, Burton pouvait se faire une image assez précise du bâtiment. Il était certainement plus grand que tous les bateaux à aubes de son époque. Sa coque et ses moteurs étaient bien en métal. Il se déplaçait à la vitesse moyenne de vingt-cinq kilomètres à l'heure et certains l'avaient vu avancer deux fois plus vite que cela. Naturellement, ce n'étaient que des estimations grossières, car aucun des observateurs ne disposait d'un chronomètre. Mais on pouvait compter les secondes qui séparaient son passage d'une pierre à graal à l'autre.

Au début, Burton avait supposé qu'il s'agissait d'un bateau à vapeur. Mais les rapports récents indiquaient qu'il ne s'arrêtait que très rarement pour se ravitailler en bois. Il y avait à bord des chaudières à vapeur qui produisaient de l'eau chaude pour les usages domestiques et pour alimenter les canons à vapeur. Burton demanda à Monat quel pouvait être le principe de fonctionnement de ces armes. L'Extra-terrestre lui expliqua qu'elles étaient probablement équipées d'un dispositif à répétition permettant de présenter les projectiles dans une chambre d'où la vapeur sous pression les expulsait avec force à intervalles réguliers.

Les moteurs du navire étaient électriques. L'énergie provenait des pierres à graal et elle était stockée à l'aide d'accumulateurs spéciaux.

— Ils ont donc trouvé non seulement des quantités énormes de minerai de fer, mais aussi du cuivre pour les bobinages de leurs moteurs, dit Burton. Je ne croyais pas que la chose était possible sur cette planète.

— La coque est peut-être en aluminium, dit Frigate. De même que les circuits et les bobinages électriques, bien que l'aluminium ne soit pas aussi bon conducteur que le cuivre.

D'autres renseignements arrivèrent. Le nom du vaisseau était inscrit sur la coque en grosses lettres noires : *Rex Grandissimus*. « Le très grand roi. » Très grand, en fait, surtout par son train de vie et par l'arrogance de ses manières, car il s'agissait, d'après les informateurs de Burton, du fils d'Henri II d'Angleterre et d'Aliénor d'Aquitaine, ancienne femme de Louis VII, roi de France. On l'appelait le roi Jean, ou Jean sans Terre. Après la mort de son frère, le fameux Richard Cœur de Lion, Jean était devenu *Joannes Rex Angliae et Dominus Hiberniae,* etc. Il avait par la suite acquis une si mauvaise réputation que la règle s'était transmise tacitement dans les familles royales de ne jamais appeler Jean aucun prince héritier de la couronne d'Angleterre.

Dès qu'il avait appris cela, Burton avait annoncé à Alice :

— C'est un de tes ancêtres qui commande le bateau à aubes. Peut-être pourrais-tu faire appel à son sens de la famille pour qu'il nous prenne à bord. Mais à en croire l'histoire, il n'a jamais été très loyal envers son propre sang. N'a-t-il pas fomenté une révolte contre son père et fait assassiner, dit-on, son neveu Arthur, que Richard avait désigné comme son successeur ?

— Il n'était ni meilleur ni pire que les autres souverains de l'époque, répondit Alice. Il y a quelques réalisations importantes à son actif, malgré ce que les gens croient. Il est à l'origine d'une réforme de la monnaie, il a contribué à développer la marine et le commerce extérieur, il a poussé à l'achèvement des travaux du Pont de Londres. Il se distinguait des autres monarques de son temps par ses goûts intellectuels. Il lisait des ouvrages en latin et en français. Partout où il allait, il emportait sa bibliothèque avec lui. Quant à son opposition à la Grande Charte, elle a été mal interprétée. La révolte des barons ne visait pas à soutenir les intérêts du peuple. Ce n'était nullement un mouvement démocratique. Les barons voulaient simplement bénéficier de privilèges personnels. Ils ne se battaient que pour la liberté d'exploiter leurs sujets sans que le roi s'y oppose.

» Il a livré de dures batailles contre les barons, et aussi pour maintenir les provinces françaises sous la domination de la couronne britannique. Mais il n'avait pas le choix. C'étaient d'anciens conflits qu'il avait hérités de son père et de son frère.

— Dis donc! s'écria Burton. A t'entendre, on dirait un saint!

— Ce n'en était pas un, loin de là. Mais il s'est intéressé beaucoup plus à l'avenir de l'Angleterre et au bien-être de son peuple que la plupart de ses prédécesseurs anglo-normands.

— Tu as dû beaucoup lire et beaucoup réfléchir sur lui. Tes opinions vont à l'encontre de tout ce que disent les livres d'histoire.

— J'avais beaucoup de temps pour lire lorsque j'habitais à Cuffnells. Et mes opinions, j'ai l'habitude de les former moi-même.

— C'est tout à ton honneur. Cependant, ce qui me préoccupe pour l'instant, c'est que ce monarque médiéval a mis la main sur la plus belle réalisation humaine, sur la plus redoutable machine de guerre que l'on puisse trouver dans ce monde-ci. Quand je serai devant lui, le problème sera vite réglé. Mais que faire pour être sûr de me trouver devant lui au bon moment?

— Tu veux dire : de *nous* trouver?

— Bien sûr. Pardonne-moi. Enfin... on verra bien.

Le lancement du *Snark* s'effectua au milieu d'une foule en liesse. L'alcool coulait à flots. Cependant, Burton n'était pas aussi heureux qu'il aurait dû l'être normalement. En fait, l'occasion avait perdu pour lui une grande partie de son intérêt.

Durant les festivités, Oskas le prit à part :

– Tu ne vas pas partir tout de suite, j'espère ? Je compte sur toi pour m'aider à capturer le grand bateau.

Burton avait envie de l'envoyer au diable, mais ce n'eût guère été de bonne politique. Oskas risquait de se mettre en colère et de leur confisquer le *Snark* à titre de compensation. Pis encore, il cesserait peut-être de résister à la tentation de mettre de force Loghu dans son lit. Durant tout le temps qu'avait duré la construction du bateau, il n'avait pas cessé de l'importuner, sans toutefois jamais recourir à la violence. Mais chaque fois qu'il était ivre, c'est-à-dire à peu près tout le temps, il lui demandait, lorsqu'il la rencontrait, si elle ne voulait pas coucher avec lui.

A plusieurs reprises, le drame avait failli éclater. Frigate, pourtant pacifique de nature, avait même envisagé de le provoquer en duel, tout en jugeant stupide cette manière de régler les problèmes. Mais son honneur d'homme était en jeu et il ne voyait rien d'autre à faire, à part quitter le pays un de ces soirs avec elle, en abandonnant les amis avec qui ils vivaient depuis tant d'années.

Loghu, pour sa part, n'était pas d'accord :

– Si ce n'est pas lui qui te tue le premier, disait-elle, tu le tueras et son peuple de sauvages se vengera sur toi. Laisse-moi plutôt faire.

Elle avait alors étonné tout le monde, Oskas le premier, en allant le trouver dans sa hutte pour le défier en un combat mortel.

Après avoir récupéré du choc, Oskas avait éclaté d'un grand rire :

– Me battre avec une femme, moi ? Il m'arrive de battre mes épouses, quand elles ont fait quelque chose qui m'a déplu, mais jamais il ne me viendrait à l'idée de me battre *contre* une squaw. Si je relevais ton défi, je n'aurais aucun mal à te faire mordre la poussière, mais cela ne servirait qu'à faire de moi la risée de tout le pays, On ne m'appellerait plus Oskas-à-la-queue-de-grizzli, mais Le Tombeur-de-squaws.

– Aurais-tu peur de moi ? avait-elle insisté. Tu m'as déjà vue me battre contre des hommes dans les tournois. Je te laisse choisir ton arme. Qu'est-ce que ce sera ? Javelot ? Tomahawk ? Poignard ? Ou à mains nues, si tu préfères. Tu es plus grand et plus lourd que moi, c'est vrai, mais je suis mieux préparée. Je connais des techniques que tu ignores. J'ai eu pour instructeurs les meilleurs spécialistes de la planète.

Elle n'ajouta pas qu'il était par surcroît alourdi par sa graisse, empâté par l'alcool et dans une forme physique largement déficiente.

Si c'était un homme qui était venu lui parler ainsi, Oskas n'aurait pas attendu plus longtemps pour bondir sur lui. Mais les vapeurs de l'alcool ne l'empêchaient pas de se rendre compte qu'il se trouvait dans de fort mauvais draps. S'il tuait Loghu pour venger son honneur, tout le monde se moquerait de lui. Et s'il refusait de relever son défi, les gens diraient qu'il avait peur d'elle.

Le lendemain, Monat rendit visite au chef.

— Loghu est mon amie, lui dit-il, et je te considère aussi comme un grand ami. Pourquoi donc ne pas oublier tout ce qui s'est passé ? C'est l'alcool qui te fait dire certaines choses. Bien que les paroles sortent de ta bouche, ce n'est pas toi, Oskas, le puissant chef respecté de tous, sur la Terre comme ici, qui les prononces en réalité.

» Personne ne songera à te reprocher de ne pas vouloir te battre contre une femme. Cependant, il n'est pas juste que tu veuilles t'approprier la compagne d'un autre. Tu ne te comporterais certainement pas de cette façon si tu n'étais pas sous l'influence du whisky. Il faudrait donc que tu traites désormais cette femme avec tout le respect que tu demandes aux autres hommes quand il s'agit de tes propres épouses.

» Tu n'as pas oublié, je pense, que j'étais autrefois, comme te l'a expliqué Burton, un très puissant magicien. J'ai perdu une partie de mes pouvoirs, il est vrai, mais il m'en reste tout de même quelques-uns et je n'hésiterai pas à les utiliser contre toi si tu continues d'ennuyer Loghu. Je serai le premier à le regretter, crois-moi, car j'ai beaucoup d'amitié pour toi. Cependant, je le ferai s'il le faut.

Oskas était devenu très pâle malgré la coloration naturelle de sa peau et l'afflux de sang à la tête causé par le whisky. Il se défendit précipitamment :

— Oui, oui, comme tu dis, ce doit être l'alcool qui me fait agir ainsi. Mais peut-on me reprocher vraiment ce que je fais quand je suis en état d'ivresse ?

L'affaire était demeurée en suspens. Le lendemain,

Oskas avait raconté à tout le monde qu'il était tellement ivre quand Monat lui avait rendu visite qu'il ne savait même pas de quoi ils avaient parlé.

Durant plusieurs mois, il s'était montré distant mais poli vis-à-vis de Loghu. Récemment, cependant, il avait recommencé à lui adresser des remarques, mais sans la toucher. Il est vrai que Loghu lui avait promis, en privé pour ne pas lui faire perdre la face, que s'il portait jamais la main sur elle, elle lui ouvrirait le ventre en deux, après lui avoir préalablement écrasé les testicules.

Il avait, disait-elle, éclaté de rire en entendant cela, mais c'était un rire jaune car il la savait parfaitement capable de mettre ses menaces à exécution s'il lui en donnait l'occasion. En vérité, il fallait croire que le chef était désespérément amoureux. Maintenant que le moment du départ approchait, il était comme un fou dès qu'il voyait Loghu.

C'était en repensant à tout cela que Burton, en train de discuter avec le chef, s'efforçait de le ménager. Il ne voulait pas lui donner à penser que dans quelques jours, il serait trop tard pour convaincre Loghu d'aller dans son lit.

– Non, nous ne partons pas tout de suite, dit-il. J'ai décidé d'appliquer le plan dont je t'ai parlé. Mon équipage et moi, nous ferons partie de l'avant-garde qui donnera l'assaut du navire. Cependant, comme tu le sais déjà, il est indispensable que nous attaquions au moment où ils s'arrêtent devant une pierre à graal pour refaire le plein d'énergie. Si le navire est en mouvement, nous n'avons aucune chance. Or, d'après les renseignements que j'ai pu avoir, j'ai calculé approximativement l'endroit le plus proche d'ici où ils seront obligés de se ravitailler. Disons que je peux le savoir à quatre ou cinq kilomètres près. Et ils s'arrêtent toujours le soir.

» Quoi qu'il en soit, notre nouveau bateau a besoin d'un voyage d'essai. Je compte l'accomplir demain. Nous irons repérer l'endroit où le grand navire viendra mouiller, et j'examinerai la situation. C'est nécessaire si nous voulons mettre le plus de chances possible de notre côté. Aimerais-tu nous accompagner ?

Oskas, qui le regardait depuis un moment en plissant les yeux d'un air soupçonneux, redressa soudain la tête en entendant la dernière phrase. Son visage s'éclaira et il répondit en souriant :

— J'ai bien l'intention de le faire. Je n'ai pas l'habitude de me lancer aveuglément dans un combat.

Il semblait rassuré. Cependant, cette nuit-là, il posta quatre hommes dans une hutte voisine, sans prévenir Burton, afin de s'assurer que celui-ci ne tenterait pas de filer en douce avec son équipage à la faveur de l'obscurité.

Telle n'était pas l'intention de Burton. Mais vers trois heures du matin, profitant de la brume, il sortit discrètement avec Monat et Kazz et prit la direction des collines. Là, le petit groupe déterra les jokers qui avaient été soigneusement cachés au pied d'une falaise. Ils les ramenèrent alors au bateau pour les mettre en sécurité derrière une fausse cloison aménagée à cet effet.

Le lendemain, juste après le petit déjeuner fourni par les graals, Oskas monta à bord, accompagné de sept de ses meilleurs guerriers. Le bateau était surchargé, mais Burton ne se plaignit pas. Dès qu'ils eurent appareillé, Burton fit passer des gourdes d'alcool de lichen parfumé de feuilles d'arbre à fer pilées. Il avait donné l'ordre à son équipage de boire le moins possible. Vers le milieu de l'après-midi, Oskas et ses hommes étaient pleins comme des outres. Même un déjeuner copieux n'avait rien fait pour les dessoûler. Burton n'arrêtait pas de leur fournir de nouvelles gourdes. Une heure avant le dîner, tous les Indiens titubaient ou dormaient étalés sur le pont.

Il ne fut pas difficile de pousser à l'eau ceux qui étaient encore debout, puis de balancer les autres par-dessus bord. Heureusement, le choc de l'eau froide les réveilla. Autrement, Burton se serait senti obligé de les repêcher et de les déposer sur la rive.

Oskas, qui se débattait dans l'eau, secouait le poing dans leur direction et hurlait des obscénités en menominee et en espéranto. Burton, en riant, leur montra son poing où seul le majeur était dressé vers le ciel. Puis il tendit le bras en pointant vers eux l'index et le petit doigt. Ce signe, destiné jadis à conjurer le « mauvais œil », signifiait dans les temps modernes : « Je vous ai eus et vous n'y pouvez rien ! »

Oskas se lança dans une description aussi détaillée que colorée des différents traitements qu'il leur réservait pour le jour où il les aurait à sa merci.

Kazz lui lança son graal avec une précision telle qu'il le

reçut en plein sur le crâne. Ses guerriers durent plonger pour le remonter et il mit plusieurs minutes, soutenu par deux hommes, pour reprendre vraiment conscience.

Kazz était ravi de cette bonne plaisanterie. Il aurait été encore plus ravi, sans doute, si le chef s'était noyé. Pourtant, avec les autres membres de l'équipage, il se montrait aussi aimable, sociable et serviable qu'on pouvait le désirer. C'était un primitif. Comme tous les gens de cette sorte, qu'ils fussent ou non civilisés, il avait l'esprit essentiellement tribal. Seuls les membres de la tribu étaient des êtres humains et devaient être considérés comme tels. En dehors de la tribu, même si quelques individus pouvaient être traités comme des amis, leur statut était provisoire et susceptible de changer du jour au lendemain.

Le Neandertalien avait perdu sa tribu sur la Terre, mais il en avait retrouvé une autre dans le Monde du Fleuve. C'était sa famille. Il s'y sentait en sécurité, et il aurait fait n'importe quoi pour la protéger.

23

Le *Snark* ne mouilla pas, ce soir-là, à l'endroit où Burton avait indiqué à Oskas qu'ils attendraient le bateau à aubes. C'eût été beaucoup trop risqué. Le chef pouvait regagner aisément son territoire en empruntant ou en volant une embarcation, et revenir avec des renforts avant l'arrivée du *Rex Grandissimus*.

Le cotre continua de descendre le Fleuve pendant deux jours sans s'arrêter. Entre-temps, les messages par héliographe, tam-tam et signaux de fumée avaient commencé à les rattraper. Oskas proclamait que Burton et son équipage l'avaient kidnappé après lui avoir volé des cigarettes et de l'alcool. Il offrait une récompense importante à qui arrêterait les « criminels » pour les lui remettre personnellement dès qu'il arriverait sur les lieux.

Burton prit immédiatement des mesures de contre-propagande, bien qu'il eût des doutes quant à l'influence que pouvait avoir Oskas sur les gouvernements des petites nations riveraines. Il n'était pas exclu, cependant, que des individus organisent une expédition en vue de toucher la récompense promise.

Burton descendit à terre avec un coffre contenant du tabac, de l'alcool et une trentaine d'anneaux en bois de chêne. Il s'en servit pour payer le responsable local des communications qu'il chargea d'émettre un message où l'équipage du *Snark* affirmait qu'Oskas était un menteur et qu'il les avait forcés à prendre la fuite en voulant abuser d'une femme qui faisait partie de leur équipage. Oskas les avait alors poursuivis, mais sa pirogue de guerre avait sombré lorsqu'il avait voulu grimper à bord du *Snark*.

Le message ajoutait que le chef et ses conseillers possédaient un trésor secret, parmi lequel il y avait au moins une centaine de jokers.

C'était un mensonge, naturellement. Un jour, Oskas, en veine de confidences pour avoir bu plus que de coutume, avait confié à Burton qu'il y avait vingt et un graals en surnombre dans la salle du trésor. Mais Burton n'avait aucun scrupule à déformer un peu la vérité. Il ne faisait que rendre au chef la monnaie de sa pièce. Ses sujets, en entendant cela, lui demanderaient des comptes. Ils exigeraient que le produit des graals excédentaires soit affecté aux réserves publiques. De plus, Oskas allait avoir à se protéger des voleurs. Et pas seulement ceux de sa propre tribu. Beaucoup d'autres, alléchés par la nouvelle, devaient déjà se torturer l'esprit à la recherche d'un moyen de s'emparer du trésor.

Oskas, se dit Burton en souriant sarcastiquement, allait être trop occupé pour songer sérieusement à se venger.

Un peu plus tard, le *Snark* arriva dans un secteur où le courant ralentissait considérablement. Ce n'était pas la première fois que Burton se trouvait dans de telles eaux mortes. Normalement, sur la Terre, le Fleuve n'aurait pas pu poursuivre son cours en l'absence d'une pente suffisante. Il aurait inondé la vallée et formé un lac.

Après avoir navigué quelques heures dans cette zone de calme plat, le cotre se retrouva soudain porté par un courant de plus en plus fort. De nouveau, le Fleuve se déversait vers son embouchure lointaine et légendaire, vers cette grande caverne que l'on disait déboucher sur la mer polaire du Nord.

Plusieurs explications concernant ce phénomène avaient été avancées mais aucune, jusqu'à présent, n'avait pu être vérifiée. Certains pensaient que la gravité variait suffisamment d'un endroit à l'autre pour permettre au Fleuve de surmonter l'absence quasi totale de pente. Il était possible, disaient-ils, que les mystérieux bâtisseurs de cette planète aient prévu des installations souterraines destinées à réduire localement les effets du champ gravitationnel. D'autres suggéraient l'existence de pompes à haut débit sous le lit du Fleuve. D'autres encore affirmaient que les deux méthodes étaient utilisées conjointement.

Il y avait aussi, bien sûr, ceux qui proclamaient que Dieu avait ordonné au Fleuve de couler à contre-pente, et qu'il n'y avait donc pas lieu de s'étonner du phénomène.

Quant à la majorité silencieuse, elle délaissait carrément le problème et ne s'occupait pas de savoir pourquoi le Fleuve ne s'arrêtait jamais de couler sur des dizaines de millions de kilomètres.

Le deuxième jour au soir, le *Snark* arriva à l'endroit où le grand bateau à aubes devait en principe s'arrêter pour recharger ses batteries; mais ils apprirent par le télégraphe que le *Rex Grandissimus* avait interrompu son voyage pour permettre à son équipage de se reposer quelques jours à terre.

– Magnifique! dit Burton. Nous partirons demain à sa rencontre et nous aurons ainsi tout le temps de convaincre le roi Jean de nous prendre à bord.

Il était beaucoup moins enthousiaste qu'il voulait bien le laisser paraître. Si son plan ne fonctionnait pas, il faudrait bien que le *Snark* repasse par le territoire d'Oskas, et en plein jour, car la brise de nuit n'était pas suffisante pour qu'ils puissent remonter le courant. Le chef les attendrait de pied ferme avec toute sa tribu, car les tam-tams et les signaux optiques ne manqueraient pas d'annoncer leur passage. En fait, ils auraient dû remonter le Fleuve juste après s'être débarrassés d'Oskas et essayer de mettre le plus de distance possible entre son territoire et eux. Mais s'ils avaient agi ainsi, le *Snark* aurait eu toutes les chances de se faire rattraper par le navire à aubes, et Burton n'aurait jamais pu parler à son capitaine pour tenter de se faire prendre à bord avec son équipage.

A chaque jour suffit sa peine, se dit-il, et l'on sait ce que peuvent devenir les meilleurs projets des souris et des hommes. Pourquoi dès aujourd'hui se soucier du lendemain ?

Moyennant quoi il n'était pas plus rassuré qu'avant.

Les populations du secteur étaient constituées d'une majorité de Hollandais du XVIe siècle coexistant avec une minorité de Thraces de l'antiquité ainsi qu'avec l'infime pourcentage habituel de gens de toutes les races et de toutes les époques. C'est ainsi que Burton fit la connaissance d'un certain Fleming qui avait connu Ben Jonson et Shakespeare, entre autres célébrités. Il était en train de discuter avec lui devant un feu en plein air lorsqu'un nouveau venu s'approcha du groupe pour se joindre à eux. C'était un individu de race blanche, de stature moyenne, assez maigre. Il avait les cheveux noirs et les yeux bleus. Il fixa Frigate durant un long moment, puis s'approcha de lui à grands pas en souriant de toutes ses dents :

— Pete ! s'écria-t-il en anglais. Mon Dieu ! Ce n'est pas possible ! Tu ne me reconnais pas, Pete ? C'est moi, Bill Owain. Tu es bien Peter Frigate, n'est-ce pas ?

Ce dernier paraissait perplexe. Il dit en hésitant :

— C'est bien moi, oui, mais... à qui ai-je l'honneur, dites-vous ?

— Bill Owain ! Tu ne vas pas prétendre que tu as oublié ton vieux copain Bill Owain ? J'ai dû changer, sans doute, mais toi aussi, Pete. Il m'a fallu un bon moment pour te reconnaître. Il y a si longtemps !

Frigate sourit d'un air incertain, puis s'écria à son tour :

— Ce vieux Bill Owain ! C'est bien ça ! Mais oui, je vois très bien, maintenant ! Dire que tant d'années ont passé !

Ils s'embrassèrent avec effusion et se mirent à parler de manière volubile en ponctuant leurs retrouvailles de grands éclats de rire. Puis Frigate présenta Owain aux autres membres du groupe.

— C'est un ancien camarade de classe. Nous nous sommes connus sur les bancs de l'école primaire. Nous avons fréquenté ensemble le collège de Peoria, et nous sommes restés copains pendant des années. Ensuite, quand j'ai fini par m'établir à Peoria après avoir travaillé à droite et à gauche, nous ne nous sommes pas perdus de vue tout de suite. Mais nous avions chacun notre existence, et nous n'évoluions pas tout à fait dans les mêmes sphères.

— Tout de même, ajouta Owain, tu en as mis du temps, pour me reconnaître. Pour ma part, j'ai un peu hésité aussi, c'est vrai. Tu ne correspondais plus à l'image que j'avais gardée de toi. Ton nez me paraît plus long, tes yeux plus bleus, ta bouche plus fine et ton menton moins pointu. En ce qui concerne ta voix... tu te souviens comme les autres te plaisantaient parce que tu avais la voix de Gary Cooper ? Elle a changé, maintenant. Ou tout au moins, elle ne correspond plus au souvenir que j'en avais gardé. Mais la mémoire, tu sais...

— C'est vrai, dit Frigate. La mémoire, on ne peut pas s'y fier. La mienne a d'ailleurs toujours été exécrable. Sans compter que nous étions au moins des quinquagénaires quand nous nous sommes vus pour la dernière fois, alors que nous avons maintenant le corps, sinon l'esprit, de jeunes gens de vingt-cinq ans. Et puis, nous ne portons pas du tout le même genre de vêtements. C'est vraiment un choc, tu sais, de revoir quelqu'un qu'on a connu sur la Terre !

— C'est la même chose pour moi ! Imagine que tu es le premier que je rencontre ainsi !

— Et pour moi, le second. Il y a trente-deux ans, j'étais déjà tombé sur un type que je connaissais, mais je m'en serais bien passé !

Frigate faisait allusion à un nommé Sharkko, ex-éditeur de romans de science-fiction à Chicago. Il l'avait escroqué à l'occasion d'un contrat assez compliqué. L'histoire avait traîné durant plusieurs années et sa carrière d'écrivain avait failli se trouver étouffée dans l'œuf. Ironiquement, l'une des premières personnes que Frigate avait trouvées sur son chemin juste après la résurrection avait été Sharkko. Burton n'avait pas assisté à cette rencontre, mais Frigate lui avait raconté plusieurs fois comment il s'était vengé du coquin en lui lançant son poing dans la figure.

Burton, pour sa part, n'avait retrouvé qu'une seule personne parmi toutes celles qu'il avait connues sur la Terre. Pourtant, il avait eu de nombreux amis, dans tous les coins du monde. Dans son cas, également, il se serait bien passé d'une telle rencontre. Il s'agissait de l'un des porteurs de son expédition aux sources du Nil. Sur le chemin du lac Tanganyika (que Burton et son compagnon Speke furent les premiers Européens à contempler), le porteur avait acheté une jeune esclave, qui n'avait pas plus de treize ans. Peu après, elle était tombée malade. Comme elle ne pouvait plus continuer avec eux, le porteur avait préféré lui couper la tête plutôt que de la vendre à quelqu'un d'autre.

N'étant pas présent au moment du meurtre, Burton n'avait pu empêcher cet homme de commettre son forfait. D'autre part, il n'eût pas été de bonne politique de le punir après. Le porteur, légalement, avait le droit de faire ce qu'il voulait de son esclave. Mais Burton l'avait pris en grippe et il n'avait jamais raté, par la suite, l'occasion de lui donner le fouet en l'accusant de vol, de paresse ou de négligence dans son travail.

Owain et Frigate burent quelques verres d'alcool de lichen tout en évoquant le bon vieux temps. Burton s'étonna de voir que Frigate avait oublié un bon nombre d'épisodes et de personnes que citait Owain.

— Te souviens-tu, demandait-il, de tous les films que nous pouvions voir en une seule journée ? Un jour, nous avions décidé de battre tous les records. Il y avait deux films à voir au Princess, deux autres au Columbia, trois à l'Apollo et une séance de minuit au Madison. Nous sommes allés partout. Tu ne te rappelles pas ?

Frigate hochait la tête en souriant, mais visiblement sa mémoire ne lui disait rien.

— Et quand nous sommes allés à St. Louis avec Al Everhard, Jack Dirkman et Dan Doobin ? reprit Owain. C'était le cousin d'Al qui nous avait dégoté trois filles. Des infirmières. Tu ne te rappelles pas ? On est allés jusqu'au cimetière... comment ça s'appelait, déjà ?

— Du diable si je m'en souviens, fit Pete.

— Oui, mais tu n'as certainement pas oublié comment ton infirmière et toi, complètement à poil, vous vous êtes pourchassés à travers tout le cimetière, jusqu'au moment où tu as trébuché sur une pierre tombale pour t'affaler au milieu d'une couronne et te relever tout égratigné par les épines des roses ! Ça, tu n'as pas pu l'oublier !

Frigate sourit d'un air embarrassé :

— Bien sûr que non, dit-il.

— Ça t'a coupé le souffle ! Et tout le reste aussi, d'ailleurs ! Ha ! Ha !

Ils évoquèrent d'autres souvenirs, puis la conversation

devint générale et porta sur les réactions de chacun le jour où tout le monde s'était trouvé ressuscité au bord du Fleuve. C'était l'un des sujets les plus prisés ici. Le jour de la résurrection demeurait dans toutes les mémoires comme une expérience terrifiante et effroyable. La panique et la confusion qui avaient régné alors n'étaient pas près d'être oubliées. Parfois, Burton se demandait si ce n'était pas pour des motifs thérapeutiques inavoués que les riverains du Fleuve se plaisaient à parler de ces choses-là. Peut-être espéraient-ils, par cette catharsis verbale, se débarrasser de leur traumatisme.

Tout le monde avouait s'être conduit ce jour-là de la manière la plus ridicule.

– Je devais être vraiment pimbêche, reconnut Alice. Heureusement, je n'étais pas la seule. Nous étions tous dans un état voisin de l'hystérie. Ce qui m'étonne le plus, c'est que personne n'ait succombé à une crise cardiaque. Il y avait pourtant de quoi... mourir d'angoisse, en nous retrouvant subitement vivants dans cet endroit étrange.

– Je suppose, dit Monat, que nos bienfaiteurs anonymes avaient dû nous administrer, juste avant la résurrection, un euphorisant quelconque destiné à amortir le choc. Il y a eu aussi la gomme à rêver que nos graals nous ont distribuée. Elle a agi, pour la plupart d'entre nous, comme une sorte d'anesthésie postopératoire. Mais il faut dire que ses effets ont été parfois assez dévastateurs.

Alice jeta alors un regard gêné à Burton. Malgré toutes les années qui s'étaient écoulées depuis, elle rougissait encore lorsqu'elle repensait à ce qui s'était passé ce jour-là. Toutes leurs inhibitions avaient été levées pour quelques heures et ils s'étaient comportés comme des visons qui se seraient nourris exclusivement de cantharide. Ou comme si leurs fantasmes les plus secrets avaient soudain pris le dessus.

La conversation porta ensuite sur l'Arcturien. Jusque-là, malgré son attitude chaleureuse, il s'était heurté, comme toujours au début, à la froideur circonspecte qu'il avait l'habitude de rencontrer partout où il allait. Son aspect non humain intimidait les gens, ou les repoussait.

Ils lui posèrent des questions sur sa planète natale et sur les événements qui s'étaient déroulés à son arrivée sur la Terre. Plusieurs personnes présentes avaient déjà entendu des récits sur les Arcturiens et les circonstances dans lesquelles ils s'étaient trouvés obligés de tuer presque tous les Terriens. Mais seul Frigate avait vécu à l'époque où le vaisseau extra-terrestre avait fait son apparition.

– Il y a une chose que je trouve étrange, fit Burton, mais elle doit avoir une explication. D'après Frigate, huit milliards d'humains vivaient sur la Terre en 2008. Pourtant, à part lui, Monat et une seule autre personne, je n'ai jamais rencontré quelqu'un qui venait de cette époque-là. Et vous ?

Tout le monde secoua négativement la tête. En fait, les seules personnes présentes qui avaient vécu à partir de la deuxième moitié du XXe siècle étaient Owain, mort en 1981, et une femme décédée en 1972.

– Il y a environ trente-six milliards d'humains répartis le long de ce Fleuve, poursuivit Burton en secouant la tête. La majorité de ces gens, statistiquement parlant, devraient être nés entre 1983 et 2008. Pourtant, je ne connais que trois personnes qui soient dans ce cas. Où sont donc passées toutes les autres ?

– A quelques kilomètres d'ici, si ça se trouve, répondit Frigate. Après tout, personne n'a jamais essayé de procéder à un véritable recensement systématique. Je ne crois pas que la chose serait possible, du reste. Quand on voyage en bateau, on passe devant des centaines de milliers de gens. Mais combien en voit-on vraiment ? Quelques dizaines par jour, au maximum. Tôt ou tard, cependant, tu finiras bien par tomber sur l'un de ceux que tu cherches.

Ils évoquèrent ensuite les conditions et les motifs de la résurrection générale de l'humanité au bord du Fleuve. Qui en était responsable ? Pourquoi la barbe des hommes ne poussait-elle plus ? Pourquoi s'étaient-ils retrouvés circoncis ? Pourquoi les femmes avaient-elles été ressuscitées avec leur hymen intact ? Autant de questions qui, depuis trente-deux ans, n'avaient pas trouvé de réponse satisfaisante.

En ce qui concernait la disparition de l'obligation de se raser tous les jours, la moitié des hommes environ estimaient que c'était une excellente chose, tandis que les autres se désolaient de ne plus pouvoir laisser pousser ni barbe ni moustache.

Un autre sujet d'étonnement était le fait que les graals,

aussi bien ceux des hommes que des femmes, distribuaient régulièrement du rouge à lèvres et des cosmétiques divers. D'après Frigate, la seule explication possible à ces deux derniers phénomènes était que leurs bienfaiteurs anonymes détestaient se raser et que les deux sexes avaient l'habitude de se maquiller le visage.

Alice parla alors des choses étranges qui étaient arrivées à Burton dans la bulle prérésurrectionnelle. Tout le monde attendait une explication de l'explorateur, mais il déclara qu'il avait absolument tout oublié à la suite d'un coup qu'il avait reçu sur la tête.

Comme chaque fois qu'il invoquait ce prétexte, il remarqua le léger sourire de Monat. L'Arcturien savait qu'il mentait. Cependant, il respectait le secret de Burton. Il n'avait jamais cherché à lui tirer les vers du nez.

Frigate et Alice racontèrent donc l'histoire qu'ils tenaient de Burton. A une ou deux reprises, ils déformèrent légèrement les faits mais l'explorateur, naturellement, s'abstint d'intervenir pour rétablir la vérité.

— Dans ce cas, fit un homme qui entendait l'histoire pour la première fois, on peut penser que la résurrection n'a rien de surnaturel, mais qu'elle a été accomplie par des moyens scientifiques. C'est fantastique !

— Bien sûr, dit Alice. Mais pour quelle raison ne sommes-nous plus ressuscités quand nous mourons ? Pourquoi la mort est-elle redevenue un état permanent ?

Un silence pensif tomba sur l'assistance. Ce fut Kazz qui le rompit le premier en disant :

— Il y a une chose que Burton-*nak* n'a pas oubliée; c'est l'histoire de Spruce, l'espion des Ethiques.

Cela déclencha une série d'autres questions.

— Qui sont ces Ethiques ?

Burton but une longue gorgée de whisky avant de se lancer dans ce nouveau récit. Il raconta comment ses compagnons et lui étaient tombés aux mains des esclavagistes des graals. Tout le monde savait en quoi consistait l'esclavage des graals, bien que cette pratique eût à peu près disparu depuis l'époque dont parlait Burton.

Leur bateau avait été capturé et Burton et son équipage avaient été conduits dans un enclos entouré d'une haute palissade en bambou. Ils ne quittaient cette prison que pour aller travailler, enchaînés, sous la surveillance de gardes féroces. Chaque jour, ils devaient remettre à leurs gardes non seulement tout le tabac, l'alcool, la marihuana et les produits de luxe que leur distribuait leur graal, mais aussi la moitié de la nourriture. On ne leur laissait que de quoi survivre.

Au bout de quelques mois, Burton et un autre prisonnier nommé Targoff avaient fomenté une révolte qui fut couronnée de succès.

24

– Quelques jours à peine après notre libération, raconta Burton, notre ami Kazz ici présent vint me trouver, escorté de Monat et Frigate. Il avait, disaient-ils, une révélation importante à me faire.

» A l'aide de très nombreux gestes, car il ne s'exprimait pas encore couramment en anglais, il m'expliqua qu'il venait de voir une personne qui ne portait aucune marque sur le front. Comme je ne saisissais pas très bien ce qu'il voulait dire par là, Monat, à qui il avait d'abord fait part de sa découverte, m'expliqua que le Neandertalien devait être capable de percevoir, sous un certain angle et certaines conditions d'éclairage, des symboles gravés sur le front de chacun d'entre nous. Jusqu'à ce qu'il en discute par hasard avec Monat, il ne s'était jamais douté, naturellement, qu'il était le seul à pouvoir les distinguer. Et la personne qui en était dépourvue était seulement la troisième qu'il voyait dans ce cas depuis la résurrection générale au bord du Fleuve.

Burton s'interrompit jusqu'à ce que les murmures d'étonnement, et même d'indignation, provoqués par ce qu'il venait de dire, commencent à s'apaiser. Les gens n'aimaient pas qu'on leur fasse comprendre qu'ils étaient marqués comme du bétail.

– Ceux qui parmi vous ont vécu dans la deuxième moitié du XXe siècle, poursuivit Burton, savent peut-être que toutes les notions concernant ce qu'on appelait l'*homme de Neandertal* ont dû être révisées à cette époque-là. Les paléontologistes décidèrent alors que l'*Homo Nean-*

dertalensis ne constituait pas une espèce distincte, mais simplement une variante de l'*Homo sapiens*. Ce qui ne l'empêche pas d'être très différent de nous par la taille, la structure du crâne et des dents et aussi la vision, en particulier dans l'ultraviolet. Ce qui explique, à mon avis, pourquoi Kazz est capable de voir des choses que nous ne voyons pas.

– Je ne suis pas un homme de Neandertal, intervint Besst à ce moment-là, mais une femme, et je vois les mêmes choses que lui.

Burton eut un sourire sardonique :

– Nul doute que si tu retournais à l'âge de la pierre, tu y créerais la première section du M.L.F. Quoi qu'il en soit, je voudrais vous faire remarquer, et la suite des événements, j'en suis certain, me donnera raison, que ceux qui ont créé ce monde et qui nous ont marqués au front comme des bêtes peuvent aussi commettre des erreurs. Ils ignoraient, de toute évidence, que l'*Homo Neandertalensis* n'avait pas la même vision que nous. Ils ne sont donc pas infaillibles.

» Mais pour en revenir à mon récit, la première chose que j'ai demandée à Kazz, naturellement, c'est le nom de cette personne qui n'avait pas de marque au front. La réponse me fut donnée par Frigate : Robert Spruce.

» Nous connaissions cet homme depuis un certain temps. Il était comme nous prisonnier des esclavagistes, à qui il avait échappé en même temps que nous. Il se disait anglais, né en 1945. A part cela, nous ne savions pas grand-chose sur lui.

» Ma première pensée, naturellement, fut de mettre la main sur lui pour lui poser un certain nombre de questions. Malheureusement, Kazz n'avait pas eu assez de présence d'esprit pour lui dissimuler sa découverte et Spruce, semble-t-il, avait pris la fuite, ce qui était pour moi un aveu de culpabilité.

» De quoi était-il coupable, cela, je n'en avais pas la moindre idée, mais j'étais décidé à le savoir coûte que coûte. Je donnai l'ordre de le rechercher activement. Quelques heures plus tard, on nous le ramena, pâle et tremblant.

» Je l'informai qu'il était soupçonné d'être, sinon un Ethique, du moins un espion à leur service. Je lui laissai entendre que nous étions prêts à utiliser n'importe quel moyen, y compris la torture, pour lui faire dire la vérité. Il paraissait épouvanté par cette perspective. Il me dit en tremblant que si nous le torturions, nous régresserions au lieu d'avancer en direction du but final. Mais il ne voulut pas me dire quel était ce but. Il dit par contre : " Nous ne supportons pas la souffrance. Nous sommes trop sensibles. "

» Finalement, Monat lui posa un certain nombre de questions, auxquelles il pouvait répondre uniquement par oui ou par non. Ainsi, il pouvait nous renseigner sans avoir l'impression de trahir les siens.

— C'est une curieuse conception, fit Bill Owain.

— Peut-être; mais cela a marché, du moins en partie. Monat commença par lui dire qu'à son avis il venait de la Terre, mais d'un avenir éloigné, bien postérieur à 2008. Il était le descendant des rares humains qui avaient survécu à la destruction que lui, Monat, avait déclenchée. Toujours d'après Monat, Spruce et les siens disposaient de moyens technologiques avancés qui leur avaient permis d'aménager cette planète pour recevoir l'humanité ressuscitée. Il situait leur époque aux alentours du 50e siècle.

— Et qu'est-ce que Spruce a répondu ? demanda quelqu'un.

— Qu'il fallait ajouter une vingtaine de siècles.

— Monat ne s'était donc pas trompé ?

— Il faut croire que non. Poursuivant ses suppositions, Monat s'est demandé par quel moyen les résurrections étaient obtenues. Ne s'agissait-il pas d'enregistrements d'images du passé, stockées dans des banques de matrices individuelles ? A l'aide de convertisseurs énergie-matière, alimentés par la chaleur du noyau planétaire, le corps de chaque individu ayant vécu sur la Terre pouvait être recréé autant de fois qu'il était nécessaire. Par la même occasion, on pouvait le rajeunir, le débarrasser de ses tares et imperfections, restaurer les membres et les organes endommagés. Mais la grande question, c'était : pourquoi faire une chose pareille ?

— Et qu'a répondu Spruce ?

— Que si quelqu'un possédait le pouvoir d'accomplir toutes ces choses, il était obligé, *éthiquement parlant,* de les réaliser.

— Je lui ai alors fait remarquer, intervint Monat, que si les siens avaient des préoccupations éthiques, ils auraient peut-être mieux fait de procéder à une sélection *avant* la résurrection.

— Ce qui eut le don de le rendre furieux, poursuivit Burton. Nul autre que Dieu, disait-il, n'était capable de juger en pareille matière. Tout le monde avait droit à une seconde chance. Et même si le processus devait durer des milliers ou des millions d'années, chacun aurait la possibilité de se réhabiliter...

— A ce stade, enchaîna Monat, il semblait plongé dans le plus profond désarroi. A plusieurs reprises, il s'était déclaré souillé par notre contact. Seule la peur d'être torturé le faisait parler. Moi-même, je commençais à le soupçonner d'improviser ses réponses en fonction des suppositions que j'avais avancées.

— Voyant que tout cela ne nous menait à rien, reprit Burton, l'un de nous suggéra de le suspendre au-dessus du feu pour qu'il dise enfin toute la vérité. « Non ! Non ! s'écria-t-il. Je ne vous laisserai pas faire ça ! Qui sait ce que... »

Burton s'interrompit quelques secondes avant de reprendre théâtralement :

— Et il tomba mort !

Un murmure d'étonnement parcourut le cercle des auditeurs et quelqu'un s'écria : « *Mein Gott !* »

— Précisément, fit Burton. Mais l'histoire ne s'arrête pas là. Sa mort nous ayant paru suspecte, nous décidâmes de procéder à son autopsie, malgré le peu de moyens dont nous disposions. Trois heures plus tard, le chirurgien rendit son verdict. Rien ne permettait de distinguer Spruce des autres membres de l'espèce *Homo sapiens*.

Une fois de plus, Burton marqua un temps d'arrêt avant de reprendre :

— Rien si ce n'est un détail infime ! Sous la forme d'une minuscule sphère noire, logée à la surface de l'encéphale. Elle était reliée aux nerfs cérébraux par de très minces filaments et devait conférer à celui qui la portait la possibilité de se suicider instantanément et à volonté.

— Il peut donc y avoir des espions partout ? demanda une femme. Ici même, parmi nous ?

Burton hocha affirmativement la tête. Aussitôt, tout le monde se mit à jacasser en même temps. Au bout d'un quart d'heure, Burton se leva et fit signe à son groupe qu'il était temps de se retirer pour la nuit.

Comme ils regagnaient le cotre, Kazz le rattrapa et l'entraîna à l'écart des autres.

— Burton-*nak*, lui dit-il, tout à l'heure, quand tu racontais l'histoire de Spruce, j'ai repensé à quelque chose de bizarre. Je ne sais pas si c'est important, mais...

— Dis toujours !

— Lorsque j'ai fait remarquer à Spruce que je ne voyais pas de signe sur son front, il a paru troublé, mais il ne m'a rien dit. Quelques minutes plus tard, il avait disparu. Les autres étaient en train de prendre le petit déjeuner. Il y avait là Monat, Pete, Targoff, le Dr Steinborg et plusieurs personnes. Après avoir entendu mon histoire, Targoff déclara qu'il fallait réunir immédiatement le conseil. Monat et Pete étaient d'accord, mais ils exprimèrent le désir de me questionner davantage. Par exemple, ils voulaient que je leur décrive les marques. Etaient-elles toutes semblables, ou différentes ?

» Je leur répondis qu'elles étaient différentes, mais qu'elles présentaient un certain caractère de similitude. Naturellement, j'avais encore du mal à m'exprimer, à cette époque-là, et de toute manière le mieux était de leur faire un dessin. Tu as vu quelques-uns de ces dessins.

— Oui, dit Burton. Ils évoquent parfois des idéogrammes chinois. En fait, je suppose qu'il s'agit d'un système de numération.

— Je sais, nous en avons déjà discuté. Mais ce qui m'est revenu subitement à l'esprit tout à l'heure, c'est que Monat et Frigate m'ont pris à part pendant un certain temps, juste avant d'aller te trouver pour te mettre au courant. Nous sommes même entrés dans la cabane de Monat.

— Et alors ? demanda Burton avec impatience.

— Alors, c'est tout. J'ai beau essayer de me rappeler, il n'y a rien d'autre.

— Comment ça, rien d'autre ?

— Essaie de comprendre, Burton-*nak*. Je ne me souviens de rien d'autre. J'étais devant la porte de cette cabane. Je voyais ce qu'il y avait à l'intérieur. Et subitement, je me suis retrouvé en compagnie de Monat, de Pete et des autres conseillers, sur le chemin de ta cabane.

Burton ressentit un léger choc, sans comprendre tout d'abord ce qui l'avait causé.

— Tu veux dire que tu ne te souviens de rien entre le moment où tu es entré dans cette cabane et celui où tu en es ressorti ?

— Je ne me souviens ni d'y être entré, ni d'en être ressorti. Pourtant, je sais qu'il y a un trou à cet endroit-là.

Burton fronça gravement les sourcils. Alice et Besst étaient sur le quai devant le cotre et regardaient dans leur direction comme si elles se demandaient pourquoi ils étaient restés en arrière.

— Ce que tu me dis là est bizarre, Kazz. Pourquoi ne m'en as-tu jamais parlé avant ? Il y a des années que cela s'est passé. Tu n'y avais jamais songé avant ?

— Non, jamais. C'est drôle, hein ? Je n'y aurais peut-être pas pensé du tout si Loghu ne m'en avait pas parlé hier par hasard. Elle m'a vu entrer dans la cabane avec Monat et Frigate, mais comme elle n'était pas avec le groupe ce jour-là, ce n'est que beaucoup plus tard qu'elle a appris ce qui s'était passé.

» En fait, elle était sur le seuil de sa cabane, qu'elle partageait avec Frigate, lorsqu'elle nous a vus approcher tous les trois. A cause d'elle, ils ont changé d'idée et nous sommes allés dans la cabane de Monat, où il n'y avait personne. Si elle m'en a parlé hier, c'est que nous discutions de l'esclavage des graals et que la conversation a roulé sur Spruce. Elle m'a demandé alors ce que nous nous étions dit, tous les trois, dans cette cabane où elle nous avait vus entrer avec un air si mystérieux. Tu sais comme les femmes sont curieuses, Burton-*nak*.

— Curieuses comme des chattes, approuva ce dernier, alors que les hommes ont la curiosité du singe.

— Hein ? Ça veut dire quoi ?

— Je l'ignore pour l'instant, mais ça paraît profond. Je trouverai une explication plus tard. Donc, c'est grâce à cette remarque de Loghu que tu t'es souvenu qu'il y avait un trou dans tes souvenirs ?

— Pas directement, Burton-*nak*. Mais ce qu'elle a dit m'a fait réfléchir. J'ai fait des efforts désespérés pour combler ce trou. A m'en faire craquer les méninges. Mais tout ce que j'ai pu me rappeler, c'est que nous étions sur le point d'entrer chez Frigate, et qu'à cause de Loghu, nous sommes allés chez Monat. Ensuite... nous étions déjà ressortis... tu n'as pas remarqué, tout à l'heure, pendant que tu racontais ton histoire, que j'avais de la fumée qui me sortait par les oreilles ?

— Oui, mais je croyais que c'étaient les vapeurs de l'alcool, comme d'habitude.

— Il n'y avait pas que ça. J'avais le cerveau en ébullition, à force de réfléchir à toutes ces choses.

— Tu n'as rien dit à Monat ni à Frigate ?

— Non.

— Ne leur en parle pas.

Kazz avait le crâne bas, mais il était loin d'être inintelligent.

— Tu crois qu'ils trafiquent quelque chose, ces deux-là ?

— Je ne sais pas. Ça m'embêterait d'arriver à cette conclusion, après toutes ces années... ce sont de bons copains. Du moins...

— C'est impossible, fit Kazz.

On eût dit que son cœur allait se briser.

— Qu'est-ce qui est impossible ?

— Je ne sais pas... il faut que ce soit quelque chose de *grave.*

— On ne peut pas dire, fit Burton. Peut-être qu'il y a une explication très valable à part celle qui me vient à l'esprit. En tout cas, n'en parle à personne, surtout.

— C'est promis. Mais... écoute, ça fait longtemps que je les connais. Depuis bien avant l'histoire de Spruce. Ils ont toujours eu des symboles gravés sur le front. Alors, c'est impossible qu'ils soient des espions.

Burton sourit. Il y avait déjà pensé. Mais il fallait quand même qu'il trouve un moyen d'élucider ce mystère, sans attirer l'attention de leurs deux compagnons. Bien sûr, il était fort possible qu'ils n'aient rien à se reprocher.

— Je sais, répondit-il. N'oublie pas non plus que tu n'es pas le seul à avoir vu leurs marques. Besst est là pour confirmer tes dires, si besoin est. En attendant, motus et bouche cousue.

Ils reprirent, pensifs, le chemin du bateau. Kazz murmura :

– Je n'aime pas du tout la tournure que ça prend. J'aurais dû fermer ma grande gueule. Aussi, pourquoi Loghu est-elle venue remuer ainsi le passé ?

25

Burton faisait les cent pas sur le pont du *Snark*. La nuit était glacée. La brume, cotonneuse, l'empêchait de voir ses propres mains au bout de ses bras tendus.

Tout le monde devait dormir à bord. Il était seul, en compagnie de ses pensées qui avaient tendance à s'éparpiller comme un troupeau de moutons au flanc d'une colline. Il s'efforçait de les rassembler pour les conduire au pâturage. Mais qu'avait-il à leur offrir ? Rien que quelques touffes amères.

Il y avait trente-deux années à couvrir dans sa mémoire. Il fallait concentrer sélectivement ses souvenirs sur Frigate et Monat, ses compagnons depuis le début de la résurrection. Retrouver leurs actions, leurs paroles, qui pouvaient être considérées comme suspectes. Insérer le tout dans quelque sombre puzzle.

Rares étaient les morceaux disponibles. Ou du moins, rares étaient les morceaux qu'il était capable d'identifier en tant que tels. Mais il en avait sans doute des quantités sous les yeux.

Ce jour à la fois terrible et joyeux où ils avaient été ressuscités au bord du Fleuve, Monat avait été le premier être à qui il avait adressé la parole. Il lui avait paru beaucoup plus calme et raisonnable, étant donné les circonstances, que les autres ressuscités. L'Arcturien avait su analyser rapidement la situation et voir le parti qu'ils pouvaient tirer de leur nouvel environnement. En particulier, il avait été le premier à comprendre la signification pratique des graals.

La deuxième personne qui avait attiré l'attention de Burton était le Neandertalien, Kazz. Mais celui-ci n'avait pas essayé, au début, de communiquer avec Burton. Il s'était contenté de le suivre de loin pendant quelque temps. En fait, la seconde personne à qui Burton avait parlé était bien Frigate. Et maintenant qu'il y repensait sous un nouvel angle, il trouvait étonnants le calme et la décontraction dont l'Américain avait fait preuve en l'occurrence alors qu'il était plutôt, comme il le répétait volontiers lui-même, d'un naturel anxieux et hypersensible.

Bien des événements, plus tard, étaient venus appuyer ces vues. Mais il fallait dire aussi que de temps à autre, et cela avait été confirmé tout au long des vingt dernières années, Frigate était capable de surprendre tout le monde en agissant à l'inverse de son caractère. Etait-ce une façon d'affirmer sa maîtrise de soi, ou bien abandonnait-il au contraire, dans ces moments-là, un rôle qu'il avait décidé de jouer ?

Il y avait aussi une coïncidence troublante. L'Américain était l'auteur, sur la Terre, d'une biographie de Burton. Combien de biographes avait-il eus en tout ? Une dizaine ? Une douzaine ? Combien de chances y avait-il pour que l'un d'eux soit ressuscité à quelques mètres de lui ? Douze sur trente-six milliards ?

C'était peu, mais c'était encore du domaine du possible.

Par la suite, Kazz s'était joint à leur groupe, puis Alice, puis Lev Ruach.

Tout à l'heure, pendant que le Neandertalien était à la barre, Burton l'avait encore questionné. Se souvenait-il de quoi que ce soit de particulier, le jour de la résurrection, ayant eu un rapport avec Monat ou Frigate ? Avait-il communiqué avec eux en l'absence de Burton ?

Kazz avait secoué son crâne épais :

— Je suis resté seul avec eux à plusieurs reprises, ce jour-là, mais je n'ai rien remarqué d'étrange. C'est-à-dire, Burton-*nak*, que *tout* était étrange.

— Tu as vu tout de suite les marques sur le front des gens ?

— Quelques-unes, oui, mais je croyais que tout le monde les voyait comme moi.

— Frigate et Monat en avaient aussi ?

— Je ne me souviens pas de les avoir vues ce jour-là. Mais sur ton front non plus, Burton-*nak*. Elles n'apparaissent que sous certaines conditions d'éclairage.

Burton avait sorti de sa sacoche un bloc de papier de bambou, une épine de poisson taillée et un petit encrier de bois. Il avait pris la barre en demandant à Kazz de dessiner les symboles gravés sur les fronts de l'Américain et de l'Extra-terrestre. Kazz avait tracé pour chacun d'eux trois lignes parallèles horizontales coupées par trois lignes parallèles verticales. A côté de ce motif, il y avait une croix inscrite dans un cercle. L'épaisseur et la longueur des lignes étaient les mêmes, sauf en deux endroits : celles de Monat étaient plus épaisses à droite, et celles de Frigate à gauche.

– Et sur mon front ? avait demandé Burton.

Kazz avait dessiné quatre lignes ondulées parallèles et horizontales à côté d'un symbole qui ressemblait à un « et » commercial (&). Le tout était souligné d'un trait horizontal très fin.

– Celles de Monat et de Pete se ressemblent étrangement, avait murmuré Burton.

Kazz dessina ensuite les marques de chaque membre de l'équipage. Il n'y en avait pas deux voisines.

– Tu te souviens de celle de Lev Ruach ?

Kazz avait hoché la tête. Un instant plus tard, il avait remis un nouveau feuillet à Burton. Celui-ci avait été vaguement déçu, sans savoir consciemment pourquoi. Il s'était attendu à un motif semblable aux deux premiers, mais il ne voyait pas le moindre rapport.

Tandis qu'il faisait les cent pas sur le pont en repensant à tout cela, Burton essayait désespérément d'analyser l'intuition obscure qui lui avait fait établir un lien entre les trois personnages. Il l'avait sur le bout de la langue, mais cela lui échappait de manière exaspérante.

Assez perdu de temps comme ça, se dit-il. Le moment est venu de passer à l'action.

Il se dirigea vers la cabine où dormait le Neandertalien. Il n'y voyait absolument rien, mais il se laissait guider par les puissants ronflements de son ami. Lorsqu'il le secoua, Kazz se réveilla aussitôt.

– C'est l'heure ?
– C'est l'heure.

Il fallut d'abord que Kazz se soulage en urinant par-dessus bord. Burton alluma une lanterne à huile de poisson et ils descendirent à terre par la passerelle. Ils traversèrent lentement la plaine embrumée en direction d'une cabane inhabitée que Burton avait repérée à deux cents mètres du Fleuve. Ils durent décrire plusieurs cercles avant de la trouver. Burton referma la porte derrière eux. Le soir précédent, Kazz avait apporté une provision de bûches et de petit bois pour faire du feu. En quelques secondes, une flamme brilla dans l'âtre. La cheminée ne tirait pas très bien et cracha un peu de fumée. Kazz s'assit en toussant dans un petit fauteuil en bambou. Burton n'eut aucun mal à le faire sombrer aussitôt dans une transe hypnotique profonde. Depuis toujours, il s'était intéressé de très près aux techniques du mesmérisme; et dans le Monde du Fleuve, il avait plus d'une fois, au cours de ses voyages, présenté aux riverains des spectacles d'hypnotisme où Kazz était son sujet favori.

Maintenant qu'il y repensait, il s'avisait que Monat et Frigate avaient toujours été présents à ces spectacles. Avaient-ils semblé redouter quelque chose? Pas à sa souvenance, en tout cas. Mais cela ne signifiait rien. Si les soupçons de Burton étaient fondés, ils devaient être passés maîtres dans l'art de cacher leur jeu.

Il fit régresser Kazz jusqu'au moment où il avait fait remarquer aux autres qu'il ne voyait pas de marque sur le front de Spruce. Puis il le ramena en avant, à l'instant précis où le Neandertalien était entré dans la cabane de Monat. Là, Burton rencontra la première résistance.

— Es-tu dans la cabane ?

Kazz avait les yeux grands ouverts. Il répondit, les yeux fixés dans le lointain, comme sur son passé intérieur :

— Je suis devant la porte.

— Entre, Kazz. Avance !

Le Neandertalien tremblait comme une feuille.

— Je ne peux pas, Burton-*nak*.

— Pourquoi ?

— Je ne sais pas.

— Il y a quelque chose qui te fait peur à l'intérieur ?

— Je ne sais pas.

— Quelqu'un t'a dit qu'il y avait un danger dans la cabane ?

— Non.

— Tu n'as rien à craindre, Kazz. Tu es courageux, n'est-ce pas ?

— Tu le sais bien, Burton-*nak*.

— Pourquoi ne peux-tu pas entrer, alors ?

— Je ne sais pas... fit Kazz en secouant la tête. Quelque chose...

— Continue. Quelque chose ?

— Quelque chose... me dit... me dit... impossible.

Burton se mordit la lèvre inférieure. Une bûche, dans l'âtre, craqua en jetant une pluie d'étincelles.

— Qui t'a dit ça ? Monat ? Frigate ?

— Je ne sais pas.

— Fais un effort, Kazz. Cherche !

Le front du Neandertalien était plissé et ruisselant de sueur. De nouveau, on entendit le feu craquer. Burton eut un sourire.

— Kazz !

— Oui, Burton-*nak*.

— Kazz ! Besst est dans la cabane. Elle est en train de crier. Tu entends ses cris ?

Kazz se raidit, les yeux hagards, les narines palpitantes, les lèvres retroussées.

— Je l'entends. Que se passe-t-il ?

— Kazz ! Il y a un ours dans la cabane, il va bondir sur Besst ! Prends ta lance ! Va tuer l'ours ! Vite, il faut sauver Besst !

Kazz se dressa, refermant la main sur une lance imaginaire, et bondit en avant. Burton dut s'écarter précipitamment de son chemin. Le Neandertalien trébucha sur la chaise et tomba face contre terre.

Burton fit la grimace. Allait-il se réveiller sous le choc ? Non. Il se remettait debout, prêt à foncer de nouveau.

— Kazz ! Arrête ! Tu es dans la cabane, maintenant. Voilà l'ours. Tue-le, Kazz. Tue-le !

Grondant comme une bête fauve, Kazz agrippa la hampe de la lance imaginaire et la projeta en avant.

— Haï ! Haï ! s'exclama-t-il en émettant une succession de sons rauques.

Burton, qui avait étudié avec lui sa langue natale, comprit qu'il disait :

— Je suis Celui-qui-a-tué-longue-dent-blanche ! Meurs, ô Créature-velue-qui-dort-tout-l'hiver ! Meurs, mais pardonne-moi ! Il le faut ! Il le faut ! Meurs donc !

Burton lui parla d'une voix très forte :

— Kazz ! Il s'est sauvé ! L'ours a réussi à s'enfuir de la cabane. Besst n'a aucun mal. Repose-toi, maintenant.

Kazz cessa de brandir son arme fantôme. Ses traits se détendirent.

– Kazz ! Besst est partie, maintenant. Tu es dans la cabane. *A l'intérieur,* Kazz ! Il n'y a plus rien à craindre. Dis-moi qui est avec toi dans la cabane. Avec qui es-tu entré ? Il y a quelques instants, tu t'es aperçu que Spruce ne portait pas de marque au front et tu l'as dit à tout le monde. Qui est avec toi dans la cabane ?

Le Neandertalien s'était calmé. Les yeux vagues, il fixait Burton.

– Qui ? Monat et Pete, naturellement.

– Très bien, Kazz. C'est parfait. Et qui t'a parlé le premier ?

– C'est Monat.

– Bravo, Kazz. Que t'a-t-il dit ? Dis-moi quelles ont été ses paroles, et celles de Frigate aussi.

– Frigate n'a rien dit. Seulement Monat.

– Qu'a-t-il dit, Kazz ? Que dit-il ?

– Il dit : « Kazz, tu ne te souviendras de rien de ce qui se passe dans cette cabane. Nous allons discuter pendant quelques instants, et puis nous ressortirons. Dès l'instant où tu auras quitté la cabane, tu oublieras tout, y compris que tu y es entré et que tu en es ressorti. Tout ce qui se sera passé dans cet intervalle aura disparu de ton souvenir. Et si quelqu'un te questionne un jour sur ce que tu as fait dans cette cabane, tu diras que tu ne sais pas. Ce qui ne sera pas un mensonge, vu que tu auras tout oublié. N'est-ce pas, Kazz ? »

Le Neandertalien hocha gravement la tête.

– « Et aussi, Kazz, pour plus de sûreté, tu oublieras ce que je t'ai dit la première fois, quand je t'ai demandé d'oublier que tu m'avais fait remarquer que Frigate et moi, nous n'avions pas de marque au front. Tu te souviens de ce moment-là, Kazz ? »

– « Non », fit le Neandertalien en secouant son front épais.

Il soupira longuement.

– Qui vient de soupirer ? demanda Burton.

– C'est Frigate.

Il s'agissait, apparemment, d'une manifestation de soulagement.

– Qu'est-ce que Monat te dit encore ? Donne-moi tes réponses, également.

– « Kazz, lorsque nous avons discuté ensemble, la première fois, quand tu nous as dit, à Frigate et à moi, que tu ne voyais pas de marque sur notre front, je t'ai demandé de me répéter tout ce que Burton pouvait dire devant toi sur ses rencontres avec un mystérieux étranger. Il est possible aussi que cet étranger se fasse appeler un Ethique. »

– Ah ! ne put s'empêcher de s'exclamer Burton.

– « Est-ce que tu t'en souviens, Kazz ? » reprit la voix du Neandertalien imitant Monat.

– « Je ne m'en souviens pas. »

– « Bien sûr que non. C'est moi qui t'ai ordonné de l'oublier. Mais je te demande de t'en souvenir, maintenant. Tu t'en souviens, Kazz ? »

Le Neandertalien observa une période de silence d'une vingtaine de secondes, puis reprit :

– « Je m'en souviens, maintenant. »

– « C'est parfait, Kazz. Tu peux l'oublier de nouveau, mais ce que je t'ai demandé est toujours valable. C'est d'accord ? »

– « C'est d'accord. »

– « Dis-moi, Kazz. Est-ce que Burton a parlé, à toi ou à quiconque, de cet Ethique ? Ou de quelqu'un d'autre, homme ou femme, qui prétendrait faire partie de ceux qui nous ont ressuscités ? »

– « Non, Burton-*nak* n'a jamais parlé de cela. »

– « Mais s'il t'en parlait un jour, il faudrait venir me le dire aussitôt. A condition, bien sûr, que nous soyons seuls et que personne ne puisse nous entendre. Tu comprends cela, Kazz ? »

– « Je comprends très bien. »

– « Si, pour une raison quelconque, tu ne pouvais pas me le dire personnellement, si par exemple j'étais mort ou parti en voyage, il faudrait aller le répéter à Peter Frigate ou bien à Lev Ruach. Tu comprends bien ? »

– Ruach aussi ! s'exclama Burton à voix basse.

– « Je comprends, Monat. Si je ne peux pas te le dire, je le dirai à Frigate ou à Lev Ruach. »

– « Et tu ne parleras que quand tu seras sûr que personne d'autre ne peut t'entendre. C'est compris ? »

– « Oui. »
– « Tu ne dois en parler à personne excepté Frigate, ou Ruach, ou moi-même. Tu as bien compris ? »
– « J'ai bien compris. »
– « C'est parfait, Kazz. Nous allons ressortir de la cabane, maintenant. Et quand je ferai claquer mes doigts à deux reprises, tu oublieras tout ce qui s'est passé, maintenant et la première fois. D'accord ? »
– « D'accord. »
– « Kazz, il faudrait aussi que... oh, zut ! On nous appelle. Pas le temps d'inventer une histoire. Allons-y ! »

Burton n'eut pas de mal à comprendre le sens de cette dernière remarque. Monat n'avait tout simplement pas eu le temps de préparer Kazz à répondre à ceux qui auraient pu le voir entrer dans la cabane et qui lui auraient demandé de quoi il avait parlé. C'était une circonstance heureuse pour Burton, car si Kazz avait eu une histoire plausible à lui raconter, ses soupçons n'auraient pas été éveillés.

26

– Assieds-toi, maintenant, Kazz, demanda Burton. Détends-toi. Installe-toi confortablement. Je vais te laisser seul. Dans une minute, Monat viendra te parler.
– Entendu, fit Kazz.

Burton sortit de la cabane et attendit une minute. Il avait commis une erreur au début de la séance. Il aurait dû tout de suite se faire passer pour l'Arcturien. Ainsi, il aurait vaincu plus facilement la résistance de Kazz et n'aurait pas été obligé de recourir au subterfuge de l'ours et de Besst.

– Comment ça va, Kazz ? fit-il en rentrant dans la cabane.
– Ça va bien. Et toi, Monat ?
– Très bien. Kazz, nous allons tout reprendre là où ton ami Burton s'est arrêté. Nous allons retourner à notre toute première conversation, juste après le moment où tu es venu nous dire, à Frigate et à moi, que tu ne voyais pas

de marque sur nos fronts. Tu t'en souviens très bien, Kazz, car c'est moi, Monat, qui te le demande. Tu vas donc retourner une seconde après ce moment-là. Tu y es ?

— Oui, j'y suis.
— Frigate et moi, nous sommes avec toi. Où sommes-nous ?
— Près d'une pierre à graal.
— Quel jour est-ce ? Ou quelle nuit ?
— Je ne comprends pas.
— Combien de jours ont passé depuis la résurrection ?
— Trois jours.
— Décris-moi ce que nous faisons.

D'une voix monocorde, le Neandertalien raconta que ce jour-là, Monat et Frigate avaient exprimé le désir de lui parler en privé. Ils avaient traversé la plaine pour gagner les premiers contreforts des collines. Là, sous un arbre à fer géant, Monat l'avait regardé dans les yeux. Sans le secours d'aucun appareil, sans même l'informer de ce qu'il voulait faire, il avait hypnotisé le Neandertalien.

— On aurait dit que quelque chose de noir et d'irrésistible sortait de ce regard pour m'envelopper tout entier.

Burton hocha la tête. Il avait déjà vu Monat faire la démonstration de ses pouvoirs. Du temps de l'explorateur, on appelait cela le « magnétisme animal », et Monat était sans conteste meilleur magnétiseur que lui. C'était la principale raison pour laquelle il n'avait jamais voulu se laisser hypnotiser, même devant un public, par l'Arcturien. Il avait pris des précautions spéciales à cet égard. Faisant appel à des techniques d'auto-hypnose, il s'était constitué des défenses qui devaient lui permettre de mieux résister au cas où Monat exercerait une tentative de ce genre contre son gré. Et pour plus de sûreté, il évitait toujours, dans la mesure du possible, de se trouver seul avec lui.

Jusque-là, il n'avait jamais soupçonné que Monat pût avoir partie liée avec les Ethiques. Les barrières qu'il avait érigées entre l'Extra-terrestre et lui étaient seulement destinées à protéger le secret de l'Ethique renégat.

Il se demandait, maintenant, si Frigate n'était pas, lui aussi, un spécialiste de l'hypnotisme. L'Américain n'avait jamais laissé paraître aucune indication dans ce sens. Il avait toujours refusé, cependant, de laisser Burton exercer sur lui ses talents de magnétiseur. La raison invoquée était qu'il ne supportait pas l'idée de perdre le contrôle de sa volonté.

Kazz rapporta que, durant la séance, Monat et Frigate avaient discuté de la faculté que possédait le Neandertalien d'apercevoir les marques.

— Personne ne s'en était douté, avait dit Monat. Il faudra prévenir le Q.G. à la première occasion.

Ainsi, songea Burton, ils communiquent régulièrement avec les Ethiques. Mais par quel moyen ? Les rencontrent-ils en chair et en os quand ils descendent dans une de ces machines volantes ?

Burton en avait aperçu une, un jour. Lorsqu'elle se déplaçait, elle ne cessait d'apparaître puis de disparaître brusquement sur sa trajectoire.

Frigate et Monat devaient le surveiller constamment. Sans doute était-ce l'une des raisons pour lesquelles le renégat avait choisi une nuit d'orage pour lui rendre visite. Le Mystérieux Etranger devait savoir à quoi s'en tenir sur leur compte. Mais pourquoi n'avait-il pas prévenu Burton ?

Peut-être avait-il eu l'intention de le faire, mais avait-il manqué de temps. Il était reparti précipitamment en disant à Burton que les Ethiques allaient descendre d'un moment à l'autre dans leurs machines volantes. Cependant, s'il avait vraiment voulu l'avertir, deux ou trois mots auraient suffi. Pourquoi n'avait-il rien dit ? Ignorait-il le rôle que jouaient Monat et Frigate ? Sans oublier Ruach, qui était leur complice.

Pourquoi trois espions rien que pour lui ? Un seul n'aurait-il pas suffi ? Et pourquoi avoir choisi quelqu'un comme l'Arcturien, qui n'avait aucune chance de passer inaperçu ?

De tous ces mystères non résolus, le plus préoccupant était l'absence de marque sur le front des trois espions. De toute évidence, aucun Ethique, maître ou subalterne, n'en était pourvu. Et ils avaient fait en sorte que Kazz ne puisse répéter le secret à personne.

Monat avait également suggéré à Kazz qu'il voyait désormais une marque sur son front et celui des deux autres. Mais pourquoi pas sur le front de tous ceux qui n'en avaient pas ?

Il n'y avait peut-être pas pensé, ou il s'était dit que

c'était inutile. Ou encore, cela supposait que Monat lui décrive les marques de tous les espions de la vallée, et comme il pouvait y en avoir des milliers, la tâche était tout simplement impossible.

D'un autre côté, Kazz n'était pas le seul Neandertalien ressuscité dans le Monde du Fleuve, et il était impossible de les hypnotiser tous. Mais Burton avait peu de chances d'en rencontrer un autre, ou du moins de s'en approcher. Au cours de ses voyages, il en avait peut-être vu une centaine en tout, et de loin.

Pourtant, il y avait Besst.

Il fit un effort pour se rappeler les circonstances exactes de leur rencontre avec Besst. Cela s'était passé trois ans auparavant. Ils avaient fait escale dans une région principalement peuplée de Chinois du xive siècle et de Slaves de l'Antiquité. Besst vivait avec un Chinois, mais elle avait tout de suite manifesté le désir, en voyant Kazz, de se joindre à leur groupe. Il faisait nuit lorsqu'elle avait vu Frigate et Monat pour la première fois, et cela expliquait sans doute qu'elle n'ait rien remarqué d'anormal, à part l'aspect non humain de Monat, naturellement.

Kazz et elle avaient ensuite discuté ensemble jusqu'à une heure avancée de la nuit. Lorsque le Chinois avait ordonné à Besst de regagner sa cabane avec lui, elle avait refusé. Il y avait eu quelques instants de tension, durant lesquels tout le monde avait cru que le Chinois allait attaquer Kazz. Mais la raison avait prévalu. Bien que plus grand que le Neandertalien, le Chinois n'aurait eu aucune chance dans un combat contre lui. Kazz était capable de vaincre n'importe qui dans une lutte à mains nues, à part peut-être un spécialiste moderne des sports de combat. En outre, son visage bestial était généralement suffisant pour mettre en déroute ses adversaires potentiels.

Le couple de Neandertaliens était allé passer à bord le restant de la nuit. Ils avaient dû s'endormir peu avant l'aube. Etait-ce à ce moment-là que Monat avait hypnotisé Besst ? La chose était probable. Quoi qu'il en soit, jamais, par la suite, Besst n'avait fait la moindre allusion au front de Monat ni à celui de Frigate.

Kazz termina son récit sous hypnose. Le reste fut bref et sans surprise.

Burton réveilla le Neandertalien et lui demanda d'aller chercher Besst.

Quand le couple fut de retour quelques instants plus tard, Burton demanda à Besst si elle voulait bien se laisser hypnotiser. Il lui promit de lui expliquer plus tard de quoi il s'agissait.

Elle accepta d'une voix ensommeillée et s'assit dans le fauteuil que Kazz avait précédemment occupé.

Burton se fit d'emblée passer pour Monat et la fit régresser jusqu'au moment où elle s'était endormie, ce jour-là, à côté de Kazz. Comme il le supposait, elle avait bien été hypnotisée, au petit matin, par Monat. Celui-ci lui avait simplement décrit les marques qu'elle devait voir, comme Kazz, sur le front des trois espions. La séance n'avait duré que quelques minutes.

Monat et Frigate avaient eu de la chance. Avant de rencontrer Spruce, Kazz était déjà tombé par hasard sur deux autres personnes dépourvues de marques. La première fois, cependant, c'était le jour de la résurrection générale. Kazz avait appelé l'individu en question pour lui demander pourquoi son front était nu, mais l'interpellé avait pris la fuite, probablement parce qu'il s'était mépris sur les intentions du Neandertalien, dont il ne comprenait certainement pas le langage.

Plus tard, après avoir rencontré Burton, Kazz avait essayé de lui raconter l'incident, mais aucun des deux ne comprenait encore suffisamment la langue de l'autre pour pouvoir communiquer vraiment. Par la suite, Kazz avait tout simplement oublié ce qui s'était passé.

La seconde personne dépourvue de marque avait été une femme, une Mongole. La rencontre s'était produite à midi. La jeune femme sortait du Fleuve où elle s'était baignée. Kazz avait essayé de lui dire quelques mots; mais son compagnon, qui avait une marque au front, l'avait entraînée plus loin. De toute évidence, il était jaloux. Une fois de plus, les intentions de Kazz avaient été mal comprises.

A ce moment-là, Burton et les autres étaient en palabres avec le roitelet du coin dans la salle du conseil. Kazz était resté près du bateau pour monter la garde. Après le départ de la femme, des gens qui voulaient lui parler lui avaient apporté de l'alcool de lichen. Ils n'avaient jamais vu de

Neandertalien et espéraient qu'il leur raconterait quelques histoires inédites qui leur feraient passer un bon moment. Kazz n'avait jamais su résister à un verre d'alcool. Quand Burton et les autres furent de retour au bateau, il était complètement ivre. Burton lui avait fait de tels reproches que plus jamais Kazz n'avait bu une goutte pendant qu'il était de garde.

En attendant, il avait oublié la femme.

Après avoir tiré Besst de sa transe, Burton demeura plusieurs instants perdu dans ses pensées. Les deux Neandertaliens, encore tout ensommeillés, échangeaient des regards perplexes. Finalement, Burton prit sa décision. Il ne servait plus à rien de faire des mystères. Tout le monde, et Alice la première, avait droit à la vérité. Il n'avait aucune obligation envers le Mystérieux Etranger. De toute manière, il y avait si longtemps qu'il ne s'était manifesté que Burton ne se sentait plus du tout tenu de garder le silence. De plus, ce secret lui pesait et, bien qu'il fût d'un naturel peu expansif, il en avait assez de le garder pour lui.

Il leur raconta tout dans les grandes lignes, ce qui lui prit quand même plus d'une heure. Besst et Kazz furent stupéfaits. Ils avaient de nombreuses questions à poser, mais Burton les interrompit d'un geste :

— Plus tard, plus tard ! Pour le moment, il faut leur tirer le plus de renseignements possible. L'Arcturien risque de nous donner du fil à retordre; aussi, je suggère que nous allions nous occuper de Frigate en premier lieu.

Il leur expliqua ce qu'il voulait qu'ils fassent.

— Tu ne crois pas qu'il faudrait d'abord neutraliser Monat ? demanda Kazz. S'il se réveille pendant que nous faisons parler Frigate ?

— Nous tâcherons de faire le moins de bruit possible. Si Loghu et Alice nous entendent, elles vont faire un charivari.

— Un quoi ?

— Un boucan de tous les diables. Allons-y, maintenant.

Ils retraversèrent la plaine embrumée pour gagner le bateau. Burton songeait aux questions qu'il allait poser à Frigate. Par exemple, à propos de Spruce. Les trois agents des Ethiques devaient savoir que Spruce était lui aussi un espion. Pourquoi ne l'avaient-ils pas protégé ? Pourquoi

Monat n'avait-il pas hypnotisé Kazz pour qu'il voie une marque également sur son front ?

Ils auraient pu lui dire au moins de s'entourer la tête d'un bandeau.

Se pouvait-il que les agents des Ethiques fussent si nombreux qu'ils s'ignoraient les uns les autres ? Cette hypothèse semblait invraisemblable, surtout en ce qui concernait Monat, que tout le monde connaissait nécessairement.

Il s'arrêta subitement, frappé par une autre idée.

Le Mystérieux Etranger n'avait jamais parlé de ses propres agents. Rien ne disait qu'il s'était révolté tout seul. Il avait certainement des partisans, dont certains pouvaient être des agents doubles. Spruce était-il dans ce cas ? Monat et Frigate l'avaient peut-être démasqué, avant de décider de mettre à profit l'occasion de se débarrasser de lui.

Mais c'était improbable. Si Spruce travaillait pour le Mystérieux Etranger, Monat et les autres ne l'auraient pas laissé mourir ainsi. Ils auraient essayé de tirer de lui le plus de renseignements possible. Il aurait pu leur dévoiler – à supposer qu'il l'eût connue – l'identité du renégat.

Il existait une autre possibilité. Monat savait que Spruce pouvait se suicider à volonté. Il ne servait donc à rien de l'interroger. Il ne pouvait divulguer aucune information.

Peut-être s'étaient-ils servis de lui comme messager. Son suicide n'aurait été que le moyen le plus rapide de faire parvenir des informations au Q.G. – à condition que ces deux lettres désignent bien le *quartier général* des Ethiques.

Monat avait joué le rôle principal dans l'interrogatoire de Spruce. Quelle duplicité ! Et que penser des réponses de Spruce, qui avaient toutes été suggérées par l'Arcturien ! Un tissu de mensonges, encore ?

Mais pourquoi dissimuler la vérité ?

Pourquoi l'humanité avait-elle été ressuscitée ?

On revenait toujours à cette question primordiale.

Il était possible, également, que Spruce, obéissant aux instructions de Monat, se soit fait délibérément remarquer par Kazz.

Auquel cas toutes les conceptions de Burton étaient à réviser.

Ils étaient maintenant arrivés devant le *Snark*. Ils montèrent à bord sans faire de bruit. Les deux Neandertaliens restèrent sur le pont tandis que Burton descendait jusqu'à la cabine de Frigate et Loghu. Il ouvrit doucement la porte et se glissa à l'intérieur. Il y avait juste assez d'espace pour loger les deux couchettes superposées. Ces cabines, séparées les unes des autres par de simples cloisons en bois, étaient les seuls endroits à bord où l'on pût profiter d'une relative intimité. On y faisait même ses besoins privés, dans des pots de chambre que l'on rangeait contre un mur sur un râtelier.

Frigate occupait généralement la couchette du haut. Burton se prépara à le réveiller doucement. Il lui dirait que c'était l'heure de prendre son quart. Frigate le suivrait sans méfiance sur le pont, où Kazz l'assommerait dès qu'il passerait la tête. Ensuite, ils le transporteraient dans la cabane pour l'interroger.

Comme il n'avait aucun moyen de l'empêcher de se suicider pour éviter de répondre aux questions, Burton avait décidé de l'hypnotiser au moment même où il reprendrait conscience. Il n'était pas sûr de réussir, mais il n'avait guère le choix. Par ailleurs, les données du problème avaient légèrement changé. Lorsque Spruce s'était volontairement donné la mort, il était assuré de ressusciter ailleurs. Aujourd'hui, les résurrections avaient cessé. A moins que les agents des Ethiques n'aient reçu l'assurance de bénéficier d'un traitement spécial, Frigate hésiterait sans doute avant de se donner la mort.

Les doigts de Burton, rencontrant le bois lisse de la couchette, se guidèrent sur le matelas. Mais sa main resta en suspens.

Il n'y avait personne.

Les draps étaient encore tièdes. Frigate venait de se lever. Etait-il monté uriner sur le pont pour ne pas réveiller Loghu ? Avait-il décidé de prendre son quart un peu plus tôt pour bavarder avec celui qu'il relevait ?

Ou bien était-il... cette pensée le faisait frémir de rage... était-il allé rejoindre Alice dans son lit ?

Il fut aussitôt honteux d'avoir eu cette idée. Alice était une femme honnête. Elle était incapable de le trahir. Si elle voulait un autre amant, elle le lui dirait et elle le quitterait aussitôt. Même Frigate n'était pas capable d'une telle trahison, quoiqu'il fût sans doute amoureux d'Alice.

Il se baissa pour tâter la couchette du bas. Sa main rencontra quelque chose de doux sous la couverture – la poitrine de Loghu.

Il ressortit sans faire de bruit et referma la porte.

Son cœur battait si fort qu'il avait l'impression de l'entendre résonner dans l'étroite coursive. Il s'arrêta devant la cabine de Monat et colla son oreille à la porte. Il n'y avait pas le moindre bruit à l'intérieur. Il ouvrit la porte et se dirigea vers les deux couchettes. Monat n'était pas dans celle du haut, mais il dormait peut-être en bas. Cependant, on n'entendait pas le bruit de sa respiration.

Les couvertures n'étaient même pas défaites.

En murmurant tout bas une série de jurons, Burton remonta sur le pont.

Kazz apparut, le poing levé, au milieu de la brume.

— *Wallah!* Que se passe-t-il, Burton-*nak*?

— Ils ont disparu tous les deux, fit Burton.

— Mais... comment ont-ils fait?

— Je l'ignore. Monat s'est peut-être douté de quelque chose. C'est l'être le plus sensitif que j'aie jamais rencontré. Il est capable d'interpréter la plus petite expression du regard, la moindre nuance de la voix. Il t'a peut-être entendu réveiller Besst. Si ça se trouve, il écoutait à la porte de la cabane.

— Nous n'avons fait aucun bruit, Burton-*nak*. Nous avons été aussi silencieux, Besst et moi, qu'une belette à l'affût d'un lapin.

— Je n'en doute pas. Allons voir si aucune embarcation n'a disparu.

Ils firent chacun de son côté le tour du bateau. Ils se rencontrèrent au milieu.

— Tous les canots sont là, dit Burton.

27

Il alla réveiller Alice et Loghu. Pendant que tout le monde buvait du café, il raconta ce qu'il savait des Éthiques et du renégat. Les deux femmes étaient sidérées, mais elles n'interrompirent pas son récit. Lorsqu'il eut fini de parler, elles voulurent le bombarder de questions, mais il déclara qu'il satisferait leur curiosité plus tard. Le soleil allait se lever. Il fallait qu'ils aillent porter leurs graals à la pierre la plus proche.

Alice était boudeuse. Les lèvres serrées, elle évitait de croiser le regard de Burton.

— Je regrette d'avoir dû te cacher toutes ces choses, lui dit-il, mais tu devrais comprendre que je ne pouvais pas faire autrement. Si les Ethiques t'avaient capturée ? S'ils avaient fouillé ta mémoire comme ils ont fouillé la mienne ? Ils auraient appris qu'ils n'avaient pas réussi à effacer mes souvenirs comme ils le désiraient.

— Seulement, ils ne l'ont pas fait, dit-elle. Et je ne vois pas pourquoi ils auraient même pensé à une chose pareille.

— Comment peux-tu être sûre qu'ils ne l'ont pas fait ? Crois-tu qu'ils t'en auraient laissé le souvenir ?

Elle demeura bouche bée. Ils ne se parlèrent plus jusqu'au petit déjeuner, qui se déroula dans des circonstances atmosphériques inhabituelles.

Normalement, dès que le soleil commençait à monter dans le ciel, la brume était chassée. Le ciel restait bleu pendant tout le reste de la journée en zone tropicale, ou jusqu'au milieu de l'après-midi en zone tempérée. Dans ce secteur, les nuages s'amassaient rapidement, l'orage éclatait durant un quart d'heure, puis le ciel redevenait clair.

Ce matin-là, cependant, des masses nuageuses avaient obscurci le soleil. Des éclairs crépitaient, telles des aiguilles de ciel bleu tombant du haut des nuées noires. Le tonnerre ressemblait au grondement d'un géant tapi derrière la montagne. Une pâle clarté baignait la vallée, projetant sur les visages des reflets irréels, comme si une malédiction était descendue sur tous.

Kazz et Besst rentraient peureusement la tête dans les épaules et regardaient autour d'eux comme s'ils s'attendaient à l'arrivée d'un visiteur importun. Kazz murmurait entre ses dents dans sa langue natale : « L'ours-qui-punit-les-méchants n'est pas loin. »

Besst gémit :

— Allons vite nous cacher quelque part. Il ne faut pas rester près de l'eau quand il s'approche.

Les autres hésitèrent, comme s'ils étaient prêts à courir pour aller se mettre à l'abri d'un danger.

Burton se dressa d'un bond et cria :

— Du calme, s'il vous plaît ! Vous n'avez aucune raison de vous affoler. Je veux d'abord savoir si l'un de vous a perdu une embarcation.

— Pourquoi ? demanda quelqu'un.

— Deux membres de mon équipage ont déserté la nuit dernière. Il est possible qu'ils aient volé un bateau.

Oubliant l'orage qui se préparait, hommes et femmes se dispersèrent pour examiner les abords du Fleuve. Une minute plus tard, quelqu'un vint annoncer à Burton que sa pirogue avait disparu.

— Ils doivent être loin maintenant, fit Kazz. Mais comment savoir s'ils ont remonté ou descendu le courant ?

— S'il y avait un système de télégraphe dans ce secteur, nous ne tarderions pas à le découvrir, dit Burton. Malheureusement, nous ne pouvons rien faire. Si ça se trouve, ils ont abandonné la pirogue au bout de quelques centaines de mètres pour aller se cacher dans les montagnes.

— Qu'allons-nous faire, Dick ? demanda Alice. Si nous perdons du temps à les chercher, nous risquons de rater le *Rex*.

Il réprima l'envie de lui faire remarquer sèchement qu'elle n'avait fait qu'énoncer ce qui était l'évidence même. Comme elle était encore fâchée contre lui, il fallait éviter de jeter de l'huile sur le feu.

— Nous devons renoncer à les poursuivre, dit-il. La seule chose qui compte pour nous est de nous faire prendre à bord du navire à aubes. Mais ces deux-là n'ont rien perdu pour attendre. Je suis sûr que nous nous retrouverons un jour, et à ce moment-là...

— Nous en ferons de la chair à pâté ? demanda Kazz.

Burton haussa les épaules et écarta les bras.

— Je ne sais pas. Ils possèdent un gros avantage. Ils peuvent nous claquer entre les mains, ou nous mentir comme ils veulent. Jusqu'à ce que nous parvenions à la Tour noire...

Alice récita alors, les yeux mi-clos, perdue dans une rêverie qui lui était familière :

... Si pour faire comme il disait
J'abandonnais ma route pour m'engager
Dans le sentier sinistre où comme chacun sait
Se cache la Tour Noire. Et cependant, docile,
Je pris la direction qu'il montrait; non par forfanterie,
Ni espoir ravivé d'apercevoir enfin le but tant désiré,
Mais par joie d'entrevoir une fin quelle qu'elle fût.

Car pour avoir erré dans tout le vaste monde
Et pour avoir cherché durant toutes ces années,
Je ne possédais plus que l'ombre d'un espoir,
Impuissante à porter le poids intempestif
De la joie qu'eût causé un succès trop tardif.
En vérité, c'est à peine si j'essayai de réprimer le bond
Que fit mon cœur en voyant se dessiner la défaite.

Ils étaient là, silhouettes obscures au flanc des montagnes,
Venus assister à mes derniers soupirs, cadre vivant
Pour un tableau nouveau! Dans un embrasement
De lumière crue, je les vis
Et les reconnus tous. Mais sans trembler
J'embouchai ma trompe et sonnai
« Le Chevalier Roland s'en vint à la Tour Noire! »

Burton eut un rire sardonique :
— Bob Browning aurait pensé... doit penser en ce moment même... que ce monde est encore plus étrange que le décor bizarre de son poème fantastique. J'apprécie parfaitement ce que tu ressens, ma chère Alice, même si c'est quelqu'un d'autre qui l'a exprimé avant toi. Mais c'est bien, nous irons tous à la Tour noire !
— Je n'ai pas bien compris de quoi elle parlait, fit Kazz. Mais peux-tu m'expliquer comment nous allons faire pour monter à bord du bateau ?
— Si le roi Jean a de la place pour nous, je lui offrirai notre trésor de guerre, nos graals excédentaires. Il y a là de quoi faire pâmer l'âme la moins cupide.
— Et s'il n'a pas de place ?
Il ne répondit pas, perdu dans ses pensées. Cette idée qu'il tenait sur le bout de sa langue, cette impression qu'il avait eue de pouvoir retrouver le lien existant entre les trois agents des Ethiques, était revenue le tourmenter

pendant qu'Alice récitait le poème de Browning. Il entrevoyait maintenant, ou croyait entrevoir, la nature du raisonnement qui pouvait le mettre sur la voie.

C'était un problème d'identification. Comment faisaient-ils pour se reconnaître entre eux ? En ce qui concernait Monat, bien sûr, la question ne se posait pas. Mais pour les autres ? Ceux qui étaient humains ?

Possédaient-ils la faculté, comme les Neandertaliens, de voir les marques – ou plutôt l'absence de marques – sur le front des gens ? Mais cette hypothèse semblait démentie par les faits. Lorsque Spruce avait eu connaissance du talent visuel de Kazz, il avait paru sincèrement surpris de la chose, comme s'il n'avait jamais entendu parler de ces marques. Elles avaient dû être apposées automatiquement sur le front des ressuscités dans la bulle prérésurrectionnelle – ou dans ce fameux Q.G. dont avaient parlé Frigate et Monat. Mais, quelle que fût leur signification réelle, elles ne servaient certainement pas à permettre aux espions de se reconnaître entre eux.

Comment faisaient-ils, alors ?

Supposons – simple conjecture – qu'il y ait une date limite, à partir de laquelle les humains avaient cessé d'être ressuscités, du moins sur cette planète. D'après Monat, Frigate et Ruach, dont les propos avaient plus tard été confirmés par Spruce (mais quoi d'étonnant à cela ?), cette date se situait en l'an 2008.

Qui disait qu'elle était exacte ? Qui disait que la limite ne se trouvait pas bien avant ?

Burton n'avait jamais rencontré personne – à part les trois espions, justement – qui eût vécu après 1983. Il avait questionné de nombreux riverains à ce sujet, et il avait bien l'intention de questionner désormais tous les riverains originaires du XXe siècle qu'il pourrait rencontrer. Si 1983 s'avérait être la date limite des résurrections, alors il pouvait être certain que les Ethiques se reconnaissaient ainsi. Tous ceux qui prétendaient avoir vécu en 2008 étaient des espions. Et les histoires qu'ils racontaient à propos du vaisseau arcturien et de l'extermination de l'humanité pouvaient très bien être totalement inventées. Toutes les informations qui circulaient dans le Monde du Fleuve sur la période comprise entre 1983 et 2008 étaient peut-être fictives.

Il y avait, cependant, le problème de Monat. On ne pouvait nier qu'il fût un Extra-terrestre. Sans doute était-il né sur une planète de la constellation du Bouvier. Mais cela ne prouvait rien, ni dans un sens ni dans l'autre. Pour l'instant, il n'existait pour Burton aucun moyen d'expliquer sa présence dans le Monde du Fleuve.

En attendant, ils disposaient de deux méthodes permettant de démasquer ceux qui étaient au service des Ethiques. La première reposait sur Kazz. La seconde, sur la date limite de 1983.

Mais il fallait d'abord vérifier la seconde hypothèse. En effet, même si les Ethiques avaient recruté leurs espions dans une période située entre 1983 et 2008, cela ne signifiait pas forcément qu'il n'y avait pas au bord du Fleuve d'autres humains innocents originaires de cette époque.

Tout cela faisait beaucoup trop de *si* et de *mais*. On ne pouvait plus être sûr de rien. Comment savoir, par exemple, si Monat, Frigate et Ruach lui avaient dit la vérité sur ce qui leur était arrivé quand ils n'étaient plus ensemble ? Frigate lui avait raconté, un jour, comment il avait rencontré par hasard un de ses éditeurs qui lui avait fait du tort sur la Terre.

Frigate prétendait s'être vengé à retardement en lui lançant son poing dans la figure. Il portait lui-même des cicatrices qui venaient, affirmait-il, de la bagarre avec Sharkko et son groupe. Mais elles provenaient peut-être d'une autre bagarre, moins glorieuse. Frigate, après tout, détestait la violence. Il n'était pas homme à agresser autrui pour se venger.

De là une nouvelle supposition. Et si les espions n'avaient fait qu'emprunter l'identité de personnes ayant réellement vécu ? Si le vrai Peter Jairus Frigate existait quelque part dans le Monde du Fleuve ? Burton n'avait qu'une chance sur plusieurs millions de tomber sur lui par hasard, et son usurpateur pouvait être certain d'être immédiatement accepté par Burton. Après tout, il était difficile à quelqu'un de demeurer indifférent devant son prétendu biographe, devant une personne qui paraissait lui porter une véritable vénération.

Mais pourquoi les espions auraient-ils eu recours à de tels artifices ? Pourquoi ne pas se présenter sous une personnalité entièrement neuve ?

Ils ne le faisaient peut-être pas par nécessité, mais par commodité...

— Dick ! Qu'est-ce que tu as ? demanda Alice.

Il sortit brusquement de sa méditation. Tout le monde était parti, à l'exception de son équipage et de l'homme dont on avait volé la pirogue. Ce dernier semblait vouloir demander des dédommagements, mais il hésitait à le faire car il n'avait personne pour le soutenir.

Une forte brise hérissait les eaux du Fleuve et faisait ondoyer le chaume des toitures. Le *Snark* heurtait à grands coups sourds les défenses du quai. Le ciel était devenu gris pâle. Les visages avaient l'air encore plus fantomatique. Les éclairs montraient leurs crocs et le tonnerre grondait comme un ours au fond d'une caverne. Kazz et Besst, plus terrorisés que jamais, attendaient qu'il donne l'ordre de redescendre à terre pour chercher un abri. Les autres étaient à peine moins inquiets.

— J'étais en train de réfléchir, dit Burton. Vous voulez savoir ce que nous ferons si le roi Jean n'a pas de place pour nous à bord de son bateau ? Cela m'étonnerait qu'un monarque comme lui soit incapable de nous faire de la place, s'il le désire vraiment. Et s'il refuse, je trouverai un moyen. Je ne me laisserai arrêter par rien ni personne !

Le tonnerre retentit non loin, en crépitant comme si un pan du monde venait de se lézarder. Kazz et Besst menèrent le groupe dans sa fuite éperdue en direction du bâtiment le plus proche.

Burton, stoïque sous la pluie battante qui avait immédiatement suivi l'éclair, éclata de rire et leur cria :

— A la Tour noire !

28

Dans son rêve, Peter Jairus Frigate avançait péniblement à travers la brume. Il était entièrement nu. Quelqu'un lui avait volé ses vêtements. Il lui fallait vite rentrer à la maison avant que le soleil, en chassant le brouillard, ne l'expose à la dérision du monde.

L'herbe était rêche et mouillée. Lorsqu'il fut fatigué de marcher sur le bas-côté, il continua sur l'asphalte de la chaussée. De temps à autre, il y avait une trouée dans la brume et il apercevait des arbres à sa droite.

Il savait qu'il marchait en pleine campagne, très loin de chez lui. Mais en se dépêchant, il pourrait peut-être arriver avant l'aube. Il faudrait alors trouver le moyen d'entrer dans la maison sans réveiller ses parents. Les portes et les fenêtres seraient toutes fermées. Il jetterait quelques cailloux contre les carreaux du premier étage, là où dormait son frère, Roosevelt, en espérant qu'il voudrait bien se réveiller.

Son frère, qui n'avait que dix-huit ans, était déjà gros buveur, coureur de jupons, et passait ses loisirs à parader sur sa moto en compagnie de ses copains douteux, aux favoris épais et blousons de cuir, qui travaillaient chez Hiram Walker à la distillerie. Comme c'était dimanche matin, il y avait des chances pour qu'il soit en train de ronfler, emplissant la petite chambre mansardée qu'il partageait avec Peter de vapeurs de whisky puantes.

Roosevelt, naturellement, avait été prénommé ainsi en l'honneur de Théodore et non de Franklin Delano, que son père détestait. James Frigate exécrait « l'homme de la Maison-Blanche » et adorait, par contre, le *Chicago Tribune*, qui était livré chaque dimanche sur le seuil de sa porte. Son fils aîné en abominait les éditoriaux et le ton d'une manière générale. Il n'appréciait que les « comics ». Depuis qu'il savait lire, il attendait le dimanche matin avec impatience pour pouvoir savourer, juste après le bol de chocolat, les crêpes, le bacon et les œufs, les aventures de Chester Gump et de ses copains à la recherche de la cité de l'or; Moon Mullins; Little Orphan Annie avec son gros Daddy Warbucks et les autres, le magicien Punjab et le sinistre The Asp, et aussi Mr. Am, qui ressemblait au père Noël, était aussi vieux que la Terre et pouvait voyager dans le temps. Il y avait encore Barney Google, Smilin' Jack, Terry et les Pirates. Que de merveilles !

Mais qu'avait-il donc à penser, tout nu, en pleine campagne dans la nuit déserte, à tous ces fameux personnages de bandes dessinées ? Il n'était pas très difficile de le deviner. Ils lui procuraient un sentiment de chaleur et de sécurité, de bonheur même, pourquoi pas, au même titre que les crêpes que faisait sa mère, la radio qui jouait de la musique en sourdine, son père assis dans le grand fauteuil en train de lire le « point de vue du Colonel Blimp ». Peter se vautrait, pendant ce temps, sur la moquette du living, les journaux étalés autour de lui, ouverts à la page des « comics ». Sa mère s'affairait à la cuisine. Elle donnait à manger à ses deux petits frères et au bébé, Jeannette, qu'il aimait tellement et qui connaîtrait dans sa vie trois maris, d'innombrables amants et des milliers de bouteilles de bourbon, la malédiction des Frigate.

Tout cela, cependant, c'était dans le lointain, comme une vision qui s'estompe, absorbée par la brume. Il dormait maintenant dans la grande chambre sur la façade, et il était heureux... non, cela aussi s'estompait... il était devant la maison, dans la cour, nu et frissonnant de froid et de terreur à l'idée d'être surpris sans ses vêtements, incapable, qui plus est, d'expliquer leur disparition. Il lançait des cailloux contre la fenêtre, en espérant que le bruit ne réveillerait pas ses petits frères et le bébé qui dormaient dans la petite chambre juste au-dessous à gauche de la pièce mansardée.

La maison, jadis, avait servi d'école rurale à classe unique, à quelque distance de la petite ville de Peoria, au cœur de l'Illinois. Mais Peoria s'était développée, des habitations avaient été construites de tous les côtés et aujourd'hui les limites de la ville se trouvaient à près d'un kilomètre au nord. L'école avait été dotée d'une installation de plomberie et d'un étage supplémentaire. C'était la première maison où vivait Peter qui possédât des cabinets à l'intérieur. Et tout d'un coup, cette maison devint la ferme près de Mexico, dans le Missouri, où ils avaient habité, sa mère, son père, son frère cadet et lui, quand il avait quatre ans. Le fermier leur avait loué deux pièces.

Son père, électricien et technicien dans les travaux publics (une année à l'Institut Polytechnique de Terre Haute, dans l'Indiana, et un diplôme de l'Ecole Internationale par Correspondance), avait travaillé un an à la centrale électrique de Mexico. C'était là que Peter avait été horrifié, un jour, de voir un coq engloutir une souris capturée la veille dans sa chambre à l'aide d'une souricière, et jetée ensuite dans la cour de la ferme. Mais ce qui l'avait scandalisé le plus, c'était de s'apercevoir que, si les poulets mangeaient des animaux, lui mangeait les poulets ensuite. Il avait compris, ce jour-là, que le cannibalisme était à la base du monde.

Pourtant, ce n'est pas tout à fait vrai, se disait-il. Un cannibale est une créature qui dévore d'autres créatures de sa propre espèce. Il se tourna et retomba dans un demi-sommeil, vaguement conscient de s'être plus ou moins réveillé au milieu d'un rêve avant de passer au suivant. Ou peut-être refaisait-il chaque fois le songe précédent. Cela lui arrivait souvent, en une nuit, de revoir plusieurs fois le même rêve. Parfois, il gardait les mêmes séquences durant des années.

Sa spécialité était le feuilleton, dans la littérature comme en rêve. Il lui était arrivé, à une époque, d'avoir en train vingt et une histoires différentes. Il en avait achevé dix. Les autres attendaient toujours, suspense ultime, lorsque le grand éditeur qui se trouve aux cieux avait arbitrairement décidé de les annuler.

Dans la mort comme dans la vie... il n'avait jamais – Pourquoi exagérer ? Disons *presque* jamais – été capable de vraiment finir ce qu'il avait entrepris. On aurait pu l'appeler : le grand inachevé. Il s'en était rendu compte pour la première fois un jour où, adolescent troublé, il s'était épanché de ses tourments angoissés devant un de ses professeurs, qui lui enseignait la psychologie en première année de fac.

Comment s'appelait-il, déjà... O'Brien ? C'était un jeune type, sec et nerveux, aux manières brusques et à la chevelure rousse toujours en mouvement. Il ne l'avait jamais vu sans un nœud de cravate.

De nouveau, Peter Jairus Frigate marchait dans le brouillard au bord de la route. Il n'y avait aucun bruit à part le hululement lointain d'un hibou. Mais soudain, le grondement d'un moteur se fit entendre et deux lumières trouèrent la brume de leur halo faible. Puis le halo devint plus lumineux et le bruit se fit déchirant. Peter poussa un cri d'angoisse et plongea vers le bas-côté, mais il flottait, flottait dans la brume tandis que la masse noire de l'automobile se rapprochait lentement de lui. Brassant l'air de ses mains, il tourna la tête vers le véhicule et s'aperçut, malgré l'éclat des phares, qu'il s'agissait d'une Duesenberg, semblable au roadster long et racé conduit par Cary

Grant dans le film qu'il avait vu la semaine dernière, *Topper* (1). Il y avait au volant une masse informe dont la seule partie visible était les yeux. C'étaient les yeux bleu pâle de sa grand-mère maternelle d'origine allemande, Wilhelmina Kaiser.

Il poussa un nouveau cri, car la voiture avait quitté la route et se dirigeait droit sur lui pour l'écraser. Il n'y avait aucun moyen de lui échapper.

Il se réveilla en gémissant lourdement. Eve se retourna dans son sommeil en lui demandant : « Tu as fait un mauvais... ? » puis elle se mit la tête sous l'oreiller et sa respiration redevint régulière.

Peter se leva du lit. Le cadre était en bambou et le sommier de corde soutenait un matelas fait de carrés de tissu assemblés par des fermetures magnétiques et bourré de feuilles traitées. Le sol en terre battue était recouvert de paillasses en fibres de bambou. Aux fenêtres, une sorte de mica, tiré de la membrane intestinale du poisson-licorne, constituait les carreaux. A travers des rectangles semi-transparents, la lumière des constellations nocturnes pénétrait dans la pièce en un halo diffus.

Il se dirigea, titubant, vers la porte, l'ouvrit, fit quelques pas au-dehors et soulagea sa vessie contre un arbre. La pluie gouttait encore de la toiture de chaume. Par une trouée dans les collines, il aperçut un feu qui brillait sous l'arche d'une tour de guet au bord du Fleuve. Les flammes dessinaient la silhouette d'une sentinelle penchée sur le parapet. On voyait aussi la mâture d'un bateau qui n'était pas là auparavant. L'autre sentinelle n'était pas dans la tour. Elle était sans doute à bord du navire, pour interroger le capitaine. S'il y avait eu quelque chose d'anormal, les tambours auraient donné l'alarme.

Il retourna se coucher. Son rêve de tout à l'heure le hantait. Les événements n'y étaient pas tout à fait dans l'ordre chronologique, mais quoi d'étonnant pour un rêve ? Tout d'abord, en 1937, son frère Roosevelt n'avait encore que seize ans. La moto, le travail à la distillerie et les blondes oxygénées, c'était deux ans plus tard. La famille, d'ailleurs, ne vivait plus dans cette maison, à l'époque. Elle avait déménagé pour aller s'installer, quel-

---

(1) *Le Couple invisible*, de Norman Mc Leod, 1937. (N.d.T.)

ques rues plus bas, dans une maison plus grande et plus moderne.

Il y avait aussi cette masse amorphe et sinistre dans la voiture, cette chose qui le fixait à travers les yeux de sa grand-mère Kaiser. Qu'est-ce que cela pouvait bien signifier ? Ce n'était pas la première fois qu'il avait peur d'une créature encapuchonnée dont on n'apercevait que les yeux d'un bleu très pâle, presque décoloré. Mais pourquoi sa grand-mère aurait-elle pris dans son rêve un aspect aussi inquiétant ?

Tout ce qu'il savait, c'était qu'elle était arrivée de Galena, dans le Kansas, pour aider sa mère à s'occuper de lui juste après sa naissance à Terre Haute. Sa mère lui avait dit qu'elle l'avait gardé aussi quelque temps quand il avait cinq ans, mais il ne conservait aucun souvenir de cette période. Il se souvenait, par contre, d'une de ses visites, quand il avait douze ans. Mais il était persuadé qu'elle avait dû lui faire quelque chose d'horrible quand il était bébé. Ou, tout au moins, quelque chose qui lui avait *semblé* monstrueux.

C'était, dans son souvenir conscient, une vieille dame très douce, mais qui s'emportait facilement et n'exerçait aucune autorité réelle sur les enfants de sa fille lorsqu'elle les lui confiait.

Où pouvait-elle se trouver maintenant ? Elle était morte vers l'âge de soixante-dix-sept ans, au terme d'une longue et douloureuse lutte avec un cancer de l'estomac. Il avait vu des photos d'elle quand elle avait vingt ans. C'était une petite blonde aux yeux bleus très vifs, et non délavés et veinés de rouge comme dans son souvenir. La bouche était fine et sévère, mais tous les adultes de la famille avaient les mêmes lèvres pincées. Ces vieilles photos marron montraient généralement des visages qui avaient eu la vie dure, mais ne se laissaient pas abattre. C'étaient des puritains au nez droit et au maintien raide. Toute la famille allemande du côté de sa grand-mère était bâtie sur le même moule. Persécutés par leurs voisins luthériens et par les autorités pour s'être convertis à l'Eglise baptiste, ils avaient quitté Oberellen, en Thuringe, pour la terre des promesses. Mais du côté de son père, c'était encore pis. Ces gens-là avaient la manie d'opter pour les religions minoritaires, de préférence un peu farfelues. Ils devaient aimer les ennuis.

Après avoir erré de ville en ville durant des années, sans avoir jamais découvert la moindre rue pavée d'or, après avoir travaillé comme des forcenés, connu la misère la plus noire et perdu de nombreux enfants, au bout de trois générations, les Kaiser avaient finalement percé. Ils étaient devenus des fermiers prospères et des industriels à Kansas City et dans les environs.

Cela en valait-il la peine ? A en croire les survivants, oui.

A son arrivée en Amérique, Wilhelmina Kaiser était une jolie petite fille de dix ans avec des nattes blondes et des yeux bleus. A dix-huit ans, elle avait épousé un homme qui en avait vingt de plus. Sans doute parce qu'elle ne voulait pas vivre pauvre. Son mari, Bill Griffiths, originaire de Kansas City, avait, disait-on, du sang cherokee dans les veines, et avait fait partie des guérilleros de Quantrill. Mais on parlait beaucoup à tort et à travers dans la famille de Peter, des deux côtés. On essayait toujours de se faire passer pour meilleur, ou pire, que ce qu'on était. Cependant, quel que fût le passé du vieux Bill, la mère de Peter avait toujours refusé d'en parler. Ce n'était peut-être, après tout, qu'un vulgaire voleur de chevaux.

Où devait se trouver Wilhelmina à présent ? Elle ne ressemblait certainement pas à la petite vieille ratatinée qu'il avait connue. Ce devait être une belle fille, bien en chair, aux yeux bleus perdus dans le lointain, qui parlait anglais avec un fort accent germanique. S'il la rencontrait par hasard, la reconnaîtrait-il ? Vraisemblablement pas. Et même s'il la reconnaissait, que pourrait-elle lui apprendre sur le traumatisme qu'elle lui avait infligé quand il était bébé ? Vraisemblablement rien. Pour elle, il ne pouvait s'agir que d'un incident mineur. Ou, dans le cas contraire, d'une chose inavouable. Si tant est que la chose eût jamais existé en dehors du cerveau tourmenté de Peter.

A l'occasion d'une brève séance de psychanalyse, il avait essayé un jour de remonter, à travers les couches opaques de ses souvenirs refoulés, jusqu'au drame primordial où sa grand-mère avait joué un si grand rôle. Mais cela avait été peine perdue. De même que pour les tentatives similaires où il avait mis à contribution la dianétique et la scientologie. Il glissait sur ses traumatismes comme un singe le long d'un mât graissé, et il régressait tant et si bien que, dépassant l'instant de sa naissance, il se retrouvait dans ses vies antérieures.

Après avoir été une parturiente dans un château médiéval, un dinosaure, un prévertébré dans l'océan postprimal et un voyageur dans une diligence du XVIIe siècle lancée à travers la Forêt-Noire, Peter avait laissé tomber la scientologie.

Ses fantasmes ne manquaient pas d'intérêt, ils révélaient certains côtés de sa personnalité. Mais sa grand-mère continuait à lui glisser entre les doigts.

Ici, dans le Monde du Fleuve, il avait essayé, pour sonder les abîmes opaques, de mâcher de la gomme à rêver. Sous la haute surveillance d'un gourou de première qualité, il en avait mâché une demi-tablette, ce qui était une forte dose, et avait aussitôt plongé à la recherche de la perle cachée dans les profondeurs de son inconscient. Lorsqu'il s'était réveillé, après avoir été confronté à d'horribles visions, il avait trouvé son gourou ensanglanté, meurtri, sans connaissance au milieu de la cabane. Il n'était pas difficile de deviner qui lui avait fait ça.

Peter avait quitté la région, après s'être assuré que son guide spirituel survivrait à cette expérience sans trop de séquelles fâcheuses. Il ne pouvait, quant à lui, demeurer dans un endroit où il se sentirait honteux et coupable chaque fois qu'il rencontrerait l'infortuné gourou. Ce dernier, à vrai dire, avait bien pris la chose. Il s'était même déclaré disposé à continuer le traitement – à condition que Peter se laisse attacher pendant les séances.

Peter était incapable de faire face à toute cette violence qu'il sentait au fond de lui-même. C'était la peur de sa propre violence qui lui faisait si peur dans la violence des autres.

La faute à tout cela, mon cher Brutus, ne se trouve pas dans les étoiles, mais dans nos satanés gènes. Ou bien dans notre impuissance à nous conquérir nous-mêmes.

La faute à tout cela, mon cher Brutus, se trouve dans la peur que nous avons de nous connaître nous-mêmes.

Inévitablement ou presque, la scène suivante, dans le théâtre de ses souvenirs, était la séduction de Wilhelmina Kaiser. Avec quelle facilité il pouvait passer, ici, du fantasme à la réalité ! Rien n'empêchait qu'une rencontre pareille se produise. Après coup, ils découvriraient, au hasard de la discussion, qu'ils étaient petit-fils et grand-mère. Il lui raconterait longuement l'histoire de la famille après sa mort. Elle serait horrifiée, sans doute, d'apprendre que l'une de ses arrière-petites-filles avait épousé un juif. Dans son milieu rural, en 1880, elle avait nécessairement ce genre de préjugé. De même s'il lui disait que sa sœur avait épousé un Japonais, ou qu'une cousine avait pris pour mari un catholique, ou qu'un de ses arrière-petits-fils s'était converti au bouddhisme.

D'un autre côté, après avoir vécu tant d'années dans le Monde du Fleuve, elle avait peut-être changé totalement d'attitude, comme c'était le cas pour beaucoup de gens. Mais la majorité, malheureusement, avait l'esprit aussi fossilisé que lorsqu'ils vivaient sur la Terre.

Pour en revenir au fantasme... après avoir bu quelques verres, est-ce qu'ils coucheraient ensemble ?

Rationnellement, il était impossible de les accuser d'inceste. Ils ne pouvaient avoir d'enfants.

Mais depuis quand la raison entrait-elle dans ce genre de considérations ?

Le mieux à faire, s'il s'en était aperçu avant, c'était de ne rien lui dire jusqu'à ce qu'ils aient fait l'amour.

Mais là, tout l'édifice s'écroulait. Une telle révélation lui donnerait un terrible sentiment de culpabilité. Ce serait trop cruel. Même à supposer qu'il veuille se venger, il ne pouvait pas lui faire ça. Ni à elle ni à personne d'autre. Et ce n'était pas vraiment une vengeance qu'il recherchait. Il ne savait même pas si, à la base, un acte avait été commis. Et si c'était le cas, il s'agissait probablement d'une chose à laquelle seul un enfant pouvait attacher de l'importance. Une chose qu'il avait mal interprétée. Ou qu'elle trouvait naturelle, compte tenu des préjugés de son temps.

C'était excitant, de coucher en imagination avec sa grand-mère. Mais en réalité, cela n'avait aucune chance de se produire. Il ne se sentait attiré, sexuellement, que par des femmes vives et intelligentes, et sa grand-mère n'avait été qu'une paysanne ignorante. Vulgaire aussi, mais pas dans un sens obscène ou irréligieux. Il se souvenait d'une occasion où, au cours d'un repas de famille, elle avait éternué bruyamment. La morve était tombée sur son corsage. Elle l'avait essuyée d'un revers de main, puis s'était essuyé la main sur sa jupe. Le père de Peter avait souri, sa mère avait pris un air consterné et lui n'avait plus voulu manger.

Ainsi, le fantasme s'évanouit, d'écœurement.

Mais elle avait peut-être changé.

Au diable ces histoires, se dit-il en se tournant résolument de l'autre côté pour dormir.

29

Les tambours battirent et les clairons sonnèrent. Peter Frigate se réveilla au milieu d'un nouveau rêve. Cela se passait trois mois après Pearl Harbor. Il était élève officier à l'Ecole de l'Air de Randolph Field et il se faisait « remonter les bretelles » par son instructeur de vol.

Le lieutenant en question, un grand type maigre avec une moustache fine et de grands pieds, était presque aussi hystérique que Grand-mère Kaiser quand elle se mettait en colère.

— La prochaine fois que vous virez à gauche quand je vous dis de virer à droite, Frigate, j'interromps le vol immédiatement et je vous fais poser cette putain de charrette de malheur pour ne plus jamais remonter là-haut avec vous ! Vous n'aurez qu'à vous démerder pour trouver un con d'instructeur qui s'en fiche pas mal de se faire bousiller la gueule par ses élèves. Bon sang de bon Dieu, Frigate, on aurait pu y laisser la peau ! Vous n'aviez pas vu ce taxi sur la gauche ! Si vous êtes suicidaire, moi je n'en ai rien à foutre, mais la prochaine fois allez-y tout seul ! N'emmenez pas trois types avec vous ! Et de préférence, faites ça chez vous, pas sur un terrain de l'armée, avec du matériel appartenant à l'armée ! Qu'est-ce que vous avez donc dans la tête, Frigate ? Vous me *détestez* tant que ça ?

— Je ne vous avais pas bien entendu, fit Peter. (Il transpirait dans sa combinaison de vol, mais il frissonnait comme s'il avait froid et il ressentait une affreuse envie d'uriner.) Je ne vous avais pas compris, reprit-il. Le bigophone ne devait pas bien fonctionner.

— Il marche parfaitement, le bigophone ! Je vous entendais très bien, moi. Et vos oreilles fonctionnent aussi. Vous venez de passer la visite médicale. Tous ces conards d'élèves officiers ont été examinés avant d'être transférés ici. C'est vrai ou ce n'est pas vrai ?

Peter répondit en hochant plusieurs fois la tête :

— Oui, mon lieutenant, et vous l'avez été aussi.

Le lieutenant, dont les yeux étaient devenus rouges et exorbités, s'écria :

— Qu'est-ce que ça veut dire, cette réponse ? Qu'est-ce que j'ai été, moi aussi ? Vous insinuez que j'ai été, moi aussi, un conard d'élève officier ?

— Non, mon lieutenant, fit Peter, qui sentait la transpiration lui dégouliner des aisselles. Je ne me permettrais jamais d'utiliser le mot « conard » en parlant de vous.

— Et quel mot utiliseriez-vous ? demanda le lieutenant, qui hurlait presque.

Peter lorgna, du coin de l'œil, les autres instructeurs et élèves officiers qui se trouvaient dans la salle surchauffée. La plupart faisaient mine de ne rien entendre. Certains ricanaient.

— Je n'en utiliserais aucun, répondit Frigate.

— Aucun ? Ah ! Et pourquoi ? Parce que je ne vaux pas la peine qu'on parle de moi, c'est pour ça ? Vous commencez à m'exaspérer sérieusement, Frigate, vous m'entendez ? Je n'aime pas votre attitude, que ce soit là-haut ou bien au sol. Mais revenons à nos moutons, malgré tous les efforts que vous faites pour éluder le sujet ! Pourquoi ne m'entendez-vous pas alors que je vous entends parfaitement ? C'est parce que vous ne *voulez* pas m'entendre ? C'est dangereux, Frigate, sachez que c'est très dangereux. Vous me faites peur ! Avez-vous une idée du nombre de ces BT-12 qui peuvent se mettre en vrille pour un oui pour un non, chaque semaine ? Ces putains de pièges ont un défaut de fabrication, Frigate, c'est moi qui vous le dis, et même quand un instructeur demande exprès à son conard d'élève d'amorcer une descente en vrille, histoire de voir comment l'autre va réagir, et qu'il a les mains rivées au manche, prêt à intervenir, il y a des moments où il ne peut plus rien faire pour arrêter le mouvement ! Alors, vous vous imaginez que je vais vous dire de virer à droite quand il faut virer à gauche, rien que pour vous prendre en défaut ? Vous ne voyez pas qu'on serait déjà à vingt pieds sous terre avant que j'aie pu faire un pas vers l'escalier de service ? Bon, et alors, ces oreilles, qu'est-ce qu'elles ont ?

— Je n'en sais rien, se lamenta Peter. C'est peut-être du cérumen. Il s'en forme continuellement dans mes oreilles. C'est un trait de famille. Je suis obligé de me les faire nettoyer tous les six mois.

— Ce ne sont pas vos oreilles que je vais vous faire nettoyer, moi ! Et ce n'est pas du cérumen qu'on vous sortira de cet endroit-là ! Vous avez passé la visite médicale, et le toubib n'a pas trouvé de cérumen ! Vous n'avez pas voulu m'entendre, c'est tout ! Et pourquoi ? Dieu seul sait pourquoi ! Peut-être que vous me détestez tellement que ça vous est égal de mourir, pourvu que vous m'emportiez dans la tombe avec vous ! Ce n'est pas ça ?

Peter n'aurait pas été surpris, à ce moment-là, de voir de la bave dégouliner des lèvres du lieutenant.

— Non, mon lieutenant, dit-il.

— Non, mon lieutenant, quoi ?

— Non, mon lieutenant, à tout ce que vous venez de dire.

— Comment ? Vous avez le culot de nier tout en bloc ? Vous prétendez que vous n'avez pas viré à gauche quand je vous ai dit de virer à droite ? Ne me dites pas que je suis un menteur !

— Non, mon lieutenant.

Le lieutenant parut méditer cette réponse puis reprit, un ton plus bas :

— Pourquoi souriez-vous, Frigate ?

— Je ne savais pas que je le faisais, dit Peter.

Et c'était vrai. Il se trouvait dans un tel état de détresse qu'il ne voyait pas pourquoi il avait souri.

— Vous êtes dingue, Frigate ! hurla le lieutenant.

Un capitaine qui se tenait à proximité fronça les sourcils, mais ne fit pas le geste d'intervenir.

— Je ne veux plus vous voir, Frigate, tant que vous n'aurez pas un papier du toubib attestant que vos oreilles fonctionnent normalement. Vous m'entendez ?

Peter hocha la tête.

— Oui, mon lieutenant, je vous entends très bien.

— Jusqu'à ce que j'aie ce certificat, vous êtes interdit de vol. Mais je le veux demain matin, à l'heure de l'instruction, avant qu'on remonte là-haut tous les deux, Dieu ait pitié de mon âme !

– Oui, mon lieutenant, dit Frigate.

Il se retint au dernier moment de le saluer, ce qui lui aurait valu un nouveau savon de la part de son instructeur. On ne saluait pas dans la salle d'exercice.

Tout en vérifiant son parachute, il regarda par-dessus son épaule. Le capitaine et le lieutenant étaient plongés dans une conversation animée. Qu'étaient-ils donc en train de dire de lui ? Qu'il fallait le sabrer ?

Peut-être que c'eût été mieux pour lui. Il n'avait vraiment pas entendu ce que lui disait l'instructeur. La moitié seulement du flot de paroles hystériques avait été transmise intelligiblement par le système de communication. Et ce n'était pas une question d'audition, ni de cérumen, ni d'altitude.

Ce n'est que plusieurs années après qu'il s'était rendu compte de la vérité.

– Le lieutenant avait raison, dit-il.

– Qui avait raison ? demanda Eve.

Elle s'était redressée sur un coude, dans le lit, et elle le regardait de ses yeux ensommeillés. Les couvertures, qu'elle avait remontées jusqu'au menton, étaient faites de carrés de tissu épais assemblés par des fermetures magnétiques. Son visage était dans l'ombre.

Peter s'assit au bord du lit et s'étira. Il faisait noir à l'intérieur de la cabane. On entendait des trompettes et des tambours dans le lointain. Plus près de là, un voisin tapait sur son tam-tam en bambou et en peau de poisson comme s'il voulait réveiller le monde entier.

– Ce n'est rien, dit-il.

– Mais tu étais en train de grogner quelque chose dans ton sommeil.

– Nous avons gardé un pied sur la Terre, fit-il sans chercher à s'expliquer davantage.

Il alla prendre le pot de chambre accroché au mur et sortit pour se rendre au dépôt le plus proche, qui se trouvait à une centaine de mètres de la cabane. Là, il rencontra une vingtaine de personnes occupées à la même tâche que lui. Chacun vidait le contenu de son pot dans un grand chariot en bambou. Après le petit déjeuner, l'équipe de service viendrait chercher le chariot et le traînerait jusqu'au pied des collines voisines, où se trouvait l'usine de traitement des excréments. Ceux-ci servaient à fabriquer du salpêtre à partir duquel on faisait de la poudre noire. Frigate était de corvée à l'usine deux jours par mois, et il montait la garde quatre jours par mois dans l'une des tours de guet.

Il y avait une pierre à graal sur l'autre versant de la colline où était bâtie sa cabane. Habituellement, Eve et lui s'y rendaient avec leurs graals pour le petit déjeuner. Mais ce matin-là, sachant qu'un bateau était arrivé pendant la nuit, Frigate décida de descendre jusqu'au bord du Fleuve. Eve ne l'accompagnerait pas, car elle avait du travail. Elle fabriquait des colliers avec les vertèbres spiralées et multicolores des poissons du Fleuve. Ces ornements étaient très demandés. Frigate et elle les échangeaient contre du tabac, de l'alcool et des silex. Frigate savait aussi fabriquer des boomerangs et, de temps à autre, une pirogue ou un canot en écorce ou en chêne tendu de feuilles d'arbre à fer.

Frigate portait son graal à la main gauche et sa lance en bois d'if à la pointe de silex à la main droite. A sa ceinture en cuir de poisson était fixée une gaine contenant une hache de pierre noire. A l'épaule, il avait un carquois rempli de flèches à pointe de silex, dont les barbelures étaient constituées par de très petits os finement taillés. Son arc en bois d'if, enveloppé dans du papier de bambou, était attaché au carquois. La corde, en boyau de poisson, était rangée à l'intérieur du carquois pour la protéger de l'humidité du matin.

Le petit Etat dont il était citoyen, et qui s'appelait la Ruritanie, était en paix avec tous ses voisins. Il ne menaçait personne et personne ne le menaçait. La loi qui exigeait de tous les citoyens qu'ils aient en toute circonstance leurs armes sous la main était un vestige d'une ancienne époque troublée. Les règlements archaïques, ici comme sur la Terre, avaient la vie dure. L'inertie sociale régnait partout, bien que la résistance au changement fût variable d'une nation à l'autre.

Frigate traversa la plaine où les habitations étaient plus nombreuses que dans les collines. Des centaines de personnes, couvertes comme lui de la tête aux pieds pour se protéger du froid, se dirigeaient aussi vers le Fleuve.

Lorsque le soleil apparut et commença à grimper dans le ciel, elles ôtèrent leurs vêtements un par un.

Tout en prenant son petit déjeuner, Frigate regarda les nouveaux arrivants. Ils étaient quinze en tout et leur bateau s'appelait le *Razzle Dazzle*. Tout en mangeant, ils répondaient aux nombreuses questions que les Ruritaniens curieux faisaient pleuvoir sur eux. Frigate se rapprocha pour mieux entendre.

Leur capitaine, Martin Farrington, que l'on appelait aussi parfois Frisco Kid, était un homme de bonne carrure et de taille moyenne. Son visage aux traits harmonieux avait quelque chose d'irlandais. Ses cheveux poil de carotte étaient frisés de partout. Il avait de grands yeux d'un bleu profond et un menton énergique. Il parlait d'une voix forte, souriait souvent et plaisantait sans cesse. Son espéranto, parfaitement intelligible, n'était cependant pas sans défauts, et il était visiblement beaucoup plus à l'aise quand il s'exprimait en anglais.

Le second, Tom Rider, qui se faisait également appeler Tex, avait environ cinq centimètres de moins que Frigate, qui mesurait un mètre quatre-vingts.

C'était, comme auraient dit les auteurs de *pulp-magazines* chers à Frigate dans son enfance, un « bel homme aux traits burinés ». Moins athlétique que son capitaine, il avait une démarche vive mais élégante et des gestes dont Frigate enviait l'assurance. Ses cheveux bruns avaient un aspect dru et si sa peau bronzée avait été à peine un peu plus sombre, il aurait pu se faire passer pour un Indien onondaga. Son espéranto était proche de la perfection mais, comme Farrington, il paraissait heureux de trouver dans la foule quelques personnes qui parlaient anglais. Sa voix était celle d'un baryton plaisant qui combinait l'accent traînant du sud-ouest des Etats-Unis avec celui du Middle West.

Frigate apprit beaucoup de choses en écoutant parler l'équipage, hétéroclite comme tous ceux des grands bateaux qui parcouraient le Fleuve dans les deux sens. La femme du capitaine était une Blanche originaire de l'Amérique du Sud du XIXe siècle. Celle du second avait été citoyenne de la ville romaine d'Aphrodite, au IIe siècle après J.-C. Frigate se rappelait que les ruines de cette cité n'avaient été découvertes par les archéologues en Turquie qu'aux alentours de 1970.

Deux des membres de l'équipage étaient des Arabes. Le premier se faisait appeler Nur el-Musafir, c'est-à-dire « Le Voyageur ». La deuxième avait été l'épouse d'un capitaine de navire de l'Arabie du Sud qui faisait du commerce avec l'empire africain de Monomotapa au XIIe siècle après J.-C.

Un autre était chinois. Il s'était noyé, sur la Terre, lorsque la flotte d'invasion envoyée par Kublai Khan avait été détruite par la tempête sur le chemin du Japon.

Il y avait deux Européens originaires du XVIIIe siècle. Le premier, Edmund Tresillian, originaire de Cornouailles, avait perdu une jambe en 1759 lors de la capture, par la *Vestale* de l'amiral Hood, du vaisseau français *Bellone* au large du cap Finisterre. Sans pension, ayant une femme et sept enfants à nourrir, il avait été réduit à la mendicité. Surpris en train de voler une bourse, il était mort d'une fièvre maligne en prison alors qu'il attendait de passer en jugement. Le deuxième, un nommé Cozens « Le Rouquin », avait servi comme aspirant à bord du *Wager*, ex-navire marchand du service des Indes Orientales reconverti pour faire partie de la flottille de l'amiral Anson dans son expédition autour du monde. Ladite flottille s'était finalement échouée sur la côte de Patagonie. Après d'innombrables souffrances et privations, une partie de l'équipage avait pu regagner la civilisation, pour être jetée en prison pendant quelque temps par le gouverneur espagnol du Chili. L'infortuné Cozens, pour sa part, avait été abattu par un certain capitaine Cheap quelques jours après le naufrage. On l'avait pris à tort pour un mutiné.

John Byron, le grand-père du poète, également aspirant à l'époque, avait sévèrement critiqué Cheap, pour avoir commis ce crime, dans sa *Relation de l'Honorable John Byron (commodore de la dernière Expédition autour du Monde) contenant l'Exposé des grandes souffrances endurées par Lui et ses Compagnons sur la Côte de Patagonie de l'année 1740 à leur arrivée en Angleterre en 1746*, etc., Londres, 1768.

Frigate possédait un exemplaire de l'édition originale de cet ouvrage. Il y avait trouvé, entre autres, la description d'un animal inconnu rencontré par Byron, probablement un paresseux géant.

Il aurait bien aimé retrouver ce Byron dans le Monde du Fleuve. Il fallait que ce petit homme eût été extrêmement coriace, pour survivre à toutes ces épreuves. Plus tard, devenu amiral, il avait été surnommé « Le Bonhomme Tempête » par ses marins. Chaque fois qu'il prenait la mer, son escadre essuyait de terribles grains.

Parmi les autres membres de l'équipage qui intéressaient Frigate, il y avait un ex-yachtman milliardaire qui avait vécu à Rhode Island vers la fin du XXe siècle. Il y avait aussi un Turc du XVIIe siècle, un quartier-maître qui était mort de la syphilis, maladie répandue chez les marins à cette époque-là. Sans oublier Abigail Rice, ex-épouse terrestre d'un lieutenant qui avait servi au XIXe siècle à bord d'un baleinier de New Bedford. Binns, le yachtman, et Mustafa, le Turc, étaient visiblement amoureux l'un de l'autre.

Plus tard, Frigate devait apprendre que Cozens, Tresillian et Chang se partageaient Abigail Rice. Ce qui le conduisit à se demander à quoi elle pouvait passer son temps quand son mari allait chasser la baleine sans revenir pendant deux ou trois ans. Peut-être à rien de répréhensible, après tout. Peut-être étaient-ce les privations sexuelles endurées sur la Terre qui l'avaient fait exploser ici.

Il y avait aussi Umslopogaas, Pogaas en abrégé. C'était un Swazi, fils d'un roi appartenant à cette nation sud-africaine qui était devenue l'ennemie du grand peuple zoulou. Il avait vécu à l'époque de l'expansion des Boers et de la Grande-Bretagne, au temps des conquêtes du sanguinaire génie militaire Shaka. Sur la Terre, il avait tué douze guerriers en combat singulier. Ici, une cinquantaine au moins.

Umslopogaas eût été, malgré ces prouesses, entièrement négligé par l'histoire s'il n'avait pas fait partie, sur le déclin de sa vie, d'une expédition commandée par Sir Theophilus Shepstone. Dans cette expédition, il y avait un jeune homme nommé H. Rider Haggard, qui avait été attiré par la fière allure et les incroyables récits du vieux Swazi. Haggard devait plus tard immortaliser Umslopogaas dans trois de ses romans, *Nada the Lily*, *She and Allen* et *Allan Quatermain*. Mais il avait fait du Swazi un

Zoulou, ce qui n'avait pas dû être tellement apprécié par le modèle.

Pogaas se trouvait actuellement à côté du bateau et s'appuyait sur une hache en silex au très long manche. C'était un personnage extraordinairement grand et maigre, aux jambes filiformes. Son visage avait des traits chamitiques et non négroïdes. Ses lèvres étaient fines, son nez aquilin et ses pommettes hautes. Son expression paraissait amicale, mais il y avait quelque chose dans son maintien qui disait qu'il ne fallait pas trop s'y fier. C'était d'ailleurs le seul membre de l'équipage qui ne participait jamais à la manœuvre du bateau. Sa spécialité était de combattre.

Frigate avait été sidéré d'apprendre son identité. Umslopogaas ! Imaginez un peu !

Après avoir bavardé quelque temps avec plusieurs membres de l'équipage, Frigate alla trouver les deux officiers. D'après ce qu'ils lui dirent, ils ne s'étaient fixé aucun délai précis pour arriver à destination. Ils espéraient bien, un jour, contempler les sources du Fleuve. Mais ce serait peut-être dans cent ans.

Frigate se décida finalement à leur demander où et quand ils avaient vécu sur la Terre. Farrington répondit qu'il était né en Californie, mais ne donna aucun autre détail. Rider déclara qu'il était né en Pennsylvanie en 1880. Oui, il avait passé pas mal d'années, la plus grande partie de sa vie, en fait, dans l'Ouest américain.

Frigate réprima une exclamation. Il s'était bien dit que ces deux-là lui rappelaient quelque chose. Ils avaient juste les cheveux un peu plus longs que sur la Terre, et des vêtements différents, bien sûr. Ce qu'il manquait à Rider, c'était un grand chapeau de cow-boy blanc, un costume orné style Far West et une paire de bottes avec des éperons. Sans oublier le cheval, bien entendu.

Enfant, Frigate l'avait vu en chair et en os, ainsi habillé, sur son cheval. C'était à l'occasion d'une parade qui annonçait un spectacle de cirque... Sells & Floto ? Peu importe. Frigate était avec son père dans Adams Street, non loin du Tribunal, et il attendait avec impatience de voir passer son héros de western préféré. Mais le héros en question avait trop bu ce jour-là, et il était tombé de cheval. Indemne mais stoïque, il était remonté en selle et s'était éloigné sous les rires et les quolibets de la foule, où se mêlaient, il est vrai, quelques acclamations chaleureuses. Il avait eu le temps, par la suite, de dessoûler, car il avait effectué un brillant numéro d'équitation et de maniement du lasso dans la grande tradition de l'Ouest.

A cette époque, Frigate avait, du fait de son éducation, une aversion profonde pour les ivrognes, qui étaient à mettre au ban de la société au même titre que les lépreux. Mais son admiration pour « Rider » était si grande qu'il lui avait pardonné aisément. Quel petit crétin il faisait !

Quant à celui qui se faisait appeler Farrington, son portrait était des plus familiers à Frigate, qui l'avait vu d'innombrables fois dans ses biographies ou sur la couverture de ses romans. Frigate avait commencé à lire ses œuvres à l'âge de dix ans, et à cinquante-sept ans il avait écrit une préface pour une édition où étaient rassemblées ses histoires fantastiques et de science-fiction.

Pour une raison inconnue, ces deux héros avaient choisi de voyager dans le Monde du Fleuve sous un faux nom. Ce n'était pas à lui, Peter Frigate, de trahir leur anonymat – à moins d'y être obligé. En fait, il ne les trahirait pas, mais il se contenterait de les menacer de dévoiler leur véritable identité, par exemple s'ils refusaient de le prendre à bord du *Razzle Dazzle*.

Après l'avoir fait languir quelque temps, Frisco Kid annonça que Tex et lui étaient disposés à interroger tous ceux qui voulaient se faire enrôler comme matelots. Deux fauteuils pliants furent installés au bout du quai et les candidats firent la queue devant le capitaine et son second. Frigate laissa passer devant lui trois hommes et une femme. Ainsi, il entendrait les questions qu'on leur poserait et aurait une meilleure chance d'adapter ses réponses au goût de ses employeurs en puissance.

30

Frisco Kid, assis dans son fauteuil en bambou, la cigarette pendant au coin des lèvres, dévisagea Frigate de haut en bas.

— Peter Jairus Frigate, hein ? Américain du Middle West. Hum ! Vous m'avez l'air suffisamment costaud, mais quelle expérience de la navigation avez-vous ?

— Avant la résurrection, pas grand-chose, avoua Frigate. J'ai fait un peu de voile sur l'Illinois, c'est tout. Mais ici, je n'ai pas cessé de naviguer. J'ai passé trois ans à bord d'un grand catamaran à un mât, et ensuite une année sur une goélette à peu près de la même taille que la vôtre.

Cette dernière affirmation était un mensonge. Il avait navigué à bord d'une goélette, mais seulement pendant trois mois. Assez, cependant, pour apprendre le métier.

— Hum... et ces navires, ils étaient attachés à un port ?

— Ils remontaient ou descendaient le Fleuve, répondit Frigate.

Il se félicitait de n'avoir pas utilisé le mot « bateau ». Il savait que, pour les marins, la distinction était parfois capitale. Pour lui, Frigate, tout ce qui allait sur l'eau était un bateau. Mais il n'était qu'un marin d'eau douce. Farrington avait navigué sur l'océan. Même s'il n'y avait plus d'océans.

— La plupart du temps, ajouta-t-il, nous avions vent d'amont. Nous étions obligés de naviguer au plus près.

— Ce n'est pas difficile, de remonter le vent, fit Martin Farrington.

— *Pourquoi* cherchez-vous à vous engager ? demanda brusquement Rider.

— Pourquoi ? Parce que j'en ai marre de la vie que je mène ici. Ou plutôt, parce que je n'aime pas faire toujours la même chose, jour après jour. Je préfère...

— Vous savez ce qu'est l'existence à bord d'un navire ? ironisa Farrington. Il y a très peu de place et on voit toujours les mêmes gens. Jour après jour, on fait à peu près les mêmes choses.

— Je le sais, bien sûr, mais j'aurais un but, au moins. J'aimerais arriver jusqu'aux sources du Fleuve. Le catamaran à bord duquel nous remontions le Fleuve aurait pu y parvenir un jour, mais il a été incendié au cours d'un raid organisé par des esclavagistes. Quant à la goélette, elle a été coulée par un dragon du Fleuve que des riverains cherchaient à capturer avec notre aide. La vieille histoire du *Pequod* et de Moby Dick.

— Et vous fûtes Ishmael ? demanda le second.

Frigate le dévisagea. Celui qui se faisait nommer Rider était censé être capable de réciter par cœur de longs passages de Shakespeare et posséder une très vaste érudition, mais cela aurait très bien pu faire partie de la publicité tapageuse que lui faisaient ses studios d'Hollywood.

— Vous voulez savoir si j'ai été le seul survivant ? Pas du tout. Six d'entre nous ont pu regagner le rivage. Laissez-moi vous dire que nous n'en menions pas large.

— Est-ce que...

Farrington s'interrompit pour se racler la gorge et regarda Rider. Celui-ci haussa d'épais sourcils noirs. Farrington, apparemment, était embarrassé pour formuler sa question.

— Qui étaient les capitaines de ces deux vaisseaux ?

— Celui du catamaran, un Français nommé De Grasse. Celui de la goélette était un salaud du nom de Larsen. Un Norvégien d'ascendance danoise. Je crois que sur la Terre, il avait commandé un navire équipé pour la chasse aux phoques.

Rien de tout ce qui concernait Larsen n'était vrai; mais Peter n'avait pu résister à la tentation de mettre Farrington à l'épreuve.

Les pupilles du capitaine se rétrécirent, puis il sourit et murmura :

— Ce Larsen, on ne le surnommait pas *Wolf*?

Peter s'efforça de ne laisser paraître aucune émotion sur son visage. Il n'était pas homme à tomber dans ce genre de piège. Si Farrington se mettait dans la tête qu'il essayait de lui dire, de manière détournée, qu'il n'était pas dupe de cette identité d'emprunt, il refuserait probablement de l'accepter à bord.

— Non, répondit-il. S'il avait un surnom, c'était celui de « salaud ». Il mesurait à peu près un mètre quatre-vingt-quinze de haut et il était très brun pour un Nordique. Ses yeux étaient aussi noirs que ceux d'un Arabe. Vous l'avez peut-être connu ?

Les traits de Farrington se détendirent. Il écrasa le mégot de sa cigarette au fond d'un cendrier de terre cuite, puis en alluma une autre. Rider demanda :

— Et cet arc, vous savez vous en servir ?

— Je m'entraîne depuis trente ans. Je ne suis pas Robin

des Bois, mais je tire mes six flèches en vingt secondes avec une précision acceptable. J'étudie les arts martiaux depuis une vingtaine d'années. Je ne cherche pas la bagarre, je l'évite plutôt si c'est possible. Mais j'ai participé à une quarantaine de conflits majeurs, sans compter tous les autres. J'ai été grièvement blessé en quatre occasions.

– Quand êtes-vous né ? demanda Rider.

– En 1918.

Le capitaine et son second échangèrent un bref regard, puis Martin Farrington murmura :

– J'imagine que vous avez dû voir pas mal de films, quand vous étiez gosse ?

– Oui, comme tout le monde.

– Et quelle éducation avez-vous reçue ?

– J'ai eu ma licence de littérature anglaise, avec philo comme matière complémentaire. Et j'étais passionné de lecture. Bon Dieu, vous ne pouvez pas savoir comme ça me manque !

– A moi aussi, dit Farrington.

Il y eut quelques instants de silence. Rider soupira :

– Il faut dire que chaque jour nos souvenirs de la Terre s'estompent un peu plus.

Cela signifiait sans doute que si Frigate avait vu Rider dans ses films et Farrington sur la jaquette de ses livres, il y avait de fortes chances pour qu'il les ait oubliés. Cependant, la question du capitaine sur son niveau d'instruction revêtait peut-être à ses yeux un double intérêt. Il ne devait pas être hostile à l'idée de recruter un matelot qui fût capable de soutenir une discussion intelligente sur des sujets variés. Lorsqu'il était aventurier des mers, Farrington n'avait eu, comme compagnons du gaillard d'avant, que des individus brutaux et illettrés avec qui il se sentait peu d'affinités. Pas plus, du reste, qu'avec la plupart des gens qu'il avait fréquentés avant d'aller à l'université.

– Je vois qu'il y a en tout une dizaine de candidats, déclara finalement Farrington. Nous ferons notre choix dès que nous aurons vu tout le monde. Vous serez informé de la décision avant midi.

Peter aurait donné n'importe quoi pour être choisi, mais il craignait de desservir sa cause en manifestant un trop grand empressement. Ils avaient sans doute une raison pour voyager sous un faux nom. Si quelqu'un leur semblait trop désireux de se faire prendre à bord, ils ne pourraient que se méfier de lui.

— Ah ! Encore une chose, fit Rider. Il n'y a de place que pour une seule personne. Pas question d'embarquer une femme avec vous. C'est d'accord ?

— Pas de problème.

— Vous pourrez vous servir d'Abigail, si ça ne vous fait rien de partager avec trois autres. Et si vous lui plaisez, naturellement. Mais jusqu'à présent, elle ne s'est guère montrée difficile.

— Elle est bien roulée, dit Frigate, mais ce genre de chose ne me tente pas.

— Mustafa vous trouve à son goût, dit Farrington avec un sourire sardonique. Il n'a pas cessé de vous reluquer.

Frigate se tourna vers le Turc, qui lui fit un clin d'œil. Il rougit :

— Ça me tente encore moins.

— Vous n'avez qu'à le montrer clairement, et ni lui ni Binns ne vous importuneront. Je n'ai jamais été homosexuel, mais j'en ai vu pas mal au cours de mon existence. Comme tous ceux qui naviguent. Depuis Noé, tout ce qui va sur l'eau, que ce soit dans la marine de guerre ou la marine marchande, est un nid de sodomie. Ces deux bougres dont je vous parle sont de vrais hommes, à part leur manque d'intérêt pour le beau sexe. Ils s'y entendent comme nul autre à bord pour la manœuvre. Vous n'aurez qu'à leur dire de se tenir à distance. Si vous êtes engagé, bien sûr. Et je ne veux pas vous entendre râler parce que vous êtes en manque. Vous vous rattraperez aux escales. Et si jamais nous perdons un homme, vous aurez peut-être la chance de faire monter une compagne à bord. A condition qu'elle soit un bon marin, bien sûr. On ne prend pas de bouches inutiles sur ce navire.

— Je trouve Abigail de plus en plus appétissante, dit Frigate.

Le capitaine et son second éclatèrent de rire. Frigate s'éloigna.

Il demeura toute la matinée à proximité du port. Il s'agissait d'une baie peu profonde qui avait été aménagée à grand-peine. De gros blocs de pierre taillés à la base de la montagne avaient été utilisés pour constituer une jetée sommaire. Des pontons de bois formaient un débarcadère où étaient amarrés de petits voiliers et des catamarans. Il y avait aussi deux radeaux géants, à plusieurs mâts. On s'en servait dans la pêche au dragon. Le long de la jetée, au sec, étaient alignées des pirogues de guerre pouvant transporter, chacune, une quarantaine d'hommes. Elles n'étaient plus utilisées que pour la pêche. D'ici midi, le Fleuve allait être saturé de toutes sortes d'embarcations.

Le *Razzle Dazzle* était trop grand pour être amarré aux pontons. Il était mouillé à l'entrée de la baie, à l'abri de la digue. C'était un magnifique navire, à la ligne basse et élancée, tout en pin et en chêne de premier choix. On n'avait pas utilisé un seul clou de métal pour le construire, et les chevilles avaient été taillées avec des outils de silex. Les voiles étaient faites de peau de dragon traitée. Elles étaient si fines qu'on voyait presque à travers. La figure de proue, en chêne massif, représentait une sirène à la poitrine opulente qui tenait à la main un flambeau.

Ce *Razzle Dazzle* était une pure merveille. Mais le plus merveilleux, c'était que son équipage eût réussi à le conserver jusque-là. Beaucoup, dans le Monde du Fleuve, avaient trouvé la mort en défendant de vulgaires coques de noix.

Un peu angoissé, il repassa devant l'endroit où s'étaient installés Farrington et Rider. La file de candidats s'était encore allongée. Il y avait maintenant une vingtaine d'hommes et de femmes qui attendaient. La nouvelle avait dû se propager rapidement. Si cela continuait, ils seraient encore là cette nuit.

Frigate haussa les épaules. Il n'y avait rien à faire. Le mieux était de rentrer chez lui.

Eve n'était pas à la cabane. Il aimait autant cela. Il ne tenait pas à lui dire ce qu'il avait fait avant de savoir s'il était recruté ou pas. Et s'il ne l'était pas, il n'avait pas besoin de lui dire quoi que ce fût.

En tant que citoyen de la Ruritanie, il devait à l'Etat un certain nombre d'heures de travail à la distillerie. Autant aller faire tout de suite une demi-journée. Cela lui occuperait l'esprit et lui éviterait de se ronger les sangs inutilement. Il prit la direction des montagnes et franchit plusieurs cols entre des collines de plus en plus élevées. La forêt devenait plus dense et les habitations moins nombreuses. Il arriva bientôt au sommet de la plus haute colline, qui formait un des contreforts de la montagne. Elle avait environ treize cents mètres d'altitude. A une centaine de mètres de l'endroit où il se trouvait, il y avait une cascade qui se déversait, à raison de plusieurs milliers de litres par minute, dans un bassin naturel. De là, un torrent descendait jusqu'au Fleuve en serpentant à travers les collines.

Frigate passa devant les chaudières, les cornues et les alambics. L'air était imprégné de l'odeur de l'alcool. Il grimpa, par l'échelle en bambou, jusqu'à une plate-forme installée devant la falaise, à un endroit où le lichen n'avait pas encore été cueilli. Un contremaître lui remit un grattoir en silex et prit, dans une boîte, une baguette de pin qui portait les initiales de Frigate et où étaient gravées différentes encoches, horizontales ou verticales, indiquant le nombre de jours ou de mois où il avait travaillé.

— L'année prochaine, lui dit le contremaître, nous n'aurons plus que des grattoirs en bambou. Le silex commence à se faire rare, ils veulent le garder pour les armes.

Peter hocha la tête sans rien dire et se mit au travail.

Il était logique de penser que les carrières de silex s'épuiseraient un jour. A ce moment-là, la technologie irait à reculons dans le Monde du Fleuve. Après l'âge de la pierre, l'humanité connaîtrait l'âge du bois.

Il se demandait comment il allait faire pour sortir ses armes en silex de l'Etat de Ruritanie. D'après la loi, s'il s'embarquait à bord du navire de Farrington, il devait laisser toutes ses pierres derrière lui.

C'était le contremaître qui tenait le compte des heures de travail effectuées par chacun. A part le soleil, il existait peu de méthodes pour mesurer le temps. Le verre était entièrement utilisé dans la fabrication de l'alcool et des récipients destinés à le contenir. Il n'y avait donc même pas de sabliers. Du reste, le sable qui servait à la fabrication du verre venait d'une région située à huit cents kilomètres en aval. La Ruritanie dépensait chaque année des cargaisons d'alcool, de tabac et de peaux de poissons traitées pour s'approvisionner en matière première. Le tabac et une partie de l'alcool étaient prélevés sur la ration quotidienne distribuée à chaque citoyen par les graals. A une époque, lorsque les industries n'avaient pas encore démarré, Frigate avait dû, comme les autres citoyens, cesser de boire et de fumer durant deux mois entiers. Après cette période de restrictions, il avait essayé de ne plus fumer du tout. Il troquait alors généralement ses cigares et ses cigarettes contre du whisky. Mais ici comme sur la Terre, il n'avait pas tenu longtemps et était retombé, au bout d'un moment, entre les mains du démon Nicotine.

Il travaillait avec énergie, raclant sur la falaise noire les plaques épaisses de mousse turquoise dont il bourrait les seaux en bambou. D'autres faisaient descendre, à l'aide de cordes, les seaux pleins dont le contenu était vidé dans des cuves.

Un peu avant midi, il s'arrêta pour aller remplir son graal à la pierre voisine. Avant de redescendre par l'échelle, il scruta l'horizon par-delà les collines. La coque blanche du *Razzle Dazzle,* à peine visible, était un point brillant au soleil. Il se promit que lorsque le navire lèverait l'ancre, il se trouverait à son bord.

Il retourna jusqu'à sa cabane, constata qu'Eve n'était pas encore rentrée et redescendit vers la plaine. Lorsqu'il arriva au bord du Fleuve, les candidats faisaient toujours la queue. Il retourna jusqu'à la limite de la plaine, à l'endroit où, abruptement, l'herbe rase cessait de pousser pour faire place aux hautes herbes des collines. Comment se faisait la démarcation ? Etait-ce la chimie du sol qui interdisait à l'herbe des collines d'empiéter sur le territoire de la plaine ? Ou bien le contraire ? Et pour quelle raison ?

Le terrain réservé au tir à l'arc se trouvait à cinq cents mètres du port. Il alla s'entraîner, durant une demi-heure, sur une cible en paille posée sur un trépied de bambou. Il se rendit ensuite au stade et fit un peu de course à pied, de saut en longueur, judo, karaté et javelot. Cela l'occupa pendant deux heures. Il se retrouva en sueur, fatigué mais rayonnant de joie. Quel bonheur d'avoir un corps de vingt-cinq ans, qui ne connaissait ni la faiblesse, ni les douleurs de la vieillesse, ni les défauts physiques, ni l'embonpoint, ni les hernies, les ulcères, les maux de tête, la myopie, la presbytie. Quel bonheur de pouvoir nager, courir librement, et de ressentir le désir sexuel chaque nuit (et une bonne partie de la journée aussi) !

Ce qu'il avait fait de pis, sur la Terre, c'était d'accepter, à l'âge de trente-huit ans, un emploi sédentaire de rédacteur technique, puis de devenir, à cinquante et un ans, écrivain à temps plein. Il aurait dû rester à l'aciérie. Le travail y était monotone, mais pendant que ses mains s'occupaient à des tâches pénibles et que son corps transpirait, sa tête inventait toutes sortes d'histoires. Le soir, il lisait, ou il écrivait.

Dès lors qu'il avait pris l'habitude de rester assis sur ses fesses toute la journée, il s'était mis à boire comme un trou. Et à lire de moins en moins. C'était trop facile, après avoir passé huit heures chaque jour devant sa machine, de s'asseoir devant la télé et d'engloutir verre après verre de bourbon ou de scotch. La télé avait été la plaie du XXe siècle. Après la bombe atomique et l'explosion démographique, naturellement.

Non, ce n'est pas juste d'incriminer la télé, se dit-il. Elle n'abêtissait que les imbéciles. Il aurait pu, devant son poste, faire preuve de la même discipline que quand il écrivait. Il suffisait de tourner le bouton quand le programme n'était pas de très bonne qualité. Mais la facilité avait eu raison de lui. De plus, les émissions étaient souvent excellentes et très instructives.

Cela dit, un des avantages du Monde du Fleuve était qu'il n'y avait à redouter ni télé, ni voitures, ni bombe atomique, ni P.N.B., ni feuille de paye, ni agios, ni note d'hôpital. Ni pollution non plus, ni poussière, pratiquement. Et tout le monde se fichait pas mal du communisme, du socialisme ou du capitalisme, pour la bonne raison qu'ils n'existaient pas. Enfin... ce n'était pas tout à fait vrai. La plupart des nations, dans le Monde du Fleuve, pratiquaient en fait une forme plus ou moins primitive de communisme.

31

Il retourna jusqu'au Fleuve et se déshabilla. Il plongea la tête la première, se nettoya de la crasse et de la transpiration accumulées dans la journée et ressortit en s'ébrouant. Puis il regagna en petites foulées le quartier du port. Il pouvait longer constamment le rivage, car toute construction était interdite sur trente mètres à partir de la berge.

Il flâna jusqu'au soir, discutant de choses et d'autres avec des gens qu'il connaissait. Mais il ne s'éloignait plus du *Razzle Dazzle* et surveillait du coin de l'œil le capitaine et son second.

La queue était toujours importante. Les deux hommes ne se lassaient pas de poser des questions, mais cela ne les empêchait pas de s'interrompre de temps à autre pour se rincer le gosier.

Juste avant l'heure du dîner, Farrington se leva et annonça qu'il n'interrogerait plus aucun candidat. Ceux qui faisaient la queue protestèrent, mais il les dispersa en disant qu'il en avait assez.

A ce moment-là, le chef de la Ruritanie, le « baron » Thomas Bullitt, apparut, escorté de ses conseillers. Bullitt avait, en son temps, joui d'une certaine célébrité. En 1775, il avait exploré la région des chutes de l'Ohio, près du site futur de Louisville, dans le Kentucky. Chargé par le William & Mary College de Virginie de faire des relevés de terrain, il avait par la suite abruptement disparu de l'histoire.

Son aide de camp, Paulus Buys, un Hollandais du XVIe siècle, l'accompagnait dans sa visite au *Razzle Dazzle*. Ils étaient venus convier officiellement l'équipage et ses officiers à une réception donnée le soir même en leur honneur. La raison principale de cette invitation était qu'ils voulaient entendre les marins du *Razzle Dazzle* raconter leurs nombreuses aventures. Dans le Monde du Fleuve, les distractions étaient rares et les voyageurs constituaient une précieuse source de potins et de récits passionnants.

Farrington accepta avec empressement, mais déclara que six de ses hommes devraient rester à bord pour monter la garde.

Frigate suivit la foule jusqu'à une grande place couverte devant l'Hôtel de Ville. Des torchères et des feux de joie avaient été prévus pour dissiper les ténèbres et, aux sons d'un orchestre d'une dizaine de musiciens, tout le monde dansa la variété locale de quadrille. Frisco et Tex furent présentés aux notables, à leurs femmes et à leurs amis, avec qui ils bavardèrent pendant quelque temps. Frigate, en tant que « plébéien », n'était pas admis dans le cercle sacré. Il savait, cependant, que les choses ne tarderaient pas à devenir beaucoup moins solennelles.

Pendant qu'il faisait la queue pour recevoir le litre gratuit d'alcool pur attribué à chaque personne en de telles occasions, il aperçut sa compagne, Eve Bellington. Elle lui fit un signe de main puis alla se mettre au bout de la file, douze personnes derrière lui.

C'était une grande femme au corps épanoui, aux yeux bleus et aux cheveux noirs. Une beauté. Née en 1850, elle était morte deux jours avant son cent unième anniversaire. Son père, un riche planteur de coton, avait eu ses heures de gloire en tant que chef d'escadron dans la cavalerie sudiste. Mais la plantation familiale avait été incendiée lorsque l'armée de Sherman avait traversé la Géorgie et les Bellington s'étaient retrouvés ruinés. Le père d'Eve était alors parti pour la Californie, où il avait découvert assez d'or pour s'acheter une part dans une compagnie de transport maritime.

Eve avait été ravie d'être riche à nouveau, mais elle n'avait jamais pu pardonner à son père de les avoir laissées, elle et sa mère, se débrouiller toutes seules durant l'occupation yankee et les premières années de la Reconstruction.

Pendant l'absence de son père, elles étaient allées vivre chez le frère de ce dernier, un très bel homme qui n'avait que dix ans de plus qu'Eve. Il l'avait violée (sans qu'elle lui résiste exagérément, de son propre aveu) à l'âge de quinze ans. Quand sa mère s'était aperçue qu'elle était enceinte, elle avait criblé l'oncle de balles, en visant les jambes et les parties génitales. Infirme et eunuque, il avait survécu en prison durant quelques années.

Eve et sa mère étaient alors parties pour Richmond, en Virginie, où le père d'Eve était venu les rejoindre. Le bébé était né et avait grandi pour devenir un beau garçon adoré par sa mère. Mais après s'être violemment querellé avec son oncle-grand-père, il avait quitté la demeure familiale pour tenter sa chance dans l'Ouest. La dernière lettre qu'Eve avait reçue de lui avait été postée à Silver City, dans l'Etat du Colorado. D'après une enquête menée par une agence de détectives, il avait disparu sans laisser de traces quelque part au cœur des montagnes Rocheuses.

La mère d'Eve avait trouvé la mort dans un incendie et son père avait succombé le même jour à une crise cardiaque. Le premier mari d'Eve était mort, quelques années après leur mariage, emporté par le choléra. Avant d'avoir cinquante ans, elle avait perdu deux nouveaux maris et six de ses dix enfants.

Sa vie aurait pu être celle de l'héroïne d'un roman issu des efforts conjugués de Margaret Mitchell et de Tennessee Williams. Tel était du moins l'avis de Frigate, qu'elle ne trouvait pas si drôle que ça.

Après avoir passé plus de trente-deux ans dans le Monde du Fleuve, elle avait fini par surmonter ses préjugés raciaux à l'encontre des nègres et sa haine des Yankees. Elle était même tombée amoureuse d'un représentant de la deuxième catégorie. Peter n'avait pas voulu mettre davantage son affection à l'épreuve en lui avouant que son arrière-grand-père avait appartenu à un régiment de l'Indiana qui avait participé à la fameuse marche « honteuse » de Sherman.

Arrivé au comptoir de distribution, Frigate tendit son récipient en terre cuite pour recevoir sa part d'alcool. Il alla ensuite diluer une partie du liquide avec de l'eau dans un gobelet en bambou et revint bavarder avec Eve, qui faisait toujours la queue. Il lui demanda ce qu'elle avait fait toute la journée. Elle répondit qu'elle s'était promenée pour réfléchir à certaines choses.

Il savait quel était le problème qui la préoccupait. Elle cherchait un moyen de mettre fin à leur liaison sans que cela fasse trop mal. Depuis plusieurs mois, leur amour s'étiolait, sans aucune raison précise. Peter y avait lui-même longuement réfléchi. Mais pas plus qu'elle, il n'avait envie de faire le premier pas.

Il lui dit brusquement qu'il reviendrait la voir plus tard et s'éloigna, à travers la foule de plus en plus bruyante, en direction du groupe où était Farrington. Rider, galant, faisait valser la femme de Bullitt sur la piste de danse.

Peter attendit que le capitaine eût fini le récit d'une de ses aventures dans le Yukon, au cours de la ruée vers l'or de 1899. C'était assez hilarant, bien qu'il eût perdu quelques dents à cause du scorbut.

– Mr. Farrington... commença-t-il, avez-vous pris votre décision ?

Farrington, qui était sur le point de commencer une nouvelle histoire, s'interrompit en clignant ses yeux injectés de sang.

— Ah, oui... vous êtes... euh... le nommé Frigate, Peter Frigate, c'est bien ça ? Celui qui a beaucoup lu. Bien sûr, nous avons pris notre décision, Tom et moi. Nous l'annoncerons publiquement au cours de la soirée.

— J'espère que ce sera moi, dit Peter. J'ai tellement envie de repartir avec vous.

— L'enthousiasme a une grande importance, dit Farrington. Mais l'expérience compte encore davantage. Cependant, additionnez les deux et vous aurez un vrai loup des mers.

Peter prit une inspiration profonde et se jeta à l'eau :

— Je ne supporte pas cette incertitude. Dites-moi au moins si j'ai été éliminé ? Que je puisse noyer mon chagrin dans l'alcool.

— Ça signifie donc tant pour vous ? demanda le capitaine en souriant. Pour quelle raison ?

— Parce que je veux à tout prix remonter le Fleuve jusqu'aux sources.

— Et puis après ? dit Farrington. Vous espérez y trouver la réponse à toutes vos questions ?

— *Ce ne sont pas des millions que je veux, c'est la réponse à mes questions.* Vous connaissez peut-être cette citation des *Frères Karamazov* ?

Le visage de Farrington s'éclaira.

— Magnifique ! s'écria-t-il. J'avais entendu parler de Dostoïevski, mais je n'ai jamais eu l'occasion de lire ses livres. Je ne sais même pas s'il en existait une traduction anglaise à mon époque. Je n'en ai jamais vu, en tout cas.

— Nietzsche a reconnu avoir beaucoup appris en psychologie grâce à la lecture des écrivains russes.

— Nietzsche, hein ? Ses œuvres vous sont familières ?

— Je l'ai lu aussi bien en anglais que dans le texte. C'était un très grand poète. Le seul philosophe allemand capable d'écrire dans une prose qui ne soit pas indigeste. Mais je suis injuste envers Schopenhauer, qui n'était pas non plus du genre à vous faire tomber de sommeil ou d'inanition pendant que vous attendiez la fin de sa phrase. Pour ma part, cependant, je ne suis pas tellement d'accord avec les conceptions de Nietzsche, tout au moins en ce qui concerne son *Ubermensch*. « L'homme est une corde tendue par-dessus l'abîme qui sépare l'animal du surhomme. » Je cite de mémoire. Il y a longtemps que je n'ai pas eu entre les mains un exemplaire de *Zarathoustra*. Je veux bien que l'homme soit une étape entre l'animal et autre chose; mais pour moi, le surhomme, ce n'est pas ce que décrit Nietzsche. L'être surhumain véritable, homme ou femme, c'est celui qui a réussi à se débarrasser de tous ses préjugés, psychoses et autres névroses, qui se réalise pleinement en tant que membre de l'humanité, qui fonde tout naturellement ses actions sur l'amour, la bonté et la compassion, qui réfléchit par lui-même au lieu de suivre le troupeau. Voilà ce que devrait être le vrai surhomme, à mon sens. Et si l'on considère l'interprétation du concept nietzschéen présentée par un écrivain comme Jack London dans son roman *Le Loup des Mers*...

Peter s'interrompit quelques secondes avant d'ajouter :

– Vous ne l'auriez pas lu, par hasard ?

– Plusieurs fois, répondit Farrington en grimaçant un sourire. Que pensez-vous du personnage de Wolf Larsen ?

– Je trouve qu'il n'a plus grand-chose à voir avec le surhomme de Nietzsche. Celui-ci aurait probablement été consterné par la brutalité de Larsen. Mais il ne faut pas oublier que Jack London le fait mourir, à la fin, d'une tumeur au cerveau. Je suppose que l'auteur voulait nous montrer par là qu'il y a quelque chose d'essentiellement corrompu dans l'image du surhomme que nous donne Larsen. Je crois qu'il voulait mettre le lecteur en garde. Malheureusement, si tel était le cas, son message est passé par-dessus la tête de la plupart des critiques littéraires. Ils n'ont jamais très bien saisi l'importance de ce détail. Et je suis convaincu, également, qu'il voulait montrer à quel point l'homme, ou le surhomme, ce qui est finalement la même chose, a ses racines chez l'animal. Il fait partie de la nature. Quelles que soient ses prouesses intellectuelles, quels que soient les défis qu'il lance à la nature, il ne peut échapper aux réalités physiques. C'est un animal, et en tant que tel il est soumis à la maladie, par exemple une tumeur au cerveau. *Ainsi périssent les plus puissants*.

» Je crois que Wolf Larsen représentait aussi, dans une certaine mesure, celui que Jack London aurait voulu être. Vivant dans un monde où régnait la violence, il se disait qu'il fallait être une super-brute pour survivre. Mais London était éminemment doté de la faculté d'empathie. Il savait ce que c'était d'appartenir au peuple de l'abîme. Il ne désespérait pas de voir un jour les masses alléger leurs souffrances et réaliser pleinement leur potentiel humain grâce au socialisme. Il s'était battu pour cela toute sa vie. En même temps, c'était un individualiste à tous crins. Ce qui, bien sûr, était source de conflits. Mais chaque fois, c'étaient ses convictions socialistes qui cédaient le pas. Il n'avait rien d'une Emma Goldman. Et sa fille, Joan, ne s'est pas privée de le critiquer à ce sujet dans l'ouvrage qu'elle a publié sur son père.

— Je l'ignorais, dit Farrington. Elle a dû l'écrire après ma mort. Que savez-vous d'autre sur elle ? Qu'est-elle devenue après la disparition de son père ? A-t-elle vécu longtemps ?

— J'ai connu quelqu'un, à Londres, qui l'avait beaucoup fréquentée.

En fait, la personne dont parlait Peter avait seulement échangé quelques lettres avec la fille de Jack London et ne l'avait rencontrée qu'une seule fois. Mais Peter était prêt à inventer n'importe quelle histoire, si cela pouvait lui valoir d'être pris à bord du *Razzle Dazzle*.

— Ce fut une militante socialiste très active, reprit-il. Elle a vécu jusqu'en 1971, si mes souvenirs sont exacts. Sa biographie de Jack London est remarquablement objective, si l'on considère qu'elle aurait pu lui en vouloir pour avoir divorcé d'avec sa mère afin d'épouser une femme plus jeune. Mais pour en revenir à ce que je disais tout à l'heure, je pense que Jack London rêvait de ressembler à son personnage de Wolf Larsen car cela lui aurait conféré une certaine dose d'immunité aux malheurs de ce monde. Quelqu'un qui est insensible aux autres ne peut souffrir à cause d'eux. Ou du moins, c'est ce que certains croient. En réalité, ils ne réussissent qu'à se faire du mal.

» Je pense que non seulement London s'en rendait parfaitement compte, mais il essayait aussi de communiquer ces notions à ses lecteurs. Ce qui ne l'empêchait pas de vouloir ressembler à Larsen, c'est-à-dire à la super-brute, figée à l'intérieur. Les écrivains, comme les autres humains, ont leurs courants et leurs contre-courants psychiques. Et lorsque les critiques ont fini de les disséquer, ils demeurent tout de même une énigme. " Quand les dieux seront pendus et les océans noyés, le seul secret restera encore l'homme. (1) "

— Ça me plaît ! s'écria Farrington. Qui a écrit cela ?

— C'est E.E. Cummings. Et voici une autre citation de lui que j'aime bien : « Ecoute ! Juste à côté il y a un univers diablement chouette... on y va ? (2) »

Peter se dit qu'il en faisait peut-être un peu trop. Mais Farrington semblait parfaitement ravi.

Une fois qu'il serait installé à bord, Frigate aurait tout le temps d'aborder des sujets un peu plus épineux, qui risquaient de froisser Farrington ou de le mettre en boule. Par exemple, sa connaissance de Nietzsche provenait principalement de conversations qu'il avait eues avec un ami nommé Strawn-Hamilton. Il avait fait, apparemment, quelques tentatives pour lire le philosophe dans ses traductions anglaises, mais il avait été tellement séduit par les images poétiques et les slogans qu'il avait un peu laissé la philosophie de côté. Il avait pris, dans Nietzsche, ce qu'il avait voulu, en ignorant le reste. Comme Hitler. Ce qui ne signifiait certes pas que Farrington pût être comparé à Hitler.

Qu'est-ce que sa fille avait écrit, déjà ? Quelque chose comme : « Les agités heureux... le Surhomme... vivent dangereusement... et sont plus enivrants que le vin. »

Quant à sa connaissance du socialisme, Farrington n'avait rien lu de Marx à l'exception du *Manifeste communiste*. Mais, comme disait sa fille, l'ignorance de Marx était chose courante chez les socialistes américains de l'époque.

Il y avait beaucoup d'autres choses à discuter... et des plus discutables. Par exemple, London souhaitait l'avènement du socialisme, mais uniquement au bénéfice des peuples germaniques. Il croyait fermement que les hommes étaient supérieurs aux femmes. Que la force primait le droit. Et il n'avait jamais été, dans un certain sens, un artiste véritable. Il n'écrivait que pour de l'argent, et s'il avait été riche il aurait cessé de faire ce métier. C'est

---

(1) *When skies are hanged and oceans drowned, the single secret will still be man.*
(2) *Listen ! There's a hell of a good universe next door... Let's go !*

du moins ce qu'il prétendait. Frigate était sceptique. Ecrivain un jour, écrivain toujours.

— De toute manière, reprit-il à haute voix, quoi qu'on puisse dire contre London, c'est probablement Fred Lewis Patton qui a raison quand il soutient qu'il est facile de le critiquer, facile de le déplorer, mais impossible de l'éviter.

Cela plut encore davantage à Farrington, qui déclara cependant :

— Assez parlé de Jack London, bien que, je l'avoue, j'aimerais faire sa connaissance un jour. Mais dites-moi. Votre conception du surhomme n'est-elle pas voisine de celle de l'homme idéal, pour les adeptes de la Seconde Chance ? Et elle me rappelle encore davantage les idées d'un membre de mon équipage, cet Arabe que vous voyez là-bas, bien que ce ne soit pas un Arabe mais un Maure d'Espagne, né au XIIe siècle. Il n'appartient d'ailleurs pas non plus à l'Eglise de la Seconde Chance.

Il montrait du doigt un homme de petite taille que Frigate avait déjà remarqué parmi l'équipage du *Razzle Dazzle*. Il était debout au milieu d'un cercle de Ruritaniens et tenait à la main une cigarette et un verre. Il devait raconter des choses amusantes, car ceux qui l'entouraient éclataient périodiquement de rire. Il mesurait moins d'un mètre soixante-cinq mais avec son grand nez, ses cheveux très foncés et son profil osseux, il donnait une impression de force noueuse. Un Jimmy Durante en pleine jeunesse.

— Il s'appelle Nur-ed-din el-Musafir, ajouta Farrington. Ou « Nur » en abrégé.

— En arabe, dit Frigate, cela veut dire : la lumière de la foi, le voyageur.

— Vous connaissez aussi l'arabe ? s'étonna Farrington. Je n'ai jamais pu apprendre aucune langue étrangère, à part l'espéranto.

— J'ai appris quelques mots en lisant la traduction des *Mille et Une Nuits* de Richard Burton.

Il garda le silence quelques instants, puis s'enhardit à demander :

— Alors, suis-je éliminé ?

— Oui et non, dit Farrington en riant. Puis, devant l'expression perplexe de Frigate, il lui donna une grande claque dans le dos.

— Etes-vous capable de garder un secret ?

— Je serai aussi muet qu'un trappiste.

— Dans ce cas, je vais te le dire, Pete. Tom et moi, nous avions déjà choisi ce grand Canaque, là-bas.

Il désigna un nommé Maui, ex-habitant des îles Marquises, qui faisait très polynésien avec son paréo blanc et la grosse fleur grenat piquée dans son épaisse chevelure noire et bouclée.

— Il a été harponneur à bord d'un baleinier pendant une trentaine d'années. Pour la bagarre, il doit être pire qu'un lion. Il ne fait aucun doute, pour Tom et moi, que c'est le candidat le plus qualifié. Malheureusement, il ne connaît rien à la littérature et j'ai besoin d'avoir des gens cultivés autour de moi. C'est peut-être snob, mais je n'y peux rien.

» Je vais te dire une chose. C'est en te parlant que j'ai changé d'avis. En ce qui me concerne, tu es engagé. Mais attends. Ne prends pas encore cet air réjoui. Il faut que j'en discute avec le second. Attends-moi ici, je reviens tout de suite.

Il fendit le flot des danseurs, happa Rider par le bras et l'entraîna, malgré ses protestations, loin de sa cavalière. Peter les observa tandis qu'ils parlaient. Rider regarda une ou deux fois dans sa direction, mais il n'avait pas l'air de protester.

Peter était heureux de n'avoir pas été obligé d'utiliser son atout secret. S'il n'avait pas été sélectionné, il serait allé trouver les deux hommes pour leur dire qu'il connaissait leur véritable identité. Que se serait-il passé alors ? Il n'en avait pas la moindre idée. Farrington et Rider avaient sans doute une bonne raison pour vouloir conserver leur secret. Auraient-ils hâté leur départ, en le laissant derrière, s'il avait menacé de révéler leur nom, ou bien l'auraient-ils au contraire accepté à bord, en échange de son silence, quitte à le jeter dans le Fleuve à la première occasion ?

Peut-être Farrington se doutait-il de quelque chose. Il devait se demander comment il se faisait qu'un homme qui connaissait si bien l'œuvre de Jack London n'ait pas encore deviné sa véritable identité. Inévitablement, Frigate l'avait déjà vu en photo. Farrington, dans ce cas, pouvait se dire qu'il valait mieux le prendre à bord afin de découvrir plus tard à quel jeu il jouait.

Néanmoins, Frigate ne se sentait pas particulièrement en danger. Il savait que ni Farrington ni Rider n'avaient un tempérament d'assassin. Mais qui pouvait dire comment changeaient les hommes dans le Monde du Fleuve ? Certains devenaient meilleurs, d'autres pires. Et il n'avait aucune idée de ce qui était en jeu ici.

Rider vint peu après lui serrer la main et lui souhaiter la bienvenue à bord. Quelques minutes plus tard, Farrington fit arrêter la musique pour annoncer la nouvelle. Peter avait déjà pris Eve à part pour l'informer.

Elle avait pris la chose assez calmement.

— Je savais déjà que tu étais allé leur demander de t'accepter à bord, Peter. Il n'est pas très facile de garder un secret, ici. Ce que je trouve regrettable, c'est que tu ne m'aies pas dit avant que tu voulais t'en aller.

— J'ai essayé de te voir dans la matinée, mais tu n'étais plus là.

Elle avait versé quelques larmes, et Peter avait senti sa gorge se nouer, puis elle avait répondu en reniflant à plusieurs reprises :

— Ce n'est pas parce que tu me quittes que j'ai de la peine, Peter; c'est parce que notre amour est mort. Il fut un temps où je croyais qu'il durerait toujours. J'étais naïve.

— Je t'aime toujours, Eve.

— Mais pas assez pour ne pas t'en aller, n'est-ce pas ? Oh ! Je ne te reproche rien, crois-moi. Je ressens la même chose que toi. Seulement... je regrette que ça finisse comme ça.

— Tu trouveras quelqu'un d'autre. Au moins, nous nous serons quittés sans haine.

— C'eût été préférable, peut-être. Ne pas se supporter, quand on s'aime, c'est déjà navrant. Mais voir dépérir son amour... comme ça... par manque d'oxygène... c'est affreux ! L'indifférence, c'est la pire des choses.

— C'était ce qu'il y avait de mieux à faire, Eve. Si notre amour était demeuré intact, je ne serais pas parti, ou j'aurais essayé de nous faire prendre tous les deux à bord.

— Et par la suite, tu m'aurais fait des reproches. Non, ce n'est peut-être pas ce qu'il y avait de mieux, mais c'est comme ça.

Il l'attira contre lui pour l'embrasser, mais elle détourna sa bouche et lui tendit la joue.

— Adieu, Peter.

— Je ne t'oublierai pas.

— Le grand bien que cela nous fera ! avait-elle dit en s'éloignant.

Peter retourna vers la place. Les gens vinrent se presser autour de lui pour le complimenter. Mais il ne se sentait pas aussi heureux qu'il aurait dû. La scène avec Eve l'avait déprimé. De plus, il n'était jamais à l'aise au milieu de la foule.

Bullitt s'approcha de lui pour lui serrer la main.

— Nous sommes désolés de vous voir partir, Frigate. Vous avez été un citoyen modèle. Ah ! Pendant que j'y pense...

Il se tourna vers un huissier qui se tenait derrière lui.

— Mr. Armstrong, veuillez confisquer ses armes à Mr. Frigate.

Peter ne protesta pas, car il avait fait serment de les rendre le jour où il quitterait la Ruritanie. Cependant, il n'avait jamais donné sa parole de ne pas les voler ensuite. Ce qu'il fit au petit matin, alors qu'il faisait encore noir.

Ces armes, se disait-il, lui avaient coûté trop d'efforts pour qu'il se résigne à les abandonner. De plus, il avait été blessé une fois en défendant la Ruritanie. Il méritait bien de les garder.

Le *Razzle Dazzle* ne s'était pas éloigné d'un kilomètre qu'il regrettait déjà ce qu'il avait fait et voulait retourner les rendre. Ses scrupules durèrent un jour entier, puis il en fut définitivement guéri.

Ou du moins, c'est ce qu'il croyait. Car le même rêve revenait sans cesse. Il se voyait, tout nu devant la maison, jetant des cailloux contre les carreaux pour réveiller Roosevelt. Et il faisait le tour du jardin pour essayer toutes les portes et toutes les fenêtres. Aucune ne s'ouvrait, mais quand il revenait devant la porte d'entrée, il s'apercevait qu'elle n'était plus verrouillée. Il entrait dans le hall, puis dans la cuisine, et franchissait sur la pointe des pieds les quelques pas qui le séparaient de la petite porte, face à la salle de bains. Il y avait là un escalier de bois qui conduisait au grenier, dont une partie avait été aménagée en chambre à coucher. Il fallait faire très attention de marcher bien au bord pour ne pas faire craquer les marches.

Mais à ce moment-là, il s'apercevait que la porte de ses parents et celle des petits étaient grandes ouvertes et que le clair de lune y pénétrait à flots. (Peu importe si c'était l'aube quand il était arrivé devant la maison : il s'agissait d'un rêve.) Et dans cette lumière diaphane, il voyait le grand lit en cuivre, à l'ancienne mode, de ses parents : il était vide. Tout comme celui de sa petite sœur. Et dans l'autre chambre, les enfants n'étaient pas là non plus.

Roosevelt n'était pas dans son lit.

Pris de panique, il se précipitait à la fenêtre pour regarder dans le jardin. Même la niche du chien était vide.

Tout le monde avait déserté la maison en le laissant tout seul.

Quel crime sans nom avait-il donc commis ?

32

— D'ici à un mois, le dirigeable d'entraînement sera achevé, annonça Firebrass. Comme c'est Jill Gulbirra qui, jusqu'à nouvel ordre, possède le plus de compétences dans ce domaine, je la charge d'organiser le programme de formation de l'équipe d'aéronautes. Ce qui revient à la nommer commandant du dirigeable. Qu'est-ce que tu dis de ça, hein, Jill ? Faute de commander le gros, tu seras maître incontesté à bord du petit. Ne dis pas que je ne fais rien pour toi !

Les hommes qui entouraient Jill s'empressèrent de la féliciter, même si certains grinçaient un peu des dents. Cyrano paraissait sincèrement ravi. S'il n'avait pas su – à son corps défendant – à quel point elle détestait qu'on la touche, il l'aurait certainement serrée dans ses bras pour l'embrasser sur les deux joues. Mais ce fut elle qui, impulsivement, lui ouvrit ses bras et lui donna une rude accolade. Après tout, il faisait des efforts méritoires pour lui faire oublier sa conduite, quand elle était arrivée.

Vingt minutes plus tard, elle se réunit avec Firebrass, Metzing, Piscator et dix ingénieurs, pour commencer à travailler sur les plans du grand dirigeable. Il avait fallu trois semaines de dur labeur, en moyenne douze à quatorze heures par jour, pour mettre au point les caractéristiques du projet. Le papier étant rare dans le Monde du Fleuve, ils dessinaient leurs plans directement sur l'écran cathodique d'un ordinateur. De cette manière, les erreurs pouvaient être corrigées rapidement et l'ordinateur vérifiait automatiquement les tracés. Jill participait avec enthousiasme à sa programmation. Elle adorait ce genre de tâche créatrice, qui lui permettait de jongler avec les relations mathématiques.

Néanmoins, c'était un travail astreignant, générateur de tension nerveuse. Pour se défouler, et pour rester physiquement en forme, elle faisait en moyenne deux heures d'escrime par jour.

Ce sport n'était pas ici tout à fait le même que celui qu'elle avait pratiqué sur la Terre. Le fleuret souple et léger était remplacé par une rapière plus lourde. En outre, n'importe quel point du corps était considéré comme cible et les escrimeurs à l'entraînement devaient même porter des jambières de cuir.

– Ce n'est pas de la rigolade, lui disait Cyrano. Ici, on n'apprend pas l'escrime pour marquer des points. Un jour, peut-être, tu te serviras de tes connaissances pour transpercer ton adversaire au lieu d'être embrochée par lui.

Elle avait toujours été très forte en escrime. Un de ses professeurs, lui-même champion olympique, lui avait dit un jour qu'avec un peu d'entraînement elle pourrait viser les plus hautes compétitions. Mais son métier lui laissait peu de temps. Elle avait beau consacrer tous ses loisirs à l'escrime, ce n'était pas suffisant pour devenir championne.

L'escrime était un sport qui lui rappelait les échecs, où elle excellait également. Cela avait été un grand plaisir pour elle, de pouvoir de nouveau tenir une lame à la main. Elle avait dû tout rapprendre, mais elle s'était aperçue, ravie, qu'elle était capable de battre la quasi-totalité de ses adversaires de sexe mâle. Elle qui paraissait si gauche en temps ordinaire, dès qu'elle avait une rapière à la main, elle était toute grâce et vivacité fluide.

Il n'y avait que deux hommes qu'elle ne battait jamais. L'un était Radaelli, le maître italien auteur d'un traité publié en 1885 et intitulé : *Istruzione per la scherma di spada e di sciabola*. L'autre, l'incontestable champion, était Savinien Cyrano de Bergerac.

Cela avait étonné Jill. En effet, du temps de Cyrano, l'escrime n'était guère qu'un moyen de combat primitif, quoique spectaculaire. Quand il était mort, au milieu du XVIIe siècle, le fleuret n'avait pas encore été inventé. La technique avait été codifiée, en particulier par les grands maîtres italiens, mais ce n'était qu'au début du XIXe siècle que ce sport était véritablement devenu un art.

Cyrano s'était ainsi forgé la réputation de plus grand bretteur de tous les temps sans avoir jamais pu confronter ses talents à ceux des spécialistes reconnus par les siècles futurs. Jill avait toujours été convaincue que son renom était immérité. Quant à ce fameux incident de la Porte de Nesle, personne ne pouvait dire s'il était véridique ou pas. Personne à part l'intéressé, bien sûr, mais il préférait ne pas en parler.

Quoi qu'il en soit, il avait appris tous les derniers raffinements techniques auprès de Radaelli et Borsody. En quatre mois, il avait dépassé ses maîtres. Et en cinq mois, il était devenu imbattable. Jusqu'à preuve du contraire.

Une fois ses articulations dérouillées, Jill avait appris à faire meilleure figure devant lui. Mais jamais elle n'avait remporté plus d'une touche sur les cinq que permettait chaque assaut d'une durée de six minutes. Et il marquait toujours ses quatre touches avant qu'elle remporte la sienne. Ce qui l'avait conduite à le soupçonner de la laisser marquer un point exprès, pour que la défaite ne soit pas trop dure. Un jour, après un assaut qui l'avait rendue furieuse de frustration, elle l'avait accusé de paternalisme.

— Même si je voulais te ménager parce que j'étais amoureux de toi, lui dit-il, je ne ferais jamais une chose pareille. Ce serait malhonnête. Je sais bien qu'en amour comme à la guerre tous les coups sont permis, mais ça non. Tes touches, tu les as gagnées grâce à ton adresse et à tes réflexes.

— Mais si c'était réel, si les fleurets n'étaient pas mouchetés, tu m'aurais tuée un grand nombre de fois.

Il ôta son masque et s'essuya le front.

— C'est exact. Mais tu n'as pas l'intention de me provoquer en duel ? Tu m'en veux toujours ?

— A cause de ce qui s'est passé au bord du Fleuve ? Non. Pas pour ça.

– Pourquoi, alors, si ce n'est pas indiscret de te le demander ?

Elle ne voulut pas lui répondre. Il haussa les sourcils, puis les épaules, d'une manière typiquement latine.

Cyrano était le meilleur, et il n'y avait rien qu'elle pût faire pour remédier à cela. Elle avait beau s'exercer, se répéter qu'il fallait qu'elle le batte, au moins une fois, parce que c'était un homme, parce qu'elle n'aimait pas perdre, ni devant une femme ni devant un homme, c'était toujours elle qui perdait. Un jour, elle avait raillé méchamment son ignorance et ses croyances superstitieuses, ce qui l'avait mis dans une rage folle. Elle l'avait d'ailleurs fait exprès. Il l'avait alors attaquée avec une telle vigueur qu'il l'avait touchée cinq fois en une minute et demie. Au lieu de perdre la tête, il s'était transformé en une boule de feu incroyablement rapide et efficace, sans jamais commettre la moindre erreur ni lui laisser la moindre chance d'anticiper ses mouvements.

Elle avait été, en fin de compte, deux fois plus humiliée.

Et elle ne l'avait pas volé, elle était disposée à le reconnaître. Elle s'était finalement excusée, au risque de s'humilier davantage.

– Je n'aurais pas dû me moquer de ton ignorance et de tes préjugés, lui dit-elle. Ce n'est pas ta faute, si tu es né en 1619. J'ai été odieuse avec toi. Je voulais te faire sortir de tes gonds. Je te promets de ne plus jamais recommencer. Je te demande humblement pardon.

– Toutes ces méchancetés, c'était juste par ruse que tu les disais ? Juste pour essayer de marquer des points ? Tu ne m'en voulais pas personnellement ?

Elle hésita un instant, puis murmura en baissant les yeux :

– Je veux être honnête avec toi. Je cherchais surtout, bien sûr, à te faire perdre ton sang-froid. Mais je ne savais plus, moi-même, ce que je disais. Dans ma fureur, j'étais persuadée, sur le moment, que tu étais un ignorant, un fossile vivant. Mais ce n'est pas vrai. En réalité, tu étais largement en avance sur ton époque. Tu t'étais élevé contre la barbarie et les superstitions qui caractérisaient les mœurs de tes contemporains. Tu es allé aussi loin que peut aller un homme qui rejette sa propre culture. Tu as vécu comme quelqu'un d'exceptionnel, et je te rends hommage pour cela. Je te promets de ne plus jamais te parler comme je l'ai fait.

Elle hésita de nouveau avant de demander :

— Mais est-il vrai que tu te sois repenti sur ton lit de mort ?

Le Français s'empourpra. Il fit une grimace et répondit d'un air gêné :

— C'est exact, oui. J'ai dit que je regrettais mes blasphèmes et mon impiété, et que je demandais pardon au bon Dieu. Moi qui avais toujours été un athée convaincu depuis l'âge de treize ans ! Moi qui détestais par-dessus tous les prêtres repus, onctueux, mielleux, ignorants, puants, hypocrites et parasites ! Et leur Dieu insensible, cruel et sans pitié !

» Mais tu ne peux pas savoir, toi qui viens d'une époque plus libre et plus tolérante, tu ne peux pas savoir ce que c'est que la peur de l'enfer et de la damnation éternelle ! Tu n'as jamais été menacée, imbibée, endoctrinée depuis ta plus tendre enfance !

» Quand je me suis vu mourir sous l'action combinée de cette disgracieuse maladie qui porte le si joli nom bucolique de syphilis et d'un coup sur la tête dû à une grosse poutre accidentellement tombée ou malencontreusement jetée par un de mes ennemis, je ne sais pas, moi qui ne demandais qu'à aimer tous les hommes, et toutes les femmes, surtout... euh... où en étais-je ?

» Ah, oui... quand je me suis vu mourir, déjà environné de démons prêts à me torturer jusqu'à la fin des temps, j'ai cédé à ma sœur, cette garce édentée, cette nonne desséchée, et à mon bon, trop bon ami Le Bret. J'ai dit oui, je me repens, je veux sauver mon âme et vous pouvez vous réjouir, chère sœur, cher Le Bret, j'irai probablement au purgatoire, mais vous saurez bien m'en faire sortir à force de prier pour moi, n'est-ce pas ?

» Et pourquoi ne l'aurais-je pas fait ? J'étais terrorisé, comme jamais je ne l'avais été de ma vie. Et pourtant, et pourtant, je ne croyais pas encore tout à fait à la damnation éternelle. Je faisais des restrictions mentales, tu peux en être sûre. Mais qu'est-ce que je perdais en me repentant ? Si le Christ était là, prêt à me sauver du démon, sans que ça me coûte un centime, remarque bien, j'aurais été un imbécile de ne pas profiter de cette occasion de sauver mon ignoble peau et mon âme précieuse.

» Mais d'un autre côté, s'il n'y avait rien d'autre que le néant après la mort, qu'est-ce que j'aurais perdu ? Rien du tout. Sinon d'avoir fait plaisir à ma sœur et à ce bon Le Bret, que j'aimais bien finalement malgré toutes ses superstitions.

– Il a écrit sur toi un panégyrique vibrant, lui dit-elle. Sous la forme d'une préface à ton *Voyage dans la Lune,* qu'il a publié deux ans après ta mort.

– Ah ! J'espère qu'il n'a pas fait de moi un saint ! s'écria Cyrano.

– Non, mais il te décrit comme quelqu'un de très bien, un esprit noble sinon saint. Par contre, chez d'autres auteurs... hum... tu avais dû te faire pas mal d'ennemis.

– Ils ont profité de ma mort pour noircir mon nom et ma réputation, alors que je ne pouvais pas me défendre ? Ah ! Les salauds ! Les lâches ! Les scélérats !

– Je ne me souviens plus, dit-elle. D'ailleurs, quelle importance, à présent ? Il n'y a que les érudits qui connaissent encore le nom de tes détracteurs. Malheureusement, tout ce que la postérité a retenu de toi, ou presque, c'est l'image romantique, grandiloquente, spirituelle et pathétique donnée par une pièce de théâtre d'un Français de la fin du XIXᵉ siècle. Pendant longtemps, on a cru que tu étais complètement fou à l'époque où tu as écrit le *Voyage dans la Lune* et le *Voyage dans le Soleil.* Mais c'est parce que la censure était passée par là. Tous ces rats d'église s'étaient acharnés à expurger ton texte au point de le rendre insensé. Par la suite, d'autres éditions reconstituées ont vu le jour, et vers l'époque de ma naissance une traduction anglaise du texte intégral avait été publiée.

– Je suis bien content de l'apprendre ! s'écria Cyrano. Je savais déjà, d'après ce que disaient Clemens et les autres, que j'étais considéré comme une sommité olympienne, sinon un Zeus du moins un Ganymède, faisant fonction d'échanson auprès des exaltés. Mais tes remarques sarcastiques sur mes superstitions m'ont profondément blessé, ma chère Jill. Il est vrai, comme tu l'as si bien souligné, que j'adhérais à la croyance selon laquelle la lune à son déclin aspire la moelle des os des animaux. Tu dis que ce ne sont que pures fadaises. Je te crois. J'étais dans l'erreur, en même temps que des millions de mes contemporains. Mais quelle importance ? En quoi cette minuscule méprise a-t-elle gêné qui que ce soit ?

» Par contre, ce qui a fait du mal à des millions et des millions d'êtres humains, je peux te l'assurer, c'est cette stupide et barbare croyance à la sorcellerie, aux philtres, aux charmes, au mauvais œil, aux chats noirs, aux incantations et à l'invocation de tous les démons de l'enfer. J'ai écrit une lettre sur ce sujet, cette institution sociale en vérité. J'y affirmais notamment que les procès grotesques, les supplices atroces et les exécutions sanguinaires dont on affligeait les fous et les innocents au nom de Dieu et du combat pour le Bien représentaient eux-mêmes l'essence de tout le Mal.

» Il est vrai que cette *Lettre contre les sorciers* n'a jamais été publiée de mon vivant. Pour une bonne raison. J'aurais été effroyablement torturé et brûlé vif. Mais elle a circulé parmi mes amis. Et elle montrait que je n'étais pas aussi ignorant et superstitieux que tu l'as prétendu. J'étais en avance sur mon époque dans bien des domaines. Mais je ne prétends pas, bien sûr, avoir été le seul dans cette infortunée situation.

– Je t'ai déjà dit que je le reconnaissais volontiers, fit-elle. Et je t'ai présenté mes excuses. Faut-il que je recommence ?

– Ce n'est pas nécessaire, dit-il avec un large sourire.

Malgré son grand nez, il avait belle allure, ou du moins il était séduisant.

Elle ramassa son graal.

– C'est bientôt l'heure du dîner, fit-elle.

Elle avait déjà entendu parler d'un personnage nommé Odysseus, qui était apparu brusquement, comme surgi de nulle part, au milieu du champ de bataille où les forces de Sam Clemens et du roi Jean affrontaient les envahisseurs qui voulaient s'emparer de la météorite de fer-nickel. Il avait transpercé le chef ennemi d'une flèche en plein cœur, semé la panique parmi ses troupes et donné ainsi l'avantage aux assiégés, qui en avaient besoin.

Odysseus d'Ithaque affirmait ne faire qu'un avec le fameux Ulysse chanté par Homère. Il s'était battu devant les murs de Troie, mais affirmait que l'emplacement de cette cité antique n'était pas celui que les archéologues modernes avaient désigné comme tel. Il la situait beaucoup plus au sud, sur les côtes de l'Asie Mineure.

La première fois qu'elle avait entendu parler de cet homme, Jill s'était montrée sceptique. Les imposteurs pullulaient dans le Monde du Fleuve. Il y avait cependant quelque chose de troublant dans les allégations de cet Odysseus. Pourquoi cette insistance à contredire tous les archéologues et les hellénistes du XXe siècle qui s'accordaient pour voir dans Troies VIIa le site de la véritable Ilion historique ?

De toute manière, Odysseus avait disparu aussi mystérieusement qu'il était apparu. Toutes les tentatives pour retrouver sa trace avaient échoué. Après le départ de Clemens à bord du *Mark Twain,* Firebrass avait continué les recherches. L'un des enquêteurs, Jim Sorley, avait finalement découvert un ou deux indices, mais tout ce qu'on savait, c'était qu'il avait descendu le Fleuve pendant un certain temps et que les hommes lancés à ses trousses par le roi Jean n'avaient pas réussi à l'assassiner.

Jill s'était souvent demandé pourquoi Odysseus était venu se battre aux côtés de Sam Clemens. Pourquoi un étranger, apparemment ignorant des circonstances de la bataille, aurait-il risqué sa vie pour faire pencher la balance d'un côté ou de l'autre ? Qu'avait-il à gagner ? Quels mystérieux liens pouvaient l'unir à Sam Clemens ?

Elle avait interrogé Firebrass, qui avait déclaré n'avoir aucune idée à ce sujet.

– On pourrait supposer, avait-il cependant ajouté, qu'il était venu là pour les mêmes raisons que Cyrano et moi, c'est-à-dire pour demander à Sam de le prendre dans l'équipage du grand bateau à aubes.

Le rêve de Sam et de beaucoup d'autres était de remonter le Fleuve jusqu'à la mer Polaire. Deux gigantesques bateaux à aubes avaient déjà été construits dans ce but. Mais il était étrange, pensait Jill, que personne n'ait eu l'idée, avant eux, d'utiliser la voie des airs. C'était bien plus logique !

– La vie est jalonnée de mystères de ce genre, avait commenté Firebrass en souriant. L'homme – ou plutôt l'humanité, pardonne-moi – est parfois incapable d'apercevoir son nez au milieu de sa propre figure. Il faut que quelqu'un vienne lui tendre un miroir.

— Si l'humanité avait le même nez que moi, avait dit alors Cyrano, elle n'aurait jamais eu ce problème.

En l'occurrence, l'homme au miroir avait été un nommé August von Parseval. Sur la Terre, il était officier de l'armée allemande et avait conçu plusieurs modèles de dirigeables pour une compagnie allemande. Entre 1906 et 1914, son gouvernement, mais aussi le gouvernement anglais, lui avaient passé plusieurs commandes d'appareils.

Peu avant l'achèvement du *Mark Twain,* von Parseval était arrivé à Parolando. Il s'était aussitôt déclaré frappé que, possédant toutes les ressources et la technologie nécessaires, les dirigeants du pays n'aient jamais songé à construire un *Luftschiff.*

Après avoir mentalement battu sa coulpe, Firebrass s'était empressé d'aller trouver Clemens en compagnie de l'Allemand.

A sa grande surprise, Clemens lui avait répondu qu'il y avait déjà songé depuis longtemps. N'avait-il pas écrit *Tom Sawyer Abroad,* où Jim, Tom et Huckleberry voyageaient en ballon du Missouri jusqu'au Sahara ?

Perplexe, Firebrass lui avait demandé pourquoi il n'en avait jamais parlé.

— Parce que je savais très bien qu'il y aurait un crétin pour tout laisser tomber plus vite qu'un monte-en-l'air abandonnant ses outils à la vue d'un agent de police ! Le grand bateau à aubes aurait été en rade au profit d'une machine volante ! Non, monsieur ! Ce projet a priorité sur tout le reste, comme disait Noé à sa femme quand elle voulait laisser son boulot pour aller faire la danse de la pluie. Par les couilles de bronze des taureaux de Basan, il n'y aura pas de dirigeable dans ce pays ! Ce sont des engins peu fiables, très dangereux. Je n'aurais même pas le droit d'y fumer un cigare, et à quoi bon vivre si ça m'est interdit ?

Clemens avait aussi d'autres objections plus sérieuses, mais il refusait d'en parler. En réalité, Firebrass avait l'impression que ce n'était pas tant l'objectif qui comptait pour lui que le voyage proprement dit. Ce qu'il voulait, c'était construire le plus grand bateau à aubes qui eût jamais existé, en devenir le capitaine, le seul maître à bord, et se faire admirer, envier, aduler par des millions de riverains sur les millions de kilomètres qui le séparaient de la fameuse tour polaire.

De plus, il voulait se venger. Il tenait à rattraper le roi Jean qui lui avait ignominieusement volé son premier bateau, son premier amour, le *Bateau Libre,* qu'il s'était juré de détruire.

Il faudrait peut-être une quarantaine d'années pour aller de Parolando à la région polaire. Mais Sam ne demandait pas mieux. Pendant quarante ans, il commanderait le plus beau, le plus fabuleux bateau à aubes dont l'humanité eût jamais rêvé. Le voyage durerait plus longtemps que n'importe quelle expédition jamais entreprise. Les Christophe Colomb, les Magellan pouvaient aller se rhabiller !

Ceux qui auraient la chance de faire partie du voyage rencontreraient des centaines de milliers d'êtres humains de toutes les époques et de tous les pays. Cette perspective avait de quoi enchanter un homme comme Sam Clemens, qui était plus curieux qu'une concierge à propos de nouveaux locataires.

S'ils faisaient le voyage en dirigeable, ils ne parleraient à personne.

Bien qu'il fût d'un naturel aussi grégaire qu'une volée de canards, Firebrass avait du mal à comprendre cette attitude. Le principal, pour lui, était de résoudre le mystère de la tour. Tout ce qui intriguait l'humanité ressuscitée avait peut-être là un commencement et une fin.

Il n'avait pas voulu laisser entendre à Clemens qu'il savait pour quelle raison il s'opposait à la construction d'une machine volante. Clemens aurait été capable de tout nier en bloc en le regardant droit dans les yeux. Cependant, il devait avoir mauvaise conscience, car soixante jours avant la date fixée pour le départ du *Mark Twain,* il avait convoqué Firebrass.

— Quand je ne serai plus là, tu pourras le construire, ton monstre inflammable, si tu y tiens. Mais naturellement, cela signifie que tu renonces à être chef mécanicien à bord de la plus grande merveille jamais créée par l'homme. De plus, tu t'engages à n'utiliser le dirigeable que comme appareil d'observation.

— Pourquoi ça ?

— Par les couilles d'airain du grand Baal, à quoi pourrait-il servir d'autre qu'à des reconnaissances ? Il ne peut pas se poser au sommet de la tour, ni ailleurs, n'est-ce pas ? D'après Joe Miller, les montagnes sont à pic, il n'y a pas la moindre crique. Et d'ailleurs...

— Qu'est-ce qui fait dire à Joe Miller qu'il n'y a pas d'endroit où se poser ? Il y avait de la brume partout. Il n'a rien pu voir à part le sommet de la tour.

Sam avait rejeté la fumée de son cigare par les narines comme un dragon en colère.

— C'est la logique même ! Cette tour est bâtie comme une forteresse. Tu ne voudrais pas que ceux qui ont fait cette mer aient prévu une plage pour permettre à n'importe quel envahisseur de débarquer tranquillement !

— Mais...

— Il n'y a pas de mais ! Tu te contenteras d'aller reconnaître le terrain. Tu tâcheras de découvrir un autre passage à travers la montagne que celui dont Joe Miller a parlé. Il existe peut-être un autre accès à la tour.

Firebrass n'avait pas cherché à discuter. De toute manière, une fois au pôle, il serait libre de faire ce qu'il voudrait. Clemens ne pourrait plus exercer sur lui aucun contrôle.

— J'étais aussi heureux qu'un chien qui vient de se débarrasser de ses puces. Je suis allé trouver von Parseval pour lui annoncer la décision de Sam, et nous avons tous fêté ça dignement. Mais deux mois plus tard, le pauvre August était englouti par un dragon du Fleuve. J'ai bien failli finir dans le même estomac, moi aussi.

A ce moment-là, Firebrass avait annoncé à Jill qu'il allait lui révéler un secret.

— Il faut que tu me jures sur l'honneur de ne le répéter à personne. Je ne te le dirais pas, d'ailleurs, si le roi Jean n'était pas loin, hors de portée de toute indiscrétion. Mais je sais que je peux compter sur toi.

— Je te promets d'être muette comme une carpe, quel que soit le secret.

— Eh bien, voilà... un de nos ingénieurs était un savant californien de la deuxième moitié du XXe siècle. Et il a proposé à Sam de lui fabriquer un laser d'une portée de quatre cents mètres. Avec ça, le *Mark Twain* était assuré de pouvoir couper le *Rex* en deux. Naturellement, Sam a accepté tout de suite. Mais il n'y avait pas assez de matériaux pour en faire un deuxième.

» La fabrication du laser, cela va sans dire, s'est effectuée dans le plus grand secret. Même aujourd'hui, il n'y a que six hommes, à bord du *Mark Twain,* qui connaissent son existence. Il est dissimulé dans un endroit secret, spécialement prévu lors de la construction du navire. Même le grand copain de Sam, Joe Miller, ne sait rien de tout cela.

» Quand le *Mark Twain* aura enfin réussi à rattraper le *Rex,* le laser sera sorti de sa cachette et monté sur un trépied spécial. Le combat sera bref et suave. Suave pour Sam et bref pour Jean. De part et d'autre, les pertes en vies humaines seront minimes.

» Si je suis au courant de tout cela, c'est que j'ai moi aussi travaillé à ce projet en tant qu'ingénieur. Avant le départ de Sam, j'ai essayé de le persuader de me laisser le laser. Il serait beaucoup plus utile à bord du dirigeable, car il nous permettrait, par exemple, de percer une ouverture dans la tour si nous ne trouvions pas d'autre moyen d'y pénétrer.

» Mais il a refusé catégoriquement. C'était trop risqué, disait-il. Si quelque chose arrivait au dirigeable, le laser serait irrémédiablement perdu pour tout le monde. Il était beaucoup plus en sécurité à bord du bateau à aubes.

» En fait, je reconnais qu'il n'avait pas tout à fait tort. Un dirigeable est beaucoup plus vulnérable qu'un navire. Mais quelle arme extraordinaire nous aurions pu posséder !

33

Jill était sur le point de lui demander pourquoi il n'avait pas pris le temps et la peine de réunir les matériaux qui manquaient pour fabriquer un second laser lorsque la secrétaire de Firebrass frappa à la porte pour lui dire que Piscator était là.

Firebrass le fit entrer. Le Japonais s'enquit d'abord de leur santé, puis leur annonça qu'il apportait une bonne nouvelle. Les ingénieurs chargés de la fabrication du gas-oil synthétique allaient pouvoir livrer les premiers barils avec une semaine d'avance sur le programme établi.

– C'est magnifique ! s'écria Firebrass en se tournant vers Jill. Le *Minerve* peut décoller demain, si tu veux. Tu vas commencer l'entraînement avec huit jours d'avance ! Fabuleux !

Elle était encore plus ravie que lui.

Firebrass proposa d'arroser cela. Mais la fleur de crâne n'avait pas plus tôt été versée dans les verres que la secrétaire fit une nouvelle intrusion.

– Je ne me serais pas permis de vous interrompre, leur dit-elle avec un grand sourire, s'il ne s'agissait pas d'une question particulièrement importante. Je crois que nous tenons une nouvelle recrue de choix. C'est quelqu'un qui possède beaucoup d'expérience. Il est arrivé il y a à peine quelques minutes.

La joie de Jill s'échappa en sifflant comme d'une enveloppe percée. Sa cage thoracique semblait sur le point de s'enfoncer, privée de pression intérieure. Jusqu'à présent, elle était presque sûre d'avoir le poste de lieutenant. Mais l'arrivée de cette personne, qui avait peut-être autant ou davantage d'expérience qu'elle, pouvait tout remettre en question. Et il s'agissait d'un homme, évidemment. Peut-être un officier du *Graf Zeppelin* ou du *Hindenburg*. Un ancien de l'équipage de ces grands dirigeables rigides aurait naturellement beaucoup plus de poids, aux yeux de Firebrass, que quelqu'un qui n'avait volé qu'à bord de petits *blimps*.

Son cœur battait très fort lorsque le nouveau venu entra dans le bureau à la suite de la secrétaire. Jill ne le reconnaissait pas, mais cela ne voulait pas dire grand-chose. Il y avait des centaines d'aérostiers de son époque ou des époques précédentes qu'elle n'avait jamais vus en photo. D'ailleurs, ceux qu'elle connaissait portaient pour la plupart l'uniforme ou la barbe, ce qui, en plus de l'âge, ne facilitait pas leur identification au bord du Fleuve où tout le monde était jeune et imberbe.

– Il s'appelle Barry Thorn, dit la secrétaire.

Le nouvel arrivant portait des sandales en peau de poisson, un kilt à rayures bleues, jaunes et rouges, et une longue cape noire nouée à hauteur de la gorge. Il tenait son graal d'une main et un grand sac en peau de poisson de l'autre.

Il mesurait approximativement un mètre soixante-dix et sa carrure était incroyablement massive. Irrésistiblement, il évoquait pour Jill l'image d'un taureau. Pourtant, ses jambes, quoique musclées, étaient longues par rapport à son tronc. Son torse et ses bras étaient ceux d'un gorille, mais il n'avait presque pas de poils.

Son visage large était encadré par une chevelure blonde abondante et bouclée. Ses sourcils étaient jaune paille et ses yeux bleu foncé. Il avait le nez long et droit, les lèvres pleines et les dents d'un blanc éclatant. Ses mâchoires, lourdes, se terminaient par un menton saillant, arrondi et creusé d'une profonde fossette. Ses oreilles, petites, étaient collées à sa tête.

Invité à se débarrasser de ce qui l'encombrait, il posa d'abord son sac et son graal. Puis il plia les doigts à plusieurs reprises, comme s'ils étaient restés longtemps crispés sur quelque chose. Le plus probable était qu'il arrivait de très loin en pirogue et qu'il avait pagayé plusieurs jours sans répit. Ses mains étaient larges comme des battoirs, mais ses doigts étaient longs et effilés.

Il paraissait très à l'aise au milieu d'étrangers qui allaient bientôt l'assaillir de questions sur ses compétences professionnelles. En fait, il irradiait de lui une impression de bien-être et de magnétisme qui, invinciblement, évoquait dans l'esprit de Jill ce terme galvaudé et presque toujours inapproprié de « charisme ».

Plus tard, elle devait s'apercevoir qu'il possédait le don curieux de couper ce rayonnement comme on éteint une lampe. Alors, en dépit de ses qualités physiques évidentes, il donnait presque l'impression de se fondre dans le décor. Comme une sorte de caméléon psychique.

Jetant à Piscator un coup d'œil oblique, Jill constata qu'il s'intéressait beaucoup à l'étranger. Les paupières plissées, la tête légèrement penchée de côté, il semblait écouter quelque murmure venu de très loin.

Firebrass serra la main de Thorn.

– Diable ! Quelle poigne ! Heureux de vous accueillir à bord, monsieur, si toutefois vous êtes celui que prétend Agatha. Asseyez-vous, mettez-vous à l'aise. Vous venez de très loin ? Oui ? Combien de pierres à graal ? Quarante mille ? Voulez-vous qu'on vous apporte quelque chose à manger ? Du café ? Du thé ? De la bière ? De la gnôle ?

Thorn refusa tout à l'exception du fauteuil. Il parlait d'une voix de baryton aux sonorités agréables, et son langage était dépourvu des pauses, points de suspension et retours en arrière qui émaillent celui de la plupart des gens.

Lorsque Thorn leur apprit qu'il était canadien, Firebrass abandonna l'espéranto au profit de l'anglais. Quelques minutes plus tard, ils savaient l'essentiel de la biographie du nouveau venu.

Barry Thorn était né en 1920 dans la ferme de ses parents près de Regina, dans le Saskatchewan. Après avoir obtenu son diplôme d'ingénieur en électromécanique, en 1938, il s'était engagé dans la Royal Navy en Angleterre. Pendant la guerre, on lui avait confié le commandement d'un dirigeable de l'aéronavale. Il avait épousé une Américaine et, une fois la guerre finie, était parti s'installer aux Etats-Unis car sa femme, native de l'Ohio, ne voulait pas vivre loin de ses parents. De plus, il y avait davantage de débouchés pour les pilotes de dirigeables.

Il avait passé son brevet de pilote civil, car il voulait entrer dans une compagnie américaine. Mais entre-temps, il avait divorcé. Ayant quitté Goodyear, il avait vécu quelques années dans le Yukon, comme pilote de brousse. Puis il était retourné chez Goodyear et s'était remarié. Après la mort de sa deuxième femme, il s'était fait engager par une compagnie anglo-allemande qui venait de se créer. Pendant quelques années, il avait commandé un grand dirigeable qui remorquait des trains de conteneurs chargés de gaz naturel entre le Moyen-Orient et l'Europe.

Jill lui posa quelques questions, dans l'espoir de stimuler un peu sa propre mémoire défaillante. Elle avait connu quelques aérostiers qui avaient travaillé pour la même compagnie que Thorn, et certains lui avaient peut-être parlé de lui. Il répondit qu'il se souvenait – vaguement – de l'un d'eux. Mais tout cela était si loin...

Il était décédé en 1983, au cours d'une escale à Friedrichshafen. Il ignorait totalement la cause de sa mort. Peut-être une crise cardiaque. Il s'était endormi dans son lit et quand il s'était réveillé il se trouvait tout nu au bord du Fleuve, comme tout le monde.

Il avait beaucoup voyagé dans le Monde du Fleuve. Un jour, il avait entendu dire que l'on construisait, quelque part en aval, un grand dirigeable. Il avait décidé d'aller voir par lui-même si cette rumeur était fondée.

— Tu parles si elle était fondée ! s'écria Firebrass, rayonnant de joie. Bienvenue parmi nous, mon cher Barry ! Agatha va vous montrer votre nouveau logement.

Thorn serra la main de tout le monde et sortit. Firebrass dansait presque de ravissement.

— Tout marche comme sur des roulettes ! leur dit-il.

— Est-ce que cela change quelque chose à ma situation ? demanda Jill avec méfiance.

Firebrass prit un air étonné.

— Pourquoi ? Je t'ai promis que tu aurais le commandement du *Minerve* et que tu serais chargée de l'entraînement des recrues. Firebrass tient toujours parole. En principe. Mais je sais à quoi tu penses. N'oublie pas que je n'ai pris aucun engagement en ce qui concerne le *Parseval*. C'est encore beaucoup trop tôt. Tu seras peut-être lieutenant, Jill. Tu as pas mal de chances. Mais tu n'es pas la seule sur les rangs. Tout ce que je peux te dire, c'est : Que le meilleur gagne. Ou la meilleure, bien sûr.

Piscator lui tapota gentiment la main. En d'autres circonstances, elle se serait rebiffée. Mais elle avait besoin de réconfort. Plus tard, quand ils sortirent du bureau, Piscator lui confia :

— Je ne suis pas certain que Thorn soit vraiment sincère. Peut-être qu'il a dit la vérité, au moins en partie, mais il y a quelque chose dans sa voix qui sonne faux.

— Il y a des moments où tu me fais peur, lui dit-elle.

— Je peux me tromper.

Mais elle n'avait pas l'impression qu'il le pensait vraiment.

34

Chaque matin, avant l'aube, le *Minerve* décollait pour son vol d'entraînement. Parfois, il restait dans les airs jusqu'à une heure de l'après-midi. D'autres jours, il ne rentrait qu'au crépuscule. La première semaine, Jill fut seule à le piloter. Puis elle céda progressivement les commandes à chacun des élèves pilotes et aux officiers de nacelle.

Barry Thorn ne monta à bord du *Minerve* que la quatrième semaine. Jill avait insisté pour qu'il s'entraîne d'abord au sol. Malgré toute son expérience, il n'avait pas piloté de dirigeable depuis trente-deux ans et l'on pouvait penser qu'il avait beaucoup oublié. Il ne formula aucune objection.

Elle l'observa attentivement lorsqu'il s'assit à la place du pilote. Quelles que fussent les craintes de Piscator, il se tira d'affaire comme s'il n'avait jamais cessé de piloter. Il fit également la preuve de ses compétences dans le domaine de la navigation ou bien à l'occasion des simulations d'incidents qui faisaient partie de l'entraînement normal.

Jill était quelque peu déçue. Elle avait eu l'espoir qu'il mentait sur ses qualifications. A présent, elle était convaincue qu'il avait l'étoffe d'un capitaine.

Ce qui ne l'empêchait pas d'être quelqu'un de bizarre. Il paraissait à l'aise avec tout le monde et il appréciait la plaisanterie autant qu'un autre, mais il ne plaisantait jamais lui-même. En dehors des heures de service, on ne le voyait jamais. Il occupait une cabane située à vingt mètres de celle de Jill, mais jamais il n'était venu lui rendre visite ni l'inviter à passer chez lui. Ce qui, au demeurant, était un soulagement pour elle, car elle n'avait pas à repousser ses avances. Comme il ne faisait aucun effort pour prendre une compagne, on aurait pu penser qu'il était homosexuel, mais il ne semblait pas non plus s'intéresser, sexuellement ou autrement, à son propre sexe. C'était un solitaire. Cependant, quand il le voulait, il savait être épanoui et charmant. Puis, brusquement, il se refermait comme un poing que l'on crispe, et il devenait pâle et neutre, comme une statue.

Tout le futur équipage du *Parseval* faisait l'objet de contrôles psychologiques intenses. Chaque recrue devait passer des tests destinés à établir son niveau d'équilibre psychique. Thorn se tira de toutes ces épreuves comme s'il les avait imaginées lui-même.

— Ce n'est pas parce qu'il a un comportement social un

peu bizarre qu'il ne peut pas être un aéronaute de première classe, disait Firebrass. C'est ce qu'il fait là-haut qui compte.

Firebrass et Cyrano révélèrent de véritables aptitudes naturelles à piloter un dirigeable. Dans le cas de l'Américain, ce n'était pas tellement surprenant car il totalisait plusieurs milliers d'heures de vol à bord d'avions à réaction, hélicoptères et autres engins spatiaux. Mais le Français venait d'une époque où même les ballons n'existaient pas encore, bien qu'ils eussent été imaginés. Les mécanismes les plus compliqués qu'il avait eus entre les mains étaient ceux du fusil à mèche, de la platine à rouet ou du pistolet à silex. Il était trop pauvre pour posséder une montre, et de toute manière il n'aurait rien eu d'autre à faire que la remonter.

Cyrano avait assimilé avec une facilité étonnante l'enseignement théorique dispensé au sol. Même les mathématiques ne lui avaient pas trop causé de problèmes. Au poste de pilotage, il battait largement tout le monde. Jill devait admettre que son jugement et ses réflexes avaient presque la rapidité d'un ordinateur.

Une autre recrue pour le moins surprenante était John de Greystock. Ce baron médiéval s'était porté volontaire pour faire partie de l'équipage du *Minerve* quand le semi-rigide attaquerait le *Rex*. Tout d'abord, Jill s'était déclarée sceptique quant à ses possibilités d'adaptation aux conditions de vol à bord d'un dirigeable. Mais après trois mois d'exercice, elle reconnaissait, en même temps que Firebrass, que c'était lui le plus qualifié pour assumer le commandement du *Minerve*. Il était ardent au combat, féroce et courageux. Mais surtout, il haïssait le roi Jean dont les hommes l'avaient blessé et jeté par-dessus bord lors de la capture du *Bateau Libre*, et il ne rêvait que de se venger.

Jill était arrivée à Parolando vers la fin du mois que l'on appelait Dektria, c'est-à-dire treizième. La planète du Fleuve n'ayant ni lune ni saisons, l'Etat de Parolando avait adopté arbitrairement un calendrier à treize mois. Il n'y avait aucune raison, autre que sentimentale, de conserver une année de trois cent soixante-cinq jours, mais pourquoi pas ?

Chaque mois était divisé en quatre semaines de sept

jours chacune, soit vingt-huit jours. Cela faisait trois cent soixante-quatre jours en tout. Le jour supplémentaire était un jour de fête que l'on appelait généralement la Saint-Sylvestre, ou le Dernier Jour, ou encore la Nuit des Fous. Jill avait débarqué trois jours avant cette fête, en l'an 31 après la résurrection.

On était maintenant en janvier 33 et, bien que la construction du grand dirigeable eût déjà commencé, il faudrait encore près d'une année entière pour que le départ de l'expédition polaire pût être donné. Ce délai était dû en partie aux inévitables difficultés imprévues, mais aussi aux nombreux changements de dernière minute imposés par Firebrass, qui avait parfois la folie des grandeurs.

L'équipage était déjà entièrement recruté, mais la répartition des postes de commandement n'avait pas été établie. En particulier, la désignation des premier et second lieutenants restait à faire. Pour Jill, cela ne faisait pas de problème. L'un des deux postes irait à Thorn, et l'autre à elle. Mais cela ne la tracassait pas outre mesure – excepté dans ses rêves – car Thorn ne semblait pas tenir à la précéder dans la hiérarchie.

Ce vendredi du mois de janvier, ou Premier-Mois, elle avait tout lieu de se sentir heureuse. Le chantier du *Parseval* était si bien avancé qu'elle avait décidé de partir un peu plus tôt et de prendre sa canne à pêche pour aller « taquiner le goujon » au bord du petit lac voisin de sa cabane.

Arrivée sur la crête de la première colline, elle aperçut Piscator. Il avait lui aussi tout son attirail de pêche. Elle l'appela et il se retourna, mais il n'eut pas pour elle le même sourire que d'habitude.

– Tu as l'air préoccupé, lui dit-elle.
– C'est vrai, mais ce n'est pas pour moi que je me fais du souci. C'est pour quelqu'un qui m'est très cher.
– Tu n'es pas obligé de m'en parler, tu sais.
– Justement, je le dois, car il s'agit de toi.
Elle cessa aussitôt d'avancer.
– Qu'y a-t-il ?
– Je viens d'apprendre par Firebrass que la série de tests psychologiques n'était pas encore terminée. Il en manque un, auquel tout l'équipage devra se soumettre.
– En quoi est-ce inquiétant pour moi ?

— Il s'agit d'une épreuve d'hypnose, destinée à mettre en évidence tout facteur d'instabilité résiduelle que les tests précédents n'auraient pu déceler.

— Oui, mais je ne vois pas...

Elle s'interrompit de nouveau.

— Je crains bien, reprit Piscator, que cela ne révèle... euh... certaines hallucinations dont tu as pu souffrir précédemment.

Elle se sentit soudain défaillir. Pendant quelques instants, la lumière du monde sembla faiblir autour d'elle. Piscator dut lui prendre le bras pour la soutenir.

— Excuse-moi, dit-il, mais j'ai pensé qu'il valait mieux que tu sois préparée.

Elle se dégagea en disant :

— Ça va mieux, merci. Mais... bon sang ! Ça fait huit mois que je n'ai plus aucun ennui avec ça ! Je n'ai plus jamais touché à la gomme depuis le soir où tu m'as trouvée dans la cabane. Je suis sûre qu'il n'y a pas de séquelles. Et d'ailleurs, ça ne m'a jamais prise ailleurs que dans mon lit, au milieu de la nuit. Tu ne crois pas que Firebrass serait capable de m'éliminer pour ça ? Ce n'est pas une raison suffisante, quand même !

— Je l'ignore, fit gravement Piscator. Il est possible que la séance d'hypnose ne laisse rien paraître. Mais si tu veux bien me pardonner ce conseil, à ta place, j'irais trouver Firebrass pour tout lui expliquer avant le test.

— Qu'est-ce que ça changera ?

— S'il s'aperçoit que tu as voulu lui cacher quelque chose, il t'éliminera probablement sur-le-champ. Mais si tu vas lui en parler franchement, avant que le test soit annoncé officiellement, il tiendra compte de ton point de vue. Personnellement, je ne crois pas que tu puisses constituer un danger pour le dirigeable. Mais naturellement, mon opinion n'a aucune valeur.

— Je n'ai pas l'intention de le supplier.

— Il ne s'agit pas de le supplier. D'ailleurs, ça n'aurait aucune influence sur lui. Sauf dans le mauvais sens.

Elle prit une profonde inspiration et regarda pathétiquement autour d'elle, comme si elle cherchait une issue vers un autre univers. Elle était si contente, si sûre d'elle, quelques instants seulement auparavant.

— Très bien, dit-elle. Inutile de remettre à demain, dans ce cas.
— Ta décision est courageuse. Et c'est la voie du bon sens. Je te souhaite de réussir.
— A bientôt, murmura-t-elle.

Puis elle s'éloigna, les mâchoires serrées.

Mais avant d'avoir atteint le palier du premier étage où se trouvait l'appartement de Firebrass, elle était essoufflée, pas de fatigue mais d'anxiété.

La secrétaire du chef lui avait dit qu'il s'était retiré chez lui. Elle avait été étonnée, mais n'avait pas osé demander à Agatha pourquoi il avait quitté son bureau si tôt. Peut-être que lui aussi voulait se détendre un peu puisque tout allait bien sur le chantier.

La porte de son appartement était au milieu du palier. Son garde du corps habituel était là. Firebrass avait échappé de justesse à deux attentats au cours des six derniers mois. Ceux qui voulaient l'assassiner avaient été eux-mêmes tués sur le coup, et on n'avait pas pu les interroger. Le bruit courait que c'était le chef d'un Etat voisin qui les avait envoyés. Il n'avait jamais caché son hostilité ni son désir de s'emparer des richesses de Parolando, surtout de ses armes et de ses précieuses machines. Peut-être espérait-il, en assassinant Firebrass, affaiblir le pays avant de l'envahir. Mais tout cela n'était que des spéculations.

Jill se dirigea vers l'enseigne de vaisseau qui commandait quatre hommes lourdement armés.

— J'aimerais parler au chef.
— Désolé, mon commandant, lui répondit Smithers. Il ne veut être dérangé sous aucun prétexte.
— Pourquoi ?

Smithers la dévisagea de manière curieuse.

— Ce n'est pas à moi de le savoir, mon commandant.
— Je suppose qu'il est en galante compagnie !
— Non, mon commandant. Bien que cela ne vous regarde aucunement.

L'enseigne la toisa d'un air mauvais avant d'ajouter :

— Son visiteur vient d'arriver à Parolando. Il s'appelle Fritz Stern. C'est un Allemand et, d'après ce que j'ai cru comprendre, un crack en matière de zeppelins. Je l'ai entendu dire au chef qu'il était commandant dans la

N.D.E.L.A.G. Je ne sais pas ce que c'est que ce truc, mais il totalise plus d'heures de vol que vous.

Jill dut faire un effort pour ne pas lui lancer son poing dans les gencives. Elle savait que ce Smithers l'avait toujours détestée et qu'il prenait sans doute un grand plaisir à la piquer au vif.

– N.D.E.L.A.G., répéta-t-elle, furieuse car sa voix tremblait. Ça pourrait être la *Neue Deutsche Luftschifffahrts-Aktien-Gesellschaft*.

Sa voix, à présent, semblait venir de très loin, comme si c'était quelqu'un d'autre qui parlait.

– Il y a eu une compagnie de zeppelins qui s'appelait D.E.L.A.G. avant la Première Guerre mondiale. Elle transportait des marchandises et des passagers à l'intérieur de l'Allemagne. Mais je n'ai jamais entendu parler d'une N.D.E.L.A.G.

– Sans doute parce qu'elle n'existait pas encore avant votre mort, fit Smithers en ricanant. Je l'ai entendu expliquer au chef qu'il avait étudié à Friedrichshafen en 1984 et qu'à la fin de sa carrière il avait commandé un super-zeppelin nommé *Viktoria*.

Elle était écœurée. D'abord Thorn, et maintenant Stern.

Elle n'avait plus besoin de rester là. Carrant les épaules, elle articula d'une voix ferme :

– Je reviendrai le voir plus tard.

– Comme vous voudrez, mon capitaine. Désolé pour vous, mon capitaine, fit Smithers en ricanant toujours.

Elle se tourna pour redescendre l'escalier.

A ce moment-là, une porte claqua et un cri retentit. Elle pivota juste à temps pour voir un homme courir sur le palier. Il sortait de chez Firebrass et c'était lui qui avait fait claquer la porte. Il hésita plusieurs secondes, face aux gardes qui étaient en train d'extraire leurs lourds pistolets de leurs étuis. Smithers avait déjà sorti son épée à moitié.

L'homme était de haute taille, athlétique et élégant. Son visage était beau mais buriné. Ses cheveux ondulés étaient d'un blond cendré et ses yeux d'un bleu profond. Mais son teint était blême et le sang coulait à flots d'une blessure qu'il avait à l'épaule. Puis la porte s'ouvrit et Firebrass apparut, sa rapière à la main. Son visage était tordu de douleur ou de colère et il saignait d'une blessure au front.

– Stern ! cria l'enseigne.

Affolé, Stern se mit à courir vers l'extrémité du palier, mais il n'y avait là aucune issue à part une fenêtre haute.

— Ne tirez pas! cria Smithers à ses hommes. Il ne peut pas nous échapper!

— Si! Par la fenêtre! hurla Jill.

Au bout du palier, Stern fit un bond désespéré en poussant un grand cri. Il avait replié son bras en avant pour se protéger le visage et fait un quart de tour afin de heurter le mica avec son épaule.

Mais la fenêtre refusa de céder. Stern rebondit sur elle avec un grand bruit et retomba sur le palier avec un deuxième grand bruit. Il demeura là, étalé, le visage contre terre, pendant que tout le monde courait vers lui.

Jill n'était qu'à une seconde du peloton.

Avant que quiconque ait pu le toucher, Stern se releva comme un ressort, jeta un regard à ceux qui accouraient vers lui, puis au poignard qu'il avait lâché en heurtant la fenêtre. Il ferma alors les yeux et s'écroula comme une masse.

35

Avant que Jill eût rejoint les autres, Firebrass s'était agenouillé pour lui tâter le pouls.

— Il est mort!

— Que s'est-il passé, chef? demanda Smithers.

— Ce n'est pas ce qui s'est passé que j'aimerais expliquer, mais *pourquoi*. Nous étions assis tranquillement en train de boire, fumer et échanger des plaisanteries. Il m'avait donné un certain nombre de détails sur sa carrière professionnelle. Tout baignait dans l'huile quand soudain il a bondi sur moi en sortant un poignard pour me l'enfoncer dans le cœur! Je suppose qu'il est devenu fou, mais c'est drôle, car il paraissait tout à fait équilibré jusqu'au moment où il m'a sauté dessus. Il devait être malade, en tout cas. Sinon, pourquoi aurait-il eu une crise cardiaque après?

— Une crise cardiaque? s'étonna Jill. Mais je n'ai jamais

entendu parler de crise cardiaque depuis le jour de la résurrection.

Firebrass haussa les épaules.

— Il faut bien un début à tout, dit-il. Les résurrections n'ont-elles pas cessé du jour au lendemain ?

— Il est bien bleu, pour quelqu'un qui vient d'avoir une crise cardiaque, fit Jill. Est-ce qu'il n'aurait pas avalé de l'acide prussique ? Personne ne l'a vu porter quelque chose à sa bouche ?

Ils ne répondirent pas. Finalement, Firebrass murmura pensivement :

— Il n'y a qu'ici, à Parolando, qu'il aurait pu se procurer du cyanure ou un autre poison équivalent. Mais c'est une chose impossible. Il venait d'arriver.

Il se tourna vers Smithers.

— Enveloppez ce corps dans une couverture et mettez-le quelque part dans mon appartement. Cette nuit, vous irez discrètement le jeter dans le Fleuve. Le dragon s'en régalera.

— Très bien, chef, dit Smithers. Et pour cette blessure que vous avez au front ? J'appelle le docteur ?

— Non, je m'en occuperai. Et surtout, pas un mot de tout ça à qui que ce soit. Vous avez compris, tous ? Et toi aussi, Jill. N'en parle à personne. Je ne veux pas alarmer nos concitoyens.

Tout le monde hocha la tête. Smithers demanda :

— Vous croyez que c'est ce salaud de Burr qui l'envoie lui aussi ?

— Je n'en ai pas la moindre idée, dit Firebrass. Et je m'en fiche pas mal. Vous me débarrasserez de lui et c'est tout ce que je veux savoir, compris ?

Il se tourna alors vers Jill.

— Et toi, qu'est-ce que tu étais venue faire ici ?

— J'avais à te parler de quelque chose d'important. Mais je le ferai plus tard. Ce n'est pas le moment de t'ennuyer avec ça.

— Ridicule ! fit-il avec un sourire. Tu ne crois pas que je vais attacher de l'importance à cet incident ? Entre, Jill. Nous pourrons parler tranquillement dès que j'aurai nettoyé ce bobo.

Elle s'installa dans un fauteuil super-rembourré du luxueux living pendant qu'il disparaissait dans la salle de bains pour revenir, quelques instants plus tard, avec un morceau de toile adhésive en travers du front.

Avec un grand sourire, comme si c'était un jour comme les autres, il demanda :

— Tu prends quelque chose ? Ça te calmera les nerfs.

— Les miens ?

— Les miens aussi. D'accord. J'avoue que j'ai été un peu secoué, tout à l'heure. Je ne suis pas un surhomme, quoi qu'en disent les gens.

Il versa un peu de fleur de crâne mauve dans deux grands verres à moitié remplis de cubes de glace. Ni la glace, ni les verres, ni la toile adhésive qu'il avait au front n'existaient autre part qu'à Parolando — du moins à la connaissance de Jill.

Ils sirotèrent durant quelques instants la boisson glacée au goût fort, comme épicé. Leurs regards se rencontrèrent à plusieurs reprises, mais ils ne disaient pas un mot. Finalement, Firebrass rompit le silence :

— Bon, assez de civilités comme ça. Pourquoi voulais-tu me voir ?

Les mots sortirent à grand-peine de la gorge de Jill. D'abord coincés par le nombre, ils franchirent un à un le goulet d'étranglement, comme poussés par la pression intérieure.

Elle s'interrompit, à un moment, pour vider son verre d'un trait. Puis elle continua à parler, plus lentement, sur un rythme moins saccadé. Firebrass l'écoutait, immobile, ses yeux marron veinés de vert inflexiblement rivés sur elle.

— Voilà, tu sais tout, conclut-elle. Il fallait que je vide mon sac. Mais c'est la chose la plus pénible que j'aie jamais faite.

— Quand as-tu pris la décision de venir me le dire ? Ce n'est pas parce que tu as entendu parler des tests ?

L'espace d'une seconde, elle songea à lui mentir. Piscator ne la trahirait jamais et il valait mieux ne pas donner l'impression d'avoir agi ainsi parce qu'elle ne pouvait pas faire autrement.

— C'est exact, j'en ai entendu parler, dit-elle. Mais il y a quand même longtemps que je voulais venir te trouver. Je l'aurais fait avant si... si je pouvais supporter l'idée d'être laissée pour compte. Et si je croyais réellement que je pourrais représenter un danger quelconque pour la sécurité du dirigeable.

— Ce serait extrêmement grave, si tu avais une crise à un moment crucial durant le vol. Mais tu le sais, bien sûr. Bon, voilà comment j'envisage la chose, Jill. En dehors de Thorn, tu es notre meilleur officier — officière, si tu préfères. Et contrairement à Thorn, qui fait son boulot consciencieusement, mais pour qui il n'y a pas que ça qui compte dans la vie, tu es une fanatique. Je crois sincèrement que tu laisserais passer une partie de jambes en l'air pour une heure de vol en plus. Personnellement, j'avoue que j'essaierais de combiner les deux.

» Je ne voudrais pas te perdre. Et si je devais prendre une décision pour t'écarter de l'expédition, je craindrais que tu ne cherches à mettre fin à tes jours. Non, ne proteste pas, je sais que tu le ferais. Ce qui dénote déjà, dans ce sens-là, un déséquilibre de ta personnalité. Mais si j'avais à t'écarter, je le ferais sans hésiter, et sans tenir compte de mes sentiments personnels, car la sécurité du vaisseau et des hommes passe avant tout.

» Je vais donc te donner une chance. Disons que si tu n'as aucune autre crise ou hallucination entre le moment présent et celui où le vaisseau sera prêt à décoller pour le grand voyage, tu peux considérer que tu en feras partie. L'ennui, naturellement, c'est qu'il va falloir que je te fasse confiance là-dessus. En fait, je pourrais utiliser des moyens hypnotiques pour savoir si tu as dit ou pas la vérité, mais je n'aime pas ça. Cela voudrait dire que je n'ai pas confiance en toi, et je ne veux pas prendre quelqu'un à bord si je ne peux pas me fier à lui à cent pour cent.

Jill avait envie de courir jusqu'à lui pour lui jeter ses bras autour du cou. Ses yeux étaient embués et elle sanglotait presque de joie. Mais elle resta assise dans le fauteuil moelleux. Cela ne se faisait pas, qu'un officier — ou une officière — embrasse le capitaine. Sans compter qu'il pourrait se méprendre et vouloir la conduire dans sa chambre à coucher.

Elle se sentit honteuse. Firebrass n'était pas homme à profiter de la situation. Il devait mépriser ceux qui utilisaient leur position sociale pour séduire une femme. Du moins, elle se plaisait à le croire.

— Je ne sais pas si c'est bien, cette histoire d'hypnose,

fit-elle. Si tout le monde doit y passer, comment expliqueras-tu que je sois exemptée de l'épreuve ? C'est une discrimination que les autres...

— J'ai changé d'avis, déclara Firebrass.

Il se leva et marcha jusqu'à un bureau à cylindre sur lequel il se pencha pour écrire quelque chose sur une carte qu'il lui remit.

— Tu donneras ça au major Graves. Il te fera une radio.
— Une radio ? dit-elle, stupéfaite. Et pourquoi ?
— En tant que capitaine, je pourrais te dire de te taire et d'obéir. Mais tu m'en voudrais. Disons qu'il s'agit d'une découverte des psychologues de l'an 2000. Je ne peux pas te donner d'autre explication, car cela risquerait d'influencer les résultats du test. En tout cas, tout le monde passera cette radio. Tu auras l'honneur d'être la première.
— Je n'y comprends rien, fit-elle. Mais j'obéirai, naturellement.

Elle se leva, hésita :
— Merci.
— Inutile de me remercier. Et maintenant, file en vitesse chez le major Graves.

Lorsqu'elle entra chez le médecin, elle le trouva en train de parler au téléphone. Il fronçait les sourcils et mordait sauvagement son cigare.

— O.K., Milt, je vais le faire, mais je ne vois pas pourquoi tu ne veux pas m'expliquer de quoi il retourne.

Il raccrocha bruyamment et fit signe à Jill de s'asseoir.

— Salut, Jill. Il faudra que tu attendes l'arrivée de l'enseigne Smithers. Il est chargé de récupérer les radios dès qu'elles seront faites et de les porter aussitôt à Firebrass.
— Il a une chambre noire ?
— Non. Elles n'ont pas besoin d'être développées. Tu ne savais pas ? Comme les autres photos, elles sont traitées électroniquement au moment de la prise de vue. C'est Firebrass lui-même qui a réalisé tout l'équipement. Il s'agit d'un procédé mis au point en 1998, m'a-t-il dit.

Le major Graves se leva pour faire nerveusement les cent pas dans le bureau étroit tout en mordant furieusement son cigare.

— Merde ! Il ne veut même pas que je voie ces fichues radios. Mais pourquoi ?

— Il dit qu'il ne peut pas en parler parce que ça fausserait le résultat des tests psychologiques.

— Mais il est dingue, ou quoi ? Comment une radio de la tête peut-elle renseigner sur ce que pense un homme ?

— Je suppose qu'il nous le dira quand les tests seront terminés. Et à propos de ce que pense un homme, je te signale que je suis une femme.

— Je parlais en général.

Il s'immobilisa en fronçant les sourcils de plus belle.

— Mais ça va m'empêcher de dormir, cette histoire-là. J'aurais dû vivre plus longtemps, mon vieux. J'ai avalé mon bulletin de naissance en 1980. Je ne suis pas au courant des techniques modernes. Mais ce n'est pas plus mal, je suppose. Déjà, de mon temps, j'étais dépassé par toutes les nouvelles découvertes.

Il se tourna vers Jill en brandissant son cigare.

— J'aimerais te demander une chose, Jill. J'y pense depuis pas mal de temps. Firebrass est la seule personne à ma connaissance qui ait vécu au-delà de 1983. Est-ce que tu connaîtrais quelqu'un d'autre, toi ?

Elle cligna les yeux, de surprise.

— Euh... non, maintenant que j'y pense. Firebrass est le seul.

Elle avait failli lui parler de Stern. Le secret allait être difficile à garder.

— Et tu ne trouves pas ça étrange ? demanda le major.

— Etrange ? Pourquoi ? Naturellement, je ne suis pas allée partout, mais j'ai voyagé sur plusieurs centaines de milliers de kilomètres le long du Fleuve, et j'ai parlé à des milliers de gens. Partout, les gens du xxe siècle sont présents, mais on n'en voit pas beaucoup. Je suppose que s'ils avaient été ressuscités en groupes très denses, comme les gens des autres époques, on en verrait beaucoup moins, à moins de tomber sur eux par hasard. Il n'y a donc rien de surprenant, si tu ne connais pas beaucoup de gens nés après 1983.

— Tu crois ? Peut-être que tu as raison, après tout. Tiens, voilà Smithers avec deux autres gorilles. Entre dans mon antre, ma chère, que je te transperce le crâne de mes rayons magiques.

36

Extraits de différents numéros de *La Suite des Temps*

Dmitri « Mitya » Ivanovitch Nikitin occupe provisoirement les fonctions de troisième officier-pilote dans l'équipage du *Parseval*. Il est né en 1885 à Gomel, en Russie, dans une famille bourgeoise. Son père possédait une fabrique de harnais et sa mère était professeur de piano. Ses titres de candidature sont fondés sur son expérience de maître navigateur à bord du *Russie*, dirigeable français construit en 1909 par la compagnie Lebaudy-Juillot pour le compte du gouvernement russe.

Mrs. Jill Gulbirra, instructeur en chef du projet Léviathan, pense que son expérience est plutôt limitée mais qu'il a fait preuve, jusque-là, d'excellentes aptitudes. Toutefois, la rumeur publique le dit un peu trop porté sur la fleur de crâne. Un bon conseil, Mitya. Attention à la petite goutte qui fait déborder le vase !

... La rédaction renonce à porter plainte contre le pilote Nikitin. A l'occasion d'une interview nécessairement très brève dans sa chambre d'hôpital, Mr. Bagg a déclaré : « J'ai été envoyé au tapis par de plus gros et de meilleurs que lui. La prochaine fois qu'il entrera dans mon bureau en chargeant comme un pachyderme, je l'attendrai de pied ferme. Si je ne le fais pas arrêter par la maréchaussée, ce n'est pas seulement parce que j'ai un grand cœur. C'est parce que je veux avoir une chance de lui aplatir personnellement ce qui lui sert de nez. A bon entendeur, salut. »

... Ettore Arduino est italien (ça vous étonne ?), mais avec ses yeux bleus et ses cheveux blonds il passerait aisément pour un Suédois à condition de pouvoir rester sans parler et sans manger trop d'ail. Comme tout le monde le sait à part les tout derniers citoyens, il est arrivé il y a deux mois à Parolando où il s'est fait immédiatement recruter dans les rangs des aéronautes à l'entraînement. Son histoire est illustre quoique tragique. Il fut premier maître mécanicien à bord du *Norge,* puis de l'*Italia* sous le commandement d'Umberto Nobile (voir notre encadré p. 6 qui donne la mini-biographie de ce fils de Rome).

Le *Norge* accomplit sa mission la plus importante en survolant le pôle Nord le 12 mai 1926 et en établissant qu'il n'y avait aucune masse de terre importante entre le pôle et l'Alaska, comme l'avait soutenu le grand explorateur Robert E. Peary (1856-1920), le premier homme à avoir atteint le pôle Nord (en 1909). En réalité, Peary était accompagné par un Noir, Matthew Henson, et quatre Eskimos dont nous ne savons plus le nom. Et c'est Henson qui, le premier, posa le pied sur le pôle Nord.

L'*Italia*, après avoir survolé le pôle deux ans plus tard, essuya une violente tempête avant d'arriver à King's Bay. Les commandes étaient gelées et le dirigeable menaçait de s'écraser au sol. Mais la glace finit par fondre et il put poursuivre sa route. Quelque temps plus tard, cependant, l'*Italia* se mit à perdre de l'altitude. L'équipage impuissant vit la reine des cieux heurter le sol. La nacelle de contrôle se détacha, ce qui sauva la vie à tous ceux qui étaient dessus. Une fois remis de leur émotion, ils virent avec stupéfaction, lorsqu'ils levèrent la tête, le dirigeable qui remontait dans le ciel, délesté du poids de la cabine.

Ettore Arduino fut aperçu pour la dernière fois au milieu de la passerelle qui conduisait à la nacelle motrice tribord. Comme le rapporta par la suite un autre membre de l'équipage, le Dr Francis Behounek, de l'Institut de Télégraphie sans Fil de Prague, en Tchécoslovaquie, son visage reflétait à ce moment-là l'incrédulité la plus totale. L'*Italia* disparut au loin, poussé par un bon vent, et personne ne devait plus jamais entendre parler de lui ni de ceux qui étaient demeurés à bord. Personne sur la Terre, naturellement.

Arduino a raconté à notre envoyé qu'il est mort de froid après la seconde et ultime chute du dirigeable sur la banquise. Nos lecteurs auront la primeur du récit fantastique et atroce de son aventure dans le numéro que nous publierons jeudi prochain. Après ce qui lui est arrivé une fois, on pourrait croire Ettore écœuré à jamais des voyages en dirigeable, mais imaginez qu'il en redemande et qu'il veut à tout prix faire partie de la prochaine expédition polaire ! Nous lui ôtons notre chapeau et méprisons ceux qui, trop nombreux à Tombstone, ont tendance à dire que les Ritals sont des poules mouillées. Nous avons toutes les raisons de penser, à la rédaction, qu'ils ont plus de tripes au cœur que de moelle au cerveau et qu'Ettore sera l'un des plus beaux fleurons de notre Léviathan.

... aperçu pour la dernière fois en train de pagayer désespérément vers le milieu du Fleuve tandis que Mr. Arduino vidait sur lui le chargeur du nouveau pistolet Mark IV. Ou ce dernier modèle ne correspond pas à la publicité qu'on lui fait en ce moment, ou la précision du tir de Mr. Arduino était ce jour-là nettement en dessous de la norme, car...

... que le nouveau rédacteur en chef de la présente publication suivra le conseil du président Firebrass, pour qui la liberté d'expression ne saurait se passer d'être tempérée par la sagesse et la modération.

... Mr. Arduino a été relâché après avoir promis au juge de ne plus utiliser la violence pour satisfaire ses griefs, justifiés ou pas. A l'avenir, c'est le Comité des Litiges Privés, nouvellement créé, qui aura à connaître de ces sortes d'affaires, avec en dernière instance d'appel l'autorité du président Firebrass. Bien que nous regrettions beaucoup Mr. Bagg, notre ancien rédacteur en chef, nous devons avouer que...

... nommé Metzing, qui fut en 1913 à la tête de la Division des Dirigeables de la marine impériale allemande et *Korvettenkapitan* à bord du zeppelin L-1 qui s'écrasa, le 9 septembre 1913, au cours d'un vol d'entraînement. C'était le premier zeppelin de la marine dont on eût à déplorer la perte. L'accident n'était dû ni à une faute de l'équipage ni à une défectuosité de l'appareil, mais à l'ignorance, pour cette époque, des conditions atmosphériques particulières à ces altitudes.

En d'autres termes, la science météorologique était encore au berceau. Soulevé par une violente bourrasque au-delà de son altitude d'équilibre statique, le L-1 fut ensuite brutalement rabattu vers le bas. Ses hélices encore tournantes, éjectant désespérément son lest, le dirigeable heurta les flots au large d'Héligoland. Metzing périt en même temps que la presque totalité de son équipage... Nous souhaitons à cet officier de valeur et distingué personnage un bon séjour à Parolando, mais nous osons espérer qu'il n'apporte pas la poisse avec lui.

... Dernière nouvelle ! Arrivée à l'instant ! Encore un vétéran de l'aérostation, Anna Karlovna Obrenova, qui a descendu le Fleuve sur plus de 40 000 kilomètres pour avoir le plaisir de se trouver parmi nous. Dans une brève interview qu'elle a bien voulu nous accorder avant d'être conduite dare-dare dans le bureau du président Firebrass, Mrs. Obrenova nous a fait savoir qu'elle était ex-capitaine du dirigeable de transport *Lermontov* appartenant à l'Union soviétique et qu'elle totalisait 8 584 heures de vol à bord de différents appareils du même type, ce qui la situe nettement au-dessus de Mrs. Gulbirra (8 342 h) et de Mr. Thorn (8 452 h) dans cette passionnante course aux galons. D'autres renseignements sur la carrière de la belle Obrenova vous seront donnés dans notre édition de demain. Tout ce que nous pouvons dire pour l'instant, c'est : Mazette ! Quel châssis !

37

Quelle ironie ! Mais elle n'avait pas du tout envie de rire.
Elle était depuis longtemps angoissée à l'idée qu'un pilote de dirigeable ayant plus d'heures de vol qu'elle se présenterait à Parolando. C'était arrivé une fois, mais Thorn n'était pas méchant. Sa seule ambition était d'être pris à bord, quel que soit son grade.
Elle n'avait jamais envisagé qu'une femme pourrait

l'évincer. Il y avait si peu de femmes à bord des dirigeables de son époque. Et les gens nés après 1983 étaient si rares qu'elle n'avait pas songé aux aérostiers des époques ultérieures.

Selon Firebrass, après 1983, les grands dirigeables rigides étaient redevenus à la mode. Et le sort avait voulu que cette Obrenova, une femme qui totalisait 860 h de vol comme commandant d'un grand dirigeable soviétique, eût entendu parler du projet Léviathan.

L'équipage du *Parseval* n'avait pas encore été officiellement constitué, mais il était certain, dès à présent, que ce serait cette blonde pimpante qui serait nommée premier lieutenant à bord. Un tel choix était logique. A la place de Firebrass, Jill n'en aurait pas fait d'autre.

Cependant, il ne restait plus que deux mois avant la date fixée pour le décollage. La Russe n'avait pas touché aux commandes d'un dirigeable depuis trente-quatre ans. Elle n'avait qu'un mois pour se refamiliariser avec les ballonnets à gaz du *Minerve*, et un mois pour s'entraîner, en même temps que tout le monde, à bord du *Parseval*.

Serait-ce suffisant pour elle ? Sans aucun doute, ce serait suffisant. Jill aurait pu y arriver aisément, dans le même temps.

Elle était en conférence avec Firebrass et les autres officiers pilotes quand la secrétaire de Firebrass les avait interrompus pour annoncer l'arrivée d'Anna Obrenova. Dès qu'elle l'avait vue, Jill avait senti son cœur marquer le pas, comme un moteur sur le point de s'arrêter. Avant d'avoir entendu Agatha, elle savait déjà ce qu'elle allait dire.

Anna Obrenova était petite et mince, mais sa poitrine était plantureuse et ses jambes magnifiquement galbées. Elle avait des cheveux blonds comme le blé et des yeux d'un bleu profond, un visage en forme de cœur, des pommettes hautes, une bouche adorable et un teint ambré. Comme disait un journaliste récemment, « quel châssis ! »

Si délicieusement féminine que c'en était écœurant. Et particulièrement injuste.

Le genre de femme que les hommes, simultanément, voulaient protéger et conduire dans leur lit.

Firebrass était déjà sur pied et s'avançait vers elle, les

yeux protubérants, les hormones mâles coulant au coin des lèvres.

Mais ce fut la réaction de Thorn qui surprit le plus Jill. En voyant entrer Obrenova, il avait bondi sur ses pieds, soudain pâle, et il avait ouvert la bouche pour la refermer aussitôt, la rouvrir puis la refermer encore.

– Vous la connaissez ? chuchota Jill.

Il se rassit puis se prit le visage à deux mains durant quelques secondes.

– Non ! fit-il en secouant la tête avec véhémence. Mais ça m'a fait un choc ! Elle ressemble de manière frappante à ma première femme. Je ne peux pas y croire !

Il demeura tremblant sur sa chaise tandis que les autres s'empressaient autour d'Obrenova. Finalement, il se leva et alla lui serrer la main à son tour. Puis il lui expliqua l'effet qu'elle avait eu sur lui.

Elle eut un sourire... éblouissant, il n'y a pas d'autre mot, et elle lui demanda en anglais avec un très fort accent :

– Vous aimiez beaucoup votre première femme ?

Ce n'était peut-être pas la meilleure chose à dire. Il recula d'un pas et répondit :

– Oui, beaucoup. Mais elle m'a quitté.

– Je suis navrée, fit Obrenova, et ils ne s'adressèrent plus la parole tant qu'ils demeurèrent dans cette pièce.

Firebrass se rassit et lui offrit à manger, à boire et à fumer. Elle refusa l'alcool et les cigarettes.

– Vous n'avez aucun vice ? demanda-t-il. J'espérais que vous en auriez au moins un.

Elle l'ignora. Il haussa les épaules et commença à lui poser des questions. A mesure qu'elle entendait les réponses, Jill était de plus en plus accablée. Obrenova était née à Smolensk en 1970. Après des études d'aéronautique, elle s'était spécialisée, en 1994, dans le pilotage des grands dirigeables. En 2001, on l'avait nommée capitaine du cargo *Lermontov*.

Après l'avoir écoutée en silence, Firebrass demanda à Agatha de lui trouver un logement.

– De préférence dans cet immeuble, ajouta-t-il.

Agatha répondit qu'il n'y avait plus de chambre nulle part. Obrenova devrait se contenter d'une cabane voisine de celles de Mr. Thorn et de Mrs. Gulbirra.

Firebrass prit un air déçu.

— On lui trouvera peut-être quelque chose plus tard, dit-il. En attendant, Anna, je vais t'accompagner, pour veiller à ce qu'on ne te donne pas un taudis.

Jill se sentait plus déprimée que jamais. Comment s'attendre à un minimum d'objectivité de la part de Firebrass, alors que la petite Russe lui avait si visiblement tapé dans l'œil ?

Elle donna, durant quelques instants, libre cours à son imagination. Elle enlevait la Russe et la ligotait, dans un endroit secret, juste avant le moment du décollage. Firebrass n'attendrait pas qu'on la retrouve pour donner l'ordre d'appareiller. Et d'ailleurs, ce qu'elle pouvait faire avec Obrenova, pourquoi ne le ferait-elle pas aussi avec Firebrass lui-même ? Ainsi, elle serait capitaine.

La perspective était alléchante, mais jamais elle ne pourrait se résoudre à avoir recours à de tels procédés. Faire violence aux droits et à la dignité de la personne humaine, c'était se faire violence à soi-même, c'était se détruire.

Durant toute la semaine qui suivit l'arrivée d'Obrenova à Parolando, Jill pleura fréquemment, ou cogna du poing sur la table. Ou quelquefois les deux. Puis elle se dit que ce n'était pas une attitude raisonnable. Il fallait accepter ce qui était inévitable et profiter du reste. Après tout, quelle importance, qu'elle soit premier ou second lieutenant ?

Pour elle, c'était important. Pour le reste du monde, non.

Elle ravala quand même, bon gré mal gré, son dépit et son amertume.

Piscator devait être au courant de ce qu'elle ressentait. Souvent, elle le surprenait en train de l'observer. Il souriait alors, ou détournait les yeux. Mais il savait, il savait !

Six mois s'écoulèrent. Firebrass renonça à obtenir d'Obrenova qu'elle vienne habiter chez lui. Il n'en faisait pas un secret, elle l'avait repoussé catégoriquement.

— Une de perdue, dix de retrouvées, dit-il à Jill avec un sourire désabusé. Peut-être qu'elle n'aime pas les hommes. J'en connais une vingtaine qui tirent la langue pour avoir ses faveurs, et elle reste aussi froide que si elle était la Vénus de Milo en chair et en marbre.

— Ce n'est pas une lesbienne, j'en suis sûre, dit Jill.

— Vous savez vous reconnaître, entre vous, hein ?
— Tu sais bien que je suis ambivalente ! s'écria-t-elle, furieuse, en s'éloignant.
— Ambiguë serait plus exact ! lui cria-t-il en éclatant de rire.

A cette époque-là, Jill vivait avec Abel Park, un homme athlétique, très beau et très intelligent. Mais c'était un Enfant du Fleuve, c'est-à-dire l'un des millions d'enfants qui étaient morts sur la Terre à un âge compris entre cinq et douze ans. Abel, qui était mort à l'âge de cinq ans, ne se souvenait ni du pays où il était né ni de la langue qu'il parlait. Au bord du Fleuve, il s'était retrouvé dans un secteur où la majorité de la population venait de l'Inde médiévale, mais c'était un couple d'Ecossais qui l'avait recueilli et élevé. Ils étaient originaires des Basses-Terres du XVIIIe siècle. D'ascendance paysanne, le père adoptif, malgré sa pauvreté, avait pu mener à bien ses études de médecine et ouvrir un cabinet à Edimbourg.

Abel avait commencé à descendre le Fleuve quand ses parents avaient été tués. Il avait échoué par hasard à Parolando. Jill s'était prise d'affection pour lui et lui avait demandé de partager sa cabane avec elle. Le grand gaillard avait accepté tout de suite, ravi, et ils avaient connu des mois idylliques. Mais, bien qu'intelligent, il était vraiment ignorant. Jill avait entrepris volontiers de faire son éducation. Elle lui enseignait tout ce qu'elle pouvait : l'histoire, la philosophie, la poésie et même un peu d'arithmétique. Il était avide d'apprendre, mais vers la fin il l'avait accusée de « paternalisme ».

Indignée, Jill avait protesté :
— Je ne fais que t'instruire, te donner l'éducation dont tu as été privé parce que tu es mort jeune.
— Je sais, mais tu ne te mets pas à ma place. Tu oublies que ce n'est pas facile pour moi. Des choses qui te paraissent évidentes, ce sont des montagnes pour moi. Je n'ai pas les mêmes références...

Il s'était interrompu quelques instants, boudeur, puis avait repris :
— Tu es une... idéocrate. Une... comment dit-on ?... une snobinarde.

Elle avait été encore plus indignée. Elle s'était défendue

vigoureusement contre toutes ces accusations, bien qu'à la réflexion, il eût peut-être raison.

Mais il était trop tard pour recoller les pots cassés. Il l'avait quittée pour une autre femme.

Elle s'était consolée en se disant qu'il était trop habitué à l'idée que c'était l'homme qui devait commander. Il avait du mal à l'accepter comme égale.

Plus tard, en fait, elle devait s'apercevoir que ce n'était vrai qu'en partie. Mais au fond d'elle-même, elle le méprisait parce qu'il n'était pas et ne serait jamais son égal sur le plan intellectuel. Elle avait toujours eu, inconsciemment, cette attitude à son égard, et maintenant qu'elle s'en rendait compte, elle regrettait cela, elle en avait honte, même.

Elle ne fit plus aucun effort, par la suite, pour avoir autre chose que des liaisons de passage. Ses partenaires, hommes ou femmes, ne recherchaient, comme elle, que la satisfaction sexuelle, et en général ni elle ni eux n'avaient à se plaindre. Mais elle se sentait, après, horriblement frustrée. Elle avait besoin de véritable tendresse, d'affection et de compagnie.

Obrenova et Thorn, observa-t-elle, devaient faire à peu près la même chose qu'elle. En tout cas, chacun restait dans sa cabane. Elle ne pouvait même pas dire, au demeurant, qu'elle les avait vus manifester envers quiconque un intérêt qui pût être interprété comme sexuel. A sa connaissance, ils ne ramenaient jamais personne à la maison, même pour une nuit.

Thorn, pourtant, semblait se plaire en la compagnie d'Obrenova. Jill les voyait souvent discuter ensemble avec animation. Peut-être Thorn essayait-il de la convaincre de devenir sa maîtresse. Et peut-être la Russe refusait-elle parce qu'elle craignait de n'être qu'un substitut de sa première femme.

Trois jours avant le grand départ, le gouvernement de Parolando décréta la fête. Jill préféra s'éloigner de la plaine, car elle était bruyante, encombrée de gens qui avaient remonté ou descendu le Fleuve spécialement pour assister à l'événement. Selon ses estimations, il devait y avoir des centaines de milliers de personnes, installées dans des abris de fortune. Le jour du départ, il y en aurait probablement deux fois plus.

Elle s'enferma dans sa cabane, dont elle ne sortait que pour aller pêcher ou se promener dans les collines. Le deuxième jour, comme elle était assise au bord du petit lac, le regard vide, contemplant l'eau limpide, elle entendit s'approcher quelqu'un.

Son irritation à l'idée d'être dérangée cessa dès qu'elle reconnut Piscator. Il avait lui aussi une canne à pêche et un panier d'osier. En silence, il s'assit à côté d'elle et lui offrit une cigarette qu'elle refusa. Pendant quelque temps, ils contemplèrent sans rien dire la surface du lac, ridée par le vent ou occasionnellement brisée par le bond d'un poisson. Ce fut Piscator qui, finalement, parla :

– Le moment n'est pas loin où, avec tristesse, je vais devoir dire adieu à mes disciples et à mes occupations piscatoriales.

– Ça en vaut la peine, pour toi ?

– Tu veux dire d'abandonner cette existence plaisante pour se lancer dans une expédition qui risque de nous apporter la mort ? Je ne le saurai que le moment venu, n'est-ce pas ?

Au bout d'un moment, il reprit :

– Et toi, comment ça va ? Tu n'as plus eu de... mauvaises expériences ?

– Non, je vais parfaitement bien.

– Mais tu portes un poignard dans ton cœur.

– Que veux-tu dire par là ? demanda-t-elle en tournant la tête vers lui.

Elle espérait que son air de perplexité ne lui apparaissait pas aussi factice qu'elle en avait l'impression.

– J'aurais dû dire trois poignards. Un pour le poste de capitaine, un pour la Russe et, surtout, un pour toi.

– J'ai des problèmes, c'est vrai. Mais qui n'en a pas ? Toi, peut-être. Es-tu seulement humain ?

Il sourit, puis répondit :

– Je suis humain, oui. Davantage qu'un autre, peut-être, si je peux me permettre de paraître immodeste. Mais qu'est-ce qui me fait dire cela ? C'est que j'ai réalisé presque entièrement mes potentialités humaines. Je ne peux pas te demander de me croire sur parole, naturellement. Et je ne peux pas te le prouver. A moins qu'un jour... mais ce jour ne viendra peut-être jamais.

» En ce qui concerne ta question sur mon humanité,

cependant... il y a des moments où je me demande si certaines personnes que nous connaissons appartiennent vraiment au genre humain. Je veux dire à l'espèce *Homo sapiens*.

» N'est-il pas possible, probable même, que " ceux " qui sont responsables de notre présence ici aient disséminé des espions parmi nous ? Dans quel but, je l'ignore, mais ils pourraient, par exemple, jouer le rôle de catalyseurs pour exercer sur nous je ne sais quelle influence. Par influence, j'entends non pas quelque chose de physique, par exemple la construction d'un navire pour remonter le Fleuve, ou bien d'un dirigeable, mais plutôt une influence psychique ou morale. Pour canaliser, disons, les efforts de l'humanité dans une direction que j'ignore. Peut-être vers un objectif analogue à celui que poursuit l'Eglise de la Seconde Chance. Un objectif spirituel, dans le sens d'un affinement de l'esprit humain. Ou peut-être encore, pour utiliser une métaphore islamo-chrétienne, pour séparer les brebis des boucs.

Il s'interrompit et tira une bouffée de sa cigarette.

— Pour poursuivre ma métaphore religieuse, il y a peut-être effectivement deux forces spirituelles en présence dans le Monde du Fleuve, l'une représentant le bien et l'autre le mal. Ou plutôt, l'une cherche à atteindre cet objectif dont je te parlais tandis que l'autre s'efforce de la contrecarrer.

— Hein ? fit-elle. Tu as des preuves de ce que tu avances ?

— Non ; ce ne sont que des spéculations personnelles. Comprends bien que je ne veux pas dire que Shaitan, ou Lucifer si tu préfères, mène ici la guerre froide contre Allah, ou Dieu, que nous autres soufis préférons nommer Le Réel. Mais il y a des moments où je me demande si l'on ne peut pas établir une sorte de parallèle... enfin... ce ne sont que des suppositions. S'ils ont des agents parmi nous, ceux-ci ressemblent nécessairement à des humains.

— Tu sais des choses que j'ignore ?

— J'ai probablement observé certaines choses qui se trouvaient sous tes yeux, mais dont tu n'as pas su distinguer la trame. Une trame plutôt sombre, à vrai dire. Bien qu'il soit possible que je la regarde du mauvais côté. Peut-être que si on l'inversait, la lumière l'illuminerait.

— J'aimerais bien comprendre de quoi tu parles. Tu ne pourrais pas me... dénouer un peu cette trame ?

Il se leva pour jeter le mégot de sa cigarette dans le lac. Un poisson creva aussitôt la surface, avala le mégot et disparut dans un nouveau soubresaut.

— Sous ce miroir, dit-il en montrant la surface de l'eau, se déroulent toutes sortes d'activités. Nous ne pouvons les voir, car l'eau et l'air sont des éléments différents. Les poissons savent ce qu'il y a en bas, mais cela ne nous éclaire guère. Tout ce que nous pouvons faire, c'est lancer notre hameçon à l'aveuglette, et attraper un poisson de temps à autre. J'ai lu une histoire, un jour, où il était question d'un poisson qui se trouvait au fond d'un grand lac noir. Il avait une canne à pêche qu'il tendait dans l'air, au-dessus de la rive. Et il lui arrivait, avec un appât approprié, d'attraper des hommes.

— Tu ne veux rien me dire d'autre ?

Il secoua la tête en demandant :

— Je suppose que tu seras à la soirée d'adieu que donne Firebrass ?

— Ça m'ennuie d'y aller, mais on ne peut pas faire autrement. Ça va être encore une soûlerie monstre.

— Tu n'es pas obligée de faire comme les porcs. Tu peux être parmi eux sans être comme eux. Cela te permettra de jouir d'un sentiment de supériorité.

— Tu es con, dit-elle. (Puis elle ajouta vivement :) Excuse-moi, Piscator. C'est moi qui suis conne. Tu as su me lire, une fois de plus.

— J'imagine que Firebrass annoncera ce soir la composition de l'équipage et le nom des officiers.

Elle retint sa respiration durant quelques secondes.

— Sans doute, mais je préfère ne pas y penser.

— Tu attaches trop d'importance au grade. Et à quoi bon te tracasser, puisque ça n'y changera rien ? D'ailleurs, je pense que tu as d'excellentes chances.

— Je l'espère.

— En attendant, veux-tu m'accompagner en barque pour pêcher ?

— Non, merci.

Elle se leva avec un peu de raideur et retira sa ligne. L'appât avait disparu de l'hameçon.

— Je vais rentrer couver un peu tout ça, dit-elle.

— Tâche de ne rien pondre.

Avec un reniflement, léger, elle s'éloigna du lac. Avant d'arriver chez elle, elle passa devant la cabane de Thorn. Un bruit de voix en sortait. En plus de celle de Thorn, elle reconnut celle d'Obrenova.

Ils avaient fini par se mettre ensemble. Mais ils se disputaient déjà ?

Jill hésita quelques secondes. Elle avait presque envie d'aller écouter ce qu'ils disaient. Mais elle poursuivit son chemin, sans pouvoir s'empêcher toutefois d'entendre Thorn hurler dans un langage qu'elle ne connaissait pas. Ça ne l'aurait pas avancée, d'écouter aux portes. Mais quel était donc ce langage ? Elle était sûre que ce n'était pas du russe.

Obrenova, d'une voix plus calme mais suffisamment perceptible, avait répondu quelque chose dans la même langue. De toute évidence, elle lui demandait de baisser la voix.

Jill espérait qu'ils ne l'avaient pas vue passer. Ils s'imagineraient peut-être qu'elle les épiait.

Elle savait Thorn capable de parler l'anglais, le français, l'allemand et l'espéranto. Mais elle connaissait toutes ces langues, et elle avait des notions de russe. Naturellement, au bord du Fleuve, il y avait toujours des occasions, même pour le linguiste le moins doué, d'apprendre des centaines de langues inconnues. Mais pourquoi auraient-ils utilisé, en privé, autre chose que l'espéranto ou l'une de leurs langues natales ? Etait-ce un langage spécial qu'ils utilisaient quand ils se disputaient, pour que personne ne puisse les comprendre ?

Elle se promit d'en parler à Piscator. Il aurait peut-être une idée sur la question.

En fait, elle n'eut pas l'occasion de le faire avant le départ du *Parseval*. Et après, cela lui sortit entièrement de l'esprit.

38

L'annonce à Hadès

Le 26 janvier de l'an 20
Peter Jairus Frigate
A bord du Razzle Dazzle
Zone Tempérée Méridionale
Monde du Fleuve

Robert F. Rohrig
Quelque Part (j'espère) en Aval

Mon cher Bob,
Depuis treize ans que je parcours le Fleuve à bord de ce navire, je t'ai déjà expédié vingt et une de ces missives. Lettres d'un Lazare. Messages de Mictlan. Dépêches de Déméter, charades de Charron, coups de fil de Cthulhu, tirades de Tir na noc, billets de Bélial, allégories d'al-Sirat, radiogrammes de Rhadamanthe. Etc.

Foin des allitérations réitératives.

Il y a trois ans, j'ai lancé dans une bouteille en bambou mon Télégramme du Tartare, où je te racontais tout ce qui m'est arrivé de significatif depuis que tu es mort, d'avoir trop vécu, à St. Louis. Mais naturellement, tu ne liras jamais ni cette lettre ni l'autre, sauf hasard extraordinaire.

Il fait très beau et je suis en ce moment sur le pont du navire, en train d'écrire avec une épine de poisson et de l'encre de charbon, sur du papier de bambou. Lorsque j'aurai achevé ma lettre, j'en ferai un rouleau que je glisserai dans une membrane de poisson étanche, puis dans un cylindre en bambou hermétiquement bouché. Je ferai une prière aux dieux qui voudront bien m'entendre et je jetterai la bouteille par-dessus bord. Puisse la Poste du Fleuve la faire parvenir jusqu'à toi.

Le capitaine, Martin Farrington, encore appelé Frisco Kid, est en ce moment à la barre. Ses cheveux carotte brillent au soleil et volent au vent. Il a l'air à moitié celtique et à moitié polynésien, mais il n'est en réalité ni l'un ni l'autre. C'est un Américain d'ascendance galloise et anglaise, né à Oakland, Californie, en 1876. Ce n'est pas lui qui m'a donné ces détails. Je les connais parce que j'ai deviné depuis longtemps sa véritable identité. J'ai vu trop de photos de lui pour ne pas savoir qui il est. Je ne veux pas le nommer, car il doit avoir une raison pour voyager incognito. Je peux seulement te dire que son pseudonyme est emprunté à deux de ses personnages et que c'était un écrivain célèbre. Tu devineras peut-être qui, mais j'en doute. Tu m'as dit un jour que tu n'avais lu qu'une seule de ses œuvres, intitulée *Tales of the Fish Patrol* (1), et que tu avais trouvé cela exécrable. J'ai toujours regretté que tu n'aies jamais voulu lire ses écrits majeurs, dont certains sont devenus des classiques.

Avec le second, Tom Rider, surnommé « Tex », et un Arabe du nom de Nur, Farrington et moi sommes les seuls membres de l'équipage qui n'aient pas changé depuis treize ans. Les autres nous ont quittés pour une raison ou pour une autre : la mort, l'ennui, l'incompatibilité, etc. Tex et le Kid sont à peu près les seuls personnages célèbres que j'aie rencontrés au bord du Fleuve. Il est vrai que j'ai serré un jour la main de Georg Simon Ohm (tu as entendu parler des *ohms*) et de James Nasmyth (inventeur du marteau-pilon). Mais dire que dans la liste des vingt célébrités que j'aurais aimé rencontrer, Rider et Farrington se trouvaient presque en tête ! C'est une liste un peu spéciale, je le sais, mais étant humain, je suis spécial.

Le vrai nom du second n'est pas non plus Rider. Son visage, je n'aurais pas pu l'oublier, malgré l'absence du grand chapeau blanc de cow-boy, qui le rend moins familier. Ce fut le grand héros cinématographique de ma jeunesse, en même temps que mes héros littéraires : Tarzan, John Carter de Barsoom, Sherlock Holmes, Dorothée du Pays d'Oz et Ulysse. Sur les deux cent soixante westerns qu'il a tournés, j'ai dû en voir à peu près quarante, pour la plupart des reprises, au *Grand Theater*, au *Princess*, au *Columbia* ou à l'*Apollo* de Peoria (tous disparus avant que j'aie atteint l'âge de cinquante ans). Ces

---

(1) D'abord publiés en français sous le titre de *Contes de la Patrouille de Pêche*, ces récits, rebaptisés en 1974 *Les Pirates de San Francisco*, comprennent notamment *Chris Farrington : un vrai marin*. (N.d.T.)

films m'ont fait passer quelques-uns des meilleurs moments de ma vie, bien que je sois incapable, à la vérité, de me rappeler une seule scène particulière. Elles sont toutes mêlées dans mon souvenir, avec Rider comme figure centrale géante.

Vers l'âge de cinquante-deux ans, j'ai commencé à vouloir écrire des biographies. Tu sais que depuis des années je caressais le projet d'écrire un gros ouvrage sur Sir Richard Francis Burton, le fameux (ou infâme) explorateur, écrivain, traducteur, homme d'épée, ethnologue et j'en passe, du XIXe siècle.

Mais les nécessités financières m'empêchèrent de travailler comme je l'aurais voulu sur *A Rough Knight for the Queen*. Et pour finir, au moment où j'allais m'y consacrer à plein temps, Byron Farwell a sorti son excellente biographie de Burton. Il ne me restait plus qu'à attendre quelques années, que le marché soit prêt à en absorber une nouvelle. Mais au moment où j'allais remettre ça, une autre vie de Burton, celle de Fawn Brodie – probablement la meilleure – a été publiée.

J'ai donc rangé tous mes papiers dans un tiroir pendant une dizaine d'années. Et entre-temps, j'avais décidé d'écrire une biographie du héros cinématographique préféré de mon enfance (en fait, il partageait ce titre avec Douglas Fairbanks, Senior).

J'avais lu, sur le premier héros, des quantités d'articles dans des revues de western ou de cinéma, et dans les journaux. On disait toujours que sa vie privée était encore plus aventureuse et mouvementée que celle des personnages qu'il interprétait dans ses films.

J'aurais voulu avoir assez de moyens financiers pour pouvoir cesser provisoirement d'écrire et parcourir tout le pays à la recherche de gens qui l'avaient connu, pour les interviewer (à supposer qu'il en existât encore). J'aurais ainsi eu des détails sur sa carrière dans les Texas Rangers, comme U.S. Marshal dans l'Etat du Nouveau-Mexique, shérif adjoint sur le Territoire de l'Oklahoma, *Rough Rider* avec Theodore Roosevelt à San Juan Hill, soldat dans l'Insurrection des Philippines et la Révolte des Boxers, dompteur de chevaux pour l'armée britannique et peut-être mercenaire des deux côtés dans la guerre des Boers, mercenaire au Mexique dans les troupes de Madero, cow-boy de rodéo et acteur de cinéma le mieux payé de son époque.

Ces articles sur lui n'étaient pas toujours véridiques. Même les gens qui affirmaient l'avoir très bien connu donnaient parfois sur sa vie des informations qui se contredisaient. A sa mort, les journaux s'étaient mis à écrire n'importe quoi. Je sais que la Fox et les studios Universal mirent en circulation, à des fins publicitaires, plusieurs anecdotes sinon mensongères, du moins fortement exagérées.

Celle qui se prenait pour sa première femme avait écrit une biographie de lui. On ne soupçonnait pas, en la lisant, qu'ils avaient divorcé et qu'il s'était remarié deux fois. Ni qu'il avait eu deux filles d'une autre femme. Ni qu'il avait un faible pour les boissons fortes. Et un fils naturel qui s'était établi bijoutier à Londres.

Elle se prenait pour sa première femme mais, en réalité, c'était la deuxième ou la troisième. Personne n'avait pu l'établir avec précision.

Qu'il fût demeuré à ses yeux, malgré tout cela, un héros sans faille et sans reproche, en dit long sur le personnage. Et sur l'auteur de la biographie aussi.

Un de mes bons amis, Coryell Varoll (tu dois te souvenir de lui : il était acrobate de cirque, jongleur, funambule, champion du monde des buveurs de bière, fan de Tarzan), m'écrivait sur lui (en 1964, si mes souvenirs sont bons) :

« Je me souviens que la première fois que je l'ai vu, j'ai eu l'impression d'être en face de Dieu... et les années passant, me trouvant à la même enseigne que lui (il veut dire dans le même cirque), l'impression s'est évanouie, mais je l'ai toujours vu adoré par la plupart des gens et idolâtré par les gosses, même quand il a cessé de faire des films... Je sais qu'à jeun, c'était un type extra. Ivre, il se bagarrait sous le moindre prétexte et il était capable de faire des choses abominables (un peu comme nous tous !)... J'ai des dizaines d'anecdotes à raconter sur lui, toutes inédites. Je t'en donnerai la primeur la prochaine fois que nous nous verrons. »

Mais, pour une raison ou l'autre, il ne l'a jamais fait.

Même sa date de naissance était incertaine. Les studios et sa femme affirmaient qu'il était né en 1880. Le monument érigé près de Florence, en Arizona (où il trouva la mort en conduisant à cent trente à l'heure sur une route non revêtue) porte la date de 1880. Mais il y a de bonnes raisons de penser que c'était plutôt 1870. Qu'il eût soixante ou soixante-dix ans au moment de sa mort, il n'en paraissait pas, de toute manière, plus de cinquante. Il s'était toujours maintenu en bonne forme.

Un de ses amis qui l'avait vu le jour de l'accident disait qu'il était au volant d'une Ford décapotable jaune. D'après sa femme, elle était blanche. Et vivent les témoignages oculaires !

D'après les services de publicité des studios, il était né et avant grandi au Texas. J'ai découvert moi-même que c'était un mensonge. Il est né, en réalité, près de Mix Run, en Pennsylvanie, où il a vécu jusqu'à son départ pour l'armée, à l'âge de dix-huit ans.

J'allais écrire au ministère de la Guerre pour qu'on m'envoie une copie de ses papiers militaires – afin de découvrir par moi-même ce qu'il avait fait de bon dans l'armée – lorsqu'un roman écrit par Darryl Ponicsan fut publié. De nouveau, j'étais pris de vitesse. Bien que ce livre ne fût pas à proprement parler une biographie, son auteur s'était livré à une grande partie des recherches que je comptais entreprendre.

Mon héros n'était pas le petit-fils d'un grand chef cherokee. Il n'était pas né à El Paso, Texas. Et bien qu'il eût été soldat, il n'avait jamais été gravement blessé à San Juan Hill ni aux Philippines.

Par contre, il s'était bien engagé dans l'armée le lendemain du jour où la guerre hispano-américaine avait été déclarée. Et je suis sûr – comme Ponicsan – qu'il espérait participer à des actions d'éclat. Nul doute qu'il fut très courageux et voulait se trouver là où les balles étaient le plus nombreuses.

Malheureusement, il demeura confiné à l'intérieur du fort jusqu'au moment où il fut honorablement mis à pied. Sur quoi il se réengagea. Mais toujours pas la moindre action d'éclat. Aussi, il déserta en 1902.

Il ne prit pas le bateau pour l'Afrique du Sud, comme l'ont prétendu les studios. Mais il épousa une jeune institutrice avec qui il partit pour le Territoire de l'Oklahoma. Là, le père de la jeune femme fit annuler le mariage, ou bien elle le quitta, simplement, sans que le divorce soit prononcé. Personne ne sait, au juste.

Alors qu'il tenait un emploi de barman, juste avant d'aller travailler au Ranch 101 dans l'Oklahoma, il épousa une autre femme. Ce mariage fut également un échec. Apparemment, ils oublièrent de divorcer aussi.

Presque tout ce que disaient les services de publicité des studios – jamais démentis par Rider – était faux. Il s'agissait d'entretenir la légende dorée d'un homme qui, en réalité, n'avait pas besoin de cela pour être extraordinaire.

Rider lui-même dut inventer quelques-uns des récits diffusés par les studios. Mais le plus fort est qu'il finit par y croire, dur comme fer. Et je suis bien placé pour le savoir. Je l'ai entendu plus d'une fois, à bord du *Razzle Dazzle*, reprendre mot pour mot ces affabulations. Il est évident que pour lui, la fiction est devenue aussi authentique que la réalité.

Je dois dire à sa décharge que cette confusion qu'il fait entre le rêve et la réalité ne diminue en rien ses compétences dans la vie de tous les jours.

Il faut reconnaître également qu'il s'est refusé à écouter la Fox, qui voulait le faire passer dans sa publicité pour le fils illégitime de Buffalo Bill. Cela aurait pu provoquer des enquêtes qui auraient fait découvrir toutes les autres supercheries.

Il ne parle jamais de sa carrière en tant que vedette de cinéma. Il lui arrive d'évoquer ses aventures cinématographiques, mais on a l'impression qu'il n'y était qu'un figurant.

Pourquoi cache-t-il sa véritable identité ? Je n'en ai pas la moindre idée.

Sa troisième femme le décrit comme un homme grand, mince et brun. Je suppose que vers 1900, on pouvait le considérer comme grand, bien qu'il soit plus petit que moi. Ce qui est sûr, c'est qu'il avait des muscles d'acier. Farrington est plus petit que lui, mais beaucoup plus athlétique. Il veut toujours se mesurer à Tom au « bras de fer ». Surtout quand il est soûl (je parle de Farrington). Tom accepte, pour lui faire plaisir. Ils mettent coude sur table, bien dans l'alignement, les mains entrecroisées, et chacun essaie de faire plier l'autre. La lutte est longue, mais c'est presque toujours Tom qui gagne. Farrington prend la chose en riant, bien qu'il soit chagriné, j'en suis sûr, en son for intérieur.

Il m'arrive aussi de me mesurer avec eux. Je gagne (ou perds) une fois sur deux. Au sprint ou au saut en longueur, je les bats généralement. Mais pour la boxe ou le bâton, je ne fais pas le poids. Je ne possède pas leur instinct de « tueur ». Je n'ai jamais été un macho convaincu. Mais c'est peut-être parce que je refoule mes pulsions par peur de la compétition.

Toutes ces choses, pour Farrington, sont très importantes. En ce qui concerne Tom, il ne laisse jamais rien paraître.

N'importe comment, ce fut pour moi quelque chose de passionnant, d'avoir pu côtoyer ces deux-là. Ça l'est toujours, mais la proximité engendre, sinon le mépris, du moins la promiscuité.

Tom Rider a parcouru le Fleuve dans les deux sens, sur des centaines de milliers de kilomètres, et il s'est fait tuer trois fois. L'une de ses résurrections l'a conduit près de l'embouchure du Fleuve. J'entends par là seulement à une distance de vingt mille kilomètres, c'est-à-dire dans la zone arctique. La source et l'embouchure se situent toutes les deux au pôle Nord, mais semblent diamétralement opposées par rapport à lui. En fait, les eaux du Fleuve prennent naissance dans les montagnes d'un hémisphère pour se jeter dans les montagnes de l'autre hémisphère.

D'après ce que j'ai entendu dire, le pôle Nord est occupé par un océan entouré d'une montagne circulaire auprès de laquelle le mont Everest ferait figure de grain de beauté. L'eau jaillit d'une faille à la base de la montagne, donnant naissance au Fleuve qui sinue dans tout l'hémisphère, contourne le pôle Sud et remonte en sinuant le second hémisphère jusqu'au pôle Nord où la montagne, en fait, forme un cône analogue à celui d'un volcan.

Si je te faisais un dessin, il évoquerait le serpent Midgard de la mythologie nordique, celui qui se mord la queue.

D'après Tom, les régions arctiques sont surtout peuplées d'hommes préhistoriques originaires des périodes glaciaires, de Sibériens antiques et d'Eskimos. Il y a aussi des minorités en provenance de l'Alaska, du Grand Nord canadien et de la Russie de diverses époques.

En bon aventurier qu'il est, Tom ne résista pas à la tentation d'aller explorer la région des sources. Avec six compagnons, il confectionna plusieurs kayaks et, porté par le courant, quitta la terre des vivants pour gagner le royaume des brumes et de la désolation. Il fut surpris, en fait, de constater que l'herbe continuait à pousser là où le soleil ne pénétrait jamais. De même, il y avait des pierres à graal sur un millier de kilomètres à l'intérieur des brumes éternelles. L'expédition prit son dernier repas copieux autour de la dernière pierre à graal et continua en ne comptant plus que sur ses réserves de poisson séché et de farine de glands. Le courant était de plus en plus fort à mesure qu'ils approchaient du but.

Sur les cent derniers kilomètres, le courant était si fort qu'il n'était plus question pour eux de retourner en arrière. Ils ne pouvaient pas accoster non plus car le Fleuve à cet endroit était bordé de parois montagneuses lisses comme de la glace. Les voyageurs étaient obligés de dormir et de se nourrir assis dans leurs kayaks.

Ils avaient l'impression que leur fin était proche, et elle l'était. Ils s'engouffrèrent dans une énorme caverne dont la voûte et les parois étaient si lointaines que la torche de Tom les atteignait à peine. Puis, dans un vacarme infernal, le Fleuve fut aspiré dans un trou noir. Cette fois-ci, la voûte du tunnel était si basse que la tête de Tom la heurta violemment. C'est tout ce dont il se souvient. Sans doute son kayak fut-il déchiqueté dans le boyau obscur.

Le lendemain, Tom se réveilla quelque part dans la région du pôle Sud.

39

(Suite de la lettre de Frigate)

— Il y a une tour au milieu de la mer polaire, me dit Tom.
— Une *tour* ? Que veux-tu dire par là ?

— Tu n'en as jamais entendu parler ? Je croyais que tout le monde était au courant de son existence.
— Personne ne m'a jamais dit ça.
— Bah ! fit-il avec un drôle d'air. Vu la longueur du Fleuve, je suppose qu'il y a des endroits où la rumeur n'est jamais parvenue.

Et il commença son récit en me prévenant qu'il ne pouvait me garantir son authenticité, car on ne lui avait fourni aucune preuve. L'homme qui lui avait raconté cette histoire était peut-être un menteur. Dans le Monde du Fleuve comme sur la Terre, les menteurs sont légion. Cependant, le récit n'était pas de quatrième, ni de troisième, ni même de seconde main. Tom l'avait entendu de la bouche même de celui qui affirmait avoir vu la tour.

Il le connaissait depuis un certain temps, mais l'homme n'avait rien dit jusqu'au jour où Tom et lui s'étaient effroyablement biturés ensemble. Et quand il avait dessoûlé, il avait refusé énergiquement de lui reparler de la chose. Il paraissait vraiment épouvanté.

Il s'agissait d'un Egyptien de l'Antiquité appartenant à une expédition conduite par le pharaon Akhenaton, ou Ikhnaton, comme certains avaient l'habitude de prononcer. Tu sais, c'est celui qui tenta de fonder, aux alentours du XIIIe siècle avant J.-C., une religion monothéiste. Apparemment, Akhenaton s'est trouvé ressuscité dans un secteur du Fleuve où les gens de son époque étaient majoritaires. L'auteur du récit, un nommé Paheri, faisait partie, en même temps qu'une quarantaine d'autres, de la suite du pharaon. Ils avaient construit un navire pour remonter le Fleuve, sans très bien savoir où ils aboutiraient. Ou plutôt, ils savaient qu'ils voulaient rejoindre les sources du Fleuve, car Akhenaton était persuadé que son dieu Aton, le soleil, demeurait là-bas, et qu'il recevrait ses visiteurs en les couvrant d'honneurs. En fait, la région polaire devait être l'entrée du paradis, ou en tout cas d'un monde meilleur que celui qu'ils voulaient quitter.

Paheri, au contraire de son pharaon, était un polythéiste conservateur. Il croyait aux « vrais » dieux : Râ, Horus, Isis et toute la bande. Il avait suivi le pharaon, convaincu qu'une fois arrivé dans la demeure des dieux, Akhenaton serait puni pour avoir abandonné l'ancienne religion sur la Terre. Et naturellement, par le fait de cette même justice divine, Paheri, lui, serait récompensé pour avoir conservé la foi.

Heureusement pour eux, ils avaient été ressuscités dans une région du Fleuve assez proche de la zone arctique. Ils n'eurent à traverser que des secteurs peuplés en grande partie par des Scandinaves de la seconde moitié du xxe siècle, qui étaient relativement pacifiques. Ils ne rencontrèrent pas d'esclavagistes et n'eurent pas de problèmes pour utiliser les pierres à graal.

Arrivés à proximité des montagnes polaires, ils traversèrent une région peuplée de sous-humains géants appartenant, en principe, à une espèce dont les fossiles n'ont jamais été découverts sur la Terre. Tu le croiras si tu veux, mais ils mesuraient de deux mètres cinquante à trois mètres de haut et leur nez ressemblait à cette sorte de trompe qui orne la figure du singe nasique. Ils possédaient aussi un langage, quoique rudimentaire.

Un seul de ces géants aurait pu balayer tout l'équipage d'un unique revers de main, mais ils étaient épouvantés par le bateau. Ils le considéraient comme un monstre vivant, un dragon féroce.

Leur territoire, qui s'étendait sur des milliers de kilomètres, était coupé, semble-t-il, de la région polaire par un étroit goulet dans lequel l'eau s'engouffrait avec une telle violence que le passage était infranchissable.

Les Egyptiens, cependant, ne se laissèrent pas arrêter par cela. Il leur fallut six mois pour résoudre le problème, mais ils y réussirent. Avec des outils de silex – et quelques instruments de fer, car il y avait du minerai dans la région et ils purent s'en procurer en faisant du troc avec le contenu de leur graal – ils taillèrent une étroite corniche à trois mètres environ au-dessus de la surface des eaux bouillonnantes. Ils démontèrent entièrement leur bateau et le transportèrent sur leur dos pendant un kilomètre, jusqu'à la fin du goulet.

Au pays des géants, les Egyptiens avaient recruté un individu dont ils étaient incapables de prononcer le nom. Ils l'appelaient Djehuti (dont la forme grecque est Thoth) à cause de son long nez qui leur rappelait ce dieu. Thoth, en effet, a la tête d'un ibis, avec son long bec.

Le bateau put ainsi remonter jusqu'à l'endroit où il n'y a plus de pierres à graal et où règne la brume éternelle. Le

Fleuve, malgré la perte de chaleur que représente son passage dans la mer polaire, en conserve cependant assez à la sortie pour former des nuages de vapeur au contact de l'air plus froid.

Ils arrivèrent en vue d'une cataracte assez large, d'après Paheri, pour y faire flotter la lune. A ce moment-là, ils durent abandonner leur bateau. Sans doute est-il encore là-bas, sur des cales au fond d'une crique abritée, pourrissant peu à peu à cause de l'humidité.

C'est là que se situe la partie la plus étrange de ce récit. L'expédition se trouvait maintenant au pied d'une falaise qui semblait infranchissable. Mais en explorant les environs, ils découvrirent un tunnel que quelqu'un avait creusé dans la roche. Ayant emprunté ce tunnel, ils ressortirent bientôt au pied d'une seconde falaise qui paraissait encore plus haute et plus infranchissable que la première. Et là, à leur grande surprise, ils virent une corde, faite de carrés de tissu noués bout à bout, qui se balançait le long de la paroi rocheuse.

Un par un, ils grimpèrent jusqu'en haut de la falaise, non sans difficulté, mais grâce à ce tunnel et à cette corde ils purent s'approcher de la mer polaire qui se trouve au milieu des montagnes.

Qui leur avait ainsi mystérieusement ouvert la voie ? Et pour quelle raison ?

Je doute personnellement que ce soient des riverains du Fleuve qui aient percé ce tunnel et laissé pendre cette corde providentielle. A cet endroit, la roche était faite de quartz extrêmement dur. Pour l'entamer, il aurait fallu des outils d'acier de très grande qualité, et en grande quantité, ce qui me paraît impossible à envisager. En outre, d'après Paheri, il n'y avait pas la moindre trace de forage, pas le moindre tas de déblais, ni à l'entrée, ni à la sortie de la galerie. Comment imaginer qu'une équipe soit venue là, en apportant tous ses outils et toutes ses provisions, puis soit repartie, après avoir fini de travailler, en effaçant toutes les traces de son passage ?

Quant à la corde, il fallait d'abord que quelqu'un grimpe là-haut pour l'accrocher. Impossible de la lancer avec une fusée, par exemple. Non seulement on ne voyait pas le sommet, mais le bord de la falaise était entièrement dépourvu d'aspérité où la corde aurait pu s'accrocher par hasard, même si elle avait été munie de grappins. En fait, en arrivant en haut, ils la trouvèrent attachée à une saillie rocheuse, bien en retrait du bord, qui semblait avoir été taillée exprès pour l'occasion.

Quoi qu'il en soit, après avoir suivi une étroite corniche qui les conduisit de nouveau dans une caverne obscure où un vent glacé s'engouffrait avec un bruit sinistre, ils débouchèrent enfin dans un endroit qui surplombait cette fameuse mer intérieure. Elle était effectivement entourée de montagnes, mais sa surface était entièrement dissimulée par une brume épaisse.

Ils étaient toujours à flanc de montagne et la corniche continuait, de plus en plus raide et étroite. Le soleil était caché derrière les montagnes. Mais à un moment, un rayon perça les nuages. Il devait y avoir une trouée face à eux. Djehuti, qui était en tête, disparut à un détour de la corniche. Aussitôt, ceux qui arrivaient derrière lui l'entendirent pousser un cri, puis un rugissement de terreur qui se termina par une note plaintive de moins en moins audible. Les autres arrivèrent juste à temps pour voir son corps disparaître en direction de la mer de nuages en contrebas.

Ils comprirent sans peine ce qui s'était passé. Djehuti avait vu quelque chose au milieu de l'étroit sentier et il avait poussé un cri de surprise. Cette chose, ils la virent aussi : c'était un graal, oui, un graal, apparemment abandonné là par quelqu'un qui les avait *précédés*. Au moment où il avait aperçu l'objet, Djehuti avait dû être ébloui par le rayon de soleil. Surpris, ou aveuglé, il avait fait un pas en arrière et il avait glissé ou trébuché à cause du graal.

Le bref rayon de soleil leur avait permis d'apercevoir quelque chose au milieu de la mer. Cela ressemblait à l'extrémité d'un gigantesque graal dressé verticalement dans les nuages. Mais la vision n'avait pas duré longtemps. Le soleil avait disparu et la brume avait de nouveau tout couvert.

Tu te demandes probablement comment la chose est possible. S'il y avait tant de brume, comment le soleil aurait-il pu la percer, même un bref instant ?

Je suppose qu'il s'agissait d'un concours de circonstances assez exceptionnel, en effet. Et tragique pour Djehuti, cela va sans dire.

C'était surtout une question de vent. Les vents sont capricieux, dans la région polaire. Les masses de brume qu'ils voyaient d'en haut étaient toujours en mouvement et découvraient parfois une portion de la mer, mais sans l'action directe d'un rayon de soleil, on ne pouvait apercevoir aucun détail tranchant sur la grisaille.

Ils avaient vu quelque chose. Pas nécessairement un objet fabriqué de la main de l'homme, surtout dans la mesure où nous ne savons pas si ceux qui ont construit et dirigent cette planète appartiennent au genre humain. Mais cela ne ressemblait pas à une formation rocheuse naturelle, un piton qui se serait dressé au milieu de la mer, par exemple. Ses contours étaient beaucoup trop lisses, d'aspect métallique et cylindrique.

Ce n'est d'ailleurs pas tout. Quelques heures plus tard, le même jour, les Egyptiens virent un objet sortir des nuages, à peu près à l'endroit où ils avaient vu la tour. Cet objet était de forme ovale et, compte tenu de la distance, probablement très grand. Lorsqu'il eut pris de l'altitude, le soleil, qui ne se couche jamais au pôle, se réfléchit sur lui. Puis il grimpa tellement haut qu'il devint invisible.

Je trouvai cela si stupéfiant que je demandai à Tom :
– Cette tour pourrait être le quartier général de ceux qui ont bâti ce monde ?
– C'est ce que nous pensons, Frisco et moi, me répondit-il.

Les Egyptiens s'étaient pris d'affection pour Djehuti. Malgré son apparence monstrueuse, il avait un cœur d'or et adorait la plaisanterie. Il faisait même des calembours en égyptien, ce qui révèle chez lui une intelligence remarquable. Dans le règne animal, l'espèce humaine est unique. Elle est la seule à savoir jouer sur les mots. *Homo agnominatio ?* Mon latin est de plus en plus incertain. Si je tombais sur un ancien Romain, ou tout au moins un latiniste, je crois que je prendrais quelques leçons pour me rafraîchir la mémoire.

Mais revenons au récit de Paheri. Et à Djehuti. Sans ce dernier et sa force de gorille, les Egyptiens n'auraient jamais pu parvenir aussi loin. Ils le pleurèrent donc beaucoup, dirent quelques prières pour recommander son âme à leurs dieux tout proches et poursuivirent leur chemin.

L'étroite corniche, qui descendait vers la mer selon un angle de 45° au mieux, était effroyablement glissante. Ils étaient obligés de marcher en file indienne et, à certains endroits, de progresser comme des crabes, face à la falaise, leurs mains agrippant la moindre aspérité du roc.

A mi-chemin du bas, Akhenaton faillit tomber. Il avait trébuché, dans la brume de plus en plus épaisse, sur un squelette. Sans doute celui de la personne qui avait abandonné le graal. Comme les os étaient intacts, ils se dirent qu'il avait dû mourir de faim. Le pharaon récita une nouvelle prière et le squelette fut précipité dans la mer.

Quelque temps après, le sentier prit abruptement fin. Ils étaient au niveau de la mer. Ils commençaient à désespérer lorsque Akhenaton prit une torche dans une main, s'assura de l'autre à une saillie de la roche et se pencha pour regarder ce qu'il y avait au détour du chemin.

Il découvrit ainsi l'entrée d'une caverne. Bras et jambes écartés, dans l'eau jusqu'aux genoux, les pieds sur la corniche qui continuait sous l'eau, il passa de l'autre côté et se trouva à l'entrée d'une caverne dont le sol remontait selon un angle de 30° par rapport à l'horizontale. Les autres le suivirent un par un sans encombre.

Akhenaton en tête, ils s'enfoncèrent dans les profondeurs obscures de la caverne. Leur cœur battait très fort, leurs dents claquaient et ils avaient la chair de poule. L'un d'eux – le Paheri en question – avait si peur qu'il en eut la diarrhée.

Etait-ce là l'entrée de la demeure des dieux ? Anubis à la tête de chacal était-il là pour les attendre et les conduire devant le grand juge qui pèserait leurs bonnes et leurs mauvaises actions ?

C'est à ce moment-là que Paheri se mit à penser aux injustices et aux méchancetés qu'il avait commises, aux cruautés mesquines dont il s'était rendu coupable ainsi qu'à toutes les traîtrises que sa cupidité avait engendrées. Il ne voulut plus avancer. Mais quand il vit que les autres continuaient et qu'il restait, sans torche, dans l'obscurité, il les suivit, en demeurant cependant à quelque distance derrière eux.

La caverne se transforma en galerie. La roche, de toute évidence, avait été creusée avec des outils. Les parois étaient légèrement incurvées. Au bout d'une centaine de mètres, ils débouchèrent dans une grande salle circulaire. Elle était éclairée par neuf lampes de métal noir qui reposaient sur de hauts trépieds. La lumière, froide et uniforme, sortait de boules où ne brûlait aucune flamme.

Plusieurs choses, dans cette salle, avaient de quoi les étonner. Tout d'abord, ils trouvèrent un nouveau squelette. Comme le premier, il portait des lambeaux de vêtements. Son bras droit était tendu, comme s'il avait voulu attraper quelque chose. A côté de lui, il y avait un graal. Ils n'examinèrent pas le squelette en détail sur le moment, mais autant te le décrire tout de suite, pour la cohésion du récit. En bref, c'était celui d'une femme et, d'après son crâne et quelques touffes de cheveux encore intacts, il s'agissait d'une femme noire.

Elle était probablement morte de faim, ce qui était d'autant plus ironique et tragique que la nourriture ne se trouvait qu'à quelques mètres d'elle.

Après la mort de son compagnon, elle avait dû continuer, en se traînant sur tout le reste du chemin, poussée par une énergie surhumaine. Mais à quelques mètres de son salut, elle avait rendu le dernier soupir.

Je me demande qui elle était. Qu'est-ce qui avait pu la pousser à entreprendre un si périlleux voyage ? Combien de ses compagnons ont-ils dû périr, ou rebrousser chemin avant d'arriver devant la cascade qui donne naissance au Fleuve ? Comment ont-ils franchi le pays des géants au grand nez ? Comment s'appelait-elle, et quel mystérieux et irrésistible instinct la conduisit, toujours plus loin, jusqu'au cœur des ténèbres ?

Elle avait peut-être laissé un message à l'intérieur de son graal. Mais le couvercle était fermé et personne à part elle n'aurait pu l'ouvrir. D'ailleurs, personne parmi les Egyptiens n'aurait pu déchiffrer son message. C'était bien avant que l'espéranto eût été diffusé, grâce à l'Eglise de la Seconde Chance, sur toute la planète. Et si des milliards d'individus savent maintenant parler cette langue, peu ont appris à la lire ou à l'écrire.

Les Egyptiens dirent une nouvelle prière devant les ossements et examinèrent en silence le contenu de la grande salle. Ils comptèrent onze objets de métal, de tailles différentes, visiblement des bateaux, posés sur des berceaux également en métal.

Mais ce qui les intéressa le plus, sur le moment, ce fut la découverte de vivres, car ils commençaient à en manquer. La nourriture se trouvait dans des bacs en plastique hermétiquement fermés, dont ils n'avaient tout d'abord pas soupçonné le contenu car ils étaient incapables de les ouvrir. Mais sur les couvercles il y avait des dessins qui indiquaient la manière de procéder. Les bacs, une fois ouverts, leur livrèrent de grandes quantités de pain, de viande et de légumes. Ils se jetèrent de bon cœur sur cette nourriture, puis s'endormirent, épuisés par leurs aventures.

Ils avaient le sentiment que les dieux (ou Le Dieu, dans la nouvelle conception d'Akhenaton) avaient pris leur destin en charge. Le chemin n'était pas facile, certes, mais l'immortalité ne saurait être accessible à tout le monde, seulement aux plus vertueux et aux plus téméraires. Sans doute Djehuti avait-il péché d'une manière ou d'une autre, pour que les dieux l'aient ainsi précipité dans le vide.

Ils s'aperçurent que les bateaux contenaient eux aussi une sorte de mode d'emploi uniquement composé de symboles. Ils s'appliquèrent à les déchiffrer puis transportèrent un des grands bateaux à l'entrée du tunnel. Trente personnes pouvaient y prendre place, mais quatre suffisaient pour le soulever et un seul homme vigoureux pour le traîner ou le faire glisser au sol.

Ils le mirent à l'eau à un endroit où le clapot n'était pas trop fort et prirent place à bord. Il y avait un volant avec un petit tableau de bord. Bien qu'il fût pharaon, et par conséquent au-dessus de toute espèce de travail, Akhenaton s'installa aux commandes. Suivant les instructions, il enfonça une touche du panneau. Aussitôt, un écran s'alluma, avec en son centre une cible orange vif qui représentait la tour. Il enfonça une nouvelle touche et le bateau, automatiquement, prit la direction du large.

Tout le monde était mort de peur, naturellement, bien que le pharaon s'efforçât de ne rien en laisser paraître. Mais ils n'avaient plus l'impression de s'être trompés d'endroit. Ils se sentaient – littéralement – guidés par la volonté divine.

Inévitablement, ce bateau leur rappelait la barque sacrée que, dans leur religion, les morts empruntent pour traverser les eaux de l'Autre Monde, Amenti. (Ce nom vient de la déesse Ament, « L'Occidentale ». Elle était parée d'une plume, comme les Libyens qui vivaient à l'ouest de l'Egypte. C'était peut-être à l'origine une divinité libyenne. La plume était aussi le symbole ou hiéroglyphe désignant l'ouest. Par la suite, « l'Ouest » fut synonyme de Terre des Morts, et Ament devint la déesse du pays des morts. C'est elle qui accueillait les nouveaux arrivants aux portes de l'Autre Monde. Elle leur offrait du pain et de l'eau et, s'ils acceptaient son offrande, ils devenaient « les amis des dieux ».)

Les Egyptiens de l'Antiquité, encore plus que les autres humains, peut-être, avaient été choqués, sinon proprement traumatisés, par les conditions dans lesquelles ils s'étaient trouvés ressuscités au bord du Fleuve. Cela ne correspondait pas aux descriptions de l'au-delà que leur avaient faites les prêtres. Pourtant, il y avait d'indéniables ressemblances avec la terre promise. La présence du Fleuve, en particulier, était pour eux un élément sécurisant. Leur civilisation, née au bord du Nil, avait toujours été de type fluvial. Et voilà qu'à présent, les dieux voulaient bien les guider vers le cœur de l'Autre Monde.

Ils se demandaient s'ils n'auraient pas dû nommer le géant Anubis au lieu de Djehuti. Anubis était le dieu à tête de chacal qui guidait les morts à travers le monde souterrain jusqu'au Double Palais d'Osiris, le Juge, ou le Peseur d'Ames. Cependant, Djehuti était le porte-parole des dieux et leur greffier-archiviste. Parfois, il prenait la forme d'un singe à tête de chien, et cet avatar correspondait bien à la description du géant.

Tu remarqueras en passant que le double aspect de Thoth-Djehuti indique probablement qu'il y a eu confusion, à une époque plus ancienne, entre deux divinités différentes.

Maintenant qu'ils se trouvaient dans la Demeure d'Osiris, les ressemblances entre le Monde du Fleuve et l'Autre Monde de leur religion devenaient à leurs yeux de plus en plus frappantes. Le Monde du Fleuve était peut-être cette région intermédiaire entre le pays des morts et celui des vivants que les prêtres avaient vaguement décrite. Mais leurs explications étaient la plupart du temps si confuses et si contradictoires qu'on ne pouvait guère s'y fier. Seuls les dieux connaissaient la vérité.

Cette vérité, ils avaient l'impression qu'elle leur serait

bientôt dévoilée. Certes, la tour des brumes ne ressemblait guère au Double Palais de Justice de leur traditionnelle imagerie religieuse, mais les dieux avaient peut-être opéré des changements. Le Monde du Fleuve était lui-même une terre de changement, à l'image de l'humeur des dieux.

Akhenaton s'appliquait à tourner le volant de manière à garder la tour orange bien dans l'axe de la ligne médiane qui traversait l'écran. De temps à autre, juste pour s'assurer qu'il était maître de sa vitesse, il pressait la poire fixée à la droite du volant. La vitesse du bateau augmentait ou diminuait selon l'intensité de la pression.

Ils fendaient les flots houleux et embrumés à une vitesse terrifiante pour les passagers. Au bout de deux heures, l'image de la tour sur l'écran était devenue énorme. Puis elle ne fut plus qu'une flamme intense qui occupait la totalité de l'écran. Akhenaton ralentit. Il appuya sur un bouton du tableau de bord et tout le monde poussa un cri d'émerveillement et d'effroi lorsque, à l'avant du bateau, deux petites boules projetèrent devant elles un puissant faisceau lumineux qui éclaira la mer.

La tour, énorme, se dressait devant eux.

Akhenaton appuya sur un nouveau bouton désigné par le mode d'emploi. Lentement, dans la surface lisse de la paroi métallique, une ouverture circulaire se forma. L'intérieur, éclairé, laissait entrevoir un vaste corridor aux murs du même métal uniformément gris.

Akhenaton manœuvra pour amener le bateau en travers de l'entrée circulaire. Deux hommes agrippèrent le seuil. Le pharaon appuya sur le bouton qui coupait l'énergie mystérieuse dont le bateau était animé. Il grimpa sur le capot, qui se trouvait juste au-dessous du niveau du seuil. Il fut le premier à sauter dans le corridor. Après avoir solidement attaché le bateau à des crochets fixés dans la paroi de métal, il donna l'ordre à ses compagnons de le suivre à l'intérieur.

En silence, et non sans appréhension, les autres obéirent un par un. Tous, en fait, sauf Paheri, qui était assis au fond du bateau. Ses dents claquaient si fort et ses genoux tremblaient tellement qu'il était incapable de se lever. Son cœur battait, dans sa poitrine paralysée, comme les ailes d'un oiseau affolé. Ses pensées se traînaient comme un fleuve de boue durcie par l'hiver qui descend la pente de la colline aux premiers rayons du soleil printanier.

Il était sûr que, s'il franchissait ce corridor pour se présenter devant ses juges, la balance pencherait du mauvais côté. C'était peut-être un lâche, mais il avait une conscience. Et il n'a pas eu peur d'avouer sa lâcheté à Tom Rider. Ce qui, somme toute, requiert une certaine forme de courage.

Akhenaton, qui pour sa part ne semblait pas craindre les foudres de son Dieu Unique, se dirigea d'un pas ferme vers le fond du corridor. Les autres, craintivement rassemblés, marchaient derrière lui à une douzaine de pas de distance. L'un d'eux, se retournant, vit avec surprise que Paheri n'avait pas encore quitté le bateau. Il lui fit signe de venir. Paheri secoua obstinément la tête en s'agrippant au plat-bord.

C'est à ce moment-là que, sans le moindre cri, tous ceux qui se trouvaient dans le corridor s'affalèrent à genoux, sur les mains, tentèrent vainement de se relever et s'affaissèrent à plat ventre, aussi flasques et inanimés que des figurines en pâte à modeler.

L'ouverture circulaire se referma lentement, comme un diaphragme, et la paroi de la tour redevint aussi lisse qu'avant. Paheri demeura seul au milieu de la brume opaque et de l'océan glacé.

Il ne perdit pas de temps. Après avoir tranché les amarres et tourné le nez du bateau, il prit les commandes et fonça dans la direction d'où ils étaient venus. Mais il n'y avait pas, cette fois-ci, de cible sur l'écran pour l'aider à se diriger.

Après avoir cherché vainement à retrouver la caverne, il suivit la montagne jusqu'à ce qu'il arrive à l'endroit où la mer intérieure s'engouffre dans les entrailles de la planète pour ressortir sous la forme d'une cataracte géante. Il dépassa la caverne où il espérait trouver un endroit pour accoster et se vit, impuissant et terrorisé, emporté par le flot bouillonnant jusqu'à la crête de la cataracte. Il se souvient du rugissement des eaux furieuses qui ballottaient le bateau dans tous les sens, puis... ce fut tout.

Quand il ressuscita, le lendemain matin, il était nu dans la brume au-dessous d'une pierre à graal. Son cylindre métallique – un autre, naturellement – et plusieurs carrés de tissu se trouvaient à côté de lui. Il entendit un bruit de voix qui s'approchaient et distingua bientôt quelques silhouettes. Il était sain et sauf, mais il conservait le terrible souvenir de ce qui s'était passé dans la demeure des dieux.

A peu près vers cette époque, Tom Rider ressuscita lui aussi sous cette pierre à graal, après avoir été tué par des chrétiens fanatiques du Moyen Age. Il se fit soldat, se trouva dans la même compagnie que Paheri, avec qui il se lia d'amitié. Paheri lui raconta son aventure. Rider obtint par sa bravoure le grade de capitaine, puis il se fit tuer de nouveau. Le lendemain, il ressuscita dans le secteur où se trouvait Farrington.

Quelques mois plus tard, les deux hommes entreprirent de remonter le Fleuve en pirogue. Puis ils se fixèrent dans une région où ils pouvaient se procurer des matériaux pour la construction du *Razzle Dazzle*.

Tu veux savoir quelle fut ma réaction en entendant ce récit ? Evidemment, cela me donne envie d'aller voir par moi-même si Paheri a dit la vérité ou non. D'après Tom, Paheri est aussi placide et dépourvu d'imagination que l'Indien de bois qui orne la devanture des magasins de cigares. S'il a dit vrai, alors, ce monde, contrairement au précédent, contient peut-être la réponse à nos Grandes Questions, ou tout au moins un miroir permettant d'entrevoir l'Ultime Réalité.

Et tous à la Tour Noire !

40

(Suite de la lettre de Frigate)

Je crois que Rider ne m'a raconté qu'une partie de ce qu'il sait à propos de la tour. Il y a quelques jours, j'ai surpris par hasard une conversation entre Frisco et lui. Ils étaient dans la cabine de poupe et le panneau d'écoutille était demeuré ouvert. Je m'étais assis sur le pont, adossé à la cabine, pour fumer un cigare. (Oui, comme tu vois, je suis retombé momentanément dans les griffes de la sorcière Nicotine.) Je ne faisais vraiment pas attention, au début, à ce qu'ils disaient, car j'étais plongé dans mes propres pensées à la suite d'une conversation que je venais d'avoir avec Nur el-Musafir.

Tout d'un coup, la voix du capitaine, qui est très sonore, m'a tiré de ma rêverie. Il disait :

– Oui, mais qu'est-ce qui nous permet d'affirmer qu'il ne se sert pas de nous pour des motifs personnels ? Il a peut-être tout à gagner dans cette histoire, et nous tout à perdre. Qu'est-ce qui nous dit que nous pourrons pénétrer dans la tour ? Les Egyptiens ont échoué. Faut-il passer par un autre côté ? S'il existe une entrée plus sûre, pourquoi ne nous en a-t-il pas parlé ? Il nous avait promis de nous donner de nouveaux détails. Mais cela fait seize ans. Seize ans qu'on ne l'a pas revu ! C'est-à-dire, bien sûr, que *tu* ne l'as pas revu, puisque moi je n'ai jamais eu cet honneur. Et comment sais-tu s'il ne lui est rien arrivé entre-temps ? Peut-être qu'il s'est fait capturer. Peut-être qu'il n'a plus besoin de nous et qu'il nous a laissés tomber comme de vieilles chaussettes !

Rider répondit quelque chose que je ne compris pas. Farrington poursuivit :

– D'accord; mais tu sais ce que je crois ? C'est qu'il ignorait totalement ce qui est arrivé à ces Egyptiens. Au moment où il t'a rendu visite, tout au moins. Et il ne savait pas que l'un d'eux avait pu en réchapper, j'en mettrais ma main au feu.

Rider répondit à nouveau quelque chose d'inaudible et Farrington enchaîna :

– La galerie, la corde et les bateaux avaient dû être préparés à notre intention, mais les autres sont arrivés les premiers.

A ce moment-là, le vent se leva et je ne pus entendre la suite. Au risque de me faire surprendre, je me rapprochai encore davantage de l'écoutille. Farrington était en train de demander :

– Tu crois vraiment que certains d'entre eux, au moins un en tout cas, pourraient se trouver à bord de ce bateau ? Je ne te dis pas le contraire, Tex, mais à supposer qu'il en soit ainsi, pourquoi ne nous a-t-on pas donné un moyen de nous reconnaître entre nous ? Combien de temps va-t-on nous laisser dans cette incertitude ? On nous a dit que nous devions nous regrouper. Mais quand ? Et où ? Au pied de la cataracte ? Et s'il n'y a personne, que ferons-nous ? Attendrons-nous jusqu'à la fin des siècles ? Et si...

A nouveau, quelque chose d'inintelligible, puis Rider parla à son tour. La conversation devait durer depuis un certain temps, car ils paraissaient fatigués. Pour ma part, je tendais l'oreille avec une telle curiosité que je devais briller comme un feu Saint-Elme. Mustafa, à la barre, regardait dans ma direction avec un drôle d'air. Il devait se douter que j'écoutais aux portes. Cela me mettait mal à l'aise. Je brûlais d'en apprendre davantage. Mais si le Turc me dénonçait, je risquais de finir au fond du Fleuve, les deux jambes lestées d'une pierre.

D'un autre côté, il ne pouvait pas savoir ce qui se passait dans la cabine, ni s'ils disaient des choses que je n'avais pas le droit d'écouter. Aussi, je continuai à fumer tranquillement mon cigare et, quand il fut éteint, je fis semblant de m'endormir.

La situation me rappelait celle de Jim Hawkins, dans *L'Ile au Trésor*, quand il est caché dans la barrique de pommes et qu'il surprend les propos de Long John Silver et de ses acolytes en train de conspirer pour s'emparer de l'*Hispaniola* une fois qu'ils auraient découvert le trésor. Seulement, dans notre cas, Farrington et Rider ne complotaient contre personne. C'étaient plutôt eux qui se sentaient visés.

— Ce que j'aimerais savoir, était en train de dire Farrington, c'est pour quelle raison il a besoin de nous. Il possède autant de moyens qu'une douzaine de dieux. S'il a envie de se dresser contre ses petits copains, quelle aide peut-il attendre de simples mortels comme nous ? Et s'il veut à tout prix nous faire aller dans cette tour, pourquoi ne nous y transporte-t-il pas lui-même ?

Il y eut alors une nouvelle interruption, suivie par le tintement de deux gobelets l'un contre l'autre. Et j'entendis Rider reprendre bruyamment :

— ... doit avoir de sacrées bonnes raisons pour ça. N'importe comment, nous finirons bien par savoir. Et du reste, qu'aurions-nous d'autre à faire, si nous n'avions pas ça ?

Le rire bruyant de Farrington résonna jusque sur le pont et il s'exclama :

– Bien parlé ! Qu'aurions-nous d'autre à faire ? Autant employer notre temps à poursuivre un but, qu'il soit bon ou mauvais. Mais quand même, je n'aime pas avoir l'impression qu'on se sert de moi. J'en ai assez d'être exploité. Je l'ai suffisamment été, dans ma jeunesse, par les bourgeois et les nantis. Et quand je suis devenu riche et célèbre à mon tour, je n'ai jamais cessé d'être exploité par les éditeurs, les agents littéraires, et même la famille ou mes propres amis. Je n'ai pas l'intention de me laisser faire, ici aussi, comme si je n'étais qu'une bête, tout juste bonne à pelleter du charbon et à entasser du poisson dans des barils de sel !

– Tu ne crois pas que tu t'es exploité, toi aussi ? demanda Rider. Qui de nous ne l'a pas fait ? J'ai vu passer pas mal de fric entre mes mains, moi aussi. Et qu'est-ce que j'en ai fait ? La même chose que toi. J'ai dépensé encore plus que je ne gagnais dans des maisons somptueuses, des bagnoles de luxe, des investissements bidon, des putes et de la gnôle, et tout ça pour quoi ? Rien que pour la parade. Alors que j'aurais pu mettre de côté de quoi vivre encore cent ans sans travailler.

Le rire de Farrington explosa de nouveau :

– Ainsi va la vie, n'est-ce pas ? Ainsi allait-elle, du moins. On aurait pu le faire, mais on ne l'a pas fait. Ce n'était pas dans notre tempérament. Ce qu'il nous fallait, c'était profiter de la vie, brûler la chandelle par les deux bouts, cracher des flammes et de la joie comme une roue à feu au lieu de trimer comme un âne attelé à une noria ! Et même quand la bête est libérée et qu'on l'envoie au pâturage finir ses jours au lieu de la livrer à l'équarrissage, quel grand bien cela lui fait-il ? Elle n'a pour tout souvenir, pendant qu'elle mâchonne son herbe, qu'une longue vie de grisaille, et pour tout avenir qu'une brève vie de grisaille.

De nouveau, les gobelets s'entrechoquèrent. Puis Farrington entreprit de raconter à Rider son voyage en train de San Francisco à Chicago. Il s'était assis, dans le wagon-salon, à côté d'une splendide jeune femme accompagnée d'un enfant et d'une domestique. Moins d'une heure après avoir lié connaissance, la jeune femme et lui s'étaient levés pour se rendre dans son wagon-lit, où ils s'étaient accouplés comme des visons furieux durant trois jours et trois nuits.

Je décidai que c'était le moment de me lever aussi. De mon air le plus nonchalant, je gagnai le mât de misaine, où Nur et Abigail Rice étaient en train de bavarder. Mustafa ne me montra pas s'il me soupçonnait d'avoir épié le capitaine et son second.

Depuis, je n'ai cessé de me poser des questions. Qui était cette mystérieuse personne dont ils parlaient ? De toute évidence, ils faisaient allusion à ceux qui avaient bâti cette planète à notre intention, afin de nous y ressusciter. Mais comment était-ce possible, ou même imaginable ? Et pourtant... il faut bien que quelqu'un soit responsable de notre présence ici. Ou quelques-uns, devrais-je dire. Et comment ne pas les considérer, tout au moins dans plusieurs sens du terme, comme de véritables dieux ?

Si Rider ne ment pas, il existerait une haute tour de métal au milieu de la mer polaire. Et ce serait, de toute évidence, le quartier général, ou tout au moins la base d'opérations, de Ceux qui ont bâti ce monde, nos maîtres occultes.

Je sais que tout cela doit te paraître complètement paranoïaque. On dirait un récit issu de l'imagination fertile d'un auteur de science-fiction. Mais ils étaient presque tous plus ou moins paranoïaques aussi, pour commencer. A part les très rares d'entre eux qui sont devenus riches, ils étaient convaincus que leurs maîtres occultes (enfin, pas tellement) étaient les éditeurs. Et même les riches épluchaient avec méfiance leurs relevés de droits d'auteur. Peut-être que la tour est habitée par une coalition de super-éditeurs. Mais je plaisante, Bob. J'espère.

Peut-être que c'est Rider qui ment. Ou son informateur, Paheri. Mais je ne le pense pas. Il ne fait aucun doute que Rider et Farrington ont eux-mêmes eu des contacts avec ces je-ne-sais-qui. Ils n'allaient pas inventer cette histoire juste pour le plaisir de berner quelqu'un qui les épiait ?

Ou qui sait ?

Qui sait jusqu'où la parano peut aller ?

Non; ils étaient vraiment en train de discuter de quelque chose de réel. Et s'ils ont manqué de précaution, s'ils ont laissé le panneau d'écoutille ouvert, s'ils n'ont pas pris garde de parler à voix basse, ce n'est que naturel. Après toutes ces années, qui n'oublierait pas les règles élémentaires de la prudence ? Et d'ailleurs, pourquoi les autres n'auraient-ils pas le droit de savoir ?

Ils laissaient entendre que quelqu'un pourrait les chercher. Mais qui ? Mais pour quelle raison ?

Mon esprit roule, tangue et vacille. Trop de spéculations. Trop d'éventualités. Et pourtant, mince ! Quelle histoire il y aurait à écrire ! Dommage que je n'aie pas pensé à quelque chose comme ça quand j'étais écrivain de science-fiction. Mais le concept d'une planète comportant un fleuve de plusieurs millions de kilomètres de long le long des rives duquel toute l'humanité ayant jamais existé aurait été ressuscitée (en grande partie tout au moins) aurait été trop grandiose pour tenir dans un seul bouquin. Il en aurait fallu une douzaine au moins pour commencer à lui rendre justice. Non ; tout compte fait, je suis bien content de ne pas y avoir pensé.

A la lumière de ces nouveaux développements, comme on dit, qu'est-ce que je fais à partir de maintenant ? Faut-il que je poste cette lettre, ou que je la déchire ? Elle ne parviendra jamais entre tes mains, ça c'est sûr. Mais dans les mains de qui tombera-t-elle ?

Probablement dans celles de quelqu'un qui ne connaît que l'alphabet cyrillique.

Pourquoi ai-je si peur qu'elle échoue en de mauvaises mains ? Je ne le sais vraiment pas. Mais il y a des forces occultes et mystérieuses qui ne cessent de s'affronter, sous le couvert paisible de cette vallée. Et j'ai l'intention de découvrir de quoi il retourne. Mais il faudra faire attention. Mon petit doigt me dit qu'il vaudrait mieux pour moi que je ne me mêle pas de tout ça.

N'importe comment, à qui suis-je vraiment en train d'écrire ces lettres ? A moi seul, probablement, bien que j'espère désespérément que par le plus grand des hasards improbables, l'une d'entre elles finira par dériver au fil de l'eau jusque dans les mains d'une personne que j'ai aimée, ou connue et appréciée.

Mais en ce moment même, tandis que du pont du navire je fouille fébrilement les rives du regard à la recherche d'un visage connu, je me dis qu'il y a peut-être, à une centaine de mètres de moi, quelqu'un à qui j'aurais aimé adresser cette lettre. Mais nous sommes trop loin pour que les traits d'un visage soient discernables.

Grands dieux, que de visages j'ai pu croiser, en vingt ans ! Des millions, beaucoup plus que durant toute ma vie sur la Terre. Certains de ces visages ont vu le jour pour la première fois il y a trois cent mille ans ou plus. Parmi eux, mes propres ancêtres, sans aucun doute. Dont certains devaient être des Neandertaliens. Tu sais qu'un certain nombre de représentants de l'espèce *Homo neandertalensis* ont été absorbés, par croisement, dans l'espèce *Homo sapiens*. Compte tenu du flux et du reflux des grands groupes dans l'histoire et la préhistoire, des migrations, des invasions, de la traite des Noirs et des voyages individuels, quelques-uns, et peut-être la totalité des visages mongoliques, amérindiens, australoïdes et négroïdes que j'ai rencontrés appartenaient peut-être à mes aïeux.

Réfléchis un peu. Chaque génération d'ancêtres que tu as eue en remontant dans le temps représente un nombre d'individus double de celui de la génération précédente (ou suivante, comme tu voudras). Par exemple, prenons ton cas. Tu es né en 1925 et tes parents en 1900, ou à peu près. J'arrondis, pour faciliter le calcul.

En 1875, tu avais quatre ancêtres en ligne directe. En 1850, huit. Il suffit de doubler tous les vingt-cinq ans. En 1800, tu en avais trente-deux. La plupart ne se connaissaient pas entre eux, naturellement, mais ils étaient « destinés » à devenir tes arrière-arrière-arrière-grands-parents.

En 1700, tu avais cinq cent douze ancêtres. En 1600, huit mille cent quatre-vingt-douze. En 1500, cent trente et un mille soixante-douze. En 1400, deux millions quatre-vingt-dix-sept mille cent cinquante-deux. En 1300, plus de trente-trois millions. En 1200, cinq cent trente-six millions et des poussières.

Et c'est la même chose pour moi. Et pour tout le monde. Si la population mondiale était, disons, de deux milliards d'individus en 1925 (je ne me rappelle pas bien), multiplie ce nombre par le nombre de tes ancêtres en 1200. Et quel est le total ? Plus de mille millions de millions, dis-tu ? Impossible ? Tu as raison.

Je viens de me souvenir qu'en 1600, la population mondiale ne dépassait pas cinq cents millions de personnes. En l'an 1, on l'estime à cent trente-huit millions. La conclusion s'impose. Il y a eu bon nombre de cas d'inceste dans le passé, à des degrés plus ou moins rapprochés. Sans parler du présent, naturellement. C'est sans doute une pratique aussi ancienne que l'humanité. Aussi, toi et moi, nous sommes parents. Et plutôt deux fois qu'une, sans doute. Combien de Chinois, combien d'Africains nés en 1925 sont nos lointains cousins ? Une multitude, assurément.

Tous ces visages que j'aperçois sur la rive sont ceux de mes cousins. Hello, Hang-Chow. Comment ça va, Boulaboula ? Salut, Œil-de-Lynx. Ça biche, Atchoum, Fils du Feu ? Malheureusement, même s'ils se doutaient de la parenté qui nous unit, ce n'est pas cela qui les rendrait plus aimables à mon endroit. Et vice versa. Les querelles les plus atroces, les conflits les plus sanglants ont toujours pris place au sein des familles. La guerre civile est la pire de toutes. Mais comme nous sommes tous cousins, toutes les guerres sont civiles. Ce qui ne veut pas dire civilisées. C'est le paradoxe des relations entre humains. Tourne-toi, mon frère, que je te botte le cul.

Mark Twain avait raison. Je ne sais pas si tu as lu son *Extract from Captain Stormfield's Visit to Heaven* (1) ? C'est là que le vieux capitaine se retrouve tout choqué, une fois franchies les portes du Paradis, de se voir entouré de tant de personnes de couleur. Comme tous les visages pâles, il imaginait un Paradis peuplé d'une majorité de Blancs, avec de temps en temps un visage noir, ou jaune, ou bistre, ou rouge. Mais c'est précisément le contraire qui s'est produit. Pour chaque Blanc qu'il voyait, il y en avait deux autres qui avaient la peau foncée. Je lui ôte mon chapeau, à Mark Twain. Il a enfoncé exactement le clou qu'il fallait, à l'endroit qu'il fallait.

Et nous, nous sommes dans le Monde du Fleuve, sans savoir ni comment ni par la grâce de qui. Exactement comme sur la Terre.

Naturellement, il y a beaucoup de gens ici qui prétendent connaître les réponses. Comme sur la Terre. Ce sont les adeptes des deux principaux cultes, la Seconde Chance et le Nichiren, sans compter ceux d'un millier de sectes

---

(1) *La Visite du capitaine Tempête au paradis, extraits.* (N.d.T.)

comprenant les anciens chrétiens, musulmans, juifs, hindouistes et Dieu sait quoi encore. Les ex-taoïstes et confucianistes disent qu'ils s'en foutent complètement, que dans l'ensemble cette existence est meilleure que la précédente. Les totémistes sont un peu embêtés, car il n'y a pas d'animaux ici. Mais ça ne veut pas dire que les esprits des totems n'y sont pas. Plus d'un sauvage que j'ai rencontré continue à voir son totem en songe, ou sous la forme d'une hallucination. Cependant, la majorité a préféré se reconvertir dans l'une des religions plus « élevées ».

Il y a aussi Nur el-Musafir. C'est un soufi. Il a été aussi traumatisé que n'importe qui de se retrouver dans le Monde du Fleuve. Mais il ne s'est pas laissé abattre. Il a sur-le-champ réorganisé ses pensées. Il dit que ceux qui ont construit ce monde à notre intention ne peuvent nous vouloir que du bien. Autrement, pourquoi se seraient-ils donné toute cette peine ? (Ce sont les mêmes arguments que ceux d'un aboyeur pour un spectacle de cirque, mais il est sincère. Ce qui ne signifie nullement qu'il sait de quoi il parle.)

A quoi bon nous inquiéter du Qui ou du Comment ? dit-il. Il n'y a que le Pourquoi qui compte. Sous cet angle-là, il parle exactement comme un témoin de la Seconde Chance. Mais pardonne-moi, je vois que j'ai bientôt épuisé ma ration de papier. Aussi, adiaŭ, adios, adieu, selah, amen, salaam, shalom et so long. (A propos, sais-tu que l'anglais *so long* vient de *selang*, qui correspond à la prononciation par les musulmans malais de l'arabe salaam ?)

Fraternellement et didactiquement, je te salue bien bas, dans les entrailles de Qui de droit,

Peter Jairus Frigate

P.-S. J'ignore encore si je vais poster le tout, censurer une partie ou m'en servir comme papier-toilette.

41

En moyenne, le Fleuve avait deux kilomètres cinq cents de large (ou 1,5534 *mile*). Parfois, il prenait l'aspect d'un cours d'eau bordé de hautes montagnes. En d'autres endroits, il formait un lac. Mais la plupart du temps sa profondeur était sensiblement égale à trois cents mètres.

Nulle part on ne voyait de trace d'érosion. Les herbes de la plaine se mêlaient sans transition aux herbes aquatiques, qui couvraient aussi bien les berges que le lit du Fleuve. Leurs racines étaient reliées en un inextricable réseau commun, qui formait une unique entité végétale.

Les plantes aquatiques servaient de nourriture à une multitude de créatures qui évoluaient à des profondeurs diverses, de la surface jusqu'au lit du Fleuve. Plusieurs espèces ne quittaient jamais les couches supérieures éclairées par le soleil. D'autres, plus pâles mais non moins voraces, occupaient les zones intermédiaires tandis que les grands fonds étaient peuplés de formes bizarres qui se propulsaient, pirouettaient, nageaient, zigzaguaient, rampaient dans les ténèbres abyssales.

Certaines dévoraient les excroissances blanches aux corolles lépreuses qui couvraient par endroits les berges et le lit du Fleuve et qui, à leur tour, capturaient d'autres créatures en les enveloppant pour les digérer peu à peu.

De nombreux « poissons », petits et grands, se nourrissaient uniquement des micro-organismes présents dans toutes les couches du Fleuve.

La plus grosse créature du Fleuve était incontestablement le « dragon », dont la taille dépassait celle de la baleine bleue des océans terrestres. Le dragon était le seul à partager avec une autre espèce, beaucoup plus petite, la possibilité de hanter à sa guise la surface ou le fond du Fleuve sans souffrir aucunement de la différence de pression.

L'autre créature en question avait plusieurs noms, mais le plus courant était celui de « crapaud ». De la taille d'une truie, molle et visqueuse, elle se nourrissait de tout ce qu'elle trouvait et qui ne lui résistait pas. Mais son menu préféré, c'étaient les excréments humains.

Equipé de sacs pulmonaires, ce « crapaud » faisait, généralement la nuit, des incursions à terre. Plus d'un riverain avait poussé un cri d'effroi en apercevant, dans la brume, ses deux gros yeux protubérants, ou en trébuchant sur son corps gluant qui se traînait à la recherche d'immondices. Aussi effroyable et sinistre que son aspect physique, son cri rauque faisait monter à l'esprit des évocations de goules et de revenants.

Ce jour de l'an 25 après la Résurrection, l'un de ces répugnants et malodorants coprophages nageait à proximité de la rive, ou plutôt faisait du surplace en agitant frénétiquement ses nageoires-moignons pour lutter contre le courant, qui n'était pourtant pas très fort à cet endroit-là.

Bientôt, ses narines exercées perçurent la présence d'un poisson mort qui flottait vers lui au fil de l'eau. Il se déplaça légèrement dans le courant, attendant que la charogne lui tombe dans la bouche.

Juste derrière le poisson mort, il y avait quelque chose d'autre qui dérivait. La gueule du crapaud, béante, engloutit le tout. Le poisson n'eut aucune difficulté à glisser dans le gosier lubrifié, mais l'objet, plus gros, se coinça un instant en travers de la gorge avant de passer à son tour dans un hoquet convulsif.

Cinq années durant, le cylindre en bambou hermétiquement clos contenant la lettre de Frigate à Rohrig avait été porté par le courant. Vu le nombre de pêcheurs et de voyageurs qui s'étaient trouvés sur son chemin, il aurait dû être recueilli et ouvert depuis longtemps. Mais il avait été dédaigné par toutes les créatures vivantes à l'exception du crapaud, qui l'avait d'ailleurs avalé par erreur.

Cinq jours avant d'arriver ainsi au terme de son voyage, le cylindre avait flotté dans les parages où demeurait son destinataire virtuel. Mais Rohrig se trouvait à ce moment-là dans sa cabane, entouré des figurines de pierre et de bois qu'il sculptait lui-même pour les échanger contre de l'alcool et du tabac. Il était du reste profondément endormi, n'ayant pas encore récupéré des excès commis la veille.

Peut-être par coïncidence, peut-être par le fait d'une force psychique indéterminée, sorte de vibration entre l'expéditeur et le destinataire, Rohrig, ce matin-là, était justement en train de rêver de Frigate. Son rêve se passait en 1950 alors que, démobilisé depuis peu, il avait repris ses études aux frais du gouvernement et de sa femme qui travaillait.

C'était par une chaude journée du mois de mai (*Mayday! M'aider!*) et il était assis, dans une petite salle, face à

313

trois honorables Docteurs de l'Université. C'était le jour des règlements de comptes. Après avoir trimé, bossé, dans les allées du savoir, il allait enfin décrocher ou rater le grand prix, la maîtrise de littérature anglaise. S'il réussissait à cet oral, il entrerait dans la carrière comme professeur de lettres de l'enseignement secondaire. S'il échouait, il lui faudrait tenter sa deuxième et dernière chance six mois plus tard.

Les trois inquisiteurs, derrière leur sourire, le mitraillaient de questions comme s'il était une cible à descendre en flammes. Ce qui n'était pas loin de la vérité. Rohrig était plutôt décontracté, car son mémoire portait sur la poésie galloise médiévale, sujet qu'il avait choisi parce qu'il savait que ses professeurs n'y connaissaient pas grand-chose.

Sur ce point, il n'avait pas tort, mais l'un des membres du jury, Ella Rutherford, charmante dame de quarante-six ans à la chevelure prématurément grisonnante, l'avait dans le collimateur. Quelques mois plus tôt, ils couchaient régulièrement ensemble, deux fois par semaine, chez elle. Puis, un après-midi, alors qu'ils avaient bu tous les deux un petit verre de trop, ils s'étaient lancés dans une discussion hargneuse sur les mérites de Byron en tant que poète. Sans admirer énormément son œuvre, Rohrig était passionné par la vie mouvementée du poète, qu'il considérait comme de la poésie pure. Au demeurant, il avait toujours tendance, dans un débat, à apporter la contradiction à son interlocuteur.

En bref, il était parti de chez elle en claquant la porte, après lui avoir dit quelques vérités cruelles et ajouté qu'il ne souhaitait pas la revoir en privé.

Rutherford était persuadée qu'il ne l'avait séduite que pour obtenir d'elle de bonnes appréciations, et qu'il saisissait le premier prétexte pour mettre fin à une liaison ennuyeuse avec une femme d'un certain âge. En quoi elle se trompait. Il était par nature attiré par des femmes beaucoup plus âgées que lui. En réalité, ce qu'il ne pouvait plus supporter, c'étaient ses exigences sur le plan physique. Il ne se sentait plus capable de la satisfaire en plus de sa femme, deux étudiantes de deuxième année, deux des femmes de ses amis, une serveuse qui ne lui faisait pas payer ses consommations et la gérante de l'immeuble où il avait sa chambre.

Cinq, cela pouvait encore aller; mais huit, c'était trop. Il se sentait drainé de son temps, sa semence et son énergie. Il s'endormait pendant les cours. Aussi, il avait décidé de rompre avec son professeur, l'une des étudiantes (le bruit courait qu'elle avait la chaude-pisse) et la femme d'un ami (trop exigeante sur le plan sentimental).

Rutherford, plissant ses grands yeux bleus, déclara en détachant chaque syllabe :

– Vous avez très bien répondu, Rohrig. Jusqu'à présent, tout au moins.

Elle s'interrompit. Il se sentit soudain parcouru par un frisson glacé. Son anus se contracta. La transpiration mouilla son front et ses aisselles. Il la voyait, en imagination, passer des nuits blanches à essayer de trouver le moyen, si possible horriblement humiliant, de le coincer au tournant.

Les deux autres membres du jury cessèrent de tambouriner du doigt sur la table. Cela devenait intéressant. Leur collègue flamboyait, comme les yeux du tigre qui va bondir sur la chèvre attachée à un piquet. La foudre allait frapper, et l'infortuné candidat était démuni de paratonnerre, excepté celui qu'on allait bientôt lui glisser quelque part.

Il agrippa les bras de son fauteuil. La sueur jaillissait de son front comme des souris terrorisées d'une meule de gruyère. Qu'est-ce qui allait lui tomber sur la tête ?

– Vous semblez maîtriser parfaitement votre sujet, poursuivit Rutherford. Vous venez de nous faire une remarquable démonstration d'érudition, dans un domaine de la poésie qui demeurait assez obscur. Je pense pouvoir dire que vous nous faites honneur. Nous n'avons pas le sentiment d'avoir perdu notre temps avec vous dans la salle de cours.

La salope était en train de lui dire qu'elle avait perdu son temps avec lui en dehors de la salle de cours. Mais ce n'était là qu'une banderille, une remarque faite pour blesser, pas pour achever. Elle le préparait pour la mise à mort. Jamais le jury ne félicitait le candidat au cours de l'épreuve. Après, oui; mais seulement quand il était officiellement déclaré reçu.

— Et maintenant... fit-elle d'une voix traînante...
Elle s'interrompit.
Nouveau tour de manivelle au chevalet.
— Pourriez-vous me dire, Rohrig, *où se trouve* le pays de Galles ?
Il sentit en lui quelque chose qui lâchait prise et qui dégringolait jusqu'au fond de son estomac. Il se donna une grande claque sur le front et grogna :
— Putain de merde ! Elle m'a baisé !
Le Dr Pur, doyenne des enseignantes, devint blême. C'était la première fois de sa vie qu'elle entendait ces vilains mots.
Le Dr Durham, qui pleurait quand il récitait des vers à ses étudiants, paraissait sur le point de défaillir.
Le Dr Rutherford, ayant décoché son trait empoisonné, triompha sans vergogne ni compassion sur les restes de sa victime.
Rohrig se ressaisit. Il refusait de tomber sans que ses oriflammes continuent de flotter au vent et que l'orchestre joue *Plus près de Toi mon Dieu*. Il sourit comme si le trésor au pied de l'arc-en-ciel ne s'était pas soudain mué en un paquet de merde molle.
— Je ne sais pas comment elle a fait, mais elle m'a banané ! O.K. Je n'ai jamais prétendu que j'étais parfait. Qu'est-ce qui va se passer, maintenant ?
Verdict : recalé. Sentence : six mois de sursis, avec une deuxième et dernière chance au bout.
Plus tard, quand Rutherford et lui se retrouvèrent seuls dans le couloir, elle lui lança :
— Je vous conseille de ne pas négliger la géographie, Rohrig. Je vais vous donner un tuyau : le pays de Galles se trouve à côté de l'Angleterre. Mais je doute que cela vous aide beaucoup. Vous seriez incapable de repérer votre cul, même s'il était posé sur un plateau d'argent.
Son ami, Peter Frigate, l'attendait au bout du couloir. Peter faisait partie du groupe d'étudiants plus âgés, surnommés « les barbus » par une fille de seconde année qui aimait bien leur fréquentation. C'étaient tous des anciens combattants dont les études avaient été interrompues par la guerre. Avec leurs femmes ou leurs maîtresses, ils menaient ce qu'on appelait alors la « vie de bohème ». Ils

étaient sans le savoir les précurseurs des beatniks, puis des hippies.

Lorsque Rohrig s'approcha de lui, Frigate l'interrogea du regard. Bien qu'il fût au bord des larmes, Rohrig afficha un grand sourire et éclata d'un rire sonore.

— Tu ne vas pas me croire, Pete !

Frigate, effectivement, avait du mal à croire que quiconque ayant dépassé le niveau de l'école primaire pût ignorer où se trouvait le pays de Galles. Quand il fut finalement convaincu que son ami avait été recalé pour ça, il éclata de rire à son tour.

— Comment cette garce aux cheveux blancs a-t-elle découvert mon point faible ? s'écria Rohrig.

— Je n'en sais rien, mais elle est forte ! dit Frigate. Ecoute, Bob, ne te frappe pas trop pour ça. Je connais un chirurgien distingué qui ne se rappelle jamais si c'est le Soleil qui tourne autour de la Terre ou la Terre autour du Soleil. Il dit que ce n'est pas nécessaire de savoir ça pour charcuter ses semblables. Mais c'est vrai qu'un étudiant en littérature anglaise... ha, ha ! Ça la fout plutôt mal !

Dans un de ces coq-à-l'âne que le Maître des Rêves se plaît souvent à imaginer, Rohrig se retrouva subitement autre part. Il poursuivait un papillon dans la brume. L'insecte était splendide et d'autant plus précieux qu'il était le seul spécimen appartenant à son espèce et que Rohrig était le seul à être au courant de son existence. Il avait des rayures or et azur. Ses antennes étaient écarlates, ses yeux vert émeraude. Le roi des nains l'avait fabriqué dans sa caverne des Montagnes Noires et le Magicien d'Oz l'avait trempé dans les eaux de la vie.

Battant des ailes à quelques centimètres à peine de la main de Rohrig, il l'entraînait de plus en plus loin dans la brume.

— Arrête, salopard ! Pose-toi !

Il lui sembla qu'il parcourait ainsi des kilomètres et des kilomètres. Du coin de l'œil, il crut distinguer au passage de vagues formes au milieu des vapeurs cotonneuses. Elles étaient aussi massives et immobiles que si on les avait sculptées dans de la pierre. A deux reprises, il vit une silhouette humaine. L'une était coiffée d'une couronne et l'autre avait une tête de cheval.

Soudain, l'une de ces formes se trouva en travers de son

chemin. Il s'arrêta, car il lui semblait impossible de la contourner. Le papillon virevolta quelques instants autour, puis se posa dessus. Ses yeux d'émeraude luisaient et ses antennes s'agitaient de manière moqueuse.

Rohrig s'avança lentement et s'aperçut que c'était Frigate qui lui bloquait le chemin.

— N'y touche pas! s'écria Rohrig avec hargne. Il est pour moi!

Le visage de Frigate était aussi dépourvu d'expression que la visière d'un chevalier en armure. Il demeurait toujours impassible de cette manière quand Rohrig piquait une colère et cela, naturellement, avait le don de l'exaspérer encore plus. En ce moment même, il semblait sur le point d'exploser de rage.

— Hors de mon chemin, Frigate, ou je te rentre dedans!

Le papillon, effrayé par le bruit, s'envola dans la brume.

— Je ne peux pas, dit Frigate.

— Pourquoi? hurla Rohrig, qui piétinait de fureur et de frustration.

Frigate abaissa son pouce. Il se tenait sur un grand carré rouge. A côté, il y avait d'autres carrés, certains rouges, certains noirs.

— Je ne suis pas à ma place. Je ne sais pas ce qui va se passer maintenant. Je n'ai pas le droit d'être sur une case rouge. Mais qui se soucie des règles? A part les pièces, évidemment.

— Je peux faire quelque chose pour toi? demanda Rohrig.

— Mon pauvre vieux! Tu ne peux même pas faire quelque chose pour toi!

Il indiqua du doigt un point situé derrière l'épaule de Rohrig.

— Pendant que tu croyais chasser le papillon, c'est lui qui te traquait.

Rohrig se sentit soudain glacé d'épouvante. Il était poursuivi par quelque chose d'innommable qui voulait lui faire subir un sort horrible.

Pris de panique, il essaya de se mettre à courir, de passer à côté ou au-dessus de Frigate, mais il était comme paralysé, prisonnier de la case rouge.

— Nous sommes pris au piège!

Il voyait encore le papillon qui voletait, simple tache au

milieu de la brume, puis grain de poussière, puis plus rien. Envolé. Pour l'éternité.

Le brouillard s'était épaissi. Il voyait tout juste Frigate.
– C'est moi qui fais la règle du jeu ! hurla Rohrig.
Un chuchotement issu de la brume lui répondit :
– Plus bas ! Il va nous entendre !
Il se réveilla, momentanément. Sa compagne s'agita.
– Qu'est-ce qu'il y a, Bob ?
– Je me noie dans un océan de périls.
– Hein ?
– De répit.

Il sombra de nouveau dans la mer primordiale où les divinités noyées, fichées dans la boue selon des angles insensés, lançaient devant elles, sous leurs couronnes incrustées d'algues et de coquillages, des regards glauques de poissons froids.

Ni Frigate ni lui ne se doutaient qu'il aurait pu répondre à l'une des questions contenues dans la lettre.

Rohrig avait ouvert les yeux, le jour de la résurrection générale, dans le Grand Nord de la planète. Ses voisins étaient des Scandinaves de la préhistoire, des Indiens de Patagonie, des Mongols de l'époque glaciaire et des Sibériens de la deuxième moitié du XXe siècle. Rohrig avait toujours été doué pour les langues et il apprit bientôt une douzaine de nouveaux idiomes qu'il parlait couramment tout en massacrant la syntaxe et la prononciation. Comme sur la Terre, il se liait facilement et se sentait partout chez lui. Il devint même, pendant quelque temps, une sorte de chaman. Mais les chamans, s'ils veulent s'imposer, doivent se prendre suffisamment au sérieux, et Rohrig ne prenait rien d'autre au sérieux que ses propres sculptures.

Il commençait aussi à être fatigué du froid. Depuis toujours, il était adorateur du soleil. Les jours les plus heureux de son existence, il les avait passés quand il était second à bord d'un petit navire côtier qui transportait des crevettes congelées du Yucatan à Brownsville, dans le Texas. Il avait, à un moment, été mêlé à une affaire de trafic d'armes, mais il avait laissé tomber avant de passer quelques jours dans une prison mexicaine. Les autorités locales n'avaient pas réuni assez de preuves pour l'inculper, mais lui avaient suggéré de quitter le pays. Ce qu'il avait fait pour ne plus jamais y remettre les pieds.

Il allait prendre sa pirogue pour descendre le Fleuve en direction de climats moins glacés lorsque Agatha Croomes arriva dans le secteur. C'était une Noire née en 1713 et morte en 1783, ex-esclave affranchie, ex-prédicatrice baptiste dans les régions les plus désolées du Sud, ex-membre de la secte des Holly Rollers, mariée quatre fois, mère de dix enfants et fumeuse de pipe. Elle s'était trouvée ressuscitée à cent mille pierres à graal de distance, mais elle était arrivée jusque-là.

Elle avait eu une vision dans laquelle Dieu lui avait demandé de venir dans Sa demeure du pôle Nord, où Il lui remettrait les clés du royaume des cieux, de la gloire et du salut éternels, qui lui feraient comprendre la signification du temps et de l'éternité, de l'espace et de l'infini, de la création et de la destruction, de la mort et de la vie. Elle serait aussi celle qui jetterait le démon au fond du puits, qui l'y enfermerait et qui se débarrasserait de la clé.

Rohrig la jugeait folle, mais elle l'intriguait. Et il se demandait lui aussi depuis un certain temps si la solution des mystères de ce monde ne se trouvait pas à la naissance du Fleuve.

Il savait que personne ne s'était encore aventuré dans le pays des brumes glacées qui s'étendait au nord de l'endroit où il se trouvait. S'il l'accompagnait, avec son groupe de dix personnes, il serait parmi les premiers à atteindre la région polaire. Et s'il le voulait, même, il serait le premier à toucher le pôle. Dès que l'objectif serait en vue, il se mettrait à courir, devançant tout le monde, et déposerait à l'emplacement du pôle Nord une statuette de pierre à son image, portant son nom gravé dans le socle. Ainsi, ceux qui suivraient sauraient que c'était lui, Robert F. Rohrig, qui avait gagné la course au pôle.

Agatha, cependant, ne l'accepterait pas dans son groupe s'il ne vénérait pas le Seigneur et les Saintes Ecritures. Il détestait mentir, mais il se disait qu'après tout ce n'était pas un mensonge, au fond de lui-même il croyait à un dieu, seulement il ne savait pas si ce dieu s'appelait Jéhovah ou bien Rohrig. Quant à la Bible, c'était un livre comme les autres, et tous les livres disaient la vérité dans la mesure où leurs auteurs étaient sincèrement persuadés qu'ils détenaient une certaine sorte de vérité.

Au moment où l'expédition atteignit la dernière pierre à

graal, cinq de ses membres avaient déjà rebroussé chemin. Quand ils arrivèrent à la caverne où le Fleuve prenait naissance, quatre autres décidèrent qu'ils risquaient de mourir de faim s'ils continuaient. Rohrig poursuivit seul en compagnie d'Agatha et de Winglat, ex-membre d'une tribu d'Amérindiens qui avaient traversé le détroit reliant l'Alaska à la Sibérie, à l'ère paléolithique. Rohrig aurait volontiers rebroussé chemin lui aussi, mais il n'était pas disposé à admettre qu'une femme noire complètement dingue et un sauvage de l'âge de la pierre taillée puissent avoir plus de courage que lui.

Par ailleurs, les sermons d'Agatha avaient fini par le convaincre qu'elle avait vraiment eu une vision divine. Peut-être que le Tout-Puissant l'attendait vraiment, à côté de Jésus, au bout du chemin. Ce n'était pas le moment de Les contrarier.

Ils rampèrent le long de la corniche étroite et Winglat, ayant fait un faux pas, tomba dans le Fleuve. Agatha et Rohrig, ce dernier se disant qu'il devait être aussi fou qu'elle, continuèrent seuls.

Quand ils arrivèrent à l'endroit où la corniche redescendait, dans la brume, en direction de la mer polaire, ils étaient affaiblis de n'avoir rien mangé depuis très longtemps. Il ne leur servait plus à rien de retourner sur leurs pas. S'ils ne découvraient pas de nourriture dans les prochaines heures, ils étaient perdus.

Agatha l'encouragea en lui disant qu'elle avait eu une vision, pendant qu'ils dormaient dans la caverne, et qu'elle savait que la nourriture n'était pas loin. Elle avait vu en songe un endroit où il y avait des provisions en abondance.

Elle prit un peu d'avance sur lui. Il décida, pour la rattraper, d'abandonner son graal inutile et encombrant. S'il survivait, il pourrait toujours revenir le chercher. Il y avait sa statuette dedans, mais il ne se sentait pas la force de la prendre avec lui.

Il ne rattrapa jamais Agatha. Ses forces l'abandonnèrent peu après. Il s'écroula au milieu du sentier, incapable de faire un seul mouvement de plus.

Il mourut de soif, à quelques centaines de mètres du Fleuve qu'il avait dépassé, mais qui n'avait pu lui donner son précieux liquide, faute pour lui d'avoir gardé une corde et son graal ou bien un récipient quelconque.

Tout un océan d'eau douce venait lécher la base de la falaise au flanc de laquelle il se trouvait. Il l'entendait, mais il ne pouvait plus descendre. Quelle ironie !

Coleridge aurait apprécié la chose, se dit-il. J'aurais aimé pouvoir faire de même.

Il murmura entre ses dents, au milieu de son sommeil agité : « Je ne connaîtrai jamais les réponses. Mais c'est peut-être mieux comme ça. Je crois que je ne les aurais pas aimées, de toute manière. »

Rohrig se trouvait maintenant dans une cabane au bord du Fleuve, aux environs de la zone équatoriale. Et Frigate, qui était de quart sur le pont d'un cotre, souriait au même instant en évoquant dans sa mémoire le mal qu'avait eu son ami à passer sa maîtrise.

Peut-être doit-on mettre cela sur le compte de la télépathie. Le rasoir d'Occam ne s'use que si l'on ne s'en sert pas. Mais il vaut sans doute mieux appeler cela une coïncidence.

Le crapaud s'était mis juste dans l'axe de la trajectoire du poisson mort. La gueule de l'amphibien l'engloutit avec le cylindre de bambou qui se trouvait à un centimètre derrière. Le tout se logea au fond de son estomac.

Ce n'était pas la première fois que le crapaud avalait quelque chose d'indigeste. Mais les fibres de cellulose de cette enveloppe en bambou résistèrent à ses sucs digestifs. Après avoir souffert pendant longtemps, le crapaud expira en essayant d'expulser ce qu'il n'avait pas pu assimiler.

Parfois, l'esprit est tué par la lettre. Parfois, par l'enveloppe.

42

Tout le monde l'acclamait, ou presque. Tout le monde se pressait autour d'elle pour la féliciter, l'embrasser sur la bouche ou sur les deux joues. Et pour une fois, Jill ne protestait pas. Elle savait que ces manifestations d'affection étaient en partie dues à l'alcool, mais elle-même ne se sentait-elle pas sous l'effet d'une sorte de roseur intérieure ? De toute manière, s'ils n'avaient pas été contents pour elle, dans l'état où ils se trouvaient, ils lui auraient manifesté une franche hostilité.

Peut-être n'était-elle pas aussi détestée qu'elle l'avait cru. David Schwartz, qui l'avait un jour traitée, sans savoir qu'elle pouvait l'entendre, de « vieille peau », était en ce moment même en train de la congratuler en lui donnant de grandes claques dans le dos.

Anna Obrenova était à côté de Barry Thorn, bien qu'ils ne se fussent guère adressé la parole de toute la soirée. La Russe souriait comme si elle était heureuse d'avoir été supplantée par Jill. Peut-être était-ce vrai, mais Jill préférait croire qu'elle bouillait de rage, à l'intérieur.

Après tout, le choix de Firebrass était on ne peut plus logique et raisonnable. Anna Obrenova n'avait fait que prendre le train en marche. Qui avait, sinon Jill, consacré des milliers d'heures à la construction du dirigeable et à l'entraînement de son équipage ?

Firebrass avait interrompu l'orchestre et hurlé pour établir le silence. Le brouhaha n'avait cessé qu'au bout de plusieurs secondes. Firebrass avait alors annoncé qu'il allait divulguer la liste des officiers. Il avait regardé dans la direction de Jill en lui faisant un clin d'œil, et elle avait senti des sueurs froides lui monter au front. C'était un clin d'œil ironique, elle en était certaine. Il allait maintenant lui faire payer toutes les remarques insolentes qu'elle lui avait lancées. Uniquement pour se défendre, bien sûr. Elle n'allait pas se laisser marcher sur les pieds sous prétexte qu'elle était une femme. Seulement, c'était lui qui se trouvait en position de force et il allait se venger.

Contre toute attente, il avait fait le bon choix. Et il semblait heureux de l'avoir fait, par-dessus le marché.

En souriant, les joues rouges, elle avait fendu la foule pour aller embrasser Firebrass. Et elle avait fondu en larmes. Il lui avait plongé sa langue dans la bouche en lui tapotant les fesses. Et elle n'avait pas protesté contre ces familiarités déplacées. Après tout, ce n'était pas ce qu'on pouvait appeler profiter de la situation, ou se montrer paternaliste. Il avait certainement un penchant pour elle, sexuel ou pas. Ou c'était juste de la vulgarité.

Anna s'approcha d'elle, sans cesser de sourire, et lui tendit la main.

— Toutes mes félicitations, Jill.

Elle prit la main diaphane et délicate dans sa propre poigne et faillit céder, l'espace d'un bref instant, à l'impulsion de lui déboîter le bras.

— Merci beaucoup, Anna, répondit-elle.

Thorn lui fit un grand signe de main en criant quelque chose, des félicitations aussi, sans doute, mais il ne fit aucun effort pour se rapprocher d'elle.

Quelques instants plus tard, elle sortit, en larmes, de la salle de bal. Elle rentra chez elle, en se reprochant amèrement de s'être ainsi laissée aller en public. Cela ne lui était jamais arrivé avant. Même à l'enterrement de ses parents, elle n'avait pas pleuré.

Ses larmes cessèrent de couler à la pensée de son père et de sa mère. Où pouvaient-ils bien être en ce moment ? Que faisaient-ils ? Elle aurait aimé les revoir. Mais sans plus. Elle ne tenait pas à vivre dans la même région qu'eux. Ils n'auraient plus rien en commun avec les vieux parents aux cheveux gris, au visage ridé, soucieux de leurs petits-enfants, qu'elle gardait dans son souvenir. Si elle les retrouvait, elle aurait en face d'elle un homme et une femme qui auraient son âge et qui, à part quelques anecdotes communes, n'auraient plus rien à voir avec elle. Elle s'ennuierait en leur compagnie, et vice versa. Ils auraient beau faire comme si la relation parents-enfant signifiait encore quelque chose, cela n'y changerait rien.

En outre, elle avait toujours vu en sa mère une quantité négligeable, dans l'ombre de son père, qui était bruyant, querelleur et dominateur. Elle ne l'avait jamais vraiment aimé. Si sa mort l'avait chagrinée, c'était plutôt à cause de ce qui aurait pu être que de ce qui avait été.

Peut-être étaient-ils de nouveau morts ?

Quelle importance tout cela pouvait-il avoir, à présent ?

Mais si cela n'en avait pas, pourquoi ce nouveau surgissement de larmes ?

43

— Les amis, nous voici de nouveau réunis, et cette fois-ci c'est pour la grande, l'unique occasion, le départ du Léviathan. Sus au Grand Graal, à la Tour des Brumes, au château du père Noël. Celui qui nous a donné résurrection, jouvence, nourriture, alcool et tabac gratis et presque à profusion.

» Il doit y avoir au bas mot un million de personnes rassemblées ici. Les gradins sont bondés, les collines sont noires de monde et les gens tombent des arbres comme des fruits trop mûrs. La police a un mal de chien à maintenir l'ordre. Il fait une journée radieuse mais ça, ça ne nous change pas. Et il y a un tel vacarme que je ne crois pas que vous entendiez un seul mot de ce que je dis dans ce foutu micro. Et vous aussi, les gars, allez vous faire foutre!

» Ah! Je vois que certains m'entendent quand même! C'était pour rigoler, les gars. Juste pour attirer votre attention. Mais laissez-moi vous parler encore du *Parseval*. Je sais qu'on a distribué à tout le monde des prospectus qui décrivent la bête en long et en large, mais vous êtes une bande d'illettrés, excusez-moi du peu! Je sais bien que ce n'est pas votre faute. Vous parlez tous l'espéranto, mais vous n'êtes jamais allés à l'école pour apprendre à le lire. Alors, voilà. Mais une seconde, d'abord, que je m'humecte le gosier avec un peu de cette délicieuse fleur de crâne.

» Ha! Ça fait du bien par où que ça passe! L'ennui, à vrai dire, c'est que je n'arrête pas de m'humecter la dalle depuis ce matin aux aurores blêmes, et que je commence à ne plus avoir les mirettes en face des trous. Je préfère ne pas penser à demain matin. Mais qu'est-ce que vous voulez. Les bonnes choses, ça se paie, dans ce monde comme dans les autres.

» Les gars, regardez-le bien avant qu'il s'envole. Je vais vous dire pourquoi il s'appelle le *Parseval*. C'est Firebrass qui lui a donné ce nom, en l'honneur de l'homme qui lui a suggéré le premier l'idée de le construire. Mais ça n'a pas été sans discussion, croyez-moi.

» Le second lieutenant Metzing voulait l'appeler le *Graf*

Zeppelin III, d'après le créateur de la première ligne commerciale de dirigeables et principal responsable de la génération d'engins militaires qui portèrent son nom.

» Le commandant en second Gulbirra voulait le baptiser *Eve et Adam*, en l'honneur de la race humaine, car il nous représente tous. Elle proposait également la *Reine des Cieux* et la *Titania*. C'était peut-être un tout petit peu chauvin comme point de vue, non ? Sans compter que la *Titania*, ça rappelle étrangement le *Titanic*, qui connut la fin que vous savez.

» Non, c'est vrai, vous ne savez pas. J'oubliais que la plupart d'entre vous n'étaient pas encore nés. Mais qu'importe...

» L'un des ingénieurs, dont le nom m'échappe en ce moment – il a fait partie de l'équipage du *Shenandoah*, qui a mal fini lui aussi –, a proposé le nom de *Silver Cloud*, ou " Nuage d'argent ". C'est ainsi que s'appelait le dirigeable dans un livre intitulé *Tom Swift et son grand dirigeable*.

» Un autre voulait à tout prix le baptiser l'*Henry Giffard*, en l'honneur du pionnier français qui fut le premier à faire voler un aérostat propulsé par ses propres moyens. Quel dommage que ce brave Henry ne soit pas ici aujourd'hui pour assister au couronnement de ses efforts, au triomphe de l'art du dirigeable, et voir le dernier, le meilleur et le plus gigantesque vaisseau aérien jamais construit. Quel dommage que toute la race humaine ne soit pas ici aujourd'hui pour être témoin du défi extraordinaire lancé aux dieux, du camouflet volant lâché à la face des tout-puissants du ciel !

» Excusez-moi un instant, les copains, c'est le moment de faire une nouvelle libation aux dieux, mais mieux dans ma gorge que par terre.

» Haaa ! Pas mauvais du tout, ça, les copains ! A la bonne vôtre ! Et n'ayez pas peur de faire comme moi, à la santé du patron, c'est-à-dire l'Etat de Parolando.

» Alors, en fin de compte, notre estimé président, ou plutôt ex-président Firebrass, ex-citoyen des Etats-Unis d'Amérique, ex-astronaute, mais oui, a décidé d'appeler ce colosse le *Parseval*. Et comme ici c'est lui le *honcho*, la saucisse suprême, personne n'a osé le contredire.

» Ah, oui... il faut quand même que je vous donne quelques chiffres. Voilà... Le capitaine Firebrass voulait construire le plus gros dirigeable jamais réalisé, et il a réussi. En outre, son record ne risque pas d'être battu. Il n'y en aura pas d'autre. On aurait dû l'appeler *Le Dernier, Le Meilleur*.

» Le *Parseval* mesure, du nez à la queue, exactement 820 m. Son plus grand diamètre est égal à 328 m et la capacité de ses ballonnets est de 6 360 000 m^3.

» L'enveloppe, en duralumin renforcé, contient huit ballonnets de grande dimension et plusieurs ballonnets secondaires situés dans les structures du nez et de la queue. A l'origine, il devait y avoir treize nacelles suspendues à la coque, dont une nacelle de commande et douze nacelles motrices, chacune équipée de deux moteurs. Cette solution avait été choisie en raison des dangers que représentait l'hydrogène éminemment inflammable. Mais les essais du matériau initialement choisi pour confectionner les ballonnets, c'est-à-dire la membrane intestinale du dragon du Fleuve, ont prouvé qu'il laissait malheureusement échapper des gaz. Et je ne dis pas ça pour plaisanter, les gars ! Firebrass a donc demandé à sa fine équipe d'ingénieurs de mettre au point un matériau synthétique original qui ne ferait pas – si j'ose m'exprimer ainsi – le moindre vent.

» Il faut dire que ça n'a pas trop été... difficile. Il suffit que Firebrass fasse claquer ses doigts et tout le monde ici se met à établir de nouveaux records en même temps... pardon ? Ah, oui ! Mon assistant, Randy, me glisse dans le trou de l'oreille que tout le monde ne peut pas établir des records en même temps. Mais qu'est-ce que ça peut faire ? En tout cas, ça ne fait pas un pet, la question des fuites d'hydrogène est réglée.

» Voilà pourquoi la salle de commande et les moteurs sont à l'intérieur de la coque, à l'exception des deux nacelles qui se trouvent au nez et à la queue de l'appareil.

» L'hydrogène, soit dit en passant, est pur à 99,999 %.

» En plus de l'équipage, comportant deux femmes et quatre-vingt-dix-huit hommes, le *Parseval* emportera deux hélicoptères, chacun pouvant contenir trente-deux personnes, ainsi qu'un planeur biplace.

» Par contre, les amis, il n'y aura pas de parachute. Cent parachutes, ils ont dû juger que ça faisait trop lourd, alors ils ont décidé de partir sans. Sans parachute. Ce qui est un signe de confiance ou je ne m'y connais pas.

» Regardez-moi un peu ça, les copains ! Il a de la ligne, n'est-ce pas ? Splendide et majestueux et racé, la gloire de Dieu le père ! C'est un grand jour pour l'humanité. Et écoutez-moi un peu ces flonflons. Appropriés, n'est-ce pas ? Je crois que l'orchestre est en train de jouer l'Ouverture de *Guillaume Tell*. Un des morceaux de choix de notre président Firebrass. Mais pas le seul, bien sûr, j'en aperçois plusieurs autres au milieu de la foule.

» Passe-moi donc encore un verre d'ambroisie, Randy. Vous ne connaissez pas Randy ? C'est mon assistant-organisateur, les gars. Sur la Terre, il écrivait des contes de fées. Ici, à Parolando, il est inspecteur de la qualité auprès des grandes distilleries. Ce qui revient à peu près à donner à un loup un étal de boucherie à surveiller.

» Haa ! Divin, les copains ! Et voici que le *Parseval* est maintenant remorqué hors de son hangar, le nez attaché au seul mât d'amarrage mobile que vous puissiez contempler dans le Monde du Fleuve. Le grand départ aura lieu dans quelques minutes. Du podium où je me trouve, je vois l'intérieur du poste de commandement, à l'avant.

» L'officier du milieu, celui qui est devant le tableau de commande – vous voyez peut-être sa tête – est le premier pilote, Cyrano de Bergerac. Lui aussi, en son temps, fut écrivain. Il était question, dans ses livres, de voyager dans la lune ou dans le soleil. Et voilà qu'il se trouve à bord d'une machine volante qui dépasse tout ce qu'il a pu imaginer. Jamais il n'aurait pu rêver qu'il ferait un jour partie d'une expédition au pôle Nord dans le ciel d'une planète dont personne sur la Terre, à ma connaissance, n'avait songé à décrire l'équivalent. Tout cela pour aller à la découverte d'une tour mythique au milieu d'une mer de brume glacée. Qui aurait cru qu'un jour le vaillant Cyrano de Bergerac deviendrait un chevalier du ciel, un Galaad de l'ère post-terrestre en quête d'un graal géant ?

» Cyrano mènera seul à bien toutes les opérations de décollage. L'appareil est entièrement automatisé. Ses moteurs, ses gouvernes de direction et de profondeur, tout est relié électromécaniquement au panneau de commande central. Ce n'est pas comme dans les anciens dirigeables, où les ordres étaient transmis par radio et par télégraphe aux responsables des différents postes. Ici, un seul homme pourrait conduire le *Parseval* à destination, à condition de se passer de dormir pendant trois jours et trois nuits, c'est-à-dire le temps théorique nécessaire pour arriver jusqu'au pôle Nord par la voie des airs. Mais théoriquement, le *Parseval* pourrait se conduire tout seul, sans qu'il y ait une seule âme à bord.

» A la droite de Cyrano, vous voyez peut-être le capitaine, le seul et unique Milton Firebrass, qui est en train de faire signe à celui qui lui succède comme président de l'Etat de Parolando. J'ai nommé le célèbre et toujours populaire Judah P. Benjamin, ex-enfant de la Louisiane, ex-garde des Sceaux de la défunte mais pas nécessairement regrettée Confédération des Etats du Sud.

» Hein ? Otez vos pattes de là, mon ami ! Je ne voulais offenser aucun ex-membre de la Confédération. Emmenez ce poivrot, messieurs les agents.

» A l'extrême gauche du poste de commandement, vous voyez le troisième officier pilote, Mitya Nikitin. Il a promis de rester sobre durant tout le voyage et de ne pas dissimuler de gnôle derrière les ballonnets à gaz, ha ! ha !

» A la droite de Nikitin, le commandant en second Jill Gulbirra. Vous nous avez donné quelquefois du fil à retordre, Miz Gulbirra, mais nous admirons...

» Et voilà de nouveau les trompettes. Quel souffle ! Quelle émotion ! Le capitaine nous fait signe, de sa cabine vitrée. *So long*, mon capitaine, bon voyage ! N'oubliez pas de nous tenir informés par radio.

» On vient de lâcher les amarres de queue. La bête pique un peu du nez, mais elle se rétablit d'elle-même. J'ai assisté à la " pesée ", qui a été faite il y a quelques heures. Le *Parseval* est si équi-qui-qui-libré qu'un seul homme debout sous sa masse imposante pourrait le soulever d'une main.

» Et maintenant c'est le nez qui est détaché du mât d'amarrage mobile. On vide un peu de lest. Désolé, les gars, on vous avait prévenus. Il est vrai qu'une petite douche, ça ne fait pas de mal à certains.

» Le dirigeable s'élève lentement, majestueusement. Le vent le déporte en arrière, dans la direction du sud, mais déjà les nacelles motrices le font pivoter vers le nord.

» Il s'éloigne ! Plus haut qu'une montagne et plus léger qu'une plume ! A l'assaut du pôle Nord et de la Tour Noire !

» Mon Dieu ! Je crois que je vais chialer ! J'ai dû trop tremper mes lèvres dans la coupe vermeille.

44

Tout là-haut dans le ciel, perçant l'azur comme si c'était le chas d'une aiguille, était le *Parseval.*

Son équipage, à six mille mètres d'altitude, avait une vue panoramique de la Planète du Fleuve. Du poste de commandement, Jill distinguait les méandres parallèles des vallées qui s'étendaient sous elle en direction du nord et du sud mais faisaient un large crochet vers l'est, une vingtaine de kilomètres plus loin. Puis, sur cent kilomètres, les vallées continuaient, comme les lames affilées et sinueuses de plusieurs poignards malais posés côte à côte, avant de se perdre dans la direction du nord-est.

De temps en temps, un éclat de soleil se reflétait à la surface du Fleuve. A cette altitude, les millions de gens qui peuplaient ses rives étaient invisibles. Même les plus gros vaisseaux ou les dragons, quand ils faisaient surface, étaient à peine discernables. Le Monde du Fleuve paraissait aussi vierge qu'avant le Jour de la Résurrection.

Dans la coupole vitrée du nez de l'appareil, un photographe effectuait le premier relevé aérien de la planète. C'était aussi probablement le dernier. Les photographies obtenues seraient ensuite comparées aux observations que le *Mark Twain* devait communiquer régulièrement par radio. Cependant, il fallait s'attendre à d'importantes lacunes dans les cartes établies par le spécialiste du *Parseval.* Le bateau à aubes avait reconnu, à plusieurs reprises, les régions situées à proximité du pôle Sud. Mais pour l'hémisphère Nord, le cartographe ne pouvait comparer ses photos qu'aux documents transmis par quelques capitaines de navires qui s'étaient montrés coopérants.

Cependant, il n'avait qu'à faire pivoter légèrement l'objectif de son appareil pour couvrir des régions où le *Mark Twain* n'arriverait que dans plusieurs mois, voire plusieurs années.

Le radariste était également occupé à déterminer la hauteur des montagnes. Jusque-là, le record était de 4 564 m et la moyenne de 3 000 m. A certains endroits, la falaise n'avait que 1 500 m de haut.

Avant d'arriver à Parolando, Jill était persuadée, comme tout le monde, que la montagne avait presque partout 6 000 m de haut et que les points les plus bas se situaient à 4 500 m. Ce n'étaient que des estimations à l'œil nu, évidemment, et jamais personne n'avait essayé de faire des relevés précis. A Parolando, par contre, où existait tout un appareillage scientifique, elle avait eu connaissance des véritables chiffres.

C'était peut-être la relative proximité des chaînes de montagnes qui induisait les gens en erreur. Elles s'élevaient à pic, comme des falaises de glace, après les trois cents premiers mètres, et elles étaient réputées impossibles à escalader. Souvent, elles étaient plus larges à la crête qu'au pied et présentaient un surplomb propre à décourager le plus intrépide alpiniste, fût-il muni de pitons en acier. De toute manière, on n'en trouvait nulle part, à la connaissance de Jill, sauf à Parolando.

A la crête, la largeur de la montagne était de quatre cents mètres en moyenne. Ce n'était pas beaucoup, mais c'était suffisant pour constituer une muraille qu'aucun outil, même en acier, ne pouvait percer.

Il était possible, à la rigueur, de suivre le Fleuve, dans l'un de ses méandres, jusqu'à sa partie située le plus au nord, et là, avec un équipement approprié, comprenant des explosifs et du matériel de forage, de tenter de percer la montagne de part en part. Mais comment savoir ce qu'il y aurait de l'autre côté ?

Le *Parseval*, ayant affronté les courants aériens de surface, orientés au nord-est, de la zone équatoriale, traversa sans encombre la ceinture subtropicale et se trouva alors porté par les vents favorables des régions tempérées. En vingt-quatre heures, il avait franchi, approximativement, une distance égale à celle qui sépare la ville de San Francisco de la pointe nord de l'Alaska. Avant la fin du second jour, il atteindrait les vents contraires de la région arctique. Quelle serait leur force ? Personne ne pouvait le prédire, mais il y avait des chances pour qu'ils ne soient pas aussi violents que sur la Terre en raison, notamment, de l'absence de contraste entre les masses d'eau et les masses de terre.

Ils constatèrent que la hauteur des montagnes et la largeur des vallées variaient selon les régions. En zone tempérée, les montagnes étaient plus basses et les vallées moins étroites.

La zone équatoriale, avec ses vallées encaissées, rappelait les Highlands d'Ecosse. En général, il pleuvait abondamment, chaque jour, à heure fixe : 15 h pour les régions tempérées, 3 h du matin pour les régions équatoriales. Sous les tropiques, la pluie n'était pas un phénomène naturel; du moins c'était ce que disaient les spécialistes. A Parolando, les savants avaient une théorie selon laquelle c'étaient des machines, probablement dissimulées dans les montagnes, qui causaient ces précipitations à heure fixe. Naturellement, l'énergie requise était colossale, mais pouvait-on imaginer quelque chose d'impossible à réaliser par ceux qui avaient construit cette planète ?

D'où venait toute l'énergie ? Plusieurs théories circulaient, mais la plus plausible concernait l'exploitation de la chaleur du noyau planétaire.

On disait qu'il pouvait y avoir une sorte de bouclier métallique entre la croûte et le manteau de la planète. L'absence de volcans et de tremblements de terre contribuait à renforcer cette hypothèse.

Les masses d'eau et de glace n'étant pas réparties, exception faite des régions polaires, de manière à créer des différences de pression et de température comparables à celles de la Terre, le régime des vents aurait dû être différent. Pourtant, jusqu'à présent, le *Parseval* avait évolué dans des conditions de type terrestre.

Firebrass décida de descendre à douze mille pieds, soit trois mille six cents mètres d'altitude. Il espérait de la sorte rencontrer des vents moins violents. A cet endroit, le sommet des montagnes était seulement à six cents mètres du dirigeable et les effets des courants ascendants et descendants se faisaient fortement ressentir, à la manière des montagnes russes. Cependant, la maniabilité de l'appareil compensait une grande partie des secousses et le gain en vitesse-sol était appréciable.

Avant l'orage de 15 h, Firebrass donna l'ordre de remonter au-dessus des nuées. A 16 h, le *Parseval* redescendit à douze mille pieds et survola majestueusement les vallées. A mesure que le soleil déclinerait sur sa courbe, les courants aériens, aussi bien horizontaux que verticaux, s'affaibliraient, et ils seraient moins secoués.

Après le coucher du soleil, l'hydrogène des ballonnets refroidirait et le pilote devrait cabrer l'appareil encore un peu plus pour lui communiquer une force ascensionnelle capable de compenser la perte de flottabilité.

La salle de commande, pressurisée, était chauffée par de gros radiateurs électriques. Cependant, ses occupants étaient emmitouflés dans des vêtements très chauds. Firebrass et Piscator fumaient de gros cigares et presque tous les autres, des cigarettes. Les ventilateurs évacuaient la fumée, mais pas assez vite pour ne pas laisser subsister cette odeur de tabac que Jill détestait tant.

Des détecteurs de fuites placés au voisinage de l'enveloppe devaient donner automatiquement l'alarme si la moindre perte d'hydrogène se produisait. Néanmoins, il n'était permis de fumer à bord que dans cinq endroits précis : la nacelle ou passerelle de commandement, une salle située à mi-chemin dans le grand axe de l'appareil, une cabine de commande auxiliaire logée dans l'empennage de queue, et les deux salles de récréation attenantes aux quartiers de l'équipage à l'avant et à l'arrière.

Barry Thorn, premier lieutenant de la section de queue, annonça les résultats des premiers relevés magnétiques. Il en ressortait que le pôle Nord du Monde du Fleuve coïncidait exactement avec le pôle Nord magnétique. L'intensité du champ magnétique était beaucoup plus faible que sur la Terre. En fait, elle n'était détectable que par le moyen d'instruments découverts dans le dernier quart du XXe siècle.

– Ce qui signifie, dit Firebrass en riant, qu'il y a trois pôles au même endroit. Le pôle Nord, le pôle magnétique et le pôle d'attraction représenté par la Tour. Si nous réussissons à nous poser là-bas, nous y joindrons tous les Paul de notre équipage et nous mettrons quelques Pierre à côté pour marquer l'emplacement.

Les signaux radio parvenaient ce jour-là avec une exceptionnelle clarté. Ils se trouvaient bien au-dessus des montagnes et l'émetteur-récepteur du *Mark Twain* était logé dans un ballon captif à la traîne du navire.

— Vous pouvez parler, mon commandant, annonça Aukuso.

Firebrass prit place à côté du Samoan.

— Hello, Sam, ici Firebrass. On vient de recevoir des nouvelles de Greystock. Il fait route vers le nord-est, prêt à changer de cap dès qu'il aura pu repérer le *Rex*.

— Il y a des moments où je souhaite que vous ne le trouviez pas, Milt, répondit Sam Clemens. Je préférerais rattraper moi-même ce Jean le Pourri pour lui faire subir le traitement qu'il mérite. Ce n'est pas une attitude très réaliste, je le sais, mais ça m'aurait fait plaisir quand même. Je ne suis pas quelqu'un de très rancunier, tu me connais, Milt. Cependant, cette charogne serait capable d'inspirer de la haine à François d'Assise en personne.

— Le *Minerve* a dans ses soutes quatre bombes de quarante-six kilos et six roquettes à ogives de neuf kilos. Avec seulement deux bombes, en visant bien, il peut couler le *Rex*.

— Peut-être, mais le roi des voleurs serait capable d'en réchapper et de gagner la rive à la nage. Il a toujours eu une veine de pendu. Comment ferais-je pour le retrouver ? Non, je veux être sûr de voir son cadavre. Ou, s'il est pris vivant, de lui tordre le cou de mes propres mains.

Cyrano murmura à l'oreille de Jill :

— Clemens a la langue bien pendue, pour quelqu'un qui s'évanouit dès qu'il voit une goutte de sang. Heureusement que son ennemi est à soixante mille kilomètres de lui.

Après avoir éclaté de rire, Firebrass répondit à Sam :

— Si tu as du mal à lui arracher la tête, il y aura toujours Joe pour t'aider.

Une voix inhumainement caverneuse gronda :

— Ve lui arraferai d'abord les vambes et les bras. Enfuite, Fam pourra lui tordre la tête, qu'il puiffe voir où il en est. Mais fa ne va pas lui plaire, quand il faura où il va.

— Arrache-lui une oreille de ma part, dit Firebrass. Ce falot a failli me toucher le jour où il a tiré sur moi.

Jill supposa qu'il faisait allusion aux combats qui avaient eu lieu lorsque le roi Jean s'était emparé par traîtrise du *Bateau Libre*.

— Selon nos calculs, reprit Firebrass, le *Rex* devrait se trouver d'ici une heure dans les parages que nous survolerons. Tu seras dans le même secteur, mais à environ cent quarante kilomètres à l'ouest du roi Jean. Naturellement, ce ne sont que des estimations. Nous ignorons l'allure exacte à laquelle voyage le *Rex* et si ça se trouve ils ont décidé de faire escale dans un moment.

Ils parlèrent encore durant une heure. Clemens bavarda avec des membres de l'équipage qu'il avait connus avant son départ de Parolando. Jill nota qu'il ne demandait pas de nouvelles de Cyrano de Bergerac.

Juste au moment où Sam allait couper la communication, le radariste annonça qu'il avait repéré le *Rex Grandissimus*.

45

Sans descendre au-dessous de cinq cents mètres d'altitude, le *Parseval* se porta à la rencontre du navire. Il ressemblait, vu de là-haut, à un jouet, mais les télescopes de bord l'identifièrent comme étant bien le vaisseau du roi Jean. C'était un bâtiment splendide. Jill songeait que c'était une honte de vouloir le détruire, mais elle n'osa rien dire. Firebrass et Bergerac en voulaient à mort à celui qui avait détourné leur fabuleux bateau à aubes.

Aukuso transmit les coordonnées du *Rex* à Greystock, qui répondit que le *Minerve* les rejoindrait en principe le lendemain matin. Il s'était assuré, entre-temps, de la position du *Mark Twain*.

– J'aurais aimé survoler le *Mark Twain* pour que Clemens puisse voir de près l'appareil qui va couler le *Rex*, fit Greystock.

– C'est une bonne idée, dit Firebrass. Ce n'est pas un si gros détour et ça fera plaisir à Sam.

Après avoir coupé la communication, Firebrass murmura :

– C'est une mission suicide que Greystock s'est engagé à accomplir. Le *Rex* est équipé pour se défendre contre une attaque par la voie des airs. Et il a deux chasseurs à bord, armés de mitrailleuses et de lance-roquettes. Tout dépendra de l'effet de surprise. Mais les radars du *Rex* n'auront aucun mal à repérer le *Minerve*. Sauf s'ils ne sont pas en service, naturellement. De jour, le sonar suffit pour la navigation.

— Tu oublies, dit Piscator, que ceux du *Rex* ont dû nous voir. Même s'ils ne savent pas qui nous sommes, ils ont probablement branché le radar, par précaution.

— Je suis de cet avis aussi, déclara Jill. Ils savent très bien que seul Parolando est capable de construire un dirigeable.

— Peut-être. Nous verrons bien. En tout cas, lorsque le *Minerve* sera au-dessus du *Rex*, nous nous trouverons derrière les montagnes polaires. Nos liaisons radio seront alors compromises. Il faudra probablement attendre, pour savoir ce qui s'est passé, d'être sur le chemin du retour.

Il disait cela d'un air songeur, comme s'il doutait que le *Parseval* pût revenir de sa mission.

Le soleil se coucha derrière l'horizon montagneux, mais à cette altitude le ciel demeura clair durant un long moment. Finalement, la nuit tomba, illuminée par les étoiles et les nébuleuses. Jill bavarda quelques instants avec Anna Obrenova avant de se retirer dans sa cabine. La Russe paraissait assez chaleureuse, mais quelque chose dans son attitude indiquait qu'elle n'était pas à l'aise. Etait-ce encore une question de rivalité ?

Jill s'attarda un peu dans la coursive semi-pressurisée qui menait à la section de queue où se trouvait sa cabine. Avant d'aller se coucher, elle passa au poste de commande auxiliaire, où elle but une tasse de café en compagnie des officiers présents. Le premier lieutenant de queue, Barry Thorn, était là. Lui aussi paraissait nerveux, plus contracté que d'habitude. Peut-être, songea-t-elle, s'était-il de nouveau disputé avec Obrenova.

C'est à ce moment-là qu'elle se souvint brusquement de les avoir entendus se quereller – si c'était bien de cela qu'il s'agissait – dans une langue totalement inconnue. Elle aurait bien aimé interroger Barry à ce sujet, mais ce n'était certainement pas le moment. En fait, elle n'aurait sans doute jamais l'occasion de satisfaire sa curiosité, car c'eût été avouer qu'elle les avait espionnés.

Si elle voulait en avoir le cœur net, un jour, lorsque la conversation s'y prêterait, elle pourrait toujours lui dire qu'elle passait par là par hasard – ce qui était la stricte vérité – et qu'elle avait entendu sans le vouloir deux ou trois mots dans cette langue étrangère. Après tout, puisqu'elle n'avait rien compris, on ne pouvait lui reprocher d'avoir été indiscrète.

Elle gagna sa cabine et s'endormit presque aussitôt. A quatre heures du matin, l'interphone la réveilla. Elle se rendit au poste de commandement pour prendre la relève de Metzing, le second lieutenant. Comme il n'avait pas sommeil, il lui tint compagnie quelques instants, en lui racontant quelques souvenirs de l'époque où il commandait le L-1. Puis il la quitta.

Piscator occupait le siège du pilote. Comme il était parfaitement compétent et que les conditions atmosphériques étaient, comme toujours, normales, Jill n'avait pas grand-chose à faire. En fait, le Japonais, tout en surveillant attentivement le panneau de commande, avait branché le système de pilotage automatique.

Il n'y avait que deux autres personnes présentes, le radio et le radariste.

– Nous devrions être en vue des montagnes polaires vers treize heures, dit-elle.

Piscator acquiesça puis déclara qu'il était curieux de savoir si elles étaient aussi hautes que Joe Miller le prétendait. Le titanthrope estimait qu'elles dépassaient six mille mètres. Mais il n'était pas doué pour évaluer les distances, ou tout au moins pour les convertir dans le système métrique.

– Nous saurons bientôt à quoi nous en tenir, fit Jill.

– Crois-tu que les mystérieux occupants de la tour nous laisseront repartir? demanda Piscator. A supposer qu'ils nous laissent d'abord entrer, bien sûr.

Jill n'avait rien à ajouter à sa précédente réponse.

– Peut-être, poursuivit Piscator, nous permettront-ils de la survoler.

Elle alluma une cigarette. Elle ne se sentait pas nerveuse mais elle savait qu'elle allait être de plus en plus mal à l'aise à mesure qu'ils s'approcheraient des montagnes fatidiques, de la zone interdite, du Château Tabou.

Piscator souriait. Ses petits yeux noirs scintillant de malice, il ajouta :

— As-tu déjà envisagé la possibilité qu'il y en ait parmi nous ?

Elle faillit s'étouffer en tirant sur sa cigarette. Quand elle eut finit de tousser, elle demanda d'une voix encore mal assurée :

— Que veux-tu dire par là ?

— S'il y avait des agents à eux parmi nous ?

— Qu'est-ce qui te fait penser une chose pareille ?

— Rien de particulier. C'est la logique même, non ? Pourquoi ne nous surveilleraient-ils pas de près ? Jamais nous ne les avions menacés de la sorte.

— Tu sais des choses que tu ne veux pas dire, Piscator. Pourquoi ne parles-tu pas franchement ? Qu'est-ce qui te fait penser cela ?

— Ce sont de simples spéculations gratuites.

— Dans ces spéculations, comme tu les appelles, y a-t-il quelqu'un que tu soupçonnes particulièrement de travailler pour « eux » ?

— Même si j'avais un nom en tête, je me garderais bien de le prononcer, car je peux me tromper.

— Tu ne me soupçonnes pas ?

— Serais-je assez stupide pour t'en parler ? Non; je réfléchissais à haute voix, c'est tout. Habitude regrettable, dont il faudrait que je me défasse.

— C'est la première fois que je t'entends réfléchir à haute voix.

Elle ne chercha pas à poursuivre cette conversation, car Piscator montrait bien qu'il ne voulait rien dire de plus. Elle s'efforça, pendant le reste de son quart, de retrouver dans sa mémoire des détails significatifs qui auraient pu jusque-là échapper à son attention. Cet effort l'épuisa de frustration. La tête bourdonnante, elle retourna dans sa cabine en se disant que Piscator s'était peut-être moqué d'elle.

Au début de l'après-midi, à l'heure qu'elle avait annoncée, ils commencèrent à apercevoir les sommets des montagnes polaires. Elles avaient l'apparence d'une barrière de nuées, mais le radar confirma qu'il s'agissait bien de montagnes. Ou plutôt, d'une seule montagne circulaire à l'intérieur de laquelle devait se trouver le fameux océan polaire. Firebrass poussa un juron en lisant sa hauteur sur l'écran du radar.

— Neuf mille sept cent cinquante-trois mètres ! C'est plus que le mont Everest !

Ils se regardèrent avec consternation. Firebrass avait eu de bonnes raisons de pousser un juron. Le dirigeable n'était pas conçu pour grimper au-dessus de 9 144 m. Même à cette altitude, ils ne seraient nullement en sécurité. C'était, en théorie, l'altitude d'équilibre statique des ballonnets. Au-dessus, les soupapes lâcheraient automatiquement de l'hydrogène. Sinon, les ballonnets, ayant atteint leur limite de remplissage, risqueraient d'exploser.

Il n'était pas prudent de se rapprocher de l'altitude d'équilibre. La pression du gaz dans les ballonnets pouvait augmenter imprévisiblement au contact d'une couche plus chaude de l'atmosphère, en donnant au dirigeable un excès de flottabilité. Il aurait tendance à grimper brusquement. Le pilote, dans ce cas, devait agir vite. Il fallait faire piquer du nez l'appareil et incliner les propulseurs de manière à compenser la poussée vers le haut. Si cette manœuvre échouait, le gaz, en se dilatant sous une pression atmosphérique réduite, porterait les parois des chambres à leur point de rupture.

Même si tous ces périls étaient surmontés, l'appareil resterait alourdi par la perte d'hydrogène lâché par les soupapes. Pour le rendre plus léger, le seul moyen était d'évacuer du lest. Mais de nouveau, cela risquait de communiquer au dirigeable un excès de flottabilité.

— Si elles sont partout comme ça, dit Firebrass, nous sommes foutus. Pourtant, d'après ce que disait Joe...

Il demeura songeur durant un long moment. La masse sombre et sinistre grossissait peu à peu à l'horizon. Au-dessous d'eux, la vallée sinuait comme un serpent. Le Fleuve, dans ce secteur, était éternellement couvert de brumes floconneuses. Ils avaient depuis longtemps dépassé les dernières pierres à graal, alignées comme un double rang espacé de grosses perles noires. Pourtant, le radar et l'équipement infrarouge décelaient la présence, dans les collines, d'une dense et abondante végétation. Encore un mystère à ajouter aux autres. Comment les arbres pouvaient-ils pousser au milieu des brumes glacées ?

— Descendons à trois mille mètres, dit Firebrass. Je voudrais jeter un coup d'œil à la région des sources.

Il voulait dire « jeter un coup d'œil » par l'intermédiaire

du radar. Aucun regard humain n'aurait pu percer la couverture de nuées qui cachait la gigantesque faille à la base de la montagne. L'écran du radar leur indiqua les dimensions colossales de cette « source », en réalité le déversoir de l'océan polaire. Sa largeur était de cinq kilomètres et sa hauteur, au point le plus élevé de la voûte, de trois kilomètres cinq cents.

Le flot puissant jaillissait horizontalement sur trois kilomètres avant de retomber en cascade au bord de la falaise, sur une hauteur de mille mètres.

— Je ne sais pas si Joe exagérait ou pas quand il disait qu'on pouvait faire flotter la lune sur cette cataracte, déclara Firebrass, mais c'est plutôt impressionnant.

— Le spectacle est sans doute grandiose, fit Cyrano. Mais je préfère qu'on ne s'attarde pas trop à cette altitude. Il y a des remous.

Firebrass donna l'ordre de grimper parallèlement à la paroi montagneuse, à une distance de douze kilomètres de celle-ci. Longeant la falaise en diagonale, ses propulseurs orientés de manière à éviter que l'appareil ne soit déporté au sud, Cyrano prit de l'altitude.

Pendant ce temps, l'opérateur radio essayait d'entrer en contact avec le *Mark Twain*.

— Insiste, lui dit Firebrass. Ils doivent être anxieux de savoir comment ça se passe. Et de mon côté, j'aimerais être informé sur ce qu'a fait le *Minerve*.

Se tournant vers les autres, il ajouta :

— Je cherche un passage dans la montagne. Il doit y en avoir un. Joe prétend qu'il a vu filtrer le soleil à travers une brèche. Il n'a pas vu cette brèche; mais comme le soleil, dans ces régions, ne grimpe jamais très haut au-dessus de l'horizon, il faudrait qu'elle soit presque au niveau de la mer pour laisser passer un rayon.

Jill ne fit pas de commentaire, mais elle se demandait, à part elle, pourquoi « ils » auraient érigé une aussi formidable barrière, si c'était pour y laisser un passage.

A 15 h 5, le radar repéra l'ouverture. Le dirigeable survola bientôt une chaîne montagneuse extérieure à la muraille circulaire. Certains de ses pics atteignaient trois mille mètres. En se rapprochant de la brèche entre les deux formations rocheuses, ils découvrirent entre elles une immense vallée encaissée.

— C'est ainsi que je me représente le Grand Cañon américain dont vous m'avez parlé, leur dit Cyrano de Bergerac. Une fissure colossale. Personne ne pourrait descendre au fond de ces gorges, à moins de disposer d'une corde de six cents mètres. Et pour remonter de l'autre côté, c'est pareil. La hauteur est la même, et le flanc de la falaise est aussi lisse que le derrière de ma belle.

En deçà de la chaîne montagneuse secondaire s'élevait la muraille circulaire qui longeait le Fleuve. A supposer que quelqu'un pût traverser cette première barrière et sortir de la Vallée, il lui faudrait franchir quatre-vingts kilomètres de montagnes abruptes et éminemment chaotiques. Après quoi il se trouverait confronté à l'infranchissable cañon.

— *Ginnungagap,* fit Jill.

— Hein ? demanda Firebrass.

— C'est dans la mythologie scandinave. Ce nom désigne l'abîme primordial où naquit Ymir, le premier Géant, ancêtre d'une race maléfique.

Firebrass émit un grognement :

— Tu vas bientôt nous dire que la mer Intérieure est peuplée de démons.

Il semblait garder tout son calme; cependant, Jill savait que ce n'était qu'une façade. N'importe qui, dans ces circonstances, était obligé de sentir le stress, la montée d'adrénaline, à moins d'être doté de nerfs surhumains. Peut-être pensait-il aussi, comme elle, que la présence aux commandes d'un pilote un peu plus expérimenté eût été souhaitable. Sans doute les réflexes et les capacités de jugement du Français étaient-ils meilleurs que ceux de quiconque à bord. Ils avaient été testés des dizaines de fois à l'entraînement. Mais ce qui lui manquait, c'étaient tout simplement les milliers d'heures de pilotage qu'avaient passées les autres officiers dans des conditions de type terrestre, c'est-à-dire extrêmement variées. Jusqu'à présent, le voyage s'était déroulé sans incident notable. Mais l'environnement polaire leur était inconnu. Quand ils auraient franchi ces montagnes, ils ne savaient pas à quoi il leur faudrait faire face.

Dans ces régions situées au toit du Monde du Fleuve, les rayons du soleil parvenaient avec moins de force. Le Fleuve, qui se déversait dans la mer Polaire après avoir sinué sur toute la planète, se débarrassait là de toutes les calories qui lui restaient. Le contact de ces eaux relativement chaudes avec l'air froid du pôle donnait naissance aux brumes éternelles déjà signalées par Joe Miller. En même temps, la différence de pression entre les couches d'air situées à l'intérieur et à l'extérieur du cirque montagneux engendrait de violentes bourrasques, également décrites par Joe.

Malgré toute l'envie qu'elle avait de le faire, elle n'osait demander à Firebrass de remplacer Cyrano par Anna ou Barry Thorn. Naturellement, elle aurait préféré s'installer elle-même aux commandes. C'était le meilleur moyen de se rassurer, dans la mesure où la situation le permettait.

Si Firebrass nourrissait les mêmes appréhensions qu'elle, il ne le montrait guère. En fait, ils respectaient une règle tacite. C'était Cyrano qui se trouvait de quart. Le remplacer par quelqu'un d'autre, fût-il plus gradé ou plus qualifié, c'était risquer de l'humilier dans son amour-propre, sa virilité.

Ridicule. Absolument ridicule, alors que toute l'expédition, et cent vies humaines, se trouvaient en jeu.

Pourtant, elle ne dit rien. Même si elle avait été certaine que sa présence aux commandes était indispensable, elle n'aurait rien dit. Elle était liée par la règle. Tant pis si c'était contraire à la sécurité. Elle ne pouvait pas faire honte à Cyrano. Ni se faire honte à elle-même.

Ils se trouvaient maintenant devant le passage. Ce n'était pas une arche en forme de V, comme ils s'y attendaient plus ou moins, mais un cercle parfait taillé dans la paroi. Cette ouverture, située à mille mètres de la base, avait trois kilomètres de diamètre. Elle laissait passer des nuées chassées par un vent violent qui devait, en s'y engouffrant, hurler comme une harde de loups affamés.

Pour éviter d'être déporté vers le sud, Cyrano dut présenter l'appareil exactement dans l'axe de l'ouverture. Tous ses moteurs lancés à fond, le *Parseval* ne pouvait avancer qu'à la vitesse de 16 kilomètres à l'heure.

— C'est pire qu'une tornade ! s'écria Firebrass.

Il hésitait. En plus du souffle d'air qui sortait du tunnel, il y aurait inévitablement des remous à l'entrée. Et s'ils n'étaient pas plaqués au sol, une fois à l'intérieur, ils ne pourraient se fier qu'au radar pour éviter de s'écraser contre la paroi.

— Si la muraille n'est pas plus épaisse que dans le reste de la vallée, dit-il, ce sera aussi simple que pour un chien de sauter à travers un cerceau. Mais sinon...

Il mordit son cigare et poursuivit, les dents serrées :

— *Lasciate ogni speranza, voi ch'entrate...*

46

Peter Frigate avait toujours été fasciné par la loi des hasards convergents.

Le hasard l'avait transformé de *puissance* en *essence*.

Son père était né et avait grandi dans la région de Terre Haute, Indiana. Sa mère à Galena, dans le Kansas. Combien de chances avaient-ils de se rencontrer et de donner le jour à un petit Peter Jairus Frigate ? Fort peu, en vérité, surtout si l'on considère qu'en 1918 les gens n'avaient pas l'habitude de voyager beaucoup. Mais son grand-père, William Frigate, riche et beau autant que joueur, coureur et buveur, avait entrepris un voyage d'affaires à Kansas City, dans l'Etat du Missouri. Et comme il voulait que son fils aîné, James, s'initie à la pratique des différents intérêts qu'il possédait dans la région du Midwest, il l'avait emmené avec lui.

James avait vingt-quatre ans. Il avait insisté pour faire le voyage avec la nouvelle Packard, mais son père avait jugé plus prudent de prendre le train.

La mère de Peter résidait à cette époque-là à Kansas City, dans sa famille allemande. Elle fréquentait l'une des écoles de commerce de la ville. Les Hoosier et les Jayhawk ne se connaissaient absolument pas. Ils n'avaient pas le moindre point commun, à part le fait d'être humains et d'habiter le Midwest, qui est une région plus vaste que bien des pays d'Europe.

C'est ainsi que, par un après-midi torride, la future mère de Peter était entrée dans un drugstore acheter un sandwich et un milk-shake. Son futur géniteur, quant à lui, en avait eu plus qu'assez d'assister à une conversation d'affaires entre son père et un fabricant de machines agricoles. A l'heure du déjeuner, lorsque ces deux derniers avaient pris la direction du saloon le plus proche, James s'était éclipsé, n'ayant pas envie de commencer à picoler si tôt dans la journée, vers le drugstore du coin. Là, ses sens avaient été ragaillardis par l'odeur agréable de la glace à la vanille et au chocolat, le souffle frais de deux énormes ventilateurs au plafond, la vue du long comptoir de marbre, des journaux et des magazines sur les présentoirs et aussi le spectacle de trois jolies filles assises dans des fauteuils en treillis métallique autour d'une table ronde au dessus en marbre. Il les regarda en passant, comme aurait fait tout homme, jeune ou vieux. Puis il s'assit au comptoir et commanda un soda à la glace au chocolat et un sandwich au jambon. Il décida ensuite d'aller jeter un coup d'œil aux journaux. Il feuilleta quelques magazines et un *paper-back* où il était question de voyage dans le temps. Il n'aimait pas tellement ce genre de fiction. Il avait essayé de lire H. G. Wells, Jules Verne, H. Rider Haggard et Frank Reade, Jr.; mais son côté rigoriste, hérité des Hoosier, rejetait toutes ces improbabilités.

En retournant au comptoir, juste au moment où il passait à proximité de l'endroit où étaient attablées les trois filles, il dut faire un bond de côté pour éviter de recevoir sur son pantalon le contenu d'un verre de Coca-Cola. L'une des consommatrices, emportée par l'enthousiasme de sa conversation, avait fait un grand geste du bras en oubliant de poser son verre. Le pantalon de James l'avait échappé belle, grâce à ses réflexes, mais l'une de ses chaussures était mouillée.

La fille s'excusa. James lui répondit que ce n'était rien de grave. Il se présenta et leur demanda la permission de s'asseoir à leur table. Elles ne demandaient pas mieux que de faire la conversation avec un beau jeune homme venu du lointain Etat de l'Indiana. Une chose menant à une autre, avant qu'il fût l'heure pour les filles de reprendre leurs cours à l'école voisine, il s'était arrangé pour obtenir un rendez-vous de « Teddy » Griffiths. Ce n'était ni la plus vive ni la plus jolie du trio, mais il y avait quelque chose qui l'attirait chez cette fille mince, aux traits germaniques, aux cheveux d'Indienne et aux grands yeux d'un brun presque noir.

Histoire d'affinités électives, disait Peter Frigate, qui ne reculait pas devant un emprunt à Goethe.

Courtiser une jeune fille n'était pas, à l'époque, aussi facile que du temps de Peter. James dut se rendre chez les Kaiser, dans Locust Street, ce qui représentait un long voyage en tramway, et faire la connaissance de l'oncle et la tante. Ils passèrent l'après-midi sur la véranda, avec les vieux, à manger des gâteaux et des glaces confectionnés à la maison. Vers huit heures du soir, Teddy et lui firent le tour du pâté de maisons, en bavardant de choses et d'autres. Quand ils rentrèrent, il remercia l'oncle et la tante de leur hospitalité et dit au revoir à Teddy, sans l'embrasser. Mais ils s'écrivirent et deux mois plus tard James revint, cette fois-ci au volant d'une des voitures de son père. Ils allèrent même au cinéma du quartier, où ils se bécotèrent un peu, assis au dernier rang.

A son troisième voyage, il l'épousa. Ils prirent le train, immédiatement après la noce, pour Terre Haute, Indiana. Beaucoup plus tard, James devait raconter à son fils aîné qu'il avait été question de le prénommer Pullman.

— Tu as été conçu en chemin de fer, Pete. J'aurais voulu commémorer la chose en te donnant un prénom de circonstance, mais ta mère n'a rien voulu savoir.

Peter ne savait pas s'il fallait vraiment croire son père, qui aimait tellement plaisanter. Du reste, il avait du mal à imaginer sa mère en train de lui résister. C'était un petit homme, mais un vrai coq anglais, qui faisait la loi dans son poulailler. Un Napoléon du foyer.

Telle était donc la chaîne d'événements qui avait conduit à l'existence de Peter Jairus Frigate. Si le vieux William n'avait pas décidé d'emmener son fils avec lui à Kansas City, si James n'avait pas eu envie d'un soda à la glace plutôt que d'une bière, si la copine de Teddy n'avait pas renversé son Coca, il n'y aurait jamais eu de Peter Frigate. Du moins, pas cet individu-là. Et si son père avait éjaculé la veille dans son sommeil, ou s'il avait utilisé un préservatif la nuit de ses noces, il n'y aurait pas eu non plus de cet individu-là. Si le coït n'avait pas eu lieu ce soir-là, s'il avait été remis à plus tard pour une raison quelconque, l'ovule aurait été emporté, sur une serviette hygiénique.

Qu'est-ce qu'il avait donc de spécial, ce spermatozoïde parmi trois cents millions d'autres, pour avoir battu tous les autres dans la course à la vie ?

Que le meilleur frétilla. Ainsi en avait-il été, jusqu'à élimination des concurrents. Mais en y repensant, c'était vraiment de justesse. De quoi vous donner des sueurs froides.

Il pensait à la cohorte de petits frères et de petites sœurs *in potentio* qui avaient perdu la course. Quel gâchis ! Quelle perte ! Que de talents tués dans l'œuf ! Ou plutôt avant l'œuf. Les autres spermatozoïdes possédaient-ils en germe son imagination fertile d'écrivain ? Ou était-elle dans l'ovule ? Dans aucun des deux, peut-être, mais seulement dans leur combinaison génétique. Les trois frères qu'il avait eus ne possédaient aucune imagination créatrice. Quant à leur imagination passive, elle était des plus réduites. Sa sœur avait une imagination passive. Elle aimait lire, en particulier du fantastique et de la science-fiction, mais jamais elle ne s'était sentie poussée à écrire. Qu'est-ce qui avait donc fait la différence ?

Le milieu n'expliquait pas tout. Les autres avaient été exposés aux mêmes influences que lui. Quand son père avait fait l'achat de toute une collection de petits livres bordeaux à la reliure en similicuir (comment s'appelait-elle, déjà ? C'était une série très populaire du temps de sa jeunesse), ils n'avaient pas été fascinés comme lui par les histoires qu'ils y avaient lues. Ils n'étaient pas devenus fanatiques de Sherlock Holmes et Irene Adler dans *Un scandale en Bohême*, ils n'avaient pas eu pitié du monstre dans *Frankenstein*, ne s'étaient pas battus devant les murs de Troie en compagnie d'Achille, n'avaient pas souffert avec Ulysse dans ses voyages, n'étaient pas descendus au fond des abysses glacés avec Beowulf pour combattre Grendel, n'avaient pas accompagné le voyageur temporel de Wells ni visité les étranges étoiles d'Olive Schneider, ni échappé aux Mohicans avec Natty Bumppo. Ils ne s'étaient d'ailleurs pas plus intéressés aux autres livres que ses parents lui avaient achetés : le *Pilgrim's Progress* de Bunyan, *Tom Sawyer* et *Huckleberry Finn*, *L'Ile au Trésor*, *Les Mille et Une Nuits*, *Les Voyages de Gulliver*. Ils n'avaient pas fréquenté la petite bibliothèque locale, où il avait prospecté son premier filon d'or : les Frank Baum, Hans Andersen, Andrew Lang, Jack London, Arthur Conan Doyle, Edgar Rice Burroughs, Rudyard Kipling et H. Rider Haggard. Sans oublier les autres, les filons d'argent : Irving Crump, A. G. Henty, Roy Rockwood, Oliver Curwood, Jeffrey Farnol, Robert Service, Anthony Hope et A. Hyatt Verrill. Après tout, à son panthéon personnel, l'homme de Neandertal, Og, et Rudolph Rassendyll occupaient presque la même place que Tarzan, John Carter de Barsoom, Dorothée du pays d'Oz, Ulysse, Holmes, Jim Hawkins, Ayesha, Allan Quartermain et Umslopogaas.

Peter était, pour lors, tout excité à l'idée qu'il se trouvait à bord du même bateau que l'homme qui avait inspiré le personnage fictif d'Umslopogaas. Il était ravi de travailler sur le pont sous les ordres du créateur de Buck et de Croc Blanc, de Wolf Larsen, de l'anonyme narrateur préhumain d'*Avant Adam* et de Smoke Bellew. Il exultait à l'idée qu'il pouvait discuter tous les jours avec le grand Tom Mix, inégalé dans le domaine du cinéma et des aventures fantastiques, sauf par Douglas Fairbanks, Senior. Si seulement Fairbanks était à bord lui aussi. Mais il y en avait tant qu'il eût souhaité voir à bord. Conan Doyle ou Mark Twain, Cervantes, Burton. Spécialement Burton. Et... cela risquait de faire beaucoup de monde. Il aurait dû être content comme ça. Mais il ne l'était jamais.

Pour revenir à ses moutons... où donc en était-il ? Ah, oui... le hasard, pourvoyeur de la destinée.

Il ne pensait pas, comme Mark Twain, que le destin des hommes et le cours des événements fussent rigidement déterminés à l'avance. « Dès l'instant où le premier atome de la grande mer Laurentide se cogna au second, nos destins étaient fixés. » Twain avait écrit quelque chose comme ça, sans doute dans son déprimant essai intitulé *What is Man?* Ce genre de philosophie n'était qu'un prétexte pour échapper aux culpabilités. Pour éviter les responsabilités.

Il ne croyait pas non plus, comme Kurt Vonnegut, avatar de Mark Twain de la fin du XXe siècle, que nous fussions entièrement gouvernés par la chimie de notre organisme. Dieu n'était pas le Grand Mécanicien du Ciel, ni le Divin Pourvoyeur. Dieu n'existait peut-être même pas. En tout cas, Peter Jairus Frigate avait parfois de bonnes raisons d'avoir des doutes.

Ce qui existait certainement, par contre, c'était le libre arbitre. Sous une forme limitée, sans doute, refoulée, soumise à l'influence de l'environnement, de l'éducation, des produits chimiques, des lésions cérébrales, des maladies nerveuses ou de la lobotomie. Mais un être humain n'est pas qu'un robot à base de protéines. Aucun robot n'est capable de changer d'avis, de décider de se reprogrammer tout seul, de se prendre mentalement par la main pour se donner des coups de pied au cul.

Nous sommes quand même nés sous le signe de combinaisons génétiques précises qui déterminent, dans une certaine mesure, nos aptitudes, notre intelligence, nos inclinations et nos réactions, en bref notre tempérament. Et le tempérament détermine le destin, d'après le philosophe grec Héraclite. Mais il est possible de changer son caractère. Il y a, en chacun de nous, une force, une entité, qui est capable de dire : « Je ne le ferai pas ! » ou bien : « Personne ne pourra m'empêcher de le faire ! » ou : « Je me suis conduit comme un lâche, mais la prochaine fois je serai un lion enragé ! »

Parfois, il faut faire appel à un stimulus, ou un stimulateur extérieur, comme avaient fait le Bûcheron de Fer-Blanc, l'Epouvantail et le Lion Poltron. Mais le magicien d'Oz ne leur avait donné rien de mieux que ce qu'ils possédaient depuis le début. Le cerveau de son et de bouts de fer, le cœur de soie bourré de sciure et le liquide contenu dans la bouteille carrée étiquetée *Courage* ne sont rien d'autre que des placebos.

La force mentale est à même de modifier le comportement émotionnel. Frigate, tout au moins, était persuadé de la chose, bien que la pratique, chez lui, n'eût jamais été à la hauteur de la théorie.

Il avait grandi au sein d'une famille adepte de la Christian Science. Mais vers l'âge de onze ans, ses parents l'avaient adressé à l'Eglise presbytérienne, car ils traversaient une crise d'apathie religieuse à cette époque-là. Le dimanche matin, sa mère faisait le ménage dans la cuisine et s'occupait des petits tandis que son père lisait le *Chicago*

Tribune. Bon gré mal gré, Peter devait aller au catéchisme et ensuite écouter le sermon.

Il avait donc eu une double éducation religieuse. Et les deux influences étaient contradictoires.

La première enseignait l'existence du libre arbitre, du mal, de l'illusion de la matière et de la réalité de l'Esprit.

L'autre croyait au dogme de la prédestination. Dieu choisit, ici et là, quelques élus dont le salut est assuré d'avance. Les autres vont en enfer. Sans rime ni raison. Le choix divin est fait une fois pour toutes, on ne peut pas le changer. On peut prier, pleurer, espérer toute sa vie, lorsque la mort arrive, chacun va à l'endroit désigné au début. Les brebis, celles que Dieu, pour quelque inexplicable raison, a marquées de Sa Grâce, vont s'asseoir à Sa droite. Mais les boucs, repoussés pour d'aussi inexplicables raisons, descendent dans le trou prédestiné, qu'ils aient mené une vie de saint ou de pécheur.

A l'âge de douze ans, Peter faisait des cauchemars où Mary Baker Eddy et Calvin se disputaient pour s'emparer de son âme immortelle.

Rien d'étonnant si, à l'âge de quatorze ans, il décida d'envoyer promener les deux cultes. Et tous les autres par la même occasion. Cependant, il demeurait, dans son comportement, le modèle du puritain. Aucun vilain mot ne s'échappait jamais de ses lèvres. Si on lui racontait une plaisanterie obscène, il rougissait. Il ne supportait pas l'odeur de la bière ou du whisky. Et même s'il l'avait aimée, il aurait rejeté ces deux boissons avec mépris. Tout en tirant de son refus un sentiment de supériorité morale.

Le début de la puberté fut pour lui un tourment sans nom. En classe, quand il devait se lever pour réciter quelque chose, il devenait tout rouge, le pénis braqué contre sa braguette, dressé à l'appel claironnant de l'opulente poitrine de son professeur. Personne ne semblait s'en rendre compte, mais il était sûr, chaque fois qu'il se levait, que ce serait pour lui la disgrâce.

Quand ses parents l'emmenaient au cinéma et que l'héroïne avait un décolleté un peu trop plongeant, il portait instinctivement la main à son entrejambe pour dissimuler sa turgescence. Mais les reflets de l'écran n'allaient-ils pas révéler l'état de péché dans lequel il était? Ses parents sauraient quelles étaient ses pensées. Ils seraient horrifiés d'avoir un fils pareil. Et plus jamais il n'oserait les regarder en face.

Deux fois, son père avait abordé avec lui la question sexuelle. La première, c'était quand il avait douze ans. Sa mère, semble-t-il, avait remarqué des traces de sang sur sa serviette de bain. Elle avait parlé à son père. Ce dernier, après moult mimiques et contorsions en tout genre, lui avait demandé s'il se masturbait. Peter avait été à la fois horrifié et indigné. Il avait nié énergiquement, mais son père était demeuré suspicieux.

Renseignements pris, il apparut qu'en se lavant dans son bain, Peter avait négligé le gland. En réalité, il évitait de toucher à son pénis. A la suite de quoi le smegma s'était accumulé sous le repli du prépuce. En quoi cela avait pu le faire saigner, ni lui ni son père ne le savaient. Mais il fut prié de se savonner énergiquement partout, chaque fois qu'il prenait un bain. On lui expliqua aussi que la masturbation détériorait les cellules du cerveau et on lui cita comme exemple l'idiot du village de North Terre Haute, qui se faisait juter en public. Le visage sérieux, son père lui affirma que tous ceux qui s'étaient branlés durant leur jeunesse avaient fini débiles, la bave aux lèvres. Peut-être y croyait-il vraiment, comme beaucoup de gens de sa génération. Peut-être avait-il transmis cette histoire d'épouvante, léguée d'une génération à l'autre depuis des siècles, ou même des millénaires, simplement pour faire peur à son fils.

Peter devait s'apercevoir que ce n'était qu'une superstition, un raisonnement à l'envers, de l'effet à la cause, absolument sans valeur. A ranger dans la même catégorie que la croyance qui voulait que si l'on mangeait un sandwich à la confiture et au beurre de cacahuète quand on était aux cabinets, le diable viendrait vous prendre.

Du reste, Peter n'avait pas menti. Il ne s'était pas adonné au péché d'Onan. Et il se demandait pourquoi on appelait ça onanisme, puisque Onan ne se masturbait pas. En réalité, il utilisait la technique à laquelle il avait un jour entendu son père donner le nom d'I.C. (pour Illinois Central) Express, et qui consistait à se retirer à temps.

Certains de ses copains de lycée – les plus mal élevés – se vantaient de se faire reluire. L'un d'eux, un voyou nommé Vernon (il s'était écrasé au sol en 1942 à bord d'un bombardier d'entraînement de l'U.S. Air Force), s'était un jour masturbé devant lui, à l'arrière d'un tramway, en revenant du stade avec toute la classe. Peter avait été à la fois fasciné et écœuré de le voir faire. Les autres avaient rigolé.

Une autre fois, il rentrait à la maison en tramway avec un de ses copains, Bob Allwood, au moins aussi puritain que lui. Ils revenaient de la dernière séance de cinéma, tard la nuit, et il n'y avait personne d'autre dans le tram à l'exception du conducteur et d'une blonde oxygénée aux traits durs. Elle était assise sur la première banquette. Arrivé à hauteur d'Elisabeth Street, non loin du terminus, le conducteur avait tiré le rideau sur lui et sur la blonde, et éteint le plafonnier. Bob et Peter, assis au fond du tram, avaient vu disparaître les jambes de la fille. Il fallut plusieurs minutes à Peter pour comprendre ce qui se passait. Elle avait dû s'asseoir sur le rebord devant le pare-brise, ou sur la colonne du rhéostat elle-même, pendant qu'il la sautait. Peter n'avait pas dit un mot jusqu'à ce qu'ils descendent du tram. Bob avait refusé de le croire.

Peter avait été surpris par sa propre réaction. Il était plus amusé qu'autre chose. Ou peut-être « envieux ». La réaction « convenable » n'était venue que beaucoup plus tard. Certainement, cet homme et sa blonde iraient en enfer.

47

De l'eau avait coulé sous les ponts. Le jour était venu où Peter lui-même avait baisé une femme devant l'autel d'une église déserte. En fait, il était ivre et c'est elle qui avait eu cette idée. L'église se trouvait à Syracuse, dans l'Etat de New York, et la jeune femme était juive. Elle haïssait les catholiques parce que les Polonais qui fréquentaient son lycée l'avaient rudoyée à plusieurs reprises à cause de sa religion. L'idée de profaner une église catholique romaine avait paru excellente à Peter, sur le moment; mais le lendemain matin, il avait eu des sueurs froides à l'idée de ce qui aurait pu se passer si on les avait surpris.

Faire cela dans une église protestante ne l'aurait pas enchanté autant. Les églises protestantes étaient des lieux stériles, à ses yeux. Dieu ne s'y laissait pas surprendre. Il préférait hanter les lieux du culte catholique. Peter avait toujours eu un penchant pour cette religion. Il avait même failli, deux fois, se convertir. Plus près de Dieu, on peut mieux blasphémer.

Ce qui était quand même une attitude curieuse. Si l'on ne croit pas en Dieu, pourquoi se soucier de blasphémer ?

Comme si ce n'était pas assez, Sarah et lui étaient entrés dans un certain nombre d'immeubles, sur une avenue dont il avait oublié le nom. C'était un quartier autrefois cossu, où abondaient les anciennes demeures bourgeoises de style tarabiscoté, avec des coupoles comme des boules de pistache. Quand les riches étaient partis, leurs hôtels particuliers avaient été transformés en meublés. C'étaient surtout des retraités, des veufs ou des couples âgés qui y vivaient. En raccompagnant Sarah chez elle, Peter était entré, par curiosité, dans les couloirs de trois de ces meublés, où les portes étaient barricadées de l'intérieur et où l'on n'entendait aucun bruit à part celui, feutré, des télévisions. Ils avaient ensuite grimpé jusqu'au deuxième étage d'un quatrième immeuble, et Sarah s'était agenouillée devant sa braguette défaite quand une porte s'était ouverte sur le palier. Une vieille dame avait passé la tête, poussé un cri et refermé violement la porte. Ils avaient dévalé l'escalier en riant à gorge déployée, puis ils étaient montés chez elle.

Et toujours, par la suite, Peter avait eu des sueurs froides en pensant à ce qui se serait passé si la police les avait attrapés. La prison, la déchéance, la perte de son emploi à la General Electric, la honte qui rejaillirait sur ses enfants, la colère indignée de sa femme. Et si la vieille dame avait eu une crise cardiaque ? Le lendemain, il avait épluché les avis de décès, soulagé de constater que personne n'était mort dans cette avenue pendant la nuit. Ce qui, d'après Sarah, était en soi une chose extraordinaire, car elle n'avait jamais pu regarder par la fenêtre de sa chambre sans voir un corbillard remonter l'avenue.

Il avait aussi cherché dans le journal un entrefilet sur

l'incident. Mais si la vieille dame avait appelé la police, il n'y en avait aucune trace dans la colonne des faits divers.

A trente-huit ans, se disait-il, on ne devrait pas faire des choses aussi stupides et puériles. Surtout si cela pouvait porter préjudice à des innocents. Il ne recommencerait plus jamais. Cependant, au fil des années, chaque fois qu'il y avait repensé, il avait toujours eu envie d'en rire.

Athée dès l'âge de quinze ans, Peter Frigate n'avait jamais pu, néanmoins, se débarrasser de certains doutes. A dix-neuf ans, il avait assisté, avec son copain Bob Allwood, à un meeting « revivaliste », destiné à ranimer les fois défaillantes. Allwood avait grandi au sein d'une famille de fondamentalistes dévots. Il était devenu, lui aussi, athée, mais cela n'avait duré qu'un an. Cette année-là, son père et sa mère étaient morts du cancer. Cela avait fait un tel choc à Bob qu'il avait commencé à être obsédé par l'idée de l'immortalité. Incapable d'accepter l'idée que ses parents étaient morts, qu'il ne les reverrait plus jamais, il s'était inscrit aux réunions revivalistes. Sa conversion avait eu lieu à l'âge de dix-huit ans.

Peter et Bob se voyaient très souvent, à cette époque-là. Ils étaient camarades de jeux depuis l'école primaire, et ils fréquentaient le même lycée. Ils avaient de longues et passionnantes discussions sur la religion et l'authenticité des Saintes Ecritures. Finalement, Peter accepta de se rendre à un meeting où le célèbre révérend Robert Ransom devait prêcher.

A son grand étonnement, Peter fut profondément touché, bien qu'il fût venu là par esprit de dérision. Il fut encore plus stupéfait de se retrouver à genoux devant le révérend, en train de promettre d'accepter Jésus-Christ pour Seigneur.

Au bout d'un mois, cette promesse fut rompue. Jamais Peter n'avait pu s'accrocher très longtemps à une conviction. Selon la terminologie d'Allwood, il avait de nouveau « glissé » dans la « déchéance ».

Peter essaya de lui expliquer que le conditionnement religieux dont il avait été victime dans son enfance avait contribué, en même temps que les exhortations des convertis, à lui faire attraper cette crise de foi.

Allwood avait continué à vouloir le convaincre, à lutter

pour « sauver son âme », mais Peter était désormais demeuré de marbre.

Approchant de la soixantaine, voyant mourir autour de lui tous ses anciens copains, ne jouissant pas d'une santé de fer, il avait senti la mort proche. Jeune, il était obsédé par l'idée des milliards d'ancêtres qui l'avaient précédé, qui étaient nés pour souffrir, aimer, rire, pleurer et mourir. A présent, il était obsédé par l'idée des milliards d'êtres qui allaient venir après lui pour avoir mal dans leur chair, pour être haïs, chéris, et pour s'en aller à leur tour. A la fin de la Terre, tout le monde, qu'il soit homme des cavernes ou astronaute, serait réduit en poussière, et encore moins que poussière.

Tout cela n'avait aucun sens. Tout cela ne menait à rien, si l'immortalité n'existait pas.

Il y avait ceux qui disaient que c'était la vie qui était le prétexte à la vie, sa seule justification.

C'étaient des imbéciles, qui se mettaient le doigt dans l'œil. Même s'ils étaient intelligents dans d'autres domaines, c'étaient des crétins dans celui-ci. Ils étaient bornés, ils avaient des œillères qu'ils s'étaient mises eux-mêmes.

D'un autre côté, pourquoi accorder à l'humanité une quelconque après-vie ? Les hommes étaient de viles créatures sournoises, lâches et hypocrites. Même les meilleurs d'entre eux. Il ne connaissait aucun saint, même s'il admettait qu'il pût en exister quelques-uns. A son avis, seuls les saints pouvaient mériter l'immortalité. Mais la plupart de ceux à qui l'on décernait des auréoles n'étaient pas de vrais saints.

Augustin, par exemple. Un véritable « trou-du-cul ». Le seul qualificatif qui lui convînt. Un monstre d'égocentrisme pédant.

François d'Assise était peut-être ce qu'il y avait de plus près d'un saint. Mais il était indubitablement psychotique. Baiser les ulcères des lépreux pour faire preuve d'humilité, tu parles !

Comme disait la femme de Peter, nul n'est parfait en ce bas monde.

Et il y avait aussi le Christ, naturellement, mais il n'était pas prouvé qu'il fût un saint. En réalité, d'après le Nouveau Testament, il n'avait rendu le salut accessible qu'aux juifs. Mais ils l'avaient repoussé. Aussi, saint Paul, constatant que les juifs n'étaient pas prêts à abandonner la religion pour laquelle ils s'étaient tant battus et avaient tant souffert, s'était tourné vers les Gentils. Il avait fait certaines concessions, adopté certains compromis, et le christianisme, qu'on aurait mieux fait d'appeler paulisme, avait été lancé. Mais saint Paul était un pervers, puisque l'abstinence sexuelle totale est une perversion sexuelle.

En conséquence, le Christ était aussi un pervers.

Il y a des gens qui sont presque totalement dépourvus de libido. Peut-être le Christ et saint Paul appartenaient-ils à cette catégorie. Ou peut-être avaient-ils sublimé leurs pulsions sexuelles en quelque chose de plus important, un besoin d'exhiber la Vérité aux autres.

Bouddha, peut-être, était un saint. Héritier de richesses et d'un puissant trône, marié à une ravissante princesse qui lui avait donné plusieurs enfants, il avait renoncé à tout pour partir sur les routes de l'Inde, au contact des misères des pauvres et de la pure inéluctabilité de la mort, à la recherche de la Vérité. Ainsi avait été fondé le bouddhisme, finalement rejeté par le peuple même que Bouddha avait voulu aider, le peuple hindou. Mais ses disciples avaient porté la religion autre part, où elle s'était épanouie. Tout comme saint Paul avait exporté l'enseignement du Christ pour en semer la graine chez des étrangers.

Les religions du Christ, de saint Paul et de Bouddha avaient commencé à dégénérer avant même que leurs fondateurs eussent refroidi dans la tombe.

48

Frigate avait fait part de ces pensées à Nur el-Musafir un jour où le *Razzle Dazzle*, poussé par un bon vent, remontait tranquillement le Fleuve. Ils étaient assis, adossés au panneau du gaillard d'avant, et fumaient en contemplant nonchalamment la rive qui défilait devant eux. Frisco Kid était à la barre. Les autres bavardaient ou jouaient aux échecs.

— L'ennui avec toi, Pete — entre autres —, c'est que tu t'occupes trop du comportement d'autrui. De plus, tu assignes aux autres des idéaux trop élevés, que tu n'essaies même pas de respecter toi-même.

— Oui, mais je le sais, je n'ai jamais prétendu être un saint, dit Frigate. Ce qui m'agace, c'est qu'il y a des gens qui affirment sans rire posséder de tels critères et s'y conformer. Et si je leur dis que c'est faux, ils deviennent furieux.

Le petit Maure gloussa de rire :

— Evidemment. Tes critiques menacent leur image de marque. Si tu la détruis, tu les détruis eux-mêmes. Ou du moins, c'est ce qu'ils croient.

— Je le sais bien. C'est pourquoi il y a longtemps que j'ai renoncé à parler de ça. Déjà, sur la Terre, j'avais appris à me taire. C'est un sujet tabou, et même dangereux. On risque de prendre des coups. Et personnellement, j'ai toujours abhorré la violence.

— C'est bizarre, pour quelqu'un de coléreux comme toi. Ou plutôt, je suppose que tu rejettes la violence parce que tu la sens en toi. Tu as peur de faire mal aux autres. Tu refoules toute idée de violence, mais comme il te faut bien un exutoire, tu l'as trouvé — ou tu l'avais trouvé — dans la littérature. Quand tu écrivais, tu pouvais exprimer toute la violence que tu voulais, d'une manière impersonnelle, pour ainsi dire. Tu pouvais faire des choses que tu n'aurais jamais faites dans la réalité.

— Crois-tu m'apprendre quelque chose ?

— Mais tu n'as jamais rien fait pour remédier à cela.

— Détrompe-toi ! J'ai essayé toutes sortes de thérapeutiques, philosophiques ou religieuses. La psychanalyse, la dianétique, la scientologie, le zen, la méditation transcendantale, le Nichiren, la psychothérapie de groupe, la Christian Science et le christianisme fondamental. J'ai été tenté de me convertir à la religion catholique romaine.

— Naturellement, c'est la première fois que j'entends la plupart de ces noms, fit Nur, mais je n'ai pas besoin de savoir ce qu'ils représentent. Quelle que soit leur valeur, c'est toi qui es responsable de ce qui t'arrive. Et tu dis toi-même que tu n'as jamais adhéré sérieusement à aucun principe.

— C'est parce que, de l'intérieur, je distinguais mieux

leurs défauts. J'avais l'occasion d'étudier de près ceux qui les pratiquaient. La plupart de ces disciplines et religions avaient des effets positifs sur leurs adeptes, mais les bénéfices étaient loin d'égaler ce qui était annoncé. Les adeptes avaient eux-mêmes tendance à les grossir démesurément.

— Je crois surtout que tu n'avais pas la persévérance requise, fit Nur. A mon avis, c'est parce que tu redoutes le changement. Tu le souhaites et tu le redoutes en même temps. Et c'est la peur qui finit par gagner.

— Là non plus, tu ne m'apprends rien, dit Frigate.

— Mais tu n'as rien fait pour surmonter ta peur.

— Rien, tu exagères. Un peu, oui.

— Mais pas assez.

— D'accord. Cependant, j'ai fait des progrès en vieillissant. Et ici, j'en ai fait encore plus.

— Mais pas suffisamment ?

— Non.

— A quoi bon connaître ses lacunes, si on n'a pas la volonté d'agir pour les combler ?

— Tu as raison, admit Frigate.

— Tu devrais essayer de trouver un moyen pour que ta volonté d'agir triomphe de ton apathie.

Nur marqua un instant de pause. Ses petits yeux noirs étaient brillants.

— Evidemment, reprit-il, tu vas me dire que tu sais déjà tout cela. Et puis tu vas me demander si je peux t'indiquer la voie. Je te répondrai, naturellement, que tu dois d'abord être prêt à accepter qu'on te guide. Or, tu n'es pas encore prêt, contrairement à ce que tu peux croire. Et tu ne le seras peut-être jamais, ce qui est dommage. Mais tu en as la potentialité.

— Tout le monde l'a.

— Dans un sens, oui, fit Nur en le dévisageant. Mais dans un autre sens, certainement pas.

— Explique-toi.

Nur frotta son gros nez avec le dos de sa petite main fine, puis jeta, d'une chiquenaude, son cigare par-dessus bord. Il prit sa flûte de bambou et la retourna dans ses mains, mais la reposa sur le pont sans la porter à sa bouche.

— Quand le moment sera venu, s'il arrive jamais.

Il jeta à Frigate un regard de biais.

— Tu te sens rejeté ? Oui, je sais ce que tu éprouves à l'idée d'être exclu. C'est l'une des raisons pour lesquelles tu as toujours évité de te mettre dans des situations où tu risquais de l'être. Je me demande, par exemple, comment tu as fait pour devenir écrivain. Tu étais rejeté de toutes parts, au début, d'après ce que tu m'as dit. Mais tu as persévéré. Et tu as réussi, bien que tu aies connu, je crois, de longues périodes de découragement. En tout cas, c'est à toi de voir. Vas-tu être découragé par mon refus présent, ou te représenteras-tu devant moi plus tard, quand tu auras l'impression d'être un candidat acceptable ?

Frigate ne répondit pas. Il demeura longtemps silencieux et songeur. Nur porta la flûte à sa bouche et en fit sortir bientôt des sons étranges, plaintifs et sinueux. Quand il était de repos, Nur ne se séparait jamais de son instrument. Parfois, il jouait de très courts morceaux, des divertissements, sans doute. D'autres fois, il s'asseyait, les jambes croisées, sur le gaillard d'avant, la flûte à la bouche mais silencieuse, pendant des heures. Sur sa demande, personne ne le dérangeait dans ces moments-là. Frigate savait qu'il était alors plus ou moins en état de transe. Mais il ne l'avait questionné qu'une seule fois là-dessus.

— Je ne peux rien te dire, avait répondu Nur. Pour le moment, du moins.

Le personnage de Nur-ed-din ibn Ali el Hallaq (Lumière-de-la-Foi, fils d'Ali le coiffeur) fascinait Frigate. Nur était né en 1164 à Cordoue, alors tenue par les Maures qui s'y étaient établis en 711. L'Espagne musulmane était à l'apogée de la civilisation sarrasine, que Nur avait pu contempler dans toute sa splendeur. L'Europe chrétienne, à côté de la brillante culture islamique, était encore dans les ténèbres du Moyen Age. Les arts, les sciences, la philosophie, la médecine, la littérature et la poésie fleurissaient dans tous les grands centres de population musulmans. Les villes d'Occident : Cordoue, Séville, Grenade, et les villes d'Orient : Bagdad, Alexandrie, n'avaient de rivales que dans la Chine lointaine.

Les chrétiens fortunés envoyaient leurs fils étudier dans les universités ibériques où on leur donnait une éducation que ni Rome, ni Paris, ni Londres ne pouvaient offrir. Les fils des pauvres y allaient mendier pour faire leurs études.

Et quand ils rentraient dans leur pays, les étudiants s'efforçaient de transmettre ce qu'ils avaient appris aux pieds de leurs doctes maîtres.

L'Espagne musulmane était un étrange et splendide pays, dirigé par des gens dont le degré de foi et de dogmatisme était éminemment variable. Certains étaient rigides et intransigeants. D'autres possédaient suffisamment de largeur d'esprit et de tolérance pour nommer comme vizirs des chrétiens et des juifs. Soucieux de faire progresser les arts et les sciences, ils accueillaient les étrangers de toutes provenances, curieux d'apprendre d'eux le plus de choses possible, souples en matière de religion.

Le père de Nur exerçait son métier de coiffeur dans l'enceinte du grand palais qui se trouvait devant Cordoue et qui constituait une ville en soi, Medinat az-Zahra. A l'époque de Nur, ce lieu était célèbre dans le monde entier. A celle de Frigate, il était pratiquement oublié. Nur-ed-din y naquit et y apprit le métier de son père. Mais il désirait devenir autre chose et, comme il avait l'esprit vif et intelligent, son père profita des relations qu'il avait parmi sa riche clientèle pour favoriser son accession aux plus hautes sphères de la société. Ayant fait la preuve de ses aptitudes pour la littérature, la musique, les mathématiques, l'alchimie et la théologie, Nur alla étudier dans les meilleures écoles de Cordoue. Il y côtoya des riches et des pauvres, des puissants et des médiocres, des chrétiens du Nord et des Nubiens à la peau noire.

Il y fit également la connaissance de Muyid-ed-din ibn el-Arabi. Ce jeune étudiant devait devenir le plus grand poète galant de son époque et l'influence de ses chansons devait se retrouver jusque chez les troubadours germaniques et provençaux. Le riche et beau jeune homme, se prenant d'affection pour le pauvre et laid rejeton d'Ali le coiffeur, l'invita en 1186 à l'accompagner dans son pèlerinage à La Mecque. En chemin, pendant qu'ils traversaient l'Afrique du Nord, ils se lièrent avec un groupe d'immigrants d'origine persane, des soufis.

Ce n'était pas la première fois que Nur rencontrait des soufis. Mais après avoir longuement discuté avec eux, il décida de devenir adepte de leur doctrine. Cependant, aucun d'eux ne voulut l'accepter pour disciple sur le moment. Il poursuivit donc son voyage en compagnie de son ami el-Arabi et ils arrivèrent en Egypte. Dans ce pays, ils faillirent un jour se faire assassiner par des fanatiques hargneux qui les accusaient d'hérésie.

Ayant accompli leur pèlerinage à La Mecque, ils séjournèrent ensuite en Palestine, en Syrie, en Perse et en Inde. Au bout de quatre ans, ils décidèrent de rentrer à Cordoue, ce qui leur prit encore une année.

A Cordoue, ils furent tous les deux, durant quelque temps, les disciples d'une femme soufi, Fatima bint Waliyya. Les soufis, pour qui les deux sexes étaient égaux, scandalisaient les musulmans orthodoxes qui considéraient que si dans une réunion il y avait des hommes et des femmes, cela ne pouvait conduire qu'à une orgie.

Fatima envoya Nur à Bagdad pour qu'il y étudie auprès d'un grand maître. Au bout de quelques mois, celui-ci le renvoya à Cordoue, chez un autre grand maître. Et quand les chrétiens s'emparèrent de Cordoue à l'issue d'une guerre sanguinaire, Nur accompagna son maître à Grenade.

Après avoir passé un certain nombre d'années dans cette ville, Nur se lança dans une nouvelle série de pérégrinations qui lui valurent son *lackab* ou surnom de el-Musafir, le Voyageur. Après Rome, où les lettres d'introduction que lui donnèrent el-Arabi et Fatima lui ouvrirent de nombreuses portes, il visita successivement la Grèce, la Turquie, de nouveau la Perse, l'Afghanistan, de nouveau les Indes, Ceylan, l'Indonésie, la Chine et le Japon.

Il s'établit dans la ville sacrée de Damas où il gagna sa vie en qualité de musicien. Il était devenu *tasawwuf*, ou maître du soufisme, et en tant que tel il accepta quelques disciples. Mais au bout de sept ans, il reprit la route.

Il remonta la Volga, traversa la Finlande et la Suède puis la mer Baltique jusqu'au pays des idolâtres, les féroces Prussiens. Là, après avoir failli être immolé à la statue de bois d'une divinité, il fit route vers l'ouest à travers l'Empire germanique et le duché de Normandie pour arriver finalement en Angleterre puis en Irlande.

A l'époque où Nur se trouvait à Londres, c'était Richard Ier, surnommé Cœur de Lion, qui régnait sur l'Angleterre. Mais il n'y était pas. Il guerroyait en France, dans le Limousin, où il faisait le siège du château de

Châlus. Un mois après l'arrivée de Nur, on apprit que Richard avait été tué par la flèche d'un des archers du château. Son frère Jean fut couronné en mai. Nur assista aux cérémonies. Quelque temps après, il demanda audience au roi Jean. Il le trouva charmant et cultivé, très intéressé par la culture islamique et le soufisme. Mais ce qui avait surtout fasciné le monarque, c'étaient les récits que lui avait faits Nur de ses voyages dans les contrées lointaines.

– Il était non seulement difficile mais dangereux de voyager à cette époque-là, commenta Frigate. Même dans les pays soi-disant civilisés, ce n'était pas de la tarte. Partout, les haines religieuses étaient attisées par les guerres incessantes. Comment as-tu pu, musulman, sans argent ni protection d'aucune sorte, échapper à tous les périls qui te guettaient en territoire chrétien ? C'était l'époque des croisades et la haine du Sarrasin était répandue partout.

Nur haussa les épaules.

– En général, je me plaçais sous la protection des dignitaires de la religion d'Etat du pays où je me trouvais. Ils ne manquaient jamais de veiller à ma sécurité. Les chefs de ces Eglises se préoccupaient davantage des hérétiques de leur propre foi que des infidèles. Quand ils étaient chez eux, en tout cas.

» Le reste du temps, c'était ma pauvreté qui représentait ma meilleure protection. Les bandits de grand chemin ne s'intéressaient pas à moi. Lorsque je voyageais dans les campagnes, je m'assurais le vivre et le couvert en divertissant les gens grâce à ma flûte ou à mes dons de magicien et de saltimbanque. Je suis très doué pour les langues, également. Partout où je passais, j'apprenais très vite l'idiome ou le dialecte local et je racontais des histoires et des blagues. Partout, les gens sont avides de nouveauté et de distractions. Je n'ai jamais souffert de leur accueil, bien qu'il y eût, inévitablement, quelques accrocs, par-ci par-là. Mais qu'est-ce que ça pouvait leur faire, que je sois musulman ? J'étais inoffensif et je les distrayais. De plus, il émanait de moi quelque chose qui rassurait. C'est l'une de *nos* spécialités.

Après être retourné à Grenade et avoir constaté que l'atmosphère y était devenue différente et hostile aux soufis, il était parti s'établir, durant quelques années, dans le Khorassan, où il avait formé un grand nombre de disciples. Puis il était retourné à La Mecque. De l'Arabie du Sud, il avait gagné, à bord d'un navire marchand, la côte de Zanzibar, puis le sud-est de l'Afrique. Ensuite, il était allé à Bagdad où il avait trouvé la mort à l'âge de quatre-vingt-quatorze ans.

Les hordes mongoles, conduites par Hulagu, petit-fils de Gengis Khan, avaient fondu sur Bagdad, qu'elles avaient dévasté et pillé. Pendant quarante jours, des centaines de milliers d'habitants furent sauvagement massacrés. Nur fit partie du lot. Il était assis dans sa chambre, en train de jouer de la flûte, lorsqu'un soldat courtaud, aux yeux en oblique, aux vêtements et aux mains maculés de sang, avait fait irruption. Nur avait continué à jouer jusqu'à ce que le sabre mongol retombe sur sa nuque.

– Les Mongols ont mis le Moyen-Orient à feu et à sang, avait dit Frigate. Jamais dans l'histoire des hommes une telle désolation n'avait été causée en si peu de temps. Quand les Mongols ont quitté le pays, la moitié de la population avait été assassinée et tout avait été détruit, des bâtiments jusqu'aux canaux d'irrigation. A mon époque, six cents ans plus tard, le Moyen-Orient ne s'en était pas encore remis.

– Ils étaient véritablement le fléau d'Allah, avait commenté Nur. Et pourtant, il y avait aussi des gens bien parmi eux.

A présent, assis auprès de Nur sur le pont du *Razzle Dazzle*, Frigate contemplait les petits hommes noirs qui mâchaient du bétel à longueur de journée sur la rive. Et il méditait sur le hasard ou la destinée qui avait croisé les chemins d'un homme né dans le Middle West américain en 1918 et d'un autre qui avait vu le jour dans l'Espagne musulmane du XIIe siècle. Mais la destinée était-elle autre chose qu'une forme de hasard ? Oui, sans doute. Sur la Terre, il n'y avait aucune chance pour qu'un tel événement se fût produit. Mais ici, c'était devenu possible. Et ils étaient là, tous les deux, sur le pont du *Razzle Dazzle*.

Ce soir-là, après le dîner, ils furent invités dans la cabine du capitaine. Le bateau était à l'ancre à proximité de la rive et leur partie de poker était éclairée par des lanternes à huile de poisson. Lorsque Tom Rider eut raflé le dernier pot – c'étaient des cigarettes qui servaient d'enjeu –, ils commencèrent à se raconter des histoires. Nur leur conta deux aventures du mollah Nasruddin. Ce Nasruddin (Aigle-de-la-Foi) était une figure célèbre du folklore musulman, un derviche fou, un niais dont les loufoqueries étaient en réalité des leçons de sagesse.

Après avoir tranquillement siroté son scotch – il ne buvait jamais plus de deux doigts par jour –, Nur déclara :

– J'ai bien aimé l'histoire que le capitaine a racontée, celle de Pat et de Mike, du pasteur, du rabbin et du prêtre. Elle est très drôle et particulièrement édifiante en ce qui concerne le mode de pensée occidental. Mais je vais maintenant vous raconter une histoire orientale.

» Un jour, un visiteur, se présentant devant la maison du mollah Nasruddin, vit qu'il était en train d'en faire le tour, en semant des miettes de pain sur son passage.

» – Pourquoi faites-vous donc ça, Mollah ? lui demanda-t-il.

» – Pour éloigner les tigres.

» – Mais il n'y a pas de tigres par ici.

» – Précisément, c'est parce que ça marche.

Tout le monde éclata de rire. Au bout d'un moment, Frigate demanda :

– Est-ce que cette histoire est très vieille, Nur ?

– Elle avait au moins deux mille ans quand je suis né. Les soufis s'en servaient à l'origine comme d'une parabole didactique. Mais pourquoi ?

– Parce que j'ai entendu à peu près la même, dans les années 1950. C'était un Anglais, à genoux sur le trottoir, en train de tracer une ligne à la craie. Un passant s'arrête et lui demande :

» – Pourquoi faites-vous ça ?

» – Pour éloigner les lions.

» – Mais il n'y a pas de lions en Angleterre.

» – Vous voyez bien !

– Ça alors ! J'ai entendu la même, moi aussi, quand j'étais gosse à Frisco ! s'écria Farrington. Seulement, c'était un Irlandais.

– Beaucoup d'histoires de Nasruddin sont devenues de simples blagues, expliqua Nur. On les raconte pour se distraire, mais à l'origine elles avaient une valeur éducative. En voici une autre.

» Nasruddin, sur son âne, traversait fréquemment la frontière qui séparait la Perse des Indes. Chaque fois, l'âne était chargé de grosses bottes de paille. Et quand Nasruddin revenait, l'âne ne portait plus rien. Chaque fois, les douaniers fouillaient Nasruddin et la paille, mais ils ne découvraient aucun article de contrebande.

» Ils lui demandaient ce qu'il transportait, et le mollah répondait invariablement, avec un grand sourire : " De la contrebande ".

» De nombreuses années plus tard, lorsque Nasruddin se fut retiré en Egypte, un des douaniers le rencontra et lui demanda :

» – Maintenant que tu ne risques plus rien, Nasruddin, peux-tu me dire ce que tu passais en fraude ?

» – Des ânes, répondit le mollah.

Tout le monde rit de nouveau et Frigate déclara :

– Celle-là aussi, je l'ai entendue, mais en Arizona. Le contrebandier s'appelait Pancho et il traversait la frontière entre les Etats-Unis et le Mexique.

– Toutes les histoires drôles ont déjà été racontées, fit Tom Rider avec son accent traînant. Je suppose qu'elles remontent pour la plupart aux hommes des cavernes.

– C'est possible, dit Nur; mais selon la tradition, ce sont les soufis qui les ont mises en circulation, bien avant la naissance de Mahomet. Elles étaient destinées à apprendre aux gens à changer leur manière de penser. Bien qu'elles aient, naturellement, un contenu humoristique, elles étaient avant tout didactiques. Mais elles ne servaient que dans les premiers stades de la formation des disciples.

» Il est vrai qu'elles se sont répandues partout, en Orient comme en Occident. C'était très amusant pour moi de les entendre, très déformées, naturellement, racontées en gaélique par des Irlandais. De bouche à oreille, sur des milliers de lieues et pas moins de deux millénaires, Nasruddin était passé de Perse en Hibernie.

– Puisque tu dis que les soufis ont créé cette tradition avant Mahomet, fit remarquer Frigate, ces soufis devaient être des zoroastriens en réalité.

– Le soufisme n'est pas un monopole de l'islam, expliqua Nur. Ce sont des musulmans qui l'ont développé, mais n'importe qui, à condition de croire en Dieu, peut être candidat soufi. Ce qui est sûr, c'est que les méthodes d'enseignement du soufisme varient selon les pays. Ce qui est bon pour des musulmans perses du Khorassan n'est pas nécessairement applicable aux musulmans noirs du Soudan. Et la différence serait encore plus grande pour des Parisiens de confession chrétienne. L'enseignement doit s'adapter au lieu et à l'époque.

Un peu plus tard dans la soirée, Nur et Frigate descendirent à terre pour se dégourdir les jambes. La rive était peuplée de Dravidiens bruyants qui avaient allumé de grands feux de joie.

— Je ne comprends pas comment tu peux adapter ton enseignement hispano-mauresque du Moyen Age à la diversité des races et des peuples que l'on peut trouver dans le Monde du Fleuve. Il n'y a pas de culture monolithique. Et la seule chose qui caractérise la civilisation du Fleuve, c'est son état de perpétuel changement.

— C'est un problème que j'essaie de résoudre en ce moment, fit Nur.

— Alors, c'est pour cette raison que tu refuses de me prendre pour disciple ? C'est parce que tu n'es pas prêt toi-même en tant que maître ?

— Si tu veux, tu peux te consoler ainsi, déclara Nur en riant. Mais tu as certainement raison, c'est en partie pour ça. Même les meilleurs maîtres ont besoin de se recycler sans cesse.

49

Les nuées grises envahissaient le navire. Elles pénétraient partout.

— Encore ? Non, pas ça, par pitié ! s'écria Sam Clemens. Mais il ne savait pas pourquoi il disait cela.

Non seulement la brume s'insinuait partout, dans les coursives et sous les portes, imprégnant tout ce qui était susceptible de se gorger de moiteur ouatée, mais elle pénétrait par sa bouche, par tous ses orifices, à l'intérieur de son corps. Elle enveloppait ses organes, son cœur, sa rate, ses intestins, suintait de son anus et de sa verge, dégoulinait entre ses jambes et formait une mare liquide à ses pieds.

Il était imbibé d'une peur sans nom qu'il ne ressentait pourtant pas pour la première fois.

Il était seul dans la timonerie. Seul à bord du navire à aubes. Il se tenait, debout, devant le panneau de commande, et regardait par le pare-brise. La brume s'agglutinait contre le panneau de plastique transparent. Elle coupait toute visibilité, mais Sam n'avait pas besoin d'apercevoir les rives pour savoir qu'elles étaient désertes. Il n'y avait plus personne le long du Fleuve. Il n'y avait personne, à part lui, à bord du grand navire. Et même sa présence n'était pas indispensable, puisque le pilote automatique était branché.

Solitaire comme il était, personne, au moins, ne pouvait plus l'empêcher d'atteindre son but. Personne ne se dresserait entre lui et les sources du Fleuve.

Il se mit à faire les cent pas dans la timonerie, d'une cloison à l'autre. Combien de temps allait durer le voyage ? Quand la brume se lèverait-elle ? Allait-il revoir le soleil et découvrir enfin les montagnes qui entouraient le pôle ? Quand entendrait-il de nouveau une voix humaine ? Quand reverrait-il un visage familier ?

— Pas plus tard que maintenant ! hurla une voix caverneuse.

Sam fit un bond, comme si un double ressort venait de se détendre sous ses pieds. Son cœur se comprimait et se dilatait à la vitesse du battement d'ailes d'un colibri. Il pompait l'eau et la peur, formant une mare à ses pieds. Sans s'en apercevoir, il s'était retourné et faisait maintenant face au propriétaire de la voix. Celle-ci n'était qu'une ombre à peine visible au milieu des fumerolles de brume qui remplissaient la timonerie.

L'ombre s'avança vers lui, s'arrêta et leva ce qui ressemblait à un bras. Mais c'était un tentacule, qui abaissa une manette du panneau de bord.

Sam voulut crier : « Non ! Pas ça ! » mais les mots se heurtèrent dans sa gorge et se brisèrent comme du verre fragile.

Il ne faisait pas assez clair pour voir sur quel levier

l'ombre avait appuyé, mais Clemens savait que la trajectoire du navire avait été modifiée et qu'il allait inéluctablement s'écraser sur la rive.

Les mots finirent par sortir... en grinçant.

– Vous ne pouvez pas me faire ça !

L'ombre avança silencieusement. Sam distingua la silhouette d'un homme qui avait à peu près sa taille mais dont les épaules étaient beaucoup plus larges. A une épaule, il portait un long manche en bois terminé par un coin d'acier.

– Eric la Hache ! s'écria Sam.

Et l'affreuse poursuite commença. Il s'enfuit comme un fou à travers tout le bateau, d'une pièce à l'autre de la timonerie à triple niveau, jusqu'au pont d'envol puis dans les hangars situés sous le pont supérieur, le long des cabines du pont promenade et enfin dans les entrailles du navire, où se trouvaient les gigantesques machines.

Là, il était au-dessous de la ligne de flottaison et il avait conscience de la formidable pression de l'eau sur la coque. Il courut, éperdu, d'une coursive à l'autre, refermant soigneusement chaque porte derrière lui dans l'espoir vain de retarder son monstrueux poursuivant. Il passa au milieu des moteurs électriques géants qui alimentaient les roues à aubes lancées à plein régime vers la destruction finale.

Son dernier espoir était d'arriver à la soute qui contenait les deux chaloupes à moteur. Il rendrait la première inutilisable en arrachant les fils du moteur et mettrait la deuxième à l'eau pour semer définitivement son poursuivant sinistre.

Mais quelqu'un avait verrouillé la porte.

Il était maintenant tapi dans un recoin d'ombre, essayant désespérément de retenir sa respiration rauque. Mais un panneau s'ouvrit et la silhouette d'Eric la Hache s'encadra dans la grisaille. Le Viking s'avança vers lui en levant sa hache à deux mains.

– Je t'avais prévenu, dit-il.

Sam aurait voulu protester, mais sa gorge, comme tout son corps, était paralysée. Il ne pouvait plus rien faire. Et après tout, c'était sa faute. Il l'avait bien mérité.

50

Il se réveilla en gémissant. La lumière de la cabine était allumée et le beau visage de Gwenafra, aux longs cheveux blonds pendants, était penché sur lui.

– Réveille-toi, Sam ! Tu as fait encore un cauchemar !
– Il a failli m'avoir, cette fois-ci, grommela-t-il.

Il s'assit au bord du lit. Des coups de sifflets résonnaient partout sur les ponts. Quelques instants plus tard, l'interphone sonna. Le navire allait bientôt jeter l'ancre devant une pierre à graal et ce serait l'heure du petit déjeuner. Sam aimait paresser au lit, et il se serait bien passé de petit déjeuner, mais en tant que commandant du navire il se devait de montrer l'exemple et de se lever quand c'était l'heure.

En maugréant, il se mit debout et se rendit aux gogues d'un pas mal assuré. Après s'être douché et brossé les dents, il revint auprès de Gwenafra, déjà habillée, qui ressemblait à une Esquimaude emmitouflée dans des serviettes de bain remplaçant les fourrures. Sam enfila un costume identique, mais il laissa la capuche baissée pour mettre sa casquette de commandant. Il alluma un *corona* et se mit à faire les cent pas en soufflant bruyamment la fumée.

– C'était encore Eric la Hache ? lui demanda Gwenafra.
– Oui. Fais-moi un peu de café, veux-tu ?

Elle fit tomber quelques cristaux noirs dans un gobelet de métal gris. Puis elle versa de l'eau qui se mit à bouillir presque instantanément en dégageant un puissant arôme.

– Merci, dit-il en prenant le gobelet.
– Tu n'as aucune raison de te sentir coupable envers lui, murmura-t-elle.
– C'est ce que je ne cesse de me répéter. Je sais que c'est totalement irrationnel, mais en quoi le fait de le savoir a-t-il jamais amélioré quoi que ce soit ? L'irrationnel est notre moteur principal. Le Grand Maître des Rêves a autant de cervelle qu'un porc-épic, mais c'est un artiste épique et s'il y a un porc qui sommeille en lui, c'est le lot de tous les artistes, y compris sans doute ton serviteur.

— Il n'y a aucune chance pour que ce Viking te retrouve un jour.

— Je le sais, mais ce n'est pas à moi qu'il faut le dire, c'est à lui.

Une ampoule s'alluma et un signal sonore vibra sur le panneau mural. Sam actionna l'interrupteur.

— Capitaine ? Ici Detweiler. Nous sommes en vue de la pierre à graal. Arrivée prévue dans cinq minutes.

— C'est bon, Hank, dit Sam. Je viens tout de suite.

Suivi de Gwenafra, il quitta la cabine et emprunta une étroite coursive puis une échelle qui menait au poste de commandement. La « passerelle » était située au dernier étage de la timonerie. Les deux étages inférieurs étaient réservés aux quartiers des principaux officiers.

Il y avait trois personnes au poste de pilotage : Detweiler, ancien pilote de bateau à aubes, puis capitaine, puis propriétaire d'une compagnie de navigation fluviale qui couvrait l'Illinois et le Mississippi; John Byron, ex-amiral de la Royal Navy, présentement officier en second; et Jean-Baptiste Antoine Marcellin de Marbot, ex-général sous Napoléon Ier, présentement à la tête du corps de fusiliers marins du navire.

C'était un petit homme sec, râblé, aux yeux bleus pétillants de malice, au nez camus et aux cheveux brun foncé. Il salua Clemens et annonça en espéranto :

— Tout est paré pour l'expédition, commandant.

— Très bien, Marc, lui dit Sam. Tu peux rejoindre ton poste, maintenant.

Le Français claqua les talons, salua et quitta la passerelle en se laissant glisser au bas de la perche qui reliait la timonerie au pont de manœuvre. Celui-ci, éclairé, laissait apercevoir les fusiliers marins alignés en tenue de combat. Le porteur d'étendard tenait à la main une hampe au sommet de laquelle flottaient les couleurs du navire, un phénix rouge sur champ d'azur. Derrière lui se tenaient les pistoleros, hommes et femmes casqués de « seaux à charbon » en duralumin gris surmontés d'une crête de cheveux humains lustrés. Leur corps était protégé par une cuirasse en plastique et des jambières de cuir. A leur taille, un lourd ceinturon exhibait les étuis contenant les fameux pistolets Mark IV.

Derrière eux étaient alignés les lanciers; encore derrière,

les archers. Et sur le côté se trouvait un groupe de bazookataires.

Du côté opposé, gardant le flanc, se trouvait un colosse revêtu d'une armure. Il tenait d'une main une massue en chêne que Sam n'était capable de soulever à deux mains qu'au prix d'un effort surhumain. Officiellement, Joe Miller était le garde du corps de Sam. Cependant, lorsque les fusiliers marins descendaient à terre en de telles occasions, il les accompagnait toujours. Sa principale fonction était d'intimider les riverains.

— Mais Joe exagère, comme toujours, disait Sam. Il leur fait si peur qu'ils détalent comme des lièvres rien qu'en le voyant.

La journée débuta comme à l'accoutumée. Cependant, ce n'était pas une journée comme les autres. Dans quelques heures, en principe, le *Minerve* allait attaquer le *Rex Grandissimus*. Rien qu'à cette pensée, Sam aurait dû jubiler. Pourtant, ce n'était pas le cas. Il avait mal au cœur à l'idée qu'un si splendide bâtiment, dont la construction lui avait coûté personnellement tant d'efforts, allait être coulé. De plus, il enrageait à l'idée de ne pas pouvoir savourer de visu sa vengeance sur le roi Jean.

Mais il fallait avouer que c'était le moyen le plus sûr, et le moins dangereux.

Un feu était allumé sur la rive droite, à cinq cents mètres environ de l'endroit où ils se trouvaient. A travers la brume, moins dense que d'habitude à cette heure de la matinée, ils apercevaient la masse en forme de champignon d'une pierre à graal autour de laquelle allaient et venaient des silhouettes drapées de tissu blanc. Bientôt, le soleil se montrerait au-dessus des crêtes et la brume se lèverait totalement. Le ciel deviendrait de plus en plus bleu et les grandes nébuleuses incandescentes se transformeraient insensiblement en de pâles fantômes à peine discernables.

Comme toujours en pareil cas, pour des raisons de sécurité, le *Dragon de Feu III,* véhicule blindé amphibie, accosta le premier. Lorsque les bataciteurs du grand navire demandaient à être rechargés, on envoyait un parlementaire qui sollicitait des riverains la permission de se servir de deux de leurs pierres à graal. La plupart acceptaient volontiers et s'estimaient rémunérés par le spectacle du grand bateau qui venait jeter l'ancre sous leur nez. Quant à ceux qui élevaient des objections, ils voyaient leurs deux pierres à graal momentanément confisquées et c'était exactement la même chose.

Ils ne pouvaient rien faire contre l'extraordinaire puissance de feu qui leur était opposée. Bien que Clemens détestât la violence, il n'hésitait pas, lorsqu'il le fallait, à faire une démonstration de force, en évitant si possible de détruire des vies humaines. Quelques rafales des mitrailleuses à vapeur du *Mark Twain,* quelques évolutions de l'amphibie sur la rive suffisaient en général à imposer le respect. Ils avaient rarement eu à engager vraiment le combat contre qui que ce fût.

Après tout, les riverains n'avaient rien à perdre à les laisser utiliser provisoirement leurs pierres à graal. Les emplacements ne manquaient pas, sur les pierres voisines, pour que personne ne fût privé de petit déjeuner. En réalité, nombreux étaient ceux qui s'en passaient volontairement, pour le seul plaisir de rester, béats d'admiration, devant le grand navire qui refaisait le plein d'énergie.

Les quatre énormes moteurs électriques demandaient à être rechargés chaque jour. Pendant qu'une vedette rapide emportait, sous bonne escorte, les graals de l'équipage pour les remplir à une pierre voisine, les équipes habituelles s'occupaient de placer les coupelles géantes en aluminium au sommet des deux pierres à graal. A l'heure de la décharge, les câbles qui les reliaient au bateau conduiraient toute l'énergie dans le bataciteur. Celui-ci se présentait sous la forme d'un énorme cube de métal qui occupait toute la hauteur des ponts inférieur et principal. Dans sa fonction de capaciteur, il stockait l'énergie instantanément; dans celle de pile, ou batterie, il la restituait à la demande.

Sam Clemens, durant toutes ces opérations, descendit à terre saluer les notables du coin, qui comprenaient l'espéranto. Mais ils le déformaient, en le parlant, d'une manière qui le rendait presque inintelligible. Sam les remercia gravement de leur amabilité, puis retourna au navire à bord de sa petite vedette privée.

Cinq minutes plus tard, les détonations des pierres à graal se répercutèrent dans toute la vallée. Cinq minutes après, les graals étaient rentrés à bord.

Toutes cloches battantes et tous sifflets sonnant à pleine vapeur afin de régaler les riverains du spectacle, le *Mark Twain* leva l'ancre et s'éloigna majestueusement en remontant le courant.

Gwenafra et Sam allèrent prendre place à la grande table polygonale qui se trouvait dans la salle à manger du pont principal. Tous les officiers supérieurs, à part ceux qui étaient de quart, se trouvaient déjà là. Après avoir déjeuné et donné quelques ordres pour la journée, Sam se retira dans la salle de billard, où il joua contre le titanthrope. Mais Joe Miller n'était pas très doué pour le billard, ni pour les cartes, à cause de la grosseur de ses mains. Sam le battait presque toujours. Parfois, il jouait contre quelqu'un de plus compétent.

A sept heures précises, Sam Clemens faisait sa tournée d'inspection du navire. Il détestait marcher, mais il insistait pour y aller car il avait besoin d'exercice. Et c'était bon pour la discipline à bord. Sans revue de détail et sans entraînement, l'équipage finirait par ressembler à une bande de civils, de chiffes molles. Les matelots deviendraient insupportables, trop familiers avec leurs supérieurs pendant les heures de service.

Sam avait coutume de dire : « Je veux que tout brille à bord comme un sou neuf. Ce qui ne veut pas dire qu'il faut qu'on soit soûl ou plein comme un œuf. »

Ce matin-là, la tournée d'inspection n'eut pas lieu. On demanda Sam à la timonerie car le radio avait reçu un message du *Minerve*. Mais avant qu'il eût quitté la cabine de l'ascenseur, on lui annonça que le radar avait repéré un objet volant au-dessus des montagnes à bâbord.

51

Le dirigeable sortit de l'azur comme un œuf argenté pondu par le soleil. Pour les riverains pris au dépourvu, il ne pouvait s'agir que d'un monstre effroyable. La plupart n'avaient jamais vu, ni dans cette existence ni dans l'autre, de machine volante. Ils ne soupçonnaient même pas que la chose fût possible. Nul doute que certains s'imaginèrent, en le voyant, que le vaisseau du ciel transportait les êtres mystérieux qui les avaient ressuscités sur cette planète. Quelques-uns, peut-être, se réjouissaient secrètement de sa venue, certains qu'une révélation était proche.

Comment le *Minerve* avait-il fait pour retrouver si facilement le *Mark Twain* ? C'est que le grand navire remorquait un ballon captif de forme plus ou moins aérodynamique, contenant l'émetteur-récepteur qui permettait de communiquer par radio au-dessus des montagnes. Hardy, le navigateur du *Minerve,* connaissait la position approximative du navire à aubes, qui n'avait jamais perdu le contact avec la base de Parolando. En outre, le *Parseval* avait envoyé un message relayant les coordonnées du *Mark Twain*.

Connaissant également la position du *Rex,* le capitaine du *Minerve* savait que les deux navires ennemis ne se trouvaient qu'à cent quarante kilomètres l'un de l'autre, à condition de suivre une ligne aussi droite que le dos d'un officier prussien. Mais s'il fallait passer par les méandres du Fleuve, Sam aurait à parcourir plus de cinq cent mille kilomètres avant d'arriver au point où se trouvait Jean sans Terre en ce moment.

Greystock, de la nacelle de commandement, demanda par radio la permission d'effectuer un passage au-dessus du navire.

— Pourquoi ? rétorqua la voix neutre de Sam Clemens.

— Pour vous saluer, mais aussi pour vous permettre de voir de près l'appareil qui va bientôt envoyer le roi Jean par le fond. Sans compter que mes hommes et moi, nous aimerions aussi admirer de plus près votre magnifique navire.

Il marqua une pause, puis reprit :

— C'est peut-être notre dernière chance.

A son tour, Sam hésita. Quand il parla, ce fut d'une voix étranglée par l'émotion :

— D'accord, Greystock. Vous pouvez passer tout près, mais pas au-dessus de nous. Traitez-moi de paranoïaque, si vous voulez, mais je suis malade à l'idée d'avoir au-dessus de ma tête, ne fût-ce que pour un moment, quatre bombes pesant quarante-six kilos chacune. Si elles vous échappaient accidentellement ?

Greystock roula les yeux dans une grimace de pitié et échangea un regard sardonique avec ses compagnons dans la nacelle.

– Aucun accident de ce genre ne peut se produire, affirma-t-il.

– Ouais ? C'est exactement ce que disait le commandant du *Maine* juste avant d'aller se coucher. Non, Greystock, vous ferez ce que je vous dis ou rien.

Greystock, l'air peiné, répondit qu'il obéirait.

– Nous décrirons un cercle au-dessus de vous avant d'aller effectuer notre mission.

– Je vous souhaite de réussir, dit Sam. Vous êtes des gars courageux. Il se peut que vous...

Il semblait incapable d'achever sa phrase.

– Nous savons très bien que nous risquons d'y laisser la peau, fit Greystock. Mais je pense que nous avons de bonnes chances de tomber sur le *Rex* par surprise.

– Je l'espère. N'oubliez pas, cependant, qu'ils ont deux avions. Tâchez de détruire en premier le pont d'envol, qu'ils ne puissent pas décoller.

– Je n'ai pas besoin de conseils, répliqua froidement Greystock.

Il y eut une nouvelle pause, un peu plus longue que les précédentes. Puis la voix de Sam résonna dans le haut-parleur :

– Lothar von Richthofen va monter vous saluer. Il veut vous donner sa bénédiction personnelle. C'est le moins qu'on puisse faire pour lui. J'ai eu un mal de chien à l'empêcher de vous escorter depuis le début. Il aurait bien voulu vous accompagner dans votre mission, mais son plafond est de 3 000 m et c'est un peu juste pour survoler ces montagnes à courants d'air. De toute manière, pour revenir, il lui faudrait un réservoir supplémentaire.

La voix de Lothar s'interposa alors :

– Je ne fais que lui expliquer que vous pourriez me fournir le carburant pour le retour, Greystock. La chose est tout à fait possible.

– Pas question ! coupa Greystock.

Il regarda par le hublot avant. Ils étaient en train de faire descendre le ballon captif, mais il faudrait vingt bonnes minutes pour que la manœuvre soit achevée.

Vu du ciel, le navire géant était une merveille. Il

dépassait le *Rex* d'un bon quart en longueur et sa hauteur était très supérieure. Jill Gulbirra prétendait que le *Parseval* était l'objet le plus grandiose et le plus imposant jamais construit par l'homme dans le Monde du Fleuve. La Terre n'avait jamais rien connu de semblable. Mais d'après Greystock, ce navire, pour utiliser l'expression de Clemens, « remportait le Ruban bleu d'un bon kilomètre ».

Sous les yeux de Greystock, l'ascenseur amena l'avion sur la piste d'envol tandis que plusieurs hommes s'affairaient à préparer le système de catapultage.

L'ex-baron anglais fit de son regard glacé le tour de la nacelle de commandement. Le pilote, Newton, vétéran de la Deuxième Guerre mondiale, était à son poste. Hardy, le navigateur, et Samhradh, le second, d'origine irlandaise, se tenaient devant le hublot de bâbord. Il y avait six autres personnes à bord du dirigeable, mais elles se trouvaient réparties dans les trois nacelles motrices.

Greystock alla ouvrir l'armoire aux munitions et en sortit deux pistolets Mark IV. C'étaient des armes d'acier à quatre coups, utilisant des cartouches en duralumin qui tiraient des projectiles en plastique de calibre 69. Il prit un pistolet normalement dans la main gauche et l'autre à l'envers dans la main droite. Sans quitter des yeux les deux hommes qui lui tournaient le dos face au hublot, il alla se placer derrière Newton, leva la crosse du pistolet qu'il tenait à la main droite et la laissa retomber sur le crâne du pilote. Celui-ci glissa de son siège sans pousser un seul soupir.

Greystock allongea vivement le bras pour éteindre du pouce le poste émetteur. Les deux hommes s'étaient retournés en entendant le bruit mat de la crosse heurtant l'os du crâne. Leur expression se figea devant le spectacle inattendu.

— Pas un geste, fit Greystock. Attention... les mains derrière la tête, lentement.

— Qu'est-ce qui te prend? fit Hardy, dont les yeux semblaient sur le point de sortir de leur orbite.

— Ne cherchez pas à comprendre.

Il fit un geste, du canon d'une de ses armes, en direction d'une armoire.

— Prenez un parachute. Et pas de mauvais coup. Je peux vous descendre facilement tous les deux.

Samhradh se mit à bégayer, son visage virant du jaune au rouge :

— T... t... traître ! Salaud !

— Je ne suis pas un traître, fit Greystock, mais un loyal sujet de Sa Majesté le roi Jean d'Angleterre.

Il sourit avant d'ajouter :

— Qui m'a promis, naturellement, de me nommer second à bord du *Rex* dès que je lui livrerais ce dirigeable.

Samhradh jeta un coup d'œil au hublot arrière. Ce qui se passait dans la nacelle de commandement était visible de l'intérieur des nacelles motrices.

— Je me suis absenté tout à l'heure pendant vingt minutes, reprit Greystock. Vous vous rappelez ? Les officiers mécaniciens sont tous ficelés comme des saucissons. N'attendez pas d'aide de ce côté-là.

Les deux hommes allèrent ouvrir l'armoire indiquée par Greystock et commencèrent à enfiler leur parachute.

— Et lui ? demanda Hardy en désignant Newton.

— Vous pouvez lui mettre son parachute également. Vous le balancerez avant vous.

— Et les mécaniciens ?

— Ils prendront les risques avec moi.

— Si tu te fais descendre, ils sont condamnés !

— Quel dommage !

Quand les deux hommes furent prêts, ils traînèrent le pilote encore à demi inconscient devant le hublot de bâbord. Greystock les tenait en joue de ses deux pistolets. Il appuya sur le bouton qui permettait de déverrouiller le hublot. Ils firent passer Newton par l'ouverture et Samhradh tira au dernier moment sur la commande du parachute. Quelques secondes plus tard, il sauta à son tour. Hardy enjamba le hublot puis se tourna vers Greystock :

— Si jamais on se rencontre encore, tu le regretteras, salaud.

— Dépêche-toi de sauter, ou je vais surtout regretter de te donner cette chance, fit Greystock en agitant son arme.

Il remit la radio en marche.

— Qu'est-ce qui se passe là-haut ? beugla aussitôt Clemens.

— On vient de tirer à la courte paille pour savoir qui allait rester. Il vaut mieux alléger le dirigeable au maximum. Pour cette mission, nous allons avoir besoin de toute notre vitesse.

— Pourquoi ne m'avez-vous pas prévenu ? hurla Sam. Il va falloir que je mette en panne pour aller les récupérer !

— Je sais, fit Greystock entre ses dents.

Il jeta un coup d'œil au hublot de bâbord. Le *Minerve* avait maintenant dépassé le *Mark Twain,* dont les ponts étaient encombrés de gens qui levaient la tête vers le dirigeable. L'avion, un monoplan monoplace à ailes basses, était en place sur la catapulte que l'on était en train d'orienter face au vent. Le ballon captif n'était pas encore sur le pont.

Greystock s'assit à la place du pilote. Il descendit à quatre-vingt-dix mètres au-dessus du Fleuve et commença à se rapprocher du navire.

Le grand bâtiment blanc était immobile au milieu du Fleuve. Ses quatre roues à aubes tournaient juste assez pour neutraliser les effets du courant. Une chaloupe avait été mise à flot à l'arrière et contournait le navire pour aller repêcher les trois parachutistes qui se débattaient dans l'eau.

Les deux rives étaient maintenant noires de monde. Une centaine de petites embarcations de toutes sortes convergeaient vers le grand navire.

La catapulte laissa échapper un jet de vapeur et le monoplan prit son vol. Son fuselage et ses ailes argentés brillèrent au soleil tandis qu'il grimpait à la rencontre du dirigeable.

La voix de Clemens glapit dans le récepteur :

— Bon sang de bonsoir de bordel de merde ! Qu'est-ce que vous fabriquez encore, Greystock ?

— Je reviens m'assurer que mes hommes sont sains et saufs.

— Par tous les crétins de la création ! s'époumona Clemens. Même si ce qui vous sert de cerveau occupait dix fois plus de volume, on pourrait le loger à l'aise dans la tête d'un anophèle ! Voilà ce que c'est que de vouloir faire une toque en vison avec les poils du cul d'un cochon ! J'avais bien dit à Firebrass qu'un baron médiéval et un dirigeable, ça n'allait pas ensemble. Je n'ai fait que lui répéter : « Ce Greystock est de la plus vile, la plus arrogante, la plus fourbe extraction que l'on puisse trou-

ver. Un noble anglais du Moyen Age ! Jésus à bicyclette ! »
Mais non, il ne voulait pas m'écouter, il disait que vous
aviez des possibilités, que ce serait intéressant de voir si
vous pouviez vous adapter à l'ère industrielle !

La voix de Joe Miller roula comme une lame de fond sur
les galets de la grève.

– Modère-toi, Fam. Fi tu le pouffes à bout, il rifque de
refuver d'attaquer le véfo de Vean.

– Effe que ve t'ai demandé fi ta grand-mère était lève-
bienne ? railla Clemens. Quand j'aurai besoin de l'avis
d'un pithécanthrope, je te sonnerai.

– Qui te fent morveux fe mouffe. Tu n'as pas bevoin
d'infulter les vautres parfe que tu te fens fruftré, Fam. Effe
que par havard il ne te ferait vamais venu à l'idée que fe
Greyftock pourrait vouloir nous vouer un fale tour ? Et f'il
était de meffe avec fe trou-du-cul de Vean fans Terre ?

Greystock, en entendant cela, réprima un juron. Le
colosse velu était beaucoup plus fin qu'il ne le paraissait.
Mais Clemens, fou de rage, allait peut-être l'ignorer.

Le dirigeable, incliné à dix degrés par rapport à l'horizontale, piquait sur le navire. Il n'était plus qu'à trente
mètres d'altitude.

L'avion de von Richthofen passa à moins de quinze
mètres. L'Allemand fit un signe à Greystock, mais il
paraissait inquiet. Il avait probablement entendu ce qu'ils
se disaient par radio.

Greystock enfonça un bouton. Une roquette partit en
trombe de son logement situé sous la nacelle motrice à
bâbord avant. Libéré du poids du missile, le dirigeable
reprit un peu d'altitude. Crachant des flammes, le cylindre
effilé incurva sa trajectoire vers l'avion de von Richthofen,
son détecteur infrarouge reniflant les tuyères de l'adversaire. Le visage de von Richthofen n'était pas visible, mais
Greystock imaginait aisément son expression horrifiée. Il
avait à peu près six secondes pour s'éjecter du cockpit. Et
s'il y parvenait, il aurait de la chance, à cette altitude, si
son parachute s'ouvrait.

Non, il ne s'éjectait pas. Il avait basculé sur l'aile et
piqué vers le Fleuve. Il redressait in extremis. Le missile
explosa à ce moment-là. L'engin et l'avion disparurent
dans une boule de feu et de fumée noire.

L'équipage du *Mark Twain* était en train de faire monter

en catastrophe le second appareil sur le pont, à côté de la catapulte. Ceux qui ramenaient le ballon avaient cessé de tirer sur le câble, distraits par les sirènes et le remue-ménage qui s'étaient soudain déchaînés de toutes parts. Greystock espérait qu'ils n'auraient pas la présence d'esprit de trancher le câble. Quand le navire voudrait manœuvrer très vite, le ballon serait une gêne.

Dans le récepteur, le hurlement des sirènes et la voix de Clemens, presque aussi aiguë que les coups de sifflets, lui parvenaient faiblement.

Le navire commença à prendre de la vitesse et à tourner en même temps. Greystock sourit. Il avait espéré que le *Mark Twain* allait se présenter par le travers. Il appuya sur un autre bouton et le *Minerve,* soulagé du poids de deux lourdes torpilles, fit un bond vers le haut. Greystock bloqua les gouvernes de profondeur pour le faire piquer du nez et mit les gaz à fond.

Les torpilles touchèrent l'eau dans une gerbe d'écume. Deux sillages blancs se formèrent derrière elles. La voix de Clemens glapit de plus belle dans la radio. Le navire cessa de tourner et se dirigea à toute vitesse vers la rive gauche. Des fusées crépitèrent à hauteur de plusieurs ponts. Certaines retombèrent aussitôt dans l'eau pour intercepter les torpilles et explosèrent immédiatement après avoir disparu sous la surface. D'autres grimpèrent en direction de Greystock. Celui-ci jura en anglo-normand. Il n'avait pas été assez rapide. Mais les torpilles allaient certainement toucher le bateau et, dans ce cas, les ordres du roi Jean auraient été exécutés.

Cependant, il ne voulait pas mourir. Il avait sa propre mission à accomplir.

Il aurait dû lâcher les bombes dès le début. Lorsqu'il s'était dirigé droit sur le navire, celui-ci avait modifié sa course et Greystock n'avait pas voulu brusquer le *Minerve.* Il aurait dû se débarrasser autrement de l'équipage et annoncer à Clemens qu'il descendait tout près pour qu'ils puissent bien voir le dirigeable.

Pendant que ces pensées amères se succédaient dans sa tête, il avait machinalement appuyé sur tous les boutons commandant la mise à feu de ses derniers missiles. Ils cinglèrent vers les missiles qui montaient du bateau, chacun attiré par la chaleur d'un engin adverse.

Plusieurs explosions simultanées secouèrent le dirigeable. Une fumée noire l'empêcha momentanément de voir le navire.

Lorsqu'il sortit du nuage, il était presque à la verticale du *Mark Twain*.

Par les pustules de Dieu ! Une torpille venait de rater l'arrière du navire ! L'autre allait le toucher ! Non ! Son flanc avait effleuré le coin de la coque et elle avait été déviée ! Le navire avait échappé aux deux !

La voix de Clemens, affolée, ordonnait de ne plus tirer. Sam avait peur que le dirigeable, après avoir explosé, ne retombe enflammé sur son navire.

Le ballon, traînant au bout de sa haussière en polyamide, flottait avec le courant et s'élevait par à-coups.

Sam avait oublié que les bombes du dirigeable n'avaient pas encore été larguées.

Le deuxième avion, un biplace amphibie, passa à quelques mètres de Greystock. Son pilote lui lança un regard chargé de frustration. Il allait beaucoup trop vite et il était déjà trop tard pour utiliser la mitrailleuse avant. Mais son équipier faisait déjà pivoter la sienne, à canon double. Une balle sur dix était incendiaire, au phosphore. Il n'en fallait pas plus d'une pour mettre le feu à l'hydrogène des ballonnets.

Le *Minerve* n'était plus qu'à cent cinquante mètres du grand navire. Ses nacelles motrices lancées à fond, poussé par un vent arrière de seize kilomètres à l'heure, il ne pouvait plus rater sa cible.

Greystock aurait voulu larguer ses bombes avant d'être touché par les balles traçantes. Peut-être le mitrailleur serait-il trop lent. Peut-être viserait-il à côté. Le temps qu'il réoriente ses mitrailleuses, l'avion aurait dépassé le dirigeable. La coque du navire grossissait de plus en plus. Même si les balles traçantes ne faisaient pas exploser le *Minerve*, il était si près du *Mark Twain* que les bombes détruiraient en même temps le navire et le dirigeable.

Il régla du pouce le mécanisme de mise à feu puis, sans perdre une seconde, plongea par le hublot demeuré ouvert. Pas le temps de mettre son parachute. De toute manière, il était trop près de la surface. Au moment où il commençait à tomber, il se sentit happé par un souffle d'air colossal qui le fit tournoyer, à demi inconscient, tout juste capable de penser, en un éclair, au poste de second que lui avait promis Jean sans Terre, ou à ses propres plans, qu'il ne réaliserait jamais, pour se débarrasser du monarque et s'emparer du commandement du *Rex grandissimus*.

52

Peter Frigate s'était embarqué sur le *Razzle Dazzle* le huitième jour de l'an VII après la Résurrection. Vingt-six ans plus tard, il naviguait encore à bord de la goélette. Mais il était las de voyager et désespérait d'atteindre jamais les sources du Fleuve.

Depuis le premier jour, il avait, à tribord, dépassé huit cent dix mille pierres à graal. Ce qui signifiait qu'il avait parcouru plus de treize cent mille kilomètres.

Le *Razzle Dazzle* se trouvait, au moment de son départ, dans la zone équatoriale. Au bout d'un an et demi, il avait atteint la région arctique, en se déplaçant comme un serpent qui ondule plutôt que comme un oiseau qui vole. Si le Fleuve avait été droit, il n'aurait fallu que six mois pour arriver au pôle. Mais il était aussi contourné que les promesses électorales d'un politicien après son élection.

La première fois qu'ils étaient arrivés dans la zone polaire, au moment de tourner le dos aux montagnes pour entamer un nouveau voyage vers le sud, Frigate avait proposé d'abandonner le navire et de continuer à pied vers le nord. On ne voyait pas encore les montagnes polaires, mais elles devaient être toutes proches. Quelle tentation !

— Par les cornes de Bélial ! s'était exclamé Farrington. Et ça, comment comptes-tu le franchir ?

Il indiquait du doigt la paroi montagneuse du nord, qui s'élevait, lisse et abrupte, jusqu'à des hauteurs estimées à quatre mille mètres.

— En ballon, avait dit Frigate.

— En ballon ? Tu n'es pas un peu dingue, non ? Le vent souffle vers le sud. Il nous éloignerait au lieu de nous rapprocher des montagnes.

— Les vents de surface, peut-être. Mais si les mécanismes

météorologiques sont les mêmes que sur la Terre, les courants aériens supérieurs devraient nous pousser vers le pôle. Naturellement, si les montagnes qui entourent le mythique océan des Brumes sont aussi élevées qu'on le dit, nous ne pourrons pas les franchir en ballon. Mais ce sera toujours ça de gagné, si nous pouvons nous poser à côté.

Farrington, en fait, était devenu pâle quand Frigate avait proposé de construire un ballon.

Rider lui avait expliqué en ricanant :

– Tu ne savais pas que Frisco Kid est capable de tourner de l'œil à la simple *mention* d'un voyage aérien ?

– Ce n'est pas vrai ! fit Martin en fulminant. Si son idée était réalisable, je serais le premier à construire ce ballon. Mais elle ne l'est pas. Et même si elle l'était, je me demande bien avec quoi on pourrait le fabriquer, ce fichu aérostat ?

Frigate dut admettre qu'il n'en avait pas la moindre idée. En tout cas, pas dans cette région. Pour construire un ballon, il faudrait retourner dans les régions tempérées, et encore ils n'étaient pas sûrs de trouver tous les matériaux.

L'idée n'était cependant pas mauvaise, et ils pouvaient envisager, par exemple, suggéra Rider, d'utiliser une montgolfière pour hisser une corde au sommet de la montagne.

Mais il riait lui-même à cette idée. Comment auraient-ils fabriqué quatre mille mètres de corde assez solide pour ne pas se rompre sous son propre poids ? Quelle sorte de montgolfière serait capable de soulever une telle masse ? Il faudrait qu'elle ait au moins la taille du *Hindenburg* !

Et comment fixer la corde au sommet de la montagne ?

Sarcastique, Frigate suggéra d'envoyer un homme avec la corde dans la montgolfière. Ainsi, il pourrait descendre au sommet et attacher l'aérostat.

– Laisse tomber ! dit Farrington.

Frigate ne demandait pas mieux, car il en avait assez de cette discussion.

Le *Razzle Dazzle* avait donc continué à voguer vers le sud, poussé par un bon vent, et son équipage se réjouissait de s'éloigner de ces régions inhospitalières et glacées. Les rives étaient peuplées d'hommes préhistoriques des temps paléolithiques, qui avaient déjà vécu dans les régions arctiques de la Terre. Eux ne se plaignaient pas, n'ayant jamais connu mieux.

Depuis, la goélette avait traversé l'équateur et navigué dans la zone antarctique à neuf reprises. En ce moment, elle se trouvait de nouveau à l'équateur.

Peter en avait assez de la vie à bord. Il n'était pas le seul. Depuis quelque temps, les escales duraient de plus en plus longtemps.

Un jour, à l'occasion d'une de ces escales, alors qu'il venait de remplir son graal pour le repas de midi, Frigate eut deux chocs, coup sur coup. Le premier était en rapport avec le contenu du graal. Depuis des années, il rêvait de trouver en même temps à l'intérieur une banane et du beurre d'arachide. Et aujourd'hui, son rêve était réalisé.

L'une des clayettes contenait une coupe remplie à ras bord de l'onctueux, succulent et odoriférant beurre de cacahuète. Et sur la clayette au-dessous, il y avait une banane, mouchetée à souhait.

Salivant, riant tout seul, il pela le fruit et en plongea le bout dans la pâte d'arachide. Au comble de la joie, il mordit le mélange.

Cela valait le coup d'être ressuscité, ne fût-ce que pour la nourriture.

Quelques secondes plus tard, il vit passer une femme. Elle était extrêmement séduisante, mais s'il écarquilla les yeux, ce fut à cause de quelque chose qu'elle portait au bras. Il la rattrapa à grandes enjambées et lui adressa la parole en espéranto :

— *Pardonu min, sinjorino.* Je n'ai pas pu m'empêcher de remarquer cet extraordinaire bracelet que vous portez. On dirait du cuivre !

Elle baissa les yeux en souriant.

— *Estas brazo,* dit-elle.

Elle accepta la cigarette qu'il lui offrait en murmurant : « *Dankon* », puis l'alluma. Elle avait l'air très aimable. Peut-être un peu trop, devait-on penser, car un colosse aux cheveux bruns s'approcha d'eux en fronçant les sourcils, qu'il avait épais.

Frigate s'empressa de lui assurer qu'il ne s'intéressait pas à la dame mais au bracelet. La première parut déçue, mais elle haussa les épaules en faisant contre mauvaise fortune bon cœur.

— Il vient d'amont, dit-elle. Il m'a coûté cent cigarettes et deux cornes de poisson-licorne.

— Sans mentionner certaines faveurs personnelles, fit l'homme.

— Mais chéri, c'était avant de te connaître! minauda-t-elle.

— Pourriez-vous me dire d'où il vient? demanda Frigate. C'est-à-dire, qui l'a fabriqué?

— Celui qui me l'a vendu venait de Nova Bohemujo.

Frigate offrit à l'homme une cigarette, ce qui parut faire baisser la tension. Le couple lui expliqua que la Nouvelle-Bohême était un Etat assez important situé à neuf cents pierres en amont du Fleuve. Il était peuplé en majorité de Tchèques du XXe siècle. La minorité était constituée par des tribus gauloises de l'Antiquité et, naturellement, les deux pour cent habituels de gens de toutes provenances.

Trois ans auparavant, la Nouvelle-Bohême n'était encore qu'un tout petit pays, comme on en voyait partout au bord du Fleuve.

— Mais son chef, expliqua la femme, avait en tête un projet grandiose. Il y a six ans, persuadé que le sous-sol de son pays pouvait receler des richesses minières, et en particulier du fer, il a fait creuser un énorme trou à la base de la montagne. Vous savez comme l'herbe est coriace. Avec des outils de bois et de silex, ce n'est pas très commode.

Frigate hocha la tête. La couverture végétale de la planète du Fleuve semblait conçue spécialement pour résister à l'érosion. En fait, les brins d'herbe étaient solidaires les uns des autres par leurs racines étroitement mêlées, et formaient un tapis aussi difficile à percer qu'une cotte de mailles.

— Il fallut très longtemps, reprit l'homme, pour ouvrir une tranchée d'une profondeur suffisante. Mais il n'y avait que de la terre en dessous. Ils s'obstinèrent, et arrivés à soixante mètres ils tombèrent sur de la roche. Je pense que c'était de la pierre à chaux. Ils faillirent abandonner, mais leur chef, un nommé Ladislas Podebrad, de tempérament plus ou moins mystique, leur annonça qu'il avait fait un songe où il lui avait été révélé qu'il y avait de grandes quantités de fer sous la roche.

— Ce n'est pas toi, lui dit la femme, qui aurais poussé les autres à se tuer au travail.

— Ni toi, avec le poil que tu as dans la main.

Frigate ne leur donnait pas très longtemps à vivre encore ensemble, mais il ne fit aucun commentaire. Il pouvait se tromper. Il avait connu, sur la Terre, des couples qui s'étaient mutuellement lardés de coups de poignard verbaux depuis le jour de leur mariage jusqu'à celui de leur mort. Pour Dieu sait quelle raison pathologique, ils ne s'étaient jamais séparés, chacun ayant besoin de son partenaire.

Trois ans auparavant, l'obstination de Podebrad et de son peuple avait payé. Leur rêve s'était réalisé.

Ils étaient tombés sur d'immenses réserves de minéraux : du fer, du zinc, des sulfures, de la silice, du charbon, du sel, du plomb, du soufre et même un peu de platine et de vanadium.

Frigate cligna plusieurs fois des yeux.

– Comment ça ? Vous voulez dire en strates, en couches superposées ? Mais ce n'est pas ainsi qu'on les trouve dans la nature.

– Je sais. Mais d'après notre informateur, et d'autres citoyens de la Nouvelle-Bohême qui m'ont confirmé la chose, on aurait dit que les différents minerais avaient été déversés là en vrac par un gigantesque camion. Comme si un bulldozer avait d'abord creusé un trou pour le bourrer de toutes ces substances, puis les bâtisseurs de la planète l'auraient comblé avec de la roche, de la terre, et enfin un matelas d'herbe.

Podebrad avait commencé à extraire le minerai. En fait, il l'extrayait encore. Les soldats de la Nouvelle-Bohême étaient munis d'armes en acier. Et le petit Etat de douze kilomètres de long occupait maintenant un territoire d'une soixantaine de kilomètres sur les deux rives du Fleuve.

Cette expansion s'était effectuée sans effusion de sang. Les Etats voisins avaient eux-mêmes demandé à être absorbés et Podebrad avait accepté volontiers. Il y avait suffisamment de richesses pour tout le monde et on avait besoin de bras.

D'autres Etats avaient préféré demeurer indépendants et tenter leur chance par leurs propres moyens. En trois ans, ils avaient creusé des kilomètres de tranchées mais n'avaient récolté, jusqu'ici, que de la sueur, des lumbagos et des outils émoussés.

Le site original entrevu en rêve par Podebrad semblait

être le seul de cette espèce. A moins qu'il n'existât d'autres dépotoirs – comme le couple les appelait – à des profondeurs encore plus grandes.

La femme montra les collines :

– Dans mon pays, ils ont creusé un trou de soixante mètres de profondeur. Mais ils sont en train de le combler. Ils étaient tombés sur de la dolomite. Podebrad a eu de la chance. Son calcaire à lui était moins dur.

Frigate les remercia et s'empressa de retourner au navire. Onze jours plus tard, le *Razzle Dazzle* mouillait l'ancre devant la capitale de la Nouvelle-Bohême.

Depuis deux jours, l'air était empuanti des vapeurs de soufre et de charbon exhalées par les usines réparties sur la rive. Elles étaient protégées par de hautes murailles érigées le long du Fleuve. Partout, des soldats patrouillaient.

Sur le Fleuve proprement dit, quatre navires à aubes, chacun armé de deux canons, allaient et venaient continuellement d'une frontière à l'autre. Une multitude de garde-côtes, armés de mitrailleuses, surveillaient les points stratégiques.

L'équipage du *Razzle Dazzle* fut à la fois sidéré et consterné par un tel spectacle. La vallée était saccagée. Ici, plus de ciel bleu ni d'air pur ni d'herbe verdoyante au pied des collines paisibles. Tout était éventré, déboisé, confondu dans une même grisaille.

Nur demanda à un riverain pourquoi ils avaient éprouvé le besoin de fabriquer tant d'armes et de saccager la nature.

– Nous ne pouvions pas faire autrement, répondit l'autre. Si nous n'avions pas pris les devants, les nations qui nous entourent nous auraient attaqués pour s'emparer de notre minerai. Elles se seraient lancées dans des conquêtes sanglantes. Quant à nous, nous n'utilisons nos armes que pour notre défense. Mais naturellement, nous ne fabriquons pas que cela. Nous exportons beaucoup d'objets manufacturés de toutes sortes, et en échange nous disposons de plus de nourriture, de tabac, d'alcool et d'ornements que nous ne pouvons en consommer.

Il porta la main à son ventre rebondi. En souriant, Nur répliqua :

– Les graals pourvoient amplement aux besoins de

chacun. Ils apportent même le superflu. Pourquoi, alors, défigurer la nature et vivre dans la puanteur ?

— Je viens de vous expliquer la raison.

— Vous auriez mieux fait de combler ce trou, fit Nur. Ou de ne jamais le creuser.

L'homme haussa les épaules. Puis son regard se porta sur Rider et il s'approcha de lui, l'air perplexe :

— Dites-moi, vous ne seriez pas, par hasard, la vedette du cinéma muet, Tom Mix ?

— Certainement pas, *amiko,* répondit Tom en souriant. Mais vous n'êtes pas le premier à me dire que je lui ressemble.

— Je vous ai vu... euh... je l'ai vu à Paris, lors de sa tournée en Europe. J'étais là-bas en voyage d'affaires. Tout le monde vous... euh... l'acclamait, tandis qu'il paradait sur son cheval, Tony. Je n'oublierai jamais cette scène. Tom Mix était mon acteur de cinéma préféré.

— Le mien aussi, dit Tom en se détournant abruptement.

Frigate prit le capitaine et le second à part.

— Tu m'as l'air tout excité, Pete, lui dit Martin Farrington. Je suppose que tu penses à la même chose que nous.

— Et à quoi pensez-vous ?

Martin et Tom échangèrent un regard de connivence. Le capitaine reprit en souriant :

— Nous étions en train de nous dire, juste pour le plaisir de la discussion, remarque bien, que ce serait bien commode pour nous si nous avions un de ces petits bateaux à vapeur.

Frigate tomba des nues.

— Mais ce n'est pas du tout à ça que je pensais ! Qu'est-ce que vous voulez dire ? Vous voulez leur en voler un ?

— Si tu veux appeler ça ainsi, fit Tom d'une voix traînante. Mais nous leur laisserions le *Razzle Dazzle* en échange. Ils ne feraient pas une mauvaise affaire. Songe que nous irions beaucoup plus vite à bord d'un de ces rafiots à aubes.

— Mis à part le côté pas très moral de la chose, médita tout haut Frigate, l'entreprise me paraît assez risquée. Je suppose qu'ils sont bien gardés.

— Qui se mêle de parler de morale ? demanda Martin.

N'es-tu pas retourné voler tes armes quand tu as quitté la Ruritanie ?

Le visage de Frigate s'empourpra.

— Ce n'est pas la même chose. Je les avais fabriquées de mes propres mains. Elles étaient à moi.

— Tu les as volées, insista Martin.

Avec un de ces sourires charmants dont il avait le secret, il lui tapa sur l'épaule avant d'ajouter :

— Inutile de te fâcher. Tu en avais plus besoin qu'eux. Ils pouvaient les remplacer facilement. Et nous nous trouvons dans le même genre de situation. Il nous faut absolument découvrir un moyen de remonter le Fleuve beaucoup plus vite que nous ne le faisons actuellement.

— Et plus confortablement, si possible, ajouta Rider.

— Mais vous ne pensez pas aux risques ?

— A toi de voir si tu es volontaire. Je n'oblige personne à participer à cette mission. Mais si tu te tiens en dehors de ça, tu sauras garder ta langue, j'espère ?

— Qu'est-ce que tu crois ! s'écria Frigate en s'empourprant de plus belle. Ne t'imagine pas que j'hésite parce que j'ai peur. Si c'est nécessaire, je le ferai. Mais ce n'est pas de ça que je voulais vous parler tout à l'heure. Je pense à quelque chose qui nous permettrait de gagner la région polaire beaucoup plus vite que n'importe quel bateau à aubes.

— Tu veux demander à Podebrad de nous construire une vedette rapide ? Un yacht à vapeur ?

— Ce n'est pas ça. Je ne songe pas à remonter le Fleuve, mais à l'éviter.

— Que le grand cric me croque ! s'écria Farrington, qui avait pâli. Tu veux dire un avion ?

— Non, ça ne conviendrait pas non plus. Evidemment, ce serait un bon moyen de transport, mais nous ne pourrions jamais emporter avec nous suffisamment de carburant. Et nous n'aurions pas la possibilité d'en trouver en cours de route. Je pensais à un autre type de transport aérien.

— Un ballon ?

— Pourquoi pas ? Ou mieux, un dirigeable.

53

Tom Rider sourit. L'idée semblait lui plaire.

— Non ! s'écria Farrington. Ce serait trop dangereux. Je me méfie de ces saucisses volantes. Et il faudrait le remplir d'hydrogène, je suppose. Ce truc-là, ça prend feu aussi vite que ça.

Il fit claquer ses doigts en guise de démonstration.

— Sans compter, reprit-il, que c'est à la merci de n'importe quelle bourrasque. Et où comptes-tu dénicher un pilote de dirigeable ? Un pilote d'avion, passe encore, bien que pour ma part je n'en aie rencontré que deux. Et c'est nous qui devrions servir d'équipage. Qui va nous entraîner ? Et si nous ne sommes pas doués ? Il y a tout un tas de raisons...

— Tu n'aurais pas les foies ? demanda Tom en souriant.

— Qu'est-ce que tu dirais si on te démolissait quelques dents ? fit Martin Farrington en rougissant.

— Ce ne serait pas la première fois, dit Rider. Mais ne t'emballe pas, Frisco. J'essayais de trouver des raisons de ne pas faire ce que suggère Peter. Je voulais t'aider, en quelque sorte.

Frigate n'ignorait pas que Jack London ne s'était jamais intéressé à l'aviation. Pourtant, un homme comme lui, qui avait toujours mené une vie aventureuse et ne manquait ni de curiosité ni de courage ni d'obstination, aurait dû vouloir être l'un des premiers à essayer les machines volantes qui voyaient le jour à son époque.

Se pouvait-il qu'il eût vraiment peur de voler ?

La chose n'était pas impossible. On pouvait être un lion sur le plancher des vaches mais être malade comme un chien dès qu'on mettait le pied en avion. La nature humaine était parfois ainsi. Il n'y avait pas de quoi avoir honte.

Martin Farrington, sans nul doute, avait honte d'avoir peur.

Frigate le comprenait d'autant mieux qu'il avait souvent lui-même éprouvé ce genre de honte. Il s'était en partie débarrassé de ses complexes, mais il en gardait des séquelles. Il n'avait plus peur d'avouer sa peur si elle avait une raison logique. Mais quand elle n'avait pas de fondement rationnel, c'était beaucoup plus difficile pour lui.

L'attitude de Farrington, cependant, ne manquait pas de logique. Affronter le pôle Nord en dirigeable, alors qu'ils ne savaient rien des conditions qui régnaient là-bas, c'était une entreprise risquée, sinon de la folie pure.

Ils appelèrent Nur et Pogaas pour leur faire part de la nouvelle idée de Frigate. Celui-ci s'efforça de leur expliquer les périls qui les guetteraient.

— Malgré tout, conclut-il, si l'on considère le temps que cela nous ferait gagner, rien que pour le voyage, je crois que la solution du dirigeable est de loin la meilleure. Songez que, si nous continuons en bateau, nous mettrons tant de temps pour arriver que d'innombrables obstacles se dresseront sur notre route et...

— Ce n'est pas la question ! s'écria Farrington en serrant les poings. Personne ici n'a peur du danger, et moi le...

Il n'acheva pas sa phrase, car Tom était en train de sourire.

— Qu'as-tu à ricaner comme ça ? reprit Farrington, rageur. Tu ressembles à un putois en train de bouffer de la merde.

Pogaas ricanait aussi.

— Inutile de s'exciter, fit Rider. Avant de prendre une décision, il serait bon d'aller consulter le cacique local, Podebrad. Rien ne dit qu'il soit disposé à nous fournir les matériaux pour construire un dirigeable. Sans lui, nous ne pouvons rien faire. Je suggère d'aller le trouver de ce pas.

Nur et Pogaas ayant des affaires plus urgentes à régler, ils laissèrent le capitaine, le second et le matelot prendre le chemin d'une grande bâtisse en pierre de taille que leur indiqua un passant.

— Vous ne pensez pas sérieusement à vous emparer d'un de ces bateaux à vapeur ? demanda Frigate.

— Ça dépend, dit Tom.

— Nur ne voudra jamais marcher, et il ne sera pas le seul.

— Nous nous passerons d'eux, si besoin est.

Ils firent halte devant la demeure de Podebrad, qui se dressait au sommet d'une colline. Son toit pointu en bambou touchait presque les branches basses d'un pin géant. Les gardes les firent entrer dans une vaste salle de réception. Un secrétaire écouta gravement leur requête et s'éclipsa quelques instants. Puis il revint leur annoncer que Podebrad leur donnerait audience le surlendemain, juste après le repas de midi.

Ils décidèrent de passer le reste de la journée à pêcher. Rider et Farrington attrapèrent quelques « perches », mais ils discutèrent surtout sur la manière dont ils pourraient s'emparer d'un bateau.

Ladislas Podebrad était un rouquin de taille moyenne mais de carrure très forte. Il avait un cou de taureau, des lèvres charnues et un menton épais. Malgré son attitude glaciale au début, l'entretien dura beaucoup plus longtemps que les trois visiteurs ne l'avaient espéré. Ils s'estimèrent, dans l'ensemble, satisfaits, bien qu'ils n'eussent pas obtenu tout à fait ce qu'ils désiraient.

— Pourquoi êtes-vous si pressés d'arriver au pôle Nord ? leur demanda-t-il. Moi aussi, j'ai entendu parler de cette Tour des Brumes qui se dresserait au milieu d'un océan entouré d'infranchissables montagnes. Je ne sais pas s'il faut croire tous les récits que l'on colporte à ce sujet d'un bout à l'autre du Fleuve. Mais sans doute contiennent-ils une part de vérité.

» Le monde où nous vivons a peut-être été, à l'origine, créé par Dieu, mais il me paraît évident que ce sont des créatures, humaines ou autres, qui l'ont refaçonné à notre intention. En tant que scientifique, je suis persuadé que notre résurrection est due à des causes physiques et non surnaturelles.

» Pour quelle raison nous avons été ressuscités, je l'ignore. Mais l'Eglise de la Seconde Chance nous apporte une explication qui n'est pas sans logique, bien qu'elle ne soit étayée par aucune information ni aucune certitude réelle.

» En fait, si je puis m'exprimer ainsi, la Seconde Chance me paraît en savoir plus sur la question que n'importe qui dans la profession.

Il pianota sur la table de ses longs doigts effilés tandis que tout le monde se taisait. Peter, en regardant ces doigts, se surprit à penser qu'ils n'allaient pas du tout avec son physique trapu et ses mains larges et épaisses.

Podebrad se leva et alla ouvrir une armoire d'où il sortit un objet qu'il leur montra.

C'était l'os spiralé d'un poisson-licorne.

– Vous connaissez tous cet emblème. Les Témoins de la Seconde Chance le portent sur eux pour témoigner de leur foi. Je préférerais qu'ils exhibent des preuves plutôt qu'un symbole, mais il en va des religions ici comme sur la Terre, s'ils avaient des preuves, ils n'auraient que faire de la foi, n'est-ce pas ?

» Néanmoins, une chose est certaine, c'est que l'après-vie existe. Ou plutôt, existait. Car maintenant que les petites résurrections ont cessé, nous ne savons plus ce qu'il faut en penser. Même l'Eglise de la Seconde Chance est perplexe et demeure plus ou moins muette à ce sujet. Certains disent que nous avons eu suffisamment de temps pour travailler à notre salut et qu'il n'y a plus de raison de nous ressusciter encore : si nous ne sommes pas déjà sauvés, nous ne le serons sans doute jamais, dussions-nous vivre une éternité.

» J'avoue, messieurs, que je ne sais trop que penser. Sur la Terre, j'étais athée. J'appartenais au parti communiste tchécoslovaque. Mais ici, dans le Monde du Fleuve, j'ai rencontré quelqu'un qui a fini par me convaincre que la religion et la raison ne sont pas forcément incompatibles. Tout au moins en ce qui concerne les fondements de la première.

» Après l'acte de foi vient, tout naturellement, la rationalisation de la foi, sa justification pseudo-logique. Mais ni Jésus ni Marx, ni Bouddha ni Mahomet, ni hindouistes ni confucianistes, ni juifs ni taoïstes n'avaient vu juste en ce qui concerne l'après-vie. Ils se trompaient encore plus sur ce monde-ci que sur celui où nous sommes nés.

Il retourna s'asseoir à son bureau et déposa l'os spiralé devant lui.

– *Sinjoro,* j'étais sur le point d'annoncer aujourd'hui ma conversion à la religion de la Seconde Chance. Et de proclamer en même temps ma démission en tant que chef d'Etat de la Nouvelle-Bohême. Je devais m'embarquer aussitôt à bord de l'un de mes navires à vapeur pour remonter le Fleuve afin de gagner l'Etat de Virolando qui, m'assure-t-on, n'a rien de mythique. Là, je voulais poser un certain nombre de questions au fondateur de l'Eglise de la Seconde Chance, La Viro. Et si j'étais satisfait de ses réponses, même s'il avouait ne pas les connaître toutes, je me serais mis sous sa protection et à ses ordres. Je l'aurais suivi aveuglément en tout point.

» Malheureusement, si mes informations sont exactes, et je n'ai aucune raison de douter de mes sources, Virolando se trouve à des millions de kilomètres d'ici. Il me faudrait la moitié d'une vie terrestre pour y parvenir.

» Et voilà que vous venez soudain me trouver pour me soumettre une proposition qui me paraît, à vrai dire, si logique que je suis étonné de ne pas y avoir pensé moi-même. C'est sans doute parce que, en réalité, le voyage m'intéressait plus que son objectif. Mais il en est ainsi de tous les voyages, n'est-ce pas ? Plus que toute autre chose, ils favorisent surtout la découverte de soi. Voilà pourquoi, je suppose, l'évidence m'a échappé.

» En bref, messieurs, je suis prêt à vous donner les moyens de construire un dirigeable comme vous me le demandez. Je n'y mets qu'une seule condition. C'est que vous m'emmeniez avec vous.

54

Au bout d'un long silence, Farrington prit la parole :

— Je ne vois pas comment nous pourrions vous dire non, *Sinjoro* Podebrad. Je pense que mes compagnons sont d'accord avec moi.

Frigate et Rider hochèrent silencieusement la tête.

— Vous ne nous laissez pas le choix, reprit Farrington. Mais ne croyez pas que votre compagnie me dérange. Bien au contraire, j'en serai ravi. Seulement... qu'est-ce qui nous dit que nous trouverons les hommes qu'il nous faut ? Nous serions insensés de nous lancer dans cette aventure sans même disposer d'un pilote expérimenté.

— Vous avez raison, mais il faut d'abord songer à construire le dirigeable. Cela prendra du temps. Nous devrons découvrir des ingénieurs qualifiés, ou du moins capables d'effectuer les calculs théoriques. Entre-temps, la nouvelle se répandra comme une traînée de poudre. S'il y a des pilotes qualifiés, même à des milliers de kilomètres en amont ou en aval, ils ne manqueront pas de venir nous rejoindre, bien que leur présence ne soit pas une certitude. Mais nous devrons courir ce risque.

— J'ai fait du ballon libre, déclara Frigate. Et j'ai lu pas mal de choses sur les aérostats. Je suis même monté deux fois en dirigeable. Mais naturellement, je suis loin d'être expert en la matière.

— Nous serons peut-être obligés de ne compter que sur nous-mêmes, *Sinjoro* Frigate. Dans ce cas, toutes les compétences auront leur utilité.

— Naturellement, il y a si longtemps que tout ça n'existe plus... j'ai presque tout oublié.

— Tu n'es pas particulièrement rassurant, lui reprocha amèrement Farrington.

— L'assurance viendra avec l'expérience, fit Podebrad. Et maintenant, messieurs, si vous le voulez bien, je vais donner les premiers ordres. Je n'annoncerai officiellement ma conversion que lorsque l'aérostat sera prêt à partir. Aucun membre de l'Eglise de la Seconde Chance, aucun individu prêchant la non-violence ne saurait se trouver à la tête de cet Etat.

Frigate se demandait avec curiosité à quel point la conversion de Podebrad était sincère. Il lui semblait que quelqu'un qui était vraiment convaincu par le dogme de la Seconde Chance n'hésiterait pas à proclamer sa foi aussitôt, sans penser aux conséquences.

— Je vais d'abord prendre des dispositions pour faire démarrer la production d'hydrogène, expliqua Podebrad. Je pense que le meilleur moyen, compte tenu des produits dont nous disposons, serait d'utiliser l'action de l'acide sulfurique dilué sur le zinc. Nous fabriquons de l'acide sulfurique depuis pas mal de temps. Nous avons eu la chance de trouver du platine et du vanadium, mais en quantités limitées. J'aurais voulu pouvoir fabriquer de l'aluminium, mais...

— Les Schütte-Lanz étaient en bois, dit Frigate. De toute façon, il n'en faut pas tellement, pour un dirigeable.

— Hein ? s'écria Farrington. Tu voudrais me faire monter dans un dirigeable en bois ?

— Il n'y a que la quille et la cabine qui seraient en bois.

L'enveloppe, j'imagine, sera confectionnée à partir de la membrane intestinale du dragon du Fleuve.

— Il faudra développer la pêche, dit Podebrad en se levant. Et maintenant, messieurs, si vous voulez bien m'excuser, j'ai une dure journée devant moi. Je vous convie demain à déjeuner pour discuter de tout cela en détail. Au revoir.

Lorsque les trois hommes quittèrent la demeure du chef de l'Etat, Farrington se tourna vers Rider en lui disant gravement :

— Si tu veux mon avis, tout cela est complètement dingue !

— Moi, je trouve ça passionnant, fit Tom. Et si tu veux savoir la vérité, j'en avais ras le bol de la navigation.

— Ouais, mais on risque d'y laisser la peau, sur votre fichu dirigeable ! Sans compter que nous ne sommes même pas sûrs de pouvoir le faire voler. C'est tout juste bon à nous faire perdre notre temps.

— On ne croirait jamais entendre parler celui qui promenait les gens dans les rapides de White Horse, en Alaska, rien que pour se faire quelques dollars, ou celui qui pillait les parcs à huîtres de...

Frigate pâlit. Farrington et Rider s'étaient arrêtés et leur visage était devenu dur.

— J'ai raconté pas mal d'histoires sur le Yukon, articula lentement Farrington, mais je n'ai jamais rien dit sur les rapides en question. Pas à toi, en tout cas. Aurais-tu écouté aux portes ?

Frigate prit une inspiration profonde et répondit :

— Est-ce que j'ai besoin d'écouter aux portes ? Je vous ai reconnus tous les deux dès l'instant où je vous ai vus pour la première fois.

Soudain, Rider était derrière lui et Farrington avait la main sur le manche de son poignard en silex. Rider articula d'une voix basse et monocorde :

— Je ne sais pas qui tu es ni ce que tu cherches, mais avance sans faire d'histoires. Jusqu'au bateau, tout droit.

— Ce n'est pas moi qui cache mon jeu, dit Frigate, mais vous !

— Fais ce qu'on te dit !

Frigate haussa les épaules en s'efforçant de sourire.

— J'ai l'impression que ce n'est pas seulement votre

identité que vous dissimulez, mais beaucoup plus. Très bien. J'obéis. Mais vous n'allez pas me tuer, non ?

— Ça dépend, fit Rider.

Ils quittèrent les collines et traversèrent silencieusement la plaine. Le pont du *Razzle Dazzle* était désert à l'exception de Nur et d'une femme qui étaient en train de parler.

— Surtout, pas un mot, dit Rider. Sois naturel et souris.

Frigate regarda le Maure dans les yeux et lui adressa ce qui ressemblait plutôt à une grimace. Il espérait que Nur détecterait quelque chose d'anormal – il était si sensible aux expressions du visage – mais le petit homme se contenta d'un vague signe de main dans sa direction.

Ils entrèrent dans la cabine du capitaine. Frisco referma soigneusement la porte et fit asseoir Frigate sur le bord de la couchette.

— Cela fait vingt-six ans que je voyage avec vous, dit Frigate. Vingt-six ans, vous vous rendez compte ? Et pas une fois je n'ai révélé à quiconque votre véritable identité.

Farrington s'assit à califourchon sur la chaise qui était devant son bureau. Jouant nonchalamment avec la lame de son couteau, il demanda :

— C'est presque inhumain. Comment as-tu pu la fermer pendant si longtemps ? Et pourquoi ?

— Pourquoi, surtout ! fit Rider.

Il se tenait près de la porte, un stylet en corne de poisson dans la main.

— D'abord parce qu'il était évident que vous ne vouliez pas que ça se sache. Me considérant comme votre ami, j'ai respecté votre secret. Ce qui ne m'a pas empêché, naturellement, de me poser des questions.

Farrington et Rider échangèrent un regard embarrassé.

— Qu'est-ce que tu en penses, Tom ? demanda le capitaine.

— Nous avons fait une bêtise, dit Rider. Au lieu de prendre ça au sérieux, on aurait dû en rigoler et inventer n'importe quelle histoire pour expliquer pourquoi nous avons de faux noms.

Farrington posa son couteau et alluma une cigarette.

— Ouais. C'est facile de dire ça, après coup. Mais qu'est-ce qu'on fait, maintenant ?

— Après toute cette mascarade, Peter doit se douter que nous avons quelque chose à cacher.

— Il vient de le dire.

Tom Rider remit le stylet dans sa gaine et alluma une cigarette. Frigate était en train de se demander si ce n'était pas le moment de tenter une sortie. Il avait peu de chances de réussir, à vrai dire. Bien que les deux hommes fussent plus petits que lui, ils étaient plus forts et plus rapides. En outre, la fuite équivalait à un aveu de culpabilité.

Mais culpabilité de quoi ?

— Laisse tomber, dit Tom. Tu ne risques plus rien. Détends-toi.

— Avec deux fauves comme vous en face de moi ?

— Tu devrais nous connaître assez, fit Rider en riant, depuis toutes ces années, pour savoir que nous serions incapables de tuer quelqu'un de sang-froid. Même un inconnu. Et toi, nous t'aimons bien, Pete.

— Mais si j'étais celui que vous croyez, ou que vous avez cru, que feriez-vous ?

— J'essaierais de piquer une colère afin de ne pas être obligé de te tuer de sang-froid, répondit Rider.

— Mais pourquoi vouloir me tuer ?

— Si tu n'es pas le vrai Peter Frigate, tu dois le savoir.

— Mais bon Dieu, qui serais-je d'autre ?

Il y eut un long moment de silence. Finalement, Farrington écrasa sa cigarette dans le cendrier fixé à la table.

— Ce qu'il y a de sûr, Tom, dit-il, c'est qu'il est avec nous depuis plus longtemps que nos propres femmes. S'il était l'un d'Eux, pourquoi serait-il resté si longtemps ? Surtout s'il nous a reconnus, comme il le dit, depuis le premier jour ?

— Sûr qu'on se serait fait embarquer le soir même, s'il Les avait prévenus.

— C'est difficile à dire, grommela Tom. Nous ne savons pas le quart de ce qui se passe en réalité. Le centième, peut-être. Et encore, ce que nous savons est peut-être un tissu de mensonges. J'ai l'impression que de toute manière Ils nous considèrent comme des pigeons.

— Mais qui ça, Ils ? Et *qui* vous aurait embarqués ? voulut savoir Frigate.

Martin Farrington regarda de nouveau Rider.

— Qu'est-ce qu'on fait, Tom ? Il n'existe aucun moyen de Les identifier. C'est trop tard pour lui raconter n'importe quoi. On lui dit la vérité ?

— S'il est envoyé par Eux, il la connaît déjà. On ne lui apprendra rien de nouveau. Excepté en ce qui concerne l'Ethique. Mais dans ce cas, cela signifie qu'ils savent que nous avons été contactés. Autrement, ils ne l'auraient pas mis sur notre piste.

— D'accord, nous sommes allés un peu trop vite. Il est certain que si Pete était là pour nous espionner, il ne nous aurait pas suggéré de construire un dirigeable. Pourquoi un espion voudrait-il nous faire arriver plus vite à la tour ?

— Tu as sans doute raison. A moins que...

— Vide ton sac.

— A moins que quelque chose ne cloche et qu'il en sache aussi peu que nous en ce moment.

— Qu'est-ce que tu veux dire par là ?

— Ecoute-moi, Tom. Ces temps derniers, j'ai beaucoup réfléchi alors que j'aurais dû être en train de dormir, ou de baiser. Il se passe des choses mystérieuses. Et je ne parle pas de ce que nous a dit l'Ethique. Je pense à ces résurrections qui ont subitement cessé. Est-ce qu'il t'est venu à l'idée que, peut-être, ce n'était pas une chose qu'ils avaient prévue ?

— Tu veux dire que quelqu'un aurait saboté la machine et que les plombs auraient sauté en laissant tout le monde en plein cirage ?

— A peu près ça, oui. Et leurs agents, isolés, n'en sauraient pas plus que toi et moi.

— Dans ce cas, Peter pourrait être un des leurs, et il chercherait à rentrer chez lui par n'importe quel moyen.

— Exactement. Nous ayant trouvés, mais incapable de communiquer avec les autres, il aurait profité de l'occasion pour faire un bout de chemin avec nous. Et s'il nous a proposé de construire un dirigeable, ce serait pour l'aider à aller plus vite, lui, pas nous.

— Ça se tient.

— Nous ne sommes donc pas plus avancés qu'avant. Il pourrait très bien être l'un d'Eux.

— S'il l'était, ça ne changerait rien. Je te l'ai déjà expliqué. Nous n'aurions rien à lui apprendre qu'il ne sache déjà.

— Peut-être; mais lui, il pourrait nous apprendre des tas de choses.

— Et tu comptes employer la force pour le faire parler ? demanda Farrington.

— Si j'étais sûr qu'il soit un espion, ou si l'enjeu était important... Bah ! De toute manière, ça m'écœurerait.

— On pourrait appareiller en le laissant ici...

— Tu sautes sur l'occasion, hein ? fit Tom avec un rictus mauvais. Ça t'éviterait d'avoir le mal de l'air, surtout. Ça te permettrait de ménager ton pauvre petit cœur fragile...

— Tu pousses le bouchon un peu trop loin, Tom. Fais attention.

— O.K. Je ne dirai plus un mot là-dessus. D'ailleurs, je plaisantais. Je sais que tu n'es pas un lâche.

» Alors, qu'est-ce qu'on fait ? N'oublie pas non plus que si nous continuons seuls avec le *Razzle Dazzle,* Peter risque de se retrouver au pôle Nord bien avant nous – si nous y parvenons un jour.

— Ecoute, dit Farrington. Je ne peux pas croire qu'il soit l'un d'Eux. Ce sont des êtres supérieurs, en quelque sorte, non ? Est-ce que Pete ressemble à un superman ? Sans vouloir t'offenser, Pete.

Tom dévisagea Frigate de ses petits yeux perçants.

— On ne peut pas savoir. Il pourrait cacher son jeu. Mais c'est vrai que nous le connaissons depuis vingt-six ans et que c'est quand même improbable.

— Il vaut mieux tout lui raconter. Qu'avons-nous à perdre ? Et je t'avoue que je ne suis pas fâché de me soulager d'un secret que je traîne depuis vingt-neuf ans.

— Tu as toujours trop parlé.

— Regardez un peu qui a le culot de dire ça ! Le roi du boniment en chair et en os !

Farrington alluma une nouvelle cigarette. Rider l'imita et se tourna vers Peter :

— Tu en veux une ?

— Vous allez m'asphyxier avec votre fumée. C'est comme ça que vous espérez me tuer ?

Il sortit un cigare du sac qu'il portait en bandoulière.

— Offrez-moi à boire, plutôt, dit-il.

— On en a tous besoin, dit Farrington. Sors une bouteille, Tom. Ensuite, on lui racontera tout. Quel soulagement !

— C'était par une nuit sans lune, commença Tom.

Il sourit, imitant délibérément le ton des histoires de revenants que l'on racontait sur la Terre.

— Jack et moi...

— Continue de m'appeler Martin, Tom. N'oublie pas. Même en privé.

— D'accord, mais tu étais encore Jack, à cette époque-là. Quoi qu'il en soit, nous nous connaissions déjà, même si nous n'étions pas encore copains. Nos cabanes étaient voisines et nous étions matelots à bord du même sloop sous les ordres d'un potentat quelconque.

» Une nuit, alors que je dormais dans ma cabane, n'étant pas de service, je me réveillai en sursaut. Ce n'étaient ni le tonnerre ni les éclairs qui m'avaient tiré de mon sommeil, mais une main posée sur mon épaule.

» Tout d'abord, je crus qu'il s'agissait d'Howardine, ma femme. Tu te souviens d'elle, Frisco ?

— Une vraie beauté, dit Farrington en s'adressant à Frigate. Une rousse. Et une Ecossaise, par-dessus le marché.

Frigate manifesta quelques signes d'impatience.

— Je préférerais que vous alliez droit au but, fit-il.

— O.K. Pas de fioritures, c'est promis. Donc, ce n'était pas elle, car elle dormait profondément à côté de moi. Mais un éclair me révéla une silhouette sombre accroupie au chevet du lit. Je voulus me dresser pour empoigner mon tomahawk, qui se trouvait sous l'oreiller, mais je m'aperçus que j'étais incapable de faire le moindre mouvement.

» On avait dû me droguer, ou me jeter un sort, je ne sais pas. En tout cas, je me rendais parfaitement compte de ce qui se passait et je me disais : " Je suis à sa merci. Il m'a paralysé et maintenant il va me faire la peau ". Naturellement, je savais que s'il me tuait, je serais ressuscité le lendemain dans un autre endroit, mais je ne tenais pas à quitter la région.

» Je ne pouvais pas tourner la tête, mais à la faveur de plusieurs éclairs je réussis à l'examiner en détail et ce que je vis me frappa grandement. Je n'avais pas peur, notez bien, mais j'étais vraiment stupéfait. La silhouette était enveloppée dans un grand manteau qui ne laissait dépasser que sa tête. Façon de parler, car il n'y avait pas de tête. Ou plutôt, elle était recouverte par un gros globe qui ressemblait à un aquarium. Le globe était noir, de sorte que je ne voyais pas ce qu'il y avait dessous. N'importe comment, lui semblait me voir parfaitement.

» Je ne pouvais pas bouger, mais je pouvais parler. Je lui ai demandé :

» – Qui êtes-vous ? Que me voulez-vous ?

» Je parlais très fort, exprès pour réveiller Howardine, mais elle ne bougea pas de tout l'entretien. Je suppose qu'elle avait été droguée elle aussi, encore plus fort que moi.

» L'inconnu me répondit en anglais, d'une voix très grave :

» – Je ne dispose pas de beaucoup de temps, aussi je n'entrerai pas trop dans les détails. Mon nom importe peu. De toute manière, je ne veux pas vous dire qui je suis vraiment, car ils pourraient vous capturer et dérouler vos souvenirs.

» Je me demandais ce qu'il pouvait bien vouloir dire par là, dérouler mes souvenirs. Toute cette histoire était insensée, et pourtant je savais que je ne rêvais pas. C'eût été préférable.

» – S'ils le font, poursuivit l'*hombre,* ils seront au courant de tout ce que je vous ai dit. Comme s'ils retiraient une cassette de votre esprit pour la jouer chez eux. Mais ils peuvent aussi effacer tout ce qui ne leur plaît pas, et vous ne vous souviendriez de rien. Cependant, si cela devait se produire, je reviendrais vous le redire.

» – De qui parlez-vous ? demandai-je.

» – Des gens qui ont aménagé cette planète pour vous ressusciter, vous et vos semblables. Et maintenant, écoutez-moi bien, et ne m'interrompez plus jusqu'à ce que j'aie fini.

» Tu me connais, Kid. Je n'accepte pas facilement qu'on me marche sur les pieds. Mais ce mec-là parlait comme si la planète était un vaste ranch qui n'appartenait qu'à lui, et moi un simple cow-boy. De toute manière, que pouvais-je faire sinon l'écouter ?

» — Ils ont, commença-t-il, leur quartier général dans la tour qui se dresse au milieu de l'océan Arctique. Vous avez sans doute déjà entendu les bruits qui courent à ce sujet. Certains hommes ont même réussi à franchir les montagnes incroyablement élevées qui entourent l'océan.

» C'est là que j'aurais dû lui demander si ce n'était pas lui qui avait laissé pendre cette fameuse corde et creusé la galerie qui permettait de traverser la montagne. Mais je n'étais pas encore au courant de l'histoire, à l'époque.

» — Mais ils n'ont pas réussi, poursuivit l'inconnu, à pénétrer à l'intérieur de la tour. Cependant, un des membres de leur expédition se tua accidentellement juste avant d'arriver et fut ressuscité dans la vallée.

» Je me demande comment il savait ça, dit Tom. (Puis il continua son récit.)

» — Les autres, naturellement, ajouta l'inconnu, ne furent jamais ressuscités. On les... mais peu importe.

» Vous comprenez, commenta Tom avec un rictus, cela prouve qu'il ne savait pas tout, en fin de compte. Il ignorait que l'un des Egyptiens avait pu s'enfuir. Ou bien, s'il le savait, il ne voulait pas me le dire pour une raison quelconque. Mais je penche plutôt, personnellement, pour la première hypothèse. Cependant... on ne peut pas savoir.

» N'importe comment, l'étranger poursuivit :

» — Je suis étonné de voir la vitesse à laquelle les rumeurs se propagent dans cette vallée. Je crois que vous appelez cela le téléphone arabe. Lorsque cet homme dont je vous parlais fut ressuscité, après être tombé par accident au pied de la falaise, il s'empressa de raconter son aventure à tout le monde, et le récit, depuis, a fait du chemin. Vous pouvez parler. Est-il arrivé jusqu'à vous ?

» — C'est la première fois que j'entends parler de ça, répondis-je.

» — Mais ce n'est probablement pas la dernière. Puisque vous allez remonter le Fleuve, vous ne manquerez pas de trouver sur votre route des gens qui vous raconteront cette histoire, plus ou moins déformée. Sachez cependant que son fond est parfaitement véridique. Sans doute vous êtes-vous déjà demandé pour quelle raison l'humanité avait été ressuscitée dans cette vallée ?

» Je hochai la tête sans rien dire et il poursuivit :

» — Mon peuple, que vous pouvez appeler les Ethiques,

a fait cela uniquement dans le but d'étudier scientifiquement votre comportement. Il s'agit d'une expérience. On vous a tous mélangés, races, nations, époques, pour voir ce que vous alliez faire, pour enregistrer et classer toutes vos réactions. Ensuite (et là, sa voix atteignit des sommets d'indignation outragée), après vous avoir utilisés pendant des années comme des cobayes, après vous avoir laissé entrevoir l'espoir du salut et de la vie éternelle, ils déclareront que l'expérience est terminée et ils vous laisseront mourir, définitivement ! Finies les résurrections ! Vous retournerez à la poussière éternelle !

» – Cela me paraît extraordinairement cruel, fis-je remarquer, oubliant qu'il ne m'avait pas donné la permission de parler.

» – Inhumainement cruel ! renchérit-il. D'autant plus qu'ils possèdent vraiment les moyens de vous accorder la vie éternelle. Ou tout au moins, une existence aussi longue que celle de votre soleil. Plus longue, même, puisqu'ils pourraient toujours vous transférer ailleurs. Mais ils s'y refusent ! Ils disent que vous ne méritez pas l'immortalité !

» – Pour des Ethiques, c'est un drôle de raisonnement, lui fis-je remarquer. Comment se fait-il qu'ils s'appellent comme ça ?

» Ma question parut le désarçonner. Il répondit, au bout de quelques instants :

» – Ils pensent, justement, qu'il ne serait pas très éthique de donner la vie éternelle à une espèce aussi misérable et indigne.

» – Ils n'ont pas une très haute opinion de nous.

» – Pour ça non, et moi non plus du reste, fit l'inconnu. Mais ce n'est qu'une généralisation sur l'humanité, et ça n'a rien à voir avec l'éthique de la chose.

» – Comment pouvez-vous vous intéresser à des gens que vous méprisez ? Comment pourriez-vous les aimer ?

» – Ce n'est pas facile, mais rien de véritablement éthique n'est aisé à accomplir. Ecoutez-moi... nous sommes en train de perdre du temps.

» Une lueur bleuâtre apparut, à la faveur de laquelle je vis qu'il avait sorti sa main droite de dessous sa cape. Il portait au poignet un objet qui ressemblait, en plus grand, à un bracelet-montre, et qui était à l'origine de cette lueur bleue. Je ne distinguais pas le cadran, mais il émettait des sons très faibles, comme une radio fonctionnant en sourdine.

» Je crus comprendre qu'il s'agissait de mots prononcés dans une langue que je n'avais jamais entendue avant, ni dans le Monde du Fleuve ni sur la Terre. Et la lueur bleuâtre me permettait de mieux apercevoir le globe qui dissimulait sa tête et qui semblait fait de verre noir. Sa main était grosse, large, mais il avait les doigts longs et effilés.

» – Je ne peux pas m'attarder davantage, fit-il.

« Puis il rentra la main sous sa cape. La cabane fut aussitôt replongée dans une obscurité uniquement coupée par quelques éclairs.

» – Je n'ai pas le temps de vous expliquer pourquoi je vous ai choisi, poursuivit-il. Sachez seulement que votre aura indique votre degré de qualification pour la tâche qui vous attend.

» *Quelle aura?* me disais-je. Je savais ce que signifiait ce mot d'après les dictionnaires, mais j'avais l'impression qu'il voulait parler de quelque chose d'encore plus spécial. Et *quelle tâche?*

» Subitement, comme s'il avait lu dans mes pensées, il ressortit sa main de sous sa cape. La lueur bleue était encore plus forte, si intense qu'elle m'éblouit durant un bon moment. Mais je distinguai bientôt ses deux mains, qu'il avait portées à l'emplacement de sa tête. Il souleva le globe noir et je crus que j'allais pouvoir discerner enfin une partie de son visage au moins. Mais tout ce que je vis, ce fut la sphère au-dessus de sa tête. Pas le globe de verre, qu'il avait ôté, mais une sphère tourbillonnante de couleurs vives ou irisées, qui attirait tellement mon regard qu'il m'était impossible de l'en détacher. De temps à autre, elle émettait des prolongements de toutes les couleurs, qui s'agitaient comme des tentacules puis se rétractaient dans la masse sphérique.

» Je n'ai pas honte d'avouer que j'eus très peur à ce moment-là. Je n'étais pas terrorisé à proprement parler, mais plutôt saisi d'effroi, comme quelqu'un qui verrait soudain le visage d'un ange. Il n'y a pas de honte à être pétrifié devant un ange.

– Lucifer aussi était un ange, dit Frigate.

– Je sais. J'ai lu la Bible. Et Shakespeare, également.

Peut-être que je n'ai pas longtemps fréquenté l'école, mais je suis un autodidacte.

– Je n'ai jamais insinué que tu étais ignorant, dit Frigate.

Farrington souffla du nez avec impatience.

– Vous ne croyez aux anges ni l'un ni l'autre, je suppose.

– Je n'y crois pas, dit Tom; mais tout ce que je peux dire, c'est qu'il *ressemblait* à un ange. N'importe comment, cette aura ne devait pas être visible en temps ordinaire. Je pense que c'est avec cet appareil à son poignet qu'il l'avait rendue apparente. Elle ne le resta d'ailleurs pas longtemps. Elle s'éteignit en même temps que la lueur bleue. Trop tôt pour que j'aie eu le temps de distinguer son visage. Il y eut d'autres éclairs, mais il avait déjà remis le globe noir sur sa tête. La démonstration était terminée. Je savais ce qu'il voulait dire quand il parlait d'aura. J'en conclus que j'en possédais une aussi, mais qu'elle était invisible.

– Tu ne vas pas nous dire que tu es un ange? demanda Martin Farrington.

Tom Rider l'ignora. Il poursuivit son récit:

– « Il faut absolument que vous m'aidiez, me dit alors l'inconnu. Vous le pouvez! Je veux que vous remontiez le Fleuve jusqu'à la tour. Mais d'abord, vous devez raconter à ce Jack London tout ce qui s'est passé ici entre nous. Arrangez-vous pour le convaincre que vous lui dites la vérité. Et demandez-lui de vous accompagner. Mais sous aucun prétexte, vous ne devez parler de ma visite à qui que ce soit. Vous comprenez bien? Les Ethiques sont peu nombreux sur cette planète. Il nous arrive rarement de quitter la tour polaire. Mais les autres ont disséminé leurs agents parmi vous. Une poignée, bien sûr, en comparaison de votre nombre. Mais ils sont camouflés en riverains ordinaires, et ils finiront par me rechercher.

» Un jour, ils se douteront peut-être que j'ai recruté certains d'entre vous pour m'aider. Ils essaieront de vous identifier. S'ils parviennent à vous capturer, ils vous conduiront à la tour où ils dévideront vos souvenirs pour les lire et supprimer, si besoin est, les passages où je figure. Ensuite, ils vous remettront dans la vallée.

» London possède une aura de tigre, lui aussi. Il faut le convaincre de partir avec vous. Annoncez-lui de ma part que je reviendrai vous voir tous les deux. A ce moment-là, il ne doutera plus et vous en apprendrez davantage. A bientôt.

Martin Farrington leur versa de nouveau à boire et Tom Rider poursuivit :

– L'inconnu se leva alors. A la lueur d'un nouvel éclair, j'entrevis sa silhouette drapée de noir et surmontée du globe noir. J'étais en train de me demander si je n'étais pas subitement devenu fou. Je voulus me lever aussi, mais c'était impossible. L'inconnu avait disparu. Au bout d'une demi-heure, lorsque je recouvrai ma liberté de mouvement, je sortis sur le seuil. L'orage était terminé. Les nuées commençaient à se disperser. Il n'y avait plus la moindre trace de l'inconnu.

Martin Farrington raconta la suite de l'histoire. Tom était venu le trouver le lendemain soir. Après lui avoir fait jurer de garder le silence, il lui avait tout raconté. Farrington ne savait s'il fallait le croire ou pas. Mais il s'était dit que jamais Rider n'aurait eu assez d'imagination pour inventer une histoire aussi fantastique. Quelle raison, du reste, aurait-il eue ?

Il s'était nécessairement passé quelque chose, mais qui pouvait dire si ce n'était pas juste une mauvaise farce ?

Quand ils en avaient discuté, par la suite, Rider lui avait avoué qu'il avait eu, à un moment, la pensée d'un canular monté par London lui-même. Mais cette hypothèse n'avait pas longtemps résisté à l'analyse. La vision de l'aura, la lueur bleue, le globe, tout cela était impossible à produire avec les moyens dont ils disposaient.

Quant à Frisco, de toute manière, l'idée de partir le démangeait. Le prétexte était bon pour construire un voilier. Que l'histoire de l'inconnu fût vraie ou fausse, elle était susceptible de leur donner un but, une motivation. Là-dessus, Tom était parfaitement d'accord. La Tour polaire devenait pour eux une sorte de Saint-Graal.

– Ça m'ennuyait un peu d'avoir à quitter Howardine sans lui fournir un mot d'explication, reprit Tom. Pour Frisco, ce n'était pas la même chose. Sa nana était une grande bringue toujours grincheuse. Je n'ai jamais compris ce qu'il lui avait trouvé. Il était bien content de s'en débarrasser, finalement.

» Nous avons donc tout plaqué pour remonter le Fleuve

sur quelques centaines de " bornes ", puis nous avons choisi un coin propice pour construire notre goélette. C'est là que Nur est arrivé. Il a participé au chantier dès le début. C'est le seul membre du premier équipage qui soit encore avec nous.

A ce moment-là, Tom porta un doigt à ses lèvres et marcha sur la pointe des pieds jusqu'à la porte. Il tendit l'oreille un instant, puis tira brusquement sur la poignée.

Nur el-Musafir était derrière la porte.

56

Le Maure ne parut ni surpris ni inquiet. Il demanda calmement en anglais :
— Puis-je entrer ?
— Tu parles, si tu vas entrer ! tonna Rider.

Mais il ne fit aucun geste menaçant. Quelque chose dans le regard de Nur semblait promettre les pires représailles si on le touchait.

Rider s'effaça pour le laisser passer. Farrington, les poings serrés, s'approcha de l'autre côté.
— Tu écoutais ce que nous disions ?
— Evidemment.
— Pourquoi ? demanda Tom.
— Quand je vous ai vus monter à bord tous les trois, j'ai compris à votre expression que quelque chose n'allait pas et que Peter pouvait être en danger.
— Merci, Nur, dit Frigate.

Tom Rider referma la porte. Farrington desserra les poings.
— J'ai besoin de boire un coup, dit-il.

Nur s'assit sur un coffre. Martin éclusa une double dose de whisky.
— Tu as tout entendu ? demanda Tom.

Le Maure hocha la tête sans rien dire.
— Autant grimper en haut du mât avec un mégaphone pour l'annoncer au monde entier ! s'écria Farrington.

— Seigneur Jésus ! fit Tom. Nous voilà avec un autre problème sur les bras !

— Vous n'avez pas plus de raisons de me tuer que de tuer Peter, fit tranquillement Nur en sortant un cigare de sa sacoche. Mais je vous signale qu'il ne reste plus beaucoup de temps pour nous expliquer. J'ai entendu vos femmes dire qu'elles revenaient bientôt.

— Il ne se démonte pas, hein ? fit Tom en s'adressant à Martin.

— Il réagit comme un espion bien entraîné.

Nur eut un petit rire :

— Dites plutôt comme quelqu'un que les *Ethiques* ont *choisi*.

Il savoura l'effet produit par ces paroles et ajouta :

— Inutile de me regarder avec de grands yeux. Vous auriez dû vous demander depuis longtemps pourquoi je vous ai rejoints depuis le début et pourquoi je suis resté parmi vous contre vents et marées.

Farrington et Rider ouvrirent la bouche en même temps, mais aucun des deux ne parla.

— Je sais, poursuivit Nur. Je sais ce que vous pensez. Si je suis un espion, la meilleure tactique, pour moi, est de faire comme si j'avais été choisi par l'Ethique. Mais il faut me croire, je n'ai rien d'un espion.

— Qui nous le prouve ? demanda Rider.

— Et qui me prouve que vous n'en êtes pas, vous ?

Le capitaine et son second demeurèrent interdits.

— A quelle époque le mystérieux inconnu est-il venu te voir ? demanda Frigate. Pourquoi n'a-t-il pas parlé de toi à Tom ?

Nur haussa les épaules.

— Sa visite a été légèrement postérieure à celle qu'il a faite à Tom. Je ne peux pas la situer davantage. Quant à ta seconde question, il m'est impossible d'y répondre. J'ai comme l'impression que l'Ethique ne dit pas la vérité. Ou tout au moins, qu'il ne décrit qu'une partie de la situation, ce qui revient à mentir par omission. Pour quelle raison, je n'en sais rien. Mais je suis intrigué, je l'avoue.

— Je me demande si on ne ferait pas mieux de laisser ces deux-là en arrière, déclara Farrington.

— Si vous nous abandonnez, dit Nur, Peter et moi

prendrons la grand-route et nous arriverons avant vous à la tour.

– Il est en train de paraphraser la chanson de Robert Burns, celle que tu fredonnes toujours, dit Rider à Farrington.

Celui-ci émit un grognement en guise de réponse et enchaîna :

– Ecoute, Tom, il me semble que s'ils étaient pour les Ethiques, c'est-à-dire contre ton *mystérieux étranger,* il y a longtemps que nous aurions été capturés. Nous ne pouvons donc pas faire autrement que les croire. Ce qui n'explique pas, naturellement, pourquoi il ne nous a pas signalé l'existence de Nur.

Tom proposa une tournée à la santé de la nouvelle équipe. Farrington était en train de leur raconter une de ses innombrables histoires drôles quand ils entendirent les femmes qui rentraient à bord. Ils eurent juste le temps de convenir d'un rendez-vous plus tard dans les collines.

Le lendemain, ils allèrent trouver Podebrad, qui leur présenta son équipe d'ingénieurs. Ils commencèrent aussitôt à discuter du dirigeable et des spécifications du projet.

Frigate déclara que la taille de l'appareil dépendait avant tout de l'objectif qu'ils allaient se fixer. S'ils désiraient seulement se poser à proximité des montagnes polaires, le dirigeable devrait être capable de transporter assez de carburant et de grimper jusqu'à un plafond de cinq mille mètres environ. Mais s'ils voulaient franchir les montagnes, il faudrait qu'il soit capable de s'élever jusqu'à dix mille mètres.

Si toutefois les rumeurs qui couraient sur leur altitude étaient fondées. Mais il n'y avait aucun moyen de vérifier cela.

Dans l'hypothèse d'un long voyage qui les conduirait directement au pôle, il était nécessaire d'envisager la construction d'un dirigeable à structure rigide. Les études préliminaires prendraient du temps, le chantier durerait plus longtemps et l'équipage devrait être beaucoup plus entraîné. De plus, les conditions de vol à haute altitude entraîneraient des contraintes inévitables. Les moteurs auraient besoin d'une compression plus forte. Il faudrait prévoir des réserves d'oxygène pour les hommes et pour les machines. Il faudrait résoudre les problèmes posés par le gel et les courants aériens, sans doute beaucoup plus violents à l'approche du pôle.

Il aurait fallu, pour bien faire, utiliser des réacteurs. Mais à faible vitesse et à basse altitude, les réacteurs étaient inefficaces. On ne pouvait les utiliser que sur des appareils conçus pour évoluer à de hautes altitudes. Et malheureusement, pour fabriquer des moteurs à réaction, il fallait des métaux qu'ils n'avaient pas.

A tout cela, Podebrad répliqua qu'il n'était pas question de mettre en chantier un grand dirigeable à structure rigide. La seule chose qui pouvait l'intéresser, c'était la construction d'un aérostat de type souple, capable de voler à quatre mille mètres. Et si les montagnes, à certains endroits, atteignaient six mille mètres, il faudrait les longer jusqu'à ce qu'on trouve un passage.

– Il faudra davantage de carburant, fit observer Frigate, car cela allongera le voyage.

– C'est évident, répondit Podebrad. Nous devrons prévoir des réserves en conséquence.

Incontestablement, c'était lui le chef.

Dès le lendemain, les travaux commencèrent. Huit mois plus tard, avec soixante jours d'avance par rapport aux prévisions, le dirigeable était prêt pour son premier vol d'essai. Podebrad avait mené les choses rondement.

Nur lui demanda comment il comptait arriver sans cartes à Virolando.

Le Tchèque répondit qu'il avait discuté avec plusieurs missionnaires qui venaient de là-bas. D'après eux, Virolando se trouvait dans la région arctique, à cinquante mille kilomètres environ en aval des sources. A cet endroit, le Fleuve formait un lac dont les contours évoquaient à peu près ceux d'un sablier. La surface de l'eau était hérissée de cent pitons rocheux exactement. Vu des airs, le lac ne devait en principe ressembler à aucun autre. Mais qui pouvait savoir, dans le Monde du Fleuve ?

– Je me demande parfois si Podebrad nous dit la vérité sur ses convictions religieuses, déclara un jour Frigate. Tous les Témoins de la Seconde Chance que j'ai eu l'occasion de connaître étaient des gens très humains, très chaleureux. Ce type-là est un véritable iceberg.

– Et si c'était un agent des Ethiques ? demanda Nur.

Les autres furent glacés à cette pensée.

— Je suppose que s'il l'était, reprit Nur, il aurait préféré construire un vrai zeppelin pour arriver directement au pôle.

— Je ne sais pas si même un zeppelin pourrait voler assez haut, dit Frigate.

Quels que fussent par ailleurs les défauts de Podebrad, il ne manquait ni d'initiative ni d'efficacité. N'ayant encore trouvé aucun pilote de dirigeable qualifié, mais disposant de suffisamment d'ingénieurs et de techniciens pour former une douzaine d'équipages, il décida que les futurs pilotes s'entraîneraient tout seuls.

Il constitua trois équipages au complet, de manière à avoir toujours des remplaçants sous la main si quelqu'un abandonnait en cours de route. Dès le début de l'instruction au sol, Frigate, Nur, Farrington, Rider et Pogaas commencèrent à avoir des doutes. Aucun d'eux n'avait de connaissances particulières ni en aéronautique ni en mécanique. Il fallait qu'ils suivent des cours comme les autres. Pourquoi Podebrad s'encombrait-il d'eux alors qu'il avait sous la main des hommes aussi qualifiés, sinon plus ?

Ils avaient décidé que le dirigeable emporterait huit hommes. Fidèle à sa promesse, Podebrad avait désigné les cinq compagnons du *Razzle Dazzle* comme membres du premier équipage. Il les accompagnait à chaque vol d'essai, mais ne prenait aucune part à la manœuvre.

Lors de son premier vol, Frigate avait eu un trac fou, mais son expérience du ballon libre l'avait aidé à recouvrer son sang-froid.

Les équipages s'entraînaient à tour de rôle. Ils effectuèrent plusieurs croisières d'essai de six cents kilomètres aller et retour chacune, qui leur firent franchir quatre chaînes de montagnes et découvrir des vallées qu'ils n'auraient jamais pu visiter bien qu'elles fussent pratiquement à côté d'eux.

La veille du grand départ, les équipages assistèrent à une réception en leur honneur. Les hommes du *Razzle Dazzle* étaient là au complet mais les femmes, furieuses, n'étaient pas venues. Bien qu'elles eussent depuis longtemps choisi d'autres partenaires, elles ne pardonnaient pas à leurs anciens compagnons de les laisser tomber ainsi.

Nur, pour sa part, n'avait aucun problème, étant venu sans femme en Nouvelle-Bohême.

Sur le coup de minuit, Podebrad renvoya tout le monde.

Le départ devait avoir lieu peu avant l'aube et il fallait se lever tôt. Farrington et ses compagnons se retirèrent dans une cabane à proximité du grand hangar en bambou. Après avoir bavardé quelques instants, ils allèrent se coucher. Ils étaient un peu étonnés que Podebrad n'ait pas annoncé sa conversion, comme il l'avait dit, au cours de la soirée. Sans doute attendait-il d'être à bord du dirigeable.

– Il doit avoir peur de se faire lyncher, dit Farrington.

Frigate s'endormit le dernier; du moins c'est ce qu'il supposa. Peut-être les autres étaient-ils aussi angoissés que lui. Surtout Farrington, qui avait, bien qu'il s'en défendît, horriblement peur de voler.

Frigate se retourna longtemps avant de trouver le sommeil. Il passait toujours des nuits blanches la veille d'un événement important, quand il devait jouer au football par exemple ou quand il concourait dans une réunion sportive. Inévitablement, il perdait, de ce fait, une partie de ses moyens. C'était un cercle vicieux. La peur de mal faire le condamnait à mal faire.

De plus, ayant piloté des avions de l'U.S. Air Force dans sa jeunesse, ayant fait du ballon libre à l'âge mûr, il savait mieux que ses compagnons à quels périls ils allaient être exposés.

Il dormait d'un sommeil léger lorsque des bruits de moteurs et de propulseurs en train de tourner le réveillèrent brusquement.

Il sauta du lit, alla ouvrir la porte et regarda au-dehors. La brume épaisse coupait toute visibilité mais il ne pouvait se tromper sur la source du bruit.

Il lui fallut une minute pour alerter les autres. Vêtus de leurs seuls kilts, une serviette hâtivement passée sur le dos, ils coururent dans la direction du hangar. A plusieurs reprises, ils butèrent sur des obstacles ou même contre le mur d'une cabane. Finalement, arrivés sur les premiers contreforts des collines, ils émergèrent un peu du brouillard.

La lumière des constellations leur montrait le spectacle qu'ils avaient redouté.

Plusieurs hommes et femmes, la tête levée vers le ciel, poussaient des hourras ensommeillés. Ils avaient aidé, du sol, à la manœuvre, et ils regardaient le dirigeable qui s'élevait lentement. Soudain, il y eut un lâcher de lest. Une trombe d'eau aspergea une partie de ceux qui étaient en bas. Beaucoup plus rapidement, l'aérostat prit de l'altitude, le nez tourné vers la brise qui venait d'amont. Les lumières de la nacelle, située sous la quille triangulaire qui occupait tout l'axe longitudinal du vaisseau, étaient brillamment éclairées. A travers le hublot, on voyait se profiler le visage de Podebrad.

Les cinq hommes se précipitèrent en jurant vers l'endroit que venait de quitter le dirigeable, mais ils savaient qu'il était trop tard.

Farrington s'empara d'une lance appuyée contre le mur du hangar et la projeta rageusement vers le ciel. En retombant, elle faillit blesser une femme. Farrington se jeta par terre et tambourina l'herbe de ses deux poings.

Tom Mix trépignait en levant le poing vers le ciel.

Nur secouait la tête d'un air navré.

Pogaas débitait des jurons dans sa langue natale.

Frigate pleurait en silence. A cause de lui, les autres avaient perdu neuf mois. S'il n'avait pas eu, au départ, l'idée de construire le dirigeable, ils auraient parcouru au moins cinquante mille kilomètres pour se rapprocher du but.

Le plus ennuyeux, dans tout cela, c'était qu'ils avaient vendu le *Razzle Dazzle*. Pas tout à fait pour une bouchée de pain. Pour cinq cents cigarettes, de l'alcool en abondance et quelques faveurs personnelles.

Un peu plus tard, ils allèrent, lugubres, s'asseoir autour d'une pierre à graal en attendant l'heure du petit déjeuner. Partout, les Nouveaux-Bohémiens commentaient bruyamment la fuite inattendue de leur ex-dirigeant, qu'ils maudissaient à qui mieux mieux.

Ceux qui devaient faire partie de l'équipage, y compris les cinq compagnons du *Razzle Dazzle*, demeuraient silencieux. Finalement, Martin Farrington déclara :

— On peut toujours leur reprendre le navire.

— Ce serait malhonnête, dit Nur.

— Comment ça, malhonnête ? Il ne s'agit pas de le voler, mais d'annuler la transaction. Nous leur rendrions exactement ce qu'ils nous ont donné en échange.

— Ils ne seront jamais d'accord, fit Tom.

— Nous ne leur laisserons pas le choix.

Il y eut un regain d'activité autour d'eux et ils se turent

un instant. Quelqu'un venait d'annoncer que le conseil avait élu un nouveau chef d'Etat. Il s'agissait, en fait, du bras droit de Podebrad, un certain Karel Novak. Quelques acclamations saluèrent la nouvelle; mais la plupart des gens étaient trop déprimés pour réagir.

— Je n'arrive pas à comprendre pourquoi il nous a couillonnés, déclara finalement Martin Farrington. Notre équipage n'était pas plus mauvais qu'un autre, et il nous avait donné sa parole.

Frigate répondit, avec presque des sanglots dans la voix :

— J'étais loin de valoir Zeleny ou Hronov en tant que pilote. Podebrad savait qu'il fallait nous emmener tous les cinq ou pas du tout. Il a préféré prendre un autre équipage.

— Le salaud ! s'écria Tom. Mais tu te trompes, Peter. Tu es aussi bon que les deux autres.

— Nous ne saurons jamais quelles étaient ses véritables raisons, dit Farrington. Peut-être que c'est un espion, après tout, et qu'il a fait ça pour nous laisser le cul dans l'eau.

— J'en doute, dit Nur. Il pourrait cependant être un agent. Il avait peut-être l'intention de construire un navire à vapeur pour remonter le Fleuve, mais nous sommes arrivés et nous lui avons mis la puce à l'oreille en parlant de dirigeable. Seulement, c'est nous qui nous sommes fait piquer.

— Même si c'était un espion, comment a-t-il appris qui nous étions ?

— Voilà ! dit Frigate en redressant la tête. Sans doute une de nos femmes qui vous a surpris en train de discuter dans la cabine. Vous étiez peu discrets, parfois. J'en sais quelque chose. Ou alors, l'un de vous a parlé dans son sommeil et pour se venger Eloïse ou Nadia sont allées tout raconter à Podebrad qui a décidé de partir sans nous.

— Elles n'auraient pas pu garder leur secret longtemps, fit Tom en secouant la tête. Elles n'auraient pas pu s'empêcher de nous en parler aussitôt.

— Nous ne saurons jamais la vérité, répéta Farrington.

— Ce n'est pas sûr, dit Tom. Si jamais je retrouve Podebrad, je le ferai parler avant de lui tordre le cou.

— Moi, je lui briserai les tibias d'abord, dit Farrington.

— Et moi, renchérit Frigate, je lui ferai bâtir un immeuble de six étages, avec une seule fenêtre juste sous le toit. Puis je l'exécuterai selon une méthode tchécoslovaque : la défenestration.

— Hein ? fit Tom.

— En le poussant par la fenêtre.

— Les fantasmes de vengeance, déclara Nur, constituent un excellent moyen de guérir la colère. Mais il est préférable de ne pas y recourir. Seule l'action peut être un remède efficace dans ce genre de situation.

A ce moment-là, Frigate bondit sur ses pieds.

— J'ai une idée ! dit-il. Nur, attrape mon graal. Veux-tu t'en occuper pendant que je vais trouver Novak ?

— Toi et tes idées ! hurla Farrington. Vous nous avez causé assez d'emmerdements comme ça ! Reviens !

Mais Frigate ne se retourna même pas.

57

Lentement, majestueusement, le *Parseval* se déplaçait au-dessus de l'abîme, légèrement cabré, ses propulseurs orientés presque verticalement. Le souffle d'air qui sortait du tunnel créait, en rencontrant les courants extérieurs, des turbulences qui menaçaient de plaquer l'appareil au sol ou de le déporter contre la paroi. Cyrano devait calculer exactement leur force et se présenter juste au centre de l'ouverture circulaire. La moindre erreur de sa part pouvait être fatale.

A la place de Firebrass, Jill se disait qu'elle n'aurait jamais pris un tel risque. Elle aurait plutôt contourné la montagne à la recherche d'un autre passage. Naturellement, cela signifiait une perte supplémentaire de carburant. Déjà, lancés à fond comme ils l'étaient, les moteurs devaient en brûler beaucoup plus que prévu et il n'était pas sûr qu'ils puissent retourner jusqu'à Parolando. Peut-être tomberaient-ils en panne avant même d'avoir rejoint le *Mark Twain.*

Cyrano transpirait et son visage était tendu, mais ses prunelles brillaient d'un feu soutenu. S'il avait peur, il ne le laissait pas paraître. Jill était obligée d'admettre qu'il était finalement l'homme de la situation. Ses réflexes étaient les meilleurs, il ne se laissait pas paralyser de panique. Pour lui, ce devait être comme un duel. Le vent attaquait, il parait; le vent ripostait, il contre-ripostait.

Ils étaient maintenant en plein dans les nuées qui jaillissaient du trou.

Et soudain, ils émergèrent de l'autre côté.

Il y avait toujours une brume épaisse, mais le radar les renseignait. Devant eux s'étendait la fameuse mer polaire, à mille mètres au-dessous de leurs pieds. Les montagnes l'entouraient entièrement. Et au centre du cirque ainsi délimité, à une cinquantaine de kilomètres de l'endroit où ils se trouvaient, se dressait bien haut, sortant de la mer, une structure dont les dimensions, néanmoins, paraissaient insignifiantes par rapport aux montagnes.

En regardant la silhouette qui se profilait sur son écran cathodique, Cyrano s'écria :

— Admirez la tour !

Le radariste, assis devant ses propres instruments à bâbord, confirma l'existence de l'édifice au milieu de la mer.

Firebrass donna l'ordre de grimper jusqu'à trois mille mètres. Les propulseurs étaient toujours orientés de manière à combattre les violentes rafales qui les secouaient dans tous les sens; mais à mesure qu'ils prenaient de l'altitude, le vent diminuait et ils pouvaient avancer plus vite en ligne droite.

Leur vitesse par rapport au sol atteignit bientôt cinquante kilomètres à l'heure, et elle augmentait à mesure qu'ils se rapprochaient de la tour.

Le ciel était maintenant plus clair qu'au crépuscule. Un soleil pâle et les constellations l'éclairaient en même temps.

Les radars balayaient toute l'étendue de la mer. Ils donnaient une idée de la dimension des montagnes situées de l'autre côté. La mer était bien circulaire et son diamètre ne dépassait pas une centaine de kilomètres. La muraille rocheuse avait partout la même dimension.

— La tour ! s'écria Firebrass. Elle est énorme ! Elle a deux mille mètres de haut et quinze kilomètres de large !

A ce moment-là, Hakkonen, le premier maître mécanicien, annonça que la coque faisait de la glace. Il n'y en avait pas, cependant, sur les pare-brise de la nacelle de commandement, équipés d'un plastique spécial.

— Redescends à quinze cents mètres, Cyrano, ordonna Firebrass. Il fera moins froid.

Le Fleuve, lorsqu'il se jetait dans la mer, apportait avec lui un peu de chaleur, ce qui produisait les brumes perpétuelles qui environnaient la tour. A quinze cents mètres, la température était encore de zéro degré. Mais plus haut, cela posait des problèmes.

Le radar indiqua que la face intérieure des montagnes n'était pas aussi lisse que l'extérieur. Elle était hérissée d'innombrables aspérités, comme si ceux qui l'avaient bâtie n'avaient pas cru nécessaire de fignoler leur travail.

La corniche décrite par Joe Miller fut également repérée. Elle menait effectivement du sommet de la montagne à la mer. Ils découvrirent même une deuxième corniche qui longeait la mer sur plusieurs kilomètres et qui conduisait à une entrée de caverne de trois mètres de large sur deux de haut.

Personne ne fit de commentaire, mais Jill s'étonna à haute voix de l'existence du passage qui avait permis à leur dirigeable de franchir la barrière montagneuse.

— Ils doivent entrer par là, eux aussi, répondit Firebrass. Je suppose qu'ils utilisent la voie des airs, et c'est plus commode que de passer par-dessus la montagne.

Cette explication en valait bien une autre.

— Je pense à ce reflet qui a ébloui Joe Miller, déclara à son tour Piscator. Je ne crois pas qu'il ait été causé par un rayon de soleil filtrant à travers ce trou. En premier lieu, le passage est toujours plongé dans la brume. Et deuxièmement, même si un rayon de soleil avait pu passer, il n'aurait pas atteint le sommet de la tour. Joe a dit que la brume s'était momentanément éclaircie. Mais même ainsi, le soleil n'aurait pu éclairer le sommet. Et de toute manière, Joe ne pouvait absolument pas se trouver dans l'alignement du passage et de la tour. Vous voyez bien que la corniche n'arrive pas jusque-là.

— La lueur provenait peut-être du vaisseau qu'il a aperçu dans le ciel quelques minutes plus tard, dit Firebrass. D'après Joe, il descendait vers la mer. Il est possible qu'en déferlant, il ait émis une certaine forme d'énergie lumineuse, que Joe a confondue avec un rayon de soleil.

– Pourquoi pas ? fit Cyrano. Ou alors, il pouvait s'agir d'un signal lumineux émis par la tour. Pour pouvoir distinguer cette tour, à cinquante kilomètres de distance, il fallait qu'il soit encore très haut sur sa corniche. Mais c'est moins difficile que d'apercevoir un minuscule objet volant.

– Qu'est-ce qui te dit qu'il était minuscule ? demanda Firebrass.

Ils restèrent sans réponse. Jill essaya d'estimer mentalement la taille que devait avoir un vaisseau pour être aperçu à cette distance. Au moins un kilomètre de diamètre, se disait-elle. Mais elle était, à vrai dire, incapable de faire le calcul.

– Je n'aime pas cette idée, fit Cyrano.

Firebrass lui demanda de se rapprocher de la tour selon une trajectoire circulaire. Le radar indiquait que les parois de la structure cylindrique étaient absolument lisses à l'exception de quelques orifices situés sur une même ligne horizontale à deux cent quarante mètres au-dessous du sommet.

En survolant celui-ci, ils constatèrent qu'il formait un creux. C'était un parfait terrain d'atterrissage de quinze kilomètres de diamètre, protégé par un mur circulaire de deux cent quarante mètres de haut.

– Les orifices doivent servir à évacuer l'eau, dit Firebrass.

Ce qui les intéressait le plus, cependant, c'était la seule chose qui rompait l'uniformité de la « piste d'atterrissage ». Elle était située à une extrémité – au sud, mais cela ne voulait rien dire car dès qu'on s'éloignait du centre on allait vers le sud – et il s'agissait d'une demi-sphère d'une hauteur de huit mètres sur un diamètre de seize.

– Si ce n'est pas ça l'entrée, je suis prêt à bouffer mon pagne, dit Firebrass en secouant la tête. C'est Clemens qui va être déçu. Il n'y a qu'un seul moyen d'accéder à la tour, c'est par la voie des airs.

– Nous ne sommes pas encore dedans, murmura Piscator.

– Hein ? Je sais. Mais il n'est pas question de s'arrêter en si bon chemin. Ecoutez-moi, vous tous. Clemens nous a envoyés en mission de reconnaissance. Je pense qu'il est indispensable, pour accomplir cette mission, d'essayer de pénétrer dans la tour.

Firebrass était toujours plein d'énergie, mais en ce moment précis son visage rayonnait et tout son corps tremblait comme si ses nerfs s'étaient soudain mués en transmetteurs de lumière. Même sa voix vibrait d'excitation.

— Ils ont peut-être des systèmes de défense, automatiques ou non, reprit-il. Le seul moyen de le savoir, c'est d'y aller. Mais je ne veux pas mettre le *Parseval* en danger plus qu'il est nécessaire.

» Jill, je vais prendre l'hélicoptère avec quelques hommes. Tu seras capitaine à bord, même si ce n'est que pour une durée limitée. Tu auras réalisé ton rêve, quoi qu'il arrive par la suite.

» Tu te maintiendras à un ou deux kilomètres de la tour et à mille mètres au-dessus du sommet. S'il nous arrive quelque chose, tu ramèneras le dirigeable à Sam. C'est un ordre.

» Si je vois quoi que ce soit de suspect, je donnerai l'alerte et tu partiras sans t'occuper de nous. C'est compris ?

— Oui, fit Jill.

— Si la tour est déserte, et j'ai bien l'impression qu'elle l'est, il faut peut-être un mot de passe électronique pour ouvrir cette coupole. Mais ce n'est pas sûr. Ils n'ont pas dû penser, en construisant la tour, que nous serions un jour capables de nous poser dessus. Mais naturellement, il se peut qu'ils se trouvent à l'intérieur et qu'ils attendent que nous fassions les premiers pas pour nous sauter dessus. Espérons qu'il n'en sera rien.

— J'aimerais t'accompagner, dit Cyrano.

— Pas question. Tu restes à bord. Tu es notre meilleur pilote. Tu viendras avec moi, Anna, et Haldorsson aussi, il pilotera l'hélico. J'emmène également Metzing, Arduino, Chong et Singh. S'ils sont volontaires, bien sûr.

Obrenova leur téléphona à leurs postes respectifs; tous se déclarèrent plus que volontaires.

Firebrass informa l'équipage, par l'intermédiaire du système de transmission général, de la décision qu'il avait prise et des données fournies par le radar.

Il n'avait pas plus tôt fini de parler que Thorn l'appela.

Firebrass l'écouta quelques instants puis dit d'une voix ferme :

– Merci beaucoup, Barry, mais je n'ai plus besoin de volontaires.

Il raccrocha et se tourna vers les autres :

– Il insistait pour venir avec nous. Il paraissait déçu que je ne l'aie pas désigné. Je ne savais pas que c'était si important pour lui.

Jill appela le hangar et demanda à Szentes, le premier maître, de préparer l'hélicoptère N° 1.

Firebrass serra la main de tous ceux qui étaient présents dans le poste de commandement à l'exception de Jill, qu'il retint longuement contre lui. Elle ne savait pas si elle aimait cela. Ce genre d'accolade manquait un peu de dignité et ressemblait trop à un adieu. Doutait-il de pouvoir rentrer ? Ou ne faisait-elle que projeter sur lui ses propres angoisses ?

Quelle que fût la vérité, Jill se trouvait en proie à des émotions pour le moins contradictoires. Elle lui en voulait de la traiter différemment des autres, et pourtant elle était émue à la pensée qu'il lui manifestait une affection particulière. C'était un miracle qu'elle n'ait jamais eu d'ulcère, tant ses sentiments étaient contradictoires. Mais dans le Monde du Fleuve, bien sûr, personne n'attrapait jamais d'ulcère. La tension nerveuse ou mentale prenait des formes plus psychiques. Ses hallucinations, par exemple.

Quelques secondes plus tard, elle n'était plus une exception. Cyrano avait demandé à Piscator de le relayer au siège de pilotage, puis il s'était dirigé à grands pas vers le capitaine et l'avait serré dans ses bras tandis que de grosses larmes coulaient sur ses joues.

– Mon bon ami ! fit-il. Il ne faut pas être si triste ! Quel que soit le danger, moi, Savinien de Cyrano de Bergerac, je serai toujours à tes côtés !

Firebrass se dégagea de l'étreinte du Français, lui donna une bourrade amicale et éclata de rire :

– Holà ! Je ne voudrais pas qu'on prenne ça au tragique ! Ce n'étaient pas des adieux, mais un simple au revoir. Si on ne peut pas... Bon, très bien, Savinien, fais-moi le plaisir de regagner ton poste, à présent.

Il leur sourit de toutes ses dents très blanches dont l'éclat contrastait avec son visage foncé. Puis il leur fit un signe de la main.

– A bientôt !

Anna Obrenova, l'air soucieux, sortit derrière lui. Metzing, le front grave et la démarche teutonique, les suivit.

Jill donna aussitôt les ordres nécessaires pous rejoindre la position indiquée par Firebrass. Le *Parseval* descendit en décrivant des cercles. Dès qu'ils atteignirent la nappe de brouillard, ils allumèrent les projecteurs. Malgré leur puissance, ils ne portaient guère à plus de cent cinquante mètres.

Arrivé à la position assignée, le dirigeable s'orienta le nez au vent, ses réacteurs réglés pour compenser exactement la force des courants aériens. Quatre puissants faisceaux lumineux trouaient la brume, sans mettre en évidence autre chose que des nuées grises en mouvement. La tour n'était pourtant pas loin. Invisible, elle semblait émettre des radiations sinistres et puissantes, comme des pseudopodes prêts à agripper le vaisseau.

Tous à bord étaient silencieux. Cyrano alluma un cigare. Piscator, qui se tenait derrière le radariste, observait les balayages sur les oscilloscopes. L'opérateur radio était penché sur ses cadrans et paraissait fouiller toute l'étendue du spectre. Jill se demandait ce qu'il espérait capter au juste.

Au bout de quinze minutes qui semblèrent durer une heure, Szentes appela le commandant par intérim pour lui dire que l'hélico était prêt à partir. Le décollage devait avoir lieu dans une minute.

Szentes semblait préoccupé.

– Nous avons un petit problème, dit-il. C'est pourquoi je vous appelle avant le décollage. Thorn est venu ici. Il a insisté pour que Firebrass le prenne avec lui dans l'hélico. Le capitaine lui a donné l'ordre de regagner son poste.

– Il a obéi ?

– Oui, mon commandant. Mais le capitaine m'a demandé de vous appeler pour que vous puissiez vous en assurer. Cependant, Thorn n'a certainement pas encore eu le temps de regagner la section de queue.

– Très bien, Szentes. Je vais faire le nécessaire.

Elle raccrocha et jura entre ses dents. Elle n'était pas commandant depuis un quart d'heure que déjà elle avait un problème de discipline sur les bras. Qu'est-ce que Thorn s'était donc mis dans la tête ?

Il n'y avait qu'une seule chose à faire. Si elle laissait passer l'incident, elle risquait de perdre le contrôle des événements et le respect de l'équipage.

Elle téléphona au poste de commandement auxiliaire logé dans la section de queue. Ce fut Salomo Coppename, originaire du Surinam, qui lui répondit.

— Arrêtez le lieutenant Thorn dès qu'il se présentera. Conduisez-le dans sa cabine sous escorte, et postez un garde devant sa porte.

Coppename devait se demander ce qui se passait, mais il ne posa pas de question.

— Appelez-moi dès qu'il sera là, ajouta-t-elle.
— Entendu, mon commandant.

Une lumière rouge cessa de clignoter au tableau de bord. Le panneau ventral venait de se refermer. Le radar annonça que l'hélico N° 1 avait entamé sa descente en direction de la tour.

Une voix, soudain, se fit entendre à la radio.

— Ici Firebrass.
— Nous vous recevons cinq sur cinq, fit l'opérateur.
— O.K. Moi aussi, je vous reçois parfaitement. Nous sommes sur le point de nous poser à une centaine de mètres de la coupole. Le radar fonctionne normalement, il ne devrait pas y avoir de problème. Le mur est assez haut pour qu'il n'y ait pas de vent sur la piste. Tu es là, Jill ?
— Je suis là.
— Qu'as-tu fait, pour Thorn ?

Jill lui rendit compte des mesures qu'elle avait prises et Firebrass parut satisfait :

— C'est exactement ce que j'aurais fait à ta place. Je le cuisinerai à mon retour. Et si... si je ne devais pas revenir, interroge-le toi-même. Surtout, qu'il reste aux arrêts jusqu'à ce que cette histoire soit éclaircie.

Jill ordonna à Aukuso de brancher la radio sur le système de communication intérieur. Il n'y avait pas de raison pour que tout le monde n'écoute pas.

— Nous allons nous poser, reprit Firebrass. Le vent est plus faible, à présent. Jill, je voudrais...

Cyrano s'écria à ce moment-là :

— Quelqu'un a ouvert le panneau de sortie !

Il indiqua une lumière rouge qui clignotait.
— Mon Dieu !
Il montra quelque chose à travers le pare-brise.
Mais ce n'était pas nécessaire. Tout le monde avait déjà vu la boule de feu qui avait soudain embrasé la grisaille.
Jill laissa échaper un cri inarticulé.
— Capitaine ! hurla Aukuso. Répondez, capitaine !
Mais la radio n'émettait plus.

58

L'interphone était en train de sonner.
Lentement, comme si elle devait à chaque pas écarter des filaments visqueux qui voulaient la paralyser, elle alla répondre.
— Commandant ! fit Szentes. Barry Thorn vient de s'emparer du deuxième hélico ! Mais je crois que je l'ai eu, le fumier ! J'ai vidé mon chargeur sur lui.
— Je le vois sur l'écran, annonça Cyrano.
— Szentes, racontez-moi ce qui s'est passé !
Jill luttait pour sortir de l'apathie où elle était en train de sombrer. Il fallait qu'elle reprenne le dessus, qu'elle recouvre sa faculté d'analyse et de décision.
— Thorn a quitté le hangar comme le capitaine le lui avait ordonné, commença Szentes. Mais il est revenu aussitôt après le départ de l'hélico. Il avait un pistolet à la main. Il nous a obligés à entrer dans la soute aux vivres après avoir rendu l'interphone inutilisable. Puis il nous a enfermés à clé. Il oubliait que la soute aux vivres sert également de magasin d'armes. Ou alors, il pensait pouvoir s'échapper avant que nous soyons dehors.
» Nous avons fait sauter la serrure le plus vite possible et nous nous sommes lancés à sa poursuite. Il était déjà dans l'hélico qui commençait à s'élever de la plate-forme. Tout le monde a tiré dessus. Je crois que nous l'avons touché. Mon commandant, je ne comprends pas ce qui se passe.

— Je ferai une annonce à tout l'équipage dès que je l'aurai compris moi-même, promit Jill.
— Mon commandant ?
— Oui, Szentes ?
— C'est drôle. Thorn pleurait quand il nous a menacés de son pistolet. Même quand il disait qu'il nous tuerait si nous tentions de l'arrêter, il avait des sanglots dans la voix.
— Merci, dit Jill en coupant la communication.
L'officier chargé de l'équipement infrarouge annonça :
— Les flammes sont toujours visibles, mon commandant.
Le radariste, pâle malgré la pigmentation foncée de sa peau, confirma :
— Il s'agit de l'hélicoptère N° 1, mon commandant. Il se trouve au sommet de la tour.
Elle essaya de percer les nuées du regard. Mais elle ne vit rien d'autre que la grisaille mouvante.
— J'ai le deuxième hélico, fit le radariste. Il plonge en ce moment vers la base de la tour.
Quelques instants plus tard, il ajouta :
— Il s'est posé à la surface de la mer.
— Aukuso, essayez d'appeler Thorn, ordonna Jill.
Les filaments visqueux étaient moins denses maintenant. Tout était encore confus autour d'elle, mais elle commençait à entrevoir quelques lumières dans le chaos.
Au bout de quelques secondes, Aukuso murmura :
— Il ne répond pas.
D'après les indications du radar, l'hélicoptère amphibie flottait maintenant à la surface de la mer, à une trentaine de mètres de la base de la tour.
— Essayez encore, Aukuso.
Firebrass était sans doute mort. Elle était capitaine en titre, à présent. Son ambition était réalisée.
Mon Dieu ! Ce n'est pas cela que je voulais !
Lugubrement, elle appela Coppename et lui ordonna de se présenter immédiatement au poste de commandement pour assumer les fonctions de commandant en second. Alexandros était nommé premier lieutenant de la section de queue en remplacement de Barry Thorn.
Elle se tourna vers Cyrano :
— Nous nous occuperons du traître plus tard. Le plus

urgent est de savoir ce qui est arrivé à Firebrass... et aux autres.

Elle semblait hésiter.

– Je pense que la seule chose à faire est de nous poser sur la tour, reprit-elle.

– Bien sûr, pourquoi pas ? fit Cyrano.

Ses joues étaient pâles et ses mâchoires serrées, mais il paraissait parfaitement maître de lui.

Le *Parseval* commença à descendre dans les nuées en décrivant une spirale au-dessus du sommet de la tour. Celle-ci était toujours invisible, sauf sur les écrans du radar, et entourée de violents courants d'air. Mais dès que le dirigeable se trouva au-dessus de la « piste d'atterrissage », le vent se calma.

Les projecteurs éclairaient maintenant une étendue grise de métal lisse. De l'intérieur du poste de commandement, on apercevait les flammes de l'hélicoptère, mais pas l'engin lui-même.

Lentement, le dirigeable passa au-dessus des flammes. Puis les propulseurs furent orientés de manière à le faire descendre encore.

Normalement, dans l'enceinte circulaire de quinze kilomètres de diamètre qui constituait le sommet de la tour, il n'aurait pas dû y avoir de vent. Cependant, les centaines d'ouvertures pratiquées au ras du sol pour l'évacuation de l'eau donnaient naissance à une brise de huit kilomètres à l'heure. C'était une brise légère sur l'échelle de Beaufort. Un léger souffle sur la joue. Un bruissement de feuilles, quand il y en avait. A peine de quoi faire tourner une éolienne.

En d'autres circonstances, c'eût été négligeable. Mais la surface de l'énorme coque était telle que si les propulseurs n'exerçaient pas une poussée inverse, le dirigeable serait immanquablement déporté contre la muraille.

Malheureusement, il n'y avait pas de mât d'amarrage et il était impossible de se poser sur la piste. Le *Parseval*, contrairement au *Hindenburg* ou au *Graf Zeppelin,* n'était pas équipé d'une nacelle de queue avec un train d'atterrissage pour faciliter le contact du sol. Comme le poste de commandement était situé dans le nez de l'appareil, celui-ci ne pouvait se poser sans endommager l'aileron de queue.

Toutefois, il y avait à bord des câbles d'amarrage spécialement prévus pour une éventualité de ce genre. Mais il fallait quelqu'un au sol pour les recevoir. En principe, dans la vallée, il y avait toujours des riverains volontaires pour se prêter à la manœuvre.

Jill distribua quelques ordres. Cyrano présenta l'appareil travers au vent et le laissa dériver sur plusieurs kilomètres, vers le bord opposé de la piste. Quand il apparut que la brise, venant des ouvertures situées de l'autre côté, avait changé de sens, ils continuèrent, à vitesse réduite, en se servant des propulseurs.

Ils attendirent de se trouver à moins d'un kilomètre de la muraille pour stabiliser totalement l'appareil. Ils ouvrirent un panneau ventral et laissèrent filer les câbles. Par équipes de quatre, vingt-huit hommes descendirent sur la piste. Chaque équipe, en touchant le sol, augmentait la flottabilité du vaisseau, qui avait tendance à s'élever. A contrecœur, Jill ordonna de lâcher la quantité d'hydrogène nécessaire pour équilibrer cette poussée. Elle aurait préféré éviter de gaspiller le précieux gaz, mais elle n'avait pas le choix. Plus tard, pour regagner la force ascensionnelle perdue, il faudrait larguer une partie du lest.

Ils descendirent ainsi plusieurs câbles fixés au nez et à la queue de l'appareil. Les équipes du sol s'y suspendaient au fur et à mesure pour éviter toute perte de poids inutile.

Cyrano manœuvra pour amener le vaisseau le plus près possible de la paroi. Munis de talkies-walkies, deux hommes coururent s'assurer que la force du vent qui pénétrait par les ouvertures était suffisante pour empêcher toute collision avec la muraille circulaire.

D'autres hommes descendirent et il fallut libérer encore un peu d'hydrogène. Ils coururent aussitôt ajouter leur poids à celui de leurs compagnons suspendus à l'arrière.

Les hommes qui tiraient les câbles à l'avant s'approchèrent des ouvertures. A l'aide de perches et de grappins, ils passèrent des cordes, par l'extérieur, d'une ouverture à l'autre, et amarrèrent solidement les câbles. Puis ils répétèrent l'opération avec les amarres de queue. Ainsi, le dirigeable se trouva immobilisé parallèlement à la paroi, à une vingtaine de mètres d'elle.

En principe, le vent ne pouvait pas changer de direction. Si jamais cela se produisait, les dégâts risquaient d'être considérables. Le moindre choc contre la paroi pouvait arracher les systèmes de transmission, ou même les propulseurs bâbord.

On fit descendre une échelle de corde. Piscator et Jill quittèrent le poste de commandement, traversèrent rapidement la coursive et descendirent sur la piste. Le médecin de bord, le Dr Graves, les attendait, sa trousse noire à la main.

L'hélicoptère s'était écrasé à trente mètres de la coupole. Guidés par les flammes qui faisaient toujours rage, ils s'avancèrent dans la brume en direction de l'épave.

Le cœur de Jill battait de plus en plus fort. Elle ne se résignait pas à admettre que Firebrass, si débordant de vigueur et d'entrain, pût être mort.

Ils le trouvèrent gisant à quelques mètres de l'épave enflammée d'où il avait été éjecté par le choc. Les autres étaient encore à l'intérieur de l'appareil, où l'on voyait le corps calciné de l'un d'eux.

Graves tendit sa lampe à Piscator et s'agenouilla devant le cadavre. Ils étaient enveloppés d'un mélange de brume et de fumée noirâtre qui leur apportait une odeur âcre et écœurante de gas-oil et de chairs brûlées. Jill eut soudain envie de vomir.

— Eclairez-moi sans bouger ! leur dit sèchement le médecin.

Jill se força à regarder le cadavre. Ses vêtements avaient été arrachés par le souffle. Ses chairs étaient à vif de la tête aux pieds, mais malgré cela ses traits demeuraient reconnaissables. Il n'avait pas dû rester très longtemps exposé aux flammes. Peut-être avait-il été éjecté par l'explosion qui avait précédé l'impact. Cela expliquerait la destruction de sa boîte crânienne.

Jill ne comprenait pas pourquoi le médecin tenait à l'examiner de si près. Elle allait lui demander d'abréger la séance lorsqu'il se releva en tendant vers elle sa main ouverte.

— Regarde ceci.

Elle éclaira ce qu'il avait dans le creux de la main. C'était une bille à peine plus grosse qu'une tête d'allumette.

— Je l'ai vue briller par hasard à la surface de l'encéphale. J'ignore absolument de quoi il peut s'agir.

Après avoir essuyé la sphère, il ajouta :
– On dirait une perle noire.
Il enveloppa la petite boule dans un mouchoir qu'il rangea dans sa trousse.
– Que faisons-nous des autres cadavres ? demanda-t-il.
Jill regarda, désemparée, la masse de métal qui flambait encore.
– Inutile de gaspiller la mousse de nos extincteurs, fit-elle d'une voix blanche.
Elle se tourna vers les hommes qui les accompagnaient.
– Peterson, vous vous chargerez de ramener la dépouille du commandant à bord du *Parseval*. Vous l'envelopperez d'abord dans une couverture. Les autres, venez avec moi.
Quelques instants plus tard, ils s'arrêtèrent devant la coupole. Par radio, ils demandèrent au dirigeable d'éclairer l'entrée. On eût dit le spectre d'un igloo eskimo. A la lueur de sa lampe de poche, Jill constata que la coupole semblait faite du même métal gris que le reste de la tour. Apparemment, elle faisait corps avec elle, comme une bulle issue de la surface même.
Les autres se tenaient un peu en arrière, attendant ses ordres. Les projecteurs du vaisseau éclairaient l'entrée d'un tunnel qui ressemblait à une caverne d'acier. A une dizaine de mètres, les parois se rétrécissaient pour former un passage de trois mètres de large sur deux mètres cinquante de haut. Trente mètres plus loin, il y avait un coude et l'on ne distinguait plus rien. Il faudrait aller jusqu'au fond du passage pour savoir si c'était bien par là que l'on accédait à l'intérieur de la tour.
Juste au-dessus de l'entrée, il y avait un haut-relief en forme de double symbole : un demi-cercle aux sept couleurs du prisme surmontant une croix ansée entourée d'un cercle.
– Un arc-en-ciel au-dessus de l'emblème de vie et de résurrection, commenta Jill.
– Pardonne-moi, fit Piscator, mais la croix et le cercle pourraient être aussi la représentation astrologico-astronomique de la planète Terre.
– L'arc-en-ciel est symbole d'espoir, fit rêveusement Jill. Et, si tu te souviens bien du Nouveau Testament, il est aussi le signe de l'alliance entre Dieu et son peuple. Mais il évoque tout aussi bien le trésor caché à son pied, ou la

Ville des Emeraudes au pays d'Oz, et bien d'autres choses encore.

Piscator la dévisagea curieusement.

Elle garda le silence quelques instants, en proie à une terreur sourde qu'elle redoutait de ne pouvoir maîtriser.

– J'y vais, dit-elle finalement. Attends-moi ici, Piscator. Dès que j'arriverai au bout du couloir, je te ferai signe d'avancer, si je ne vois rien de suspect, naturellement.

» S'il m'arrive quelque chose, on ne sait jamais, vous regagnerez le vaisseau le plus vite possible et vous partirez d'ici sans tarder. C'est un ordre, vous m'entendez ?

» Tu prendras le commandement, Piscator. Coppename est un officier compétent, mais il n'a pas autant d'expérience que toi. Et tu es l'être le plus imperturbable que je connaisse.

Cela fit sourire Piscator.

– Firebrass t'avait donné l'ordre de t'éloigner de la tour si quelque chose lui arrivait. Tu n'en as pas tenu compte. Crois-tu que je pourrais t'abandonner si tu étais en danger ?

– Tu dois protéger le vaisseau et l'équipage.

– Nous verrons bien. Laisse-moi agir en fonction des événements. C'est ce qu'il y a de plus raisonnable. Et il y a aussi le problème de Thorn.

– Chaque chose en son temps, dit-elle.

Elle se tourna vers l'entrée de la coupole et commença à s'avancer. Après avoir fait quelques pas, elle poussa un cri.

L'intérieur venait de s'éclairer d'une lumière faible et diffuse.

Après avoir hésité quelques secondes, elle franchit l'entrée. Au même instant, la voûte s'illumina brillamment.

59

Elle s'immobilisa. Piscator lui cria :

– D'où provient cette lumière ?

– Je l'ignore, fit Jill en se retournant. Je n'aperçois

aucune source lumineuse. Et tiens, regarde. Je n'ai pas d'ombre.

Elle continua de marcher lentement vers le fond du couloir. Puis elle s'immobilisa de nouveau.

– Qu'y a-t-il ? fit Piscator. Pourquoi t'es-tu...

– Je n'en sais fichtrement rien. On dirait que j'avance dans de la mélasse ! Je ne peux plus respirer si je fais un pas de plus !

Penchée en avant comme si elle affrontait un vent violent, elle réussit à faire encore deux pas puis elle s'arrêta, essoufflée.

– Ce doit être un champ de forces quelconque. Rien de matériel, mais j'ai l'impression d'être une mouche engluée dans une toile d'araignée !

– Est-ce que ce champ pourrait agir sur les fermetures magnétiques de tes vêtements ? cria-t-il.

– Je ne crois pas. Je les sentirais exercer une pression sur le tissu. Mais nous allons bien voir.

Gênée à l'idée de se déshabiller devant tous ces hommes, elle défit les fermetures magnétiques et laissa tomber ses vêtements. La température avoisinait zéro. Claquant des dents, tremblant de la tête aux pieds, elle fit un nouvel essai. Mais le résultat fut exactement le même.

Elle se baissa pour ramasser ses vêtements et constata qu'elle n'avait aucun mal à le faire. La force, apparemment, n'agissait qu'à l'horizontale. Elle fit deux pas en arrière avant de remettre ses vêtements.

Elle retourna jusqu'à l'entrée du couloir.

– Tu veux essayer, Piscator ?

– Tu crois que j'ai une chance de réussir là où tu as échoué ? Bah ! On peut toujours tenter l'expérience.

Il se déshabilla à l'entrée et s'avança d'un pas décidé. A la grande surprise de Jill, il dépassa aisément l'endroit où elle avait été bloquée. Mais arrivé à quelques mètres du coude, il annonça qu'il avait du mal à continuer.

Il haletait si fort qu'ils pouvaient l'entendre de l'extérieur.

Il arriva cependant jusqu'à l'angle du corridor et s'arrêta pour recouvrer son souffle.

– Je vois une plate-forme d'ascenseur à quelques mètres d'ici, cria-t-il. Apparemment, c'est le seul moyen de descendre dans la tour.

— Tu peux y arriver ? cria Jill.
— Je vais essayer.

En se déplaçant comme dans un film au ralenti, il joua des coudes et disparut au tournant.

Une minute s'écoula. Puis deux. Jill courut dans le corridor jusqu'à ce qu'elle ne puisse plus avancer. Elle hurla :

— Piscator ! Piscator !

Sa voix résonnait de manière bizarre, comme si le corridor possédait des propriétés acoustiques particulières.

Il n'y eut pas de réponse. Pourtant, si Piscator était juste après le tournant, il ne pouvait manquer de l'entendre.

Elle cria jusqu'à perdre haleine. Seul le silence lui répondit.

Elle ne pouvait rien faire d'autre que retourner à l'entrée du couloir et laisser les autres essayer.

Pour gagner du temps, les hommes s'avancèrent deux par deux. Certains dépassèrent l'endroit où elle s'était arrêtée, d'autres n'arrivèrent même pas jusque-là. Tous se déshabillèrent, mais ils n'avaient pas l'impression que cela faisait une différence.

Par le talkie-walkie, Jill ordonna à tous les hommes demeurés à bord du *Parseval* de se préparer à descendre. Ils allaient essayer à leur tour. Peut-être l'un d'entre eux réussirait-il à rejoindre Piscator.

Mais d'abord, il fallait que tout le monde à part elle remonte à bord. Ils se mirent en file au pied de l'échelle de corde, silhouettes fantomatiques dans la brume à peine éclairée.

Jill ne s'était jamais, de toute son existence, sentie aussi seule et aussi oppressée. Pourtant, elle avait connu des heures de noire solitude.

La brume plaquait des mains moites sur son visage, qui semblait à ce contact se figer en un masque de glace. Le bûcher funéraire de Metzing, Obrenova et les autres faisait toujours rage. Et Piscator était quelque part au détour du couloir. Pourquoi ne répondait-il pas ? Etait-il incapable de revenir en arrière ? Personne d'autre n'avait eu de mal à regagner l'entrée.

Evidemment, elle ignorait quels obstacles pouvait cacher la grise extrémité du corridor de métal.

Elle murmura entre ses dents le fameux vers de Virgile :

Facilis descensus Averni. (La descente à l'Averne est facile.)

Quelle était la suite ? Après tant d'années, elle avait du mal à s'en souvenir. Elle était restée trop de temps sans livres, sans dictionnaires ni encyclopédies.

Mais la citation lui revint finalement en mémoire.

La descente à l'Averne est facile. Nuit et jour est ouverte la porte du sombre Dis. Mais revenir sur ses pas, ressortir à l'air libre, telle est l'épreuve, telle est la difficulté.

Le seul ennui, avec cette citation, c'est qu'elle prenait le problème à rebrousse-poil. Pour eux, la descente était difficile. Impossible, même, excepté dans un cas. Et le retour était facile, sauf dans un cas, toujours.

Elle se servit du talkie-walkie.

— Cyrano ? Ici le capitaine.
— Oui, qu'y a-t-il, mon capitaine ?
— Mais tu *pleures* ?
— Oui, je pleure, pourquoi pas ? Firebrass n'était-il pas un très cher ami ? Je n'ai pas honte de mon chagrin. Je ne suis pas froid comme un Anglo-Saxon.
— Ecoute, ce n'est pas le moment. Ressaisis-toi. Nous avons une tâche à accomplir.
— Je sais, fit Cyrano en reniflant. Et ne crois pas que je me dérobe. Je suis prêt à faire mon devoir. Quels sont tes ordres ?
— Nikitin va te remplacer. Je veux que tu descendes ici avec un pain de plastic de vingt-cinq kilos.
— Ce sera fait, Jill. Mais c'est pour faire sauter la tour ?
— Non, uniquement l'entrée.

Une demi-heure s'écoula. Il fallait que les hommes remontent un par un à bord et soient remplacés au fur et à mesure afin de ne pas modifier le délicat équilibre du dirigeable.

Finalement, une quarantaine d'hommes se regroupèrent autour d'elle. Ils savaient déjà ce qu'elle attendait d'eux.

Aucun ne réussit à s'approcher du fond du corridor.

— C'est bon, dit Jill en serrant les dents.

Ils fixèrent la charge d'explosif à l'extérieur de la coupole, en un point situé à mi-chemin du corridor. Elle avait renoncé à la placer à la jonction de l'hémisphère et du mur d'enceinte, car Piscator pouvait se trouver de l'autre côté.

Ils remontèrent jusqu'au dirigeable et l'artificier actionna la télécommande. Le bruit fut assourdissant, bien que la charge de plastic eût été fixée du côté opposé au leur. Ils coururent jusqu'à la coupole. La fumée les faisait tousser. Lorsque l'air devint un peu plus clair, Jill fit un pas en avant.

La coupole était intacte.

Elle n'en était guère surprise.

Elle avait préalablement crié à Piscator de ne pas essayer de sortir avant l'explosion. Il n'y avait pas eu de réponse. Rien de surprenant là non plus. Son intuition lui disait qu'il n'était plus dans les parages. Mais une intuition n'est pas une certitude.

Elle retourna dans le corridor pour faire quelques essais. Elle s'était munie d'une longue perche et d'une bille de métal. Arrivée à l'endroit où elle ne pouvait plus avancer, elle constata que la perche, tendue à bout de bras, ne rencontrait aucune résistance. Et elle put lancer la bille jusqu'au fond du couloir. Ainsi, le champ de forces n'agissait pas sur les objets.

S'ils avaient disposé d'un périscope assez long, ils auraient pu voir ce qu'il y avait après le tournant. Malheureusement, le matériel de bord ne comprenait pas de périscope.

Elle ne se laissa pas abattre pour si peu. Il y avait un petit atelier à bord du *Parseval*. On pouvait construire un petit chariot muni d'un appareil de photo télécommandé.

Les techniciens déclarèrent qu'il leur faudrait environ une heure pour bricoler quelque chose de ce genre. Elle leur demanda de se mettre au travail et posta trois sentinelles à l'entrée de la coupole. Si Piscator donnait signe de vie, ils appelleraient aussitôt le dirigeable par radio.

— Pouvez-vous travailler en vol ? demanda-t-elle à l'atelier. Nous risquons d'être un peu secoués.

— Ça ira comme sur des roulettes, mon commandant, répondit le spécialiste.

Il leur fallut un quart d'heure pour détacher les amarres et prendre l'air. Nikitin survola la tour puis descendit en direction de la base, à l'endroit où le radar signalait la présence de l'hélicoptère. La mer n'était pas démontée mais il y avait une forte houle qui, sans doute, avait drossé l'appareil contre la paroi de la tour. Cependant, s'ils avaient de la chance, les dégâts seraient limités.

Aukuso essaya de nouveau, sans succès, de contacter Thorn par radio.

A cause des remous d'air provoqués par la présence de la tour, il était impossible de s'approcher de l'hélicoptère. Nikitin descendit le plus près possible de la surface, le nez au vent, et ils mirent à flot une embarcation pneumatique à moteur avec trois hommes à bord. Elle se dirigea aussitôt vers la base de la tour, guidée par le radariste du *Parseval*.

Boynton, l'officier responsable du canot pneumatique, commentait les opérations à mesure de leur déroulement.

— Nous sommes à côté de l'hélicoptère. Il est drossé contre la tour, mais les flotteurs ont protégé le rotor. Ils ne semblent pas endommagés non plus. La manœuvre n'est pas facile, avec cette houle. Je rappelle dans une minute.

Deux minutes plus tard, sa voix se fit entendre à nouveau.

— Propp et moi, nous sommes à bord de l'hélico. Thorn est là, sérieusement amoché. Il est couvert de sang. On dirait qu'il a reçu une balle dans la poitrine, du côté gauche, et sans doute des éclats au visage. Mais il respire encore.

— Est-ce que vous apercevez une ouverture ou une entrée quelconque au pied de la tour ? demanda Jill.

— Une seconde. J'allume un projecteur. Nos lampes ne sont pas assez puissantes pour... Non, je ne vois rien d'autre que le métal gris.

— Je me demande pourquoi il s'est posé ici, fit Jill en se tournant vers Cyrano.

Il haussa les épaules.

— Je suppose qu'il a été obligé d'amerrir en catastrophe avant de perdre connaissance.

— Mais où voulait-il aller ?

— Nous nous heurtons à de nombreux mystères, fit Cyrano. Il est certain que Thorn pourrait nous aider à en éclaircir quelques-uns si nous le soumettions à certaines méthodes de persuasion.

— La torture ?

Le long visage osseux du Français devint grave.

— Ce serait inhumain, et je suppose que la fin ne justifie jamais les moyens. Ou s'agit-il d'une fausse philosophie ?

— Je n'accepterai jamais de torturer qui que ce soit, ni de déléguer quelqu'un pour le faire à ma place.

— Peut-être nous renseignera-t-il de lui-même quand il aura compris que c'est son intérêt s'il veut être libéré. Mais j'en doute, à vrai dire. Il a l'air particulièrement coriace.

La voix de Boynton les interrompit.

— Avec votre permission, mon commandant, je vais ramener l'hélico. Tout a l'air en ordre de marche. Mes hommes vont transporter Thorn dans le canot.

— Permission accordée, fit Jill. Voyez si vous pouvez vous poser au sommet de la tour. Nous vous y rejoindrons dans quelques instants.

Dix minutes plus tard, le radariste annonça que l'hélico avait décollé. Boynton confirma que tout se passait bien.

Laissant à Coppename le soin de diriger la manœuvre, Jill descendit jusqu'aux hangars. Elle arriva juste au moment où Thorn, enveloppé dans une couverture, était transbordé du canot. Il n'avait toujours pas repris connaissance. Elle suivit le brancard jusqu'à l'infirmerie où le Dr Graves l'examina aussitôt.

— Il est encore en état de choc, mais je pense que ça ira. Naturellement, vous ne pourrez pas l'interroger tout de suite.

Elle posta deux hommes en armes devant la porte et retourna au poste de commandement. Le vaisseau s'élevait déjà vers le sommet de la tour. Une demi-heure plus tard, il était de nouveau au-dessus de la piste, mais à deux cents mètres de la coupole, le nez au vent, les propulseurs tournant au ralenti.

Ils descendirent le petit chariot fabriqué par l'atelier. Deux hommes le poussèrent jusqu'à l'entrée de la coupole, puis à l'intérieur du couloir, jusqu'à ce qu'ils ne puissent plus avancer. Lors des essais précédents, ils avaient été plus loin que tous les autres.

A l'aide d'une série de longues perches, ils poussèrent le chariot vers le fond du couloir. Les perches étant reliées bout à bout, le chariot heurta bientôt le mur qui leur faisait face.

Ils prirent six photos puis récupérèrent le chariot grâce à la corde qui traînait à terre. Impatiemment, Jill retira les plaques, développées électroniquement au moment de l'exposition.

Elle examina attentivement la première.

— Il n'est pas là, fit-elle en tendant l'épreuve à Cyrano.

— Qu'est-ce que c'est que ça ? demanda le Français. Il y a un autre couloir avec une ouverture au bout. On dirait une cage d'ascenseur, mais je ne vois ni câbles ni machinerie.

— Je ne crois pas qu'« ils » aient besoin de systèmes aussi primitifs pour faire marcher un ascenseur, dit-elle. Il me paraît évident que Piscator a réussi à franchir le champ de forces et à descendre dans la tour.

— Mais pourquoi ne revient-il pas ? Il sait pourtant qu'il ne doit pas nous laisser sans nouvelles.

Il hésita avant d'ajouter :

— Il sait aussi que nous ne pouvons pas rester ici éternellement.

60

Il n'y avait qu'une seule chose à faire.

Elle donna l'ordre d'amarrer le dirigeable comme la dernière fois. Puis elle rassembla la totalité de l'équipage dans le hangar à hélicoptères et fit le point de la situation tout en leur montrant les photos qui passèrent de main en main.

— Nous attendrons une semaine entière s'il le faut, conclut-elle. Passé ce délai, nous serons obligés de rentrer. Piscator ne s'attarderait pas si longtemps de son plein gré. S'il n'est pas de retour d'ici une dizaine d'heures, nous pourrons présumer qu'il est... retenu prisonnier ou bien mort. Dans les deux cas, nous ne pouvons rien faire excepté attendre.

Personne, pour l'instant, ne songeait à abandonner Piscator. Mais l'équipage était nerveux à la pensée qu'il faudrait peut-être passer huit jours dans cet endroit glacé, sinistre, sombre et silencieux. Cela revenait à planter sa tente devant la porte de l'enfer.

L'hélico N° 1 avait fini de brûler. Jill envoya une équipe chargée de ramener les restes de l'équipage et d'enquêter sur les causes de l'explosion. Pendant ce temps, une autre équipe s'occupait de réparer sur place le deuxième hélico, dont le pare-brise et la portière de gauche avaient été criblés de balles et dont les flotteurs étaient cabossés.

Les sentinelles postées à l'entrée de la coupole ne signalaient rien d'anormal. Jill était sur le point de se rendre au mess des officiers lorsque le Dr Graves l'appela.

– Thorn est toujours sans connaissance, mais ses jours ne sont pas en danger. Je viens de finir l'examen de ce qui reste du cerveau de Firebrass. Ce n'est pas très commode, sans microscope, mais je jurerais que la petite sphère noire était reliée à l'encéphale. Il ne s'agit nullement d'un objet extérieur introduit accidentellement par la force de l'explosion. J'avais tout d'abord envisagé cette hypothèse, mais les techniciens m'affirment qu'il n'y a rien de semblable dans l'équipement de l'hélico.

– Tu veux dire que cette bille a été chirurgicalement implantée dans le cerveau ?

– Il est trop endommagé pour que nous puissions en avoir la preuve certaine, mais j'ai l'intention d'examiner les autres victimes. En fait, je vais pratiquer l'autopsie complète de tous les corps. Cela prendra du temps, car il faut que je m'occupe de Thorn également.

En s'efforçant d'empêcher sa voix de trembler, elle demanda :

– Est-ce que tu te rends compte de ce que cette sphère peut signifier ?

– Justement, j'ai beaucoup réfléchi à cette question. Je n'ai aucune idée de ce qu'elle représente, mais c'est quelque chose de très important. Voilà des années que je pratique des autopsies dans le Monde du Fleuve, chaque fois que j'en ai l'occasion. Juste histoire de ne pas perdre la main. Et jamais, sur des centaines de corps, je n'ai trouvé d'objet semblable.

» Mais je vais te dire une chose, Jill. Je crois savoir pourquoi Firebrass insistait pour que chaque membre de son équipage se soumette à une radiographie du crâne. Il était à la recherche de ces petites boules noires. Et s'il était pressé de balancer le cadavre de Stern dans le Fleuve, c'est sans doute parce qu'il avait peur que je l'autopsie. Je suis sûr que Stern avait la même boule dans son encéphale.

Toute cette histoire est de plus en plus mys-té-ri-euse, n'est-ce pas ?

Le cœur de Jill battait très fort et sa main tremblait quand elle coupa l'interphone.

Firebrass était avec Eux.

Quelques instants plus tard, ce fut elle qui rappela Graves.

— Firebrass nous avait promis de nous expliquer pourquoi il tenait à nous faire passer une radio. Mais il n'en a plus jamais reparlé, tout au moins devant moi. Et toi ?

— Non. Je lui ai demandé plusieurs fois des explications, mais il n'a rien voulu me dire.

— J'aimerais bien savoir si Thorn a une sphère semblable implantée dans son cerveau. Si jamais il mourait, tâche de faire son autopsie aussitôt.

— Bien sûr. Mais je n'ai pas besoin d'attendre qu'il meure. Dès qu'il sera un peu plus en forme, je pourrai l'opérer.

— Sans mettre sa vie en danger ? Tu pourrais arriver jusqu'à l'encéphale sans aucun risque ?

— Je pense que je m'en sortirais vivant.

Vingt-quatre heures s'écoulèrent. Jill faisait de son mieux pour occuper l'équipage, mais il n'y avait pas vraiment grand-chose à faire excepté briquer les installations et le matériel. Elle regrettait de n'avoir pas amené quelques-uns des films réalisés à Parolando. A part les échecs, les dames, les fléchettes, les cartes et la conversation, les hommes ne savaient pas comment occuper leurs loisirs. Elle organisa un ou deux exercices pour les épuiser physiquement, mais elle ne pouvait renouveler cela indéfiniment et c'était presque aussi ennuyeux que de ne rien faire.

Le froid et l'obscurité qui régnaient au sommet de la tour semblaient leur pénétrer les os. Et l'idée que les êtres mystérieux qui avaient créé cette planète se trouvaient peut-être juste au-dessous d'eux avait de quoi leur glacer le sang. Qu'attendaient-ils ? Pourquoi ne se montraient-ils pas ?

Et surtout, qu'était-il arrivé à Piscator ?

Cyrano de Bergerac paraissait particulièrement ennuyé. Ses silences, ses longues périodes de méditation solitaire étaient peut-être dus au chagrin que lui causait la perte de son ami Firebrass. Mais Jill avait l'impression qu'il y avait autre chose.

Le Dr Graves l'appela pour la prier de passer à l'infirmerie. Elle le trouva assis sur le rebord de son bureau. Dès qu'il la vit, il lui montra sans mot dire quelque chose qu'il tenait dans le creux de la main. C'était une petite bille noire.

— Ils étaient tous si calcinés qu'on ne pouvait même pas déterminer leur sexe par simple observation extérieure. Mais comme Obrenova était la plus petite, je l'ai disséquée en premier. J'ai aussitôt découvert la sphère. Je ne t'ai pas appelée parce que je voulais d'abord terminer l'autopsie des autres. Elle était la seule à en avoir une.

— Cela fait deux, avec Firebrass !

— Oui ; et je commence à avoir des soupçons en ce qui concerne Thorn.

Jill s'assit pour allumer une cigarette de ses mains tremblantes.

— Ecoute, fit Graves. Il n'y a pas d'alcool à bord excepté dans ma pharmacie, à usage tonique exclusivement. Et je crois que tu as besoin d'un bon remontant. Moi aussi, du reste.

Pendant qu'il allait chercher la bouteille, elle lui raconta comment elle avait surpris la dispute entre Thorn et Obrenova.

Il lui tendit une coupe remplie de liquide mauve.

— Ainsi, tu penses qu'ils se connaissaient avant ?

— Je n'en sais rien. Toute cette histoire est pleine de mystères.

— Peut-être que Thorn nous en apprendra davantage. A la tienne !

Elle laissa glisser dans son gosier le liquide fruité, réconfortant, et déclara :

— Nous n'avons rien trouvé de suspect dans leurs cabines. Ni dans celle de Thorn, ni dans celle de Firebrass. Je vais faire fouiller celle d'Obrenova.

Elle marqua un instant d'arrêt, puis ajouta :

— Toutefois, il y a un détail significatif, non pas par sa présence mais par son absence. Comme le chien qui n'avait pas aboyé, dans l'histoire de Sherlock Holmes. Le graal de Thorn ne se trouvait ni dans sa cabine ni dans l'hélicoptère. D'ailleurs, j'ai ordonné de procéder à une fouille systématique de l'appareil.

» Mais tu m'as dit, tout à l'heure, que Thorn allait reprendre connaissance. Crois-tu que je pourrais l'interroger ?

— Oui, mais pas longtemps. Il vaudrait mieux attendre qu'il soit un peu moins faible. D'ailleurs, s'il n'a pas envie de répondre, il fera semblant de dormir.

L'interphone sonna. Graves appuya sur l'interrupteur.

— Docteur Graves ? Ici le premier maître Cogswell. Je voudrais parler au capitaine.

— J'écoute, fit Jill.

— Capitaine, nous venons de découvrir une bombe dans l'hélico N° 2 ! C'est une charge de plastic de deux kilos environ. Le détonateur est relié à un récepteur radio. La bombe était dissimulée sous la soute à munitions, à l'arrière.

— Ne faites rien avant mon arrivée. Je veux la voir avant que vous ne la désamorciez.

Elle se tourna vers Graves :

— Cela ne fait aucun doute, à présent. L'enquête n'a fourni aucun élément concluant, mais l'hélico de Firebrass avait dû être piégé par Thorn.

— Oui, fit Graves en hochant la tête. Mais pourquoi ?

Elle ouvrit la porte, puis s'immobilisa, saisie d'un doute affreux :

— Mon Dieu ! Si Thorn a piégé les deux hélicos, il a peut-être caché d'autres bombes à bord du *Parseval* !

— On aurait trouvé un émetteur dans sa cabine, dit le médecin. A moins qu'il n'en ait dissimulé un, ou plusieurs, dans d'autres parties du vaisseau.

Jill donna immédiatement l'alerte générale. Laissant le soin à Coppename d'organiser la fouille systématique du dirigeable, elle descendit au hangar à hélicoptères. La bombe était toujours là où le premier maître l'avait découverte. A genoux, elle l'examina à la lueur de sa torche électrique. Puis elle sortit de l'appareil.

— Désamorcez-la. Rangez le plastic dans la soute à munitions. Emportez le récepteur au laboratoire et demandez à l'électronicien de découvrir la fréquence sur laquelle il était réglé. Ou plutôt non, attendez. Je vais l'appeler moi-même.

Elle voulait s'assurer que les essais auraient lieu dans une enceinte à l'épreuve des ondes radioélectriques. S'il y avait plusieurs bombes, Thorn avait dû les poser en même temps, mais chacune était sans doute réglée sur sa propre longueur d'onde. Cependant, elle ne tenait pas à courir de risques.

Elle expliqua à Deruyck, l'officier électronicien, pourquoi il fallait qu'il travaille dans une pièce blindée. Puis elle regagna le poste de commandement. Coppename était à l'interphone, en contact avec les équipes qui fouillaient le vaisseau.

Cyrano occupait le siège du pilote. Il regardait le tableau de bord comme si le dirigeable était en train de voler. Il leva les yeux sur Jill en la voyant entrer.

— M'autorises-tu à te demander ce que le Dr Graves a découvert ?

Jusqu'à présent, elle avait tenu à ne rien cacher à son équipage. Elle pensait que les officiers et les hommes avaient le droit d'en savoir autant qu'elle.

Lorsqu'elle eut fini son exposé de la situation, Cyrano demeura quelques instants silencieux. De ses longs doigts, il tambourinait sur le panneau de bord, le regard fixé juste au-dessus, comme s'il y avait quelque chose d'écrit à cet endroit. Finalement, il se mit debout.

— Je souhaite que nous ayons une conversation en privé. Tout de suite, si possible.

— Avec tout ce qui se passe en ce moment ?

— Nous pourrions aller dans la salle de navigation.

Il la suivit et referma la porte. Elle s'assit, alluma une cigarette. Il se mit à faire nerveusement les cent pas, les mains croisées dans le dos.

— Il me paraît évident que Firebrass, Thorn et Obrenova nous espionnaient pour « leur » compte. Dans le cas de Firebrass, j'avoue que je trouve cela difficile à croire. Il semblait si humain ! Cependant, rien n'indique qu'« ils » ne soient pas humains.

» D'après celui qui se fait appeler « l'Ethique », ni lui ni les autres ne peuvent supporter la violence. C'est une chose qu'ils abhorrent, qui les rend physiquement malades. Pourtant, Firebrass était capable de se montrer extrêmement violent. Il ne correspondait certainement pas à la description d'un pacifiste. Et n'oublie pas l'incident avec

Stern. D'après ce que tu m'as raconté toi-même, c'est Firebrass qui lui a sauté dessus plutôt que le contraire.

— Je ne comprends rien à tout ce que tu racontes, fit Jill. Si tu commençais plutôt par le commencement ?

— Très bien. Je vais te révéler certaines choses que j'avais promis de tenir secrètes. Je ne me parjure pas facilement. En fait, c'est la première fois que cela m'arrive. Mais j'ai bien peur d'avoir donné ma parole à un ennemi, sans le savoir, bien sûr.

» Cela remonte à dix-sept ans en arrière. Pourtant, il me semble que c'était hier ! Je me trouvais alors dans une région où la plupart des habitants étaient originaires de mon pays et de mon époque. Sur la rive droite uniquement. La gauche était peuplée de sauvages à la peau bistre, des Indiens qui occupaient l'île de Cuba avant l'arrivée de Christophe Colomb. En fait, je crois qu'ils ne se sont jamais rendu compte que leur pays avait été conquis. C'étaient des gens extrêmement pacifiques, et quand ils se sont retrouvés dans le Monde du Fleuve, ils ne se sont presque pas fait la guerre, contrairement aux autres secteurs. Ma petite nation était dirigée par le grand Conti, sous les ordres de qui j'avais eu l'honneur de servir lors du siège d'Arras. C'est là que j'ai eu la gorge transpercée d'un coup d'épée et que, échappant de justesse à la mort pour la deuxième fois, j'ai pu me convaincre, cette expérience s'ajoutant aux misères et aux atrocités dont j'avais déjà été le témoin, que de tous les dieux le plus stupide est incontestablement Mars.

» J'avais également eu la chance et le plaisir de retrouver mon cher ami et mentor, le célèbre – à juste titre – Gassendi. Comme tu ne l'ignores sans doute pas, c'était un adversaire acharné du sinistre Descartes et l'un de ses titres de gloire – et non des moindres – est d'avoir su réhabiliter Epicure dont il commenta admirablement la morale aussi bien que la physique. Je n'ai pas besoin de te rappeler l'influence qu'il eut sur Molière, Chapelle, Dehènault et bien d'autres, tous de bons amis, soit dit en passant. Il les persuada de traduire Lucrèce, le divin atomiste romain qui...

— Ne pourrais-tu en venir au fait ? Je ne veux que la vérité, exempte de fioritures.

— La vérité, qu'est-ce que c'est, pour paraphraser plus ou moins un autre célèbre Romain qui...
— Cyrano !

61

— Très bien. Je coupe, je feinte ; à la fin de l'envoi, je touche. C'était par une nuit sans lune, mais non sans étoiles. J'étais profondément endormi à côté de ma Livy bien-aimée lorsque quelque chose me réveilla en sursaut. La chambre n'était éclairée que par la lueur des constellations qui filtrait par les barreaux de bois de notre fenêtre ouverte. J'aperçus alors une silhouette démesurée qui se penchait sur moi, toute noire et surmontée d'une énorme tête ronde qui ressemblait à une lune calcinée. Je me dressai dans mon lit, mais avant que j'aie pu me saisir de ma lance, que je gardais toujours à portée de la main, la silhouette s'adressa à moi.
— Dans quelle langue ?
— Pardon ? Mais dans la seule que je connusse alors, ma langue maternelle, la plus belle de toutes celles qui ont fleuri sur la Terre. L'ombre ne parlait pas français avec toute la grâce et la correction souhaitables, sans doute, mais elle se faisait parfaitement comprendre.
» — Savinien de Cyrano II de Bergerac, me dit-elle en déclinant mon patronyme au complet.
» — Monsieur, lui dis-je, je n'ai pas l'honneur...
» Naturellement, mon cœur battait la chamade et je ressentais une violente envie de soulager ma vessie. Cependant, je faisais assez bonne figure. Il était visible, même à la lueur crépusculaire qui baignait la chambre d'une atmosphère irréelle, que mon visiteur n'avait pas d'intentions belliqueuses. S'il était armé, sa grande cape ne le laissait pas deviner.
» Bien que mon attention fût distraite par tout cela, je ne pouvais pas faire autrement que me demander pourquoi ma Livy, qui d'ordinaire a le sommeil si léger, ne s'était

pas encore réveillée. Elle dormait à poings fermés et ronflait adorablement.

» – Vous pouvez me donner le nom que vous voudrez, me dit-il. Cela n'a aucune importance pour le moment. Et si vous êtes étonné que votre compagne ne se soit pas réveillée comme vous, sachez que j'ai fait en sorte qu'elle demeure assoupie. Oh, non ! ajouta-t-il en voyant que, furieux, je tentais de me redresser. N'ayez crainte, cela ne lui fera aucun mal. Elle s'éveillera normalement demain matin, sans avoir absolument rien senti.

» Je compris, à ces mots, que j'avais été moi aussi drogué d'une manière ou d'une autre, tout au moins en partie. Je ne pouvais pas me servir de mes jambes. Je ne les sentais ni lourdes ni ankylosées, elles n'obéissaient plus, tout simplement. Evidemment, j'étais outré que l'on se permît de disposer ainsi de ma personne, mais que pouvais-je y faire ?

» L'inconnu prit un siège et s'assit à mon chevet.

» – Ecoutez d'abord et vous jugerez ensuite si cela en vaut la peine, me dit-il.

» Il entreprit alors de me raconter des choses stupéfiantes dont il est évident, Jill, que tu n'as jamais entendu parler. Il m'expliqua d'abord qu'il appartenait à la race de ceux qui nous ont ressuscités. Il disait qu'ils s'appelaient les Ethiques, mais il n'a pas voulu me donner de détails sur leur histoire, leur origine et tout le reste. Il prétendait qu'il n'avait pas le temps, car s'il se faisait capturer – par ceux de sa race, comprends-tu ? – ils lui feraient passer un mauvais quart d'heure.

» J'avais évidemment un grand nombre de questions à lui poser, mais chaque fois que j'ouvrais la bouche il me disait de me tenir tranquille et d'écouter. Il m'assurait qu'il reviendrait me voir, et peut-être à plusieurs reprises, pour m'expliquer tout ce que je voulais savoir. Entre-temps, il fallait que je comprenne bien une chose. On ne nous avait pas ressuscités pour l'éternité. Nous n'étions que des cobayes dans une gigantesque expérience scientifique et lorsque cette expérience prendrait fin, nous prendrions fin nous aussi. Nous serions condamnés à mourir, pour la dernière fois et définitivement.

– Quelle sorte d'expérience ?

– Disons que c'était un peu plus qu'une expérience.

Peut-être une reconstitution historique à l'échelle de l'humanité. Les Ethiques voulaient recueillir toutes les informations possibles dans les domaines historique, social, anthropologique et ainsi de suite. Ils désiraient savoir ce qui se produirait si les époques et les ethnies étaient redistribuées, comment les sociétés humaines se réorganiseraient.

» Certains groupes devaient être livrés à eux-mêmes tandis que d'autres seraient soumis à des influences parfois subtiles, parfois plus brutales et directes. Naturellement, un tel programme devait se dérouler sur une longue période de temps, peut-être plusieurs siècles, pendant lesquels l'humanité connaîtrait une immortalité relative. Mais ensuite, quand l'expérience n'aurait plus d'intérêt pour eux, hop ! fini ! nous devions retourner à la poussière dont nous étions issus.

» – Voilà qui ne me paraît pas très éthique comme procédé, monsieur, lui fis-je remarquer. S'ils ont les moyens de nous conférer la vie éternelle, n'est-il pas de leur devoir de nous en faire profiter ?

» – Votre remarque est fort pertinente, me répondit l'ombre, mais la vérité est qu'ils usurpent en partie cette appellation d'Ethiques. Malgré la haute opinion qu'ils se font d'eux-mêmes, ce sont des êtres cruels, de la même manière que vous pouvez dire que les savants humains sont cruels lorsqu'ils se livrent à la vivisection sur des animaux sans défense dans le but de faire avancer la science. Ils ne manquent pas d'arguments pour se justifier et rationaliser leurs actes. Sur ce plan-là, en un sens, ils sont irréprochables. Et il est vrai qu'à l'issue du programme, un certain nombre d'entre vous, mais très peu, deviendront immortels.

» – Comment ça ? m'étonnai-je.

» Il me parla alors longuement de l'entité que l'Eglise de la Seconde Chance désigne sous le nom de *ka*. Je suppose que tu en as entendu parler, Jill ?

– J'ai assisté à un certain nombre de leurs meetings, fit-elle.

– Dans ce cas, je n'ai pas besoin de te définir le *ka*, l'*akh* et tout le reste. D'après mon visiteur, la doctrine de la Seconde Chance correspondrait partiellement à la réalité. Ne serait-ce que dans la mesure où c'est à la suite d'une vision provoquée par un Ethique que le nommé La Viro a décidé de fonder son Eglise.

— J'ai toujours cru qu'il s'agissait d'une légende sans queue ni tête, déclara Jill. Je ne lui accordais pas plus d'importance qu'aux divagations des prophètes de la Terre, les Moïse, Jésus, Zarathoustra, Mahomet, Bouddha, Joseph Smith, Mary Baker Eddy et toute la bande de débiles.

— Moi non plus, affirma Cyrano, bien que je me sois repenti au dernier moment sur mon lit de mort. Mais c'était surtout pour faire plaisir à ma sœur, qui avait tant de chagrin à cause de cette histoire, et aussi à mon bon ami Le Bret. Quant à moi, au point où je me trouvais, cela ne pouvait pas me faire de mal. Je ne dis pas, comprends bien, que je n'avais pas une trouille monstre de tous les feux de l'enfer dont on n'avait cessé de me menacer. Après tout...

— Tu étais conditionné depuis ton enfance.

— Précisément. Et voilà que mon visiteur inconnu venait m'expliquer que l'âme existait. Alors que j'avais eu, entre-temps, la preuve irréfutable que l'après-vie n'était pas une vue de l'esprit. Malgré tout cela, je n'excluais pas encore l'idée d'un canular monté à mes dépens, peut-être par un voisin déguisé en dieu. J'allais tomber dans le panneau et demain tout le monde rirait de moi. Comment ? Cyrano de Bergerac, le rationaliste convaincu, l'irréductible athée, se laisser prendre à un conte aussi fantastique ?

» Mais... qui aurait pu me jouer un tel tour ? Je ne connaissais personne qui possédât les moyens, sans compter les motivations, de monter une telle mise en scène. Quelle drogue était capable de me paralyser ainsi les jambes en me laissant disposer du reste de mon corps ? D'où provenait le globe opaque qui entourait, je le voyais maintenant, la tête de mon visiteur ?

» Pour la deuxième fois, celui-ci parut lire dans mes pensées.

» — Si vous êtes incrédule, me dit-il en me tendant une sorte de loupe, mettez ceci devant vos yeux et regardez Livy.

» Je fis ce qu'il me suggérait. Et quel ne fut pas mon étonnement en apercevant, au-dessus de la tête de ma bien-aimée endormie, une sphère multicolore qui semblait éclairée de l'intérieur ! Elle tournait sur elle-même et changeait continuellement de volume en émettant des prolongements, sortes de tentacules polygonaux qui se rétractaient aussitôt après leur apparition pour faire place à d'autres.

» L'inconnu me tendit alors la main et me demanda d'y laisser tomber l'objet. Il était évident, sans qu'il eût besoin de le dire, qu'il ne voulait pas que je le touche. Je respectai son désir, naturellement.

» Il fit disparaître l'objet sous sa cape et déclara :

» – Ce que vous venez de voir, c'est le *wathan,* c'est-à-dire la partie de vous-même qui est immortelle. J'ai choisi certains d'entre vous pour m'aider à combattre le mal qu'une partie de mon peuple est en train de commettre. C'est en fonction de vos *wathans* que vous avez été désignés. Voyez-vous, nous sommes capables de les déchiffrer avec autant de facilité que vous interprétez un livre d'images. Le tempérament de chaque individu se reflète dans son *wathan.* Peut-être ne devrais-je pas parler de " reflet " car, véritablement, le *wathan* et le tempérament ne font qu'un. Mais je n'ai pas le temps d'entrer dans ces détails. Ce qu'il faut que vous compreniez bien, c'est que seule une infime fraction de l'humanité atteindra le stade final et désirable de *wathanité,* à moins que les Ethiques n'en décident autrement, en vous accordant un sursis, c'est-à-dire beaucoup plus de temps.

» Il m'exposa alors les grandes lignes de la théorie que les Témoins de la Seconde Chance ont largement diffusée dans tout le Monde du Fleuve. A savoir que le *wathan* inaccompli d'un mort est condamné à errer éternellement dans l'espace et qu'il contient toute l'essence inconsciente d'un homme. Seul le *wathan* accompli, parvenu à son dernier stade d'évolution, peut être doté de conscience. Et pour atteindre ce stade, il faut avoir vécu à un niveau de perfection éthique, ou du moins de quasi-perfection.

» – Comment ! protestai-je. Vous prétendez que le fin du fin de cette perfection éthique consisterait à errer comme une âme en peine à travers l'espace, à rebondir sur les murs de l'univers comme une balle de caoutchouc cosmique et à être tout le temps conscient de cet horrible état mais incapable de communiquer avec une âme autre que la sienne propre ? C'est cela que vous appelez un stade désirable ?

» – Il ne faut pas m'interrompre, dit l'inconnu. Mais sachez une chose. Celui qui atteint le stade de la *wathanité,* ou de l'*akhuité,* ne demeure pas là. Il *passe de l'autre côté.* Il quitte ce monde.

» – Et pour aller où, s'il vous plaît ?

» – Celui qui passe de l'autre côté est absorbé dans le *superwathan.* Il se fond dans la seule et unique Réalité. Dans l'essence divine, si vous préférez l'appeler comme ça. Il devient une cellule de Dieu et connaît l'extase infinie et éternelle de celui qui *est* Dieu.

» J'étais plus qu'à moitié convaincu d'avoir affaire à un de ces panthéistes déséquilibrés qui foisonnent le long du Fleuve. Mais pour le plaisir de la discussion, j'objectai :

» – Naturellement, je suppose que cette absorption signifie la perte de toute individualité ?

» – Oui. Comment en serait-il autrement, puisque vous devenez le *superwathan* ? Echanger votre conscience individuelle contre celle de Dieu, celle de l'Etre Suprême, ce n'est pas une perte, c'est un immense gain, le gain ultime en vérité.

» – Mais c'est affreux ! m'écriai-je. C'est une horrible farce que Dieu réserve à ses créatures ! En quoi cette après-vie, cette prétendue immortalité, serait-elle meilleure que la mort ? Cela n'a pas de sens. Dites-moi un peu, en toute logique, à quoi sert ce *wathan,* ou cette âme ? Et d'abord, pourquoi nous avoir donné un *wathan,* si c'est pour le faire périr écrasé, dévoré, comme des mouches qui pullulent le temps d'une brève saison ? Quant à ceux qui survivent au massacre, d'après ce que vous me dites, après avoir atteint une espèce de sainteté, de béatitude, de perfection, ils s'aperçoivent au dernier moment qu'ils sont encore plus floués que les autres. Car dites-moi, perdre son humanité, sa conscience, son individualité, n'est-ce pas se faire flouer dans les grandes largeurs ? Non... si moi, Savinien de Cyrano de Bergerac, je dois un jour devenir immortel, je veux demeurer moi-même au lieu de me fondre dans le corps de Dieu comme une cellule anonyme ! Anonyme et sans cervelle !

» – Comme presque tous ceux de votre race, me dit

mon interlocuteur, vous parlez beaucoup trop. Cependant...

» Il y a une troisième solution, poursuivit-il en hésitant. Et je pense qu'elle vous plaira. Je ne voulais pas vous en parler... et je ne peux pas le faire tout de suite. Le temps me manque, et le moment n'est pas encore venu. Peut-être la prochaine fois. Il va bientôt falloir que je vous quitte. Mais d'abord, je voudrais vous demander quelque chose. Etes-vous prêt à m'aider ? Puis-je compter sur votre loyauté ?

» — Vous voudriez que je vous jure fidélité sans savoir qui vous êtes ni ce que vous voulez ? Qui me dit que vous n'êtes pas Satan en personne ?

» L'inconnu éclata d'un rire caverneux et répondit :

» — N'êtes-vous pas celui qui niait à la fois l'existence de Dieu et celle du Diable ? Rassurez-vous, je ne suis ni l'un ni l'autre. Vous devez voir en moi un allié. Mon seul camp est celui de l'humanité bernée, tourmentée, bafouée. Je ne peux pas vous le prouver, malheureusement. Pas dans l'immédiat, du moins. Mais réfléchissez. Est-ce que les autres Ethiques se sont donné la peine de vous contacter ? Ont-ils fait autre chose que vous rappeler d'entre les morts, pour des motifs qu'ils se gardent bien de vous révéler ? Je vous ai choisi parmi des milliards d'autres pour vous faire participer à la lutte secrète de l'humanité. Vous n'êtes que douze élus en tout. Pourquoi vous plutôt qu'un autre ? Je vais vous le dire. C'est parce que je sais que vous pouvez m'aider. C'est inscrit dans votre *wathan*. Vous êtes de mon côté.

» — C'est donc joué d'avance ? rétorquai-je. Sachez que je ne crois pas au déterminisme.

» — Ce n'est pas du déterminisme. Ou plutôt, ça l'est, mais dans un sens un peu particulier, que vous trouveriez difficile à admettre ou à comprendre si j'essayais de vous l'expliquer. Je ne peux rien vous dire de plus pour le moment. Je vous répète que je suis votre allié. Sans moi, vous êtes condamnés, vous et votre espèce. Il faut vous fier à moi.

» — Mais, protestai-je, que peut faire une pitoyable poignée d'êtres humains contre des surhommes nantis de superpouvoirs ?

» Il me répondit que nous ne pouvions effectivement

rien faire sans un puissant allié dans la place. Il était cet allié. Nous devions, tous les douze, nous rendre au pôle Nord, là où se trouvait la tour des brumes, au milieu de l'océan. Mais il était nécessaire que nous accomplissions le voyage par nos propres moyens. Il aurait pu nous fournir un moyen de transport, mais il ne voulait pas le faire. Il refusait de me dire pourquoi.

» – Je suis obligé d'être extrêmement prudent, m'expliqua-t-il seulement. De votre côté, vous devez me promettre de ne révéler la teneur de cette conversation à personne. Personne excepté les onze autres humains que j'ai choisis. Mais soyez très vigilant, surtout. Si jamais un de leurs espions découvrait votre secret, vous seriez immédiatement capturé et tout souvenir de vos entretiens avec moi serait effacé. Quant à moi, je serais exposé à des dangers encore plus grands.

» – Mais comment ferai-je pour reconnaître les onze autres ? demandai-je. Comment et quand nous rencontrerons-nous ? Où sont-ils actuellement ?

» Tout en l'interrogeant ainsi, j'éprouvais à la fois un sentiment d'euphorie et d'effroi. Comment ! L'un des êtres qui avaient ressuscité l'humanité et bâti cette planète venait me trouver, moi, Savinien de Cyrano de Bergerac, pour me demander de l'aider ! Moi qui n'étais qu'une simple créature humaine, quelle que fût la valeur de certains de mes talents, j'avais été choisi parmi des milliards d'autres !

» Il connaissait assurément son homme. Il savait que j'étais incapable de résister à un tel défi. Si j'avais eu l'usage de mes jambes, j'aurais d'abord croisé le fer avec lui – si nous avions possédé des épées – puis nous aurions trinqué – s'il y avait eu du vin – en l'honneur de notre alliance.

» – Puis-je compter sur vous ? me demanda-t-il à nouveau.

» – C'est entendu, répondis-je. Vous avez ma parole, et je n'ai pas l'habitude de revenir là-dessus.

» Le reste de notre conversation n'a pas beaucoup d'importance, Jill... excepté un détail. Je devais prévenir Sam Clemens de rechercher un certain Richard Francis Burton, qui faisait partie des douze. Ensemble, nous devions attendre une année entière à Virolando l'arrivée des autres. Au bout de ce laps de temps, si certains n'étaient pas encore arrivés, nous devions continuer sans eux. Mais entre-temps, l'Etranger promettait de se manifester à nouveau. Peut-être très bientôt, ajouta-t-il.

» Il me donna quelques indications qui devaient me permettre de rejoindre Sam Clemens. Celui-ci se trouvait en aval, à dix mille lieues de l'endroit où j'étais. Il avait entrepris la construction d'un grand navire à aubes, grâce au métal d'une providentielle météorite. J'avais déjà entendu parler de Clemens, bien qu'il fût né cent quatre-vingt-un ans après ma mort. Le hasard ne faisait-il pas qu'au moment même où l'Etranger me parlait, c'était l'ex-femme terrestre de Clemens, ma bien-aimée Livy, qui dormait à côté de moi dans mon lit? J'expliquai cela à mon visiteur, qui gloussa de rire en disant : " Je sais ".

» – La situation ne risque-t-elle pas de devenir embarrassante? objectai-je. Particulièrement pour Livy. Pourquoi le grand Clemens me prendrait-il à bord de son encore plus grand navire, dans ces conditions?

» – Qu'est-ce qui est plus important pour vous? me demanda-t-il en manifestant, me sembla-t-il, une certaine impatience. Une femme ou le salut de l'humanité?

» – Tout dépend de quelle femme il s'agit, répondis-je. Objectivement et humainement parlant, il n'y a pas de discussion possible. Je suis humain, mais je ne suis pas objectif.

» – Allez-y et vous verrez bien ce qui se passera. Peut-être que cette femme vous conservera la préférence.

» – Quand Cyrano de Bergerac brûle d'amour, il ne s'agit pas d'un feu que l'on puisse éteindre à volonté.

» Sur quoi il se leva en disant : " A bientôt ", puis il sortit. Je me traînai, tant bien que mal, en me servant uniquement de mes bras, jusqu'à la porte que je poussai. Il n'y avait aucun signe de lui au-dehors. Une demi-heure plus tard, je recouvrai l'usage de mes jambes.

» Le lendemain, j'annonçai à Livy que j'étais fatigué de demeurer au même endroit. Je voulais voyager, visiter ce meilleur des mondes. Elle me répondit qu'elle avait assez voyagé pour sa part, mais que si je partais elle m'accompagnerait car elle ne voulait pas me quitter. Voilà. La suite, tu la connais.

Jill éprouvait un étrange sentiment d'irréalité. Elle ne mettait pas en doute l'authenticité du récit que venait de lui faire Cyrano, mais elle avait l'impression d'être une actrice sur une scène dont le décor dissimulait quelque chose de terrifiant. De plus, on avait oublié de lui communiquer son rôle.

— Non, je ne connais pas la suite, fit-elle remarquer à Cyrano. Que s'est-il passé quand tu as retrouvé Clemens ? Savait-il des choses que tu ignorais ? Est-ce que vous avez rencontré d'autres élus faisant partie des douze ?

— Clemens a reçu deux fois la visite d'un Ethique. Il l'appelle « X » ou bien « Le Mystérieux Etranger ».

— Il a écrit un livre qui portait ce titre. Il s'agit d'un récit très sombre, amer et fondamentalement pessimiste. Le « Mystérieux Etranger », c'est Lucifer.

— Je sais, il m'en a parlé. Mais pour répondre à ta question, il n'en savait pas plus que moi. A part le fait que la météorite à laquelle j'ai fait allusion tout à l'heure avait été guidée exprès pour qu'elle tombe à portée de Sam.

— Tu te rends compte de la quantité d'énergie dont il faut disposer pour réaliser une chose pareille ?

— On me l'a déjà expliqué. N'importe comment, Sam n'a pas respecté la parole qu'il avait donnée à son Mystérieux Etranger. Il a tout révélé à Joe Miller et à Lothar von Richthofen. Il prétendait qu'il ne pouvait pas vivre à côté d'eux en conservant un tel secret. Et il en connaissait deux autres parmi les douze. Une espèce d'homme des bois géant, aux cheveux roux, du nom de John Johnston, et... un nommé Firebrass !

Elle faillit laisser tomber sa cigarette.

— Firebrass ! Mais il...

— Précisément, fit Cyrano en hochant plusieurs fois la tête. Il s'agissait peut-être de l'un de ces espions plusieurs fois mentionnés par l'Ethique sans autre explication. Je n'ai jamais revu mon Ethique, malgré ses promesses, et les nombreuses questions que j'aurais eu à lui poser sont donc demeurées sans réponse. Mais je suis persuadé, sans pouvoir le prouver, qu'il aurait été grandement surpris en apprenant que Firebrass prétendait faire partie des douze.

C'était peut-être un espion. Mais cela n'explique pas l'attitude de Thorn et d'Obrenova.

– Est-ce que Johnston et Firebrass t'ont appris quelque chose de plus ?

– Sur l'Ethique ? Non. Johnston n'a reçu qu'une seule visite. Firebrass, de toute évidence, ne faisait pas partie des douze. L'Ethique ne devait pas savoir que c'était un espion. Comment aurait-il été au courant, à moins de se glisser lui-même dans notre groupe sous un déguisement quelconque ? C'est peut-être ce qu'il a fait. Mais s'il avait des raisons de soupçonner Firebrass, il ne nous en a jamais parlé. Non, ce qui me préoccupe le plus, dans tout cela, c'est que l'Ethique n'est plus jamais venu nous voir.

Jill dressa soudain la tête.

– Crois-tu que Piscator pourrait être de leur côté ?

Cyrano cessa de faire les cent pas, haussa les épaules et les sourcils puis écarta les bras, mains levées vers le ciel.

– A moins qu'il ne revienne nous donner la réponse lui-même, nous ne le saurons jamais.

– Chacun a ses motivations et ses contre-motivations, murmura Jill. Il y a trop de rouages occultes dans cette histoire. Les sept voiles de Mâyâ nous empêchent de voir la réalité.

– Pardon ? Ah, oui ! Tu fais allusion au concept hindouiste de l'illusion.

– Je ne pense pas que Piscator soit un espion, reprit-elle. Pourquoi m'aurait-il confié, alors que je ne soupçonnais encore rien, que quelque chose d'obscur et de mystérieux était en train de se tramer ?

Plusieurs coups frappés à la porte les firent sursauter tous les deux.

– Capitaine ! C'est Greeson, chargé de la fouille du Secteur 3. Nous avons tout passé au peigne fin à l'exception de la salle de navigation. Mais si vous voulez, nous pouvons revenir plus tard.

– Non, fit Jill en se levant. Vous pouvez entrer.

» Nous reprendrons cette discussion plus tard, dit-elle à Cyrano. Il y a encore beaucoup trop de points en suspens.

– Je doute qu'ils reçoivent une réponse dans l'immédiat.

62

Trois périodes de vingt-quatre heures s'étaient écoulées.

Les dépouilles des victimes avaient été immergées dans l'océan, enveloppées dans des sacs de toile qui les faisaient ressembler à des momies égyptiennes. Debout au milieu du brouillard éclairé par les projecteurs du *Parseval*, Jill les avait regardées glisser, une à une, par les ouvertures de la base de la paroi. Machinalement, elle avait calculé mentalement la durée de leur chute avant que l'océan les engloutisse. Ce n'était pas de l'indifférence ni de l'insensibilité de sa part, mais une sorte de réflexe, et aussi peut-être une barrière contre les horreurs de la mort.

Les choses avaient bien changé dans le Monde du Fleuve. La mort était redevenue aussi réelle que sur la Terre. Tout espoir de résurrection avait disparu. Et dans cet endroit sinistre et froid, environné de nuées grises, la mort semblait encore plus réelle. Il suffisait de faire quelques pas dans la brume pour se sentir coupé du monde des vivants. Ils ne voyaient même pas leurs pieds, ni la surface de métal gris sur laquelle ils se déplaçaient.

Si elle allait passer la tête par une ouverture, elle entendait à peine le bruit des vagues en contrebas. Mais elle ne les voyait pas, naturellement. Tout était si lointain.

C'était vraiment un lieu désolé. Elle serait soulagée de pouvoir le quitter.

Jusqu'à présent, Piscator n'avait pas donné signe de vie. Elle croyait de moins en moins à son retour. S'il était encore vivant, on devait le retenir prisonnier. A moins qu'il ne soit grièvement blessé, ou agonisant. Dans tous ces cas, ils ne pouvaient rien faire pour lui et sept jours d'attente c'était encore trop. Jill avait par conséquent annoncé à l'équipage que le *Parseval* quitterait la tour au bout de cinq jours seulement.

Cette nouvelle avait été accueillie par tous avec un grand soulagement. Même les plus endurcis avaient les nerfs à bout, au point qu'elle s'était trouvée obligée de réduire de quatre à deux heures le temps de garde à l'entrée de la coupole. Certaines sentinelles avaient commencé à avoir des hallucinations, à entendre des voix venant du corridor ou à apercevoir des silhouettes fantomatiques au milieu de la brume. Un homme avait même tiré sur une ombre imaginaire qui, disait-il, avait voulu se précipiter sur lui.

Le dirigeable avait été fouillé de fond en comble et aucun émetteur ni aucune bombe n'avaient été découverts. Pour être plus tranquille, et aussi pour occuper l'équipage, Jill avait donné l'ordre de procéder à une deuxième fouille. Même la surface extérieure du dirigeable fut examinée avec soin. Une équipe parcourut toute la longueur de la passerelle extérieure en promenant le faisceau lumineux de ses lampes sur l'enveloppe, des deux côtés. D'autres équipes vérifiaient l'empennage et les nacelles.

On ne trouva aucune bombe.

Jill n'était pourtant pas entièrement rassurée. Si Thorn avait prévu son coup avant le départ, il avait peut-être dissimulé des charges explosives à l'intérieur même des ballonnets. Dans un tel cas, il n'y avait rien qu'ils puissent faire, car pour avoir accès aux ballonnets il fallait libérer d'abord le précieux hydrogène. Il aurait certes besoin d'un émetteur, mais c'était un objet minuscule qui pouvait se présenter sous n'importe quelle forme.

Cette idée déclencha une troisième fouille systématique visant plus spécialement l'équipement mécanique et électronique de bord. Il fallait s'assurer que chaque appareil correspondait bien à sa fonction supposée. Là non plus, ils ne découvrirent rien d'anormal, mais l'idée que l'émetteur pouvait revêtir l'aspect de quelque chose d'autre aggrava la psychose qui commençait à régner à bord.

Tant que Barry Thorn était détenu à l'infirmerie, il lui était impossible, naturellement, d'avoir accès à un émetteur caché. Il y avait deux gardes en permanence devant sa porte et la serrure avait été renforcée.

Jill fit part d'un autre problème à Cyrano.

— Sam va être furieux quand nous lui apprendrons qu'il ne peut rien faire pour pénétrer dans la tour, même à supposer qu'il arrive jusqu'ici avec son navire. De la surface de l'océan, il est impossible de gagner le sommet de la tour. Et même s'il réussissait l'impossible, il ne serait pas plus avancé que nous en ce moment.

» Peut-être un membre de son équipage renouvellerait-il

l'exploit de Piscator, mais à quoi bon si c'est pour disparaître de la même façon ?

— Je serais curieux de savoir ce qui lui est arrivé, fit gravement Cyrano, qui était presque aussi attaché au Japonais qu'à Firebrass.

— Est-ce que Firebrass t'a parlé du laser caché à bord du *Mark Twain* ? demanda subitement Jill.

— Le laser ! répéta Cyrano en s'animant à son tour. Que je suis bête de n'y avoir pas pensé ! Evidemment, il m'en a parlé. Crois-tu qu'il aurait partagé ce secret avec toi et pas avec moi ? Par le croupion d'un poulet, jamais il n'aurait fait une chose pareille !

— Je ne sais pas si ce laser serait capable de traverser le métal de la tour, déclara pensivement Jill. Mais ça vaut le coup d'essayer, je suppose.

Le Français retomba dans sa rêverie morose. Au bout d'un moment, il demanda :

— Et que comptes-tu faire pour te ravitailler en carburant ? Nous n'en avons pas assez pour rejoindre le *Mark Twain*, prendre le laser, revenir ici et retourner ensuite au navire ou à Parolando.

— Nous irons chercher le laser et ensuite nous nous ravitaillerons à Parolando avant de revenir ici.

— Cela prendra du temps. Mais c'est effectivement la seule solution. Cependant, tu connais Clemens. Têtu comme il est, rien ne dit qu'il nous prêtera le laser.

— Je ne vois pas comment il pourrait nous le refuser, murmura Jill. C'est notre seul moyen de pénétrer dans la tour.

— Bien sûr, tu as parfaitement raison, mais crois-tu que Clemens admettra la logique de ta proposition ? C'est un être humain, ce qui signifie que la logique et lui ne passent pas toujours par la même porte. Enfin... nous verrons bien !

Jill était si enthousiaste à l'idée de mettre son idée en pratique qu'elle envisageait d'écourter encore l'attente. De toute manière, si Piscator était blessé, immobilisé ou prisonnier, plus tôt ils reviendraient avec le laser, mieux cela vaudrait pour lui.

Mais d'abord, il fallait interroger Thorn. Après avoir demandé à Coppename de se préparer à appareiller mais de ne rien faire avant qu'elle revienne, elle descendit avec Cyrano jusqu'à l'infirmerie.

Thorn était assis dans son lit, sa cheville droite entourée d'un anneau de fer relié par une chaîne à un barreau du lit.

Il ne dit rien en les voyant entrer. Jill demeura également silencieuse tout en l'observant attentivement. Ses mâchoires étaient serrées et son menton saillant était encore plus agressif que de coutume. Ses yeux bleu foncé demeuraient mi-clos. Il avait l'air aussi buté que Lucifer en personne.

— Voulez-vous nous expliquer ce qui s'est passé ? demanda enfin Jill.

Il ne répondit pas.

Elle avait donné des instructions pour que personne avant elle ne lui parle de la mort de Firebrass.

— Nous savons que c'est vous qui avez fait exploser la bombe, dit-elle. Vous êtes un assassin. Tous les occupants de l'hélicoptère sont morts par votre faute. Obrenova aussi.

Les pupilles de Thorn se dilatèrent mais son expression demeura la même. Elle crut, cependant, percevoir un léger sourire au coin de ses lèvres.

— Je pourrais vous faire fusiller, dit-elle, et je le ferai certainement si vous ne vous décidez pas à parler.

Elle attendit quelques instants. Il se contentait de la regarder fixement, du même air buté.

— Nous avons trouvé les petites sphères implantées dans l'encéphale de Firebrass et d'Obrenova, reprit Jill.

Cela parut enfin le troubler. Il pâlit et un tic nerveux agita sa joue.

— Avez-vous une sphère semblable ? demanda Jill.

Il émit un grognement indistinct :

— On m'a passé aux rayons X. Croyez-vous que Firebrass m'aurait pris à bord si j'en avais une ?

— Pourquoi pas ? Il a bien accepté Obrenova.

Thorn se contenta de secouer la tête.

— Si c'est nécessaire, déclara Jill, comme nous n'avons pas de quoi vous faire une radio du crâne, le Dr Graves vous incisera pour voir ce qu'il y a à l'intérieur.

— Vous perdrez votre temps. Je n'ai pas de sphère.

— Je suis certaine que vous mentez. A quoi servent ces sphères ?

Pas de réponse.

— Vous le savez, n'est-ce pas ? insista Jill.
— Où comptiez-vous aller quand vous avez volé l'hélico ? demanda Cyrano.

Thorn se mordit la lèvre supérieure, puis murmura d'une voix rauque :

— Je suppose que vous n'avez pas pu entrer dans la tour ?

Elle hésita. Fallait-il lui parler de Piscator ? Cela lui donnerait-il un avantage ? Elle n'imaginait pas lequel, mais dans tout ce puzzle elle n'était pas capable de reconnaître un seul morceau.

— L'un de nous a pu y entrer, fit-elle.

De nouveau, la joue de Thorn tressaillit et il devint encore plus pâle.

— L'un de vous ? Qui ça ?
— Je vous le dirai si vous répondez à mes questions.

La poitrine de Thorn se gonfla et il expira lentement.

— Je ne dirai plus un mot tant que nous ne serons pas à bord du *Mark Twain*. Je ne parlerai qu'à Clemens en personne. Vous pouvez m'ouvrir le crâne si vous voulez, ça n'y changera rien. Ce serait un acte de cruauté inutile, et vous risquez de me tuer.

Jill fit signe à Cyrano de la suivre dans la pièce voisine. Quand elle fut sûre que Thorn ne pouvait plus les entendre, elle demanda :

— Sais-tu s'il y a un appareil de radiographie à bord du *Mark Twain* ?

Cyrano haussa les épaules.

— Je ne m'en souviens pas. Mais nous le leur demanderons dès que nous pourrons rétablir les liaisons hertziennes avec eux.

Ils retournèrent au chevet de Thorn. Celui-ci les dévisagea sans rien dire durant un long moment. Il était visible qu'il était le siège d'un douloureux combat intérieur. Finalement, comme s'il s'en voulait d'être obligé de parler, il leur demanda :

— Cet homme, est-ce qu'il est ressorti de la tour ?
— En quoi est-ce important ? voulut savoir Jill.

Il ouvrit la bouche comme pour dire quelque chose, mais se ravisa et se contenta de sourire.

— Très bien, fit Jill. Nous retournons au navire. Nous reprendrons cette conversation en présence de Sam Clemens. Mais si vous changez d'avis entre-temps, faites-le-moi savoir.

La manœuvre d'appareillage demanda près d'une heure. Après les vérifications de routine, les amarres furent détachées et l'équipe de sol regagna le dirigeable. Cyrano occupait le siège de pilotage. Le *Parseval* s'éleva lentement, ses propulseurs orientés à la verticale pour renforcer la poussée ascensionnelle. On vida une bonne partie du lest pour compenser les pertes d'hydrogène. Les courants ascendants au voisinage de la tour soulevèrent l'appareil plus haut qu'il n'était nécessaire et Cyrano dut à nouveau utiliser les propulseurs pour redescendre en direction du passage circulaire à travers la montagne.

Jill contemplait pensivement la brume par un hublot.

– A bientôt, Piscator, murmura-t-elle. Nous reviendrons.

A l'approche du passage, ils furent secoués aussi intensément mais beaucoup moins longtemps qu'à l'arrivée. Portés par le formidable courant aérien, ils furent expulsés, comme disait Cyrano, tel un chicot de la bouche d'un géant ou bien, ajouta-t-il, tel un bébé pressé de naître éjecté de l'utérus de sa mère impatiente de se libérer du fardeau qu'elle avait porté pendant neuf mois.

Les métaphores et les comparaisons du Français étaient pittoresques mais parfois un peu forcées.

La vue de l'air pur, du soleil et de la végétation leur donna envie de s'embrasser et de chanter. Cyrano, plus exubérant que les autres, s'écria :

– Si je n'étais pas de service, je sauterais de joie, je danserais ! Dire qu'il va falloir retourner dans cet endroit sinistre !

Dès que leur altitude avait été suffisante, Aukuso avait commencé à émettre l'indicatif du dirigeable. Mais ce ne fut qu'une heure plus tard qu'ils établirent leur première liaison avec le navire.

Jill voulut aussitôt rapporter à Clemens les derniers événements, mais il l'interrompit pour se lancer dans une description rageuse de l'attaque sournoise opérée par Greystock. Elle fut naturellement stupéfiée par cette nouvelle, mais le long récit détaillé de Clemens finit par lasser sa patience. Après tout, le navire ne semblait pas avoir subi de dommages irréparables. Par contre, ce qu'elle avait à dire était de la plus haute importance.

Il se calma enfin. A ce moment-là seulement, il parut s'apercevoir que c'était elle et non Firebrass qui l'avait appelé. Comme il s'en étonnait, elle répondit :

– Vous ne m'avez pas laissé placer un mot.

Elle lui décrivit alors en détail ce qui s'était passé après le moment où le dirigeable avait franchi l'ouverture circulaire dans la montagne.

Ce fut son tour d'être stupéfié. Mais à part quelques jurons bien sentis, il la laissa terminer sans faire de commentaire.

– Ainsi, Firebrass est mort et vous pensez qu'il était au service des Ethiques, Jill ? Je n'en suis pas aussi sûr que vous. Nous ignorons pour l'instant à quoi sert cette bille noire. Il est possible qu'elle ait été implantée dès le début chez certains d'entre nous pour des motifs uniquement scientifiques. Un peu comme on bague un poisson ou un pigeon voyageur pour étudier ses déplacements. Cela n'implique pas nécessairement qu'il ait été complice.

– Je n'y avais pas pensé, admit-elle. J'aimerais que vous ayez raison, car il m'est pénible de croire que Firebrass était un espion.

– C'est pareil pour moi. N'importe comment, ce qu'il faut retenir de tout ça, c'est qu'il ne sert à rien d'arriver au pied de la tour. J'ai construit deux navires pour rien. Enfin, pas tout à fait pour rien, je suppose. La vie à bord, ce n'est pas si désagréable que ça, nous jouissons d'un confort qu'on ne trouve nulle part ailleurs – excepté bien sûr à bord du *Rex* – et nous disposons du moyen de transport le plus sûr et le plus rapide, même si nous n'avons plus d'objectif à atteindre. Cependant, il reste le roi Jean. Quand nous l'aurons rattrapé, je me charge de lui faire payer au centuple tout ce qu'il m'a fait.

– Vous vous trompez sur un point, Sam. Nous n'avons pas encore renoncé à pénétrer dans la tour. Nous avons simplement besoin de votre laser.

D'après les bruits qui sortaient du récepteur, Sam devait être en train de s'étrangler.

– Vous voulez dire que... que Firebrass vous a mise au courant ? Ah, le salaud, le traître ! L'ingrat ! Grrr ! Je lui avais fait promettre de ne le répéter à personne ! Il savait à quel point ce secret était important ! A présent, tous ceux qui se trouvent dans la timonerie connaissent son existence. Il faudra qu'ils me jurent un par un de ne le révéler à personne. Les risques de fuite seront multipliés. Ah ! Si Firebrass était là, je le bâillonnerais d'une main et de l'autre je lui enfoncerais mon cigare dans le cul !

» Vous auriez dû au moins attendre de me voir en privé pour en parler ! poursuivit Sam Clemens. Si ça se trouve, toutes nos conversations radio sont captées, depuis des années, par les hommes du roi Jean ! Il suffit qu'ils aient trouvé la clé de nos brouilleurs pour qu'ils puissent enregistrer tout ce que nous disons, heureux comme un cochon qui vient de découvrir une mare de bouse de vache !

— Je regrette beaucoup, fit Jill, mais je ne pouvais pas faire autrement. J'ai absolument besoin du laser et nous devrons nous arranger pour le transborder sans nous poser. C'est le seul moyen de pénétrer dans la tour. Sinon, tous nos efforts et tous nos morts auront été parfaitement inutiles.

— Et moi, j'en ai besoin pour découper en rondelles le roi Jean et son navire. C'est mon arme secrète — enfin, presque — et c'est la seule qui soit à toute épreuve, garantie efficace à cent pour cent.

En essayant de refouler la moutarde qui commençait à lui monter au nez, elle répliqua :

— Réfléchissez un peu, Sam. Quel est notre objectif le plus important ? Nous venger du roi Jean ou résoudre le mystère de la tour, découvrir pourquoi et comment et par qui nous avons été ressuscités ici ? Sans compter que l'un n'empêche pas l'autre ! Nous vous restituerons le laser quand nous l'aurons utilisé.

— Par les triples flammes de l'enfer ! Qu'est-ce qui me dit que vous reviendrez ? Vous croyez que c'est du tout cuit ? Si ces gens-là sont à l'intérieur, ils doivent vous regarder faire comme des supersouris amusées des efforts stériles d'un chat préhistorique. Mais quand vous allez commencer à découper leur tour comme une boîte de conserve — à supposer que ce laser puisse même entamer le métal —, vous croyez qu'ils vont rester assis sur leur cul ? Ils ne rigoleront plus. Ils sortiront les griffes, et alors...

— Nous connaissons les dangers, coupa Jill. Mais nous

n'avons pas le choix, si nous voulons résoudre le mystère de la tour.

— Je sais, je sais ! Vous avez la logique et le droit pour vous, comme si cela avait jamais suffi à remporter une discussion ! Mais vous avez de la chance que je sois quelqu'un de raisonnable. Je veux bien vous confier le laser. Cependant, il y a un mais, comme disait la reine d'Espagne. Il faudra d'abord que vous vous chargiez à ma place de Jean le Pourri.

— Je ne comprends pas ce que vous voulez dire.

— Il faudra que vous attaquiez le *Rex*. Organisez un raid nocturne avec l'hélico et emparez-vous du traître. Ramenez-le-moi vivant, de préférence, ou bien mort, s'il le faut. Et vous aurez le laser.

— Mais c'est une idée ridicule et néfaste ! s'écria Jill. Pour satisfaire votre amour-propre et vos fins personnelles, vous voudriez que nous risquions la vie d'une partie de notre équipage ? Sans compter l'hélico, dont nous avons absolument besoin. C'est le seul qui nous reste !

La respiration de Sam était audible dans le récepteur. Il attendit que son rythme se ralentît un peu avant de répondre d'un ton glacé :

— C'est vous qui êtes stupide en ce moment. Si vous me débarrassez du roi Jean, je n'aurai plus aucune raison d'engager un combat naval entre mon navire et le *Rex*. Songez au nombre de vies ainsi épargnées. Que quelqu'un d'autre prenne le commandement du *Rex* et l'affaire sera réglée. La seule chose que je n'accepterai jamais, c'est que cette canaille de Jean s'en tire — vous m'entendez bien ? — avec le magnifique navire pour la construction duquel j'ai trimé, sué, craché sang et eau pendant des années. N'oubliez pas non plus qu'il a failli nous couler il n'y a pas tellement longtemps. Non, je ne serai satisfait que quand j'aurai ce misérable ersatz d'être humain devant moi pour lui dire ses quatre vérités. Je veux seulement qu'il sache ce que je pense de lui. C'est tout. Je vous promets, si ça peut vous faire plaisir — mais je ne vois pas où est le plaisir, bordedieu ! —, que je ne le toucherai pas, ni avec des pincettes, ni même du bout du pied. Mais il sera obligé d'écouter le plus grand déluge verbal de tous les temps, de quoi faire passer Jérémie pour un taiseux. Ensuite, je le déposerai sur la rive et je m'éloignerai à toute vapeur de Sa pestilentielle Majesté. Naturellement, je ne dis pas que je ne choisirai pas de préférence un coin infesté de cannibales ou d'esclavagistes. Mais je vous donne ma parole que je le laisserai vivant, Jill.

— Et si nous sommes obligés de le tuer ?

— Je tâcherai de noyer mon chagrin.

— Mais je ne peux pas forcer mes hommes à participer à une mission de ce genre.

— Qui vous l'a demandé ? Vous n'aurez qu'à faire appel à des volontaires. S'il ne s'en présente pas, tant pis. Vous n'aurez pas le laser. Mais cela m'étonnerait qu'il y ait pénurie de héros. Je connais la nature humaine, Jill.

— Je me ferai un plaisir d'y aller, Sam ! s'écria Cyrano.

— C'est toi, Savinien ? Nos relations n'ont pas toujours été excellentes, il faut le dire, mais si tu y vas, je te souhaite bonne chance, de tout cœur.

Jill était tellement sidérée qu'elle ne put ouvrir la bouche pendant quelques instants.

Etait-ce le même homme qui lui avait déclaré, peu de temps auparavant, que Mars était le plus stupide de tous les dieux ?

Quand elle put parler de nouveau, elle demanda :

— Pourquoi fais-tu ça, Cyrano ?

— Pourquoi ? Mais tu oublies que j'étais moi aussi à bord du *Bateau Libre* quand Jean et ses pirates nous ont attaqués par traîtrise. J'ai failli y laisser la vie. Je donnerais beaucoup pour pouvoir me venger, contempler sa mine déconfite quand il se rendra compte qu'il est fini, que le traqueur est traqué, le videur vidé.

» Il ne s'agit pas du tout là d'une de ces guerres imbéciles, impersonnelles, où une poignée de responsables irresponsables font massacrer, mutiler, torturer, affamer, violer je ne sais combien d'hommes, de femmes et d'enfants innocents, pour satisfaire leurs intérêts et leur gloire égoïstes. C'est quelque chose de purement personnel. Je connais l'homme contre qui je veux me battre à juste raison. Et Sam le connaît aussi. Il déteste la guerre autant que moi. Mais il ne s'agit pas ici de violence anonyme contre un soldat inconnu.

Jill ne discuta pas avec lui. En cet instant, il se comportait comme un petit enfant. Un demeuré. Il avait encore envie de jouer à la guerre, malgré toutes les horreurs et les atrocités qu'il avait connues dans sa vie.

Elle n'avait pas le choix. Elle était obligée d'accepter la proposition de Sam. Non pas parce qu'il le lui ordonnait, mais parce qu'elle voulait à tout prix le laser et que c'était pour lui un moyen de chantage.

Son dernier espoir était qu'il n'y eût pas assez de volontaires; mais comme Sam l'avait prédit, dès qu'elle en demanda, il s'en présenta suffisamment pour remplir trois hélicoptères alors qu'elle n'en avait qu'un seul.

Elle se dit que c'était pour eux une façon de se défouler par rapport à ce qui s'était passé au sommet de la tour, où leur volonté de se battre avait été frustrée par l'absence de tout ennemi visible. Mais elle ne croyait qu'à moitié à cette explication.

Clemens avait raison. Il connaissait bien la nature humaine. Le côté mâle, tout au moins. Mais elle était peut-être injuste. Le côté de *certains* mâles.

Ils discutèrent encore pendant plus d'une heure. Cyrano déclara qu'il connaissait le *Rex* comme sa poche et qu'il avait un plan pour s'emparer du navire avec quelques hommes seulement. Clemens leur fit promettre de lui annoncer les résultats de l'expédition dès le retour de l'hélico.

— *S'il revient*, fit Jill.

63

Les torpilles semblaient se diriger droit sur eux, mais Sam donna l'ordre de virer en utilisant toute la puissance disponible. Une minute plus tard, l'observateur de proue annonça que les torpilles les avaient manqués d'un cheveu. Mais le dirigeable piquait toujours sur eux, comme s'il allait s'écraser sur la timonerie. Sam hurla de lâcher une seconde volée. Avant que son ordre pût être exécuté, le dirigeable explosa.

Ses quatre bombes, en sautant simultanément, auraient dû tordre la coque du navire et arracher tous ses hublots.

Au lieu de quoi le souffle de l'explosion fit voler seulement quelques hublots, qui se brisèrent en morceaux ou, projetés à l'intérieur, blessèrent plusieurs personnes tandis que le navire, malgré sa taille, était secoué. Sam fut projeté sur le pont en même temps que tous ceux qui se trouvaient à l'intérieur de la timonerie sauf le pilote, sanglé dans son fauteuil. Byron avait été assommé par un panneau qu'il avait reçu en pleine figure.

Sam se releva en toussant violemment. Une épaisse fumée noire environnait le navire et pénétrait en âcres volutes par les hublots brisés de la timonerie. Il ne voyait ni n'entendait plus rien. A tâtons, il progressa jusqu'au panneau de bord dont il connaissait heureusement par cœur l'emplacement du moindre bouton. Il s'assura que le navire n'avait pas quitté son cap et que les commandes fonctionnaient toujours. Il désharnacha le pilote, toujours inanimé et ensanglanté, et s'assit à sa place. La visibilité était redevenue normale. Le dirigeable, ou plutôt les quelques débris qui subsistaient, étaient éparpillés sur toute la largeur du Fleuve. Certains brûlaient encore. Mais la plupart étaient déjà derrière eux. Sam corrigea la route, mit le pilote automatique et sortit inspecter les dégâts à tribord.

Joe vint à sa rencontre. Il devait crier quelque chose, car sa bouche était grande ouverte et ses lèvres remuaient vigoureusement. Sam se toucha l'oreille de l'index pour lui faire comprendre qu'il n'entendait rien, mais Joe continuait de hurler. Il saignait en plusieurs endroits.

Un peu plus tard, quand les esprits se furent un peu calmés, il apparut qu'une seule des quatre bombes que transportait le dirigeable avait éclaté. Normalement, elle aurait dû causer l'explosion des trois autres, mais cela n'avait pas été le cas, à en juger par les dommages relativement légers subis par le navire.

Il n'y avait eu aucun mort, mais les blessés se chiffraient par dizaines. Par chance, les missiles et les explosifs stockés à bord avaient été également épargnés.

Le pilote, Detweiller, était leur blessé le plus grave. Mais au bout de trois jours, il fut déjà sur pied. Entre-temps, ils avaient jeté l'ancre dans un endroit propice pour procéder tranquillement aux réparations.

Il y avait une pierre à graal à proximité et l'équipage

pouvait descendre librement à terre par l'intermédiaire d'un ponton flottant construit en quelques heures.

Pendant que les réparations étaient effectuées, Sam décida de profiter de l'occasion pour renouveler les provisions de poudre noire et d'alcool, qui commençaient à s'épuiser sérieusement. Ils troquèrent une partie du tabac et des objets variés fournis par leurs graals contre de grandes quantités de bois et de lichen d'origine locale.

Von Richthofen était mort. Les seuls survivants du *Minerve* étaient Samhradh et Hardy. Newton s'était noyé sans avoir repris connaissance. Sam essuya une larme furtive lorsque le corps de l'Allemand, enveloppé dans un sac lesté, fut immergé dans le Fleuve. Le bouillant von Richthofen, toujours le plus gai et le plus insouciant des hommes, avait été l'un de ses meilleurs amis à bord.

— Je sais pourquoi Greystock a fait cela, déclara Sam. Jean sans Tête lui a fait une offre à laquelle il n'a pas pu résister. Et ce triple cochon de félon a failli réussir. Je savais que Greystock ne reculerait devant aucun acte de cruauté. En cela, il ne différait guère des gens de son milieu. Mais je le croyais tout de même capable d'une certaine loyauté. Or, si tu relis bien ton histoire – je ne m'adresse pas à toi, Joe, mais à Marc –, tu verras que les barons médiévaux étaient tristement célèbres pour leur turpitude. L'opportunisme était leur seul dieu, quel que soit le nombre de cathédrales qu'ils pouvaient bâtir à la gloire de l'Eglise et du Créateur. Ils avaient tous une morale de hyène.

— Pas tous, protesta Marbot. Prends l'exemple de l'Anglais William Marshal. Il n'a jamais changé de camp.

— C'était un sujet du roi Jean ? Il devait avoir une pierre à la place de l'estomac pour accepter de servir sous ses ordres. En tout cas, ce chacal a essayé de nous couler une fois, et il a failli réussir. Je me demande combien d'espions ou de saboteurs il a introduits parmi nous. Tu comprends, maintenant, pourquoi j'ai insisté pour doubler la surveillance de chaque point stratégique. Et quadrupler celle de la soute aux armes et aux munitions. C'est également la raison pour laquelle j'ai demandé à tout le monde, et à sa sœur aussi, de me rapporter immédiatement le moindre fait suspect dont ils pourraient avoir connaissance. Je sais que cela entretient une certaine nervosité à bord. Mais je suis obligé d'être réaliste.

— Fa ne m'étonne pas que tu faffes tant de caufemars. Moi, ve ne me tracaffe pas pour fi peu.

— C'est bien pour ça que je suis le capitaine et toi un gorille. Préoccupe-toi d'assurer ma protection et c'est tout.

— Ve fais vufte fe qu'il faut faire. Et fi ve fuis parfois préoccupé, f'est par la longueur ekfeffive des veures qui féparent les repas.

Quelques minutes plus tard, l'opératrice radio avait fait annoncer à Sam que le *Parseval* appelait. Après avoir fini de parler à Jill, il avait l'impression de se déplacer au milieu d'un champ de mines. Partout, traîtrises, frustrations, incertitudes, perfidies, tromperies et confusions semblaient prêtes à exploser sous ses pas.

Fumant comme un dragon malgré le goût amer de son cigare, il faisait les cent pas dans la timonerie. A sa connaissance, seules deux personnes à bord en dehors de lui étaient au courant de l'existence du mystérieux « X ». Il s'agissait de Joe Miller et de John Johnston. Cyrano de Bergerac et Richard Francis Burton avaient été choisis pour faire partie des douze humains qui devaient, d'après « X » – que Clemens appelait le Mystérieux Etranger, quand ce n'était pas *salaud* ou *fils de garce* – donner l'assaut à la tour polaire. Il y avait aussi Odysseus, mais celui-ci avait disparu depuis longtemps. Firebrass et von Richthofen étaient morts. Le Mystérieux Etranger avait promis de revenir voir Sam pour lui donner un peu plus de détails, mais il n'avait jamais plus reparu.

Peut-être s'était-il fait capturer par les autres Ethiques.

Sur les douze, Sam ne connaissait que six noms. Qui étaient les six autres ? Se pouvait-il que certains d'entre eux fussent à bord ? Pourquoi le Mystérieux Etranger ne leur avait-il pas donné un code, un moyen de se reconnaître secrètement entre eux ? Sans doute en avait-il eu l'intention, mais un contretemps avait dû survenir. Ses mouvements étaient aussi difficiles à prévoir que ceux d'un train mexicain.

C'était Cyrano qui lui avait parlé de Burton. Sam ignorait où il se trouvait pour l'instant, mais l'explorateur ne lui était pas entièrement inconnu. Les journaux de son époque étaient pleins de ses exploits. Sam avait personnellement lu son *Pèlerinage à Médine et à La Mecque* ainsi que *Première excursion dans l'Afrique orientale*, *Voyage aux grands lacs de l'Afrique orientale* et sa célèbre traduction des *Mille et Une Nuits*.

En outre, Gwenafra l'avait très bien connu dans le Monde du Fleuve et elle avait raconté à Sam tout ce qu'elle savait sur lui. Elle était morte sur la Terre à l'âge de sept ans et le Jour de la Résurrection Burton l'avait prise sous sa protection. Il s'était occupé de son éducation et ensemble ils avaient remonté le Fleuve pendant cinq ans. Puis elle s'était noyée et avait ressuscité ailleurs. Mais jamais elle n'avait oublié cet homme au visage sombre et farouche.

Greystock avait également voyagé quelque temps avec eux. Mais ni lui ni Gwen n'avaient jamais parlé du Mystérieux Etranger.

Greystock était peut-être un espion.

Un drôle de type, ce Burton. Sur la Terre, il avait conduit une expédition à la recherche des sources du Nil. Et ici, il se passionnait pour d'autres sources, bien que ses motivations fussent sans doute différentes. Bergerac disait que l'Ethique l'avait prévenu que le jour où il rencontrerait Burton, celui-ci ferait semblant d'avoir perdu la mémoire pour tout ce qui concernait les Ethiques. Mais il suffirait de dire qu'il faisait partie des douze et Burton lui expliquerait la raison pour laquelle il était obligé de feindre l'amnésie. Très curieux, en vérité.

Il y avait aussi le cas de Stern, Obrenova et Thorn. Sans oublier Firebrass. Leur rôle était aussi secret et mystérieux que celui de « X » et des autres Ethiques. Dans quel camp se situaient-ils ?

Il avait besoin d'aide pour débrouiller cet écheveau compliqué. Il décida de réunir une petite conférence au sommet.

Cinq minutes plus tard, il était enfermé dans sa cabine, soigneusement gardée, en compagnie de Joe Miller et de Johnston. Celui-ci était un colosse à l'ossature et à la musculature massives. Son visage, quoique taillé à la serpe, n'était pas dépourvu d'harmonie. Ses yeux étaient d'un bleu étonnant et sa chevelure d'un roux vif. Il dominait de loin, par sa taille, les autres humains, mais à côté de Joe il avait l'air d'un nain.

Sam leur exposa les derniers développements de la situation. Johnston ne fit d'abord aucun commentaire, mais l'ex-trappeur n'était pas du genre à parler quand il n'avait pas quelque chose d'extrêmement important à dire.

— Qu'effe que fa peut bien fignifier, tout fa ? déclara Joe. Ve me demande pourquoi Pifcator a été le feul à paffer. F'est bivarre, non ?

— Je pense que Thorn pourrait nous donner quelques explications, dit Sam. Le plus important est de découvrir quel rôle il joue dans cette histoire. Lui et les autres traîtres.

— Tu crois que Greystock était lui aussi un agent des Ethiques ? demanda Johnston de sa voix traînante. Pour moi, c'est juste un homme à Jean.

— Rien ne l'empêchait d'être à la fois un agent et un homme à Jean, fit Sam.

— Comment ? gronda Joe de sa voix caverneuse.

— Quoi, comment ? Tu veux dire *pourquoi*, je suppose. C'est la question qu'a posée le larron à Jésus pendant qu'on le clouait sur la croix. *Pourquoi ?* Voilà ce que nous devons nous demander. Bien sûr, je crois que Greystock était un agent secret. S'il s'est mis d'accord avec Jean sans Trêve, c'est simplement que leurs objectifs abjects étaient identiques.

— Mais tu m'as dit que les agents des Ethiques réprouvaient la violence, objecta Johnston. Non seulement ils détestent ça, mais ils ne veulent même pas toucher un être humain de peur d'être souillés. Ce sont tes propres paroles.

— Pas du tout. Je n'ai jamais dit ça. J'ai dit que les Ethiques trouvaient la violence peu éthique. Mais c'était peut-être pour eux une façon poétique de s'exprimer. Qui sait si le Mystérieux Etranger n'a pas menti sur toute la ligne ? C'est peut-être le Prince des Ténèbres en personne, c'est-à-dire le Prince des Menteurs, à en croire la Bible.

— Alors, qu'est-ce qu'on fait ? voulut savoir Johnston. Pourquoi, jusqu'ici, avons-nous suivi fidèlement ses ordres ?

— Parce que nous ne sommes pas sûrs qu'il nous ment. Et aussi parce que les autres Ethiques n'ont eu ni la courtoisie ni la décence de venir nous parler comme lui. Nous n'avons pas le choix. Et si j'ai dit que l'Ethique ne voulait pas que je l'approche de trop près, ça signifie peut-être simplement qu'il ressemble à cet abolitionniste qui aérait sa maison chaque fois qu'il avait reçu un Noir à dîner. Cependant, je n'ai jamais laissé entendre que les espions des Ethiques étaient des non-violents. Thorn et Firebrass ne l'étaient assurément pas. Enfin, je ne sais pas. N'importe comment, Joe a un bon nez pour ça. Et pour le reste. Il est entré dans ma cabane, un jour, juste après le départ de « X ». Et il a tout de suite senti une présence non humaine.

— Fon odeur était différente de felle de Fam, fit Joe en souriant malicieusement. Fe qui ne veut pas dire que felle de Fam était meilleure, bien fûr.

— Fa f'est malin, hein ? répliqua Sam. Quoi qu'il en soit, c'était la première fois que Joe percevait des effluves pareils. Ce qui semblerait prouver que les espions utilisés par les Ethiques sont d'origine humaine.

— De toute fafon, Fam est toujours en train de fumer fes figares puants, reprit Joe. Qu'effe que vous voulez que ve fente d'autre dans fes condifions ?

— Fais attention à ce que tu dis, Joe, menaça Sam, ou je te fais regrimper à coups de pied au cul dans ton bananier.

— Ve n'ai jamais vu de banane de ma vie ! protesta Joe. Pas vavant d'être reffuffité, en tout cas. La première fois que v'en ai trouvé une dans mon graal, ve me demandais fe qu'il fallait faire avec.

— Foutredieu ! s'écria Johnston en s'impatientant.

— Pardon ? fit Sam en arquant un sourcil épais comme le dos d'une chenille.

— Cessez de digresser, quoi !

— Ah, bon ! J'avais cru... En bref, je suis persuadé que le Monde du Fleuve pullule d'espions. Ce navire aussi, probablement. La question, c'est : pour le compte de qui travaillent-ils ? Celui de « X » ? Ou des autres ? Ou des deux à la fois ?

— Jusqu'à présent, ils ne se sont pas tellement manifestés, fit remarquer Johnston. Peut-être qu'ils attendent que nous soyons aux sources.

— Là, c'est plus compliqué. Nous ignorons quels sont leurs motifs exacts. Bien qu'il ne l'ait jamais dit lui-même, il me paraît évident que c'est le Mystérieux Etranger qui a fait creuser la galerie dans la montagne et qui a laissé pendre cette corde à l'intention de Joe et de ses amis égyptiens. Mais rien ne nous permet d'affirmer que les autres Ethiques cherchent tout particulièrement à nous empêcher, nous misérables Terrestres, de parvenir à la tour. Il semble qu'ils ne veuillent pas nous faciliter les choses et c'est tout. De nouveau, la question qui se pose est : pourquoi ?

» N'oublions pas non plus le mystère d'Odysseus. Il est arrivé subitement, en pleine bagarre, pour nous sauver de la déconfiture face à l'armée de von Radowitz. Il m'a dit qu'il faisait partie lui aussi des douze. J'ai naturellement supposé d'abord que c'était " X " qui nous l'envoyait. Mais non, Odysseus affirmait avoir reçu la visite d'*une* Ethique. D'où sortait-elle encore, celle-là ? Une autre renégate ? Une alliée de mon Mystérieux Etranger ? Lorsque je lui ai posé la question, il s'est contenté de sourire. Mais il n'a rien voulu me dire.

» Ce n'était peut-être pas sa copine du tout. C'était peut-être une Ethique qui avait eu vent de ce qui se passait et qui nous avait envoyé pour nous espionner quelqu'un qui se faisait passer pour l'illustre Odysseus.

» Ce ne serait pas tellement surprenant, avec tous les imposteurs qui circulent au bord du Fleuve. Moi-même, j'ai rencontré deux Mycéniens qui ont assisté en personne au siège de Troie. Tout au moins, c'est ce qu'ils m'ont affirmé. Eh bien, d'après eux, la vraie Troie ne se trouvait nullement là où la situait notre Odysseus, c'est-à-dire beaucoup plus au sud de l'Asie Mineure par rapport à l'emplacement indiqué par les archéologues. Ces deux hommes plaçaient Troie – si je puis m'exprimer ainsi sans vouloir couper les cheveux en quatre – au même endroit que tout le monde. Près d'Hissarlik, en Turquie. Naturellement, ce ne sont pas ces noms qu'ils ont prononcés car ni l'un ni l'autre n'existaient à leur époque. Mais ils m'ont confirmé que l'antique Troie se trouvait à l'entrée de l'Hellespont, là où la ville d'Hissarlik devait être construite plus tard. Qu'est-ce que vous dites de cet imbroglio ?

– Si ce Grec était un espion, fit Johnston, pour quelle raison aurait-il inventé un mensonge pareil ?

– Peut-être justement pour me convaincre que c'était lui le seul, l'unique, l'original Ulysse. Il ne risquait pas tellement de se faire traiter de menteur. Pour commencer, il n'est pas resté assez longtemps pour qu'on puisse le défier. Cependant, il y a un autre point curieux. Les experts de mon époque étaient tous à peu près d'accord pour dire que l'histoire du cheval de Troie, ce n'était rien d'autre qu'un mythe, à peine plus crédible que les promesses électorales d'un candidat politique. Pourtant, Odysseus soutenait qu'il avait bien existé et que c'était lui qui en avait eu l'idée, comme dans Homère. Grâce à son stratagème, disait-il, les soldats grecs avaient pu s'introduire dans la ville.

» Evidemment, là encore, il pouvait s'agir d'un mensonge destiné à endormir mes soupçons. En prenant le contre-pied de toutes les idées admises, il avait vraiment l'air d'un témoin authentique. En ce qui me concerne, il suffit que quelqu'un vienne me dire, en me regardant dans le fond des yeux, qu'il y était et que les experts ont des crottes de rat et de la chiure de bois – comme dit Joe – dans la tête pour que je le croie aisément. Les spécialistes en la matière, ils sont toujours en train de chercher un passage du Nord-Ouest en essayant de naviguer dans une tempête de neige au moyen d'un sextant. Mais ils ne savent même pas si le beaupré se trouve à l'avant ou à l'arrière du navire.

– Au moins, ils essayent, grogna Johnston.

– Comme l'eunuque dans un harem. En tout cas, j'aimerais bien avoir une idée de tout ce que cela signifie. Comme disait Holmes à Watson, nous nageons en plein brouillard.

– Ve ne comprends pas toutes fes valluvions, fit Joe.

Le montagnard géant grogna de nouveau et Sam s'empressa d'enchaîner :

– Excuse-nous, John. J'espérais pouvoir au moins trouver un fil dans cet écheveau embrouillé. Mais je ne vois même pas un bout qui dépasse !

– Et fi tu mettais Gwenafra dans le fecret ? suggéra Joe. F'est une femme, comme tu l'as fans doute remarqué, Fam. Tu dis toi-même fans feffe qu'elle font capables de perfevoir fertaines foves bien mieux que les vhommes, grâfe à leur fivième fenf ou à leur intuifion féminine. En tout cas, fa m'étonnerait qu'elle ne fe doute pas dévà de quelque fove. Elle n'est pas fotte, tu fais. En fe moment même, elle doit fe ronver les fangs à l'idée qu'elle est ekfclue de notre difcuffion. Qui fait fe qu'elle f'imavine ?

— L'intuition féminine, ça n'existe pas, décréta Sam. Les femmes sont seulement conditionnées, par leur milieu et leur éducation, à adopter certaines attitudes, certains comportements différents de ceux qui caractérisent généralement les hommes. C'est pour cela qu'elles sont parfois plus sensibles à certaines subtilités qui échappent à leurs compagnons.

— Mais fa revient au même, au bout du compte, dit Joe. Appelle fa comme tu voudras. Fe que ve vois, moi, f'est que nous fommes dans vune impaffe et que nous vaurions vintérêt, dans fette partie de poker que nous vouons contre « Ikfe », à paffer la main à quelqu'un qui puiffe nous faire entendre un nouveau fon de cloffe.

— Les squaws parlent trop, laissa tomber Johnston.

— Avec toi, tout le monde parle trop, répliqua Sam. En tout cas, Joe a raison. Gwen est au moins aussi fine que ceux qui sont ici. Peut-être davantage.

— Le monde entier finira par savoir ton secret.

— Et après ? Cela concerne le monde entier, non ?

— L'Etranger doit avoir ses raisons pour ne pas vouloir ébruiter la chose.

— Sans doute, mais sont-elles valables ? J'admets, bien sûr, que nous n'avons pas intérêt à trop le crier sur les toits. Si nous faisons trop de battage, tout le monde va vouloir se rendre au pôle Nord. La Ruée vers l'Or de 1848, ce serait de la gnognote à côté. Des centaines de milliers de gens chercheraient à se rendre à la tour. Et un million d'autres leur colleraient aux fesses pour les exploiter.

— Mettons la prévenfe de Gven aux voix.

— Tu as déjà vu une squaw participer à un conseil de guerre ? Avant qu'on ait eu le temps de faire *ouf*, elle voudra nous mettre dans sa poche.

— Elle n'a pas de poche, dit Sam. Elle n'a pas grand-chose sur elle, si tu as bien remarqué.

Johnston fut battu deux voix contre une.

— O.K., dit-il. Mais demande-lui de croiser les jambes quand elle s'assoit, Sam.

— J'ai déjà du mal à lui faire couvrir ses seins. Elle n'est pas commode. Mais on n'y peut rien, que veux-tu. Tout le monde va se baigner cul nu. Quelle différence, si elle exhibe quelques centimètres carrés de peau en plus ou en moins ?

— Ce n'est pas la peau, c'est les poils, fit Johnston. Ça ne te dérange pas ?

— Plus maintenant. C'est vrai que nous sommes presque contemporains. Mais je n'ai pas passé toute ma vie, comme toi, parmi les Indiens des montagnes Rocheuses. Cependant, n'oublie pas, John, que nous sommes ici depuis trente-quatre ans et que même la reine Victoria se promène dans un costume qui lui aurait flanqué une crise cardiaque suivie d'un coup de chiasse si elle l'avait vu porté par quelqu'un sur le trottoir en face de Buckingham Palace. Alors que maintenant, se balader à poil, c'est aussi naturel que de s'endormir à la messe.

64

Gwenafra, avertie par Sam, avait mis un pagne sous son kilt. Tassée au creux d'un grand fauteuil, elle écoutait, les yeux écarquillés, les raisons pour lesquelles Sam lui avait demandé de venir assister au conseil.

Après l'avoir laissé parler jusqu'au bout et avoir observé quelques instants de silence, durant lesquels elle but à petits traits sa tasse de thé, elle répondit tranquillement :

— J'en savais déjà bien plus que tu ne le crois. Tu parles beaucoup dans ton sommeil, Sam. J'étais très peinée que tu veuilles me cacher quelque chose de si important. J'avais même l'intention d'exiger toute la vérité, en menaçant de te quitter si tu refusais de me donner satisfaction.

— Pourquoi ne le disais-tu pas ? Je ne me suis aperçu de rien.

— Je supposais que tu avais de bonnes raisons de ne pas parler. Mais de toute manière, je n'en pouvais plus. Tu n'as donc pas remarqué comme j'étais à bout, ces derniers temps ?

— Je mettais ça sur le compte de la mauvaise humeur. Un de ces éternels mystères féminins. Mais crois-tu que ce soit le lieu de discuter de nos problèmes personnels ?

— Je ne sais pas quel est le lieu pour ça. Tout ce que je sais, c'est que *moi* j'aurais dit quelque chose si je t'avais vu faire la tête pendant tout ce temps. Quant au mystère féminin, il est à peu près comparable à celui d'une mine d'étain. Si tu veux l'éclaircir, c'est facile, tu n'as qu'à braquer ta lanterne sur les endroits obscurs et il n'y aura plus rien de caché. Mais les hommes aiment bien répéter que les femmes sont mystérieuses. Ça leur évite de poser des questions, de gaspiller un peu de temps et d'efforts.

— Disons qu'elles sont loquaces, alors, fit Sam. Tu mets autant de temps à entrer dans le vif du sujet qu'un clystère sur une jambe de bois.

— Vous causez trop tous les deux, grogna Johnston.

— Un extrême en vaut un autre ! répliqua-t-elle en le fusillant du regard. Mais voilà ce que je pense de votre histoire. Il y a une chose, peut-être, qui pourrait vous donner la clé du mystère de la tour. C'est la personnalité de Piscator.

— Hum, fit Sam. Je vois à peu près ce qu'elle veut dire. Pourquoi lui et pas un autre ? Qu'est-ce qui le distingue du reste de l'expédition ? Je me suis posé la question, naturellement, et la première réponse qui vient à l'esprit, c'est qu'il s'agit d'un espion. Mais si les espions des Ethiques peuvent passer par là, pourquoi Thorn n'a-t-il pas attendu d'entrer avec Piscator ? Et d'ailleurs, pourquoi auraient-ils eu besoin du *Parseval* pour gagner la tour, si c'était tout ce qu'ils voulaient ? Ça ne tient pas debout. Les Ethiques et leurs agents ont d'autres moyens de transport beaucoup plus efficaces, en particulier des machines volantes.

— Ne nous égarons pas, dit Gwenafra. Revenons plutôt à mon idée. En quoi ce Piscator était-il différent des autres ? Etait-ce quelque chose de physique ? Une particularité de son habillement, peut-être ? Je ne le crois pas, car d'après ce que vous me dites ils ont tous essayé d'avancer tout nus.

» Vous dites aussi que la limite de progression n'était pas la même pour tout le monde. Comme si quelque chose dans la personnalité de chacun déterminait sa propre limite. De quel élément pouvait-il s'agir ?

— Il faudrait un ordinateur pour le faire ressortir, déclara Sam d'un air songeur. Mais ton idée est intéressante. Nous demanderons à Gulbirra de nous donner plus de détails quand elle rentrera. Elle connaît bien son équipage. Elle nous décrira chacun de ses hommes et nous les classerons selon la distance qu'ils ont pu parcourir. Cependant, en toute rigueur, il aurait fallu qu'ils mesurent le parcours de chacun au centimètre près. Ce qu'ils n'ont pas fait, à ma connaissance.

– Concentrons-nous sur Piscator, dans ce cas.

– C'est un de ces Indiens à la peau jaune, fit remarquer Johnston.

– Je ne pense pas que sa race ait un quelconque rapport avec la question, dit Sam. Jusqu'à présent, nous n'avons jamais entendu parler d'espions aux yeux bridés, bien qu'il en existe certainement. Mais réfléchissons bien. Thorn voulait à tout prix empêcher Firebrass et Obrenova de pénétrer dans la tour. Il n'a pas hésité à les éliminer de sang-froid, sans tenir compte des innocents qu'il faisait sauter avec eux. Mais peut-être en voulait-il seulement à Obrenova. Peut-être ignorait-il que Firebrass était un agent. Dans ce cas, il en a eu deux pour le prix d'un seul.

– Et pourquoi pas plus que deux ? demanda Gwen. Non, je suis bête ! Il n'y en avait que deux qui avaient des sphères dans la tête.

– Par les cornes d'un escargot ! Ne rends pas les choses plus compliquées qu'elles le sont !

– Si ces deux-là avaient pu entrer aussi dans la tour, poursuivit Gwen, butée, nous aurions pu comparer leur personnalité avec celle de Piscator.

– V'ai beaucoup fréquenté Firebraff, déclara Joe Miller, et ve peux vous vaffurer que fon odeur était felle d'un être humain ordinaire, fans rapport aucun avec felle qu'avait laiffé traîner derrière lui l'Ethique le vour où il a rendu vivite à Fam. Fe n'était certainement pas vune odeur humaine, bien qu'il n'y ait pas de quoi fe flatter. Ve veux dire que les vhumains ne fentent pas la rove. Et Pifcator était humain auffi, même fi fon odeur était caractériftique des Aviatiques. V'ai l'habitude de diftinguer entre eux les différents types vhumains, furtout, ve fuppove, à cauve de leurs vhabitudes vhalimentaires.

– Mais tu n'as jamais rencontré personne qui ait eu une odeur non humaine, lui fit remarquer Sam. Nous ne pouvons donc pas savoir si les espions des Ethiques sont non humains. Ce qui est certain, en tout cas, c'est qu'ils ont l'*air* humain.

— Ve n'en ai vamais rencontré, répondit Miller, mais vil devait forfément y en avoir à prokfimité. Et fi un feul d'entre eux avait émis des veffluves non humains, ve m'en ferais vite aperfu. Fe qui fignifie néceffairement que les vhavents des Vhétiques font humains.

— C'est presque cohérent, fit Johnston de sa grosse voix bourrue. Ce jeune homme semble penser que si une créature non humaine peut prendre l'apparence d'une personne normale, elle peut aussi lui emprunter son odeur.

Joe éclata de rire puis déclara :

— Pourquoi effe qu'on ne met pas vune affife dans le grand falon ? Prière à tous les Vhétiques et à leurs vhavents qui fe trouvent à bord de fe préventer fans tarder devant le capitaine Clemenf.

Gwenafra manifestait, depuis quelques instants, des signes d'impatience. Elle demanda en hochant la tête d'un air contrarié :

— Pourquoi faites-vous tous vos efforts pour éluder la question que j'ai soulevée tout à l'heure ? J'aimerais bien qu'on en revienne à Piscator.

— Nous sommes comme le Lilliputien du cirque, répondit Sam, qui vient de découvrir les chaussures du géant sous le lit de sa femme. Nous n'osons pas poser trop de questions. Mais je vais essayer de te répondre quand même, bien que pour ma part je n'aie pas tellement bien connu ce gentleman du Cipango. Il n'est arrivé que deux mois avant le départ du navire. D'après ce que tout le monde disait, c'était quelqu'un d'aimable et de très discret. Ni orgueilleux ni renfermé, plutôt pacifique. Il paraissait s'entendre avec à peu près tout le monde. Ce qui, à mes yeux, le rend plutôt suspect. Mais il était loin de dire oui à n'importe quoi. Je me souviens des discussions épiques avec Firebrass à propos de la taille du dirigeable qu'il fallait mettre en chantier. Il était partisan d'un beaucoup plus petit appareil. A la fin, il s'est incliné en disant qu'il était toujours convaincu d'avoir raison mais que, puisque c'était Firebrass qui commandait, il ferait ce qu'il demandait.

— Avait-il une particularité quelconque ? voulut savoir Gwenafra.

— Il adorait la pêche, mais je ne sais pas si c'est tellement particulier. Au fait, pourquoi me demandes-tu ça à moi ? Tu le connaissais également.

— Je voulais juste un point de vue différent. Nous demanderons son avis à Gulbirra, quand elle sera ici. Elle le connaît beaucoup mieux que nous.

— Il y a auffi Fyrano, dit Joe. F'est fon copain.

— Joe adore ce Français, ironisa Sam. Il a un nase encore plus gros que le sien. Ça leur donne un air de famille.

— Gros nave, mes feffes ! s'écria le titanthrope. Vous vautres Lillipufiens, vous n'avez pas de quoi vous vanter de vos vappendifes, navaux ou autres. V'ai le droit de l'aimer fi fa me plaît, même fi toi et lui vous vous ventendez comme deux facals de fexe mâle à la faivon des vhamours.

— Je n'apprécie pas tellement ta comparaison, fit Sam d'un ton glacé. Mais pourrais-tu nous dire ce que tu penses, toi, de Piscator, Gwen ?

— Il émanait de lui une sorte de... comment appelles-tu ça ? Pas de magnétisme animal, car il n'y avait rien de sexuel là-dedans. Disons une chaleur humaine, une attirance à laquelle il était difficile de résister. Tu savais immédiatement qu'il te voulait du bien. Et cela ne signifie pas, comme tu le faisais remarquer tout à l'heure, qu'il se laissait faire par le premier imbécile venu. Il ménageait tout le monde, même les crétins, mais il savait se débarrasser d'eux en douceur au moment opportun.

» Je ne crois pas qu'il soit, comme on dit, fondamentaliste ni fanatique. D'après lui, le Coran ou la Bible ont une signification allégorique et ne doivent pas être interprétés littéralement. Il était capable de citer par cœur de longs passages des deux livres sacrés. J'ai discuté plusieurs fois avec lui et j'ai été surprise de l'entendre dire que le Christ était le plus grand prophète après Mahomet. Il affirmait aussi que la première personne, d'après les musulmans, qui sera admise au Paradis, c'est Marie, la mère du Christ. Tu m'as dit que les musulmans détestaient le Christ, Sam.

— Non, je t'ai dit qu'ils détestaient les chrétiens. Et vice versa.

— Non, ce n'est pas ce que tu m'as dit. Mais peu importe. En somme, Piscator m'a laissé une impression de sagesse et de grande bonté. Mais il y a autre chose, que je suis incapable de décrire. Il semblait, en quelque sorte, se trouver parmi nous, mais pas dans le même monde que nous.

— Je crois comprendre ce que tu veux dire, fit Sam. Tu penses qu'il était moralement — ou peut-être faut-il dire *spirituellement* — supérieur.

— A aucun moment je ne l'ai vu agir ni entendu parler comme s'il croyait l'être. Mais c'est à peu près ça, oui.

— J'aurais aimé le connaître mieux.

— Tu étais trop occupé à construire ton bateau, Sam.

65

Frigate ne fut de retour dans la cabane qu'une heure avant le repas du soir. Quand Nur lui demanda où il était allé, il répondit qu'il avait attendu toute la journée que Novak veuille bien lui donner audience. Finalement, la secrétaire du nouveau président lui avait dit de revenir le lendemain matin. Novak acceptait de le recevoir une minute ou deux.

Frigate était maussade. Il avait surtout l'air contrarié d'avoir dû faire la queue pour rien pendant tout ce temps. Cependant, il n'avait pas renoncé à voir Novak, ce qui était le signe de sa détermination profonde. Mais il refusait de dire aux autres ce qu'il avait en tête.

— Quand je lui aurai parlé, s'il est d'accord, je vous expliquerai tout.

Farrington, Rider et Pogaas le laissèrent à ses préoccupations. Ils s'inquiétaient plutôt, pour leur part, d'établir un plan efficace pour s'emparer du *Razzle Dazzle*. Quand ils lui demandèrent s'il était prêt à leur apporter son concours, Frigate répondit qu'il ne pouvait pas encore le dire. Nur se contenta de sourire en leur conseillant de réfléchir à l'aspect éthique de ce qu'ils préméditaient.

Comme d'habitude, il était mieux renseigné que les autres. Ce fut lui qui leur annonça, juste avant qu'ils quittent la cabane pour aller chercher leur petit déjeuner, que leur discussion de la veille avait été gratuite. Le *Razzle*

Dazzle, chargé de produits d'artisanat local par ses nouveaux propriétaires, était prêt à appareiller pour descendre le Fleuve dans une heure ou deux.

Cette nouvelle fit bondir Martin.

— Pourquoi ne nous l'as-tu pas dit avant ?

— J'avais peur que vous ne tentiez quelque chose de désespéré, par exemple un coup de force en plein jour, devant des centaines de témoins. Vous vous seriez fait massacrer.

— Nous ne sommes pas idiots !

— Non, mais impulsifs. Ce qui est une forme de stupidité.

— Merci bien, fit Tom. Mais c'est peut-être mieux ainsi. Je préfère, comme je l'ai déjà dit, essayer de m'emparer d'un de ces bateaux à vapeur qui patrouillent le long des rives. Seulement, cela demandera un peu plus de temps et de préparation. Il faudra rassembler un nouvel équipage et remplacer nos femmes.

Dans la matinée, un fonctionnaire vint leur annoncer qu'il fallait qu'ils travaillent sur les chantiers de l'Etat comme les autres citoyens, ou qu'ils vident les lieux. Frigate était absent à ce moment-là. Quand il fut de retour, en fin de matinée, il arborait un large sourire et ne parut pas du tout affecté par la nouvelle.

— J'ai réussi à convaincre Novak !

— A le convaincre de quoi ? demanda Farrington.

Frigate s'assit et alluma une cigarette.

— Je lui ai d'abord demandé s'il était prêt à nous faire construire un autre dirigeable. Je ne m'attendais pas qu'il accepte. Son refus ne m'a donc pas surpris. Il m'a déclaré sèchement qu'il comptait mettre plus tard en chantier deux petits dirigeables, mais pas pour nous. Il les affecterait à des tâches militaires d'observation et de combat, éventuellement.

— Tu veux attendre de pouvoir leur en voler un ! s'écria Farrington.

Malgré sa rage d'avoir été joué par Podebrad, il avait été soulagé, dans une certaine mesure, à l'idée qu'il ne serait plus obligé de voyager en dirigeable.

— Ce n'est pas cela, dit Frigate. Ni Nur ni moi, nous ne te croyons capable de voler le bien d'autrui, même si tu ne parles que de ça. Tous les deux, vous prenez trop vos fantasmes pour des réalités. N'importe comment, Nur et moi, nous refusons d'entrer dans vos combines malhonnêtes.

» Mais laissez-moi vous raconter la suite. Ma première proposition ayant été refusée, selon mes prévisions, je lui en ai soumis une deuxième. Après avoir un peu ronchonné, il a fini par accepter de nous fournir le matériel et les facilités que je lui demandais. Ce n'est pas grand-chose pour lui. Et ce n'est rien de comparable à la construction d'un dirigeable. Il est heureux, finalement, de pouvoir nous rendre service, à titre de compensation pour ce que nous a fait Podebrad. En outre, il s'intéresse à l'aérostation. Son fils était, sur la Terre, amateur de ballon libre.

— Encore ces ballons! explosa Farrington. Tu cherches toujours à fourguer ton idée insensée?

Tom avait l'air intéressé, mais il murmura :

— Nous ne savons rien des vents dominants au-dessus des montagnes. S'ils nous repoussaient vers le sud?

— C'est possible, mais n'oublie pas que nous nous trouvons un peu au nord de l'équateur. Si les courants aériens supérieurs obéissent à peu près aux mêmes lois que sur la Terre, nous devrions être poussés dans la direction du nord-est. Une fois passées les ceintures subtropicales, ce sera une autre histoire. Mais ce que j'ai en tête, c'est un type de ballon capable de nous transporter jusqu'à la zone arctique.

— C'est dingue! C'est dingue! faisait Martin en secouant la tête.

— Tu refuses de nous accompagner?

— Je n'ai pas dit ça. J'ai toujours eu le crâne un peu fêlé, moi aussi. Du reste, je ne pense pas que les vents nous seront favorables. Si vous voulez mon avis, nous devrions plutôt construire un voilier.

Farrington se trompait sur la direction des vents, et il savait probablement qu'il n'avait exprimé qu'un vœu. Les courants aériens, à l'altitude où ils évolueraient, les porteraient vers le nord-est.

Frigate leur expliqua quel type de ballon il avait prévu de construire. Ils poussèrent tous des hauts cris.

— Je sais, je sais, leur dit-il. Personne n'a jamais volé avec, excepté sur le papier. Mais justement, c'est une occasion unique de voir si ça marche.

– Hum ! fit Martin. Tu dis que cette idée de Jules Verne date de 1862. Si elle était tellement extraordinaire, pourquoi est-ce que personne n'a jamais essayé de la réaliser ?

– Je n'en sais rien. Si j'avais eu le temps et l'argent, j'aurais bien essayé moi-même. Croyez-moi, c'est le seul moyen de franchir de grandes distances. Avec un ballon ordinaire, nous aurions de la chance si nous faisions quatre ou cinq cents kilomètres à vol d'oiseau. Je sais bien que cela représente des centaines de milliers de kilomètres à la surface du Fleuve, mais c'est quand même insuffisant. Avec le *Jules Verne*, et beaucoup de chance, il va sans dire, nous pourrions arriver jusqu'aux montagnes polaires.

Au terme d'une longue discussion, ils acceptèrent enfin d'adopter le projet de Frigate. Mais lorsque le chantier démarra pour de bon, ce dernier devint de plus en plus nerveux. Plusieurs cauchemars qu'il fit à propos de ballons lui montrèrent la profondeur de ses appréhensions. Néanmoins, devant les autres, il affectait la plus grande confiance dans son projet.

Dans *Cinq semaines en ballon*, Jules Verne proposait une idée qui paraissait réalisable, sinon exempte de danger. Sur le papier, elle fonctionnait parfaitement. Mais Frigate n'ignorait pas que souvent, la réalité s'abstenait d'accorder la reconnaissance diplomatique à la fiction littéraire.

Une fois le ballon prêt, l'équipage accomplit une douzaine de vols d'entraînement. A la surprise générale, et à celle de Frigate en particulier, ces bouts d'essai ne furent marqués par aucun incident notable. Il est vrai qu'ils se contentèrent chaque fois d'évoluer à très basse altitude, en se gardant bien de franchir les montagnes qui encaissaient la vallée, de peur de ne plus pouvoir revenir à leur point de départ.

Les véritables essais, pour les hommes et le matériel, se feraient sur le tas, c'est-à-dire dans la stratosphère.

Le docteur Fergusson, héros de *Cinq semaines en ballon*, avait conçu son aérostat en fonction du fait que l'hydrogène, quand il est chauffé, se dilate. Ce principe avait déjà été mis en pratique, en 1785 et en 1810, pour aboutir à des résultats désastreux. Mais le calorifère imaginé par Verne était beaucoup plus scientifique et efficace – sur le papier.

Frigate, quant à lui, disposait de moyens technologiques

beaucoup plus avancés que du temps de Jules Verne. Il n'avait pas manqué d'apporter quelques modifications au système. Et quand le ballon fut achevé, il proclama que c'était le premier du genre à voler dans la réalité. Ils étaient en train d'écrire une page d'histoire.

Frisco répétait avec véhémence que personne n'avait essayé de mettre en application les idées de Jules Verne parce que personne n'avait été assez fou pour cela. En son for intérieur, Frigate était bien d'accord, mais il ne le disait pas. C'était là le seul type d'aérostat qui pouvait leur permettre de franchir les immenses distances qui les séparaient du pôle. Ils n'allaient pas reculer maintenant. Trop souvent, sur la Terre comme ici, il avait commencé quelque chose qu'il avait ensuite renoncé à achever. Même s'il devait y laisser la vie, il était décidé à aller jusqu'au bout.

Ce qui l'ennuyait un peu, c'était que les autres risquaient aussi leur peau dans cette aventure. Mais ils n'étaient pas plus que lui ignorants des dangers. Personne ne les forçait à partir.

Le lancement eut lieu comme prévu, un peu avant l'aube. Des lampes à arc et des flambeaux, portés par une immense foule, illuminaient la plaine. L'enveloppe de l'aérostat, revêtue de peinture d'aluminium, pendait comme une peau de saucisse ridée à un crochet invisible.

Le *Jules Verne*, à ce stade, ne correspondait guère à l'idée que le profane se fait d'un ballon. Il n'était ni gonflé ni sphérique. Mais à mesure qu'il s'élèverait, son enveloppe s'arrondirait du fait de la pression extérieure décroissante et de la chaleur qui serait communiquée au gaz selon les besoins.

Plusieurs discours furent prononcés et l'on porta un grand nombre de toasts. Rider fit remarquer à voix basse à Frigate que Farrington avait en main une coupe dont la capacité devait être le double des leurs. Il murmura quelque chose à propos de « courage en bouteille » en s'assurant, toutefois, que Frisco ne pouvait pas l'entendre. Lorsque ce dernier grimpa dans la cabine, il était souriant et agitait gaiement la main en direction de la foule.

Peter Frigate procéda à la « pesée » finale. Jusqu'alors, l'opération avait toujours consisté à s'assurer que le poids d'un aérostat – enveloppe, gaz, filet, suspentes, cercle de suspension, cabine, lest, équipement, vivres et aéronautes – était légèrement inférieur à sa force ascensionnelle. Le *Jules Verne* était le premier ballon dont le poids au départ excédait sensiblement la poussée verticale exercée par le gaz.

La cabine suspendue à l'enveloppe était en forme de citrouille. Sa coque était constituée d'une double paroi en alliage au magnésium. Au centre de son plancher se dressait une console en forme de L, appelée « vernier ». Deux étroits tuyaux de plastique souple en sortaient, traversant le plafond par des orifices munis de joints étanches pour éviter toute déperdition d'air à l'intérieur de la cabine.

A l'extérieur, les deux tuyaux montaient un peu plus haut que l'embouchure hermétiquement scellée de l'enveloppe et rejoignaient deux tubes en alliage léger qui s'élevaient, à des hauteurs différentes, à l'intérieur du ballon.

L'équipage, dont l'exubérance première avait fait place à un silence attentif, se tourna vers Frigate.

– Verrouillez le panneau d'accès, ordonna-t-il.

Et le rituel du départ commença.

Il régla deux valves tout en consultant un manomètre incorporé au vernier. Il ouvrit un clapet situé en haut de la console, sur le côté, et tourna le robinet jusqu'à ce qu'il entende un léger sifflement. Celui-ci provenait d'un bec brûleur fixé à l'extrémité d'un tube en acier dans le plus haut caisson du vernier.

Il présenta dans le foyer un allume-gaz électrique à tige d'aluminium. Une petite flamme apparut. Il la régla en ajustant le mélange d'oxygène et d'hydrogène qui alimentait le chalumeau. La flamme grandit et commença à chauffer la base d'un gros cône en platine situé juste au-dessus d'elle.

Au sommet de ce cône aboutissait l'extrémité inférieure du plus long des deux tuyaux qui communiquaient avec l'intérieur de l'enveloppe. A mesure que le cône se réchauffait, l'hydrogène qu'il contenait s'élevait et gagnait, par le plus haut tuyau, les couches supérieures du ballon. Pendant ce temps, l'hydrogène plus froid des couches inférieures, attiré par la différence de pression, redescendait par le petit tuyau et circulait dans le vernier puis, réchauffé par le cône, s'élevait à nouveau, complétant le circuit.

L'un des caissons formant la base de la console était une pile électrique. Il s'agissait d'un dispositif beaucoup plus puissant et léger que la pile Bunsen utilisée par Fergusson dans le roman de Jules Verne. Elle décomposait l'eau en ses deux éléments, l'hydrogène et l'oxygène. Ces deux gaz étaient dirigés vers des caissons séparés, puis dans une « caisse de mélange » qui alimentait le chalumeau.

L'une des modifications apportées par Frigate au dispositif que décrivait Jules Verne consistait à relier directement le caisson contenant l'hydrogène au tuyau court qui communiquait avec le ballon. En ouvrant deux valves, le pilote pouvait disposer, en cas d'urgence, d'un apport supplémentaire d'hydrogène, par exemple pour compenser une perte de gaz due au fonctionnement d'une soupape de sécurité. Mais pendant cette opération, le chalumeau devait rester éteint, pour éviter tout danger d'incendie.

Un quart d'heure s'écoula. Puis, sans le moindre à-coup, la cabine quitta le sol. Frigate éteignit le chalumeau quelques secondes plus tard.

Les cris de la foule en liesse devinrent de plus en plus lointains, puis le silence complet se fit dans la cabine. Par les hublots, ils virent le hangar rapidement réduit à la taille d'une maison de poupée. Le soleil avait fait son apparition au-dessus des montagnes. Bientôt, les pierres à graal tonnèrent comme des canons dans toute la vallée.

– C'est notre salve d'honneur, dit Frigate.

Ils demeurèrent, après cela, longtemps immobiles et silencieux. La double coque, non insonorisée, faisait résonner le silence comme à l'intérieur d'une profonde caverne. Et le moindre gargouillement d'estomac prenait des allures de séisme.

Une légère brise s'était levée, qui poussait le ballon vers le sud, dans la direction opposée à celle de leur objectif. Pogaas passa la tête par l'un des hublots ouverts. Il n'éprouva aucune sensation de mouvement, car l'aérostat se déplaçait à la même vitesse que le vent. La masse d'air qui l'entourait était aussi immobile que dans une chambre close. La flamme d'une bougie posée au sommet du vernier aurait brûlé sans vaciller.

Ce n'était pas la première fois que Frigate montait en

ballon. Pourtant, comme dans les occasions précédentes, il se sentait grisé, durant les premières minutes de vol, à un degré que ne pouvait égaler aucune autre sorte de sport, pas même le vol à voile. Il avait l'impression de n'être plus qu'un esprit désincarné, libéré des chaînes de la pesanteur en même temps que des contraintes et des soucis du corps et de l'âme.

C'était une illusion, bien sûr, car le ballon se trouvait bel et bien aux prises avec la pesanteur – sans mentionner la gravité de la situation – qui était prête, d'un moment à l'autre, à le projeter d'un seul coup de batte dans n'importe quel azimut. Quant aux contraintes et aux soucis, ils ne lui accordaient pas beaucoup de répit. Le corps et l'esprit étaient souvent mis à contribution.

Frigate s'ébroua comme un gros chien qui sort de l'eau et se concentra de nouveau sur les tâches de pilotage qui, à bord d'un ballon, demandent une attention constante. Il jeta un coup d'œil à l'altimètre. Ils se trouvaient à six mille pieds, c'est-à-dire 1 800 m environ. Le variomètre, ou indicateur de vitesse ascensionnelle, montrait qu'ils s'élevaient de plus en plus rapidement, les rayons du soleil contribuant à réchauffer l'hydrogène. Après s'être assuré que les caissons d'oxygène et d'hydrogène étaient bien remplis, Frigate déconnecta la pile. Pour le moment, il n'avait plus rien d'autre à faire que surveiller l'altimètre et le variomètre.

Les montagnes qui encaissaient la vallée commençaient à se rapprocher l'une de l'autre. Leurs versants moirés étaient parsemés de taches de lichen tirant sur le gris, le vert ou le bleu foncé. Les brumes qui flottaient au-dessus du Fleuve étaient en train de se disperser comme des souris qui viennent d'apprendre la présence d'un chat dans le voisinage.

Ils étaient poussés vers le sud à une allure de plus en plus grande.

– Nous perdons du terrain, murmura Frisco.

Mais il ne disait cela que pour fournir un exutoire à sa tension nerveuse. Les ballons d'essai avaient prouvé que les courants stratosphériques les porteraient vers le nord-est.

– Dernière occasion d'allumer une cigarette, annonça Frigate.

Tout le monde fuma à l'exception de Nur. En principe,

à bord des ballons à hydrogène, il était toujours interdit de fumer. Cependant, le *Jules Verne* étant muni d'un chalumeau, il était ridicule de se priver de fumer, tout au moins à basse altitude.

Ils apercevaient maintenant non pas une, mais plusieurs vallées parallèles qui se succédaient à perte de vue. Le spectacle était fascinant. D'un côté, ils voyaient toutes les portions de vallées – de profonds cañons en réalité – qu'ils avaient laborieusement remontées pendant des années à bord du *Razzle Dazzle*. Mais le ballon continuait à s'élever de plus en plus vite et l'horizon se mettait à fuir comme s'il était pris de panique. Frigate et Rider avaient assisté, sur la Terre, à ce phénomène. Mais pour les autres, c'était assurément quelque chose de stupéfiant.

Pogaas prononça plusieurs mots en swazi. Nur murmura :

– On dirait que Dieu déploie le monde comme une nappe.

Frigate fit verrouiller tous les hublots. Il mit en marche les distributeurs d'oxygène et le ventilateur chargé d'aspirer l'anhydride carbonique pour le fixer sur un matériau absorbant.

A seize mille mètres d'altitude, le *Jules Verne* pénétra dans la tropopause, qui marque la séparation entre la troposphère et la stratosphère. La température à l'extérieur de la cabine était de moins soixante-treize degrés Celsius.

Ils trouvèrent enfin le courant contraire qui, en s'emparant de l'aérostat, lui imprima un léger mouvement de rotation. A partir de là, à moins de rencontrer encore un courant allant dans la direction opposée, ils allaient avoir l'impression d'être sur un manège au ralenti.

Nur remplaça Frigate au poste de pilotage. Puis ce fut le tour de Pogaas et ensuite de Rider. Quand Farrington relaya ce dernier, il parut reprendre un peu de son assurance. Le fait d'être aux commandes le tranquillisait. Frigate se souvint de la manière dont Frisco avait décrit, dans un de ses livres, l'exultation farouche qui s'était emparée de lui lorsque, à l'âge de dix-sept ans, on lui avait permis de gouverner un schooner en pleine tempête. Après avoir observé durant quelques minutes son comportement à la roue, le capitaine s'était retiré dans l'entrepont. Farrington était demeuré seul en haut, tenant entre ses mains la sécurité du navire et celle de son équipage. Cela lui avait procuré un sentiment d'extase indicible, jamais égalé par la suite au cours de toute une existence riche en périls et aventures de toutes sortes.

Cependant, lorsque Frigate vint prendre la relève, il perdit son sourire et redevint aussi nerveux qu'avant.

Le soleil continuait à monter et le *Jules Verne* aussi. Le ballon approchait de son altitude d'équilibre statique, ce qui signifiait que la promenade était terminée. Comme il n'y avait pas d'ouverture à la base de l'enveloppe, contrairement à ce qui était prévu dans la plupart des ballons libres, le *Jules Verne* poursuivrait son ascension jusqu'à ce que l'hydrogène, trop dilaté, fasse tout éclater, et ils redescendraient sur le plancher des vaches avant d'avoir eu le temps de faire *meuh*.

Heureusement, il existait une parade.

Sans quitter des yeux l'altimètre, Frigate fit tourner un volant fixé à l'extrémité supérieure du vernier. Il était relié par un câble à une soupape en bois ménagée dans la partie inférieure du ballon. Quand elle libérait du gaz, le ballon descendait. Si on voulait le faire remonter, il fallait remettre le chalumeau en marche, ou insuffler de l'hydrogène pour compenser la perte de gaz évacué par la soupape.

Le pilote devait faire preuve de grandes qualités de sang-froid et de jugement. Il fallait prévoir la quantité exacte de gaz à évacuer ou à remplacer rapidement sous peine de tomber comme une pierre. Si, malgré les efforts du pilote, le ballon continuait à grimper et l'hydrogène à se dilater, une soupape de sécurité située au pôle supérieur de l'enveloppe libérerait automatiquement du gaz, à condition toutefois que le gel ne l'empêche pas de fonctionner. Mais dans ce cas, le ballon risquait de devenir trop lourd.

En outre, le pilote devait veiller aux brusques différences de température extérieure. Un courant chaud pouvait emporter brusquement le *Jules Verne* au-dessus de sa limite d'équilibre, où un soudain refroidissement le ferait chuter sans merci.

En cas d'urgence, on pouvait toujours larguer quelques sacs de lest, au risque d'amorcer un mouvement de yo-yo. Mais il s'agissait là d'un ultime recours.

Le premier jour passa sans incident notable. Le soleil

déclina peu à peu sur sa course et le *Jules Verne* avait tendance à faire de même à mesure que son hydrogène se refroidissait. Le pilote, de temps à autre, faisait marcher le chalumeau pour maintenir l'aérostat au niveau de la tropopause. Quant au reste de l'équipage, soigneusement emmitouflé dans d'épaisses couvertures, il dormait comme il le pouvait.

L'atmosphère qui régnait à l'intérieur de la cabine était particulièrement irréelle. La lumière, très faible, provenait des hublots, éclairés par les constellations nocturnes, et de quelques voyants au-dessus des cadrans du vernier. La coque creuse amplifiait démesurément le moindre bruit : une main heurtant le plancher lorsque quelqu'un se retournait dans son sommeil; Pogaas qui rêvait à haute voix en swazi; Frisco qui grinçait des dents; Rider qui ronflait doucement; le ventilateur qui ronronnait.

Lorsque Frigate ralluma le chalumeau, l'explosion initiale puis le ronflement de la flamme firent sursauter tous les dormeurs. Ce fut ensuite son tour de se blottir sous les couvertures et de s'endormir tant bien que mal pour rêver qu'il tombait.

L'aube pointa. Ils se levèrent l'un après l'autre pour se servir des W.-C. chimiques. Ils burent du café ou du thé instantanés et firent un léger repas à base de rations économisées sur les graals et agrémentées de pain de glands et de poisson séché. Les déchets des toilettes ne furent pas évacués à l'extérieur. A cette altitude, ouvrir un hublot risquait de dépressuriser la cabine, et toute perte de poids pouvait contribuer à augmenter la force ascensionnelle de l'aérostat.

Frisco Kid, dont l'œil était le plus exercé pour évaluer leur vitesse-sol, estima qu'ils filaient cinquante nœuds au moins.

Vers midi, ils furent pris dans un courant qui les repoussa vers le sud durant plusieurs heures. Puis ils retrouvèrent la direction du nord-est, mais trois heures plus tard le même courant les fit de nouveau régresser vers le sud.

– Si ça continue comme ça, nous allons tourner en rond éternellement, dit Frigate. Je ne comprends pas du tout ce qui se passe.

Tard dans la soirée, ils rencontrèrent un courant favorable. Frigate était d'avis de descendre le plus possible. Ils se trouvaient suffisamment au nord pour espérer tomber sur des vents de surface à dominante nord-est.

Ils n'utilisèrent plus le chalumeau. Le gaz se refroidit lentement. Le *Jules Verne*, toujours porté dans la bonne direction, descendit lentement, puis de plus en plus vite. Nur fut obligé de rallumer le chalumeau quelques minutes pour freiner leur chute. A treize mille mètres d'altitude, le vent faiblit, puis les fit repartir dans la direction opposée, non sans imprimer au ballon un mouvement de rotation en sens inverse du précédent. Nur descendit jusqu'à deux mille mètres au-dessus de la cime des montagnes. Ils coupaient maintenant obliquement les vallées, orientées nord-sud dans cette région.

– Nous sommes dans la bonne direction ! s'écria Frigate d'un ton réjoui.

Le troisième jour, sur le coup de midi, ils se laissèrent porter par un bon vent de vingt-cinq kilomètres à l'heure. Aucun autre ballon n'aurait pu accomplir l'exploit de monter dans la stratosphère puis de redescendre chercher les courants de surface en conservant suffisamment d'hydrogène pour continuer son voyage.

Ils ouvrirent les hublots pour laisser pénétrer un peu d'air frais. Les mouvements du ballon, ainsi que les différences de pression, leur donnaient le mal de l'air. Ils étaient obligés de déglutir sans cesse pour soulager leurs tympans endoloris. A la tombée de la nuit, le vent faiblit considérablement.

Le lendemain, vers le milieu de l'après-midi, ils furent surpris par une violente tempête. Farrington se trouvait au poste de pilotage lorsque les nuées noires au-dessous d'eux semblèrent se porter subitement à leur rencontre. A un moment, ils dominaient l'orage, à une altitude apparemment suffisante. Des filaments gris montaient dans leur direction comme les tentacules d'une pieuvre. Puis, l'instant d'après, le corps de la pieuvre lui-même se hissa vers eux et ils furent environnés de ténèbres zébrées d'éclairs. En même temps, ils se mirent à tournoyer comme des puces à l'intérieur d'une toupie.

– Nous tombons, déclara calmement Frisco.

Le chalumeau était poussé à fond. Il fallut jeter un sac de lest, mais le ballon continuait de chuter comme une pierre. Les éclairs éclataient de toutes parts, illuminant la cabine d'une lumière qui verdissait leurs visages. Le tonnerre résonnait, assourdissant, dans la chambre d'échos formée par la coque. La pluie s'engouffrait par les hublots, inondant le pont, ajoutant au poids de la cabine.

– Verrouillez les hublots ! Tom et Nur, larguez un sac de lest N° 3 !

Ils obéirent promptement. Ils se sentaient légers, comme si la cabine tombait si vite que leurs pieds décollaient du plancher.

Un éclair encore plus rapproché que les autres illumina leurs visages angoissés. Ils aperçurent la roche noire, le sommet de la montagne qui se précipitait sur eux.

– Deux sacs N° 1 !

Nur regarda par le hublot et déclara d'une voix forte mais imperturbable :

– Nous tombons presque aussi vite qu'eux.

– Deux autres sacs N° 1 !

Un nouvel éclair fendit l'air.

– On n'y arrivera jamais ! s'écria Farrington. Deux autres sacs N° 1 ! Parez à vider tout le lest !

Le flanc de la nacelle racla le bord de la falaise. Les occupants de la cabine furent projetés les uns sur les autres. Ils commençaient à peine à se relever lorsque les suspentes du filet, momentanément soulagées du poids de la cabine, se tendirent à nouveau. Ils retombèrent pêle-mêle au milieu du plancher. Par bonheur, les suspentes avaient tenu bon.

Ignorant leurs blessures, ils se précipitèrent pour regarder par les hublots. Partout, l'obscurité régnait, à l'exception du faible éclairage de bord. Un nouvel éclair leur montra la paroi montagneuse, dangereusement proche. Le courant descendant continuait à rabattre l'aérostat et déjà les cimes hérissées des arbres à fer géants venaient à leur rencontre comme autant de javelots dressés.

Farrington avait éteint le chalumeau. Il ne servait plus à rien à ce stade et la collision avec la montagne avait peut-être endommagé les tuyaux de plastique. Si c'était le cas, la moindre étincelle risquait de tout embraser.

– Larguez tout le lest ! hurla-t-il.

Ils étaient sortis des nuages. L'obscurité s'était transformée en grisaille. Cependant, ils y voyaient assez pour discerner les hautes branches des arbres qui défilaient sous eux.

Frisco quitta momentanément son poste pour aider les autres à se défaire du lest et des provisions d'eau. Mais avant qu'ils aient eu le temps de jeter quoi que ce soit, la cabine heurta les frondaisons géantes d'un arbre à fer. De nouveau, ils furent projetés les uns sur les autres. Epouvantés et impuissants, ils entendirent des craquements sinistres. Mais les branches tinrent bon. Elles plièrent puis se raidirent, projetant la cabine contre l'enveloppe gonflée à bloc.

La cabine rebondit contre le ballon puis fut de nouveau prisonnière des branches flexibles mais incassables. Ses occupants étaient secoués comme autant de dés à l'intérieur d'un gobelet.

Frigate se sentait brisé, meurtri, assommé. Cependant, il demeurait assez lucide pour songer avant tout au traitement que devaient être en train de subir les tuyaux de plastique violemment secoués entre l'enveloppe et la cabine.

Mon Dieu... si jamais... si les tuyaux sont arrachés... si l'extrémité d'une branche transperce le ballon... la cabine tombera... à moins que les branches ne la retiennent, ou que le filet ne s'accroche...

Pourtant, oui, la cabine était en train de s'élever à nouveau.

Le ballon allait-il pouvoir se dégager ? Mais serait-ce pour être précipité contre la montagne, où les arêtes vives risquaient de crever l'enveloppe, ou bien en direction du Fleuve ?

66

Au plus fort de l'orage, le dirigeable surgit des montagnes du Nord. Par intermittence, les éclairs embrasaient le ciel. Le radar, balayant la vallée, les cimes des arbres et les crêtes rocheuses, était centré sur le grand navire à aubes. Les détecteurs passifs indiquaient que les radars du navire n'étaient pas en fonctionnement. Après tout, c'était naturel, puisque le navire était à quai et qu'aucun ennemi n'était attendu.

Les grands panneaux s'ouvrirent dans le flanc du dirigeable. L'hélicoptère, sur sa plate-forme, commença à faire tourner son rotor. A l'intérieur, le commando était composé de trente et un hommes. Boynton se trouvait aux commandes et Bergerac était assis à côté de lui. A l'arrière, les soutes étaient bourrées d'armes et de caisses d'explosifs.

Dès que les moteurs furent chauds, Boynton donna le signal. Szentes, le premier maître chargé de la manœuvre, décrocha le téléphone pour avoir les informations de dernière minute sur l'état du vent. Puis il agita de bas en haut un petit drapeau. Autorisation de décoller !

L'hélicoptère s'éleva de la plate-forme à l'intérieur de l'immense hangar, se déplaça vers l'ouverture béante et demeura un instant en suspens au-dessus du vide, son pare-brise et les pointes de son rotor reflétant la lumière des projecteurs du hangar. Puis il tomba comme une pierre. Cyrano, en levant la tête, vit par le pare-brise l'imposante masse du dirigeable se fondre dans les nuages avant de disparaître entièrement.

Quelques minutes après leur départ, un petit planeur biplace quitterait le *Parseval* à son tour, avec Bob Winkelmeyer pour pilote et James McParlan pour passager. Winkelmeyer était un ancien de West Point. Il avait trouvé la mort au cours de la Deuxième Guerre mondiale pendant un vol de reconnaissance au-dessus d'une île située au nord de l'Australie. Un avion nippon l'avait descendu en flammes. Quant à McParlan, on avait beaucoup parlé de lui dans les années 1870. Détective appartenant à la fameuse agence Pinkerton, il avait réussi à s'infiltrer dans les Molly Maguires, organisation secrète terroriste composée de mineurs de Pennsylvanie d'origine irlandaise. Sous le nom de James McKenna, il s'était introduit jusqu'au cœur de la bande, risquant sa vie à plusieurs reprises. A la suite de son action, les Maguires furent arrêtés au complet; dix-neuf d'entre eux furent pendus et les propriétaires des mines de charbon purent continuer à exploiter leurs ouvriers.

Winkelmeyer et McParlan devaient se poser sur le Fleuve puis saborder leur planeur. Par la suite, dès qu'ils en auraient l'occasion, ils se feraient enrôler à bord du *Rex*. Il y aurait certainement des places disponibles, car il était douteux que le commando pût réussir son coup sans qu'il y eût de morts.

Sam Clemens leur avait dit par radio :

— Ainsi, Jean le Pourri n'aura pas le monopole des agents secrets. Arrivez jusqu'à lui, les gars. Captez sa confiance. Au cas où le commando échouerait, bien sûr. J'espère que vous n'aurez pas besoin de vous fatiguer. Mais deux précautions valent mieux qu'une. Je connais le personnage, croyez-moi. Il est aussi insaisissable qu'une anguille dans une mer d'huile. S'il en réchappe, mêlez-vous à son équipage. Et quand viendra l'heure de l'Armageddon, faites-lui sauter son navire. Ce sera comme si Gabriel avait placé en Enfer deux anges à lui déguisés en démons.

L'hélicoptère plongea dans les nuages. Les éclairs fendaient la voûte du monde, telle une épée enflammée frappant d'estoc et de taille entre ciel et terre. Le tonnerre grondait. La pluie battait contre le pare-brise, réduisant encore la visibilité. Mais le radar de bord avait repéré le navire. Deux minutes plus tard, ils virent briller faiblement les lumières de leur objectif.

Boynton fit descendre l'hélico selon un angle de quarante-cinq degrés. Arrivé au-dessus du Fleuve, à un mètre de la surface, il fonça, dans la nuit zébrée d'éclairs, en direction du grand bâtiment dont les ponts et la timonerie étaient illuminés.

Abruptement, l'hélico reprit de la hauteur, descendit à la verticale du pont d'envol, demeura quelques secondes en suspens et se posa brusquement. Il rebondit une fois sur le pont, puis s'immobilisa. Son rotor fendait l'air en sifflant. Il commençait à peine à ralentir lorsque les panneaux s'ouvrirent en grand.

Bergerac fut le premier sur le pont. Boynton, de l'autre côté, aidait ses hommes à descendre. Quelqu'un leur passait en même temps les armes et les explosifs.

Cyrano leva les yeux vers la timonerie. Jusqu'à présent, ils n'avaient vu personne à bord. L'alarme n'avait pas encore été donnée. Ils ne s'attendaient pas à une telle chance. Si incroyable que cela pût paraître, aucune sentinelle n'avait été postée. Ou, s'il y en avait une, elle n'avait rien remarqué d'anormal. Mais sans doute se sentaient-ils en sécurité dans cette région. La plus grande partie de l'équipage devait être à terre. Et les sentinelles s'étaient peut-être endormies, d'avoir trop ripaillé ou fait l'amour.

Cyrano prit son pistolet Mark IV à la main et caressa le pommeau de son épée. « Suivez-moi ! » cria-t-il. Cinq hommes lui emboîtèrent le pas. Deux autres groupes coururent chacun vers son objectif. Boynton resta dans l'hélico, prêt à remettre le moteur en marche lorsque ce serait nécessaire.

Le pont d'envol était une extension de la partie supérieure du « texas ». Le groupe du Français courut vers la timonerie en faisant résonner sourdement les planches de chêne sur son passage. Arrivé à l'entrée du deuxième niveau de la timonerie, Cyrano s'arrêta. Quelqu'un avait passé la tête par un hublot situé au-dessus de lui et hurlait quelque chose. Cyrano l'ignora et fonça dans le passage. Il grimpa aux barreaux d'une échelle de fer. Une détonation retentit. Cyrano regarda au-dessous de lui par-dessus son épaule.

— Personne n'est touché ? cria-t-il.
— La balle m'a frôlé ! répondit Cogswell.

Au-dessus d'eux, les sonneries d'alarme s'étaient déchaînées. Une sirène mugissait dans une autre partie du navire. On entendit quelques coups de feu lointains.

Le deuxième niveau se présentait sous la forme d'une coursive brillamment éclairée où s'alignaient les cabines qui, normalement, abritaient les officiers supérieurs et leurs femmes. En principe, Jean sans Terre devait occuper la cabine située sur la gauche, juste au-dessous de l'échelle qui conduisait à la passerelle ou au poste de pilotage. Clemens se l'était réservée, car c'était la plus grande, et il était probable que le roi Jean avait pris la suite.

Il y avait quatre portes de chaque côté de la coursive. Au moment où Cyrano s'y engouffra, une porte s'ouvrit et un homme passa la tête. Cyrano leva son pistolet. La porte se referma en claquant.

Promptement, suivant un plan minutieusement préparé, chacun des six hommes sortit un objet de sa ceinture. Il s'agissait de courtes barres en duralumin, munies à chaque extrémité de longues et solides pointes en acier. L'atelier du *Parseval* les leur avait remises à peine une heure auparavant. Deux des hommes de Cyrano en détenaient une seconde. Enfoncées à coups de marteau dans le chambranle et les portes en chêne massif, elles étaient censées empêcher les occupants des cabines de sortir pendant quelque temps, suffisamment longtemps, si tout se passait comme prévu, pour que le roi Jean et ses ravisseurs soient déjà loin.

Des cris fusèrent de l'intérieur des cabines. Quelqu'un essaya de pousser de toutes ses forces la porte que Cogswell était en train de clouer. Celui-ci laissa tomber son marteau, sortit son pistolet et tira dans l'ouverture sans viser. La porte se referma aussitôt et Cogswell acheva rapidement son travail.

Jean avait dû être informé le premier, par l'interphone, que le navire était attaqué. Mais il n'avait certainement pas eu besoin d'entendre le coup de feu pour savoir que les assaillants étaient devant sa porte.

Trois hommes du commando étaient chargés d'attaquer la timonerie par l'accès principal. Mais... ah, oui ! Un des gardes montrait sa tête. Il se tenait, indécis, en haut de la descente qui menait au second niveau. Il tenait à deux mains un lourd pistolet de calibre 69. Il ne portait pas de cuirasse.

Détestant ce qu'il allait faire, Cyrano visa et tira.

– *Peste ! Quelle merde* (1) *!*

Il l'avait raté, mais le projectile en plastique s'était écrasé contre la cloison à côté de sa tête. Il avait dû recevoir des éclats, car il poussa un hurlement, lâchant son pistolet et portant ses deux mains à son visage.

Tant mieux, se dit Cyrano, qui détestait les armes à feu et n'avait jamais été bon tireur. Si l'homme était hors de combat pour quelques minutes, cela suffisait amplement.

Les cris venaient maintenant du poste de pilotage. Cela signifiait que les trois hommes étaient à l'intérieur et qu'ils occuperaient la garde pendant un bon moment.

Cyrano se tourna vers la porte de la cabine où devait se trouver le roi Jean. Inutile de demander à son occupant de sortir les mains en l'air. L'ex-monarque d'Angleterre et

---

(1) En français dans le texte. (N.d.T.)

d'une bonne partie de la France avait d'innombrables défauts, mais il était loin d'être lâche.

Naturellement, il n'était peut-être pas là ce soir. Rien ne disait qu'il n'était pas descendu à terre pour festoyer et courir les jupons. Cependant, un sourire tordit les lèvres de Cyrano lorsque, plaqué contre la cloison, il essaya d'ouvrir la cabine.

La poignée était bloquée. Le capitaine était chez lui, mais il ne voulait recevoir personne.

Une voix cria, de l'intérieur, en espéranto :
— Que se passe-t-il ?

Le sourire de Cyrano s'élargit. C'était bien la voix de baryton du monarque.

— On nous attaque, capitaine ! cria le Français en contrefaisant sa voix.

Il attendit quelques secondes. Peut-être Jean allait-il tomber dans son piège et ouvrir la porte en pensant qu'il s'agissait d'un de ses hommes.

Une détonation retentit, accompagnée d'une balle qui l'aurait immanquablement transpercé s'il s'était tenu devant la porte. Et il ne s'agissait pas d'un projectile en plastique, cette fois-ci, mais d'un plomb de bonne taille.

Cyrano fit signe à l'un de ses hommes qui s'approcha avec une charge d'explosif. Sheehan s'agenouilla devant la porte pour plaquer le plastic contre la serrure et les gonds.

Jean le Rusé fit feu une seconde fois. Il avait visé bas. La balle atteignit Sheehan en plein front. Il bascula en arrière et demeura figé, la bouche ouverte et les yeux vitreux.

— *Quel dommage !* fit Cyrano. Sheehan était un brave garçon. Quel dommage en vérité que son oraison funèbre dût se limiter à ces deux mots prononcés en français ! Tout de même, il n'aurait jamais dû avoir l'imprudence de se mettre dans la ligne de tir du roi Jean.

Cogswell rampa jusqu'au cadavre pour récupérer le câble et la batterie. Sheehan avait eu le temps de glisser le détonateur dans le plastic et leur faisait gagner ainsi quelques précieuses secondes. Tout était minuté étroitement. La réussite de la mission tenait à peu de chose.

Cogswell recula en déroulant le câble. Cyrano s'aplatit contre la cloison, détourna la tête et se boucha les oreilles tout en ouvrant la bouche.

Il imaginait Cogswell en train de relier un fil à une

borne de la batterie, puis mettant l'autre fil en contact avec la deuxième borne.

L'explosion le fit sursauter et l'assourdit malgré ses précautions. Des nuages de fumée âcre envahirent la coursive. En toussant, il chercha à tâtons l'entrée de la cabine, devina plus qu'il ne vit la porte arrachée de ses gonds écrasant à moitié le cadavre de Sheehan. D'un bond, il se rua à l'intérieur.

Il avait plongé au sol et s'était aussitôt laissé rouler de côté, manœuvre rendue malaisée par la rapière qui pendait à sa ceinture dans son fourreau.

Il sentit quelque chose qui devait être un pied de lit. Au-dessus de sa tête, une femme hurlait d'une voix suraiguë. Mais où était donc Jean sans Terre ?

Une détonation assourdissante retentit alors. A travers la fumée, Cyrano aperçut l'éclair et bondit dans cette direction. Ses mains agrippèrent un flanc nu, masculin, mais sa proie lui échappa en roulant vers l'autre côté du lit. Il y eut un choc sourd, un cri; un bras battit l'air et frappa mollement le crâne de Cyrano, sans lui faire de mal. Puis le bras retomba.

Cyrano était déjà sur l'homme et il avait sorti sa dague. Appuyant la pointe de l'arme contre la jugulaire de son adversaire, il murmura d'une voix rauque :

— Un seul geste et je t'égorge !

Mais il n'obtint pas de réponse. L'autre était-il paralysé par la terreur ? Faisait-il seulement semblant ?

La main libre de Cyrano remonta une épaule, le cou, la nuque. Toujours pas de réaction. Ah ! Il sentait quelque chose de poisseux couler entre ses doigts. Le roi Jean – si c'était bien lui – avait dû s'assommer en tombant contre un coin du lit.

Cyrano se mit debout, chercha son chemin à tâtons et trouva l'interrupteur. La cabine s'illumina. L'intérieur était luxueux, selon les critères du Monde du Fleuve. La fumée commençait à se dissiper, révélant une très jolie et très dévêtue jeune femme à genoux au milieu du lit. Elle avait cessé de hurler et le regardait de ses grands yeux bleus hagards.

— Rentrez sous les couvertures, *mademoiselle*, et ne bougez plus. Savinien de Bergerac ne fait pas la guerre aux femmes, à moins qu'elles n'essayent de le tuer.

L'homme inerte au pied du lit était petit mais râblé et sa chevelure blonde avait des reflets fauves. Ses yeux étaient ouverts. Ses lèvres remuaient et il en sortait des sons indistincts. D'ici quelques secondes, il allait reprendre connaissance.

Cyrano se tourna alors vers l'entrée de la cabine et comprit aussitôt pourquoi Jean avait tiré tout à l'heure. Hoijes, un de ses cinq hommes, gisait au sol, une partie du torse arrachée.

– *Mordioux !*

Il avait dû le suivre immédiatement après l'explosion. Et Jean, voyant se détacher sa silhouette sur le fond éclairé de la coursive, avait fait feu. Cyrano avait eu juste le temps de passer en profitant de l'écran de fumée.

Il avait perdu jusque-là deux de ses meilleurs hommes. Sans doute y avait-il d'autres victimes. Leurs corps seraient abandonnés sur place, car il faudrait se replier le plus vite possible.

Mais où étaient les autres ? Pourquoi ne l'avaient-ils pas suivi dans la cabine ?

Ah ! Cogswell et Propp arrivaient enfin !

Quelque chose de dur le heurta soudain, le souleva et le projeta contre une cloison. Il retomba à plat ventre et demeura groggy, les oreilles vibrantes, la tête comprimée, dilatée, comprimée, dilatée, comme un accordéon. De nouvelles bouffées de fumée noire s'engouffraient dans la cabine en lui piquant les yeux et en le faisant tousser violemment.

Il lui fallut un certain temps pour se mettre à genoux, et encore plus longtemps pour se redresser totalement. Il comprit qu'une bombe avait fait explosion dans la coursive. Lancée par quelqu'un du haut du poste de pilotage ?

Celui qui avait fait cela, en tout cas, avait réussi à tuer Propp et Cogswell. Et il avait aussi failli, par la même occasion, occire Savinien de Cyrano de Bergerac.

Jean avait entre-temps repris connaissance. A genoux, il oscillait, hagard, de droite à gauche, et toussait misérablement. Il avait un pistolet à portée de la main, mais il n'avait pas l'air de le savoir.

Ah ! Le fourbe tendait la main pour en saisir la crosse !

N'ayant plus ni poignard ni pistolet, Cyrano dégaina son épée. Il fit un pas en avant et abattit comme une matraque la lame triangulaire sur la nuque de Jean. Celui-ci s'affaissa visage contre terre et demeura inerte.

La jeune femme, à plat ventre sur le lit, tremblait comme une feuille et se bouchait les oreilles.

Cyrano, chancelant, traversa en toussant le nuage de fumée. Il trébucha sur le cadavre de Propp et se rattrapa au chambranle déchiqueté. Son ouïe recommençait à fonctionner, mais la fusillade dans la coursive semblait encore lointaine. Il s'agenouilla et passa prudemment la tête. La fumée montait, attirée par l'appel d'air qui s'était créé dans le poste de pilotage, en haut de l'échelle. Il y avait un cadavre au pied de celle-ci. Peut-être s'agissait-il de celui qui avait jeté la bombe. Au bout de la coursive, deux hommes, accroupis, couvraient de leurs armes l'entrée du poste de pilotage. Ils faisaient partie du commando. C'étaient Velkas et Sturtevant.

Deux autres hommes, le visage noirci par la fumée, apparurent en haut de l'échelle et commencèrent à descendre. C'étaient Reagan et Song, deux autres membres du commando. Ils avaient dû finir de nettoyer la timonerie et descendaient leur prêter main-forte. Ils n'étaient pas de trop !

Cyrano se montra et leur fit signe de se dépêcher. Ils lui crièrent quelque chose qu'il n'entendit pas. La bombe avait dû être très puissante. Elle avait ravagé la coursive.

Reagan et Song entrèrent dans la cabine et soulevèrent Jean, toujours inconscient. Cyrano les suivit tout en rengainant son épée et en chargeant ses pistolets. La femme se cachait toujours la figure sous les couvertures en se bouchant les oreilles. Elle préférait faire l'autruche.

En sortant de la cabine, il constata que Sturtevant et Velkas avaient disparu. Sans doute les précédaient-ils pour leur ouvrir la voie jusqu'à l'hélicoptère. Reagan et Song, traînant le roi chacun par une épaule, étaient presque à l'extrémité de la coursive.

Velkas reparut et cria quelque chose. Cyrano, tout en continuant à marcher, fit signe qu'il n'entendait pas. Velkas se rapprocha et parvint à se faire comprendre en hurlant à son oreille. Les hommes de Jean avaient pris le contrôle d'une mitrailleuse à vapeur. Mais de la cabine du roi, on pouvait les prendre à revers.

Ils coururent jusqu'au hublot. Sur leur droite se trouvait

une petite plate-forme qui surplombait l'extrémité du pont de manœuvre. On apercevait une partie du canon de l'arme et deux servants derrière le bouclier de protection. Ils étaient en train de faire pivoter la mitrailleuse pour la pointer sur l'hélico.

Sturtevant et les deux hommes qui traînaient Jean venaient de déboucher sur le pont. Eux aussi allaient se trouver dans la ligne de tir de la mitrailleuse.

Cyrano ouvrit grand le hublot, assura son pistolet sur l'appui métallique et tira. Une seconde plus tard, le pistolet de Velkas partit à son oreille, en l'assourdissant encore plus.

Ils vidèrent leurs pistolets. A cette distance, il ne fallait pas compter sur une grande précision. Leurs Mark IV étaient munis de précieuses balles en plomb, mais la charge requise pour propulser des projectiles d'un si gros calibre causait un énorme recul. En outre, il fallait tenir compte du vent, même s'il était faible.

Les deux premières volées restèrent sans effet. Puis l'un des mitrailleurs, touché, s'écroula. L'autre le remplaça pour tomber quelques secondes plus tard. Ni l'un ni l'autre n'avaient peut-être été directement atteints. Les balles avaient pu ricocher sur le bouclier. N'importe comment, le résultat était le même.

Sturtevant et les deux hommes qui transportaient Jean étaient à mi-chemin de l'hélico. Le rotor tournait, mais Cyrano ne l'entendait pas. Même si son ouïe était brusquement redevenue normale, le bruit des sirènes d'alarme aurait couvert tout le reste.

Cyrano agrippa le bras de Velkas et lui cria, dans le trou de l'oreille, de se rendre maître de la mitrailleuse et de tirer sur tous ceux qui tenteraient de s'approcher. Il désigna un groupe d'hommes armés qui venaient de déboucher sur le pont à l'extrémité opposée.

Velkas courut exécuter ses ordres.

Cyrano pencha de nouveau la tête par le hublot. Les groupes chargés de faire sauter les moteurs des roues à aubes et les soutes aux munitions ne s'étaient pas encore manifestés. Ils avaient peut-être été interceptés par les défenseurs du navire, ou bien ils n'avaient pas fini.

Il monta jusqu'au poste de pilotage. Trois cadavres gisaient sur le plancher. Deux hommes à Jean et un du commando. Les lumières de la timonerie jetaient des lueurs blafardes sur leurs visages gris, leurs yeux vitreux et leurs bouches béantes.

Il débrancha les sirènes d'alarme et regarda par les grandes baies vitrées. Les ponts étaient déserts. Il y avait un mort au pied de l'échelle qui conduisait à la timonerie et plusieurs à proximité de la proue.

Le navire était accosté le long d'un appontement bien éclairé, beaucoup plus grand et solide que ceux que l'on pouvait trouver habituellement sur les rives du Fleuve. Peut-être était-ce l'équipage du *Rex* qui l'avait construit, si le roi Jean avait décidé de faire une longue escale. Peut-être y avait-il des avaries à réparer.

Quelle importance ? La seule chose qui comptait, c'était que le commando avait eu la chance de ne trouver personne à bord à part quelques officiers et hommes de garde. Et surtout – mais ce n'était pas de chance pour l'intéressé – que le roi Jean avait décidé de passer la nuit dans sa cabine.

Les riverains, tirés du lit par le vacarme, commençaient à accourir. Ils sortaient par grappes des habitations de la plaine et des fortins entourés de palissades. Cyrano braqua les projecteurs du navire sur l'appontement où déjà quelques groupes étaient arrivés. Il y avait parmi eux plusieurs membres de l'équipage, car ils brandissaient des armes de métal.

Bien que la chose ne fût pas prévue, Cyrano eut l'idée d'éloigner le navire de l'appontement. Cela pouvait leur faire gagner de précieuses minutes. Il s'assit dans le siège de pilotage, appuya sur plusieurs boutons et sourit de satisfaction en voyant s'allumer les voyants correspondants. Il avait craint que, par mesure de sécurité, pour éviter qu'on lui vole son navire comme il l'avait volé, le roi Jean n'ait fait déconnecter les commandes pour la durée de son séjour à quai.

Il pria pour que le commando ne fasse pas sauter les moteurs tout de suite. Si le navire s'immobilisait maintenant, ceux du quai auraient le temps de leur couper l'accès de l'hélicoptère.

Pas le temps de larguer les amarres. Tant pis. La puissance des moteurs électriques était immense.

Il tira en arrière les deux leviers de métal, un pour

chaque moteur, et les roues à aubes commencèrent à tourner, lentement d'abord, trop lentement pour arracher les amarres. Puis il mit toute la puissance.

Les amarres étaient tendues au maximum; mais au lieu de céder, elles arrachèrent les madriers qui les retenaient.

Pendant quelques instants, les pilotis résistèrent. Les gens qui accouraient sur l'appontement se jetèrent à l'eau ou essayèrent de franchir d'un bond la distance qui les séparait du navire. Puis, dans un fracas qui couvrit momentanément les cris et les fusillades à bord du *Rex*, l'appontement s'écroula.

La plus grande partie de la foule fut précipitée à l'eau. Cyrano vit un homme accomplir un bond incroyable et se retrouver, sans tomber, sur le pont du navire.

En marche arrière, le *Rex* prenait de la vitesse et s'éloignait de la rive en traînant derrière lui les poutres au bout de leurs solides amarres. Cyrano éclata de rire en appuyant plusieurs fois, de la paume de la main gauche, sur un bouton du panneau de bord. Les sifflets à vapeur mugirent pour narguer ceux qui étaient à l'eau ou qui les regardaient de la rive.

– Qu'est-ce que tu dis de ça, hein, Jean! hurla-t-il. Non seulement tu te fais enlever, mais ton bateau aussi! Juste retour des choses!

Il poussa en avant le levier de tribord et le *Rex* vira en s'orientant dans le sens du courant. Cyrano gagna le milieu du Fleuve et brancha le système de pilotage automatique. Grâce aux radars et aux sonars de bord, le navire resterait à la même distance des rives, à moins de détecter un obstacle, auquel cas il changerait de direction ou donnerait l'alarme.

L'homme qui avait fait le gigantesque bond traversa le pont en courant et disparut bientôt à la vue de Cyrano. Trente secondes plus tard, il reparut en haut de l'échelle qui conduisait au pont supérieur. Il cherchait évidemment à rejoindre la timonerie.

A cet instant, la pluie cessa brusquement.

Cyrano courut s'adosser à l'entrée du poste de pilotage et déchargea son pistolet sur l'homme qui traversait le pont à grandes enjambées. Il plongea pour se mettre à l'abri d'un angle, montra de nouveau la tête puis tira. La seule balle qui ne se perdit pas à des kilomètres vint s'écraser contre une cloison, à mi-hauteur de l'échelle.

Cyrano se tourna vers les baies vitrées. L'hélicoptère était toujours sur le pont de manœuvre. Jean et les trois hommes du commando étaient à l'intérieur. Quatre hommes traversaient le pont en courant en direction du « texas ». Cyrano abaissa le panneau pour les appeler. Il leur expliqua, par gestes, que c'était lui qui avait déplacé le navire. Ils s'arrêtèrent et lui firent signe qu'ils avaient compris. Puis ils retournèrent vers l'hélicoptère.

A l'autre extrémité du pont, quelques hommes de Jean, passant la tête par un panneau d'écoutille, tiraient en direction de l'hélicoptère. Mais ils avaient le vent contre eux et leurs projectiles en plastique de gros calibre ne pouvaient faire grand mal. Cyrano essaya de voir combien ils étaient. Pas plus de trois ou quatre, sans doute.

Il devait y en avoir d'autres au pont inférieur, en train de lutter avec les équipes de sabotage.

Juste au moment où il se disait cela, le navire fut ébranlé par une sourde explosion et un gros nuage de fumée noire obscurcit les hublots de bâbord de la timonerie.

Deux secondes plus tard, une nouvelle explosion retentit, beaucoup plus puissante, mais à tribord. Une partie du pont vola en éclats. Des fragments de toutes sortes retombèrent, certains à proximité de l'hélicoptère. Lorsque la fumée s'éclaircit enfin, Cyrano aperçut un grand trou juste au-dessus de la roue à aubes tribord.

Les lumières s'étaient éteintes puis rallumées quelques secondes après. Les générateurs de secours avaient pris le relais. Le navire, privé de moteurs, commençait à dériver légèrement en direction de la rive droite. Mais il parcourrait peut-être encore des kilomètres avant de s'échouer.

Sturtevant était au pied de l'hélicoptère. Il faisait signe à Cyrano de se dépêcher.

Quatre hommes du commando apparurent à l'extrémité du pont d'envol, à tribord. Deux autres débouchèrent en haut de la descente de bâbord.

Cyrano étouffa un juron. C'était tout ce qu'il restait des équipes de sabotage ?

De petits nuages de fumée apparurent au niveau de l'écoutille où étaient retranchés les hommes qui avaient tiré sur l'hélico. Un des hommes de Cyrano tomba. Les autres se mirent à l'abri et deux d'entre eux, couverts par le tir de deux autres, retournèrent chercher le blessé qu'ils traînèrent vers l'hélicoptère. L'un de ceux-ci tomba et ne put se relever. Son compagnon chargea le blessé sur ses épaules et avança vers l'hélico en titubant sous la charge.

Cyrano courut voir à l'autre extrémité du poste de pilotage. L'homme qui avait fait le bond gigantesque courait sur le pont juste au-dessous de lui. Il n'avait plus son pistolet. A court de munitions, il avait dû s'en débarrasser. Mais il tenait une épée à la main.

L'œil vif de Cyrano capta un mouvement au pied de l'échelle qui reliait le poste de pilotage au pont situé juste en dessous. L'un de ses hommes, qu'il avait cru mort, n'était en réalité que blessé. Il avait dû apercevoir son chef par l'une des baies. Et il lui demandait de l'aide.

Cyrano n'hésita pas une seconde. Les consignes étaient d'abandonner les morts, mais elles ne disaient rien à propos des blessés. De toute manière, il n'en aurait fait qu'à sa tête en de pareilles circonstances. L'hélicoptère, pour l'instant, ne semblait pas courir de danger immédiat. Les défenseurs ne pouvaient arriver jusqu'au pont de manœuvre sans se trouver sous le feu de l'hélicoptère. Naturellement, il valait mieux repartir le plus vite possible, mais le Français ne pouvait tout de même pas abandonner ce blessé.

Il descendit aussi vite que possible, en laissant glisser ses mains le long de l'échelle pour pouvoir sauter plusieurs échelons. Tsoukas s'était redressé, appuyé sur une main, la tête inclinée de côté.

Cyrano lui serra le bras.

— Ne crains rien, mon ami. Je suis à tes côtés.

Tsoukas grogna puis s'affaissa en avant, en crachant une mare de sang.

— *Mordioux!*

Il lui tâta le pouls.

— *Merde alors!*

Le malheureux était mort.

Peut-être les deux autres vivaient-ils encore.

Un rapide examen lui ôta tout espoir.

Cyrano se releva en portant brusquement la main à la crosse de son pistolet, resté dans son étui.

Il voyait arriver cet homme courageux mais importun,

qui semblait à tout prix vouloir en découdre avec lui. Pourquoi n'avait-il pas raté son bond, tout à l'heure ? Il aurait ainsi évité à Cyrano de se donner le mal de le tuer, et lui-même ne s'en serait trouvé que mieux.

— Aïïïe !

Son pistolet était vide. Il avait oublié de le recharger. Il n'avait plus le temps de chercher à en ramasser un sur le pont, appartenant à un mort. En fait, il put à peine dégainer à temps pour empêcher l'audacieux gaillard de l'embrocher.

Boynton attendrait quelques secondes de plus. Sans doute ne lui en faudrait-il pas davantage pour se débarrasser de l'obstacle.

— *En garde !*

Son adversaire était un peu plus court de stature, mais beaucoup plus massif que Cyrano. Alors que le Français avait la minceur d'une rapière, l'inconnu téméraire avait les épaules carrées, le torse puissant et les bras courts et épais. Son visage farouche, aux traits anguleux comme ceux d'un Arabe, ses lèvres épaisses, ses yeux noirs étincelants et son sourire glacial lui donnaient l'aspect d'un corsaire. Il ne portait qu'un pagne de tissu blanc.

Avec ces poignets, songea Cyrano, il était plus fait pour le sabre que pour la rapière — si son adresse était à la hauteur de ses muscles.

Mais avec une rapière, où c'était la rapidité qui comptait plus que la force...

Au bout de quelques secondes, Cyrano comprit qu'il avait sous-estimé son adversaire. Il ignorait ce qu'il valait au sabre; mais jamais il n'avait croisé l'épée avec un bretteur de cette qualité. Chaque attaque, feinte, parade, dégagement, reprise ou redoublement trouvait sa riposte ou contre-riposte immédiate. Heureusement, ce diable d'homme n'avait pas le moindre avantage en rapidité; sinon, il l'aurait peut-être déjà transpercé.

Il devait savoir, cependant, qu'il avait affaire à un maître. Cela ne lui enlevait ni son sourire ni son expression arrogante, mais derrière ce masque farouche devait grandir la certitude que la moindre erreur de jugement, la moindre défaillance pouvaient lui coûter la vie dans la seconde qui suivrait.

Le temps, au demeurant, était du côté de cet homme

tenace. Il n'avait rien d'autre à faire que se battre, nul autre endroit où aller. Pour Cyrano, par contre, chaque seconde comptait. Ceux de l'hélicoptère savaient qu'il était vivant, puisqu'ils l'avaient aperçu dans la timonerie. Mais Boynton ne l'attendrait pas éternellement. S'il ne le voyait pas revenir au bout de quelques minutes, il enverrait peut-être quelqu'un, ou bien il décollerait, pensant qu'il s'était fait tuer au dernier moment.

Ce n'était guère l'instant de songer à ces choses-là, avec le démon qu'il avait en face de lui. Un tel combat risquait de durer longtemps, les assauts se succédant presque en rythme.

Ah! Conscient de cela lui aussi, l'adversaire avait soudain brisé le rythme en question. Une fois celui-ci établi, tout duelliste a tendance à suivre la phase d'armes. L'escrimeur hors pair – ou presque – dont Cyrano n'arrivait pas à se débarrasser avait ralenti légèrement avant de porter un coup droit fulgurant. Il espérait que Cyrano ralentirait aussi et se ferait proprement embrocher. Mais il avait sous-estimé son homme. Cyrano avait mis une fraction de seconde à réaliser le danger et éviter le coup mortel. Mais la pointe de l'épée adverse avait pénétré légèrement le haut de son bras droit.

Il avait fait suivre l'esquive d'une fente qui fut parée, mais incomplètement. L'inconnu s'en tira également avec une légère blessure au bras.

– A vous l'honneur du premier sang, lui dit Cyrano en espéranto. Et ce n'est pas rien, croyez-moi. Personne n'a jamais pu se vanter d'en avoir fait autant.

Il était ridicule de gaspiller un souffle dont il avait désespérément besoin, mais il était curieux comme le chat de gouttière auquel il ressemblait.

– Comment vous appelez-vous ?

L'autre ne répondit pas, bien qu'on pût dire, en un sens, que sa lame parlait pour lui. Et la pointe de son épée était plus acérée que la langue d'une harengère.

– Peut-être avez-vous déjà entendu parler de moi, dit-il. Je me présente : Savinien de Cyrano de Bergerac !

L'homme aux yeux noirs se contenta de sourire encore plus férocement et d'accentuer le rythme de ses assauts. Il n'était pas de ceux qui se laissent impressionner par un nom, fût-il archicélèbre. Il n'avait pas non plus d'énergie à perdre. Et peut-être – mais c'était assez improbable – n'avait-il jamais entendu le nom de Bergerac.

Quelqu'un poussa un cri. Peut-être fut-ce l'effet de la distraction, ou bien alors le choc provoqué par le nom qu'il venait d'entendre. Toujours est-il que l'adversaire de Cyrano ne réagit pas tout à fait comme il aurait dû. Utilisant la botte inventée par Jarnac, Cyrano se fendit et lui traversa la cuisse de part en part.

Même ainsi, il ne put éviter d'être touché une seconde fois dans le gras du bras. Son épée roula bruyamment sur le pont.

L'homme était tombé sur le côté, mais il essayait de se dresser sur son genou valide pour se défendre. Le sang coulait à flots de sa blessure.

Il y eut un bruit de pas précipités. Cyrano se retourna. C'étaient Sturtevant et Cabell, pistolet au poing.

– Ne le tuez pas ! leur cria Cyrano.

Ils s'immobilisèrent, braquant leurs armes sur Burton.

De la main gauche, Cyrano ramassa son épée. Son bras droit lui faisait horriblement mal. Le sang coulait comme d'une barrique de vin fraîchement percée.

– Sans doute cette rencontre se serait-elle terminée autrement si nous n'avions pas été interrompus, dit-il.

L'autre ne répondait toujours pas. Il devait souffrir atrocement, mais rien dans son visage ne le laissait voir. Ses yeux noirs brûlaient comme ceux de Satan lui-même.

– Remettez-moi votre épée, monsieur, et nous nous occuperons de votre blessure.

– Allez au diable !

– Comme vous voudrez, monsieur. Je vous souhaite cependant une prompte guérison.

– Dépêchez-vous, lui dit Cabell.

Pour la première fois depuis le début du duel, Cyrano entendit les coups de feu. Ils venaient de bâbord, ce qui signifiait que les défenseurs avaient réussi, par un mouvement tournant, à se rapprocher considérablement de l'hélicoptère.

– L'appareil a été plusieurs fois touché, lui cria Cabell. Il nous faudra franchir leur ligne de tir pour arriver jusqu'à lui.

– Mon cher ami, déclara tranquillement Cyrano en désignant le talkie-walkie passé à la ceinture de Sturtevant, pourquoi ne demandez-vous pas à Boynton de se déplacer jusqu'ici ? Nous aurons beaucoup moins de mal à grimper à bord.

— Oui. Je n'y avais pas pensé.

Cabell déchira la chemise de l'un des morts et fit un pansement sommaire autour du bras de Cyrano. Le visage de Burton était devenu gris et ses yeux avaient perdu leur flamme. Tandis que l'hélicoptère se posait près d'eux dans un sifflement de rotor assourdissant, Cyrano dégaina son épée de la main gauche, s'approcha de Burton et lui arracha son arme d'un seul mouvement. L'Anglais se laissa faire sans rien dire lorsqu'il s'agenouilla pour serrer un bandage autour de sa cuisse.

— Vos camarades finiront de s'occuper de vous, dit-il.

Ils grimpèrent dans l'hélico. Avant que la portière fût refermée, Boynton avait déjà décollé et remontait obliquement le Fleuve. Le roi Jean, nu comme un ver, occupait un siège au deuxième rang. Cyrano le regarda en hochant la tête.

— Couvrez-le, dit-il. Et attachez-lui les pieds et les mains.

Il regarda par l'un des hublots. Il y avait une vingtaine d'hommes sur le pont du *Rex*. D'où sortaient-ils ? Ils tiraient en l'air avec leurs pistolets dont la lueur évoquait un essaim de lucioles en chaleur. Ils n'avaient aucune chance de les toucher, à cette distance. Mais ne savaient-ils pas que le roi Jean était dans l'hélicoptère ? Il fallait croire que non.

Quelque chose, soudain, lui heurta violemment la nuque, l'envoyant flotter dans des limbes où jacassaient des voix indistinctes. Le visage grotesque du maître d'école de son enfance, le curé du village, apparut devant lui. Cet homme brutal avait coutume de battre sauvagement ses élèves en leur cinglant le visage et le corps d'une baguette de frêne. A l'âge de douze ans, Cyrano, fou de rage, pour se venger, l'avait attendu au détour d'un chemin, s'était rué sur lui, l'avait fait tomber et l'avait roué de coups avec son propre bâton.

Les traits grimaçants du curé s'enflèrent démesurément, puis flottèrent à travers Cyrano. Il reprit peu à peu conscience. Boynton était en train de hurler :

— Je ne comprends pas ! Je ne comprends pas comment il a pu s'échapper !

— Il m'a lancé son coude dans le bas-ventre, et il a assommé Cyrano derrière la tête, disait Cabell.

L'hélico était suffisamment incliné pour qu'ils puissent apercevoir la surface miroitante du Fleuve par la portière demeurée ouverte. Un projecteur éclaira momentanément le roi. Il agitait désespérément les bras pour se maintenir à flot. Puis il sombra dans les ténèbres.

— Il ne peut pas survivre ! fit Boynton. Il est tombé de plus de trente mètres !

Impossible de se poser pour en avoir le cœur net. Non seulement les tirs avaient repris quand l'hélicoptère était revenu en arrière, mais plusieurs hommes couraient maintenant sur le pont en direction d'une batterie de lance-missiles. Ils n'avaient rien à redouter des pistolets, mais les missiles autoguidés étaient dangereux tant qu'ils s'attardaient sur les lieux.

Boynton n'était pas homme à s'affoler pour si peu. Et la fuite du prisonnier l'avait sans aucun doute mis dans tous ses états.

Au lieu de s'éloigner du navire, il se dirigea droit dessus. Arrivé à une centaine de mètres en droite ligne de la batterie, il commanda la mise à feu des quatre roquettes dont l'hélicoptère était armé.

La batterie explosa dans une boule de feu et un nuage de fumée noire. Des morceaux de pont, de métal et de corps humains volaient dans toutes les directions.

— Voilà qui les calmera ! dit Boynton.

— Si on les arrosait ? demanda Sturtevant.

— Hein ? fit Cyrano, ébahi. Ah ! Avec la mitrailleuse ? Non, quittons ces parages le plus vite possible. Même s'il n'y a qu'un seul survivant, il pourrait se servir d'une autre batterie et nous serions perdus. Nous avons eu assez de morts comme ça. Et plus rien ne peut nous aider à réussir notre mission.

— Je ne vois pas en quoi elle aurait échoué, fit Boynton. Bien sûr, nous ne ramenons pas le roi Jean vivant. Mais il est tout de même mort. Et le navire sera inutilisable pendant longtemps.

— Tu crois que Jean est mort, hein ? lui dit Cyrano. J'aimerais bien en être aussi sûr que toi. Mais pour cela, j'attendrai d'abord d'avoir vu de mes propres yeux son cadavre.

67

Gémissant de douleur, l'équipage du *Jules Verne* profita d'un répit pour faire le point de la situation. Trois d'entre eux devaient avoir des côtes fêlées ou brisées. Frigate avait mal à la nuque. Il craignait de s'être déchiré un muscle ou un ligament. Tex et Frisco saignaient abondamment du nez et le genou de l'écrivain le faisait atrocement souffrir. Le front de Pogaas était ensanglanté, bien que la blessure parût superficielle. Seul Nur était indemne.

Mais ils n'avaient pas le temps de s'occuper d'eux-mêmes. Le ballon s'élevait maintenant rapidement, mais il s'éloignait des montagnes. Les nuées se dispersaient avec la même promptitude que des voleurs entendant une sirène de police. Heureusement, la batterie fonctionnait encore et Frisco pouvait lire les instruments de bord. Nur avait sorti une torche électrique pour examiner le joint du tuyau de plastique sur lequel il appliquait, aidé par Farrington, une mince couche de liquide savonneux. A l'aide d'une loupe, il vérifia minutieusement le tout et annonça qu'il ne voyait pas la moindre bulle. Apparemment, il n'y avait pas de fuite d'hydrogène.

Nur ouvrit la trappe supérieure. Pogaas et lui grimpèrent à l'extérieur, sur le cercle de suspension. Eclairé par le Swazi, Nur grimpa comme un singe aux suspentes. Il n'avait pas le bras assez long pour appliquer le liquide à la jonction des tuyaux et de l'enveloppe, mais il leur cria qu'aucun dommage apparent n'était à signaler.

Frisco se montra sceptique.

— Nous ne saurons pas s'il y a une fuite tant que nous ne pourrons pas nous poser pour dégonfler l'enveloppe.

— Ce serait de la folie, dit Frigate. Continuons au moins jusqu'à ce que nous rencontrions les courants polaires. D'après nos estimations précédentes, cela devrait se produire demain dans la matinée. Si nous touchons terre maintenant, nous risquons de perdre l'aérostat. Nous ignorons, en particulier, quelles seraient les réactions des riverains en nous apercevant. Il ne faut pas oublier que, dans les premiers temps de l'aérostation sur la Terre, plusieurs ballons furent endommagés ou détruits, à l'occasion d'atterrissages forcés dans des régions rurales, par des paysans ignorants ou superstitieux qui pensaient que de tels engins ne pouvaient être l'œuvre que du diable et ne pouvaient servir à véhiculer que des magiciens ou des sorciers. Et encore, il s'agissait de populations dites « civilisées ».

Frigate reconnaissait que l'absence totale de lest à bord le préoccupait grandement. Cependant, en cas de besoin, ils pouvaient toujours déboulonner les W.-C. chimiques et les passer par-dessus bord. Mais il était à prévoir que si vraiment leur cas était désespéré, ils auraient largement le temps de s'écraser avant.

Le *Jules Verne* survolait la vallée poussé par un bon vent de direction nord-est. Au bout d'une heure, le vent perdit une grande partie de sa force, mais le ballon gardait le même cap. Il grimpait de plus en plus. A cinq mille mètres, Frigate s'installa devant le vernier. Pour freiner l'ascension, il dut lâcher un peu d'hydrogène. Quand ils recommencèrent à descendre, il alluma le chalumeau. A partir de là, le rôle du pilote consistait à maintenir l'appareil à la même altitude en lâchant aussi peu de gaz que possible et en limitant au maximum l'utilisation du chalumeau.

Frigate avait toujours très mal au cou et à l'épaule. Il attendait avec impatience le moment de la relève, où il pourrait s'étendre sous les couvertures et se masser un peu. Une goutte d'alcool ne lui ferait pas de mal non plus, et calmerait certainement ses souffrances aiguës.

Jusqu'à présent, le voyage avait surtout consisté en une succession de tâches ingrates et accaparantes, de dangers fulgurants et de périodes d'inaction morose. Il pousserait un profond soupir quand tout cela serait terminé et qu'il poserait enfin le pied à terre. Par la suite, les événements du voyage revêtiraient la patine d'une expérience amusante. Puis, le temps passant, tout cela prendrait une auréole de gloire. Le moindre incident serait amplifié, le moindre péril exagéré au maximum. Au besoin, de nouvelles anecdotes seraient créées au fil des ans.

L'imagination était le grand maquignon du passé.

Debout devant son vernier uniquement éclairé par la froide lueur des constellations et les voyants des instruments, seul à ne pas dormir à bord, Frigate se sentait triste et solitaire. Heureusement, une flamme d'amour-propre brillait quand même en lui. Le *Jules Verne* avait battu tous les records de vol sans escale en ballon. Jusque-là, il avait parcouru une distance équivalant à près de cinq mille kilomètres au sol. Et ce n'était pas fini. Avant d'être obligé de se poser, il franchirait encore – si tout allait bien – plusieurs centaines de kilomètres.

Tout cela avait été accompli par cinq amateurs. A part lui, personne n'était jamais monté en ballon avant. Et il n'avait que quarante heures de vol à son actif en ballon à air chaud, plus une trentaine en ballon à hydrogène. C'était vraiment peu pour faire de lui un vétéran. Il avait déjà passé plus de temps à bord du *Jules Verne* que sur tous les aérostats où il était monté sur la Terre.

Si leur aventure s'était passée sur leur planète natale, le *Jules Verne* aurait à coup sûr défrayé la chronique. Son équipage aurait eu les honneurs de la télévision dans le monde entier; il aurait été fêté, accueilli partout les bras ouverts. Les éditeurs se seraient disputé le récit de ses aventures, bientôt portées au cinéma. Les royalties auraient afflué de toutes parts.

Ici, seule une poignée de gens saurait jamais ce qu'ils avaient accompli. Certains refuseraient même d'y croire. Et s'ils périssaient avant d'arriver, personne n'en saurait jamais rien.

Il regarda au-dehors par l'un des hublots. Le monde était fait de constellations illuminées et de ténèbres, de vallées sinueuses comme des serpents, des serpents alignés et en ordre de marche. Les étoiles étaient silencieuses, les vallées étaient silencieuses. Aussi muettes que la bouche d'un mort.

Quelle comparaison sinistre.

Silencieuses comme le battement d'ailes d'un papillon. Il repensait aux étés de son enfance et de sa jeunesse, sur la Terre; aux fleurs multicolores qui ornaient le jardin. Les tournesols, en particulier. Ah, les tournesols dorés, montés sur leurs grandes tiges vertes, le chant des oiseaux, les odeurs de cuisine qui embaumaient l'air du jardin lorsque sa mère confectionnait des tartes, spécialement ces tartes aux cerises qu'elle réussissait si bien. Et par la fenêtre ouverte, les notes s'envolaient lorsque son père jouait du piano...

Il se souvenait de l'un de ses airs favoris. Souvent, il l'avait fredonné, dans le Monde du Fleuve, lorsqu'il était de quart sur le pont de la goélette. Il voyait alors, lorsqu'il fermait à demi les yeux, une lueur qui brillait, brillait, très loin devant lui, comme une étoile, et qui semblait se déplacer pour le guider vers quelque but inconnu mais éminemment prometteur.

> *Brille, brille, petite luciole,*
> *Brille, brille, petite bestiole.*
> *Guide-nous sur le bon chemin*
> *Car la tendre voix de l'amour nous appelle.*

> *Brille, brille, petite luciole,*
> *Brille, brille, petite bestiole.*
> *Aide-nous à trouver la route*
> *Qui mène à l'amour!*

Soudain, il s'aperçut qu'il était en train de pleurer. Ces larmes qu'il versait, il les dédiait à toutes les bonnes choses qui avaient été ou qui auraient pu être, et à toutes les mauvaises choses qui avaient été mais n'auraient pas dû être.

Il essuya ses joues, vérifia une dernière fois ses instruments et alla réveiller Nur car c'était l'heure. Il se glissa sous les couvertures, mais il avait trop mal pour trouver le sommeil. Au bout d'un moment, il y renonça et se leva pour tenir compagnie à Nur. Ils poursuivirent, à voix basse, une conversation qui durait depuis des années.

68

– Sous bien des aspects, murmura Nur, l'Eglise de la Seconde Chance et le soufisme sont entièrement d'accord.

Mais les Témoins de la Seconde Chance utilisent une terminologie différente. Cela n'empêche pas que l'objectif ultime, dans les deux cas, soit à peu près identique. Il s'agit, en gros, de faire absorber le moi individuel dans le moi universel. C'est-à-dire Allah, Dieu, le Créateur, le Réel, appelle-le comme tu voudras.

— Et cela signifie l'annihilation de l'individu ?

— Non; seulement son absorption. L'annihilation équivaut à la destruction. Dans l'absorption, l'âme individuelle, ou *ka*, ou brahman, devient une partie du moi universel.

— Ce qui revient à dire que l'individu perd toute particularité ? Il n'a plus conscience d'exister ?

— Si tu veux; mais il fait partie de l'Entité Suprême. Qu'importe la conscience d'exister en tant qu'individu, à côté de la conscience d'exister en tant que Dieu ?

— Cela me fait frémir d'horreur. Autant être mort, si l'on doit renoncer à sa conscience individuelle. Je ne comprends vraiment pas pourquoi les adeptes de la Seconde Chance, les bouddhistes, hindouistes et soufis jugent cet état désirable.

— Tu comprendrais si tu avais connu l'extase que les soufis ressentent à un certain stade de la formation, appelé le *retrait*. Mais comment un aveugle de naissance pourrait-il partager le plaisir de ceux qui ont des yeux pour admirer la gloire d'un coucher de soleil ?

— C'est que justement, dit Frigate, j'ai déjà connu des expériences mystiques. En trois occasions.

» La première fois, j'avais vingt-six ans. Je travaillais dans une aciérie, aux "pits" de traitement thermique. C'est là que les lingots sont détachés, à l'aide de grues, des lingotières où l'acier en fusion est versé, à l'intérieur des fours à sole. Après l'opération de démoulage, les lingots à peine refroidis sont déposés dans des fosses verticales aux parois réfractaires, équipées de brûleurs à gaz, où ils sont lentement réchauffés. On les achemine ensuite à la laminerie.

» Lorsque j'étais devant ces "pits", j'imaginais toujours que les lingots étaient des âmes. Des âmes égarées dans les flammes du purgatoire. On les homogénéisait au feu pendant un certain temps, puis on les transportait dans un endroit où elles acquéraient une nouvelle forme qui leur permettait d'accéder au paradis. De même que les laminoirs de l'aciérie compressaient les lingots, les étiraient, les remodelaient, chassant les impuretés à leurs extrémités qui étaient ensuite cisaillées, de même j'imaginais la mise en forme et la purification des âmes.

» Mais tout cela, n'est-ce pas, a peu de rapport avec notre conversation. Ou je ne sais pas. Toujours est-il qu'un jour, me tenant à la porte de l'atelier, je prenais quelques instants de repos tout en contemplant, dans la cour, les rails qui conduisaient à la fonderie. Je ne sais plus quelles étaient mes pensées exactes à ce moment-là. Sans doute étais-je las de faire ce travail monotone et pénible, dans des hangars où l'on suffoquait de chaleur, pour une paye dérisoire. Sans doute aussi me demandais-je si je réussirais jamais à devenir un écrivain célèbre.

» Toutes mes histoires, jusque-là, avaient été refusées, bien que certains rédacteurs en chef m'eussent écrit quelques mots d'encouragement. Whit Burnett, par exemple, le responsable de la revue *Story*, qui payait mal mais jouissait d'un grand prestige. Par deux fois, il avait failli accepter une nouvelle, mais sa femme n'était pas d'accord et il avait fini par les rejeter.

» Mon regard errant sur les bâtiments hideux et gris de l'usine, je ne pouvais donc pas entretenir de pensées très agréables ni de nature mystique.

» J'étais, pour tout dire, horriblement déprimé. Les rails d'acier, la poussière de métal qui recouvrait d'une pellicule grise tout ce qui se trouvait dans la cour, l'immense hangar de tôle qui abritait les fours, la fumée que le vent rabattait au sol, les odeurs âcres qui prenaient à la gorge, tout cela contribuait naturellement à me maintenir le moral à ras de terre.

» Mais soudain, d'une inexplicable manière, tout se mit à changer. Sans la moindre transition. Je ne veux pas dire par là que ce qui était laid est tout à coup devenu beau, comprends-moi. Tout restait aussi gris et désagréable qu'avant.

» Mais j'avais l'impression, je ne sais pas pourquoi, que l'univers était *à sa place*. Que tout allait et irait très bien. Mon point de vue était subtilement mais radicalement transformé. Je ne sais pas si je m'explique bien. Imagine que l'univers soit composé d'un nombre infini de pavés de verre. Et que ces pavés de verre soient pratiquement, mais pas totalement, invisibles. Et moi, j'apercevais, à ce moment, leurs contours, bien qu'ils fussent toujours très flous.

» Ces briques transparentes qui avaient servi à construire l'univers étaient mal jointoyées, comme si c'était un maçon ivre qui les avait posées. Mais, soudain, du fait de mon subtil changement de perspective, je les voyais parfaitement en ligne. L'ordre était restauré. L'ordre divin et la beauté cosmique. L'univers n'était plus une bâtisse suspecte, juste bonne à être démolie pour cause de malfaçon.

» Je me sentais dans un état d'exaltation indicible. J'avais le privilège de pouvoir contempler la structure de base de l'univers. Derrière les enduits et les plâtras, je voyais que tout était sain, solide, parfaitement en place. Et moi aussi, bien que créature vivante, j'avais ma place dans la construction. J'étais l'un des pavés de verre, aligné avec mes voisins.

» Ce qui changeait réellement, tu comprends, c'est que j'avais brusquement pris conscience d'avoir *toujours* été aligné à ma place, alors que jusque-là je croyais que j'étais disjoint, mal posé par rapport aux autres. Et comment aurais-je pu être à ma place ? Aucune brique ne l'était.

» Mais c'était une erreur de ma part. En réalité, tout était bien en place ; seul mon point de vue, mon entendement si tu veux, était responsable de ces aberrations.

– Et combien de temps a duré cette vision ? demanda Nur.

– A peine quelques secondes. Mais pendant tout le reste de la journée, l'état de bien-être, de bonheur même, où je me trouvais, a persisté. Le lendemain matin, je n'avais rien oublié de cette « révélation », mais le sentiment d'euphorie avait disparu. La vie reprenait son cours. De nouveau, l'univers était un édifice construit par un architecte incompétent ou ivre. Ou peut-être un entrepreneur malhonnête soutenu par un promoteur véreux. Et malgré cela, il y avait des moments...

– Parle-moi de tes autres expériences.

– La seconde, il est inutile d'en tenir compte, car elle est due à la marihuana. Tu sais, j'ai dû fumer au plus une douzaine de joints dans ma vie terrestre. Cela se passait en

1955, un peu avant que la drogue soit à la mode parmi la jeune génération. A cette époque, le hasch et la marihuana ne sortaient pas de quelques cercles de bohèmes, dans les grandes villes, ou bien des ghettos noirs et mexicains.

» L'incident en question se situe dans la petite ville de Peoria, elle-même située dans l'Etat d'Illinois. Ma femme et moi, nous avions fait la connaissance d'un couple de New-Yorkais, genre Greenwich Village – je t'expliquerai après ce que ça signifie –, et ils voulaient à tout prix nous faire fumer. Ça me mettait mal à l'aise, la proximité de cette drogue. J'imaginais la police frappant à ma porte, embarquant tout le monde. La prison, le juge. La condamnation, le déshonneur. Et que deviendraient les enfants ?

» L'alcool, cependant, avait levé mes dernières inhibitions, et j'acceptai le clope offert, comme on l'appelait alors, entre autres dénominations.

» J'eus d'abord du mal à inhaler la fumée et à la garder dans mes poumons, car je n'avais jamais fumé jusque-là, pas même du tabac, bien que j'eusse trente-sept ans. Mais j'y parvins quand même au bout d'un moment. Et rien ne se passa.

» Un peu plus tard dans la soirée, je récupérai ce qui restait du joint pour essayer encore. Et soudain, cette fois-ci, j'eus l'impression que l'univers était composé de cristaux en solution dans un liquide.

» Mais il se produisit un changement subtil. La solution sursaturée précipita ses cristaux. Ils se retrouvèrent magnifiquement alignés, ordonnés, comme des anges à la parade.

» Cependant, je n'avais pas du tout le sentiment, comme à la dernière occasion, que tout dans l'univers était parfaitement à sa place, y compris moi-même, et que l'ordre des choses était immuable.

– Et la troisième expérience ? demanda Nur.

– C'était beaucoup plus tard. J'avais cinquante-sept ans et j'étais le seul passager à bord d'un ballon à air chaud qui survolait les champs de blé à proximité d'Eureka, dans l'Illinois. Le pilote venait d'éteindre le brûleur. Il n'y avait aucun bruit à l'exception des criaillements lointains de quelques faisans que nous avions dérangés dans un champ.

» Le soleil était juste en train de se coucher. La lumière dorée de l'été faisait place au gris du crépuscule. Je flottais comme sur un tapis magique porté par une brise que je ne sentais même pas. Et soudain, j'eus l'impression étrange que le soleil venait de remonter à l'horizon. Tout était baigné d'une lumière d'airain face à laquelle, pour apercevoir quelque chose, il m'aurait fallu plisser les paupières.

» Mais je n'avais pas besoin de le faire. Je savais que cette lumière venait de l'intérieur. De l'intérieur de moi-même. J'étais la flamme qui dispensait chaleur et lumière à l'univers.

» Une seconde plus tard, peut-être plus, la lumière disparut. Non pas progressivement, mais d'un seul coup, comme une lampe qu'on éteint brusquement. Et pendant une seconde encore, mais pas plus, j'eus à nouveau cette impression que l'univers était bien ordonné et que, quoi qu'il arrive, à moi, aux autres ou bien au monde entier, tout irait merveilleusement bien.

» Le pilote ne s'était aperçu de rien. Je pense que mon expression ne laissait rien voir. Et c'est la dernière fois que j'ai connu une expérience de ce genre.

— Apparemment, fit Nur, ces visions mystiques n'ont eu aucune influence sur ton psychisme ou ton comportement, n'est-ce pas ?

— Tu veux savoir si elles m'ont rendu meilleur ? Non, je ne crois pas.

— Ces états que tu viens de décrire sont apparentés à ce que nous appelons *tajalli*. Mais ton *tajalli* n'est qu'une mauvaise imitation. Si tu avais abouti à un état permanent, grâce à une évolution personnelle sur la voie authentique, ce serait différent. Mais il existe plusieurs formes de *tajalli* factices, ou inutiles. C'est à l'une d'elles que tu as eu affaire.

— Tu veux dire que je suis incapable de connaître la chose authentique ?

— Je n'ai pas dit cela. Et puis, ton expérience vaut mieux que rien.

Ils demeurèrent quelques instants silencieux. Frisco, caché sous une pile de couvertures, murmura quelque chose dans son sommeil.

Impulsivement, Frigate déclara :

— Il y a longtemps que j'hésite à te le demander, Nur. Voudrais-tu de moi pour disciple ?

— Et pourquoi hésitais-tu ?

– Je craignais un refus.

Le silence s'instaura de nouveau. Nur alla consulter l'altimètre et fit fonctionner le vernier pendant quelques secondes. Pogaas écarta ses couvertures et se leva en étirant ses membres. Il alluma une cigarette. L'espace d'un instant, la lueur du briquet projeta d'étranges ombres sur son visage, qu'elle faisait ressembler à la tête de faucon sacré sculptée par les Egyptiens de l'Antiquité dans de la diorite noire.

– Alors ? demanda Frigate.

– Tu t'es toujours vu comme un chercheur de vérité, n'est-ce pas ?

– Dans un certain sens, peut-être; mais pas un chercheur acharné. J'ai trop flotté çà et là, comme un ballon à la dérive. J'ai presque toujours pris la vie comme elle venait, ou comme il me semblait qu'elle se présentait. De temps à autre, je faisais un effort dans une direction précise, pour explorer ou même pratiquer telle philosophie, discipline ou religion. Mais mon enthousiasme retombait très vite et je n'y pensais bientôt plus. Je m'intéressais à autre chose. Et parfois, quelque temps après, une ancienne flamme se ravivait et je cherchais à progresser de nouveau vers l'objectif dont j'avais rêvé. Mais je me contentais, la plupart du temps, de me laisser porter par les vents de l'indifférence et de la paresse.

– Tu te sentais détaché ?

– Je m'efforçais d'être intellectuellement détaché, même lorsque je m'enflammais sur le plan émotionnel.

– Pour atteindre au véritable détachement, il faut s'affranchir à la fois de son intellect et de ses émotions. Il est clair que, contrairement à ce que tu crois, tu es gouverné par des préjugés. Si je te prenais comme disciple, il faudrait que tu sois prêt à te soumettre entièrement à mes directives. Quelle que soit la chose que je te demanderais de faire, il faudrait l'exécuter aussitôt. Sans aucune restriction mentale.

» Si je t'ordonnais, par exemple, de te jeter dans le vide du haut de cette cabine, est-ce que tu obéirais ?

– Hein ? Certainement pas !

– Je ne te le demanderai pas. Mais si je t'imposais quelque chose que l'on pourrait considérer comme l'équivalent intellectuel, ou affectif, de se jeter dans le vide ? Un suicide moral, en quelque sorte ?

— Je ne peux pas le savoir, jusqu'à ce que tu me dises de quoi il s'agit.

— Et je ne te le dirai pas tant que je n'aurai pas l'impression que tu es prêt à le faire. Si tu dois l'être un jour.

Pogaas était en train de regarder par le hublot qui lui faisait face. Il poussa une exclamation et leur cria :

— Il y a une lumière là-bas ! Elle se déplace !

Frigate et el-Musafir se levèrent pour le rejoindre. Tex et Frisco, réveillés par tout ce remue-ménage, allèrent aussi regarder, tout ensommeillés, à un hublot voisin.

Ils distinguèrent bientôt, se profilant contre un ciel éclairé par d'innombrables constellations, une longue forme noire qui paraissait évoluer à la même altitude que le ballon.

— On dirait un dirigeable ! s'écria Frigate.

De toutes les choses étranges qu'ils avaient eu l'occasion de contempler dans le Monde du Fleuve, celle-ci était la plus bizarre et la plus inattendue.

— Il y a des lumières à l'avant, fit Rider.

— Il ne peut pas venir de Nouvelle-Bohême, estima Frigate.

— Alors, c'est qu'il existe un autre endroit où l'on a trouvé du métal, déclara Nur.

— Qui nous dit qu'il ne s'agit pas d'un de « leurs » vaisseaux ? demanda Farrington. Il a la forme d'un dirigeable, mais ce n'en est pas forcément un.

L'une des lumières à l'avant de la forme noire se mit à clignoter. Après l'avoir observée durant une minute, Frigate leur dit :

— C'est du morse.

— Que disent-ils ? demanda Rider.

— Je n'en sais rien. Je ne connais pas le morse.

— Alors, comment sais-tu que c'en est ?

— Grâce à la longueur et à la fréquence des signaux. Un coup long, un coup bref.

Nur quitta le hublot pour retourner devant le vernier. Il éteignit le chalumeau. On n'entendit plus aucun bruit dans la cabine à part le souffle rauque de l'équipage. Ils virent la sinistre forme se présenter obliquement et se rapprocher

lentement d'eux. La lumière clignotait toujours. Nur ralluma le chalumeau pendant une vingtaine de secondes. Quand il l'éteignit, il retourna au hublot. Mais il s'immobilisa soudain en disant :
— Taisez-vous ! Ne faites aucun bruit !
Ils se tournèrent vers lui, surpris. Il fit quelques pas et arrêta le ventilateur qui aspirait l'anhydride carbonique.
— Pourquoi fais-tu ça ? demanda Frisco.
Il retourna devant le vernier en disant :
— J'ai eu l'impression d'entendre un sifflement.
Il regarda Pogaas.
— Eteins cette cigarette !
Nur se baissa pour coller son oreille à l'endroit où le tuyau d'arrivée alimentait le cône à l'intérieur du vernier.
Pogaas lâcha sa cigarette et leva le pied pour l'écraser du talon.

69

Jill Gulbirra écouta la fin du rapport que lui fit Cyrano avant même que l'hélico regagne son hangar dans le flanc du *Parseval*.

Elle fut consternée par le nombre de morts et l'idée qu'une telle expédition ait pu même être envisagée la rendait folle de rage. Elle s'en voulait de n'avoir pas été plus ferme avec Clemens. Mais... que pouvait-elle faire ? Le laser était absolument indispensable pour pénétrer dans la tour. Si l'expédition vengeresse n'avait pas eu lieu, Sam n'aurait jamais accepté de le leur confier. Et même ainsi...

Dès que l'hélicoptère fut en sécurité dans son hangar, elle donna l'ordre de mettre cap au sud, dans la direction du *Mark Twain*. Cyrano et les autres rescapés allèrent se faire soigner à l'infirmerie. Dès que ses blessures furent pansées, le Français se rendit au poste de commandement pour compléter son rapport. Jill appela alors le navire par radio.

Clemens ne bondit pas de joie comme elle s'y attendait.

— Vous croyez que Jean le Pourri est mort ? Mais vous n'en êtes pas sûre à cent pour cent ?

— J'ai bien peur que non. Cependant, nous avons suivi toutes vos instructions à la lettre. J'espère bien que vous allez nous confier le bébé.

Elle faisait allusion au laser.

— Vous pouvez en prendre livraison. L'hélico le cueillera sur le pont de manœuvre.

A ce moment-là, l'officier radariste annonça :

— OVNI à bâbord, mon commandant. A peu près à la même altitude que nous.

Clemens avait dû l'entendre, car il s'étonna :

— Qu'est-ce que c'est que ça, un OVNI ?

Elle l'ignora. Pendant quelques secondes, elle crut distinguer deux objets sur l'écran de l'oscilloscope. Puis elle comprit.

— C'est un ballon, dit-elle.

— Un ballon ? fit Clemens. Alors, il ne s'agit pas d'Eux !

— C'est peut-être une expédition concurrente, murmura doucement Cyrano. Des collègues inconnus se rendant à la tour.

Jill ordonna de braquer un projecteur et d'émettre des signaux en morse. « Ici le *Parseval*. Ici le *Parseval*. Identifiez-vous. Identifiez-vous. »

Elle demanda au radio d'envoyer le même message. Mais ils ne reçurent aucune réponse, ni par optique ni par les ondes. Elle s'adressa à Nikitin.

— Rapproche-toi du ballon. Nous allons essayer de les observer de plus près.

— *Jes, kapitano*.

Cependant, le Russe tressaillit en voyant une lampe rouge clignoter désespérément sur le panneau de bord.

— Le hangar à hélicoptère ! Il est en train de s'ouvrir !

Le premier lieutenant bondit à l'interphone.

— Hangar N° 1 ! Hangar N° 1 ! Répondez ! Ici Cannemoe ! Pourquoi avez-vous ouvert ?

Aucune réponse.

Jill déclencha l'alerte générale. Des sirènes retentirent dans tout le vaisseau.

— Ici le commandant ! Ici le commandant ! J'appelle le poste central ! J'appelle le poste central !

La voix de Katamura, un officier de la section électronique, répondit :

— Oui, mon commandant. Je vous reçois très bien.

— Faites descendre vos hommes dans le hangar N° 1 en vitesse. Je crois que Thorn essaye de s'échapper !

— Tu crois vraiment... commença Cyrano.

— Je n'en sais rien, mais c'est plus que probable. A moins que... quelqu'un d'autre encore...

Elle appela l'infirmerie. Pas de réponse.

— Tu vois bien que c'est lui ! Merde ! Pourquoi n'ai-je pas pensé à faire installer ici une commande prioritaire pour l'ouverture et la fermeture du hangar ?

Rapidement, elle donna ses ordres pour que deux nouvelles équipes descendent au hangar et une autre à l'infirmerie.

— Mais comment aurait-il pu faire pour s'échapper ? demanda Cyrano. Il est encore très affaibli par ses blessures ; il est enchaîné à son lit et quatre hommes le surveillent en permanence, dont deux à l'intérieur, qui n'ont même pas la clé !

— Ce n'est pas quelqu'un d'ordinaire. J'aurais dû lui faire lier les mains également. Mais cela me semblait inutilement cruel.

— Peut-être que les réservoirs de l'hélico sont vides.

— S'ils le sont, c'est que Szentes aurait négligé son travail. Aucune chance.

— Le panneau du hangar a fini de s'ouvrir, annonça Nikitin.

La voix du Dr Graves résonna dans l'interphone.

— Jill ! Thorn a réussi à...

— Comment a-t-il fait ? coupa Jill.

— Je ne connais pas tous les détails. J'étais à mon bureau, occupé à recenser les réserves d'alcool de la pharmacie, lorsque j'ai entendu tout un remue-ménage. J'ai juste eu le temps de voir sortir Thorn comme un diable de sa boîte, en renversant tout sur son passage. Il traînait au pied une longueur de chaîne qu'il avait dû rompre de ses seules mains !

» J'ai voulu l'arrêter, mais il m'a poussé violemment contre la cloison. J'ai presque perdu connaissance. Je ne pouvais même plus tenir debout ! Je l'ai vu arracher, de ses mains nues, les fils de l'interphone ! J'ai essayé de me relever, mais c'était absolument impossible. Il m'a attaché les mains et les chevilles avec les ceintures des gardes. Cet homme a une force extraordinaire. Il aurait pu me tuer d'un seul revers de main ! J'ai encore mal partout où il m'a empoigné. Mais il m'a laissé la vie sauve; je t'assure que je lui en sais gré.

» J'ai finalement réussi à me libérer et à tituber jusqu'à l'infirmerie. Les quatre gardes gisaient au sol. Deux d'entre eux sont encore vivants, mais dans un état grave. Tous les fils des interphones étaient arrachés. La porte était fermée à clé et toutes les armes avaient disparu. Je serais encore là-bas si je n'étais pas expert dans l'art de crocheter les serrures. Celle-ci était réputée incrochetable, soit dit en passant. J'ai aussitôt couru jusqu'au téléphone le plus proche...

— Il y a combien de temps que Thorn est sorti ?
— Environ vingt-cinq minutes.
— Vingt-cinq minutes ? Mon Dieu !

Elle était consternée. Qu'avait pu faire Thorn pendant tout ce temps ?

— Occupe-toi des deux gardes, dit-elle avant de raccrocher.

» Il devait bien avoir un émetteur caché quelque part, ajouta-t-elle en se tournant vers Cyrano.

— Tu crois ? Comment le sais-tu ?
— Pourquoi aurait-il perdu tout ce temps ? Je suis forcée d'imaginer le pire. Nikitin, prépare-toi à descendre en catastrophe.

La voix de Katamura leur parvint à l'interphone.

— Commandant, l'hélico n'est plus là.

Cyrano poussa un juron en français.

Nikitin brancha le système de communication intérieur et annonça à l'équipage l'imminence de la manœuvre périlleuse. Tout le monde à bord devait se sangler.

— Les propulseurs à quarante-cinq degrés, Nikitin. Toute la puissance disponible.

Le radariste annonça qu'il captait l'hélico. Il piquait vers le sol en direction du sud, selon un angle de quarante-cinq degrés par rapport à l'horizontale. Il était à pleine vitesse.

Le pont du poste de pilotage était effroyablement incliné. Tout le monde s'était sanglé. Jill était assise à côté de Nikitin. Elle aurait préféré prendre sa place, mais même dans ces circonstances les règles de la bienséance à bord le lui interdisaient. Du reste, cela n'avait pas d'importance. Le Russe était capable d'exécuter la manœuvre avec autant de promptitude et d'efficacité que n'importe quel autre pilote. Le rôle de Jill consisterait à s'assurer qu'il n'en faisait pas trop, au contraire.

— Si Thorn est vraiment en possession de cet émetteur, fit Cyrano, il a largement le temps de s'en servir. Que pourrions-nous faire pour l'en empêcher ?

Malgré sa pâleur et l'anxiété qui se lisait dans son regard, il trouvait le moyen de lui sourire.

Jill détourna les yeux pour consulter les instruments de bord. Le vaisseau descendait dans l'axe de la vallée. Il n'y aurait donc pas de problème pour éviter les montagnes. La vallée ressemblait encore à un étroit cañon, mais elle s'élargissait à vue d'œil. On apercevait déjà des lumières, peut-être des feux allumés par des sentinelles ou des fêtards attardés. Les nuages s'étaient dissipés rapidement, comme chaque nuit vers cette heure-ci. Les nébuleuses jetaient un éclat pâle dans l'espace compris entre les deux barrières montagneuses. Si quelqu'un, en bas, avait les yeux levés vers eux, il devait se demander quel était cet étrange météore qui traversait obliquement le ciel.

Pas assez vite, toutefois, au gré de Jill.

Cyrano avait raison. Si Thorn avait l'intention de faire exploser une bombe à bord, il pouvait le faire en ce moment même. A moins que... à moins qu'il n'ait une raison d'attendre qu'ils soient au sol. Après tout, il avait épargné Graves et il aurait pu tuer les deux autres gardes.

Sans lâcher des yeux les oscilloscopes du radar, elle appela le hangar. Szentes lui répondit aussitôt.

— Nous étions tous dans nos quartiers, dit-il. Le hangar n'est pas surveillé.

— Je sais. Soyez bref. Que s'est-il passé ?

— Thorn a surgi brusquement à l'entrée du poste. Il avait un pistolet qu'il braquait sur nous. Il a arraché tous les fils de l'interphone et il nous a dit qu'il allait refermer la porte mais qu'une bombe exploserait si nous cherchions à l'ouvrir. Puis il est reparti. Nous ne savions pas trop s'il fallait le croire, mais aucun de nous ne tenait à vérifier ses dires. Au bout d'un moment, le lieutenant Katamura est venu nous ouvrir la porte. Elle n'était pas piégée. Je suis navré, mon commandant.

— Vous avez réagi de la bonne manière. Vous n'aviez pas le choix.

Elle demanda au radio de transmettre leur position au *Mark Twain* et d'expliquer ce qui se passait.

A mille mètres d'altitude, elle commanda au pilote de redresser de trois degrés le nez de l'appareil et d'incliner les propulseurs de manière à leur faire exercer une poussée vers le haut. Malgré cet effet de frein, le dirigeable continuait à piquer vers le sol à grande vitesse du fait de son inertie. Dans soixante secondes, elle ferait encore redresser de dix degrés. Si les commandes voulaient bien fonctionner. Elle mettait son vaisseau à dure épreuve. Mais elle pensait connaître les limites du *Parseval* comme elle connaissait les siennes propres.

Fallait-il essayer de poser l'appareil ? Il était impossible de l'amarrer et il faudrait lâcher une grande quantité d'hydrogène pour qu'il ne remonte pas lorsque l'équipage commencerait à l'abandonner. Sinon, une partie des hommes demeureraient bloqués à l'intérieur et seraient emportés.

Et si Thorn n'avait pas ce fameux émetteur ? S'il n'y avait jamais eu de bombe cachée à bord ? Ils auraient sacrifié le vaisseau inutilement.

— Trop vite ! Trop vite ! fit Nikitin.

Elle s'était déjà penchée en avant pour appuyer sur un bouton qui permettait de larguer une tonne de lest. Quelques instants plus tard, le vaisseau releva abruptement le nez.

— Désolée, Nikitin, murmura-t-elle. Il n'y avait pas une seule seconde à perdre.

Le radar indiquait que l'hélicoptère se trouvait au nord à une altitude de trois cents mètres. Qu'attendait Thorn ? Voulait-il voir d'abord ce qu'ils allaient faire ? Dans ce cas, cela signifiait qu'il n'avait pas l'intention de provoquer l'explosion s'ils se posaient en catastrophe ou abandonnaient l'appareil.

Que fallait-il qu'elle fasse ? Dans un cas comme dans l'autre, il y avait de quoi grincer des dents. Elle ne supportait ni l'idée d'abandonner son vaisseau ni celle de le voir détruit. Une pure merveille. Le dernier des dirigeables !

Cependant, la sécurité de l'équipage passait avant tout.
– Altitude cent cinquante mètres, annonça Nikitin.

Les propulseurs, orientés à la verticale, donnaient toute la puissance dont ils étaient capables pour freiner l'appareil. Les montagnes se profilaient, noires, de part et d'autre. A bâbord, le Fleuve miroitait sous la clarté des nébuleuses. La plaine défilait sous eux à toute vitesse, sans à-coup.

Il y avait des habitations en dessous. De simples cabanes en bambou remplies de femmes et d'hommes pour la plupart encore endormis. S'ils essayaient de se poser sur la plaine, ils risquaient d'en écraser des centaines. Si le feu se déclarait, ce serait encore pis.

Elle donna l'ordre à Nikitin de se laisser porter en direction du Fleuve.

Que faire d'autre ?

Parmi les riverains qui, pour une raison ou pour une autre, ne dormaient pas, certains, levant la tête vers le ciel constellé, avaient aperçu deux formes sombres, l'une beaucoup plus grosse que l'autre, qui se rapprochaient. La plus petite était composée de deux sphères distinctes, l'une sur l'autre, la plus grosse en haut. Quant au plus gros objet, il avait la forme d'un cigare ventru.

Le plus petit émettait une légère lueur qui semblait provenir de sa sphère inférieure. Le gros, au contraire, balayait le ciel de puissants faisceaux lumineux. Au bout d'un moment, ils s'éteignirent tous sauf un, qui se mit à briller par intermittence, suivant un rythme particulier.

Soudain, le plus gros objet piqua du nez et descendit rapidement vers le sol. Les riverains, dans cette région du Fleuve, n'avaient jamais vu de ballon ni de dirigeable. Certains, ayant vécu à une époque où les aérostats n'étaient pas inconnus, se souvenaient vaguement de photos ou d'illustrations qui représentaient des ballons et des montgolfières. Mais aucun n'avait vu ni même entendu parler de dirigeable, excepté dans quelques rares ouvrages d'anticipation littéraire ou scientifique.

Quelques-uns, cependant, reconnurent dans le gros objet la forme d'un zeppelin.

Leur première réaction fut d'aller réveiller leur compagne, leur compagnon ou même leurs voisins, puis de donner l'alarme.

Entre-temps, d'autres encore avaient vu l'hélicoptère, ce qui ne faisait qu'ajouter à la confusion et à la curiosité générales.

Les tambours se mirent à battre. Les gens criaient partout. Les cabanes se vidaient. La foule grossissait. Tout le monde avait les yeux braqués vers le ciel et se demandait ce qui allait se passer.

Le brouhaha se transforma en une clameur générale lorsque l'un des deux objets s'embrasa soudain et se mit à tomber en traînant derrière lui une queue de flammes orangées évoquant la gloire fulgurante d'un ange céleste en train de choir.

70

Tai-Peng portait un vêtement de feuilles d'arbre à fer et de fleurs de lianes. Une coupe de vin à la main, il arpentait le sol en improvisant des vers avec la facilité d'un torrent qui coule en scintillant au flanc rocailleux d'une colline. Le poème jaillissait, dans la langue courtoise de la dynastie T'ang, qui sonnait aux oreilles des non-Chinois comme trois dés d'ivoire choqués dans un cornet. Et il le traduisait ensuite dans la variété locale d'espéranto.

Une grande partie des subtilités et des allusions se perdait dans le processus, mais il en restait suffisamment pour émouvoir ses auditeurs au rire ou aux larmes.

La compagne de Tai-Peng, Wen-Chün, jouait doucement d'une petite flûte en bambou. Bien que la voix du poète fût habituellement rauque et stridente, il la gardait basse pour l'occasion. Et en espéranto, elle était presque aussi mélodieuse que la flûte de Wen-Chün. Le costume de Tai-Peng, également de circonstance, était à rayures rouge et vert (pour les feuilles) et bleu et blanc (pour les fleurs). Celles-ci voletaient ou traînaient à terre tandis qu'il allait et venait comme un félin en cage.

Il était grand pour sa race et son époque, le VIIIe siècle

après J.-C. Son allure était souple, mais ses épaules étaient larges et ses muscles puissants. Ses longs cheveux noirs brillaient au soleil de midi. Ils jetaient de sombres reflets comme un miroir de jade. Ses yeux étaient vert pâle, immenses, et jetaient des flammes comme ceux d'un tigre affamé mais blessé.

Bien que descendant d'un empereur par une concubine, il en était éloigné de neuf générations. Ses parents les plus proches étaient des assassins et des bandits de grand chemin. Certains de ses ancêtres appartenaient aux tribus des montagnes et c'était à eux, sans nul doute, qu'il devait ses yeux verts et farouches.

L'endroit où il se tenait avec sa petite cour d'admirateurs se situait au flanc d'une colline d'où l'on pouvait apercevoir la plaine, le Fleuve et une partie du territoire qui s'étendait jusqu'au pied des montagnes de l'autre rive. Les courtisans, encore plus ivres que lui bien qu'aucun d'eux n'eût absorbé autant de vin, formaient un large croissant qui lui laissait la place d'évoluer soit dedans soit dehors. Tai-Peng n'aimait pas les barrières. Les murs de toute sorte le mettaient mal à l'aise. Les barreaux des prisons le rendaient fou.

La moitié de son auditoire était composée de Chinois du XVIe siècle. Le reste venait d'ici et là, d'une époque et de l'autre.

Tai-Peng cessa brusquement d'improviser et annonça qu'il allait réciter un poème de Chen Tzu-ang. Celui-ci était mort, leur expliqua Tai-Peng, à peine quelques années avant sa propre naissance. Bien que très fortuné, il avait fini ses jours en prison, à l'âge de quarante-deux ans, incarcéré par un magistrat aux seules fins de s'approprier l'héritage laissé par son père.

Les hommes d'affaires se glorifient
De leur technique et de leur savoir-faire,
Mais du Tao ils ont encore tout à apprendre.
Ils sont fiers d'exploiter,
Mais ils ne savent pas ce qu'il advient du corps.
Pourquoi n'apprennent-ils pas
Auprès du Maître des Vérités Noires,
Qui contempla le monde entier dans une bouteille de jade ?
Quand son âme éclairée

Fut libérée des Cieux et de la Terre,
Chevauchant le Changement il entra dans la Liberté.

Tai-Peng s'interrompit alors pour vider sa coupe et la tendit pour qu'on la lui remplisse.

Un homme de son groupe, un Noir qui s'appelait Tom Turpin, lui dit :

— Désolé, mon vieux, mais le pinard c'est terminé; il y a encore d' la gnôle, si tu veux.

— Comment ? Plus de divin nectar ? Foin de votre liqueur de barbares ! Elle abrutit là où le vin revigore.

Il regarda autour de lui, sourit comme un tigre à la saison du rut, souleva Wen-Chün dans ses bras puissants et l'emporta à grandes enjambées vers sa cabane.

— Quand le vin a cessé de couler, il est temps de penser aux femmes.

Les feuilles et les fleurs multicolores bruissaient en traînant à terre tandis que Wen-Chün faisait semblant de se débattre. Tai-Peng ressemblait à une ancienne créature mythique, un homme-plante enlevant une fille des hommes.

Tout le monde éclata de rire et le groupe commença à se disperser avant même que Tai-Peng eût refermé la porte de sa cabane.

L'un des hommes du groupe regagna lentement sa demeure sur l'autre versant de la colline. Après avoir soigneusement refermé sa porte et tiré tous les stores en bambou et en peau de poisson, il s'assit sur un tabouret, souleva le couvercle de son graal et demeura immobile, durant de longues minutes, en le contemplant.

Un homme et une femme passèrent devant sa fenêtre. Ils discutaient du mystérieux événement qui s'était produit, près d'un mois auparavant, un peu plus en aval du Fleuve. Un monstre bruyant, surgi des montagnes de l'Ouest en pleine nuit, était descendu des cieux pour se poser sur l'eau. Les riverains les plus courageux, ou les plus inconscients, avaient pris leur pirogue pour se porter à sa rencontre. Mais le monstre avait disparu, englouti, avant qu'ils arrivent, et il n'était plus jamais remonté à la surface.

Etait-ce un dragon volant ? Certains disaient que les dragons n'avaient jamais existé. Mais c'étaient des sceptiques pour la plupart issus de ces siècles dégénérés, le XIXe et le XXe. Tout le monde savait très bien, à part les imbéciles, que les dragons existaient. D'un autre côté, bien sûr, il aurait pu s'agir d'une machine volante fabriquée par les créatures de ce monde.

On disait également que certains avaient vu – ou cru voir – une silhouette humaine qui s'éloignait à la nage de l'endroit où le dragon avait coulé à pic.

L'homme dans la cabane eut un sourire fugace.

Il songeait à Tai-Peng. Ce n'était pas son vrai nom. A peine deux ou trois personnes à part lui connaissaient son identité réelle. Son nom d'adoption signifiait « Le Grand Phénix », ce qui indiquait assez clairement qui il était, car durant toute sa vie terrestre il n'avait cessé de se vanter d'être précisément cela.

Tai-Peng et lui s'étaient connus autrefois, il y avait de cela très longtemps, mais Tai-Peng ne s'en doutait pas.

L'homme dans la cabane prononça un mot de code. Aussitôt, la surface extérieure du graal s'illumina. Ou plutôt, une partie de cette surface. Car sur le métal gris étaient apparus deux grands cercles, un de chaque côté du cylindre. A l'intérieur de ces cercles, qui représentaient chacun un hémisphère de la planète, il y avait des milliers de lignes très fines, lumineuses et sinueuses. De place en place, elles coupaient de petits cercles brillants, tous vides à l'exception d'un seul, qui renfermait un pentagramme lumineux, une étoile à cinq branches.

Chaque cercle, à l'exception de celui où était inscrit le pentagramme, s'éteignait et s'éclairait par intermittence.

L'ensemble formait un diagramme non proportionnel aux grandeurs réelles. Les lignes représentaient les vallées, les cercles des personnes. Chaque cercle clignotait selon un rythme propre, qui constituait un code.

Clemens et Burton, parmi bien d'autres, avaient cru « X » quand il leur avait dit qu'il n'avait choisi que douze humains pour l'aider. En réalité, il y avait douze fois douze symboles sur le diagramme, sans compter le pentagramme. C'est-à-dire cent quarante-quatre.

Plusieurs cercles clignotaient exactement sur le même rythme. Il soupira et prononça une phrase codée. Aussitôt les symboles qui formaient le rythme trait-trait-trait-point disparurent.

Nouvelle phrase en code, et deux symboles lumineux s'inscrivirent en haut du graal.

Soixante-dix recrues seulement étaient encore vivantes. Pas même la moitié du nombre choisi au départ.

Combien seraient encore là d'ici quarante ans ?

Combien, parmi les survivants, abandonneraient en chemin ?

D'un autre côté, il y avait maintenant beaucoup de non-recrues qui connaissaient l'existence de la tour. Certaines avaient même entendu parler de celui que Clemens appelait le Mystérieux Etranger ou « X ». Le secret était éventé, et certains de ceux qui l'avaient appris par procuration étaient aussi motivés que les recrues elles-mêmes.

Etant donné la nouvelle situation, il était inévitable que d'autres se lancent à la conquête du pôle. Et il n'était pas exclu qu'aucune recrue ne puisse arriver à la tour et que des non-recrues y parviennent.

Il prononça une nouvelle phrase codée. D'autres symboles apparurent à côté des cercles. Des triangles, un pentagramme non inscrit, un hexagramme ou étoile à six branches. Les triangles, qui eux aussi clignotaient selon un code précis, représentaient les Ethiques de second rang, les agents.

L'hexagramme représentait l'Opérateur.

Il parla de nouveau. Un carré lumineux apparut au centre de l'hémisphère situé face à lui. Puis tout ce qui entourait le carré s'effaça. Progressivement, la surface lumineuse grandit et devint un gros plan de la zone où se trouvaient les trois étoiles et un certain nombre de cercles.

Une autre phrase clé fit apparaître des chiffres lumineux au-dessus du carré. Ainsi, l'étoile à six branches se trouvait en aval à plusieurs milliers de kilomètres. L'Opérateur n'avait pas réussi à monter à bord du *Rex*. Mais le second navire à aubes allait arriver, quoique beaucoup plus tard.

Dans la vallée voisine, à l'est, il y avait Richard Francis Burton. Si près et pourtant si loin en même temps. A peine un jour de marche – si seulement la chair avait été capable de traverser la roche comme un fantôme.

Burton se trouvait sans nul doute à bord du *Rex Grandissimus*. Le cercle qui le représentait se déplaçait beaucoup trop vite pour qu'il s'agisse d'un simple voilier.

Quant à l'Opérateur... que déciderait-il de faire s'il

parvenait à s'embarquer sur le *Mark Twain* ? Choisirait-il de révéler une partie de la vérité à Clemens ? Ou bien toute la vérité ? Ou encore garderait-il le silence ?

Il était impossible de prévoir ce qui allait se passer. La situation avait radicalement changé. Même l'ordinateur du Q.G. n'aurait pu indiquer qu'un très faible pourcentage de probabilité.

Jusqu'à présent, il n'y avait qu'un seul agent à bord d'un seul navire, le *Rex*. Dix au moins étaient en position de se faire prendre à bord du *Mark Twain*, mais il était improbable que plus d'un seul y réussisse. Et encore.

Cinquante étaient placés entre le *Rex* et Virolando.

Sur un total de soixante, il n'était capable de n'en identifier que dix. Il s'agissait des plus haut placés, des responsables de section.

Sur les soixante, il avait peu de chances d'en rencontrer même un.

Et... s'il ne réussissait à se faire prendre par aucun des deux navires ?

Cette pensée le rendait malade.

Il fallait qu'il réussisse. Il fallait qu'il trouve un moyen.

Mais pour être honnête, il devait admettre que le risque d'échec existait.

A une époque, il s'était cru capable d'accomplir à peu près tout ce qui était humainement possible, plus un certain nombre de choses qu'aucun autre humain n'aurait pu faire. Mais sa foi en lui-même avait été depuis sérieusement ébranlée.

Peut-être vivait-il depuis trop longtemps parmi les gens des vallées.

Il y avait tant de riverains qui remontaient à présent le Fleuve, mus par un seul grand désir. La plupart, sans doute, connaissaient le récit de Joe Miller, même s'ils le tenaient de centième main. Ils s'attendaient à trouver la corde qui leur permettrait de grimper au sommet de la falaise, et la galerie qui leur ferait gagner un temps précieux pour franchir la montagne. Ils chercheraient l'étroite corniche qui descendait à l'océan des brumes.

Mais elle n'existait plus.

Et la galerie au pied de la montagne avait été comblée.

Il regarda de nouveau l'étoile sans cercle. Elle était

proche. Beaucoup trop proche. Dans la situation présente, elle constituait le danger le plus immédiat.

Qui pouvait dire comment la situation allait évoluer ?

La voix sonore de Tai-Peng pénétra à ce moment-là dans la cabane. Ayant culbuté sa femme, il était ressorti lancer d'inintelligibles apostrophes au monde. Quel bruit il faisait à lui seul ! Quel incroyable tourbillon humain !

Si je ne peux pas secouer les dieux là-haut, je veux au moins révolutionner l'Achéron !

Tai-Peng était maintenant juste devant la cabane et ses paroles parvenaient clairement à l'intérieur.

— Je bouffe comme un tigre ! Je chie comme un éléphant ! Je suis capable de vider trois cents coupes de vin d'affilée ! J'ai eu trois épouses et j'ai fait l'amour à trois mille femmes ! Je surpasse n'importe qui à la flûte et au luth ! J'écris d'impérissables poèmes par milliers, mais je les jette à l'eau dès qu'ils sont achevés pour les voir emportés par le courant, les vents et les esprits, jusqu'à leur destruction.

» L'eau et les fleurs ! Voilà ce qui plaît à mon cœur !

» Impermanence et changement ! Voilà ce qui me blesse, me peine et m'accable !

» Pourtant, le beau n'est-il pas fait d'éphémère et de transitoire ? Sans la mort, la beauté peut-elle exister ? Ou la perfection ?

» La beauté n'existe qu'en ce qu'elle est condamnée à périr !

» Ou est-ce le contraire ?

» Moi, Tai-Peng, je m'imaginais naguère sous la forme de l'eau qui coule, de la fleur qui s'épanouit. Un dragon !

» Fleurs et dragons ! Les dragons et les fleurs de la chair ! Ils vivent en beauté quand des générations de fleurs s'épanouissent et meurent ! S'épanouissent et retombent en poussière ! Pourtant, même les dragons meurent; ils s'épanouissent et retombent en poussière. Un homme blanc, pâle comme un fantôme, démon aux yeux bleus, m'a dit un jour que les dragons vivaient des siècles. Des siècles ? Que dis-je ! Des éternités à donner le vertige à l'esprit humain ! Et pourtant... ils ont tous péri il y a des millions d'années, bien avant que l'homme et la femme ne soient créés par Nukua à partir du limon !

» En toute gloire et en toute beauté, ils périrent quand même !

» Eau ! Fleurs ! Dragons !

La voix de Tai-Peng se fit un peu moins sonore tandis qu'il s'éloignait vers le bas de la colline. Mais l'homme dans la cabane eut le temps d'entendre un passage véhémentement claironné :

– Quel être malfaisant nous a ramenés à la vie pour nous laisser maintenant mourir à jamais ?

– Ha ! fit l'homme dans la cabane.

Les poèmes de Tai-Peng mentionnaient fréquemment la brièveté de la vie des hommes, des femmes et des fleurs; mais ils ne faisaient jamais allusion à la mort. Jamais, dans la conversation, le poète ne parlait de la mort. Et pourtant, maintenant, il lançait contre elle des imprécations rageuses.

Jusqu'à présent, il paraissait aussi heureux que peut l'être un homme. Depuis six ans, il résidait dans ce secteur du Fleuve, et jamais il n'avait exprimé le désir de partir.

S'apprêtait-il à le faire maintenant ?

Un homme comme Tai-Peng serait un excellent compagnon de voyage. Il était vif, agressif, intelligent, et savait se battre à l'épée. S'il était possible de l'influencer discrètement pour qu'il reprenne le cours...

Mais qu'allait-il se passer dans les décennies à venir ?

Tout ce qu'il pouvait dire à l'avance – car lui aussi n'était plus, maintenant, que l'une des toiles au fond du noir dessein –, c'était que certains parviendraient à Virolando et d'autres pas.

Là-bas, les plus astucieux découvriraient un message. Certains réussiraient sans nul doute à le déchiffrer. Parmi eux, il y aurait aussi bien des recrues que des agents.

Qui parviendrait le premier à la tour ?

Il fallait *absolument* que ce soit lui.

Il fallait qu'il survive aux périls du voyage. Et en tout premier lieu, à l'inévitable combat naval entre les deux géants du Fleuve, les deux navires à aubes. Sam Clemens était décidé à rattraper le roi Jean et à le tuer ou le faire prisonnier. Il n'était pas du tout impossible que les deux vaisseaux et leurs équipages fussent détruits en cette occasion.

Inutile férocité. Imbécillité du tigre.

Tout cela à cause d'un frénétique et irrésistible désir de vengeance qui s'était emparé de Clemens. Clemens qui, par ailleurs, était le plus pacifiste des hommes.

Etait-il possible de le convaincre de renoncer à cette puérile passion ?

Il y avait des moments où il se sentait d'accord avec ce que l'Opérateur, dans un accès de découragement, lui avait dit un jour :

« L'humanité reste en travers du gosier divin. »

Oui, mais... *Le mal sanctifie, la glace brûle.*

Et le Maître des Vérités Noires chevauche l'imprévisible Changement.

– Que se p... ?

Les lignes et les symboles lumineux venaient de disparaître.

Durant quelques secondes, il continua de regarder le graal, bouche bée. Puis il récita un chapelet de phrases clés. Mais le cylindre demeura gris.

Il serra les poings et les dents.

Ainsi... ce qu'il avait tant redouté avait fini par se produire.

Un élément appartenant au complexe du satellite avait brusquement cessé de fonctionner. Rien d'étonnant à cela. Après plus d'un millier d'années, les circuits avaient besoin d'une révision. Mais personne n'avait pu les examiner à temps.

Désormais, il ne disposerait plus d'aucun moyen de savoir où se trouvaient les autres. Il était, lui aussi, dans la maison de la nuit, encerclée par la brume. La disparition des lumières sur le graal faisait ressortir encore plus les ténèbres environnantes. Il était comparable à un pèlerin solitaire et las assis au bord d'un rivage désolé, ombre parmi les ombres.

Qu'est-ce qui allait encore se détraquer, maintenant ? Qu'est-ce qui pouvait bien le laisser en plan ? Sûrement pas... non ! Mais si jamais c'était le cas, le temps lui manquerait peut-être pour...

Il se leva et carra les épaules.

Il était temps de partir.

Ombre parmi les ombres, mais le temps lui manquait.

Comme les recrues et les agents, comme les riverains, comme toutes les créatures pensantes, il allait devoir faire sa propre lumière.

Et vogue la galère.

Science-fiction

Depuis 1970, cette collection est leader du genre en France. Elle a publié la plupart des grands classiques (Asimov, Van Vogt, Clarke, Dick, Vance, Simak), mais elle a aussi révélé de nombreux jeunes auteurs qui seront les écrivains de premier plan de demain (Tim Powers, Joan D. Vinge, Tanith Lee, Scott Baker, etc.). La S-F est reconnue aujourd'hui comme littérature à part entière, étudiée dans les écoles et les universités. Elle est véritablement la littérature de notre temps.

ASIMOV Isaac	Les cavernes d'acier 404 ★★★
	Les robots 453 ★★★
	Tyrann 484 ★★★
	Un défilé de robots 542 ★★★
	La voie martienne 870 ★★★
	Les robots de l'aube 1602 ★★★ & 1603 ★★★
	Le voyage fantastique 1635 ★★★
	Les robots et l'empire 1996 ★★★★ & 1997 ★★★★
	Espace vital 2055 ★★★
	Asimov parallèle 2277 ★★★★
BAKER Scott	Kyborash 1532 ★★★★
BEAR Greg	La musique du sang 2355 ★★★★
BELFIORE Robert	La huitième vie du chat 2278 ★★★
BLISH James	Semailles humaines 752 ★★
BOGDANOFF Igor & Grishka	La machine fantôme 1921 ★★★
BRIN David	Marée stellaire 1981 ★★★★★
	Le facteur 2261 ★★★★★
BROOKS Mel & STINE J.B.	La folle histoire de l'espace 2294 ★★★
BRUNNER John	Tous à Zanzibar 1104 ★★★★ & 1105 ★★★★
	Le troupeau aveugle 1233 ★★★ & 1234 ★★★
CHERRYH C.J.	L'épopée de Chanur 2104 ★★★
	La vengeance de Chanur 2289 ★★★★
	L'œuf du coucou 2307 ★★★
CLARKE Arthur C.	2001 l'odyssée de l'espace 349 ★★
	2010 : odyssée deux 1721 ★★★
	Avant l'Eden 830 ★★★
	Les fontaines du paradis 1304 ★★★
	Chants de la Terre lointaine 2262 ★★★★
CURVAL Philippe	Le ressac de l'espace 595 ★★★
DEMUTH Michel	Les galaxiales - La Terre en ruine 996 ★★★

Science-fiction

DICK Philip K.	*Dr Bloodmoney* 563 ★★★
	Simulacres 594 ★★★
	A rebrousse-temps 613 ★★★
	Ubik 633 ★★★
	Blade runner 1768 ★★★
DONALDSON Stephen R.	*Les Chroniques de Thomas l'Incrédule* 2232 ★★★★
	Le réveil du titan (Les Chroniques - 2) 2306 ★★★★
DUVIC Patrice	*Terminus* 2122 ★★
FARMER Philip José	*Des rapports étranges* 712 ★★★
	Le Fleuve de l'éternité :
	- Le monde du Fleuve 1575 ★★★
	- Le bateau fabuleux 1589 ★★★★
	- Le noir dessein 2074 ★★★★★★
	- Le labyrinthe magique 2088 ★★★★★★
FOSTER Alan Dean	*Alien* 1115 ★★★
FRÉMION Yves	*Rêves de sable, châteaux de sang* 2054 ★★★
GALOUYE Daniel F.	*Simulacron 3* 778 ★★
GIBSON William	*Neuromancien* 2325 ★★★★
HAMILTON Edmond	*Le retour aux étoiles* 490 ★★★
HEINLEIN Robert A.	*Etoiles, garde à vous !* 562 ★★★
	Double étoile 589 ★★
	Vendredi 1782 ★★★★
	Job : une comédie de justice 2135 ★★★★★
	Le chat passe-muraille 2248 ★★★★★★
HOWARD Robert E.	*Conan l'usurpateur* 2224 ★★★
JEURY Michel	*La croix et la lionne* 2035 ★★★
JONES Raymond F.	*Renaissance* 957 ★★★★
KEYES Daniel	*Des fleurs pour Algernon* 427 ★★★
KLEIN Gérard	La saga d'Argyre :
	- Le rêve des forêts 2164 ★★★
	- Les voiliers du soleil 2247 ★★
	- Le long voyage 2324 ★★
LEE Tanith	*La déesse voilée* 1690 ★★★★
	Tuer les morts 2194 ★★★
LEINSTER Murray	*La planète oubliée* 1184 ★★
LÉOURIER Christian	*L'homme qui tua l'hiver* 1946 ★★
	Mille fois mille fleuves... 2223 ★★
LEVIN Ira	*Un bébé pour Rosemary* 342 ★★★
	Un bonheur insoutenable 434 ★★★

Science-fiction

MERRITT Abraham	*Le gouffre de la Lune* 618 ★★★★
	La nef d'Ishtar 574 ★★★
MOORE Catherine L.	*Shambleau* 415 ★★★★
	Jirel de Joiry 533 ★★★
POHL Frederik	*Les pilotes de la Grande Porte* 1814 ★★★★
	Casse-tête chinois 2151 ★★★★
	L'ultime fléau 2340 ★★★
POWERS Tim	*Les voies d'Anubis* 2011 ★★★★★
RAYER Francis G.	*Le lendemain de la machine* 424 ★★★
ROBINSON Kim Stanley	*Le rivage oublié* 2075 ★★★★★
	La mémoire de la lumière 2134 ★★★★
RODDENBERRY Gene	*Star Trek* 1071 ★★
SHECKLEY Robert	*Le robot qui me ressemblait* 2193 ★★★
SILVERBERG Robert	*Les monades urbaines* 997 ★★★
	Le château de Lord Valentin
	1905 ★★★★ & 1906 ★★★★
	Shadrak dans la fournaise 2119 ★★★★
SIMAK Clifford D.	*Demain les chiens* 373 ★★★
	Mastodonia 956 ★★★
SPIELBERG Steven	*Rencontres du troisième type* 947 ★★
SPIELBERG & KOTZWINKLE	*E.T. l'extra-terrestre* 1378 ★★★
	E.T. La planète verte 1980 ★★★
STEINER Kurt	*Le disque rayé* 657 ★★
STURGEON Theodore	*Les plus qu'humains* 355 ★★★
	Cristal qui songe 369 ★★★
THOMPSON Joyce	*Les enfants de l'atome* 2180 ★★★
	Bigfoot et les Henderson 2292 ★★★
VANCE Jack	*Cugel l'astucieux* 707 ★★
	Cugel saga 1665 ★★★★
	Cycle de Tchaï :
	- Le Chasch 721 ★★★
	- Le Wankh 722 ★★★
	- Le Dirdir 723 ★★★
	- Le Pnume 724 ★★★
VAN VOGT A.E.	*Le monde des Ā* 362 ★★★
	Les joueurs du Ā 397 ★★★
	La fin du Ā 1601 ★★★
	A la poursuite des Slans 381 ★★
	La faune de l'espace 392 ★★★
	L'empire de l'atome 418 ★★★
	Le sorcier de Linn 419 ★★★

Science-fiction

	Créateur d'univers 529 ★★★
	L'homme multiplié 659 ★★
	Au-delà du Village enchanté 2150 ★★★★
VINGE Joan D.	La Reine des Neiges 1707 ★★★★★
	Finismonde 1863 ★★★
	Mad Max au-delà du dôme du tonnerre 1864 ★★★
WALTHER Daniel	L'Epouvante 976 ★★
WILLIAMS Paul O.	Jestak 1878 ★★★
	Le cercle inachevé 1920 ★★★
WILLIS Connie	Les veilleurs du feu 2339 ★★★★
WINTREBERT Joëlle	Les maîtres-feu 1408 ★★★

Cinéma et TV

extrait du catalogue

De nombreux romans publiés par J'ai lu ont été portés à l'écran ou à la TV. Leurs auteurs ne sont pas toujours très connus ; voici donc, dans l'ordre alphabétique, les titres de ces ouvrages :

A la poursuite du diamant vert 1667★★★	*Joan Wilder*
Alien 1115★★★	*Alan Dean Foster*
Angélique marquise des anges	
L'ami Maupassant 2047★★	*Guy de Maupassant*
L'Australienne 1969★★★★ & 1970★★★★	*Nancy Cato*
Bigfoot et les Henderson 2292★★★	*Joyce Thompson*
Blade runner 1768★★★	*Philip K. Dick*
Bleu comme l'enfer 1971★★★★	*Philippe Djian*
La brute 47★★★	*Guy des Cars*
Cabaret (Adieu à Berlin) 1213★★★	*Christopher Isherwood*
Carrie 835★★★	*Stephen King*
Châteauvallon 1856★★★★, 1936★★★★ & 2140★★★★	*Eliane Roche*
Christine 1866★★★★	*Stephen King*
La couleur pourpre 2123★★★	*Alice Walker*
Coulisses 2108★★★★★	*Alix Mahieux*
Cujo 1590★★★★	*Stephen King*
Des fleurs pour Algernon 427★★★	*Daniel Keyes*
2001 l'odyssée de l'espace 349★★	*Arthur C. Clarke*
2010 : odyssée deux 1721★★★	*Arthur C. Clarke*
Le diamant du Nil 1803★★★	*Joan Wilder*
Dynasty 1697★★ & 1894★★★	*Eileen Lottman*
E.T. l'extra-terrestre 1378★★★	*Spielberg/Kotzwinkle*
E.T. La planète verte 1980★★★	*Spielberg/Kotzwinkle*
L'exorciste 630★★★★	*William P. Blatty*
Les exploits d'un jeune don Juan 875★	*Guillaume Apollinaire*
Le faiseur de morts 2063★★★	*Guy des Cars*
Fanny Hill 711★★★	*John Cleland*
Fletch 1705★★★	*Gregory Mcdonald*
La folle histoire de l'espace 2294★★★	*Mel Brooks/J.B. Stine*
Le Gerfaut 2206★★★★★ & 2207★★★★★★	*Juliette Benzoni*
Jonathan Livingston de goéland 1562★ illustré	*Richard Bach*
Joy 1467★★ & **Joy et Joan** 1703★★	*Joy Laurey*
Le joyau de la couronne 2293★★★★★ & 2330★★★★★	*Paul Scott*

Impression Brodard et Taupin
à La Flèche (Sarthe) le 21 mars 1988
6069-5 Dépôt légal mars 1988
ISBN 2-277-22074-4
1er dépôt légal dans la collection : sept. 1986
Imprimé en France
Editions J'ai lu
27, rue Cassette, 75006 Paris
diffusion France et étranger : Flammarion